MW01043239

D. H. Lawrence

Söhne und Liebhaber

Übersetzt von Franz Franzius

D. H. Lawrence: Söhne und Liebhaber

Übersetzt von Franz Franzius.

»Sons and Lovers«. Erstdruck: 1913. Hier in der Übersetzung von Franz Franzius, Leipzig, Insel-Verlag, 1925.

Neuausgabe
Herausgegeben von Karl-Maria Guth
Berlin 2017

Umschlaggestaltung von Thomas Schultz-Overhage unter Verwendung des Bildes: Odilon Redon, Ödipus im Garten der Illusion, um 1900

Gesetzt aus der Minion Pro, 11 pt

Die Sammlung Hofenberg erscheint im
Verlag der Contumax GmbH & Co. KG, Berlin
Herstellung: BoD – Books on Demand, Norderstedt

ISBN 978-3-7437-0880-8

Bibliografische Information der Deutschen Nationalbibliothek

Die Deutsche Nationalbibliothek verzeichnet diese Publikation in der Deutschen Nationalbibliografie; detaillierte bibliografische Daten sind im Internet über www.dnb.de abrufbar.

1. Ehefrühling der Morels

Nach dem ›Höllengang‹ kam der ›Grund‹. Der Höllengang war eine Reihe strohgedeckter, ganz geräumiger Häuschen, die auf Greenhill-Lane am Bach entlang standen. Bergleute lebten darin, die in den kleinen, zwei Felderbreiten entfernten Gruben arbeiteten. Der Bach lief unter Erlenbüschen dahin, nur wenig durch diese kleinen Gruben verschmutzt, deren Kohle Esel zutage förderten, die müde im Kreise um ein Spill herumliefen. Und ebensolche Gruben lagen über die ganze Landschaft verstreut; ein paar von ihnen waren bereits zu Zeiten Karls des Zweiten in Betrieb gewesen, die mit ihren wenigen, sich ameisengleich in die Erde hineinwühlenden Bergleuten und Eseln sonderbare Hügel und kleine schwarze Flecken zwischen den Kornfeldern und Wiesen bildeten. Und die Häuschen dieser Bergleute, in Gruppen von zweien und mehr, gelegentlich mit einem Hof oder einer Behausung der über das Kirchspiel verstreuten Strumpfwirker zusammengeschlossen, bildeten das Dorf Bestwood.

Dann aber machte sich vor etwa sechzig Jahren eine große Veränderung bemerkbar. Die kleinen Gruben wurden von den großen Bergwerken der Geldleute beiseite geschoben. Das Kohlen- und Eisenfeld von Nottinghamshire und Derbyshire wurde entdeckt. Carston, Waite & Co. erschienen. Unter gewaltiger Aufregung eröffnete Lord Palmerston feierlich den ersten Schacht der Gesellschaft zu Spinney Park, am Saum des Sherwood-Forstes.

Um diese Zeit brannte der wohlbekannte ›Höllengang‹, der sich mit zunehmendem Alter einen üblen Ruf erworben hatte, nieder, und damit wurde viel Schmutz beiseite geräumt.

Carston, Waite & Co. fanden, daß sie einen guten Griff getan hatten, und so wurden das ganze Tal entlang von Selby und Nuttall neue Schächte niedergetrieben, bis bald sechs Gruben in Betrieb standen. Von Nuttall her, hoch oben zwischen den Wäldern auf dem Sandstein, führte eine Eisenbahn hinter den Trümmern der Kartäuserabtei und an Robin Hoods Brunnen vorüber nach Spinney Park hinab und von dort weiter nach Minton, alles ein großes Bergwerk zwischen lauter Kornfeldern; von Minton lief sie zwischen den Gutshöfen an der Talseite entlang nach Bunkershill, bog von dort nach Norden ab auf Beggarlee und Selby zu, von wo man nach Crich und den Hügeln von

Derbyshire hinübersieht; sechs Bergwerke, gleich schwarzen Kuppen in der Landschaft, verband die Eisenbahn durch einen feinen Kettenstrang.

Um die Scharen der Bergleute unterzubringen, bauten Carston, Waite & Co. die ›Gevierte‹, große Vierecke von Häusern am Hange von Bestwood, und darauf in der Bachniederung an Stelle des früheren ›Höllenganges‹ den ›Grund‹.

Der ›Grund‹ bestand aus sechs Blöcken von Bergmannshäusern, zwei Reihen zu je drei, wie die Punkte auf dem Sechs-Null-Dominostein, mit je zwölf Häusern in einem Block. Diese doppelte Häuserreihe lag am Fuße des ziemlich steilen Abhanges von Bestwood und übersah, wenigstens von den Bodenfenstern aus, den sanften Anstieg des Tales auf Selby zu.

Die Häuser selbst waren dauerhaft und anständig. Man konnte rund um sie herumgehen und fand dabei kleine Vorgärten mit Aurikeln und Steinbrech in den Schattenlagen des tiefsten Blockes, und mit Bart- und anderen Nelken in dem sonnigen vorderen; nette Vorderfenster, kleine Vorbauten, kleine Ligusterhecken, und Dachfenster für die Bodenräume. Das war aber nur die Außenseite, das war nur ein Blick auf die unbenutzten guten Stuben der Bergmannsfrauen. Der eigentliche Wohnraum, die Küche, lag auf der Rückseite des Hauses, mit dem Ausblick auf den Innenraum des Blockes, auf einen verkommenen Hintergarten und weiterhin die Aschengrube. Und zwischen den Häuserreihen, zwischen den langen Reihen der Aschengruben lief der Gang entlang, wo die Kinder spielten, die Frauen klatschten und die Männer rauchten. So waren die tatsächlichen Lebensbedingungen im ›Grund‹, der so gut angelegt war und so nett aussah, ganz übel, weil die Leute in der Küche leben mußten und die Küchen auf diesen ekligen Gang zwischen den Aschengruben hinausgingen.

Wenn Frau Morel von Bestwood aus hinunterkam, war sie gar nicht darauf versessen, in den ›Grund‹ überzusiedeln, der nun bereits zwölf Jahre alt und auf dem Abstieg war. Aber es war doch wohl das beste, was sie tun konnte. Zudem hatte sie ein Eckhaus in einem der oberen Blöcke, und somit nur einen Nachbarn; und außerdem noch einen besonderen Streifen Garten. Und durch den Besitz dieses Eckhauses erfreute sie sich einer Art Erhabenheit über die übrigen Frauen in den ›Zwischen‹-Häusern, weil ihre Miete fünf und eine halbe Mark betrug anstatt nur fünf Mark die Woche. Aber diese Erhabenheit ihrer Lebenslage war Frau Morel doch nur ein schwacher Trost.

Sie war einunddreißig Jahre alt und acht Jahre verheiratet. Eine ziemlich kleine Frau von zartem Äußern, aber entschlossener Haltung, schreckte sie zuerst ein wenig vor der Berührung mit den ›Grund‹-Frauen zurück. Im Juli zog sie hinunter und erwartete im September ihr drittes Kind. Ihr Mann war Bergmann. Sie waren erst drei Wochen in ihrem neuen Hause, als die Kirchweih oder der Jahrmarkt begann. Sie wußte, dann würde Morel blau machen. Am Montag morgen, dem Tag des Jahrmarkts, ging er früh fort. Die beiden Kinder waren mächtig aufgeregt. William, ein Junge von sieben, sauste gleich nach dem Frühstück von dannen, um auf dem Marktplatz herumzustrolchen, und ließ Annie, die erst fünf war, zu Hause; die quäkte nun den ganzen Morgen, sie wollte auch hin. Frau Morel hatte zu tun. Sie kannte jedoch ihre Nachbarn kaum erst und wußte nicht, wem sie das kleine Mädchen hätte anvertrauen können. Daher versprach sie ihr, sie nachmittags mit auf den Markt zu nehmen.

William erschien um halb eins. Er war ein sehr beweglicher Junge mit hellem Haar und Sommersprossen und einem Stich ins Dänische oder Norwegische.

»Kann ich mein Essen kriegen, Mutter?« rief er, mit der Mütze auf dem Kopf ins Zimmer sausend. »Weils doch um halb zwei losgeht, der Mann hats selbst gesagt.«

»Du kannst dein Essen kriegen, wenns fertig ist«, erwiderte die Mutter.

»Ists denn noch nicht fertig?« rief er, sie mit seinen blauen Augen ärgerlich anstarrend. »Denn geh ich ohne los.«

»Das tust du nicht. In fünf Minuten ists fertig. Es ist erst halb eins.«

»Sie fangen aber an«, rief der Junge halb brüllend.

»Und wenn auch, davon stirbst du nicht«, sagte die Mutter; »außerdem ists erst halb eins, so daß du noch eine volle Stunde hast.«

Hastig begann der Junge den Tisch zu decken, und dann setzten die drei sich sofort hin. Sie aßen Mehlpudding mit Fruchtmus, als der Junge plötzlich vom Stuhle aufsprang und völlig regungslos stehenblieb. Sie konnten in einiger Entfernung das erste Gequäke eines Karussells hören und das Tuten eines Horns. Sein Gesicht begann zu zucken, während er seine Mutter ansah.

»Ich sagts dir ja!« rief er und lief an die Anrichte nach seiner Mütze.

»Nimm deinen Pudding mit – und es ist erst fünf Minuten nach eins, du mußt dich also geirrt haben – du hast ja deine zwei Pence noch nicht«, rief die Mutter alles in einem Atem.

Bitterlich enttäuscht kam der Junge zurück, um sich seine zwei Pence zu holen; dann zog er ohne ein Wort los.

»Ich will auch hin, ich will auch hin«, sagte Annie und fing an zu weinen.

»Na ja, schön, du sollst auch hin, du jämmerliche kleine Heultriene!« sagte die Mutter, und später am Nachmittag trottete sie dann mit dem Kinde an der hohen Hecke entlang den Hügel hinan. Von den Feldern wurde das Heu eingefahren, und das Vieh wurde auf das Grummet hinausgelassen. Es war so warm und friedlich.

Frau Morel konnte den Jahrmarkt nicht leiden. Zwei Arten Karussells waren da, eins mit Dampf, und eins, das von einem Pony gedreht wurde; drei Drehorgeln ertönten, und hin und wieder konnte man einen Pistolenschuß hören sowie das greuliche Gekrächze der Knarre des Kokosnußmannes, laute Rufe aus der Ballwerfbude und das Geschrei der Guckkastendame. Die Mutter sah ihren Jungen ganz verzückt vor der Bude des Löwen Wallace stehen und die Bilder dieses berühmten Löwen anstarren, der einen Neger umgebracht und zwei Weiße auf Lebenszeit zu Krüppeln gemacht hatte. Sie ließ ihn stehen und zog weiter, um Annie eine Lutschstange zu erstehen. Mit einem Male stand der Junge ganz wild vor Aufregung vor ihr.

»Du hast ja gar nicht gesagt, daß du auch kämest – is da nicht 'ne Menge los? – der Löwe da hat drei Menschen umgebracht – meine beiden Pence habe ich schon ausgegeben – und guck mal.«

Er holte zwei Eierbecher aus der Tasche, mit rosa Moosrosen drauf.

»Die hab ich in der Bude gekriegt, wo man die Marmeln in so 'ne Löcher trudeln muß. Un die beiden hab ich mit zwei Malen gekriegt, jedesmal einen Halben – mit Moosrosen drauf, sieh. Die wollte ich grade gern haben.«

Sie wußte, er wollte sie für sie haben.

»Hm!« sagte sie, voller Freude. »Die sind aber auch hübsch!«

»Willst du se wohl tragen? Ich bin so bange, ich mach se kaputt.«

Er lief fast über vor Aufregung, nun sie auch dabei war, führte sie auf dem ganzen Platze herum und zeigte ihr alles. Vor der Guckkastenbude erklärte sie dann die Bilder in einer Art Geschichte, auf die er wie verzaubert lauschte. Er konnte sie nicht mehr lassen. Die ganze

Zeit über klammerte er sich an sie, strahlend in seinem Jungensstolz. Denn keine der anderen Frauen sah so wie eine Dame aus wie sie in ihrem kleinen schwarzen Hut und ihrem Umhang. Sie lächelte, wenn sie andere Frauen traf, die sie kannte. Als sie müde war, sagte sie zu ihrem Jungen:

»Na, kommst du jetzt schon mit, oder erst später?«

»Willst du denn schon weg?« rief er mit vorwurfsvollem Blick.

»Schon? Es ist doch nach vier, soviel ich weiß.«

»Warum willst du denn schon weg?« jammerte er.

»Du brauchst ja noch nicht mit, wenn du noch nicht willst«, sagte sie.

Und langsam ging sie mit dem kleinen Mädchen fort, während der Junge ihr mit den Blicken folgte, das Herz zerrissen, daß er sie gehen lassen müßte, und doch unfähig, den Markt schon zu verlassen. Als sie den freien Platz vor dem ›Mond und Sterne‹ überschritt, hörte sie Männer schreien und roch das Bier, und sie begann ihre Schritte ein wenig zu beschleunigen in dem Gedanken, ihr Mann werde wohl auch in der Kneipe sein.

Etwa um halb sieben kam ihr Junge heim, recht müde nun, und blaß und etwas bekümmert. Er fühlte sich so jämmerlich, obwohl ihm das nicht zum Bewußtsein kam, weil er sie hatte allein gehen lassen. Seit sie fort war, hatte er keinen Spaß mehr an dem Marktleben gefunden.

»War Vater schon hier?« fragte er.

»Nein«, sagte die Mutter.

»Er hilft ausschenken im ›Mond und Sterne‹. Ich sah ihn durch die schwarzen Blechdinger mit den Löchern drin am Fenster mit aufgekrempelten Ärmeln.«

»Ha!« rief die Mutter nur kurz. »Er hat kein Geld. Und wenn er nur Freibier kriegt, ist er auch schon zufrieden, ob sie ihm nun etwas mehr geben oder nicht.«

Als es stärker dämmerte und Frau Morel nicht mehr beim Nähen sehen konnte, stand sie auf und ging zur Tür. Überall erscholl aufregender Lärm, die Ruhelosigkeit des Festtages, und sie wurde zuletzt auch davon angesteckt. Sie trat in den Seitengarten hinaus. Frauen kamen vom Markt heim, ihre Kinder drückten ein weißes Lamm mit grünen Beinen ans Herz oder ein hölzernes Pferd. Gelegentlich strich ein Mann vorbei, fast so voll, wie er nur eben laden konnte. Zuweilen kam auch mal ein guter Hausvater mit den Seinen vorüber, ganz friedlich. Aber gewöhnlich waren Frauen und Kinder allein. Die zu Hause Gebliebenen standen plaudernd an den Ecken der Gänge, die Arme unter der weißen Schürze gefaltet, während das Zwielicht immer tiefer herniedersank.

Frau Morel war allein, aber daran war sie gewöhnt. Ihr Junge und das kleine Mädchen schliefen oben; so kam es ihr vor, als liege ihr Heim ruhig und sicher hinter ihr. Aber sie fühlte sich elend des kommenden Kindes wegen. Die Welt kam ihr nur noch traurig vor, und für sie konnte es nichts mehr in ihr geben – wenigstens nicht, bis William erwachsen sein würde. Für sie selbst aber nichts als dies traurige Hinhalten – bis die Kinder herangewachsen sein würden. Und die Kinder! Sie konnte sich dies dritte nicht leisten. Sie wollte es gar nicht. Der Vater schenkte Bier aus in einer Kneipe und spülte sich selbst bei der Gelegenheit voll. Sie verachtete ihn und fühlte sich doch an ihn gefesselt. Dies Kind, das da kam, war zuviel für sie. Wäre es nicht um Williams und Annies willen gewesen, sie hätte es über gehabt, dies Ringen mit Armut und Häßlichkeit und Gemeinheit.

Sie ging in den Vorgarten, da sie sich zu schwer fühlte, um auszugehen, und doch unfähig, im Hause zu bleiben. Die Hitze erstickte sie. Und wenn sie voraussah, brachte der Ausblick auf ihr zukünftiges Leben ihr ein Gefühl von Lebendigbegrabensein bei.

Der Vorgarten war ein kleines Viereck mit einer Ligusterhecke. Da blieb sie stehen und versuchte sich an dem Blumenduft und dem schwindenden schönen Abend zu beruhigen. Ihrer kleinen Pforte gegenüber war der Übergang, der den Hügel hinanführte, unter der hohen Hecke entlang, in der brennenden Glut der geschnittenen Weiden. Der Himmel ihr zu Häupten bebte und pulste vor Licht. Die Glut schwand rasch von den Feldern; Erdboden und Hecken versanken im Dunst der Dämmerung. Sobald es dunkel wurde, brach oben auf dem Hügel ein rötlicher Schimmer hervor, und aus diesem Schimmer die etwas verringerte Bewegung des Jahrmarktes.

Zuweilen torkelten durch die dunkle Rinne, die der Pfad unter den Hecken bildete, Männer verstohlen nach Hause. Ein jüngerer Mann kam auf dem abschüssigen unteren Ende des Pfades ins Rennen und fuhr mit einem Krach gegen den Übergang.

Frau Morel schauerte zusammen. Er raffte sich unter widerlichen, fast leidenschaftlichen Flüchen wieder auf, als dächte er, das Gatter hätte ihm absichtlich wehgetan.

Sie trat ins Haus und fragte sich, ob die Dinge denn nie anders werden würden. Allmählich begann sie sich darüber klar zu werden, sie würden es nie. Ihre Mädchenzeit kam ihr so fern vor, sie wunderte sich, daß dies ein und dasselbe Wesen sein sollte, das hier so schwerfällig den Hintergarten im ›Grund‹ hinanstieg, und das vor zehn Jahren noch so leicht über den Wellenbrecher in Sheerneß dahingeflogen war.

»Was habe ich denn damit zu schaffen?« sagte sie bei sich. – »Was habe ich mit alledem zu schaffen? Selbst mit dem Kinde, das ich nun kriege! Ich werde scheinbar gar nicht mitgezählt.«

Zuweilen packt das Leben einen, reißt den Leib mit fort, bringt eine ganze Geschichte zustande und wird doch niemals wirklich, sondern läßt uns stets in dem Gefühl, als wäre alles nur ganz verschwommen.

»Ich warte«, sagte Frau Morel bei sich; »ich warte, und was ich erwarte, kann nie eintreten.«

Dann brachte sie die Küche in Ordnung, zündete die Lampe an, stökerte das Feuer auf, suchte sich die Wäsche für den nächsten Tag zusammen und weichte sie ein. Hierauf setzte sie sich mit ihrer Näharbeit nieder. Lange Stunden hindurch blitzte ihre Nadel regelmäßig durch den Stoff. Gelegentlich seufzte sie einmal auf und bewegte sich, um sich zu erleichtern. Und die ganze Zeit über dachte sie darüber nach, wie sie ihr Hab und Gut um der Kinder willen am besten ausnutzen könnte.

Um halb zwölf kam ihr Mann. Seine Backen waren sehr rot und glänzten stark über dem schwarzen Schnurrbart. Der Kopf wackelte ihm etwas. Er war durchaus mit sich zufrieden.

»O, o, wartst de auf mir, Mächen? Ick habe Antonen jeholfen, und wat meenste woll, hat er mich jejeben? Nischt als lausige zweieinhalb Schilling, jeder Penny jezählt ...«

»Er denkt wohl, den Rest hättest du in Bier verdient«, sagte sie kurz.

»Un det hab ick nich – det hab ick nich. Kannst mir jlooben, ick hatte sehr wenig heute, wenn ick überhaupt wat jehabt habe.« Seine Stimme wurde zärtlich. »Hier, da hab ick dir ooch en bisken Schnapsbontjen mitjebracht, un 'ne Kokosnuß for die Kinder.« Er legte das Zuckerzeug und die Nuß, ein haariges Ding, auf den Tisch.

»Na, hast woll noch nie in deinen Leben für irgendwas ›danke‹ jesagt, wat?«

Um ihm auszuweichen, nahm sie die Nuß auf und schüttelte sie, um zu sehen, ob Milch drin sei.

»'t is 'ne jute, da kannste dein Leben druff wetten. Ick hab se von Bill Hodgkinson. ›Bill‹, sage ick, ›du brauchst doch die drei Nisse nich, wat? Willste mich nich eine von abjeben for mein'n klein'n Jungen und Mächen?‹ – ›Jewiß doch, Walter, mein Junge‹, sagt er, ›nimm man, welche de willst.‹ Un da nahm ick denn eene und dankt ihm. Ick mocht se doch nu nich vor seine Oogen schütteln, aber da sagt er: ›Sieh man zu, dett se ooch jut is, Walt.‹ Un davon weeß ick, det se jut is, siehste. Det 's 'n netter Kerl, der Bill Hodgkinson, 'n netter Kerl is er!«

»Jeder Mann gibt alles her, solange er betrunken ist, und du bist ebenso betrunken wie er«, sagte Frau Morel.

»I, du jemeene kleene Hexe, wer is betrunken, mecht ick woll wissen?« sagte Morel. Er war ganz ungewöhnlich mit sich zufrieden wegen seiner heutigen Hilfsdienste im ›Mond und Sterne‹. Er schwatzte immer weiter.

Frau Morel, sehr müde und ganz übel von seinem Gebabbel, ging so rasch wie möglich zu Bett, während er noch das Feuer zudeckte.

Frau Morel kam von guten alten Bürgersleuten, berühmten Unabhängigen, her, die noch mit Oberst Hutchinson gefochten hatten und stramme Calvinisten geblieben waren. Ihr Großvater war mit seinem Spitzengeschäft zusammengebrochen, zu einer Zeit, als viele Spitzenmacher in Nottingham zugrunde gingen. Ihr Vater, George Coppard, war Maschinist gewesen – ein großer, hübscher, hochmütiger Mensch, stolz auf seine blauen Augen und seine helle Haut, aber mehr noch auf seine Unantastbarkeit. Gertrude ähnelte ihrer Mutter in ihrer kleinen Bauart. Aber ihr stolzes, unnachgiebiges Wesen hatte sie von den Coppards.

George Coppard litt bitterlich unter seiner Armut. Er wurde Obermaschinist am Hafen in Sheerneß. Frau Morel – Gertrude – war seine zweite Tochter. Sie bevorzugte ihre Mutter, liebte ihre Mutter mehr als alle übrigen; aber sie besaß die klaren, trotzigen Blauaugen der Coppards und ihre breite Stirn. Sie konnte sich noch erinnern, wie sie ihres Vaters hochfahrendes Benehmen gegen ihre sanfte, fröhliche, gutmütige Mutter gehaßt hatte. Sie dachte noch daran, wie sie über den Wellenbrecher zu Sheerneß gerannt war, wenn sie ihr Boot suchte. Sie dachte daran, wie sie von allen Männern geliebkost und verhätschelt wurde, wenn sie zum Hafen kam, denn sie war ein zartes, recht empfindliches Kind gewesen. Sie dachte an ihre putzige alte Lehrerin, deren Helferin sie geworden war, und der sie so gern in ihrer Schule beigestanden hatte. Und sie hatte immer noch die Bibel, die John Field ihr gegeben hatte. Sie pflegte mit John Field von der Kirche nach Hause zu gehen, als sie neunzehn war. Er war der Sohn eines wohlhabenden Krämers, hatte in London die Schule besucht und sollte sich selbst dem Geschäft widmen.

Sie konnte sich noch jede Einzelheit eines Sonntagnachmittags im September zurückrufen, als sie hinter ihres Vaters Haus unter den Weinreben gesessen hatten. Die Sonne brach durch die Zwischenräume zwischen den Weinblättern und machte wunderhübsche Muster, wie ein Spitzentuch, indem sie auf ihn und sie fiel. Einzelne der Blätter waren rein gelb, wie flache gelbe Blumen.

»Nun sitzen Sie mal still«, hatte er gerufen, »Ihr Haar jetzt, wahrhaftig, ich weiß nicht, was das eigentlich für 'ne Farbe hat! Es glänzt wie Kupfer und Gold, rot, wie geschmiedetes Kupfer, und wo die Sonne drauf scheint, hat es Goldfäden. Und nun denken Sie bloß, sie sagen, es wäre braun. Ihre Mutter nennt es mausefarben.«

Sie hatte einen glänzenden Blick von ihm aufgefangen, aber ihr klares Antlitz verriet kaum die gehobene Stimmung, die in ihr emporstieg.

»Aber Sie sagen doch, Sie machten sich nichts aus dem Geschäft«, fuhr sie fort.

»Tue ich auch nicht! Ich hasse es!« rief er hitzig.

»Und möchten Sie nicht in den Kirchendienst gehen«, meinte sie halb flehend.

»Gewiß. Gern täte ichs, wenn ich dächte, ich würde einen Prediger erster Ordnung abgeben.«

»Aber warum tun Sie es denn nicht – warum tun Sie es denn nicht?« Ihre Stimme ließ etwas Trotziges durchtönen. »Wenn ich ein Mann wäre, mich sollte nichts abhalten.«

Sie hielt den Kopf hoch in die Höhe. Er fürchtete sich fast vor ihr.

»Aber mein Vater ist so steifnackig. Er will mich ins Geschäft stecken, und ich weiß, er tuts.«

»Aber Sie sind doch ein Mann?« hatte sie gerufen.

»Daß man ein Mann ist, ist noch nicht alles«, antwortete er und runzelte die Stirn, hilf- und ratlos.

Jetzt, wo sie im ›Grund‹ bei ihrer Arbeit sich regen mußte, mit so mancher Erfahrung, was ein Mann sein heiße, verstand sie, daß es nicht alles bedeutete.

Mit zwanzig hatte sie Sheerneß ihrer Gesundheit wegen verlassen. Ihr Vater war wieder nach Nottingham gezogen. John Fields Vater war zugrunde gerichtet; der Sohn war als Lehrer nach Norwood gegangen. Sie hörte nichts von ihm, bis sie nach zwei Jahren sich eigens nach ihm erkundigte. Er hatte seine Wirtin geheiratet, eine Frau in den Vierzigern, Witwe mit Vermögen.

Und doch hob Frau Morel John Fields Bibel noch auf. Sie hielt ihn jetzt nicht länger für ... Na ja, sie begriff jetzt ziemlich gut, was er hätte werden können und was nicht. So hob sie seine Bibel auf und verwahrte sein Andenken ihrer selbst wegen in ihrem Herzen. Bis an ihren Sterbetag, fünfunddreißig Jahre später, sprach sie nie wieder von ihm.

Als sie dreiundzwanzig Jahre alt war, hatte sie bei einer Weihnachtsfeier einen jungen Mann aus dem Erewash-Tale getroffen. Es war Morel. Er war damals siebenundzwanzig Jahre alt. Er war gut gewachsen, schlank und ein großer Pfiffikus. Er hatte welliges, glänzend schwarzes Haar und einen kräftigen schwarzen Bart, der noch nie geschoren war. Seine Backen waren rötlich, und sein feuchter roter Mund darum so auffallend, weil er so oft und herzlich lachte. Er besaß diese Seltenheit, ein reiches, klingendes Lachen. Gertrude Coppard hatte ihn wie verzaubert beobachtet. Er war so voller Farbe und Lebhaftigkeit, seine Stimme lief so ins Spaßhaft-Wunderliche über, er war so schlagfertig und scherzhaft gegen jedermann. Ihr Vater besaß ebenfalls einen reichen Schatz an Witz, aber der war spöttisch. Dieses Menschen Witz war ganz anders: weich, nicht aus dem Verstande geboren, warm, eine Art Hanswursterei.

Sie selbst war ganz anders geartet. Sie hatte eine neugierige, empfängliche Sinnesart, die viel Vergnügen und Unterhaltung darin fand, wenn sie andern Leuten zuhören konnte. Sie besaß eine besondere Art, die Leute zum Reden zu bringen. Sie liebte Gedankenaustausch und galt für sehr klug. Was sie am meisten liebte, war eine Erörterung über Religion, Philosophie oder Politik mit irgendeinem gut unterrichteten Manne. Dies Vergnügen genoß sie nicht häufig. So brachte sie die Leute immer dazu, ihr über sich selbst zu erzählen, und fand auf die Weise ihr Vergnügen.

Ihre Gestalt war ziemlich klein und zart, ihre Stirn breit, mit herabhängenden, braunen, seidenweichen Locken. Ihre blauen Augen sahen sehr gradeaus, ehrlich und forschend. Sie besaß auch die schönen Hände der Coppards. Ihre Kleidung war niemals auffallend. Sie trug dunkelblaue Seide, mit einer eigenartigen Kette aus silbernen Muscheln. Diese und eine schwere Vorstecknadel aus geflochtenem Golde waren ihr einziger Schmuck. Sie war noch gänzlich unberührt, von tiefer Frömmigkeit und voll einer schönen Aufrichtigkeit.

Walter Morel schmolz anscheinend vor ihr hinweg. Sie war für den Bergmann jenes geheimnisvolle, bezaubernde Wesen: eine Dame. Wenn sie zu ihm sprach, geschah es mit südlicher Betonung und in so reinem Englisch, daß ihn beim Zuhören jedesmal ein Schauder durchfuhr. Sie beobachtete ihn. Er tanzte gut, als wäre ihm Tanzen ein angeborenes Vergnügen. Sein Großvater war ein französischer Flüchtling gewesen, der ein englisches Schenkmädchen geheiratet hatte – wenn es eine Heirat gewesen war. Gertrude Coppard beobachtete den jungen Bergmann während des Tanzens, dieses feine, wie ein Zauber wirkende Frohlocken in seinen Bewegungen und sein Gesicht, das rötlich strahlende, die Blüte seines Körpers, mit dem lockigen Schwarzhaar, stets lächelnd, ganz gleich, über welche Tänzerin er sich neigte! Sie fand ihn prachtvoll, da sie noch nie seinesgleichen getroffen hatte. Ihr Vater galt ihr als Vorbild aller Männer. Und George Coppard mit seiner stolzen Haltung, hübsch und doch streng, der als Lesestoff stets etwas Geistliches bevorzugte und seine Zuneigung nur einem Menschen widmete, dem Apostel Paulus; dessen Herrschaft im Hause so rauh, dessen Vertraulichkeit selbst noch spöttisch war, der keinerlei sinnliches Vergnügen kannte – der war so ganz anders als der Bergmann. Gertrude selbst verachtete das Tanzen geradezu; sie besaß nicht die geringste Neigung zu dieser Kunst und hatte es selbst nicht einmal bis zu einem Roger de Coverley gebracht. Wie ihr Vater, gehörte auch sie zu den Puritanern, war auch sie hochgesinnt und durchaus ernst. Daher erschien ihr die dämmerige, goldene Weichheit der sinnlichen Lebensflamme dieses Mannes, die von seinem Fleische ausströmte wie die Flamme von einer Kerze, nicht durch Sinnen und Trachten zu Weißglut angefacht und aufgestachelt wie ihr eigenes Leben, sondern etwas Wundervolles, ihr ganz Fernstehendes.

Er kam und verbeugte sich vor ihr. Eine Wärme durchstrahlte sie, als habe sie Wein getrunken.

»Nu kommen Se doch un machen Se den da mal mit mich mit«, sagte er zärtlich. »Is janz leicht, wissen Se. Ick möchte Ihnen zu jerne mal tanzen sehen.«

Sie hatte ihm vorher erzählt, sie könne nicht tanzen. Sie bemerkte seine Demut und lächelte. Ihr Lächeln war sehr schön. Es berührte den Mann derart, daß er alles vergaß.

»Nein, ich tanze nicht«, sagte sie weich. Ihre Worte kamen klar und deutlich.

Ohne zu wissen, was er tat – manchmal tat er grade das Richtige rein gefühlsmäßig –, setzte er sich neben sie und neigte sich voller Verehrung zu ihr.

»Aber Sie dürfen Ihren Tanz nicht schießen lassen«, tadelte sie ihn.

»Ne, den will ick jar nich – aus den mache ick mich nischt.«

»Aber Sie forderten mich doch dazu auf.«

Darüber mußte er herzlich lachen.

»Da ha 'ck noch jar nich dran jedacht. Du brauchst aber ooch nich lange, um mich die Tolle auszukämmen.«

Nun war es an ihr, fröhlich aufzulachen.

»Sie sehen gar nicht so aus, als ob das viel nützen würde«, sagte sie.

»Ick bin wie so'n Schweineschwänzken, det krullt sich, weils sich nich helfen kann«, lachte er ziemlich geräuschvoll.

»Und Sie sind ein Bergmann!« rief sie voller Überraschung.

»Jawoll. Fuhr zuerst ein, als ick zehne war.«

Sie sah ihn an in Verwunderung und Bestürzung.

»Als Sie zehn Jahre waren! Und kam Ihnen das nicht sehr hart an?« fragte sie.

»Da jewöhnt man sich balde dran. Man lebt wie de Mäuse, un nachts krabbeln se denn mal wieder raus, um zu sehen, wat los is.«

»Da würde ich ganz blind«, runzelte sie die Stirn.

»Wie'n Mull!« lachte er. »Jawoll, un wat die welchen sind, die loofen ooch rum wie'n Mull.« Er stieß den Kopf vor, in der blinden, schnüffelnden Weise eines Maulwurfs, und schien nach der richtigen Gegend zu schnüffeln und zu blinzeln. »Janz jenau so machen se's!« beteuerte er ganz aufrichtig. »So wat haste noch nie nich jesehen, wie die det machen. Aber ick muß dir mal mit runternehmen, un denn kannste't ja alleine sehen.«

Erschreckt sah sie ihn an. Dies war eine ganz neue Lebensbahn, die sich da vor ihr eröffnete. Nun verstand sie das Leben der Bergleute, die zu Hunderten sich unter der Erde abmühen und abends erst wieder nach oben kommen. Er kam ihr erhaben vor. Täglich wagte er sein Leben, und mit Freuden. Mit etwas wie einer flehentlichen Bitte sah sie ihn an, in ihrer reinen Demut.

»Möchtst de nich mal mit?« fragte er sanft. »Vielleicht doch woll nich, würdest dir ja auch bloß schmutzig machen.«

Noch nie war sie auf diese Weise geduzt worden.

Nächsten Weihnachten wurden sie getraut, und für drei Monate war sie vollkommen glücklich: sechs Monate lang war sie sehr glücklich.

Er hatte sein Gelübde abgelegt und trug das blaue Kreuz der Schnapsgegner: er brüstete sich mächtig. Sie lebten, wie sie glaubte, in seinem eigenen Hause. Es war klein, aber ganz behaglich und nett eingerichtet, mit tüchtigen, ordentlichen Sachen, wie sie ihrer ehrlichen Sinnesart sehr zusagten. Die Frauen, ihre Nachbarinnen, waren ihr ziemlich fremd, Morels Mutter und Schwestern sehr geneigt, über ihr damenhaftes Benehmen die Nase zu rümpfen. Aber sie konnte sehr gut für sich allein fertig werden, solange sie ihren Mann für sich hatte.

Zuweilen, wenn sie des Kosens müde war, versuchte sie, ihm einmal ihr Herz ernstlich zu eröffnen. Sie merkte dann, wie er ihr voller Ehrerbietung zuhörte, aber ohne Verständnis. Das ertötete ihre Bestrebungen nach einer schöneren Vertraulichkeit, und manchmal blitzte Furcht in ihr auf. Zuweilen wurde er gegen Abend unruhig: das bloße Zusammensein mit ihr genügte ihm nicht, wurde ihr klar. Sie war sehr froh, als er anfing, sich mit allerlei Kleinigkeiten zu beschäftigen.

Er war ein ungewöhnlich geschickter Mensch, konnte alles selbst machen oder ausbessern. So sagte sie wohl einmal:

»Den Feuerhaken da bei deiner Mutter finde ich doch zu nett – so klein und zierlich.«

»Findst de, mein Kind? Schön, den hab ick selber jemacht, so eenen kann ick dich auch machen.«

»Was? Der ist doch aber aus Stahl!«

»Un wenn schon! So ’nen sollste auch haben, wenn nich jenau so ’nen.«

Sie ließ sich die Schmiererei nicht anfechten, auch das Gehämmer und den Lärm nicht. Er war beschäftigt und glücklich.

Aber als sie im siebenten Monat mal seinen Sonntagsrock ausbürstete, fühlte sie Papiere in seiner Brusttasche, und von plötzlicher Neugierde ergriffen, zog sie sie hervor und las sie. Er trug den Gehrock, in dem er getraut war, nur sehr selten: und früher wäre es ihr nie eingefallen, Neugierde wegen dieser Papiere zu empfinden. Es waren die Rechnungen über ihren noch nicht bezahlten Hausrat.

»Sieh mal«, sagte sie abends, als er sich gewaschen und Abendbrot gegessen hatte. »Die habe ich in der Tasche deines Hochzeitsrockes gefunden. Hast du die Rechnungen noch nicht in Ordnung gebracht?«

»Ne, da bin ick noch nich zu jekommen.«

»Aber du erzähltest mir doch, es wäre alles bezahlt. Dann fahre ich doch besser Sonnabend nach Nottingham hinein und mache das mal ab. Ich mag nicht auf anderer Leute Stühlen sitzen und von einem unbezahlten Tische essen.«

Er antwortete nicht.

»Ich kann ja wohl dein Bankbuch kriegen, nicht wahr?«

»Det kannste, wenn de meenst, det nützt dir wat.«

»Ich glaubte ...« begann sie. Er hatte ihr erzählt, er habe ein hübsches Stück Geld zurückgelegt. Aber sie merkte, Fragen hätten keinen Zweck. Sie saß starr vor Bitterkeit und Ärger. Am nächsten Tage ging sie zu seiner Mutter hinunter.

»Hatten Sie nicht die Einrichtung für Walter gekauft?« fragte sie.

»Jawoll, das habe ich«, sagte die alte Frau mürrisch.

»Und wieviel hat er Ihnen dafür gegeben?«

Die ältere Frau fühlte sich von leisem Ärger geprickelt.

»Achtzig Pfund, wenn Sie so scharf dahinterher sind«, erwiderte sie.

»Achtzig Pfund! Aber zweiundzwanzigeinhalb schuldet er doch noch drauf!«

»Kann ich doch nicht helfen.«

»Aber wo ist es denn bloß alles geblieben?«

»Sie werden wohl alle Papiere finden, glaube ich, wenn Sie mal nachsehen – außer zehn Pfund, die er mir noch schuldig ist, und sechs Pfund, die die Hochzeit hier unten gekostet hat.«

»Sechs Pfund!« wiederholte Gertrude Morel. Es kam ihr ungeheuerlich vor, daß, nachdem ihr Vater schon so viel für die Hochzeit bezahlt hatte, hier in Walters Elternhause auf seine Kosten noch sechs Pfund mehr für Essen und Trinken verjubelt sein sollten.

»Und wieviel hat er in seinen Häusern angelegt?« fragte sie.

»Seinen Häusern – was für Häuser?«

Gertrude Morel wurde weiß um die Lippen. Er hatte ihr erzählt, das Haus, in dem sie lebten und das nächste wären seine.

»Ich dachte, das Haus, in dem wir leben ...« begann sie wieder.

»Mir gehören die beiden Häuser«, sagte die Schwiegermutter. »Und noch nicht mal ganz. Ich kann grade die Grundschuldzinsen bezahlen.«

Gertrude saß weiß und stumm. Nun war sie ganz ihr Vater.

»Dann müßten wir Ihnen doch Miete zahlen«, sagte sie kalt.

»Walter zahlt mir auch Miete«, erwiderte seine Mutter.

»Und wieviel?« fragte Gertrude.

»Sechseinhalb Schilling die Woche«, gab die Mutter zurück.

Das war mehr, als das Haus wert war. Gertrude hielt den Kopf hoch und sah stur vor sich hin.

»Sie können von Glück sagen«, sagte die ältere Frau beißend, »daß Sie einen Mann gekriegt haben, der Ihnen all die Geldsorgen abnimmt und Ihnen freie Hand läßt.«

Die junge Frau blieb stumm.

Zu ihrem Manne sagte sie nur sehr wenig, aber ihr Benehmen gegen ihn war ein anderes geworden. In ihrer stolzen, ehrenhaften Seele hatte sich etwas ausgeschieden, hart wie Fels.

Als der Oktober herankam, dachte sie nur noch an Weihnachten. Vor zwei Jahren hatte sie ihn zu Weihnachten getroffen. Letzten Weihnachten hatte sie ihn geheiratet. Diesen Weihnachten würde sie ihm ein Kind bescheren.

»Sie tanzen woll nich, Nachbarn?« fragte ihre nächste Nachbarin sie im Oktober, als es ein mächtiges Gerede gab über die Eröffnung einer Tanzstunde oben im Ziegel- und Backstein-Wirtshause in Bestwood.

»Nein – ich habe nie die geringste Neigung zum Tanzen besessen«, erwiderte Frau Morel.

»Denken Se bloß! Un wie putzig, daß Sie grade Ihren Meister geheiratet haben. Sie wissen doch, er is doch gradezu berühmt wegen seines Tanzens.«

»Ich wußte nicht, daß er deswegen berühmt wäre«, lachte Frau Morel.

»Jawoll! Is er aber! Wieso, der leitet doch schon über fünf Jahre die Tanzstunde im ›Bergmanns-Wappen‹.«

»Wirklich?«

»Gewiß doch.« Die andere wurde herausfordernd. »Alle Donnerstag war es ganz voll, un Dienstags, un Sonnabends – un da gings hoch her, heißt es.«

So etwas war bittere Galle für Frau Morel, und ein gehöriges Teil davon wurde ihr zugemessen. Die Frauen ersparten ihr zuerst gar nichts; denn sie war etwas Besseres als sie, wenn sie auch nichts dafür konnte.

Er fing an, recht spät nach Hause zu kommen.

»Sie arbeiten jetzt sehr lange, nicht wahr?« sagte sie zu ihrer Wäscherin.

»Nich länger als immer, jlobe ick. Aber se halten denn eben noch mal an, um bei Ellens einen zu nehmen, un denn fangen se an zu reden, un da haben Se's Essen eiskalt – geschieht se janz recht.«

»Aber Herr Morel trinkt nichts.«

Die Frau ließ ihre Wäsche fallen, sah Frau Morel an und fuhr dann ohne ein Wort zu sagen mit ihrer Arbeit fort.

Gertrude Morel war sehr elend, als der Junge geboren wurde. Morel war sehr gut gegen sie, von goldener Güte gradezu. Aber sie fühlte sich sehr einsam, meilenweit von den Ihren entfernt. Sie fühlte sich auch mit ihm einsam, und seine Gegenwart machte dies Gefühl nur schlimmer.

Der Junge war zuerst klein und gebrechlich, aber er machte sich bald heraus. Er war ein hübsches Kind, mit dunkelgoldenen Ringeln und dunkelblauen Augen, die bald in ein helles Grau übergingen. Seine Mutter liebte ihn leidenschaftlich. Er kam grade zu der Zeit an, als die Bitternis ihrer Enttäuschung ihr am härtesten zu tragen vorkam; als ihr Glaube ans Leben erschüttert war und ihre Seele sich traurig und einsam fühlte. Sie hielt große Stücke auf das Kind, und der Vater wurde eifersüchtig.

Schließlich verachtete Frau Morel ihren Mann. Sie wandte sich dem Kinde zu; von dem Vater wandte sie sich ab. Er hatte angefangen sie zu vernachlässigen; die Neuigkeit des eigenen Heims war für ihn vorüber. Er besäße keine Entschlußfähigkeit, sagte sie voller Bitterkeit zu sich selbst. Was er grade im Augenblick empfand, das war ihm alles. Er konnte nie bei der Sache bleiben. Es saß nichts hinter all seinem Getue.

Nun begann ein Kampf zwischen Mann und Frau – ein furchtbarer, blutiger Kampf, der erst mit dem Tode des einen endete. Sie kämpfte, um ihn seine eigene Verantwortlichkeit erkennen zu lehren, ihn seine Verpflichtungen erfüllen zu machen. Er war aber zu verschieden von ihr. Seine Veranlagung war eine rein sinnliche, und sie versuchte, ihn sittlich zu machen, gottesfürchtig. Sie versuchte, ihn zu zwingen, den Dingen ins Auge zu schauen. Das konnte er nicht aushalten – es brachte ihn um den Verstand.

Noch während das Kind ganz klein war, wurde die Stimmung des Vaters so reizbar, daß kein Verlaß mehr darauf war. Das Kind brauchte nur ein wenig unruhig zu werden, so fing der Mann an, es zu quälen. Ein wenig mehr, und die harten Bergmannsfäuste schlugen das Kind. Dann ekelte es Frau Morel vor ihrem Manne, ekelte es sie vor ihm tagelang: und dann ging er aus und trank; und sie machte sich wenig daraus, was er trieb. Sie verletzte ihn auch bei seiner Rückkehr durch ihren Spott.

Die Entfremdung zwischen ihnen beiden veranlaßte ihn, sie wissentlich oder unwissentlich auch da gröblich zu beleidigen, wo er es sonst nicht getan hätte.

William war erst ein Jahr alt, und seine Mutter war auf den hübschen Jungen sehr stolz. Ihre Verhältnisse waren jetzt nicht besonders, aber ihre Schwestern versorgten den Jungen mit Anzügen. Mit seinem kleinen weißen Hut mit einer gekräuselten Straußenfeder und seinem weißen Rock war es ihr eine Freude ihn anzusehen, mit seinem Lockenhaar, das ihm den Kopf umrahmte. Eines Sonntagmorgens lag Frau Morel und lauschte auf das Geplauder von Vater und Sohn unten. Dann schlummerte sie wieder ein. Als sie nach unten kam, glühte ein mächtiges Feuer auf dem Herde, das Zimmer war heiß, der Frühstückstisch unordentlich gedeckt, und in seinem Armstuhl dem Kamin gegenüber saß Morel, etwas verschüchtert; und zwischen seinen Knien stand das Kind – kahl geschoren wie ein Schaf, mit einer wunderlichen runden Tolle – und sah sie verwundert an; und auf einer Zeitung auf der Herdmatte lagen verstreut in dem rötlichen Feuerschein unzählige halbmondförmige Locken, wie die Blütenblätter einer Ringelblume.

Frau Morel stand regungslos. Dies war ihr erstes Kind. Sie wurde schneeweiß und konnte nicht sprechen.

»Wat meenste so von ihn?« lachte Morel unsicher.

Sie ballte beide Fäuste, hob sie und trat auf ihn zu. Morel wich zurück.

»Umbringen könnte ich dich, ja, wahrhaftig!« sagte sie. Sie erstickte vor Wut, mit hocherhobenen Fäusten.

»Du wolltst doch woll keen Mächen aus ihn machen«, sagte Morel in furchtsamem Tonfall und ließ den Kopf hängen, um seine Augen vor den ihren zu bergen. Der Versuch zu lachen war ihm vergangen.

Die Mutter blickte auf das zottelige, kahlgeschorene Haupt ihres Kindes. Sie legte die Hand auf sein Haar und streichelte ihm liebkosend den Kopf.

»O – mein Junge!« stammelte sie. Die Lippen zitterten ihr, ihr Gesicht brach zusammen, und das Kind in die Höhe reißend, barg sie ihr Gesicht an seiner Schulter und weinte schmerzerfüllt. Sie war eine jener Frauen, die nicht weinen können; denen es genau so weh tut wie einem Manne. Ihr Schluchzen war, als würde ihr etwas aus dem Leibe gerissen.

Morel saß da, die Ellbogen auf den Knien, die Hände verschränkt, bis die Knöchel weiß wurden. Er stierte ins Feuer und kam sich fast wie betäubt vor, als könne er nicht länger atmen.

Aber da war es auch zu Ende mit ihr, sie beruhigte das Kind und räumte den Frühstückstisch auf. Das Zeitungsblatt mit dem Lockengewirr ließ sie auf der Herdmatte liegen. Schließlich nahm ihr Mann es auf und steckte es ins Feuer. Sie ging mit geschlossenem Munde, sehr still, an ihre Arbeit. Morel war gebändigt. Voller Jammer kroch er umher, und seine Mahlzeiten waren ihm an diesem Tage ein wahres Elend. Sie sprach höflich mit ihm und machte keine Anspielung auf das, was er getan hatte. Aber er merkte, daß etwas zum Schlusse gekommen sei.

Später sagte sie, sie wäre albern gewesen, dem Jungen hätte das Haar über kurz oder lang doch geschnitten werden müssen. Schließlich brachte sie es sogar über sich, ihrem Manne zu sagen, es wäre doch recht gewesen, daß er damals den Haarschneider gespielt habe. Aber sie wußte doch, und Morel ebenso, jene Handlung hatte in ihrer Seele etwas Folgenschweres hervorgerufen. Ihr ganzes Leben lang erinnerte sie sich an den Vorgang als einen, unter dem sie besonders schwer gelitten hatte.

Dieser Ausbruch männlicher Tölpelhaftigkeit war der Speer durch die Seite ihrer Liebe für Morel. Früher, selbst während sie in bitterem Kampfe mit ihm lag, hatte sie sich um ihn gegrämt, wenn er einmal auf Abwege geriet. Jetzt hörte sie auf, sich nach seiner Liebe zu sehnen: er war ihr fremd geworden. Das machte das Leben viel erträglicher.

Trotzdem gingen ihre Kämpfe mit ihm weiter. Sie besaß immer noch ihr hohes Sittlichkeitsgefühl, ein Erbteil ganzer Geschlechterfolgen von Puritanern. Jetzt war es ihr Frömmigkeitsgefühl, und sie wurde fast zum Glaubensschwärmer an ihm, grade weil sie ihn liebte oder doch geliebt hatte. Sündigte er, so quälte sie ihn. Trank er und log, wurde er manchmal zum Prahlhans, gelegentlich auch mal zum Lumpen, so schwang sie unbarmherzig die Geißel.

Das Traurige war: sie war ihm zu unähnlich. Sie konnte sich mit dem wenigen, was er darstellen konnte, nicht zufrieden geben; sie wollte ihn so hoch bringen, wie er eigentlich hätte stehen müssen. So vernichtete sie ihn in dem Versuch, ihn zu etwas Edlerem zu machen, als er sein konnte. Sie verletzte und quälte und schund sich selbst auch, aber sie verlor nichts von ihrem Werte. Sie hatte ja auch die Kinder.

Er trank recht schwer, wenn auch nicht mehr als andere Bergleute, und nur Bier, so daß seine Gesundheit wohl litt, aber doch nicht untergraben wurde. Am Wochenschluß gings auf den Hauptbummel. Jeden Freitagabend, Sonnabend- und Sonntagabend saß er bis Feierabend im ›Bergmanns-Wappen‹. Montags und Dienstags mußte er aufstehen und, wenn auch widerwillig, gegen zehn Uhr losziehen. Mittwoch- und Donnerstagabend blieb er manchmal zu Hause oder ging nur auf ein Stündchen aus. Tatsächlich brauchte er nie des Trinkens wegen die Arbeit zu versäumen.

Aber obwohl er recht gleichmäßig arbeitete, ging sein Lohn doch zurück. Er war ein Plappermaul, ein Schwätzer. Aufsicht war ihm etwas Gräßliches, daher konnte er über die Betriebsleiter auch nichts als schimpfen. So sagte er wohl mal in Palmerston:

»Kommt der Olle heute morjen in unsern Stollen runter und sagt: ›Weeste, Walter, so jeht det nich weiter. Wat is denn det fier 'ne Zimmerung?‹ Un ick antwort ihm: ›Wieso denn, wo red'st de denn von? Wat is denn los mit die Zimmerung?‹ – ›Die jeht nie nich, die da‹, sagte er. ›Dich kommt eines schönen Tages det Dach auf'n Kopp‹, sagt er. Un ick sag: ›Denn schtell dir man lieber da auf'n Klumpen Dreck un halts mit'n Kopp hoch.‹ Da wurde er mächtig jiftig un schimpft un flucht, un die andern mußten alle lachen.« Morel war ein guter Schauspieler. Er ahmte die fette, quäkige Stimme des Betriebsleiters nach und seinen Versuch, anständig Englisch zu sprechen.

»›Ick werd mir woll hieten, Walter. Wer verschteht denn woll mehr davon, du oder ich?‹ sagt er. ›Det Hab ick noch nie nich rausjefunden, wat du davon verschtehst, Alfred. Et langt villeicht jrade, dir in die Klappe un wieder rauszubringen.‹«

So fuhr Morel zum Vergnügen seiner Kneipbrüder fort. Und manches daran war auch wahr. Der Betriebsleiter war kein Mann von Bildung. Er war noch zur selben Zeit wie Morel Schlepperjunge gewesen, so daß sie beide, während sie sich nicht leiden konnten, sich doch als gegebene Größen hinnahmen. Aber Alfred Charlesworth vergab dem Steiger dies Kneipengeschwätz nicht. Obwohl Morel also ein tüchtiger Bergmann war und zur Zeit seiner Verheiratung manchmal bis an fünf Pfund in der Woche verdiente, geriet er in der Folge ganz allmählich in immer schlechtere und schlechtere Stollen, wo die Kohle dünn und schwer zu erreichen war und keinen Vorteil brachte.

Im Sommer waren die Gruben außerdem flau. An hellen, sonnigen Morgen kann man die Leute manchmal um zehn, elf oder zwölf haufenweise nach Hause ziehn sehen. Dann stehen keine leeren Hunde am Schachteingang. Die Frauen sehen vom Hügel herüber, während sie die Herdmatte am Zaun ausklopfen, und zählen die Wagen, die die Maschine das Tal hinunterschleppt. Und wenn die Kinder zur Essenszeit aus der Schule kommen, blicken sie über das Feld weg, und wenn sie die Räder auf den Fördertürmen stillstehn sehen, sagen sie:

»Minton hat gestoppt, Vatter wird zu Hause sein.«

Und über allen liegt eine Art Schatten, über Männern und Frauen und Kindern, weil das Geld am Wochenschluß knapp sein wird.

Morel sollte seiner Frau eigentlich dreißig Schilling wöchentlich geben für alles – Miete, Essen, Kleidung, Vergnügen, Versicherung, Arzt. Ging es ihm mal besonders gut, so gab er ihr fünfunddreißig. Aber diese Gelegenheiten hielten keineswegs denen die Wage, wo er ihr nur fünfundzwanzig gab. Im Winter konnte der Bergmann, wenn er einen anständigen Stollen hatte, fünfzig bis fünfundfünfzig Schilling die Woche verdienen. Dann war er glücklich. Freitagabend, Sonnabend, Sonntag war er freigebig wie ein König und wurde auf die Weise seine zwanzig Schilling oder so los. Und von alledem behielt er kaum so viel übrig, um den Kindern einen Penny zu geben oder ihnen ein Pfund Äpfel zu kaufen. Alles ging durch die Kehle. In schlechten

Zeiten war es noch übler, aber er war nicht so häufig betrunken, so daß Frau Morel zu sagen pflegte:

»Ich weiß doch nicht, ob ich nicht lieber sehe, wenn es uns knapp geht; denn wenn er Geld hat, gibts keinen Augenblick Ruhe und Frieden.«

Wenn er vierzig Schilling empfing, behielt er zehn; von fünfunddreißig behielt er fünf; von zweiunddreißig vier; von achtundzwanzig drei; von vierundzwanzig zwei; von zwanzig anderthalb, von achtzehn behielt er einen Schilling, von sechzehn einen halben. Nie sparte er einen Penny und gab auch seiner Frau nie die Möglichkeit zu sparen; statt dessen hatte sie gelegentlich seine Schulden zu bezahlen; nicht Kneipschulden, denn die wurden nie auf die Frauen übertragen, aber Schulden, wenn er etwa einen Kanarienvogel gekauft hatte oder einen auffallenden Spazierstock.

Während des Jahrmarkts arbeitete Morel schlecht, und Frau Morel versuchte, etwas für ihre Wochen zu sparen. So war ihr der Gedanke, daß er seinem Vergnügen nachliefe, während sie abgehetzt zu Hause bliebe, ein gallenbitterer Trank. Der Rummel dauerte zwei Tage. Am Dienstagmorgen stand Morel früh auf. Er war guter Stimmung. Ganz früh, vor sechs, hörte sie ihn unten lustig drauflos pfeifen. Er hatte eine hübsche Art zu pfeifen, lebhaft und wohlklingend. Er pfiff fast stets Kirchenlieder. Bei seiner schönen Stimme war er Chorknabe gewesen und hatte im Dome zu Southwell sogar allein singen müssen. Das konnte man noch seinem morgendlichen Pfeifen anhören.

Seine Frau lag und hörte seinem Arbeiten im Garten zu, wo sein Pfeifen in das Gesäge und Gehämmere hineintönte. Ihn so in dem hellen frühen Morgen, glücklich bei seiner männlichen Beschäftigung zu hören, während sie noch im Bette lag und die Kinder noch nicht wach waren, gab ihr immer ein Gefühl von Wärme und Frieden.

Um neun Uhr, während die Kinder mit bloßen Füßen und Beinen auf dem Sofa spielten und die Mutter aufwusch, kam er von seiner Zimmermannsarbeit wieder herein, die Ärmel aufgekrempelt, die Weste offen hängend. Er war immer noch ein gut aussehender Mann, mit schwarzem lockigem Haar und einem mächtigen schwarzen Schnurrbart. Sein Gesicht war etwas zu sehr gerötet, und er hatte vielleicht etwas zu Empfindliches an sich. Aber augenblicklich war er doch fröhlich. Er ging stracks auf den Ausguß zu, an dem seine Frau aufwusch.

»Wat, da biste schon!« sagte er lärmend. »Mach mal hopp un laß mich mir erst mal waschen.«

»Du kannst wohl warten bis ich fertig bin«, sagte seine Frau.

»Oh, kann ick; wenn ick aber nich will?«

Diese gutmütige Drohung machte Frau Morel Spaß.

»Denn kannst du ja hingehn und dich in der Regentonne waschen.«

»Ha, kann ick, du verflixte kleene Hexe!«

Worauf er noch einen Augenblick stehenblieb und ihr zusah; dann aber ging er weg und wartete, bis sie fertig war. Wenn er nur wollte, konnte er immer noch richtig den Verliebten spielen.

Für gewöhnlich ging er am liebsten mit einem Tuch um den Hals aus. Nun aber zog er sich ordentlich an. Eine wahre Wollust schien in der Art und Weise zu liegen, wie er beim Waschen prustete und plantschte, eine wahre Heiterkeit darin, wie er zu dem Küchenspiegel fuhr und, indem er sich niederbeugte, weil er ihm zu tief hing, sein nasses schwarzes Haar so gewissenhaft scheitelte, daß es Frau Morel gradezu reizte. Er band einen Umlegekragen und eine schwarze Schleife um und zog seinen Sonntagsrock an. Darin sah er ganz flott aus, und was sein Anzug nicht vermochte, das besorgte sein eigenes Gefühl für sein gutes Aussehen.

Um halb zehn kam Jerry Purdy, um seinen Kumpel abzuholen. Jerry war Morels Busenfreund, und Frau Morel mochte ihn gar nicht. Er war ein langer, dünner Mensch mit einem richtigen Fuchsgesicht, jener Art Gesichtern, denen die Augenbrauen zu fehlen scheinen. Er ging mit steifer, spröder Würde einher, als stäke sein Kopf auf einer hölzernen Feder. Seine Veranlagung war kalt und schlau. Großmütig, wo es in seiner Absicht lag, schien er Morel sehr gern zu haben und ihn mehr oder weniger unter seine Obhut zu nehmen.

Frau Morel haßte ihn. Sie hatte seine Frau gekannt, die an der Schwindsucht gestorben war und die gegen ihr Ende hin eine so furchtbare Abneigung gegen ihren Mann empfunden hatte, daß es ihr schon schweren Blutverlust verursachte, wenn er nur zu ihr ins Zimmer kam. Woraus Jerry sich übrigens nichts zu machen schien. Und nun hielt ihm seine älteste Tochter, ein Mädchen von fünfzehn, einen jämmerlichen Haushalt und sorgte für die beiden jüngeren Kinder.

»Der dürre Schuft mit seinem verkümmerten Herzen!« sagte Frau Morel von ihm.

»Ick hab in mein Leben noch nich jesehen, det Jerry 'n Schuft jewesen wäre«, hielt Morel ihr entgegen, »'n besseren Kerl mit ne offenere Hand kannste woll nirgends nich finden, so ville ick weeß.«

»Offene Hand gegen dich«, wandte Frau Morel dagegen ein. »Für seine Kinder ist seine Faust dicht genug – arme Dinger!«

»Un weswegen sin se denn arme Dinger, möchte ick woll wissen!«

Aber Frau Morel wollte sich über Jerry nicht beruhigen lassen.

Der Gegenstand ihrer Unterhaltung wurde sichtbar, indem er seinen dünnen Hals über den Spülküchenvorhang vorbeugte. Er traf Frau Morels Blick.

»Morjen, Frau! Is der Meester da?«

»Ja, da ist er.«

Jerry trat ungebeten ein und blieb im Kücheneingang stehen. Er wurde nicht aufgefordert, sich zu setzen, sondern blieb dort stehen, in Verteidigung der Menschen- und Gattenrechte.

»'n feiner Morjen«, sagte er zu Frau Morel.

»Ja.«

»Jroßartig heute draußen – jroßartig für'n Spazierjang.«

»Meinen Sie, Sie wollten heute spazierengehen?« fragte sie.

»Ja. Wir wollten mal nach Nottingham«, antwortete er.

»Hm!«

Die beiden Männer begrüßten sich, beide froh: Jerry indessen ganz selbstbewußt, Morel eher verkniffen, voller Angst, sich in Gegenwart seiner Frau zu froh zu zeigen. Aber rasch und voller Laune schnürte er sich die Schuhe.

Sie wollten zehn Meilen über Feld nach Nottingham gehen. Vom ›Grunde‹ aus den Hügel hinansteigend, zogen sie fröhlich in den Morgen hinaus. Im ›Mond und Sterne‹ nahmen sie zum erstenmal einen, dann ging es weiter nach dem Alten Flecken. Dann fünf lange Meilen Durststrecke, die sie nach Bullwell hineinführte zu einem großartigen Halben Helles. Aber dann hielten sie sich wieder auf dem Feld bei Heumachern auf, deren Bierkrug noch voll war, so daß, als sie in Sicht der Stadt kamen, Morel müde war. Die Stadt stieg vor ihnen an, im flimmernden Dunst der Mittagsglut, in einer kühnen Zackenkrone nach Süden zu mit ihren Türmen und mächtigen Werkstätten und Schornsteinen. Auf dem letzten Felde legte Morel sich unter einen Eichbaum und schlief fest über eine Stunde lang. Als er aufstand, um weiter zu ziehen, fühlte er sich recht unbehaglich.

In der›Weide‹ aßen sie zu Mittag bei Jerrys Schwester; dann zogen sie weiter in den ›Punschnapf‹, wo sie in die Aufregung eines Taubenwettfluges hineingerieten. Morel spielte nie in seinem Leben Karten, da er ihnen geheime, böswillige Kräfte beimaß – »Teufelsbilder« nannte er sie. Aber im Kegeln und Domino war er Meister. Er nahm die Herausforderung eines Mannes aus Newark zum Kegeln an. Sämtliche Männer in der alten, lang sich hinziehenden Kneipe schlugen sich auf die eine oder andere Seite und wetteten für oder gegen. Morel zog seinen Rock aus. Jerry hielt den Hut mit dem Gelde. Die Leute an den Tischen beobachteten sie. Einige standen mit ihren Krügen in der Hand da. Morel wog die dicke, hölzerne Kugel vorsichtig und ließ sie dann lossausen. Er richtete ein furchtbares Gemetzel unter den Kegeln an und gewann zweieinhalb Schilling, was seine Zahlungsfähigkeit wiederherstellte.

Gegen sieben Uhr waren beide in guter Stimmung. Sie erreichten noch den Halbacht-Uhr-Zug nach Hause.

Nachmittags war der ›Grund‹ unerträglich. Jeder zu Haus gebliebene Einwohner war vor der Tür. Die Frauen, zu zweien und dreien, barhäuptig und in weißen Schürzen, plauderten in dem Gange zwischen den Häuserreihen. Männer, die sich mal ein bißchen vom Kneipen ausruhten, hockten da und schwatzten. Das ganze Nest roch abgestanden; die Schieferdächer glitzerten in der trockenen Hitze.

Frau Morel brachte ihr kleines Mädchen hinunter an den Bach auf der nur etwa zweihundert Schritt entfernten Wiese. Das Wasser lief hurtig über Steine und zerbrochenes Geschirr. Mutter und Kind lehnten gegen das Geländer der alten Schafbrücke und paßten auf. Oberhalb an der Schwemme, am andern Ende der Wiese, konnte Frau Morel die nackten Gestalten von Jungens um das tiefe, gelbe Wasser aufblitzen oder gelegentlich einen hellen Körper schimmernd über die stumpfschwarz erscheinende Wiese flitzen sehen. Sie wußte, William war mit an der Schwemme, und es war die Angst ihres Lebens, er könne dort ertrinken. Annie spielte unter der hohen, alten Hecke und las Erleneckern auf, die sie Johannisbeeren nannte. Das Kind erforderte viel Aufmerksamkeit, und die Fliegen waren eine reine Plage.

Um sieben wurden die Kinder zu Bett gebracht. Dann arbeitete sie noch ein Weilchen.

Als Walter Morel und Jerry in Bestwood ankamen, fühlten sie eine Last von ihren Gemütern sinken; keine Eisenbahnfahrt stand ihnen mehr bevor, und so konnten sie dem herrlichen Tage noch einen richtigen Abschluß geben. Mit der Zufriedenheit heimkehrender Reisender traten sie in den ›Nelson‹ ein.

Der nächste Tag war ein Arbeitstag, und der Gedanke daran legte sich wie ein Dämpfer über das Gemüt der Männer. Die meisten von ihnen hatten außerdem ihr Geld bereits ausgegeben. Einzelne trotteten schon mißmutig heimwärts, um sich zur Vorbereitung für morgen auszuschlafen. Frau Morel, die ihrem trüben Gesang zugehört hatte, ging ins Haus. Neun Uhr wurde es, und zehn, und das »Paar« war immer noch nicht wieder da. Irgendwo auf einer Schwelle sang ein Mann laut und quäkend: »Führ' uns, o Licht.« Frau Morel ärgerte sich immer darüber, daß alle Betrunkenen grade dies Kirchenlied anstimmen mußten, wenn das graue Elend über sie kam.

»Als ob ›Genovefa‹ es nicht auch täte«, sagte sie.

Die Küche war erfüllt vom Geruch gekochter Kräuter und Hopfen. Auf dem Fender stand ein weiter Kessel und dampfte gemächlich. Frau Morel nahm einen irdenen Krug, einen großen Topf aus dickem rotem Ton, ließ einen Haufen weißen Zuckers hineinlaufen und goß dann die Flüssigkeit, sich unter der Last hochstemmend, darüber.

In dem Augenblick trat Morel ein. Er war im ›Nelson‹ sehr vergnügt gewesen, aber auf dem Heimwege hatte sich seine Stimmung verschlechtert. Er war noch nicht ganz über das Gefühl von Ärger und Schmerz hinweg, nach seinem Schlaf in der Hitze; und sein böses Gewissen plagte ihn, je näher er seinem Hause kam. Er wußte gar nicht, daß er ärgerlich war. Aber als die Gartentür seinen Versuchen, sie zu öffnen, widerstand, trat er mit dem Fuße dagegen und zerbrach die Klinke. Er trat grade ein, als Frau Morel den Kräutersud aus dem Kessel goß. Sanft torkelnd taumelte er gegen den Tisch. Die kochende Flüssigkeit spritzte über. Frau Morel fuhr zurück.

»Guter Gott«, rief sie aus, »kommt er wieder betrunken nach Haus!«

»Wie kommt er nach Hause?« knurrte er, den Hut auf ein Auge gedrückt.

Plötzlich geriet ihr Blut in Wallung.

»Sag auch noch, du wärest nicht betrunken!« blitzte sie hervor.

Sie hatte den Kessel wieder hingesetzt und rührte den Zucker in das Bier. Er ließ beide Hände schwer auf den Tisch fallen und stieß sein Gesicht gegen sie vor.

»›Sag ooch noch, du wärest nich betrunken‹,« wiederholte er. »Sicher, bloß so'n kleenes ekliges Dings wie du kann uff so'n Jedanken kommen.«

Er stieß sein Gesicht wieder gegen sie vor.

»Zum Saufen ist immer Geld da, wenn auch für nichts anderes.«

»Keene zwee Schilling hab ick heute ausjejeben«, sagte er.

»Für nichts betrinkst du dich auch nicht wie ein Edelmann«, erwiderte sie. »Und«, rief sie in plötzlich ausbrechender Wut, »wenn du wieder mal deinen geliebten Jerry ausgepumpt hast, laß den doch lieber nach seinen Kindern sehen, denn die haben es nötig.«

»Det 's 'ne Lüje, det 's 'ne Lüje. Halt die Klappe, Weibsbild.«

Nun war der Kampf wieder auf dem Höhepunkt. Beide vergaßen alles über dem gegenseitigen Haß und ihrem Kampf. Sie war ebenso erhitzt und wütend wie er. So ging es weiter, bis er sie Lügnerin nannte.

»Nein«, rief sie in die Höhe fahrend, kaum imstande zu atmen. »Das sag nicht – du, der ekelhafteste Lügner, der je in Schuhleder lief.« Die letzten Worte brachte sie mit Mühe aus ihren erschöpften Lungen hervor.

»'ne Lüjnersche bist de!« schrie er gellend, mit einem heftigen Faustschlag auf den Tisch, »'ne Lüjnersche bist de, 'ne Lüjnersche bist de!«

Mit geballten Fäusten straffte sie sich auf.

»Du beschmutzt ja das Haus!« rief sie.

»Denn mach doch, det de rauskommst – et jehört ja mich zu. Mach, det de rauskommst!« brüllte er. »Ick bringe doch woll dat Jeld an, nich du. 't is mein Haus, nich deins. Also raus mit dir – raus mit dir!«

»Und ich täts auch«, rief sie, plötzlich zu Tränen der Ohnmacht bewegt. »Ach wie gern, wie gern wäre ich schon lange gegangen, wäre es nicht wegen der Kinder. Ach, hats mich nicht gereut, daß ich nicht schon vor Jahren gegangen bin, als ich erst das eine hatte« – und dann plötzlich in Wut vertrocknend: »Glaubst du etwa, ich bliebe deinetwegen hier – glaubst du, ich bliebe deinetwegen auch nur eine Minute?«

»Denn jeh doch!« schrie er außer sich. »Jeh doch!«

»Nein!« Sie wandte sich ihm wieder zu. »Nein!« rief sie laut, »es soll nicht immer alles nach deiner Mütze gehen; du sollst nicht bloß tun, was du willst. Ich muß auf die Kinder passen. Wahrhaftig«, lachte sie, »das wäre was Schönes, wenn ich dir die überlassen wollte.«

»Raus!« schrie er undeutlich und hob die Faust. Er war bange vor ihr. »Raus!«

»Ich wäre ja nur zu froh. Ich müßte ja so lachen, so lachen, mein Herr und Gebieter, wenn ich nur von dir wegkönnte«, antwortete sie.

Er kam auf sie zu, sein rotes Gesicht mit den blutunterlaufenen Augen vorgeschoben, und packte sie an den Armen. Sie schrie auf aus Furcht vor ihm und rang, um von ihm loszukommen. Mit einem Ächzen halb wieder zu sich kommend, stieß er sie roh auf die Außentür zu, durch die er sie herausdrängte und dann den Riegel mit scharfem Schnapp wieder zuschob. Dann trat er wieder in die Küche, ließ sich in seinen Armstuhl fallen und den Kopf, zum Platzen mit Blut gefüllt, zwischen die Knie sinken. So versank er allmählich in Starre vor Erschöpfung und Betrunkenheit.

Der Mond stand hoch und prächtig in der Augustnacht. Von Leidenschaft verzehrt schauerte Frau Morel zusammen, als sie sich hier draußen in dem nächtigen weißen Lichte fand, das so kalt auf sie niederfiel und ihre entflammte Seele erschreckte. Ein paar Augenblicke stand sie und starrte hilflos auf die glitzernden großen Rhabarberblätter neben der Tür. Dann bekam sie wieder Luft in die Brust. In allen Gliedern zitternd schritt sie den Gartenpfad hinunter, während das Kind in ihr kochte. Eine Zeitlang hatte sie noch keine Macht über ihr Bewußtsein; ganz gedankenlos ließ sie den letzten Vorgang noch einmal an sich vorüberziehen und dann noch einmal, und immer aufs neue brannten sich gewisse Redensarten, gewisse Einzelheiten wie ein Mal in ihre Seele; und jedesmal, wenn sie sich die verflossene Stunde so vorführte, loderte der Brand bei denselben Stellen wieder empor, bis das Mal eingebrannt und der Schmerz ausgebrannt war und sie schließlich wieder zu sich kam. Sie mußte eine halbe Stunde in dieser wirren Verfassung zugebracht haben. Dann kam die Gegenwart der Nacht ihr wieder zum Bewußtsein. Voller Furcht schaute sie sich um. Sie war in den Seitengarten gewandert, wo sie den Pfad neben den Johannisbeerbüschen an der langen Mauer entlang auf und ab ging. Der Garten war nur ein schmaler Streifen, von dem die Blöcke durchschneidenden Weg durch eine dicke Dornhecke getrennt.

Aus dem Seitengarten eilte sie in den Vorgarten hinüber, wo sie wie in einer riesigen Bucht weißen Lichtes stehenbleiben konnte, während der Mond ihr grade ins Gesicht herniederstrahlte, und das Mondlicht drüben auf den Hügeln stand und das Tal, wo der ›Grund‹

sich einherwand, fast blendend füllte. Ächzend und halb weinend als Rückwirkung ihrer Kraftanspannung murmelte sie immer und immer wieder bei sich: »Der Nichtsnutz! Der Nichtsnutz!«

Da bemerkte sie, daß etwas um sie war. Mit einem Ruck raffte sie sich so weit zusammen, um sehen zu können, was es wäre, das ihr so zum Bewußtsein kam. Die hohen, weißen Lilien schwankten im Mondlicht, und die Luft war von ihrem Duft erfüllt, ganz gespenstisch. Frau Morel hielt leicht den Atem an, wie aus Furcht. Sie berührte die großen, blassen Blütenblätter und schauderte zusammen. Sie schienen sich im Mondlicht auszudehnen. Sie fuhr mit der Hand in einen der weißen Kelche; das Gold war im Mondschein auf ihren Fingern kaum zu sehen. Sie beugte sich vor, um in den Kelch voll gelben Blütenstaubes zu sehen; aber er kam ihr nur dämmerig vor. Da nahm sie einen tiefen Zug von seinem Duft. Er machte sie fast schwindeln.

Frau Morel lehnte gegen die Gartentür und verlor sich ein Weilchen im Umherschauen. Was sie dachte, wußte sie nicht. Außer einem leichten Ekelgefühl und dem Wissen um ihr Kind zerging sie wie Duft in der schimmernden, blassen Luft. Eine Weile später zerging auch das Kind mit ihr in dem Schmelztiegel des Mondlichtes, und sie blieb mit den Hügeln und den Lilien und Häusern zu einem verschwommen in einer Art Ohnmacht zurück.

Als sie wieder zu sich kam, war sie sehr schläfrig. Müde blickte sie umher; Haufen weißer Phlox sahen wie mit Leinenzeug überdeckte Büsche aus; eine Motte taumelte über ihnen umher und weiter, stracks über den Gartenweg. Sie mit den Augen verfolgend, kam Frau Morel wieder zu sich. Ein paar Atemzüge des rohen, starken Phloxduftes kräftigten sie wieder. Sie schritt den Pfad hinauf und blieb zögernd bei dem weißen Rosenbusch stehen. Er roch so süß und schlicht. Sie berührte die weißen Büschel der Rosen. Ihr frischer Duft und die kühlen, weichen Blätter ließen sie an Morgenfrühe und Sonnenschein denken. Sie liebte sie so sehr. Aber sie war müde und hätte gern geschlafen. In dem geheimnisvollen Draußen fühlte sie sich so verloren.

Nirgends war ein Geräusch bemerkbar. Augenscheinlich waren die Kinder nicht aufgewacht oder waren wieder eingeschlafen. Drei Meilen entfernt brüllte ein Zug das Tal entlang. Die Nacht war sehr weit und sehr seltsam, wie sie ihre grauen Fernen so in die Unendlichkeit ausdehnte. Und aus dem silbergrauen Nebel der Dunkelheit tönten unbestimmte, heisere Stimmen herüber: nicht gar so weit ein Wachtelkönig, das Brausen eines Zuges wie ein Seufzer, und ferne Männerstimmen.

Sobald ihr beruhigtes Herz wieder rascher zu schlagen begann, eilte sie den Seitengarten hinunter nach der Rückseite des Hauses. Leise hob sie die Klinke; die Tür war noch verriegelt, hart gegen sie verschlossen. Leise klopfte sie an, wartete, klopfte abermals. Sie durfte die Kinder nicht aufwecken, und auch die Nachbarn nicht. Er mußte wohl schlafen und würde nicht leicht aufzuwecken sein. Ihr Herz begann darauf zu brennen, drinnen zu sein. Sie hing sich an die Türklinke. Jetzt war es kalt; sie würde sich erkälten, und das in ihrer gegenwärtigen Verfassung!

Ihre Schürze über Kopf und Arme schlagend, eilte sie abermals in den Seitengarten zum Küchenfenster. Sich auf die Fensterbank stützend, konnte sie unter dem Laden weg grade ihres Mannes Arme ausgebreitet auf dem Tische liegen sehen und seinen schwarzen Kopf auf der Platte. Er schlief mit dem Gesicht auf der Tischplatte. Etwas in seiner Haltung ließ sie der Dinge müde werden. Die Lampe brannte schwelend; das merkte sie an dem kupfrigen Schimmer ihres Scheins. Lauter und immer lauter klopfte sie gegen die Scheibe. Es kam ihr fast vor, das Glas müsse brechen. Aber er wachte nicht auf.

Nach weiteren ergebnislosen Versuchen begann sie zusammenzuschaudern, teils infolge der Berührung mit dem Stein, teils vor Erschöpfung. Immer in Angst um das Ungeborene zerbrach sie sich den Kopf, was sie wohl tun könne, um warm zu werden. Sie ging nach dem Kohlenschuppen, wo eine alte Herdmatte lag, die sie tags zuvor für den Lumpensammler dahingebracht hatte. Die schlug sie sich um die Schultern. Sie war warm, wenn auch schmutzig. Dann schritt sie den Gartenpfad wieder auf und ab, sah dann und wann einmal unter dem Laden durch, klopfte, und wiederholte sich immer wieder, schließlich müsse ihn doch die Unbequemlichkeit seiner Stellung zum Aufwachen bringen.

Endlich, nach ungefähr einer Stunde, klopfte sie lange und leise an die Scheibe. Allmählich drang ihm der Ton ins Bewußtsein. Als sie schon ganz verzweifelt grade aufhören wollte zu klopfen, sah sie, wie er sich bewegte und dann blind den Kopf hob. Das angestrengte Arbeiten seines Herzens brachte ihn wieder zum Bewußtsein. Herrisch klopfte sie nun an die Scheibe. Er war mit einem Satz wach. Sofort sah sie, wie er die Fäuste ballte und wie seine Augen funkelten. Er empfand keine Spur körperlicher Furcht. Und wäre eine ganze Bande Einbrecher dagewesen, er wäre blindlings auf sie losgegangen. Verwundert, aber auf jeden Kampf gefaßt, starrte er um sich.

»Mach die Tür auf, Walter«, sagte sie kalt.

Seine Hände lösten sich. Es begann ihm zu dämmern, was er getan hatte. Sein Kopf senkte sich, mürrisch und verbissen. Sie sah ihn nach der Tür eilen, hörte den Riegel zurückfahren. Er versuchte die Klinke. Sie öffnete sich – und da stand die silbergraue Nacht, vor der er solche Angst hatte nach dem dämmrigen Lampenlicht. Er fuhr zurück.

Beim Eintreten sah Frau Morel ihn durch die Tür fast rennend zur Treppe eilen. In der Eile, draußen zu sein, bevor sie hereinkäme, hatte er sich den Kragen vom Halse gerissen, und da lag er, mit zerrissenen Knopflöchern. Das machte sie böse.

Sie wärmte und beruhigte sich. Vor Jammer alles vergessend, machte sie sich an die Kleinigkeiten, die noch zu tun waren, setzte ihm sein Frühstück zurecht, spülte seine Grubenflasche aus, legte seine Grubenkleider an den Herd zum Wärmen, stellte seine Grubenstiefel daneben, legte ihm ein reines Halstuch, die Frühstückstasche und zwei Äpfel hin, bedeckte das Feuer und ging zu Bett. Er schlief schon wie ein Toter. Seine scharfen, schwarzen Augenbrauen waren wie in mürrischem Jammer auf der Stirn zusammengezogen, während die niedergezogenen Falten um die Mundwinkel und der brummige Mund zu sagen schienen: »Is mir schnuppe, wer du bist un was du bist, ich tue doch, was ich will.«

Frau Morel kannte ihn zu gut, als daß sie nach ihm gesehen hätte. Vor dem Spiegel ihre Vorstecknadel losmachend, lächelte sie leise, als sie sah, daß ihr ganzes Gesicht mit gelbem Lilienstaub beschmiert war. Sie wischte ihn ab und legte sich endlich hin. Eine Zeitlang war ihr Gemüt noch in Aufruhr und stob Funken; aber ehe ihr Mann vom ersten Schlummer seiner Trunkenheit erwachte, schlief sie schon fest.

2. Pauls Geburt und neue Kämpfe

Nach einem Vorgang wie dem letzten war Walter Morel ein paar Tage lang immer niedergeschlagen und beschämt; aber bald gewann er seine alte, prahlerische Gleichgültigkeit wieder. Und trotzdem lag in seiner Sicherheit etwas Furchtsames, sie nahm ab. Sogar körperlich nahm er ab, und sein hübsches, lebenstrotzendes Äußere verblaßte. Er wurde niemals im geringsten fett, so daß es schien, als schrumpfe seine körperliche Kraft zugleich mit seinem Stolz und seiner sittlichen Kraft zusammen, als er jetzt aus seiner aufrechten, selbstbewußten Haltung herabsank.

Nun kam es ihm aber auch zum Bewußtsein, wie schwer es seiner Frau wurde, sich mit all ihrer Arbeit abzuquälen, und mit durch Reue noch erhöhtem Mitleid beeilte er sich, ihr zu helfen. Er ging von der Grube stracks nach Hause und blieb auch dort bis Freitagabend, konnte aber dann nicht länger zu Hause bleiben. Um zehn Uhr war er indessen wieder da, fast vollkommen nüchtern.

Sein Frühstück machte er sich immer selbst. Da er ein Frühaufsteher war und immer viel Zeit hatte, schleppte er nicht wie manche andere Bergleute seine Frau um sechs aus dem Bett. Um fünf, zuweilen auch schon früher, wachte er auf, fuhr sofort aus dem Bett und ging hinunter. Wenn seine Frau nicht schlafen konnte, blieb sie doch ruhig so lange liegen, da dies eine Spanne Friedens für sie bedeutete. Wirkliche Ruhe schien jedoch immer erst über sie zu kommen, wenn er aus dem Hause war.

Er ging im Hemd hinunter und fuhr dann mühsam in seine Grubenhosen, die die ganze Nacht über vor dem Herde lagen, um warm zu bleiben. Feuer war immer da, weil Frau Morel es stets mit Asche bedeckte. Und der erste Ton im Hause war immer das bums! bums! des Schürhakens, wenn Morel die übriggebliebene Kohle zusammenrakte, um den vollen Kessel, der stets auf dem Herdgitter stehenblieb, endgültig zum Kochen zu bringen. Seine Tasse, Gabel und Messer, alles, was er außer dem Essen selbst nötig hatte, lagen fertig auf dem Tisch auf einem Zeitungsblatt. Dann holte er sich sein Frühstück, machte Tee, verstopfte die Ritze unter der Tür mit einem alten Lappen, um den Zug auszuschließen, harkte alles Feuer auf einen mächtigen Haufen zusammen und setzte sich nieder zu einem gemütlichen Stündchen. Er röstete sich seinen Schinken an einer Gabel und fing das herabtropfende Fett mit Brot auf; dann legte er die Schinkenschnitte auf eine dicke Schnitte Brot und schnitt sich mit dem Taschenmesser einzelne Happen ab, goß sich den Tee in die Untertasse und war glücklich. Waren die Seinen dabei, dann waren seine Mahlzeiten nie so angenehm. Gabeln verabscheute er; sie sind ja auch eine neuzeitliche Erfindung, die noch kaum ins Volk gedrungen ist. Was Morel lieber war, war sein Taschenmesser. Dann aß und trank er in Einsamkeit, und saß bei kaltem Wetter oft auf einem kleinen Schemel mit dem Rücken gegen den Herd, sein Essen vor sich auf dem Fender, seine Tasse auf dem Herde. Und dann las er die gestrige Abendzeitung – soweit ers vermochte – indem er sie mühsam durchbuchstabierte. Am liebsten hielt er die Läden geschlossen und die Kerze brennend, selbst bei Tageslicht; das war so eine Grubenangewohnheit.

Um ein Viertel vor sechs stand er auf, machte sich zwei dicke Scheiben Brot mit Butter zurecht und steckte sie in den weißen Kattunsack. Seine Blechflasche füllte er mit Tee. Kalter Tee ohne Milch und Zucker war sein Lieblingsgetränk für die Grube. Dann zog er sein Hemd aus und seine Grubenjacke an, eine Art Weste aus dickem Flanell, am Halse niedrig ausgeschnitten und mit kurzen Ärmeln wie ein Unterhemd.

Dann ging er mit einer Tasse Tee nach oben zu seiner Frau, weil sie doch krank war und weil es ihm grade in den Sinn kam.

»Da hab ick dich 'ne Tasse Tee jebracht, Mächen«, sagte er.

»Ach, das wäre auch nicht nötig gewesen, du weißt ja doch, ich mag ihn nicht«, erwiderte sie.

»Trink ihn man, der bringt dir wieder in 'n Schlaf.«

Sie nahm den Tee. Es machte ihm Freude, zu sehen, daß sie ihn nahm und daran nippte.

»Ich will mein Leben wetten, da ist kein Stück Zucker drin«, sagte sie.

»Doch, 'n janz jroßes«, erwiderte er verletzt.

»Das soll mich doch wundern«, sagte sie und nippte wieder.

Ihr Gesicht hatte etwas sehr Gewinnendes, wenn ihr Haar lose war. Und er mochte es eigentlich gern, wenn sie in dieser Weise mit ihm schalt. – Er sah sie noch einmal an und ging dann fort, ohne irgendwelchen Abschied. Er nahm nie mehr als zwei Scheiben Brot mit in die Grube zum Essen, und so war ihm ein Apfel oder eine Apfelsine ein Fest. Er freute sich immer, wenn sie eine für ihn herauslegte. Er band ein Halstuch um, zog seine großen, schweren Stiefel an, seinen Rock mit der großen Tasche, in der sein Eßsack und seine Teeflasche steckten, und trat in die frische Morgenluft hinaus, die Tür hinter sich zumachend, ohne sie abzuschließen. Er liebte den frühen Morgen und den Gang durch die Felder. So kam er am Schachtkopf an, oft mit einem Zweig aus der Hecke zwischen den Zähnen, auf dem er den ganzen Tag lang kaute, um den Mund unten in der Grube feucht zu halten, und fühlte sich dort genau so glücklich, als wäre er noch auf dem Felde.

Späterhin, als die Zeit für das Kleine näher herankam, pflegte er sich in seiner lodderigen Weise im Hause zu tun zu machen; er räumte die Asche aus, säuberte die Feuerstelle und schrubbte das Haus, bevor er an die Arbeit ging. Dann ging er im Gefühl großer Rechtschaffenheit nach oben.

»Nu hab ick for dir reinejemacht; brauchst dir um nischt nich zu kümmern, den janzen Tag lang, kannst man immerzu sitzen un lesen.«

Worüber sie trotz ihres Unwillens lachen mußte.

»Und das Essen kocht sich wohl von selbst?« antwortete sie.

»I, vons Essen verschtehe ick nischt.«

»Du würdest es schon, wenn keins da wäre.«

»Na ja, vielleicht woll«, antwortete er im Weggehen.

Wenn sie dann hinunterkam, fand sie das Haus in Ordnung, aber schmutzig. Sie fand keine Ruhe, ehe sie nicht gründlich reingemacht hatte; so ging sie also mit dem Fegeblech nach der Aschengrube hinunter. Frau Kirk, die ihr aufgelauert hatte, brachte es dann fertig, genau zur selben Minute zu ihrem Kohlenschuppen zu gehen. Dann rief sie wohl über den hölzernen Zaun:

»Da wackeln Sie also immer noch ’rum?«

»Jawohl«, antwortete Frau Morel, fast wie um Verzeihung bittend. »Das hilft doch nicht.«

»Haben Sie Hose schon gesehen?« rief eine sehr kleine Frau ihnen über den Weg herüber zu. Es war Frau Anthony, ein schwarzhaariges, merkwürdiges kleines Wesen, die immer ein enganliegendes braunes Samtkleid trug.

»Nein«, antwortete Frau Morel.

»Och, ich wollte, er käme. Ich hab einen ganzen Haufen Kledaschen, un ich bin sicher, ich hab seine Klingel schonst jehört.«

»Da! Da unten ist er schon.«

Beide Frauen blickten den Gang hinunter. Am Ende des ›Grundes‹ stand ein Mann in einer Art altmodischer Kutsche, über Bündel gelblichen Zeuges gebeugt; ein Haufen Frauen streckte ihm die Arme entgegen, einige mit Bündeln darin. Frau Anthony hatte auch einen Packen gelblicher, ungefärbter Strümpfe über den Arm gehängt.

»Zehn Dutzend hab ich diese Woche jemacht«, sagte sie stolz zu Frau Morel.

»T-t-t!« machte die andere. »Ich verstehe nicht, wie Sie die Zeit dazu finden.«

»I!« sagte Frau Anthony. »Zeit können Sie schon finden, wenn Sie sich bloß welche machen.«

»Ich weiß aber nicht, wie ich es machen soll«, sagte Frau Morel. »Und wieviel kriegen Sie wohl für die alle?«

»Zwei 'nhalben Pence fürs Dutzend«, erwiderte jene.

»Na«, sagte Frau Morel, »dann hungere ich doch lieber, ehe ich mich hinsetze und vierundzwanzig Strümpfe für zwei und 'nen halben Pence säume.«

»Och, ich weiß doch nicht«, sagte Frau Anthony. »Es fällt immer noch 'n bißchen dabei ab.«

Seine Klingel läutend kam Hose heran. An den Hofausgängen standen wartende Frauen mit ihren fertig gesäumten Strümpfen überm Arm. Der Mann, ein gemeiner Kerl, machte Witze mit ihnen und versuchte sie zu beschwindeln und ins Bockhorn zu jagen. Frau Morel trat voller Mißachtung wieder in ihren Hof.

Es war ausgemachte Sache, daß, wenn eine der Frauen ihre Nachbarin herbeiwünschte, sie nur den Schürhaken ins Feuer stecken und mit ihm hinten gegen die Herdplatte stoßen sollte, was, da die Feuerstellen mit den Rückwänden gegeneinander lagen, im anstoßenden Hause notwendig einen gewaltigen Lärm verursachte. Als Frau Kirk eines Morgens ihren Pudding anrührte, fuhr sie beinahe aus der Haut, als sie das bums! bums! in ihrem Herde vernahm. Die Hände ganz voll Mehl, stürzte sie an ihren Zaun.

»Haben Sie jeklopft, Frau Morel?«

»Wenns Ihnen einerlei wäre, Frau Kirk.«

Frau Kirk kletterte auf ihren Kupferkessel, stieg über die Mauer auf Frau Morels Kessel und lief zu ihrer Nachbarin ins Haus hinein.

»Na, Liebe, wie fühlen Sie sich denn?« rief sie voller Teilnahme.

»Sie könnten wohl am Ende Frau Bower holen«, sagte Frau Morel.

Frau Kirk trat in den Hof hinaus, erhob ihre kräftige, schrille Stimme und rief:

»Achie! – Achie!«

Die Stimme wurde von einem Ende des Grundes bis zum andern vernommen. Schließlich kam Achie herbeigerannt und wurde zu Frau

Bower geschickt, während Frau Kirk ihren Pudding Pudding sein ließ und bei ihrer Nachbarin blieb. Frau Morel ging zu Bett. Frau Kirk nahm William und Annie zum Essen mit. Frau Bower, fett und watschelig, trat ihre Herrschaft im Hause an.

»Hacken Sie doch etwas kaltes Fleisch klein, für meines Mannes Essen, und machen Sie ihm einen Apfelpudding«, sagte Frau Morel.

»Der kann heute auch wohl mal ohne Pudding fertig werden«, erwiderte Frau Bower.

In der Regel war Morel keiner der ersten, die unten im Schacht erschienen, um aufzufahren. Ein paar waren immer schon vor vier Uhr da, wenn die Pfeife zum Aufhören ertönte; Morel aber, dessen Stollen, ein recht armseliger, zu dieser Zeit ungefähr anderthalb Meilen vom Schacht entfernt lag, arbeitete für gewöhnlich noch, bis der Obersteiger aufhörte, und dann hörte er auch auf. Heute aber war dem Bergmann seine Arbeit über. Um zwei Uhr schon sah er nach der Uhr, beim Schein der grünen Lampe – er war vor einem sicheren Ort – und um halb drei abermals. Er arbeitete an einem Felsstück, das für die morgige Arbeit im Wege war. Während er so auf den Hacken saß oder kniete und harte Schläge, mit seiner Picke führte, ging es fortwährend »Hussa-Hussa!«

»Wirste fertig, Mensch?« rief Barker, sein Kumpel.

»Fertig? Solange die Welt steht, nich!« brummte Morel.

Und er haute drauflos. Er war müde.

»Det bringt eenen ja reene um«, sagte Barker.

Aber Morel war zu verzweifelt, zu sehr fertig mit sich und der Welt, als daß er darauf geantwortet hätte. Er hieb und hackte jedoch mit aller Kraft weiter drauflos.

»Solltest doch man lieber aufhören, Walter«, sagte Barker, »'t wird morjen auch schonst jehen, ohne det de dir de Jedärme aus'n Leibe hackst.«

»Morjen tue ick ooch nich eenen Schlag, Isr'el«, rief Morel.

»Na scheen, wennst du nich willst, denn wirds woll 'n anderer tun müssen«, sagte Israel.

Morel fuhr fort zu hacken.

»He, da oben, aufhören überall!« riefen die Leute, die aus dem Nachbarstollen kamen.

Morel fuhr fort zu hacken.

»Vielleicht holste mir noch ein«, sagte Barker im Weggehen.

Als er weg war, geriet Morel, nun allein geblieben, in Zorn. Er war mit seiner Arbeit nicht fertig geworden. Er hatte sich rein in Wut gearbeitet. Im Aufstehen, naß von Schweiß, warf er sein Arbeitszeug hin, zog seine Jacke an, pustete seine Kerze aus, nahm seine Lampe und ging. Den Hauptstollen hinunter tanzten die Lichter anderer Leute. Ein hohles Geräusch ertönte von vielen Stimmen. Ein langes, schweres Trampeln war es unter Tag.

Er saß unten im Schacht, wo die großen Wassertropfen platschend herunterkamen. Viele Bergleute warteten hier, bis die Reihe zum Auffahren an sie kam, unter lärmendem Geplauder. Morel gab seine Antworten kurz und brummig.

»Et regnet, Menschenskind«, sagte der alte Giles, der das von oben gehört hatte.

Das war Morel ein Trost. Er hatte seinen alten Regenschirm, den er sehr liebte, oben im Lampenschuppen. Schließlich nahm er seinen Platz auf dem Fahrstuhl ein und war im Augenblick droben. Dann lieferte er seine Lampe ab und ließ sich seinen Schirm geben, den er für anderthalb Schilling auf einer Versteigerung erworben hatte. Einen Augenblick stand er am Rande des Schachtes und sah über die Felder; grau fiel der Regen hernieder. Die Hunde standen voll nasser, glänzender Kohle da; Wasser lief an den Seiten der Eisenbahnwagen über die weißen Buchstaben »C. W. & Co.« hinunter. Bergleute, gleichgültig gegen den Regen, strömten an der Bahn entlang und das Feld hinan, eine graue, trübselige Schar. Morel spannte seinen Schirm auf und freute sich über das Geprassel auf ihm.

Den ganzen Weg nach Bestwood hinunter trotteten die Bergleute, naß und grau und schmutzig, aber ihre roten Mundwerke in lebhafter Bewegung. Morel ging auch mit einem Haufen, sagte aber nichts. Verkniffen runzelte er im Gehen die Brauen. Viele Männer traten in den ›Prinz von Wales‹ ein oder bei Ellens. Morel fühlte sich knurrig genug, um jeder Versuchung zu widerstehen und trabte unter den tropfenden, die Parkmauer überhängenden Bäumen durch den Dreck der Greenhill Lane dahin.

Frau Morel lag im Bett und lauschte auf den Regen und die Füße der Bergleute von Minton her, auf ihre Stimmen und das Klapp-Klapp des Gatters, wenn sie durch den Übergang das Feld hinaufgingen.

»Hinter der Tür in der Speisekammer steht etwas Kräuterbier«, sagte sie. »Der Meister will sicher was zu trinken haben, wenn er nicht einkehrt.«

Aber er kam spät, und so schloß sie, er hätte wohl irgendwo vorgesprochen, weil es ja regnete. Was machte er sich aus ihr und dem Kinde?

Sie war immer sehr krank bei der Geburt ihrer Kinder.

»Was ist es?« fragte sie.

»Ein Junge.«

Und darin fand sie Trost. Der Gedanke, Mutter von Männern zu sein, erwärmte ihr das Herz. Sie blickte auf das Kind. Es hatte blaue Augen und eine Menge Haare und war reizend. Heiß stieg ihre Liebe empor, trotz alledem. Sie behielt es bei sich im Bett.

Morel trottete, ohne an irgend etwas zu denken, ärgerlich und verdrossen den Gartenpfad herauf. Er machte seinen Schirm zu und stellte ihn in den Ablauf; dann schmiß er seine schweren Stiefel in die Küche. Frau Bower erschien in der inneren Tür.

»Tja«, sagte sie, »es geht ihr so schlecht, wie es ihr man jrade gehen kann, 's is 'n Junge.«

Der Bergmann grunzte, legte seinen leeren Eßsack und seine Blechflasche auf die Anrichte, ging wieder in die Spülküche und hing seinen Rock auf, kam dann wieder herein und ließ sich in seinen Stuhl fallen.

»Haben Se wat zu trinken?« fragte er.

Die Frau ging in die Speisekammer. Das Knallen eines Korkes wurde hörbar. Sie setzte den Krug mit einem kleinen entrüsteten Krach vor Morel auf den Tisch. Er trank, schnappte nach Luft, wischte sich den dicken Schnurrbart mit dem Ende seines Halstuches ab, trank abermals, schnappte wieder nach Luft und lehnte sich in seinem Stuhle zurück. Die Frau mochte nicht wieder mit ihm sprechen. Sie setzte sein Essen vor ihn hin und ging nach oben.

»War das der Meister?« fragte Frau Morel.

»Ick hab ihm sein Essen jejeben«, erwiderte Frau Bower.

Nachdem er eine Zeitlang mit den Armen auf dem Tisch dagesessen hatte – er ärgerte sich über die Tatsache, daß Frau Bower kein Tischtuch für ihn aufgelegt und ihm einen kleinen Teller anstatt eines großen Eßtellers gegeben hatte –, begann er zu essen. Der Umstand, daß seine Frau krank sei und er wieder einen neuen Jungen habe, war ihm im Augenblick nichts. Er war zu müde; er wollte sein Essen haben; er wollte mit den Armen auf dem Tisch dasitzen; er mochte Frau Bower nicht um sich haben. Das Feuer war für seinen Geschmack zu klein.

Als er mit dem Essen fertig war, saß er noch zwanzig Minuten so da; dann machte er ein mächtiges Feuer an. Endlich ging er widerwillig auf Socken nach oben. Es kostete ihm in diesem Augenblick einen Kampf, seinem Weibe ins Antlitz zu sehen, und er war müde. Sein Gesicht war schwarz und schmierig von Schweiß. Sein Grubenhemd war wieder trocken geworden und hatte den Schmutz aufgesaugt. Er hatte ein schmutziges, wollenes Tuch um den Hals. So stand er am Fußende des Bettes.

»Na, wie jehts dich denn?« fragte er.

»Ich werde schon wieder zurechte kommen«, antwortete sie.

»Hm!«

Er stand da und wußte nicht, was er sagen sollte. Er war müde, und diese Unruhe paßte ihm gar nicht, und er wußte kaum recht, wo er war.

»'n Junge, sagste«, stotterte er.

Sie schlug die Decke zurück und zeigte ihm das Kind.

»Jott segne ihn!« murmelte er. Und das brachte sie zum Lachen, weil das so auswendig gelernt herauskam – als fühlte er so etwas wie väterliche Rührung, was aber durchaus nicht der Fall war.

»Nun geh nur«, sagte sie.

»Schön, mein Mächen«, sagte er und wandte sich um.

Also entlassen, hätte er sie gern geküßt und wagte es doch nicht. Halb wünschte auch sie, er möge sie küssen, konnte sich aber nicht überwinden, ihm das zu zeigen. Sie atmete erst wieder auf, als er das Zimmer verlassen hatte, einen schwachen Dunst von Grubengeruch hinter sich zurücklassend.

Frau Morel bekam jeden Tag Besuch von dem presbyterianischen Geistlichen. Mr. Heaton war noch jung, und sehr arm. Seine Frau war bei der Geburt des ersten Kindes gestorben, und so war er im Predigerhaus allein geblieben. Er war Bakkalaureus der Künste zu Cambridge, sehr scheu, und durchaus kein Prediger. Frau Morel mochte ihn gern, und er verließ sich ganz auf sie. Stundenlang redete er mit ihr, solange es ihr gut ging. Er wurde Pate ihres Kindes.

Gelegentlich blieb der Geistliche mal zum Tee bei Frau Morel. Dann legte sie frühzeitig ein Tischtuch auf, holte ihre besten Tassen mit einem feinen grünen Rande hervor und hoffte, Morel würde nicht zu früh nach Hause kommen; blieb er tatsächlich mal für eine Schoppenlänge aus, so machte sie sich an diesen Tagen nichts daraus. Sie hatte immer zwei Mahlzeiten zu kochen, weil sie es für richtig hielt, daß die Kinder ihre Hauptmahlzeit mittags bekämen, während Morel sein Essen um fünf Uhr haben mußte. So hielt denn Mr. Heaton das Kind, während sie den Pudding anrührte oder die Kartoffeln schälte, und er mit ihr, während er sie die ganze Zeit über beobachtete, über die nächste Predigt sprach. Seine Gedankengänge waren merkwürdig und phantastisch. Sie pflegte ihn mit ihrer Einsicht wieder auf die Erde zurückzubringen. Sie sprachen über die Hochzeit zu Kana.

»Wenn Er zu Kana das Wasser in Wein verwandelte«, sagte er, »so ist das ein Sinnbild, daß das gewöhnliche Leben, ja selbst das Blut des verheirateten Mannes und der Frau, das vorher, wie das Wasser, nicht geisterfüllt gewesen war, nunmehr vom Heiligen Geiste erfüllet und wie Wein wird, weil, sobald die Liebe hinzutritt, die ganze geistige Verfassung des Menschen umgewandelt, vom Heiligen Geiste erfüllet und fast auch in seiner äußeren Form umgewandelt wird.«

Frau Morel dachte bei sich: »Jawohl, armer Kerl, seine junge Frau ist tot; darum verwandelt er seine Liebe in den Heiligen Geist.«

Sie hatten ihre erste Tasse Tee kaum halb aus, als sie das Schurren von Grubenstiefeln hörten.

»Guter Gott!« rief Frau Morel gegen ihren Willen.

Der Geistliche sah recht ängstlich aus. Morel trat ein. Er war ziemlich wütig. Er nickte dem Geistlichen, der aufstand, um ihm die Hand zu schütteln, ein »Wie jehts« zu.

»Ne«, sagte Morel und zeigte ihm seine Hände, »kiek dich det mal an. So ’ne Hand machste doch woll nich anfassen, wat? Da klebt doch zu ville Jrubenpech un Schaufeldreck dran.«

Der Geistliche errötete vor Verwirrung und setzte sich wieder hin. Frau Morel stand auf und trug den dampfenden Topf hinaus. Morel zog sich den Rock aus, zog seinen Armstuhl an den Tisch und setzte sich schwerfällig hin.

»Sind Sie müde?« fragte der Geistliche.

»Müde? Ick sollts denken«, erwiderte Morel, »Sie wissen jar nich, wat müde sein heeßt, so wie ick müde bin.«

»Nein«, antwortete der Geistliche.

»Wieso, kieken Se mal hier«, sagte der Bergmann und zeigte auf die Schultern seines Grubenhemdes. »Nu is et all 'n bißken trocken, aber et is immer noch naß von Schweiß wie 'n Scheuerlappen. Fiehlen Se mal.«

»Meine Güte!« sagte Frau Morel. »Mr. Heaton mag dein ekliges Hemd gar nicht anfühlen.«

Der Geistliche streckte zaghaft die Hand aus.

»Ne, vielleicht lieber nich«, sagte Morel; »aber det is allens aus mich selber jekommen, ob ers will oder nich. Und alle Tage is mein Hemde jenau so klitschenaß. Haste nischt zu trinken für dein' Mann, Frau, wenn er ausjedörrt aus de Jrube nach Hause kommt.«

»Du weißt doch, du hast alles Bier ausgetrunken«, sagte Frau Morel und schenkte ihm Tee ein.

»Un konntst de nich mehr kriegen?« Mit einer Wendung zu dem Geistlichen – »man wird reene jebacken von all dem Schtoob, wissen Se, – reene verkleistert in so 'ne Kohlenjrube, man muß trinken, wenn man nach Hause kommt.«

»Sicher muß man das«, sagte der Geistliche.

»Se können aber zehne jejen eins wetten, 't is nischt für'n da.«

»Da ist Wasser – da ist Tee«, sagte Frau Morel.

»Wasser! Wasser macht eenen doch die Kehle nich wieder klar.«

Er goß sich die Untertasse voll Tee, pustete ihn und schlürfte ihn durch seinen großen, schwarzen Schnurrbart, worauf er tief seufzte. Dann goß er sich noch eine Untertasse voll und stellte seine Tasse auf den Tisch.

»Mein Tischtuch!« sagte Frau Morel und stellte sie auf einen Teller.

»Wenn man so müde nach Hause kommt, wie icke, denn macht man sich nischt aus Tischtücher«, sagte Morel.

»Schade!« rief seine Frau höhnisch.

Der ganze Raum roch nach Fleisch und Gemüse und Grubenzeug.

Er beugte sich zu dem Geistlichen hinüber, seinen großen Schnurrbart vorgeschoben, sein Mund sehr rot in dem schwarzen Gesicht.

»Mr. Heaton, wenn man den janzen Tag unten in det schwarze Loch jewesen is un immerzu uf die Kohle losjehauen hat, jawoll, die noch ville härter is als die Wand da ...«

»Denn braucht man doch nicht drüber zu stöhnen«, warf Frau Morel ein.

Sie haßte ihren Mann, weil er, sobald ihm jemand zuhörte, anfing zu jammern und um Mitleid zu betteln. William, der dasaß und das Kleine fütterte, haßte ihn mit dem Haß jedes echten Jungen für falsches Getue und wegen der törichten Behandlung seiner Mutter. Annie hatte ihn nie leiden mögen, sie ging ihm einfach aus dem Wege.

Als der Prediger gegangen war, blickte Frau Morel auf ihr Tischtuch.

»'ne schöne Schweinerei«, sagte sie.

»Meinste, ick werr hiersitzen un die Arme 'runterbammeln lassen, bloß weil du 'nen Pfaffen zum Tee dahast?« brüllte er. Sie waren beide ärgerlich, aber sie sagte nichts. Der Kleine begann zu schreien, und Frau Morel stieß Annie, als sie einen Topf vom Herde nahm, aus Versehen an den Kopf, worauf das Mädchen zu heulen anfing und Morel sie anbrüllte. Mitten in diesem Getose sah William zu dem großen, unter Glas über dem Kamin hängenden Spruch auf und las mit Betonung:

»Gott segne unser Heim!«

Worauf Frau Morel von ihrem Versuche, das Kleine zu beruhigen, aufsprang, auf ihn losfahrend ihm ein paar an die Ohren gab und sagte: »Was hast du dich dazwischenzustecken?« Und dann setzte sie sich wieder hin und lachte, bis ihr die Tränen über die Backen liefen, während William dem Schemel, auf dem er gesessen hatte, ein paar Fußtritte versetzte und Morel brummelte:

»Det kann ick doch nu wieder nich sehen, wat da so ville bei zu lachen is.«

Als sie sich eines Abends unmittelbar nach dem Besuche des Geistlichen unfähig fühlte, nach einer neuen Vorstellung ihres Mannes an sich zu halten, nahm sie Annie und das Kleine und ging aus. Morel hatte William getreten, und das konnte sie als Mutter ihm nie vergeben.

Sie ging über die Schafbrücke und eine Ecke des Wiesengrundes nach dem Ballfelde. Die Wiesen erschienen wie eine weite Fläche voll reifen Abendlichtes, das dem fernen Mühlenwehr etwas zuflüsterte. Sie setzte sich auf eine Bank unter den Erlen auf dem Ballfelde, das Gesicht gegen Abend gekehrt. Vor ihr dehnte sich das grüne Ballfeld eben und fest wie der Spiegel eines Meeres von Licht aus. Kinder spielten in dem bläulichen Schatten des Zuschauerstandes. Hoch oben zogen eine Menge Krähen krächzend durch das sanfte Weben des Himmels heim. In langem Bogen senkten sie sich in die goldene Glut hinab, sich wieder zusammenziehend, krächzend, wieder abbiegend, wie schwarze Flecken auf einem langsamen Strudel, über einer Baumgruppe, die einen dunklen Fleck auf der Weide darstellte.

Ein paar Herren übten sich, und Frau Morel konnte jeden Schlag gegen den Ball vernehmen und die Stimmen der Männer, sobald sie sich etwas erhoben; sie konnte ihre weißen Gestalten schweigend über das Grün dahinziehen sehen, auf dem die tieferen Schatten bereits wie Dunst lagerten. Weiterhin auf einem Vorwerk war die eine Seite der Heuhaufen noch hell erleuchtet, die andere bereits blaugrau. Ein Wagen voller Garben schwankte winzig klein durch das schmelzende gelbe Licht.

Die Sonne war im Untergehen. An jedem hellen Abend wurden die Hügel von Derbyshire von dem roten Sonnenuntergang in Brand gesteckt. Frau Morel beobachtete die aus dem strahlenden Himmel herniedersinkende Sonne, wie sie in der Höhe ein weiches Blütenblau hinterließ, während der Westen sich rötete, als flösse alles Feuer hier hernieder und ließe die Himmelsglocke in fleckenlosem Blau zurück. Einen Augenblick lang hoben sich die Beeren der Ebereschen jenseits des Feldes feurig von den dunklen Blättern ab. Ein paar Korngarben standen in einer Ecke des Brachfeldes da wie lebendig; es kam ihr vor, als ob sie sich neigten; vielleicht würde ihr Junge ein Joseph werden. Im Osten schwebte eine Spiegelung des Sonnenunterganges rosarot gegenüber dem Scharlach des Westens. Die großen Heuhaufen auf dem Hange des Hügels, die in die Glut hinausstrebten, wurden kahl.

Für Frau Morel war dies einer jener stillen Augenblicke, in denen jede kleine Mühsal schwindet und die Schönheit der Dinge sichtbar wird, und sie gewann den Frieden und die Kraft, sich selbst zu betrachten. Hin und wieder schoß eine Schwalbe dicht an ihr vorüber. Hin und wieder kam Annie mit einer Handvoll Erlenbeeren herbei. Der Kleine zappelte auf seiner Mutter Schoß und griff mit den Händen nach dem Licht.

Frau Morel blickte auf ihn nieder. Sie hatte dies Kleine gefürchtet wie ein Verhängnis, wegen ihrer Empfindungen gegen ihren Mann. Und nun empfand sie dem Kinde gegenüber ganz seltsam. Ihr Herz war seinetwegen beschwert, fast als wäre es ungesund oder mißgestaltet. Und doch kam es ihr ganz wohl vor. Aber sie bemerkte ein wunderliches Zusammenziehen der kindlichen Brauen und etwas eigenartig Schweres in seinen Augen, als versuche er etwas zu verstehen, was ihm Schmerzen mache. Wenn sie in des Kindes dunkle, sinnende

Augensterne sah, hatte sie ein Gefühl, als lege sich ihr eine Last aufs Herz.

»Er sieht aus, als dächte er über was nach – janz traurig«, sagte Frau Kirk.

Plötzlich schmolzen die schweren Gedanken in dem Mutterherzen beim Anschauen des Kleinen dahin in leidenschaftlichem Kummer. Sie neigte sich über ihn, und ein paar Tränen tröpfelten rasch aus der tiefsten Tiefe ihres Herzens hervor. Der Kleine hob seine Fingerchen.

»Mein Lamm!« weinte sie leise.

Und in diesem Augenblicke fühlte sie irgendwo im Innersten ihrer Seele ihres Mannes und ihre eigene Schuld.

Der Kleine sah zu ihr auf. Er hatte blaue Augen, gleich den ihren, aber sein Blick war schwer, starr, als wüßte er, daß irgend etwas den Höhenflug seiner Seele gestört habe.

Zart lag der Kleine ihr im Arm. Seine tiefblauen Augen sahen unentwegt zu ihr auf ohne zu zwinkern und schienen ihre innersten Gedanken hervorzuziehen. Sie liebte ihren Gatten nicht mehr; sie hatte sich nicht nach diesem Kinde gesehnt, und da lag es ihr im Arm und riß an ihrem Herzen. Sie hatte ein Gefühl, als sei die Nabelschnur, die seinen gebrechlichen kleinen Leib mit dem ihren verbunden hatte, nicht gerissen. Eine Woge heißer Liebe zu dem Kleinen überflutete sie. Sie hielt ihn sich fest gegen Gesicht und Brust. Mit aller Macht, mit ganzer Seele wollte sie an ihm die Tatsache wieder gut machen, daß sie ihn ungeliebt zur Welt gebracht habe. Nun er da war, wollte sie ihn um so mehr lieben, ihn in ihrer Liebe auf Händen tragen. Seine klaren, verständigen Augen verursachten ihr Schmerz und Furcht. Wußte er um sie Bescheid? Hatte er gelauscht, als er noch unter ihrem Herzen lag? Lag in seinem Blick ein Vorwurf? Sie fühlte sich das Mark in den Knochen zergehen vor Furcht und Schmerz.

Wieder kam es ihr zum Bewußtsein, wie rot die Sonne auf dem jenseitigen Hügelrand lag. Plötzlich hielt sie den Kleinen hoch in den Händen.

»Sieh!« sagte sie. »Sieh mal, mein Allerschönster!«

Fast wie erlöst stieß sie den Kleinen der rosenroten, pulsenden Sonne entgegen. Sie sah, wie er die kleine Faust hob. Dann legte sie ihn wieder an ihren Busen, beinahe beschämt von der Regung, ihn dorthin zurückzugeben, von wo er gekommen war.

»Wenn er am Leben bleibt«, dachte sie bei sich, »was wird aus ihm werden – was wird er werden?«

Ihr Herz war voller Sorge.

»Ich will ihn Paul nennen«, sagte sie plötzlich; warum, wußte sie nicht.

Nach einer Weile ging sie heim. Ein feiner Schatten war über die tiefgrüne Wiese gebreitet und verdunkelte alles.

Wie sie erwartet hatte, fand sie das Haus leer. Aber gegen zehn war Morel wieder zu Hause, und so nahm der Tag wenigstens ein friedliches Ende.

Walter Morel war um diese Zeit außerordentlich empfindlich. Seine Arbeit schien ihn zu erschöpfen. Kam er heim, so sprach er zu niemand höflich. War das Feuer etwas niedrig, so schimpfte er deswegen; er brummte über das Essen; schwatzten die Kinder, so brüllte er sie auf eine Art und Weise an, die ihrer Mutter Blut zum Kochen brachte und sie ihn hassen ließ.

Am Sonntag war er um elf noch nicht zu Hause. Der Kleine war unwohl und unruhig und schrie, wenn er hingelegt wurde. Frau Morel, todmüde und noch schwach, besaß kaum Herrschaft über sich selbst.

»Ich wollte, der Ekel käme nach Hause«, sagte sie müde bei sich.

Schließlich fiel das Kind in ihren Armen in Schlaf. Sie war zu müde, um ihn in seine Wiege zu bringen.

»Aber ich werde nichts sagen, mag er kommen, wann er will«, sagte sie. »Das bringt mich nur auf; ich werde nichts sagen. Aber das weiß ich, tut er irgend etwas, dann bringts mein Blut zum Kochen«, fügte sie bei sich hinzu.

Sie seufzte, als sie ihn kommen hörte, als wäre er etwas Unerträgliches. Er war aus Rache nahezu betrunken. Sie hielt den Kopf über das Kind gebeugt, als er eintrat, in dem Wunsche, ihn nicht zu sehen. Aber wie ein glühendheißer Blitz durchfuhr es sie, als er im Vorbeigehen gegen die Anrichte torkelte, so daß das Zinn anfing zu rasseln, und als er dann nach den weißen Knöpfen der Töpfe griff, um sich an ihnen zu halten. Er hing seinen Hut und Mantel auf, kam dann wieder und blieb in einiger Entfernung stehen, sie wütend anstierend, wie sie über das Kind gebeugt dasaß.

»Is nischt zu essen im Hause?« fragte er unverschämt, als wäre sie sein Dienstmädchen. Auf gewissen Stufen seiner Betrunkenheit ahmte er gern eine gezierte, wohlgedrechselte städtische Redeweise nach. In diesem Zustande haßte Frau Morel ihn am meisten.

»Du weißt ja, was im Hause ist«, sagte sie, so kalt, daß es ihr ganz unpersönlich vorkam.

Er stand und stierte sie ohne einen Muskel zu bewegen an.

»Ich habe höflich gefragt, und ich erwarte eine höfliche Antwort«, sagte er geziert.

»Die hast du ja gekriegt«, sagte sie, ihn noch immer übersehend.

Er stierte sie weiter an. Dann kam er unsicher vorwärts. Mit einer Hand stützte er sich auf den Tisch und zerrte mit der andern das Schubfach des Tisches auf, um ein Messer zum Brotschneiden herauszuholen. Das Schubfach blieb stecken, weil er es schief gezerrt hatte. In seiner Wut riß er so daran, daß es ganz und gar herausflog und Löffel, Gabeln, Messer, eine Unmenge Metallsachen mit lautem Krach auf den Steinboden flogen. Der Kleine fuhr krampfhaft zusammen.

»Was machst du, du klotziger, besoffener Narr?« schrie die Mutter.

»Denn hätt'st de mich das Dreckzeug selber kriegen sollen. Aufstehen sollts de, wie andere Weiber, un deinen Mann aufwarten.«

»Dir aufwarten – dir aufwarten?« schrie sie. »Ja, das möchte ich wohl sehen.«

»Jawoll, un ick will dichs schon beibringen, wat de zu tun hast. Mich aufwarten, jawoll, mich aufwarten sollste ...«

»Niemals, Herr Graf! Lieber einem Hunde vor der Tür!«

»Wat – wat?«

Er versuchte das Schubfach wieder einzusetzen. Bei ihren letzten Worten wandte er sich um. Sein Gesicht war blutrot, seine Augen blutunterlaufen. Eine schweigende Sekunde stierte er sie drohend an.

»P!« machte sie rasch, voller Verachtung.

In seiner Aufregung riß er wieder an dem Schubfach. Es fiel heraus, schlug ihm heftig gegen das Schienbein, und zur Vergeltung schleuderte er es nach ihr.

Eine der Ecken traf sie über der Braue, als das flache Schubfach krachend in die Feuerstelle fuhr. Sie schwankte und fiel beinahe betäubt vom Stuhle. Sie war angeekelt bis in die Seele hinein; fest preßte sie das Kind an ihren Busen. Ein paar Augenblicke verrannen; dann kam sie mit einem Ruck wieder zu sich. Der Kleine weinte kläglich. Ihre linke Braue blutete ziemlich erheblich. Als sie mit schwindelndem Hirn auf das Kind niedersah, sickerten ein paar Blutstropfen in sein weißes Tuch; aber der Kleine war wenigstens nicht verletzt. Sie neigte den Kopf, um sich im Gleichgewicht zu halten, und das Blut rann ihr ins Auge.

Walter Morel blieb stehen, wie er gestanden hatte, mit einer Hand auf dem Tisch und leerem Blick. Sobald er seines Gleichgewichts genügend sicher war, kam er zu ihr herüber, schwankte und stützte sich auf die Rücklehne ihres Schaukelstuhles, so daß sie fast herausflog; und indem er sich über sie vorneigte, sagte er in einem Tonfall bekümmerter Verwunderung:

»Hats dir jetroffen?«

Er schwankte abermals, als wollte er auf das Kind fallen. Mit dem Wendepunkt hatte er alles Gleichgewicht verloren.

»Geh weg«, sagte sie, um ihre Geistesgegenwart kämpfend.

Er stieß auf. »Laß – laß doch mal sehen«, sagte er mit abermaligem Schlucken.

»Geh weg!« schrie sie.

»Laß mir – laß mir doch mal sehen, Mächen.«

Sie roch, was er getrunken hatte, und fühlte die Unsicherheit seines tastenden Griffes an der Rücklehne des Schaukelstuhles.

»Geh weg«, sagte sie und stieß ihn schwach von sich.

Unsicher auf den Füßen blieb er stehen und sah auf sie. Ihre ganze Kraft zusammenraffend stand sie auf, das Kind auf dem Arm. Mit einer harten Willensanstrengung, sich wie im Schlafe bewegend, ging sie in die Spülküche hinüber und wusch sich dort ihr Auge eine Minute mit kaltem Wasser; aber sie war zu schwindlig. In ihrer Furcht, zu fallen, ging sie wieder auf den Schaukelstuhl zu, in jeder Fiber zitternd. Gefühlsmäßig preßte sie das Kind an sich.

Mit Mühe war es Morel gelungen, das Schubfach wieder in seine Höhlung zu bringen, und auf den Knien liegend grabbelte er mit stumpfen Pfoten nach den zerstreuten Löffeln umher.

Ihre Braue blutete noch. Jetzt stand Morel auf und trat mit vornübergebeugtem Kopfe zu ihr.

»Wat hat et dir denn jetan, Mächen?« sagte er in ganz jämmerlichem, demütigem Ton.

»Du kannst ja sehen, was es getan hat«, antwortete sie.

Vornübergebeugt stand er da, auf beide Hände gestützt, die seine Beine gerade oberhalb der Knie umspannten. Er kniff die Augen zusammen, um sich die Wunde anzusehen. Sie fuhr vor der Annährung seines Gesichts mit dem großen Schnurrbart zurück, indem sie ihr eigenes Gesicht so weit wie möglich abwendete. Als er sie so kalt und gefühllos wie aus Stein dasitzen sah, wurde ihm elend vor geistiger Schwäche und Hoffnungslosigkeit. Trostlos wandte er sich ab, als er einen Tropfen Blut aus der weggewendeten Wunde in das zarte, glitzernde Haar des Kleinen fallen sah. Wie bezaubert beobachtete er den schweren Tropfen in dem glitzernden Wölkchen hängen und dann die zarten Fädchen niederziehen. Wieder fiel ein Tropfen. Der würde auf des Kleinen Kopfhaut durchdringen. Wie verzaubert beobachtete er weiter und fühlte das Durchsickern; dann endlich brach seine Männlichkeit zusammen.

»Und dies Kind?« war alles, was seine Frau zu ihm sagte.

Aber ihr leiser, eindringlicher Tonfall beugte seinen Kopf noch tiefer. Sie wurde weich: »Hol mir etwas Watte aus der mittleren Schublade«, sagte sie.

Gehorsam stolperte er von dannen, um gleich mit einem Bausch Watte wieder da zu sein, den sie am Feuer absengte und ihn sich dann auf die Stirn legte, während sie mit dem Kleinen auf dem Schoß sitzenblieb.

»Nun das reine Grubentuch da.«

Wieder grabbelte und fummelte er in der Schublade herum und kam gleich darauf mit einem schmalen, roten Tuch wieder. Sie nahm es und fing mit zitternden Fingern an, es sich um den Kopf zu binden.

»Laß michs dich doch umbinden«, bat er demütig.

»Ich kanns wohl selbst«, erwiderte sie. Als sie damit fertig war, ging sie nach oben, nachdem sie ihm noch aufgetragen hatte, das Feuer zu bedecken und die Tür zu schließen.

Am Morgen sagte Frau Morel: »Ich habe mich an der Klinke vom Kohlenverschlag gestoßen, als ich im Dunklen nach dem Schürhaken suchte, denn die Kerze war ausgegangen.« Ihre beiden Kleinen sahen mit weiten, bekümmerten Augen zu ihr auf. Sie sagten nichts, aber ihre geöffneten Lippen schienen unbewußt das Trauerspiel auszudrücken, das sie empfanden.

Am nächsten Tage blieb Walter Morel bis nahe zur Essenszeit im Bett. Er dachte nicht mehr daran, was er abends vorher angerichtet hatte. Er dachte fast an gar nichts, aber daran wollte er nicht denken. Er lag und quälte sich wie ein knurriger Hund. Er hatte sich selbst am wehesten getan; und seine Verletzung war um so schwerer, als er nie ein Wort zu ihr sagen oder seinem Kummer Ausdruck geben könnte. Er versuchte, sich aus dieser Klemme herauszuziehen. ›Es war ja ihre eigene Schuld‹, sagte er zu sich. Nichts aber konnte verhüten, daß sein innerstes Gewissen ihm eine Strafe auferlegte, die sich wie Rost in sein Gemüt einfraß und von der er nur beim Trinken Erleichterung verspürte.

Er fühlte sich, als sei es ihm unmöglich, aufzustehen oder ein Wort zu sprechen oder sich zu bewegen, als könne er nur noch wie ein Klotz liegenbleiben. Außerdem hatte er heftige Kopfschmerzen. Es war Sonnabend. Gegen Mittag stand er auf, schnitt sich in der Speisekammer etwas Brot ab, aß es mit gesenktem Kopfe, zog dann seine Stiefel an und ging aus, um gegen drei Uhr etwas angeheitert und leichteren Sinnes heimzukehren; dann wieder stracks zu Bett. Um sechs Uhr abends stand er wieder auf, trank Tee und ging gleich wieder aus.

Sonntag gings ebenso: im Bett bis Mittag, im ›Palmerston‹ bis halb drei, und zu Bett; kaum daß er ein Wort sprach. Als Frau Morel gegen vier Uhr nach oben ging, um ihr Sonntagskleid anzuziehen, schlief er fest. Sie hätte Mitleid mit ihm gehabt, wenn er nur einmal gesagt hätte, ›Frau, es tut mir leid.‹ Aber nein; er beharrte dabei, es wäre ihre Schuld gewesen. Und so marterte er sich selbst. Sie ließ ihn daher einfach allein. Wie ein Keil schob der Trotz sich zwischen sie, und sie war die Stärkere.

Die Hausgenossen begannen Tee zu trinken. Sonntag war der einzige Tag, an dem sie sich zusammen zum Essen setzten.

»Steht denn Vater noch nicht auf?« fragte William.

»Laß ihn nur liegen«, erwiderte die Mutter.

Über dem ganzen Hause lag ein Gefühl des Jammers. Die Kinder atmeten eine vergiftete Luft ein, und sie fühlten sich elend. Sie waren völlig ratlos, wußten nicht, was sie anfangen, was sie spielen sollten.

Sobald Morel aufwachte, stand er auf. Das blieb sein ganzes Leben lang bezeichnend für ihn. Er war ganz Tätigkeit. Die entkräftende Untätigkeit zweier Morgen erstickte ihn.

Es war beinahe sechs Uhr, als er herunterkam. Diesmal trat er ohne Zögern ein, seine schwächliche Empfindlichkeit war wieder hart geworden. Er kehrte sich nicht länger daran, was die Seinen über ihn dachten oder fühlten.

Das Teegeschirr stand noch auf dem Tisch. William las laut aus der Kinderzeitung vor, und Annie hörte zu und fragte fortwährend »warum?« Beide Kinder verstummten, als sie den dumpfen Laut ihres sich auf Strümpfen nähernden Vaters hörten, und duckten sich zusammen, als er eintrat. Und doch war er für gewöhnlich ganz nachsichtig gegen sie.

In roher Weise aß Morel für sich allein. Er aß und trank geräuschvoller als notwendig. Niemand sprach mit ihm. Das Leben der Hausgenossenschaft erstarb, schrumpfte zusammen, verstummte bei seinem Eintritt. Aber er machte sich nichts mehr aus seiner Entfremdung.

Sowie er mit seinem Tee fertig war, stand er hurtig auf, um auszugehen. Dies Hurtige war es, diese Eile, wegzukommen, die Frau Morel so elend machten. Als sie ihn gründlich mit dem kalten Wasser herumplantschen hörte, das hastige Kratzen seines stählernen Kammes gegen den Rand der Waschschüssel, wenn er sich das Haar anfeuchtete, da schloß sie die Augen vor Abscheu. In der Bewegung des Vornüberbeugens beim Zuschnüren seiner Stiefel lag eine gemeine Freude, die ihn von dem zurückhaltenden, aufmerksamen Rest der Seinen schied. Stets wich er dem Kampfe mit sich selbst aus. Selbst im tiefsten Innern seines Herzens entschuldigte er sich mit dem Wort: ›Hätte sie nicht das und das gesagt, wäre so was nie vorgekommen. Nun hat sie's ja, wie sie's haben wollte.‹ Die Kinder mußten sich Zwang antun, um seine Vorbereitungen abzuwarten. Sobald er fort war, seufzten sie erleichtert auf.

Er zog die Tür hinter sich zu und war froh. Es war ein regnerischer Abend. Im ›Palmerston‹ würde es gemütlicher sein. Voller Vorfreude eilte er vorwärts. Sämtliche Schieferdächer des ›Grundes‹ glänzten schwarz vor Nässe. Die Wege, immer schwarz von Kohlenstaub, waren voll schwarzen Schlammes. Er eilte weiter. Die Fenster im ›Palmerston‹ waren beschlagen. Der Eingang war voll nasser Fußspuren. Aber die Luft war warm, wenn auch schlecht, und voll von Stimmengewirr, Biergeruch und Rauch.

»Wat willste haben, Walter?« rief eine Stimme, sobald Morel in der Tür erschien.

»Oh, Jim, mein Junge, wo kommst denn du her?«

Die Männer räumten ihm einen Sitz ein und empfingen ihn mit Wärme. Er war froh. In ein oder zwei Minuten hatten sie alles Verantwortlichkeitsgefühl aus ihm herausgeschmolzen, alles Schamgefühl, alle Sorgen, und er war fix und fertig für einen vergnügten Abend.

Am folgenden Mittwoch hatte Morel keinen Penny. Er hatte Angst vor seiner Frau. Seit er sie verwundet hatte, haßte er sie. Er wußte nichts mit sich anzufangen an diesem Abend, da er nicht mal zwei Pence besaß, um in den ›Palmerston‹ gehen zu können, und bereits tief in Schulden steckte. Als daher seine Frau mit dem Kleinen unten im Garten war, suchte er im obersten Kommodenauszug nach ihrer Börse, die sie dort aufbewahrte, fand sie und sah hinein. Sie enthielt eine halbe Krone, zwei halbe Pennies und ein Sechspencestück. Also nahm er das Sechspencestück, legte die Börse sorgfältig wieder weg und ging fort.

Als sie am nächsten Tage den Grünkramhändler bezahlen wollte, suchte sie in ihrer Börse nach dem Sechspencestück, und das Herz fiel ihr in die Schuhe. Sie setzte sich hin und dachte nach: ›War denn nicht ein Sechspencestück da? Ich hatte es doch nicht ausgegeben, nicht wahr? Und hab ich es denn sonst irgendwo liegen lassen?‹

Sie war in großer Verlegenheit. Überall suchte sie danach herum. Und beim Suchen drang ihr die Überzeugung ins Herz, ihr Mann habe es genommen. Was sie in der Börse hatte, war alles Geld, das sie besaß. Daß er es ihr aber so entwenden sollte, war unerträglich. Zweimal hatte er es schon vorher getan. Das erstemal hatte sie ihn nicht beschuldigt, und am Wochenschluß hatte er den Schilling wieder hingelegt. Auf diese Weise hatte sie gemerkt, daß er es gewesen war. Das zweitemal hatte er es nicht zurückgezahlt.

Diesmal war es zuviel, fühlte sie. Als er gegessen hatte – er kam heute frühzeitig nach Hause – sagte sie kalt zu ihm:

»Hast du gestern abend sechs Pence aus meiner Börse genommen?«

»Ick!« sagte er und sah ganz beleidigt auf. »Ne, ick nich! Ick hab deine Börse nich mit Dogen gesehen.«

Aber sie merkte ihm an, daß er log.

»Wieso, du weißt doch, daß du es getan hast«, sagte sie ruhig.

»Ick sage dir doch, ick habe 't nich jetan«, brüllte er. »Biste schon wieder über mir her, du? Ick hab jenug davon.«

»Also maust du mir sechs Pence aus meiner Börse, während ich die Wäsche abnehme.«

»Dafor werr 'ck dir bezahlen«, sagte er und stieß seinen Stuhl zurück, ganz verzweifelt. Er kramte voller Aufregung herum und wusch sich, dann ging er entschlossen nach oben. Im Augenblick kam er angezogen wieder herunter, mit einem dicken Bündel in einem riesigen blauen Taschentuch.

»Un nu«, sagte er, »magste mir wiedersehen, wenn de kannst.«

»Das wird wohl eher sein, als mir lieb ist«, erwiderte sie; und damit zog er mit seinem Bündel aus dem Hause. Sie blieb in leichtem Zittern, aber das Herz bis zum Rande voll Verachtung, sitzen. Was sollte sie machen, wenn er auf eine andere Grube ginge und sich mit einer andern Frau einließe? Aber sie kannte ihn zu gut – das vermochte er nicht. Sie war seiner todsicher. Trotzdem nagte etwas an ihrem Herzen.

»Wo is Vater?« sagte William, als er aus der Schule nach Hause kam.

»Der ist weggelaufen«, erwiderte die Mutter.

»Wohin?«

»I, das weiß ich nicht. Er hat ein Bündel in einem blauen Taschentuch mitgenommen und sagte, er käme nicht wieder.«

»Was fangen wir dann an?« heulte der Junge.

»I, da kümmre du dich nicht drum, der geht nicht weit.«

»Wenn er aber nun nich wiederkommt«, jammerte Annie.

Und sie und William zogen sich aufs Sofa zurück und weinten. Frau Morel blieb sitzen und lachte.

»Ihr beiden Jammerlappen!« rief sie. »Ihr werdet ihn schon wieder zu sehen kriegen, ehe die Nacht herum ist.«

Aber die Kinder waren untröstlich. Die Dämmerung kam. Frau Morel wurde ängstlich aus reiner Müdigkeit. Ein Teil ihrer selbst sagte, es wäre ja eine Erlösung, wenn sie ihn zum letzten Male gesehen hätte; ein anderer sorgte sich wegen des Unterhalts der Kinder; und in ihrem Innern konnte sie ihn auch noch nicht ganz ziehen lassen. Im Grunde wußte sie ganz genau, er könne nicht gehen.

Als sie indessen nach dem Kohlenschuppen am Ende des Gartens hinunterging, fühlte sie etwas hinter der Tür. Sie sah daher nach. Und da lag im Dunkeln das dicke blaue Bündel. Sie mußte sich auf einen Kohlenklumpen vor dem Bündel hinsetzen und lachen. Jedesmal, wenn sie es so fett und dabei so verschämt daliegen sah, wie es sich im Dunkeln in die Ecke drückte und seine Enden wie herabhängende Ohren um den Knoten herumflatterten, dann mußte sie wieder lachen. Sie fühlte sich erleichtert.

Frau Morel saß und wartete. Sie wußte, er hatte kein Geld; wenn er also irgendwo einkehrte, mußte er Schulden machen. Sie war seiner sehr müde – todmüde. Er hatte nicht mal den Mut gehabt, sein Bündel bis hinten in den Hof mitzunehmen.

Während sie noch darüber nachdachte, so gegen neun Uhr, öffnete er die Tür und trat schüchtern und doch verdrossen ein. Sie sagte kein Wort. Er zog sich den Rock aus und schlüpfte in seinen Armstuhl, wo er sich die Stiefel auszuziehen begann.

»Hol nur lieber dein Bündel, ehe du dir die Stiefel ausziehst«, sagte sie ruhig.

»Du kannst deinen Schöpfer danken, det ick heute abend noch mal wiederjekommen bin«, sagte er, verdrossen und doch mit einem Versuch, eindrucksvoll mit gesenktem Kopfe zu ihr aufzusehen.

»Wieso? Wo hättest du denn wohl hingewollt? Du mochtest ja dein Bündel nicht mal mit bis hinten in den Hof nehmen«, sagte sie.

Er sah so dämlich aus, daß sie sich nicht einmal über ihn ärgern konnte. Er fuhr fort sich die Stiefel auszuziehen und sich zum Schlafengehen vorzubereiten.

»Ich weiß ja nicht, was in deinem blauen Taschentuch ist«, sagte sie. »Wenn du es aber da liegen läßt, holen die Kinder es sich morgen früh.« Worauf er aufstand und nach draußen ging, um sofort wieder zurückzukommen und mit abgewandtem Gesicht durch die Küche nach oben zu eilen. Als Frau Morel ihn schleunigst mit seinem Bündel durch die innere Tür sausen sah, lachte sie innerlich; aber ihr Herz war bitter, weil sie ihn lieb gehabt hatte.

3. Morel abgeschüttelt – William ans Herz geschlossen

Während der nächsten Woche war Morels Stimmung beinahe unerträglich. Wie alle Bergleute liebte er Arzneien sehr, für die er seltsamerweise häufig selbst bezahlte.

»Mußt mich 'n Droppen Viterjollösung holen«, sagte er; »putzig, det wer nie'n Droppen in'n Hause haben können.«

Also kaufte Frau Morel ihm Vitriollösung, seine besonders bevorzugte Arznei. Und er selbst machte sich einen Krug Wermuttee zurecht. Auf dem Boden hatte er große Bündel getrocknete Kräuter hängen: Wermut, Raute, Andorn, Erlenblüten, Petersilienwurzel, Eibisch, Ysop,

Löwenzahn, Tausendgüldenkraut. Gewöhnlich stand ein Krug mit einer oder der andern Abkochung auf dem Fender, aus dem er gehörig trank.

»Jroßartig!« sagte er und schmatzte mit den Lippen nach einem Wermut. »Jroßartig!« Und er ermahnte die Kinder, auch mal zu versuchen.

»Det schmeckt ville besser als irjend so'n Tee oder Kakao«, behauptete er. Aber sie ließen sich nicht in Versuchung führen. Diesmal aber konnten weder Pillen noch Vitriol noch alle seine Kräuter die häßlichen Schmerzen vertreiben. Er erkrankte an einem Anfall von Gehirnentzündung. Er war nie recht wohl gewesen, seit er auf seinem Gang nach Nottingham mit Jerry auf der Erde geschlafen hatte. Von der Zeit an hatte er getrunken und getobt. Nun wurde er ernstlich krank, und Frau Morel hatte ihn zu pflegen. Er war einer der schlimmsten Kranken, die man sich vorstellen kann. Aber trotz allem, und ganz abgesehen davon, daß er der Brotbeschaffer war, wünschte sie nie ernstlich, er möge sterben. Ein Teil ihrer selbst wünschte ihn immer noch für sich zu erhalten.

Die Nachbarn waren sehr gut gegen sie: ein paar holten gelegentlich die Kinder zum Essen herum, andere nahmen ihr mal die Hausarbeit ab, eine wartete mal einen Tag lang den Kleinen. Aber trotz alledem war es doch eine mächtige Anstrengung. Nicht alle Tage halfen die Nachbarn ihr. Dann mußte sie den Kleinen und den Mann warten, waschen und kochen, die gesamte Arbeit tun. Sie kam sehr herunter, aber sie machte alles, was von ihr verlangt wurde.

Und das Geld reichte grade aus. Sie hatte siebzehn Schilling von ihren Vereinen, und jeden Freitag legten Barker und sein anderer Kumpel einen Teil vom Gewinn des Stollens für Morels Frau beiseite. Und die Nachbarn machten ihr Brühe, brachten ihr Eier und ähnliche Krankenkost. Hätten sie ihr in diesen Zeiten nicht so freigebig beigestanden, Frau Morel wäre nie durchgekommen, ohne Schulden zu machen, die sie gänzlich zu Boden gerissen hätten.

Die Wochen liefen hin. Fast gegen alle Erwartung wurde Morel besser. Er hatte eine starke Körperbeschaffenheit, so daß er, erst nur einmal auf dem Wege der Besserung, auch noch der Gesundung entgegenschritt. Bald pütjerte er wieder unten herum. Während seiner Krankheit hatte seine Frau ihn etwas verzogen. Nun sollte sie damit fortfahren. Oft legte er die Hand an den Kopf, zog die Mundwinkel herunter und schützte Schmerzen vor, die er gar nicht hatte. Aber er konnte sie nicht betrügen. Zuerst lächelte sie bei sich. Dann schalt sie ihn scharf aus.

»Liebe Güte, Mann, sei doch nicht so ’n Tränentier.«

Das verwunderte ihn etwas, aber er fuhr fort, den Kranken zu spielen.

»Ich möchte doch nicht so ’n Heulbalg sein«, sagte seine Frau kurz.

Dann ärgerte er sich und fluchte leise vor sich hin, wie ein Junge. Er sah sich gezwungen, seinen richtigen Tonfall wieder aufzunehmen und mit seinem Heulen aufzuhören.

Bei alledem herrschte eine Zeitlang Frieden im Hause. Frau Morel war nachsichtiger gegen ihn, und er war von ihr fast wie ein Kind abhängig, gradezu glücklich. Keiner von beiden wußte, daß sie nachsichtiger gegen ihn war, weil sie ihn nicht mehr so lieb hatte. Bis jetzt war er doch trotz allem ihr Gatte und Mann gewesen; sie hatte gefühlt, daß, mehr oder weniger, was er sich selbst antäte, er auch ihr antat. Nun, mit der Geburt des dritten Kindes, wandte sich ihr Ich in seiner Hilflosigkeit nicht länger ihm wieder zu, sondern war wie eine kaum sich erhebende Flutwelle, sie lief wieder ab von ihm. Jetzt sehnte sie sich kaum mehr nach ihm. Und indem sie sich ihm ferner hielt, ihn nicht mehr so sehr als Teil ihrer selbst empfand, sondern mehr als Bestandteil ihrer Umgebung, da machte sie sich nicht länger so viel aus dem, was er tat, konnte ihn mehr sich selbst überlassen.

Es war die Stille, das Vorausdenken an das Ende des Jahres, das wie der Herbst im Menschenleben ist. Seine Frau schüttelte ihn ab, halb bedauernd, aber unnachgiebig; schüttelte ihn ab und wandte sich um Liebe und Leben den Kindern zu. Von nun an wurde er mehr oder weniger eine leere Schale. Und halb gab er sich damit zufrieden, wie so viele Männer, wenn sie ihren Platz den Kindern einräumen.

Während seiner Erholungszeit, als tatsächlich bereits alles zwischen ihnen aus war, strengten sie sich beide an, um in gewisser Weise wieder zu den alten Beziehungen der ersten Monate ihrer Ehe zu kommen. Er saß zu Hause, und wenn die Kinder zu Bett waren und sie saß und nähte – sie machte ihre ganze Näharbeit mit der Hand, nähte alle Hemden und alles Kinderzeug –, dann pflegte er ihr aus der Zeitung vorzulesen, mit langsamer Aussprache und die Worte hervorbringend, wie ein Mann, der Scheiben wirft. Zuweilen trieb sie ihn vorwärts und legte ihm einen Satz in den Mund. Und dann nahm er ihre Worte demütig hin.

Die Pausen zwischen ihnen waren merkwürdig. Da war das rasche, leichte ›Kluck‹ ihrer Nadel, das scharfe ›Pop‹ seiner Lippen, wenn er den Rauch ausstieß, die Wärme, das Zischen an den Eisenstangen, wenn er ins Feuer spuckte. Dann wandten ihre Gedanken sich William zu. Der wurde bereits ein großer Junge. Er war schon der Erste in der Klasse, und der Lehrer sagte, er wäre der schlauste Junge der ganzen Schule. Sie sah ihn als Mann, jung, voller Lebenskraft, die Welt für sie zum Glühen bringend.

Und da saß Morel, ganz allein, und weil er an nichts zu denken hatte, in einem Gefühl unbestimmten Unbehagens. Seine Seele mußte auf ihre blinde Weise nach ihr fasten und merken, daß sie fort war. Er empfand eine Art Leere, fast eine Luftleere in seiner Seele. Er war unsicher und rastlos. Bald konnte er in dieser Luft nicht länger leben und sehnte sich nach seiner Gattin. Beide fühlten sie einen Druck beim Atmen, wenn sie so eine Zeitlang allein blieben. Dann ging er zu Bett, und sie ließ sich nieder, um sich allein an ihrer Arbeit, ihren Gedanken, ihrem Leben zu erfreuen.

Inzwischen kam ein neues Kind, die Frucht dieser kurzen Spanne Friedens und Zärtlichkeit zwischen den beiden sich trennenden Gatten. Paul war siebzehn Monate alt, als dies neue Kleine geboren wurde. Er war damals ein dickes, blasses Kind, ruhig, mit schweren, blauen Augen, und immer noch dem sonderbaren leichten Runzeln seiner Stirne. Das letzte Kind war auch ein Junge, hübsch und hell. Frau Morel tat es leid, als sie merkte, sie habe wieder ein Kind, sowohl aus wirtschaftlichen Gründen, als weil sie ihren Gatten nicht länger liebte; aber nicht des Kindes wegen.

Sie nannten den Kleinen Arthur. Er war sehr niedlich, mit einem Schopf goldener Haare, und liebte seinen Vater von Anfang an. Frau Morel war froh, daß dies Kind seinen Vater liebte. Sobald er den Schritt des Bergmanns hörte, streckte der Kleine die Arme aus und begann zu krähen. Und wenn Morel guter Stimmung war, rief er sofort zurück, in seiner frischen, weichen Stimme:

»Wat denn, mein Schönster? Jleich komm ick zu dich.«

Und sowie er seinen Grubenrock aus hatte, pflegte Frau Morel immer eine Schürze um das Kind zu schlagen und es seinem Vater zu geben.

»Wie der Junge wieder aussieht!« konnte sie zuweilen sagen, wenn sie den Kleinen wieder zu sich nahm, der sich das Gesicht bei seines Vaters Küssen und Scherzen eingeschmiert hatte. Dann lachte Morel vergnügt.

»En richtiger kleener Bergmann, Jott segne seine kleenen Hammelbeene!« rief er aus.

Und dies waren nun Augenblicke des Glücks in ihrem Leben, wenn die Kinder in ihrem Herzen den Vater mit einschlossen.

Mittlerweile wurde William immer größer und stärker und tätiger, während Paul, eher zart und ruhig, immer dünner wurde und hinter seiner Mutter wie ihr Schatten hertrottete. Für gewöhnlich war er in Bewegung und nahm an allem teil, zuweilen hatte er aber auch Schauer von Niedergeschlagenheit. Dann konnte die Mutter den drei- oder vierjährigen Jungen weinend auf dem Sofa finden.

»Was ist los?« fragte sie und bekam keine Antwort.

»Was ist los?« fragte sie dringender und wurde ärgerlich.

»Ich weiß nicht«, seufzte das Kind.

Dann versuchte sie ihm das verstandesmäßig auszureden oder ihn zu unterhalten, aber ohne Erfolg. Dann geriet sie ganz außer sich. Der Vater, immer ungeduldig, pflegte dann aus seinem Stuhle aufzuspringen und zu rufen: »Wenn er nu nich aufhört, hau ich ihn, bis ers aufjiebt.«

»Das wirst du wohl nicht tun«, sagte die Mutter kalt. Und dann nahm sie das Kind mit auf den Hof, ließ es dort in seinen kleinen Stuhl fallen und sagte: »Da heul, du Jammerlappen!«

Und dann fesselte schließlich ein Schmetterling auf den Rhabarberblättern sein Auge, oder er heulte sich am Ende in Schlaf. Diese Anfälle kamen nicht häufig, aber sie warfen einen Schatten über Frau Morels Herz, und sie behandelte Paul anders als die übrigen Kinder.

Eines Morgens, als sie den Gang im ›Grunde‹ nach dem Hefemann hinuntersah, hörte sie plötzlich, wie eine Stimme sie anrief. Es war die dünne, kleine Frau Anthony im braunen Samt.

»Hier, Frau Morel, ich muß Ihnen was erzählen von Ihrem Willie.«

»Oh, so dringend?« erwiderte Frau Morel. »Wieso, was ist denn los?«

»En Junge, der 'nen andern zu packen kriegt und ihm die Sachen von'n Leibe reißt«, sagte Frau Anthony, »dem muß mans mal zeigen.«

»Ihr Alfred ist doch grade so alt wie mein William«, sagte Frau Morel.

»Mag wohl sein, aber det jiebt ihm doch noch kein Recht, ihn an'n Kragen zu packen und 'n ihn jlatt abzureißen.«

»Ja«, sagte Frau Morel, »ich haue meine Kinder nicht, und selbst wenn ich es täte, möchte ich doch erst mal ihre Ansicht der Sache auch hören.«

»Sie würden sicher etwas besser werden, wenn sie mal eine ordentliche Tracht kriegten«, entgegnete Frau Anthony. »Wenn et so weit kommt, det se den andern den Kragen mutwillig von'n Halse reißen ...«

»Mutwillig hat er das sicher nicht getan«, sagte Frau Morel.

»Sagen Se ooch noch, ich lüje!« rief Frau Anthony.

Frau Morel ging weg und schloß ihr Gitter. Ihre Hand mit dem Hefekrug zitterte.

»Ick wers aber Ihrem Meester erzählen«, rief Frau Anthony hinter ihr her.

Beim Essen, als William seinen Teller fertig hatte und wieder nach draußen wollte – er war damals elf Jahre alt –, sagte seine Mutter: »Warum mußtest du denn Alfred Anthonys Kragen zerreißen?«

»Wann hab ich den zerrissen?«

»Wann, weiß ich nicht; seine Mutter sagt aber, du hättest es getan.«

»Ja wieso, gestern war es – un er war ja schon kaputt.«

»Aber du hast ihn noch mehr zerrissen.«

»Ja, aber ich hatte doch 'n Piekser, der schon siebzehn gewonnen hatte – un Alfi An't'ny sagte:

›Adam un Eva un Kniep-mi
Gingen zum Fluß ins Bad,
Adam un Eva ertranken,
Wer woll gerettet wa'd?‹

Un denn sag ich: ›Oh, Kniep-di‹, und da kniff ich ihn, und er wurde so wütend, un er nahm meinen Piekser un lief damit weg. Un da lief ich hinter ihm her, un als ich ihn zu fassen kriegte, bog er aus, un da riß sein Kragen ab. Aber meinen Piekser hab ich wieder ...«

Er zog eine alte schwarze Roßkastanie an einem Bindfaden aus der Tasche. Dieser alte Piekser hatte siebzehn andere an ähnlichen Bindfäden ›gepiekst‹ – getroffen und zerschmettert. Daher war der Junge so stolz auf seinen Altbewährten.

»Ja«, sagte Frau Morel, »du weißt aber doch, du darfst ihm nicht den Kragen abreißen.«

»Ja, Mutter!« antwortete er. »Das wollt ich ja auch gar nich – un es war ja bloß so'n alter Gummikragen, un schon kaputt.«

»Ein anderes Mal«, sagte seine Mutter, »bist du vorsichtiger. Ich möchte es auch nicht, wenn du mit zerrissenem Kragen nach Hause kämst.«

»Das ist mir einerlei, Mutter; ich hab es ja auch nicht mit Willen getan.«

Dem Jungen war ganz jämmerlich zumute wegen dieses Tadels.

»Nein – schön, dann sei nun vorsichtiger.«

William flog von dannen, froh darüber, freigesprochen zu sein. Und Frau Morel, die alle Schwierigkeiten mit ihren Nachbarn haßte, nahm sich vor, sie wollte Frau Anthony die Sache erklären, und dann würde sie beigelegt sein.

Aber abends sah Morel bei seiner Rückkehr aus der Grube sehr sauer aus. Er stand in der Küche und sah sich rund um, sagte aber ein paar Minuten lang nichts. Dann fragte er: »Wo's der Willy?«

»Was willst du denn von dem?« fragte Frau Morel, die das schon ahnte.

»Det werr ick ihm schonst wissen lassen, wenn ick'n habe«, sagte Morel und haute seine Blechflasche auf die Anrichte.

»Ich glaube, Frau Anthony hat dich wohl zu fassen gekriegt und hat dir was über Alfreds Kragen vorgejault«, sagte Frau Morel ziemlich spöttisch.

»Kümmer du dich nich drum, wer mich zu fassen jekriegt hat«, sagte Morel. »Wenn ick ihn zu fassen krieje, sollen ihm die Knochen klappern.«

»Jämmerlich«, sagte Frau Morel, »daß du sofort dich mit jedem hinterlistigen alten Fuchs einläßt, der dir was über deine eigenen Kinder vorerzählt.«

»Ick werr ihm schon lernen«, sagte Morel. »Wen sein Junge er is, jeht mir nischt an; aber er soll nich man so alles zerreißen un zerfetzen, wie's ihm jrade Spaß macht.«

»Zerreißen und zerfetzen!« wiederholte Frau Morel. »Er ist hinter Alfi hergewesen, der ihm seinen Piekser weggenommen hatte, und hat ihn unglücklicherweise beim Kragen zu fassen gekriegt, weil der ausbog – wie so'n richtiger Anthony.«

»Weiß ich!« schrie Morel drohend.

»Natürlich, ehe man es dir erzählt«, erwiderte seine Frau beißend.

»Da kümmer du dich man nich drum«, wütete Morel. »Ick weeß all, wat ick zu tun habe.«

»Das ist mir mehr als zweifelhaft«, sagte Frau Morel; »wenn man bedenkt, daß so'n großschnauziges Wesen dich dazu kriegen kann, deine eigenen Kinder zu schlagen.«

»Ick weeß all«, wiederholte Morel.

Und er sagte nichts weiter, sondern saß da und fraß seinen Grimm in sich hinein. Plötzlich flog William herein und rief: »Kann ich meinen Tee kriegen, Mutter?«

»Du kannst ooch noch mehr kriejen«, brüllte Morel.

»Mach nicht so 'nen Lärm, Mann«, sagte Frau Morel; »und mach nicht so'n lächerliches Gesicht.«

»Er soll 'n lächerliches Gesicht machen, ehe ick mit'n fertig bin«, brüllte Morel aufstehend und seinen Sohn anstarrend.

William, der für seine Jahre ein sehr großer Junge war, aber sehr empfindlich, war blaß geworden und blickte ganz erschreckt auf seinen Vater.

»Geh hinaus!« befahl Frau Morel ihrem Sohn.

William besaß nicht Besinnung genug, sich vom Flecke zu rühren. Plötzlich ballte Morel die Faust und kauerte sich zusammen.

»Ick werr ihn schon hinausjehn machen«, brüllte er wie ein Irrsinniger.

»Was!« schrie Frau Morel keuchend vor Wut. »Du sollst ihn nicht anrühren wegen der ihren Geschichten, nein!«

»Soll ick nich?« brüllte Morell. »Soll ick nich?«

Und mit einem Wutblick auf den Jungen sauste er auf ihn zu. Frau Morel sprang mit erhobener Faust zwischen sie.

»Daß du's nicht wagst!« schrie sie.

»Wat?« brüllte er, für den Augenblick ganz verdutzt. »Wat?«

Sie drehte sich nach dem Jungen um.

»Mach, daß du rauskommst!« herrschte sie ihn wütend an.

Der Junge, wie von ihr bezaubert, drehte sich um und war weg. Morel flog zur Tür, kam aber zu spät. Er wandte sich um, blaß vor Wut unter seinem Grubenschmutz. Aber nun war seine Frau auf der Höhe.

»Wag es nur!« sagte sie mit lauter, schallender Stimme; »wag es nur, Herr Graf, und leg einen Finger an den Jungen! Ewig sollte dir das leid tun.«

Ihm war bange vor ihr. In höchster Wut setzte er sich nieder.

* *
*

Als die Kinder alt genug waren, sich selbst überlassen zu bleiben, trat Frau Morel in die Frauengilde ein. Es war das ein kleiner Verein, der ›Allgemeinen Gegenseitigen Genossenschaft‹ eingegliedert, der sich Montagabends in dem langen Raum über dem Kramladen der Bestwood ›A-Ge-Ge‹ traf. Es hieß, die Frauen unterhielten sich hier über die ihnen aus dem Genossenschaftswesen zufließenden Vorteile und andere gesellschaftliche Fragen. Zuweilen las Frau Morel mal einen Aufsatz vor. Es war den Kindern ganz merkwürdig, wenn sie ihre Mutter, die immer so geschäftig im Hause war, dasitzen und in ihrer raschen Weise schreiben sahen, nachdenken, in Büchern nachschlagen und dann wieder weiterschreiben. Bei solchen Gelegenheiten fühlten sie tiefste Hochachtung vor ihr.

Aber die Gilde liebten sie. Sie war das einzige, dem sie ihre Mutter nicht neideten – und das teils, weil sie ihre Freude dran fand, teils wegen der Bewirtungen, die sie dort erhielten. Von ein paar feindseligen Ehemännern, denen ihre Frauen zu unabhängig wurden, war die Gilde der Klatsch-Pup-Laden genannt worden – d. h. der Klatschladen. Es war richtig, von der Grundlage der Gilde aus konnten die Frauen einen Überblick über ihr Heim gewinnen, über ihre Lebensbedingungen, und was daran auszusetzen war. Daher fanden die Bergleute, ihre Frauen gewännen dort eigene Lebensanschauungen, und zwar ziemlich wirre. Auch hatte Frau Morel Montagabends immer einen Haufen Neuigkeiten, so daß die Kinder es gern sahen, wenn William dann zu Hause war, weil sie ihm immer davon erzählte. Als der Junge dann dreizehn war, erhielt sie eine Stellung für ihn in der ›A-Ge-Ge‹-Schreibstube. Er war ein sehr kluger Junge, offen, mit ziemlich rohen Zügen und echten blauen Wikingsaugen.

»Wat, willst de so'n Schemelhocker aus'n machen?« sagte Morel. »Alles, wat er fertig bringt, is doch, det er sich de Hosen hinten durchscheuert un nischt davor kriejt. Wat kriejt er denn für den Anfang?«

»Das ist ja ganz einerlei, was er für den Anfang kriegt«, sagte Frau Morel.

»Janz un jar nich. Steck ihn mit mich in de Jrube, un er kann leichte zehn Schilling de Woche machen von Anfang an. Aber sechs Schilling un sich det Hinterviertel abtragen auf 'nen Schemel is natürlich besser, als mit mich in de Jrube jehn, det weeß ick woll.«

»In die Grube geht er nicht, und das ist das Ende vom Lied«, sagte Frau Morel.

»For mich war't jut jenug, aber for ihn is et det natierlich nich.«

»Wenn deine Mutter dich mit zwölf in die Grube steckte, dann ist das kein Grund, daß ich das mit meinem Jungen auch tun sollte.«

»Zwölfe! Ville früher war et.«

»Und wenns das auch war«, sagte Frau Morel.

Sie war sehr stolz auf ihren Jungen. Er ging zur Abendschule und lernte Kurzschrift, so daß er zur Zeit, als er sechzehn war, der beste Kurzschriftschreiber und Buchhalter am Platze war außer einem anderen. Dann gab er Unterricht in der Abendschule. Aber er war so feurig, daß nur seine Gutmütigkeit und seine Größe ihn schützten.

William tat alles, was Männer tun – alles Anständige. Er konnte rennen wie der Wind. Als er zwölf war, gewann er in einem Wettrennen den ersten Preis – ein gläsernes Tintenfaß, wie ein Amboß geformt. Es stand stolz auf der Anrichte und machte Frau Morel viel Vergnügen. Der Junge lief nur ihr zuliebe. Atemlos flog er mit seinem Amboß nach Hause, mit einem »Sieh, Mutter!« Das war der erste, ihr wirklich entrichtete Zoll. Sie nahm ihn hin, stolz wie eine Königin. »Wie hübsch!« rief sie aus.

Dann fing er an ehrgeizig zu werden. All sein Geld gab er seiner Mutter. Als er vierzehn Schilling die Woche verdiente, gab sie ihm zwei für sich selber, und da er niemals trank, kam er sich reich vor. Er verkehrte mit den Bürgern von Bestwood. Das Städtchen besaß keinen Höheren als den Geistlichen. Dann kam der Bankleiter, dann die Ärzte, dann die Kaufleute und hierauf die Scharen der Bergleute. William begann sich mit den Söhnen des Apothekers, des Lehrers und der Kaufleute abzugeben. Er spielte Billard in der Maschinistenhalle. Er tanzte auch – allerdings gegen den Willen seiner Mutter. Er genoß alles Leben, das Bestwood zu bieten hatte, von den Fünfgroschenhopsern unten in der Kirchstraße bis zu Leibesübungen und Billard.

Paul wurde mit flammenden Schilderungen aller möglichen blütengleichen Damen unterhalten, von denen die meisten kurze vierzehn Tage wie abgeschnittene Blumen in Williams Herzen fortlebten.

Zuweilen kam auch mal eine seiner Flammen auf der Suche nach ihrem fahrenden Ritter. Frau Morel fand dann ein unbekanntes Mädchen auf der Schwelle an der Tür und roch sogleich, woher der Wind wehte.

»Ist Herr Morel zu Hause?« fragte das Dämchen dann bittend.

»Mein Mann ist zu Hause«, erwiderte Frau Morel.

»Ich – ich meine den jungen Herrn Morel«, wiederholte die Maid dann kläglich.

»Welchen? Es gibt mehrere.«

Worauf die Schöne heftig ins Erröten und Stottern geriet.

»Ich – ich habe Herrn Morel bei Ripley getroffen«, erklärte sie.

»Oh – beim Tanzen?«

»Jawohl.«

»Ich will von den Mädchen, die mein Sohn beim Tanzen trifft, nichts wissen. Und er ist nicht zu Hause.«

Dann kam er nach Hause, ärgerlich darüber, daß seine Mutter das Mädchen so grob weggeschickt hatte. Er war ein sorgloser und doch eifrig aussehender Bursche, der beim Gehen weit ausholte, zuweilen die Stirne gerunzelt, oft die Mütze vergnügt auf den Hinterkopf geschoben. Nun kam er mit gerunzelter Stirne herein. Er warf seine Mütze aufs Sofa und nahm sein starkes Kinn in die Hand, indem er auf seine Mutter niederstierte. Sie war klein, das Haar glatt aus der Stirn nach hinten gestrichen. Sie hatte etwas Ruhig-Überlegenes und doch selten Warmes. Da sie wußte, ihr Junge wäre ärgerlich, zitterte sie innerlich.

»Hat mich gestern eine Dame besuchen wollen, Mutter?« fragte er.

»Von einer Dame weiß ich nichts. Ein Mädchen war da.«

»Und warum hast du mir nichts davon gesagt?«

»Weil ichs vergessen habe, lediglich.«

Er brummte noch ein wenig.

»Ein hübsches Mädchen, mehr wie eine Dame?«

»Ich hab sie mir nicht angesehen.«

»Große braune Augen?«

»Ich hab sie mir nicht angesehen. Und sag deinen Mädchen, mein Sohn, wenn sie hinter dir herrennen, müßten sie nicht zu deiner

Mutter kommen und nach dir fragen. Sag ihnen das – den frechen Geschöpfen, die du in deinen Tanzstunden triffst.«

»Ganz sicher, sie war ein nettes Mädchen.«

»Und ich bin ganz sicher, daß sie das nicht war.«

Damit endete die Auseinandersetzung. Über das Tanzen gab es einen gewaltigen Kampf zwischen Mutter und Sohn. Der Kummer erreichte seinen Höhepunkt, als William erzählte, er ginge zu einem Maskenball nach Hucknell Torkard – das für ein gewöhnliches Nest galt. Er sollte einen Hochländer vorstellen. Er konnte einen Anzug leihen, den einer seiner Freunde gehabt hatte und der ihm vollkommen paßte. Der Hochländeranzug wurde gebracht. Frau Morel nahm ihn kalt entgegen und wollte ihn nicht auspacken.

»Mein Anzug da?« rief William.

»Da liegt ein Packen vorne.«

Er stürzte hin und zerschnitt den Bindfaden.

»Wie findest du deinen Jungen dadrin?« sagte er hochentzückt und zeigte ihr den Anzug.

»Du weißt ja, ich mag dich mir gar nicht dadrin vorstellen.«

An dem Abend des Maskenballes, als er nach Hause kam, um sich umzuziehen, legte Frau Morel ihren Umhang und Hut an.

»Willst du nicht warten und mich mal ansehen, Mutter?« fragte er.

»Nein; ich mag dich nicht ansehen«, erwiderte sie.

Sie war sehr blaß und ihr Gesicht verschlossen und hart. Sie fürchtete, ihr Sohn möchte denselben Weg einschlagen wie sein Vater. Er zögerte einen Augenblick, und sein Herz stand still vor Angst. Dann fiel sein Blick auf die Hochlandsmütze mit ihren Bändern. Glücklich nahm er sie auf und vergaß seine Mutter. Sie ging aus.

Als er neunzehn war, verließ er plötzlich die ›A-Ge-Ge‹-Schreibstube und nahm eine Stellung in Nottingham an. In seiner neuen Stellung bekam er dreißig Schilling anstatt achtzehn die Woche. Das war in der Tat ein Zuwachs. Mutter und Vater liefen über vor Stolz. Jedermann pries William. Es schien, er mache rasche Fortschritte. Frau Morel hoffte, mit seiner Hilfe die jüngeren Söhne weiter bringen zu können. Annie bereitete sich nun auf die Lehrerin vor. Paul, auch sehr gescheit, kam gut in seinem französischen und deutschen Unterricht vorwärts, den er von seinem Paten, dem Geistlichen, erhielt, der immer noch mit Frau Morel befreundet war. Arthur, ein verzogener, sehr hübscher Junge, ging in die Kostschule; aber es wurde davon geredet, er versuche eine Stelle auf der Hochschule in Nottingham zu erringen.

Ein Jahr blieb William in seiner neuen Stellung in Nottingham. Er lernte hart und wurde ernst. Er schien einen Kummer zu haben. Dabei ging er aber doch zu Tanzgesellschaften und Flußfahrten. Er trank nicht. Die Kinder waren alle wilde Alkoholgegner. Er kam sehr spät des Abends nach Hause und saß dann noch lange über seinen Arbeiten. Seine Mutter flehte ihn an, vorsichtig zu sein, eins oder das andere vorzunehmen.

»Tanze, wenn du tanzen mußt, mein Junge; aber glaube nicht, du könntest im Geschäft arbeiten, und dann noch deinen Vergnügungen nachgehen und dann obendrein noch lernen. Das kannst du nicht; das hält die menschliche Kraft nicht aus. Tu eins oder das andere – vergnüge dich oder lerne Latein; aber versuche nicht beides auf einmal.«

Dann bekam er seine Stellung in London, mit einhundertundzwanzig Pfund im Jahr. Das erschien eine fabelhafte Summe. Seine Mutter wußte nicht recht, sollte sie sich freuen oder grämen.

»Montag in acht Tagen soll ich in Lime Street sein, Mutter«, rief er, seine Augen strahlend, als er den Brief las. Frau Morel fühlte, wie ihr ganzes Innere verstummte. Er las den Brief vor: ›Und wollen Sie bis Donnerstag antworten, ob Sie die Stelle annehmen. Hochachtungsvoll ...‹ Sie wollen mich für hundertundzwanzig haben, Mutter, und wollen mich gar nicht erst mal sehen. Hab ich dir nicht gesagt, ich brächte es fertig! Denk mal, ich in London! Und dann kann ich dir zwanzig Pfund im Jahr geben, Mater. Wir wälzen uns noch alle im Golde.«

»Sicher, mein Junge«, sagte sie traurig.

Es kam ihm nie in den Sinn, daß sie sich eher gekränkt fühlte durch sein Fortgehen, als froh über seinen Erfolg. Tatsächlich zog sich mit dem Näherkommen des Tages seiner Abreise ihr Herz zusammen und wurde trostlos bis zur Verzweiflung. Sie hatte ihn so lieb. Mehr als das, sie hatte so auf ihn gehofft. Sie hatte fast ganz in ihm gelebt. Sie arbeitete so gern für ihn: es freute sie, ihm seine Teetasse hinzusetzen oder seine Kragen zu plätten, auf die er so stolz war. Ihr war es eine Freude, ihn so stolz auf seine Kragen zu sehen. Eine Wäscherei gab es nicht. So rieb sie dann immer tüchtig drauflos mit ihrem kleinen, runden Eisen und glättete sie, bis sie nur vom Drucke ihres Armes glänzten. Nun würde sie das nicht mehr für ihn tun. Nun würde er fortgehen. Es kam ihr beinahe so vor, als schiede er auch aus ihrem Herzen. Ihr war es, als bliebe er nicht in ihrem Innern als Bewohner zurück. Das war ihr Kummer, ihr Schmerz. Er nahm fast sein ganzes Dasein mit fort.

Ein paar Tage vor seiner Abreise – er war grade zwanzig – verbrannte er seine Liebesbriefe. Sie hatten an einem Bügel oben auf dem Küchenschrank gehangen. Aus einigen hatte er seiner Mutter Auszüge vorgelesen. Ein paar hatte sie sich die Mühe genommen selbst zu lesen. Aber die meisten waren zu albern. Nun, an diesem Sonnabendmorgen, sagte er: »Komm hier, Postel, wollen mal meine Briefe durchgehen, und du kannst die Vögel und die Blumen kriegen.«

Frau Morel hatte ihre Sonnabendsarbeit bereits am Freitag erledigt, weil er seinen letzten freien Tag hatte. Sie machte ihm einen Reiskuchen zum Mitnehmen. Er wurde kaum gewahr, wie elend sie war.

Er nahm den ersten Brief vom Bügel. Er war malvenfarben und hatte purpurne und grüne Disteln. William roch an dem Blatt.

»Feiner Geruch! Riech mal!«

Und er hielt Paul den Bogen unter die Nase.

»Hm!« sagte Paul, die Luft einziehend. »Wie heißt das? Riech mal, Mutter.«

Seine Mutter neigte ihre kleine, feine Nase über das Papier.

»Ich will denen ihren alten Kram gar nicht riechen«, sagte sie schnuppernd.

»Dem Mädchen sein Vater«, sagte William, »ist reich wie Krösus. Endlosen Landbesitz hat er. Sie nennt mich Lafayette, weil ich Französisch kann. ›Sie werden sehen, ich habe Ihnen verziehen‹ – nett, sie hat mir verziehen. ›Ich habe Mutter heute morgen von Ihnen erzählt, und sie würde sich sehr freuen, wenn Sie Sonntag zum Tee kommen würden, aber sie muß erst Vaters Zustimmung haben. Ich hoffe aufrichtig, er wird sie geben. Ich werde Sie wissen lassen, wie es durchsickert. Wenn Sie jedoch ...‹«

»Wissen lassen, wie es was?«

»Durchsickert – o ja!«

»Durchsickert!« wiederholte Frau Morel spöttisch. »Ich dachte, sie wäre so fein gebildet.«

William fühlte sich etwas unbehaglich und ließ diese Maid fahren, während er Paul die Ecke mit den Disteln gab. Er fuhr fort, Auszüge aus den Briefen vorzulesen, von denen ein paar seiner Mutter Spaß machten, andere sie aber betrübten und mit Sorge um ihn erfüllten.

»Mein Junge«, sagte sie, »die sind sehr klug. Sie wissen, sie brauchen nur deiner Eitelkeit zu schmeicheln, und du drängst dich an sie wie ein Hund, dem man den Kopf kraut.«

»Na, sie können ja nun nicht in alle Ewigkeit krauen«, erwiderte er, »und wenn sie fertig sind, trabe ich weiter.«

»Eines Tages aber wirst du eine Leine am Halse spüren, die du nicht abstreifen kannst«, antwortete sie.

»Ich nicht! Ich bin ihnen allen gewachsen, Mater, die brauchen sich nichts weiszumachen.«

»Du machst dir was weis«, sagte sie ruhig.

Bald lag da ein Haufen verkrümmter schwarzer Blätter, alles was von dem Bündel duftender Briefe übriggeblieben war, abgesehen davon, daß Paul dreißig oder vierzig hübsche Ecken von dem Briefpapier hatte – Schwalben und Vergißmeinnicht und Efeuzweige. Und William ging nach London, um einen neuen Bügel anzulegen.

4. Pauls Jugend

Pauls Körperbau versprach seiner Mutter nachzuarten; zart und ziemlich klein. Sein helles Haar wurde rötlich und dann dunkelbraun; seine Augen waren grau. Er war ein blasses, ruhiges Kind, mit Augen, die zu lauschen schienen, und mit einer vollen, herabhängenden Unterlippe.

Meistens machte er einen alten Eindruck für seine Jahre. Er hatte ein ganz eigenartiges Verständnis für die Gefühle anderer Menschen, besonders seiner Mutter. Hatte sie Kummer, so merkte er das und hatte dann auch selbst keine Ruhe. Seine Seele schien voll besonderer Aufmerksamkeit für sie.

Mit zunehmendem Alter wurde er stärker. William stand ihm zu fern, um ihn als Genossen anzunehmen. Daher gehörte der Kleinere zunächst beinahe ganz Annie. Sie war ein richtiger Junge, und ein ›Flüg-up‹, wie ihre Mutter sie nannte. Sie liebte ihren zweiten Bruder zärtlichst. So wurde Paul hinter Annie hergeschleppt und nahm an ihren Spielen teil. Zusammen mit den andern jungen Wildkatzen des ›Grundes‹ tobte sie wie toll beim Kriegenspielen. Und stets flog Paul neben ihr her, wenn schon er selbst noch keinen Teil daran hatte. Er war ruhig und unauffällig. Aber seine Schwester betete ihn an. Er bekümmerte sich anscheinend um alles, sobald sie es wünschte.

Sie besaß eine große Puppe, auf die sie furchtbar stolz war, wenn sie sie auch nicht besonders liebte. So hatte sie die Puppe einst aufs Sofa gelegt und mit einem Schoner bedeckt, damit sie schlafen solle. Dann hatten sie sie vergessen. Nun mußte Paul sich grade darin üben, von der Sofalehne herunterzuspringen. Und krach! sprang er natürlich der verborgenen Puppe mitten ins Gesicht. Mit lautem Jammergeschrei eilte Annie herbei und setzte sich zur Totenklage nieder. Paul verhielt sich ganz still.

»Man konnte ja nicht sehen, daß sie da war, Mutter; man konnts doch nicht sehen, daß sie da war«, wiederholte er immer wieder. Solange Annie um ihre Puppe weinte, saß er in hilflosem Jammer dabei. Ihr Kummer nahm aber ab. Sie verzieh ihrem Bruder – er war ja so unglücklich. Aber einen oder zwei Tage später bekam sie einen großen Schrecken: »Wir wollen Arabella opfern«, sagte er, »wir wollen sie verbrennen.« Sie war entsetzt, aber doch auch ein klein wenig bezaubert. Sie wollte gern sehen, was der Junge anstellen würde. Er baute einen Altar aus Backsteinen, zog ein paar Hobelspäne aus Arabellas Innern hervor, legte die Wachsstückchen wieder in das eingedrückte Gesicht, goß ein wenig Paraffin darüber und zündete das Ganze an. Mit niederträchtiger Genugtuung beobachtete er, wie das Wachs tropfenweise von Arabellas zerschmetterter Stirn herabschmolz und in die Flammen sickerte. Solange die dicke dumme Puppe brannte, schwelgte er in stiller Freude. Schließlich stocherte er mit einem langen Stock in der Asche herum, fischte Arme und Beine hervor, ganz geschwärzt, und zerschmetterte sie zwischen ein paar Steinen.

»Das ist der Opfertod der Frau Arabella«, sagte er. »Und ich bin heilsfroh, daß nichts von ihr übriggeblieben ist.« Was Annie innerlich etwas beunruhigte, obwohl sie nichts sagen konnte. Er schien die Puppe so ganz besonders zu hassen, weil er sie selbst zerbrochen hatte.

Alle Kinder, aber Paul ganz besonders, waren mit der Mutter ausgesprochen gegen den Vater. Morel fuhr fort zu trinken und sie zu quälen. Er hatte Zeiten, manchmal Monate hintereinander, wo er das Leben der ganzen Sippe wahrhaft jammervoll machte. Paul vergaß nie, wie er eines Montagabends aus der ›Hoffnungsgesellschaft‹ nach Hause gekommen war und seine Mutter mit einem geschwollenen

Auge und ganz farblos, seinen Vater aber mit gespreizten Beinen auf der Herdmatte stehend gefunden hatte, den Kopf gesenkt, und William, grade von der Arbeit kommend, seinen Vater anstarrend. Alles schwieg, als die Kleinen eintraten, aber keiner der Älteren sah sich um.

William war weiß bis in die Lippen, und seine Fäuste waren geballt. Er wartete, bis die Kinder stille waren und mit kindlichem Haß und Wut zusahen; dann sagte er: »Du Feigling, wenn ich zu Hause gewesen wäre, hättest du's nicht gewagt.«

Aber Morels Blut war in Siedehitze. Er fuhr gegen seinen Sohn herum, William war größer, aber Morel besaß harte Muskeln und war wahnsinnig vor Wut.

»Hätte ick nich?« brüllte er. »Hätte ick nich? Blaff noch 'n bißken länger, du junger Hansdampf, un ick laß dich mal meine Faust um de Ohren klappern. Jawoll, det werr ick, siehste.«

Morel beugte sich in den Knien und zeigte seine Faust, in häßlicher, beinahe tierischer Art. William war weiß vor Wut. »Möchtst de?« sagte er ruhig und gedehnt. »Dann wärs jedenfalls zum letzten Male.«

Zusammengekauert tanzte Morel etwas näher auf ihn zu, mit der Faust zum Schlage ausholend. William hielt die Fäuste bereit. Ein Licht trat in seine blauen Augen, fast wie ein Lachen. Er beobachtete seinen Vater. Noch ein Wort, und die Männer hätten eine Schlägerei angefangen. Paul hoffte, sie kämen soweit. Die drei Kinder saßen blaß auf dem Sofa.

»Halt! alle beide«, schrie Frau Morel mit harter Stimme; »für einen Abend haben wir wohl genug davon. Und du«, sagte sie, sich zu ihrem Manne wendend, »sieh dir deine Kinder an!«

Morel blickte nach dem Sofa. »Sieh dir die Kinder an, du widerliche kleine Hure!« höhnte er. »Wieso, wat hab ick die Kinder jetan, möcht ick woll wissen? Aber se sind jenau so wie du; du hast se ja alle deine Kniffe un Jemeinheiten beijebracht – du hast se sie ja jelernt, jawoll.«

Sie verzichtete darauf, ihm zu antworten. Keiner sprach. Nach einer Weile schleuderte er seine Stiefel unter den Tisch und ging zu Bett.

»Warum ließest du mich nicht mit ihm anfangen?« sagte William, als sein Vater oben war. »Ich hätte ihn mit Leichtigkeit verhauen können.«

»Das wäre hübsch gewesen – deinen eigenen Vater.«

»Vater!« wiederholte William. »Den soll ich meinen Vater nennen?«

»Na, das ist er doch – und deshalb ...«

»Aber warum läßt du mich ihn nicht mal zur Ordnung bringen? Ich könnte es mit Leichtigkeit.«

»Der Gedanke!« rief sie. »Soweit sind wir doch noch nicht.«

»Nein«, sagte er, »aber bei was Schlimmerem. Sieh dich mal an. Warum ließest du's mich ihm nicht mal geben?«

»Weil ich es nicht ausgehalten hätte, und deshalb laß uns nie daran denken«, rief sie rasch.

Und die Kinder gingen zu Bett, voll Jammers.

* * *

Während William aufwuchs, zog die ganze Gesellschaft aus dem ›Grunde‹ in ein Haus oben auf dem Hügel, mit freiem Blick über das ganze Tal, das wie eine hohle Herz- oder Venusmuschel vor ihnen lag. Vor dem Hause stand ein riesiger alter Eschenbaum. Der aus Derbyshire herüberfegende Wind packte das Haus mit aller Macht, und der Baum pfiff. Morel mochte das gern.

»Det's Musike«, sagte er. »Det macht mir schlafen.«

Paul und Annie und Arthur aber haßten es. Für Paul war es ein gradezu spukhaftes Geräusch. Den Winter des ersten Jahres in ihrem neuen Hause war ihr Vater sehr böse. Die Kinder spielten auf der Straße, am Rande des weiten, dunklen Tales bis acht Uhr. Dann gingen sie zu Bett. Die Mutter saß unten und nähte. Daß ein so großer Baum vor dem Hause war, verursachte den Kindern ein Gefühl der Nacht, der Weite und des Schreckens. Der Schrecken rührte von dem Pfeifen des Baumes und der Angst vor der häuslichen Zwietracht her. Oft pflegte Paul aufzuwachen, nachdem er schon ganz lange geschlafen hatte, von Schlägen unten. Sofort war er völlig wach. Erst hörte er dann das dröhnende Gebrüll seines Vaters, der wieder fast betrunken nach Hause gekommen war, dann die scharfen Antworten seiner Mutter, dann das bums! bums! von seines Vaters Faust auf dem Tisch, und das häßliche Geknurre in der immer höher werdenden Männerstimme. Und dann ging alles in einem durchdringenden, tobenden Schreien und Pfeifen des großen, windgepeitschten Eschenbaumes unter. In stummem Hangen und Bangen lagen die Kinder wach und warteten auf ein Abflauen des Windes, um zu hören, was ihr Vater begänne. Er könnte am Ende ihre Mutter wieder schlagen. Ein Gefühl von Angst, von Haarsträuben lag in der Finsternis und eine Ahnung von Blut. Die Herzen in den Krallen drückender Angst lagen sie da. Der Wind fuhr wilder und wilder durch den Baum. Sämtliche Saiten der großen Harfe summten, pfiffen und kreischten. Und dann kam die Angst vor einer plötzlichen Stille, Stille ringsum, draußen und unten. Was war das? War es ein blutiges Schweigen? Was hatte er gemacht?

Die Kinder lagen da und atmeten die Finsternis ein. Und dann, zu guter Letzt, hörten sie den Vater seine Stiefel hinwerfen und auf Socken nach oben trampen. Und doch horchten sie noch. Schließlich vernahmen sie dann, wenn der Wind es zuließ, das Wasser aus dem Hahn in den Kessel trommeln, den ihre Mutter für den Morgen füllte, und dann konnten sie in Frieden einschlafen.

Am Morgen waren sie daher glücklich – glücklich, sehr glücklich, und abends tanzten sie in der Dunkelheit um den einsamen Laternenpfahl. Aber in den Herzen hatten sie eine enge Kammer der Angst, in den Augen eine Dunkelheit, die ihr ganzes Leben lang sichtbar blieb.

Paul haßte seinen Vater. Als Junge hatte er seinen ganz ihm eigenen feurigen Gottesglauben. »Laß ihn doch das Saufen aufgeben!« betete er jeden Abend. »Herr, laß meinen Vater sterben!« betete er sehr oft. »Laß ihn nicht in der Grube totgeschlagen werden!« betete er nach dem Tee, wenn sein Vater von der Arbeit nicht nach Hause kam.

Das war wieder so eine Zeit, in der die Hausgenossen schwer litten. Die Kinder kamen aus der Schule und bekamen ihren Tee. Auf dem Fender zischte der große schwarze Topf leise, der Fleischtopf stand für Morels Essen fertig im Bratofen. Um fünf wurde er erwartet. Aber Monate lang kehrte er erst ein und trank jeden Abend auf seinem Heimwege.

An Winterabenden, wenn es kalt war und früh dunkel wurde, pflegte Frau Morel einen Messingleuchter auf den Tisch zu setzen und eine Talgkerze anzustecken, um Gas zu sparen. Die Kinder aßen ihr Brot mit Butter oder Schmalz und waren dann fertig, wieder hinaus an ihr Spiel zu gehen. Wenn Morel aber nicht kam, zögerten sie. Das Gefühl, daß er nun in all seinem Grubendreck nach einem langen Tagewerk dasäße und tränke, nicht heimkäme, um sich zu waschen und zu essen und zu trinken, sondern dasäße und sich auf den leeren Magen betränke, machte Frau Morel unfähig, länger mit sich fertig zu werden. Von ihr ging dies Gefühl auf die Kinder über. Sie war nie mehr allein mit ihrem Leid: die Kinder litten mit ihr.

Paul ging mit den andern hinaus, um zu spielen. Unten in dem großen dämmernden Troge brannten dort, wo die Gruben waren, winzige Lichterhäufchen. Ein paar letzte Bergleute mühten sich den Feldweg hinan. Der Laternenanzünder kam. Bergleute kamen nicht mehr. Die Dunkelheit schloß sich über dem Tale zusammen, die Arbeit war vorüber. Es war Nacht.

Dann lief Paul ängstlich in die Küche. Die eine Kerze brannte noch auf dem Tisch, das mächtige Feuer glühte rot. Frau Morel saß allein. Der Topf auf dem Herde dampfte; der Teller stand wartend auf dem Tisch. Das ganze Zimmer war voller Erwartung, Erwartung des Mannes, der ohne Essen in seinem Grubendreck meilenweit von Hause irgendwo jenseits der Dunkelheit saß und trank, bis er betrunken war. Paul stand in der Tür.

»Ist Vater da?« fragte er.

»Du siehst ja, noch nicht«, sagte Frau Morel, ärgerlich über die Zwecklosigkeit der Frage.

Dann machte der Junge sich langsam an seine Mutter heran. Sie hatten ja teil an derselben Angst. Nun stand Frau Morel auf und goß die Kartoffeln ab.

»Die sind hin, sie sind ganz schwarz«, sagte sie; »aber was liegt daran?«

Nicht viele Worte wurden gesprochen. Paul haßte seine Mutter beinahe, weil sie darunter litt, daß der Vater nicht von der Arbeit nach Hause kam.

»Was quälst du dich denn deshalb? Wenn er einkehren und sich betrinken will, warum läßt du ihn nicht?«

»Warum läßt du ihn nicht!« sprühte Frau Morel. »Das kannst du wohl sagen, ›warum läßt du ihn nicht‹!«

Sie wußte, der Mann, der auf dem Heimweg einkehrt und trinkt, ist auf dem gradesten Wege, sich und sein Heim zugrunde zu richten. Die Kinder waren doch noch jung und hingen noch von dem Brotverdiener ab. William verursachte ihr ein Gefühl der Erlösung, indem er ihr wenigstens jemand darstellte, an den sie sich wenden konnte, sobald Morel versagen würde. Aber der gespannte Dunstkreis im Zimmer war an diesen Abenden der Erwartung immer der gleiche.

Die Minuten tickten dahin. Um sechs Uhr lag das Tischtuch noch auf dem Tisch, stand das Essen noch wartend da, herrschte im Zimmer noch immer dasselbe Gefühl von Angst und Erwartung. Der Junge konnte es nicht länger aushalten. Hinausgehen und spielen konnte er nicht. Er lief daher zu Frau Inger herum, im zweiten Haus neben ihnen, damit sie zu ihm spräche. Sie hatte keine Kinder. Ihr Mann war gut gegen sie, aber in einem Laden tätig und kam daher spät nach Hause. Als sie daher den Jungen an der Tür sah, rief sie: »Komm herein, Paul.«

Die zwei saßen eine Zeitlang und redeten, als der Junge plötzlich aufstand und sagte: »Ja, denn will ich nun mal gehen und sehen, ob Mutter nicht auch eine Besorgung für mich zu machen hat.« Er tat so, als wäre er ganz vergnügt, und erzählte seiner Freundin nicht, was ihm fehlte. Dann lief er wieder ins Haus.

Morel kam jetzt immer knurrig und gehässig nach Hause.

»Das ist ja 'ne nette Zeit zum Nachhausekommen«, sagte Frau Morel.

»Wat jeht denn dir det an, wenn ick nach Hause komme?« brüllte er.

Und alles im Hause war still, weil er nun gefährlich war. Er aß seinen Teil so roh wie möglich, und sobald er damit fertig war, schob er sämtliche Töpfe in einen Haufen zusammen von sich weg, um die Arme aus den Tisch legen zu können. Dann schlief er ein.

Paul haßte seinen Vater so. Der kleine gemeine Kopf des Bergmannes, mit seinem schwarzen, jetzt leicht mit Grau durchzogenen Haar, lag auf den bloßen Armen, und das Gesicht, schmutzig und entzündet, mit seiner fleischigen Nase und den dünnen, kümmerlichen Augenbrauen war zur Seite gewendet, eingeschlafen infolge von Bier und Kummer und Verdrossenheit. Kam irgend jemand plötzlich herein, oder wurde irgendwelches Geräusch gemacht, so sah der Mann auf und brüllte: »Meine Faust wird dich mal uf'n Kopp kommen, sag ich dich, wenn du mit deinen Lärm nich aufhörst! Hast es jehört?« Und die letzten beiden Worte, in drohendem Tone, meistens gegen Annie herausgebrüllt, ließen die Hausgenossen sich vor Haß gegen den Mann zusammenkrümmen.

Von allen Hausangelegenheiten war er ausgeschlossen. Keiner erzählte ihm etwas. Waren die Kinder mit ihrer Mutter allein, so erzählten sie ihr die Tagesereignisse, alles. Nichts gelangte in ihrem Innern zu

Wirklichkeit, ehe es nicht der Mutter berichtet war. Aber sobald der Vater hereintrat, hörte alles auf. Er war gleichsam der Sperrkeil in der glücklichen, glattlaufenden Maschine des Hauses. Und er bemerkte dies bei seinem Hereinkommen eintretende Schweigen jedesmal, den Abschluß alles Lebens, das Unwillkommene. Aber nun war das zu weit gediehen, um sich noch ändern zu lassen.

Zu gern hätte er die Kinder zu sich sprechen hören, aber sie vermochten es nicht. Zuweilen sagte Frau Morel wohl mal: »Das solltest du Vater erzählen.«

So gewann Paul einen Preis in einer Kinderzeitung. Alle waren aufs höchste entzückt.

»Das solltest du doch lieber Vater erzählen, wenn er nach Hause kommt«, sagte Frau Morel. »Du weißt doch, wie ers immer macht und behauptet, ihm würde nie etwas erzählt.«

»Schön«, sagte Paul. Aber er hätte fast lieber auf den Preis verzichtet, als daß er es seinem Vater erzählt hätte.

»Ich habe einen Preis gewonnen in einem Wettbewerb, Vater«, sagte er.

Morel wandte sich nach ihm um. »Wirklich, mein Junge? Wat denn für 'ne Art Wettbewerb?«

»Och, nichts – über berühmte Frauen.«

»Un wie hoch is der Preis denn, den de jekriegt hast?«

»Es ist ein Buch.«

»Och so!«

»Über Vögel.«

»Hm – hm!«

Und das war alles. Eine Unterhaltung zwischen dem Vater und einem andern der Hausgenossen war unmöglich. Er war Außenseiter. Er hatte den Gott in sich verleugnet.

Die einzigen Zeiten, an denen er wieder in das Leben der Seinigen hineingeriet, waren die Stunden, wenn er arbeitete und bei seiner Arbeit glücklich war. Zuweilen flickte er abends ihre Schuhe, oder besserte den Kessel aus oder seine Blechflasche. Dann brauchte er immer ein paar Helfer, und das machte den Kindern Spaß. Sie vereinten sich mit ihm in seiner Arbeit zu wirklichem Tun, wenn er so wieder einmal er selbst war.

Er war ein guter Arbeiter, geschickt, und einer, der, wenn er guter Laune war, stets sang. Er hatte lange Zeiten, Monate, fast Jahre von

Reizbarkeit und übler Laune. Dann war er aber zuweilen auch wieder vergnügt. Es war nett, ihn zu sehen, wie er mit einem Stück glühendem Eisen in die Spülküche lief und rief: »Aus'n Weje – aus'n Weje!«

Dann hämmerte er das weiche, rotglühende Stück auf seinem Plätteisen und brachte es in die gewollte Form. Oder er saß einen Augenblick ganz von seiner Lötarbeit hingerissen. Dann paßten die Kinder voll Vergnügen auf, wie das Zinn plötzlich geschmolzen zusammensank und über die Nase des Lötkolbens gestrichen wurde, während das ganze Zimmer voll vom Geruch von Harz und geschmolzenem Zinn war und Morel eine Minute lang stumm und aufmerksam dasaß. Wenn er Stiefel ausbesserte, sang er immer wegen des fröhlichen Zusammenklanges mit dem Hämmern. Und er war gradezu glücklich, wenn er große Flicken Maulwurfsfell auf seine Grubenhosen setzen mußte, was er oft zu tun hatte; denn er hielt sie für zu schmutzig und den Stoff für zu hart, als daß seine Frau sie hätte ausbessern können.

Aber die schönste Zeit war für die Kinder, solange sie jung waren, wenn er Lunten machte. Dann holte Morel ein Büschel heiler, langer Weizenstrohhalme vom Boden. Die machte er mit der Hand sauber, bis jeder einzelne wie ein Goldstab glänzte, worauf er das Stroh in etwa fünfzehn Zentimeter lange Stücke schnitt und dabei, wenn möglich, unten in jedem Stück immer eine Kerbe ließ. Er hatte ein wundervoll scharfes Messer, das Stroh schneiden konnte, ohne es zu zerbrechen. Dann schüttete er mitten auf den Tisch einen Haufen Schießpulver, einen kleinen Haufen schwarzer Körner auf die weißgescheuerten Bretter. Er schnitt die Strohhalme und bereitete sie zu, während Paul und Annie sie füllten und stopften. Paul mochte zu gern die schwarzen Körner seitwärts aus seiner Handfläche in die Mündung des Halms hineingleiten sehen, wie sie lustig hineinpfefferten, bis der Halm voll war. Dann verschloß er die Mündung mit etwas Seife – die er sich von einem Stück auf einem Tassenschälchen auf den Daumen nahm –, und der Halm war fertig.

»Sieh, Vater!« sagte er.

»Recht, mein Allerschönster«, antwortete Morel, der gegen seinen Zweiten besonders freigebig mit Zärtlichkeiten war. Paul warf den Halm in die Pulverdose, fertig für den nächsten Morgen, wo Morel ihn mit in die Grube nehmen und einen Schuß damit abfeuern würde, um die Kohle loszusprengen.

Währenddessen pflegte Arthur, der seinen Vater noch lieb hatte, sich gegen die Armlehne von Morels Stuhl zu lehnen und zu sagen: »Erzähl uns doch mal 'n bißchen von unter Tage, Vatting.«

Das tat Morel zu gern.

»Na, da is so'n kleenes Pferdeken, wir nennen ihn Taffy«, pflegte er zu beginnen. »Un det is'n janzer Schlaukopp.«

Morel hatte eine sehr warme Art, Geschichten zu erzählen. Er machte einem Taffys Schlauheit ordentlich fühlbar.

»'t is 'n Brauner«, fuhr er fort, »un nich sehr hoch. Na, der kommt denn in den Stollen rinjeklappert, un denn hörste, wie er niest. ›Hallo, Taff, wat niest de denn?‹ sagste dann. ›Haste 'ne Prise genommen?‹ Und denn niest er wieder. Denn schleicht er sich so ran und schiebt dich seinen Kopp entjejen, janz zahm. ›Wat willste denn, Taff?‹ sagste denn.«

»Und was will er denn?« fragte Arthur jedesmal.

»En bißken Tobak will er, mein Küken.« Diese Geschichte von Taffy lief unentwegt weiter, und jedermann liebte sie, oder zuweilen war es auch mal eine neue Geschichte.

»Un wat meenste, mein Liebling? Als ich mittags meinen Rock anziehen will, wat kommt da woll meinen Arm rauf jelaufen, als 'ne Maus? ›He, du da oben!‹ ruf ick. Un jrade hatte ick noch Zeit, ihr beim Schwanz zu kriejen.«

»Und hast du sie tot gemacht?«

»Jewiß, denn se sind 'ne Plage. Da unten is et einfach beschneit mit se.«

»Un wovon leben sie denn?«

»Von den Hafer, den die Pferde fallen lassen – un denn kriechen se eenen in die Tasche un fressen eenen det Friehstick uff, wenn du se zufrieden läßt – janz ejal, wo de deinen Rock hinhängst – die kriechende, nibbelnde kleene Landplage, die se sind.«

Diese glücklichen Abende konnten aber nur stattfinden, wenn Morel etwas zu tun hatte. Und dann ging er immer sehr früh zu Bett, oft früher als die Kinder. Es war ja nichts mehr da, weswegen er hätte aufbleiben sollen, wenn er mit seiner Klempnerei fertig war und die Überschriften in der Zeitung überflogen hatte.

Und die Kinder fühlten sich sicher, wenn der Vater im Bette lag. Dann lagen sie und redeten noch leise eine Zeitlang. Dann fuhren sie in die Höhe, wenn sich plötzlich ein Lichtschein über die Decke breitete von den Lampen in den Händen der Bergleute, die draußen auf dem Wege zur Neun-Uhr-Schicht vorbeitrabten. Sie lauschten auf die Stimmen der Männer, und stellten sie sich vor, wie sie in das dunkle Tal niedertauchten. Zuweilen traten sie auch wohl mal ans Fenster und beobachteten, wie die drei oder vier Lampen winziger und winziger wurden und über die Felder in die Dunkelheit hinunterschwankten. Dann war es ein Vergnügen, wieder ins Bett zu jagen und sich in der Wärme eng zusammenzukauern.

Paul war ein recht zarter Junge und neigte sehr zu Halsentzündung. Die andern waren alle ganz kräftig; daher lag hier wieder ein neuer Grund, weswegen seine Mutter ihm gegenüber anders empfinden sollte. Eines Tages kam er zur Essenszeit nach Hause und fühlte sich unwohl. Aber viele Umstände wurden bei ihnen nicht gemacht.

»Was ist denn mit dir los?« fragte seine Mutter scharf.

»Nichts«, antwortete er. Aber er aß nichts.

»Wenn du nichts ißt, gehst du morgen nicht zur Schule«, sagte sie.

»Warum nicht?« fragte er.

»Darum nicht.«

So legte er sich nach dem Essen aufs Sofa, auf die warmen Kattunkissen, die die Kinder so liebten. Dann verfiel er in eine Art Träumerei. Frau Morel plättete den Nachmittag. Sie horchte während ihrer Arbeit auf das leise, fortwährende Geräusch, das der Junge in seiner Kehle hervorbrachte. Wieder stieg in ihrem Herzen jenes alte, fast Verdrossenheit zu nennende Gefühl gegen ihn empor. Sie hatte nie erwartet, er werde am Leben bleiben. Und doch besaß er in seinem jungen Körper eine große Lebenskraft. Vielleicht wäre es ihr eine kleine Erlösung gewesen, wäre er gestorben. Stets fühlte sie ihrer Liebe zu ihm eine gewisse Angst beigemischt.

Er wurde in seinem halbwachen Schlummer undeutlich das Klappern des Eisens auf dem Ständer gewahr, des schwachen wup, wup auf dem Plättbrett. Einmal wach geworden, öffnete er die Augen, um seine Mutter mit dem heißen Eisen an ihrer Wange auf der Herdmatte stehen zu sehen, als lausche sie auf die Hitze. Ihr stilles Gesicht, mit dem durch Leid und Enttäuschung und Selbstentsagung eng verschlossenen Munde und der ein ganz klein wenig nach einer Seite herüberstehenden Nase und ihren blauen Augen, so jung, rasch, und warm, ließen sein Herz sich zusammenkrampfen vor Liebe. Wenn sie so ruhig war, sah sie tapfer und reich an Leben aus, aber als wäre sie um ihr Recht betrogen worden. Es tat dem Jungen schmerzlich weh, dies Gefühl, daß sie niemals zur Erfüllung ihres Lebens gekommen sei; und seine eigene Unfähigkeit, sie dies entgelten zu lassen, schmerzte ihn in dem Bewußtsein seiner Ohnmacht; jedoch machte es ihn innerlich geduldig bis zur Verbissenheit. Das war sein kindliches Streben.

Sie spuckte auf das Eisen, und eine kleine Kugel ihres Speichels sauste von der dunkeln, glänzenden Oberfläche herab. Dann kniete sie nieder und rieb das Eisen kräftig auf dem Sackfutter der Herdmatte ab. Sie sah so warm aus in dem rötlichen Feuerschein. Paul hatte die Art, in der sie sich zusammenkauerte und den Kopf auf eine Seite neigte, zu gern. Ihre Bewegungen waren leicht und rasch. Es war immer ein Vergnügen, sie zu beobachten. Nie tat sie etwas, keine Bewegung führte sie jemals aus, mit der ihre Kinder nicht zufrieden gewesen wären. Der Raum war warm und voll vom Geruche heißen Leinens. Später kam der Geistliche und redete leise mit ihr.

Paul mußte mit einem Anfall von Halsentzündung im Bette bleiben. Er machte sich nicht viel daraus. Was geschah, mußte geschehen, und es nützte nichts, wider den Stachel zu lecken. Er liebte die Abende, nach acht Uhr, wenn das Licht ausgemacht wurde und er die Flammen beobachten konnte, wie sie aus der Dunkelheit hervor über Wände und Decke sprangen; wenn er die mächtigen Schatten wogend hin und her fahren sah, bis der Raum voll stumm kämpfender Männer zu sein schien.

Auf seinem Wege zu Bett pflegte der Vater ins Krankenzimmer zu treten. Er war immer sehr sanft, wenn jemand krank war. Aber er brachte Unruhe für den Jungen mit sich.

»Schläfste, mein Liebling?« fragte Morel leise.

»Nein; kommt Mutter bald?«

»Sie ist jrade bei dem Zusammenlegen der Wäsche. Wolltest du etwas?« Morel sprach selten gewöhnlich mit seinem Jungen.

»Ich brauche nichts. Aber wie lange dauert es noch?«

»Nicht mehr lange, mein Kücken.«

Unentschieden wartete der Vater einen oder zwei Augenblicke auf der Herdmatte. Er fühlte, sein Sohn hatte ihn nicht gern um sich. Dann ging er oben an die Treppe und sagte zu seiner Frau:

»Det Kind frägt nach dich; wie lange dauert et denn noch?«

»So lange, bis ich fertig bin, mein Gott! Sage ihm, er soll schlafen.«

»Sie sagt, du möchtest man schlafen«, wiederholte der Vater Paul ganz sanft.

»Ja, ich möchte aber, daß sie kommt«, drängte der Knabe.

»Er sagt, er kann nich, ehe du nicht kömmst«, rief Morel wieder nach unten.

»I, du lieber Gott! Es dauert nicht mehr lange. Und hör du mit deinem Gerufe auf. Die andern Kinder sind auch noch da ...«

Dann kam Morel wieder herein und kauerte sich vor dem Feuer nieder. Ein Feuer hatte er zu gern.

»Se sagt, et dauert nich mehr lange«, sagte er.

Endlos bummelte er dann noch herum. Der Junge begann vor Erregung ganz fiebrig zu werden. Des Vaters Gegenwart schien seine krankhafte Ungeduld nur zu verschlimmern. Schließlich, nachdem er noch eine Zeitlang neben seinem Jungen gestanden hatte, sagte Morel leise: »Gute Nacht, mein Liebling.«

»Gute Nacht«, erwiderte Paul, während er sich umdrehte, ganz erlöst, allein zu sein.

Paul schlief zu gern bei seiner Mutter. Allen Gesundheitspredigern zum Trotz ist der Schlaf am vollkommensten, wenn er mit einem geliebten Wesen geteilt wird. Die Wärme, die Sicherheit, der Seelenfrieden, das äußerste Behagen infolge der Berührung mit dem andern vertieft den Schlaf so, daß er Körper und Seele vollkommen gesunden macht. So lag Paul an ihrer Seite und schlief, und wurde besser; während sie, die immer eine schlechte Schläferin war, späterhin in tiefen Schlaf fiel, der ihr Glauben zu verleihen schien.

Während seiner Genesung pflegte er im Bett aufzusitzen und die struppigen Pferde aus den Trögen auf dem Felde futtern zu sehen, wobei sie ihr Heu über den zertretenen gelben Schnee verstreuten; oder er beobachtete die heimwärts trottenden Bergleute - kleine, schwarze Gestalten, die langsam in Trupps über das weiße Feld dahinzogen. Dann stieg die Nacht in dunkelblauen Dünsten vom Schnee empor.

Während der Genesung war alles wundervoll. Die plötzlich gegen die Scheiben fahrenden Schneeflocken blieben dort einen Augenblick wie Schwalben hängen und waren dann wieder fort, und ein Wassertropfen kroch die Scheibe hinab. Die Schneeflocken wirbelten um die Hausecke wie vorbeistiebende Tauben. Weit drüben jenseits des Tales kroch ein kleiner schwarzer Zug unentschlossen durch die große Weiße.

Solange sie so arm waren, waren die Kinder immer entzückt, wenn sie irgendeine wirtschaftliche Beihilfe leisten konnten. Annie und Paul und Arthur gingen frühmorgens aus, im Sommer, und suchten Pilze; sie durchstöberten das feuchte Gras, aus dem Lerchen emporstiegen, nach den weißhäutigen, wunderbaren nackten Körpern, die sich so geheimnisvoll im Grünen verbargen. Und brachten sie ein halbes Pfund zusammen, so fühlten sie sich überglücklich; es war die Freude, etwas gefunden zu haben, die Freude, etwas unmittelbar aus der Hand der Natur zu empfangen, und die Freude, etwas zum allgemeinen Besten beizusteuern.

Die bedeutendste Ernte aber, nach der Nachlese beim Korn, waren die Brombeeren. Sonnabends mußte Frau Morel Früchte für ihren Pudding kaufen. Daher durchstreiften Paul und Arthur die Dickichte und Gehölze und alten Steinbrüche, solange noch eine Brombeere zu finden war, und gingen jeden Wochenschluß auf die Suche. In jener Bergmannsdörfergegend wurden Brombeeren verhältnismäßig etwas Seltenes. Aber Paul suchte weit und breit. Er liebte den Aufenthalt draußen auf dem Lande zwischen den Büschen. Doch konnte er es auch nicht ertragen, seiner Mutter mit leeren Taschen heimzukommen. Das, fühlte er, würde ihr eine Enttäuschung sein, und er wäre lieber gestorben.

»Guter Gott!« pflegte sie auszurufen, wenn die Jungens spät todmüde und hungrig nach Hause kamen, »wo seid ihr denn bloß wieder gewesen?«

»Ja«, sagte Paul, »es waren keine da, deshalb gingen wir nach den Misthügeln hinüber. Und sieh mal, Mutter!«

Sie blickte in den Korb. »Ja, die sind aber auch wirklich schön!« rief sie aus.

»Und über zwei Pfund sinds. Sind das nicht mehr als zwei Pfund?«

Sie wog den Korb prüfend. »Ja«, sagte sie, etwas zweifelhaft.

Dann fischte Paul einen kleinen Blütenzweig hervor. Er brachte ihr immer einen Zweig mit, den schönsten, den er finden konnte.

»Wie hübsch!« sagte sie in sonderbarem Tonfall, wie eine Frau, die ein Liebeszeichen entgegennimmt.

Den ganzen Tag lief der Junge, lief Meilen über Meilen eher, als daß er sich geschlagen bekannt hätte und mit leeren Händen nach

Hause gekommen wäre. Das wurde ihr nie recht klar, solange er noch klein war. Sie war eine Frau, die bei ihren Kindern darauf wartete, daß sie erwachsen wären. Und William beschäftigte sie besonders.

Als aber William nach Nottingham ging und nicht mehr so viel zu Hause war, da nahm die Mutter sich Paul zum Gefährten. Dieser war, ohne es zu wissen, eifersüchtig auf seinen Bruder, und William war eifersüchtig auf ihn. Gleichzeitig waren sie jedoch gute Freunde.

Frau Morels Vertraulichkeit mit ihrem zweiten Jungen war zarter und feiner, wenn auch vielleicht nicht so leidenschaftlich wie die mit ihrem ältesten. Es war die Regel, daß Paul Freitagnachmittags das Geld abholte. Die Bergleute der fünf Gruben wurden Freitags ausbezahlt, aber nicht persönlich. Die Einkünfte jedes Stollens wurden dem Obersteiger ausgehändigt, als dem Unternehmer, und der verteilte die Löhne wieder entweder im Wirtshause oder in seinem eigenen Heim. Damit die Kinder das Geld abheben konnten, wurde Freitagnachmittags die Schule früh geschlossen. Jedes von Morels Kindern – William, dann Annie, dann Paul – hatte das Geld Freitagnachmittags abgehoben, bis sie selbst zur Arbeit gingen. Paul pflegte um halb vier loszuziehen, mit einem kleinen Kattunsack in der Tasche. Über sämtliche Pfade konnte man Frauen, Mädchen, Kinder und Männer zu den Geschäftsräumen hinunterziehen sehen.

Diese Geschäftsräume waren ganz hübsch: ein neuer, roter Backsteinbau, fast wie ein Wohnhaus, auf einem abgetrennten, wohlgehaltenen Grundstück am Ende der Greenhill-Lane. Warteraum war der Vorplatz, ein langer, kahler Raum, mit blauen Klinkern ausgelegt, und einer Sitzbank rundherum an der Wand entlang. Hier saßen die Bergleute in ihrem Grubenschmutz. Sie waren frühzeitig aufgefahren. Die Frauen und Kinder lungerten gewöhnlich draußen auf den roten Kieswegen herum. Paul untersuchte immer die Graseinfassungen und die großen Grasflächen, weil auf ihnen winzige Stiefmütterchen und Vergißmeinnicht blühten. Der Lärm vieler Stimmen ertönte. Die Frauen hatten ihre Sonntagshüte auf. Die Mädchen schwatzten laut drauflos. Hier und da liefen kleine Hunde umher. Die grünen Büsche in der Runde waren stumm.

Dann ertönte von drinnen der Ruf: »Spinney-Park! Spinney-Park!« Alles zu Spinney-Park gehörige Volk trabte hinein. Sobald die Zeit zum Auszahlen an Bretty kam, machte Paul sich unter die Menge. Der Zahlraum war recht klein. Ein Zahltisch lief quer hindurch und teilte ihn in zwei Hälften. Hinter dem Zahltisch standen zwei Männer – Herr Braithwaite und sein Gehilfe, Herr Winterbottom. Herr Braithwaite war groß, im Äußern ein wenig der gestrenge Erzvater, mit seinem ziemlich dünnen, weißen Bart. Für gewöhnlich war er in ein riesiges seidenes Halstuch eingewickelt, und bis mitten in den Sommer hinein brannte in der offenen Feuerstelle ein gewaltiges Feuer. Kein Fenster war offen. Im Winter versengte die Luft den Leuten zuweilen die Kehle, wenn sie aus der Kälte hereinkamen. Herr Winterbottom war ziemlich klein und fett und sehr kahl. Er machte durchaus witzlose Bemerkungen, während sein Vorgesetzter erzväterliche Ermahnungen an die Bergleute ergehen ließ.

Der Raum war angefüllt mit Bergleuten in ihrem Grubenschmutz, mit Männern, die schon zu Hause gewesen waren und sich umgezogen hatten, Frauen, ein oder zwei Kindern und gewöhnlich einem Hund. Paul war recht klein, und so war es häufig sein Schicksal, hinter den Beinen der Männer dicht vor dem Feuer eingeklemmt zu werden, das ihn röstete. Er kannte die Reihenfolge der Namen – sie liefen nach der Stollennummer.

»Holliday!« ertönte die schallende Stimme des Herrn Braithwaite. Dann trat Frau Holliday schweigend vor, wurde ausgezahlt und trat zur Seite.

»Bower – John Bower!«

Ein Junge trat an den Zahltisch. Herr Braithwaite, großmächtig und leicht erzürnt, sah ihn wütend über seine Brille an.

»John Bower!« wiederholte er.

»Det bin ick«, sagte der Junge.

»Wieso, du hattest doch sonst eine ganz andere Nase«, meinte der witzige Herr Winterbottom, über den Tisch herüberblinzelnd. Die Leute gnickerten und dachten an den älteren John Bower.

»Warum kommt dein Vater nicht?« sagte Herr Braithwaite in vollen, obrigkeitlichen Tönen.

»Et jeht'n schlecht«, piepte der Junge.

»Sage ihm nur, er sollte lieber mit dem Saufen aufhören!« ließ sich der große Kassenwart vernehmen.

»Un denn kümmer dir man nich drum, wenn er seinen Fuß durch dir durchsteckt«, sagte eine spöttische Stimme im Hintergrunde.

Die Männer lachten alle. Der große, gewichtige Kassenwart sah auf seinen nächsten Bogen nieder.

»Fred Pilkington!« rief er ganz gleichgültig.

Herr Braithwaite besaß bedeutende Anteile am Geschäft.

Paul wußte, er käme als übernächster dran, und sein Herz fing an zu klopfen. Er war ganz gegen den Kamin gedrängt. Seine Waden wurden ihm versengt. Aber er hatte keine Hoffnung, den Wall von Männern zu durchdringen.

»Walter Morel!« kam die schallende Stimme.

»Hier!« piepte Paul, winzig und unzulänglich.

»Morel – Walter Morel!« wiederholte der Kassenwart, Finger und Daumen auf der Rechnung, bereit weiterzugehen.

Pauls Selbstbewußtsein krampfte sich schmerzhaft zusammen, aber er konnte und wollte nicht schreien. Die Rücken der Männer machten ihn unsichtbar. Da kam ihm Herr Winterbottom zu Hilfe.

»Er ist hier. Wo ist er denn? Morels Junge?«

Der fette, rote, kahlköpfige kleine Mann blickte mit scharfen Augen umher. Er wies auf den Kamin. Die Bergleute sahen sich um, drückten sich zur Seite und machten ihm Platz.

»Hier ist er!« sagte Herr Winterbottom.

Paul trat an den Zahltisch.

»Siebzehn Pfund elf Schilling und fünf Pence. Warum meldest du dich nicht, wenn du gerufen wirst?« sagte Herr Braithwaite. Er bumste einen Sack mit fünf Pfund Silber auf die Rechnung, dann nahm er mit einer feinen, hübschen Handbewegung eine kleine Zehn-Pfund-Rolle Gold auf und ließ sie neben das Silber fallen. In leuchtendem Strome lief das Gold über das Papier. Der Kassenwart kam mit der Abzählung des Geldes zu Ende; der Junge schleifte das Ganze den Tisch entlang zu Herrn Winterbottom, dem die Abzüge für Miete und Werkzeug bezahlt werden mußten. Hier fing sein Leiden wieder an.

»Sechzehn Schilling fünf Pence«, sagte Herr Winterbottom.

Der Junge war zu aufgeregt, um zählen zu können. Er schob aufs Geratewohl etwas Silber und ein Zehnschillingstück hin.

»Was meinst du, wieviel hast du mir wohl gegeben?« fragte Herr Winterbottom.

Der Junge sah ihn an, sagte aber nichts. Er hatte nicht die leiseste Ahnung.

»Hast du keine Zunge im Munde?«

Paul biß sich auf die Lippen und schob noch mehr Silber vorwärts.

»Bringen sie euch kein Zählen bei in der Schule?« fragte er.

»Nischt als Algibbra un Französisch«, sagte ein Bergmann.

»Un Frechheit un Unverschämtheit«, sagte ein anderer.

Paul hielt jemand anders auf. Mit zitternden Fingern steckte er sein Geld wieder in den Sack und schlüpfte hinaus. Bei derartigen Gelegenheiten litt er alle Qualen der Verdammten.

Als er draußen war und die Mansfieldstraße hinunterging; war seine Erlösung unendlich. Auf der Parkmauer war das Moos so grün. Unter den Apfelbäumen eines Obstgartens pickte goldiges und weißes Geflügel herum. Die Bergleute zogen in einem Strome heimwärts. Der Junge hielt sich voller Selbstbewußtsein an der Mauer. Er kannte manche von ihnen, aber unter ihrem Schmutz konnte er sie nicht erkennen. Und das war für ihn eine neue Qual.

Als er zum Neuen Wirtshause in Bretty kam, war sein Vater noch nicht da. Frau Wharmby, die Wirtin, kannte ihn. Seine Großmutter, Frau Morels Mutter, war eine Freundin Frau Wharmbys gewesen.

»Dein Vater ist noch nicht da«, sagte die Wirtin in dem halb verächtlichen, halb bemutternden Tone einer Frau, die überwiegend mit Erwachsenen spricht. »Setz dich man.«

Paul setzte sich auf die Kante der Bank im Schenkraum. Ein paar Bergleute »rechneten ab« – verteilten ihr Geld in einer Ecke; andere kamen herein. Alle sahen sie den Jungen ohne ein Wort an. Zuletzt kam Morel; frisch und mit einem gewissen Hochmut, selbst unter seiner Schwärze.

»Hallo!« sagte er beinahe zärtlich zu seinem Sohn. »Hast de mich jeholfen? Willste irjendwas trinken?«

Paul und alle übrigen Kinder waren als wilde Schnapsgegner erzogen; doch vor all diesen Männern Zitronenwasser zu trinken hätte ihm mehr Qual bereitet, als wenn ihm ein Zahn gezogen wäre.

Die Wirtin sah ihn vom Scheitel bis zur Sohle an, ziemlich mitleiderfüllt, und zu gleicher Zeit doch geärgert durch seine kalte, stolze Sittlichkeit. Paul zog wütend nach Hause. Freitag war Backtag, und gewöhnlich war ein heißes Brötchen für ihn da. Seine Mutter legte ihm eins hin.

Plötzlich wandte er sich wie rasend, mit blitzenden Augen, ihr zu: »Ins Geschäft geh ich nicht wieder«, erklärte er.

»Wieso, was ist denn los?« fragte seine Mutter überrascht. Seine plötzlichen Wutanfälle machten ihr immer Spaß.

»Da gehe ich nicht wieder hin«, erklärte er.

»Na schön, denn sags deinem Vater.«

Er kaute an seinem Brötchen, als haßte er es.

»Ich – ich hole das Geld nicht wieder.«

»Dann kann ja eins von Carlins Kindern gehen; die werden sehr froh sein über die sechs Pence«, sagte Frau Morel.

Diese sechs Pence waren Pauls einzige Einkünfte. Sie gingen fast gänzlich für den Einkauf von Geburtstagsgeschenken drauf; aber sie waren doch ein Einkommen, und er schätzte sie. Aber ...

»Denn laß sie se doch kriegen!« sagte er. »Ich will sie gar nicht.«

»Oh, sehr gern«, sagte die Mutter. »Aber deshalb brauchst du mich doch nicht anzuschnauzen.«

»Ekelhaft und gemein und widerlich sind sie, und ich gehe nicht wieder hin. Herr Braithwaite kann nicht ordentlich Englisch, und Herr Winterbottom sagt: ›Du hast woll jewesen‹.«

»Und deshalb willst du nicht wieder hin?« lächelte Frau Morel.

Der Junge war eine Zeitlang stumm, sein Gesicht war bleich, seine Augen dunkel und wütend. Seine Mutter machte sich mit ihrer Arbeit zu schaffen, ohne ihn zu beachten.

»Immer stehen sie so vor mir, daß ich nicht durchkommen kann«, sagte er.

»Ja, mein Junge, dann brauchst du sie doch nur zu bitten«, erwiderte sie.

»Un denn sagt Alfred Winterbottom: ›Was bringen sie euch denn in der Schule bei?‹«

»Ihm haben sie niemals viel beigebracht«, sagte Frau Morel, »das ist sicher – weder Anstand noch Witz –, und seine Schlauheit war ihm angeboren.«

So besänftigte sie ihn auf ihre eigene Art und Weise. Seine lächerliche Überempfindlichkeit tat ihrem Herzen weh. Und zuweilen machte die Wut in seinen Augen sie nachdenklich, ließ ihre schlummernde Seele einen Augenblick überrascht ihr Haupt erheben.

»Wie hoch war die Anweisung?«

»Siebzehn Pfund, elf Schilling und fünf Pence, und sechzehneinhalb Schilling Abzüge«, antwortete der Junge. »Is 'ne gute Woche; und bloß fünf Schilling Abzüge für Vater.«

Auf die Art war sie imstande zu berechnen, wieviel ihr Mann verdient hatte, und ihn zur Rechenschaft zu ziehen, wenn er ihr zu wenig Geld ablieferte. Morel hielt seinen Wochenverdienst immer geheim.

Freitag war Back- und Marktabend. Es war die Regel, daß Paul zu Hause blieb und backte. Er blieb gern zu Hause und las und zeichnete; zeichnen mochte er sehr gern. Annie »scherbelte« immer Freitagabends; Arthur ergötzte sich wie gewöhnlich. So blieb der Junge allein.

Frau Morel ging gern zu Markte. Auf dem kleinen Marktplatze ganz oben auf dem Hügel, wo sich vier Straßen, von Nottingham, Derby, Ilkeston und Mansfield, trafen, waren viele Stände aufgeschlagen. Leichtes Fuhrwerk aus den umliegenden Dörfern kam herbei. Der Marktplatz war voller Frauen, die Straßen gestopft voll von Männern. Es war ganz erstaunlich, überall auf den Straßen so viel Männer zu sehen. Frau Morel kabbelte sich gewöhnlich mit der Spitzenfrau, bezeigte dem Obstmann ihr Mitgefühl – er war ein Dummkopf, aber seine Frau war schlecht –, lachte mit dem Fischmann, der ein Herumtreiber war, aber sehr spaßhaft –, setzte den Linoleummann zurecht, war kalt gegen den Restermann und ging zu dem Geschirrmann nur, wenn sie gezwungen war – oder durch die Kornblumen auf irgendeiner kleinen Schüssel hingezogen wurde; dann war sie von höflicher Kälte.

»Ich möchte wohl wissen, wieviel die kleine Schüssel kostet«, sagte sie.

»Für Sie sieben Pence.«

»Danke.«

Sie setzte die Schüssel wieder hin und ging weiter; aber ohne sie konnte sie den Markt nicht verlassen. Wieder ging sie an der Stelle vorbei, wo das Geschirr kalt am Boden lag, und blickte verstohlen nach der Schüssel, tat aber so, als nehme sie sie nicht.

Sie war ein kleines Frauchen, in schwarzem Hut und Kleid. Ihr Hut ging ins dritte Jahr; er war ein großer Kummer für Annie.

»Mutter!« flehte das Mädchen sie an, »trag doch den knubbeligen kleinen Hut nicht mehr.«

»Was soll ich denn sonst wohl tragen«, erwiderte die Mutter scharf. »Und ich bin sicher, er ist noch gut genug.«

Anfänglich hatte er eine kleine Spitze gehabt; dann hatte er Blumen bekommen; jetzt war er auf schwarze Spitze und ein bißchen Jett gesetzt.

»Er sieht ziemlich heruntergekommen aus«, sagte Paul. »Kannst du ihm nicht mal so ’nen kleinen Wuppdich geben?«

»Ein paar an die Ohren werde ich dir geben für deine Unverschämtheit«, sagte Frau Morel und band sich die Bänder ihres schwarzen Hütchens tapfer unter dem Kinn fest.

Wieder blickte sie nach der Schüssel. Sie sowohl wie ihr Feind, der Geschirrmann, hatte ein unbehagliches Gefühl, als stände etwas zwischen ihnen. Plötzlich rief er: »Wollen Sie se für sechs Pence?«

Sie fuhr zusammen. Ihr Herz wurde hart; aber dann bückte sie sich und nahm ihre Schüssel auf. »Ich nehme sie«, sagte sie.

»So, wollen Sie mich den Jefallen tun?« sagte er. »Spucken Se man lieber hinein, als wenn Sie se jeschenkt jekriegt hätten!«

Kalt bezahlte Frau Morel ihm seine sechs Pence.

»Ich finde gar nicht, daß Sie sie mir schenken«, sagte sie; »Sie würden sie mich nicht für sechs Pence haben lassen, wenn Ihnen nicht dran läge.«

»In det borstige Höllennest hier muß man sich ja noch für jlücklich halten, wenn man bloß seine Sachen verschenken kann«, brummte er.

»Ja; es gibt schlechte Zeiten und gute«, sagte Frau Morel. Aber sie hatte dem Geschirrmann vergeben. Sie waren Freunde. Nun wagte sie, sein Geschirr zu berühren. Sie war so glücklich.

Paul wartete auf sie. Er liebte ihr Heimkommen. Dann war sie immer ganz auf der Höhe – siegesfroh, müde, beladen mit Packen, fühlte sich reich im Geiste. Er hörte ihren raschen, leichten Schritt im Eingang und sah von seiner Zeichnung auf.

»Oh!« seufzte sie, während sie ihm von der Tür her zulächelte.

»Wahrhaftig, du hast aber auch 'ne Ladung!« rief er und legte seinen Pinsel hin.

»So!« pustete sie. »Annie, die freche, wollte mich treffen. So 'ne Ladung!« Sie ließ ihr Netz und ihre Packen auf den Tisch fallen.

»Ist das Brot fertig?« fragte sie, auf den Ofen zugehend.

»Das letzte geht erst auf«, erwiderte er. »Du brauchst nicht nachzusehen, ich habe es nicht vergessen.«

»O dieser Geschirrmann!« sagte sie, die Ofentür schließend; »du weißt doch noch, wie ich ihn immer für einen Ekel erklärte? Na, ich glaube, er ist doch nicht ganz so eklig.«

»Nein?«

Der Junge hörte aufmerksam zu. Sie nahm ihren kleinen schwarzen Hut ab.

»Nein. Ich glaube, der kommt nicht zu Gelde – na ja, das sagen sie heute alle – und das macht ihn so eklig.«

»Mich würde es das jedenfalls«, sagte Paul.

»Na ja, man kann sich auch nicht drüber wundern. Und er hat sie mir für – was meinst du, für wieviel hat er mir die gegeben?«

Sie wickelte die Schüssel aus ihrem Stück Zeitungspapier und blieb dann stehen, sie voller Freude betrachtend.

»Zeig mal!« sagte Paul.

Selig über ihre Schüssel standen die beiden nebeneinander.

»Ich habe zu gern Kornblumen auf so Sachen«, sagte Paul.

»Ja, und ich dachte an den Teetopf, den du mir gekauft hast ...«

»Einen Schilling dreißig«, sagte Paul.

»Einen halben Schilling!«

»Das ist nicht genug, Mutter.«

»Nein. Weißt du, ich habe mich auch gradezu mit ihr weggedrückt. Aber es wäre reine Verschwendung gewesen, ich hätte nicht mehr geben können. Und er hätte sie mir ja nicht zu geben brauchen, wenn er nicht gewollt hätte.«

»Nein, das hätte er nicht, gewiß nicht«, sagte Paul, und die beiden redeten sich gegenseitig die Furcht aus, sie hätte den Geschirrmann beraubt.

»Da können wir Backobst drin haben«, meinte Paul.

»Oder Eierstich, oder Sülze«, sagte seine Mutter.

»Oder Radieschen und Salat«, sagte er.

»Vergiß das Brot nicht«, sagte sie, ihre Stimme hell vor Freude.

Paul sah in den Ofen; er klopfte das Brot auf die Unterseite.

»'s ist fertig«, sagte er und reichte es ihr.

Sie beklopfte es ebenfalls.

»Ja«, sagte sie und ging an das Auspacken ihres Netzes. »Oh, was für'n böses, verschwenderisches Frauenzimmer ich bin. Ich weiß bestimmt, ich komme noch mal in Not.«

Eifrig hüpfte er an ihre Seite, um ihre neueste Verschwendung kennen zu lernen. Sie entfaltete ein anderes Stück Zeitungspapier und enthüllte ein paar Stiefmütterchen- und Marienblümchenpflanzen.

»Vier Pence!« seufzte sie.

»Wie billig!« rief er.

»Ja, aber grade diese Woche hätte ich sie mir nicht leisten können.«

»Aber wie entzückend!« rief er wieder.

»Nicht!« rief auch sie und ließ ihrer Freude freien Lauf.

»Sieh mal, dies gelbe hier, Paul, ist das nicht – und ein Gesicht genau wie ein alter Mann!«

»Genau!« rief Paul und bückte sich, um dran zu riechen.

»Und riecht so wunderschön! Aber er ist ein bißchen schmutzig.«

Er lief in die Spülküche, kam mit einem Wolläppchen wieder und wusch das Stiefmütterchen vorsichtig.

»Nun sieh ihn dir mal an, nun er naß ist!« sagte er.

»Ja!« sagte sie, übervoll von Befriedigung.

* * *

Die Kinder der Scargill-Straße hielten sich für etwas ganz Auserlesenes. An dem Ende, wo die Morels lebten, gab es nicht viel Jugend. Daher hielten die wenigen noch mehr zusammen. Jungens und Mädchen spielten zusammen; die Mädchen nahmen an den Prügeleien und ruppigen Spielen der Jungens teil, die Jungens beteiligten sich an den Tänzen, Ringspielen und kleinen Aufführungen der Mädchen.

Annie, Paul und Arthur liebten die Winterabende, wenn es nicht naß war. Sie blieben dann drinnen, bis alle Bergleute zu Hause waren, bis es ganz dunkel war und die Straßen menschenleer sein würden. Dann banden sie sich ihre Halstücher um, denn Mäntel verachteten sie wie alle Bergmannskinder, und gingen hinaus. Der Eingang war sehr dunkel, und vor ihm erschloß sich die ganze große Nacht in einer Höhlung, mit einem kleinen Lichterbüschel drunten, wo die Minton-grube lag, und noch einem anderen weiter weg, drüben bei Selby. Die entferntesten winzigen Lichter schienen die Dunkelheit bis in die Unendlichkeit auszurecken. Gespannt blickten die Kinder die Straße hinunter nach dem einen Laternenpfahl, der am Ende des Feldwegs stand. War der kleine erleuchtete Platz leer, so fühlten sich die beiden Jungens wahrhaft verlassen. Mit den Händen in den Taschen standen sie unter der Laterne, den Rücken der Nacht zugekehrt, ganz jämmerlich, und beobachteten die dunklen Häuser. Plötzlich wurde eine Schürze unter einem kurzen Mantel sichtbar, und ein langbeiniges Mädchen kam herbeigeflogen.

»Wo 's Billy Pillins un eure Annie un Eddie Dakin?«

»Weiß nich.«

Aber darauf kam es auch gar nicht so sehr an – sie waren nun zu dritt. Sie fingen ein Spiel um den Laternenpfahl an, bis auch die andern kreischend herbeistürzten. Dann ging das Spiel rasch und wild.

Es gab nur diesen einen Laternenpfahl. Dahinter lag der große Kessel der Dunkelheit, als läge dort die ganze Nacht. Vor ihm erschloß sich ein anderer, weiter, dunkler Weg über den Gipfel des Hügels. Gelegentlich kam einmal jemand aus diesem Wege heraus und schritt in das tiefer liegende Feld hinunter. Nach einem Dutzend Schritte hatte die Nacht ihn verschlungen. Die Kinder spielten weiter.

Durch ihre Einsamkeit wurden sie einander besonders nahegebracht. Kam es zu einem Krach, so war das ganze Spiel hin. Arthur war sehr empfindlich, und Billy Pillins, eigentlich Philipps, noch mehr. Dann mußte Paul sich auf Arthurs Seite schlagen, und auf Pauls Seite trat Alice, während Billy Pillins immer Emmi Limb und Eddie Dakin hinter sich hatte. Dann prügelten sich die sechse, haßten sich mit aller Wut und flogen voller Schrecken nach Hause. Paul vergaß nie, wie er nach einer dieser wilden mörderischen Schlachten einen großen roten Mond sich erheben sah, langsam, mitten auf der weiten Straße über den Gipfel des Hügels empor, gleichmäßig rasch, wie ein großer Vogel. Und er dachte an die Bibel, wie der Mond zu Blut verwandelt werden würde. Und am nächsten Tage wurde er schleunigst wieder gut Freund mit Billy Pillins. Und dann nahmen die wilden, hastigen Spiele um den Laternenpfahl wieder ihren Fortgang, umgeben von all der Dunkelheit. Wenn Frau Morel in ihr Wohnzimmer trat, konnte sie die Kinder singen hören:

»Von span'schem Leder sind meine Schuh,
Seide deckt mir die Waden,
Am Finger trag ich einen Ring,
In Milch kann ich mich baden.«

Es klang, als gingen sie vollständig in ihrem Spiele auf, wie ihre Stimmen so durch die Nacht tönten, daß etwas darin lag, als sängen Wilde. Es regte die Mutter förmlich auf; und kamen sie um acht Uhr rotbackig mit glänzenden Augen und raschen, leidenschaftlichen Reden herein, so verstand sie sie.

Sie alle liebten das Haus in der Scargill-Straße wegen seiner freien Lage, wegen der großen Weltmuschel, die vor seinen Blicken ausgebreitet lag. An Sommerabenden pflegten die Frauen sich gewöhnlich bei ihrem Klatsch gegen den Zaun zu lehnen, den Blick nach Westen zu, und den Sonnenuntergang rasch emporflammen zu sehen, bis die Zackenkrone der Derbyhügel sich gegen das brennende Rot wie der Kamm eines Wassermolches abhob.

In dieser Sommerzeit arbeiteten die Gruben niemals die volle Zeit, besonders die für weiche Kohle nicht. Dann konnte Frau Dakin, die neben Morels wohnte, wenn sie nach dem Feldzaun hinüberging, um ihre Herdmatte auszuschütteln, ein paar Männer ausfindig machen, die langsam den Hügel hinantrabten. Sie sah sofort, es waren Bergleute. Dann wartete sie, ein langes, dünnes, bösartig aussehendes Frauenzimmer, oben auf dem Hügel stehend, fast wie eine Drohung gegen die armen Bergleute, die sich den Hügel heraufquälten. Es war erst elf Uhr. Auf den fernen bewaldeten Hügeln hatte sich der Dunst, der einem schönen Sommermorgen wie ein feiner schwarzer Schleier nachhängt, noch nicht zerstreut. Der erste Mann kam an den Übergang. »Klapp-klapp!« ging das Gatter unter seinem Stoß.

»Wat, habt'r schon ufjehört?« rief Frau Dakin.

»Jawoll, Frau.«

»'n Jammer, det se euch wegschicken«, sagte sie spöttisch.

»Ja, det is't«, erwiderte der Mann.

»Na, ihr wißt ja, ihr seid fix wieder dabei«, meinte sie.

Und der Mann zog weiter, Frau Dakin aber erspähte, während sie ihren Hof durchschritt, Frau Morel, die ihre Asche zur Aschengrube brachte: »Ick jloobe, Minton hat ufjehört, Frau«, rief sie.

»Ist es nicht zum Übelwerden!« rief Frau Morel zornig.

»Ha! Ich habe jrade Jont Hutchby jesehen!«

»Dann hätten sie auch ihr Schuhleder sparen können«, sagte Frau Morel. Und beide Frauen gingen entrüstet hinein.

Die Bergleute trabten mit kaum geschwärzten Gesichtern heim. Morel haßte es, nach Hause zu gehen. Er liebte einen sonnigen Morgen. Aber er war zur Arbeit nach der Grube gegangen, und wieder nach Hause geschickt zu werden verdarb ihm die Laune.

»Guter Gott, um diese Zeit?« rief seine Frau bei seinem Eintritt aus.

»Kann ick det helfen, Frau?« schrie er.

»Und ich habe nicht halb genug Mittagessen.«

»Denn eß ick det bißken, wat ick mich mitjenommen habe«, grölte er feierlich. Er schämte sich und fühlte sich zerschlagen.

Und wenn die Kinder aus der Schule nach Hause kamen, wunderten sie sich, ihren Vater zum Mittagessen die beiden dicken und schon recht trocknen Scheiben Butterbrot essen zu sehen, die den Weg zur Grube und zurück gemacht hatten.

»Warum ißt Vatter denn nun sein Frühstück?« fragte Arthur.

»Det würde mich ja noch an den Kopp jeschmissen, wenn ick et nich äße«, schnaubte Morel.

»Was für Geschichten!« rief seine Frau aus.

»Kommts denn vielleicht um?« sagte Morel. »Ick bin keen so'n ausschweifendes Wesen wie ihr alle zusammen, mit eure Verschwendung. Wenn ick mal in die Jrube en Stückchen Brot fallen lasse, in all den Staub und Dreck, denn heb ick et fein wieder uf und esse et.«

»Sonst äßen es die Mäuse«, sagte Paul. »Es käme schon nicht um.«

»Jutes Brot un Butter is aber nich für Mäuse«, sagte Morel. »Dreckig oder nich dreckig, ick esse et lieber, als det ick et umkommen lasse.«

»Du könntest es auch für die Mäuse liegen lassen und es aus deinem nächsten Halben bezahlen«, sagte Frau Morel.

»So, könnt' ich det?« rief er.

* * *

Diesen Herbst waren sie sehr arm. William war grade nach London gegangen, und seine Mutter vermißte sein Geld sehr. Er schickte ein- oder zweimal zehn Schilling, aber zunächst hatte er vielerlei zu bezahlen. Seine Briefe kamen regelmäßig einmal die Woche. Er schrieb seiner Mutter recht ausführlich, erzählte ihr sein ganzes Leben, wie er Freundschaften schlösse, und sich mit einem Franzosen gegenseitig Unterricht gebe, und welche Freude ihm London mache. Nun fühlte seine Mutter wieder, er sei für sie doch derselbe geblieben, der er zu Hause gewesen war. Jede Woche schrieb sie ihm ihre schlichten, recht witzigen Briefe. Den ganzen Tag dachte sie an ihn, während sie das Haus reinmachte. Er war in London: ihm würde es schon gut gehen. Er kam ihr fast wie ihr Ritter vor, der ihre Farben in die Schlacht trug.

Weihnachten sollte er auf fünf Tage kommen. Noch nie hatte es solche Vorbereitungen gegeben. Paul und Annie durchforschten das Land nach Stechpalmen und Immergrün. Annie machte hübsche Papierreifen nach altväterischer Weise. Und in der Speisekammer herrschte eine ganz unerhörte Üppigkeit. Frau Morel backte einen großen, prächtigen Kuchen. Dann zeigte sie Paul, mit den Gefühlen einer Königin, wie man Mandeln bleicht. Ganz ehrfürchtig zog er die langen Kerne ab und zählte alle, damit auch ja keiner verloren ging. Es hieß, Eier ließen sich am besten in der Kälte zu Schaum schlagen. Daher stand der Junge in der Spülküche, wo die Luft beinahe auf den Gefrierpunkt heruntergegangen war, und schlug und schlug, und flog dann ganz aufgeregt zu seiner Mutter, als das Eiweiß schneeiger und steifer wurde.

»Sieh doch mal, Mutter! Ist das nicht reizend?«

Und er ließ ein Stückchen auf seiner Nase tanzen und blies es dann in die Luft.

»Nun, laß ja nichts umkommen!« sagte die Mutter.

Jedermann war verrückt vor Aufregung. William sollte am Weihnachtsabend kommen. Frau Morel überblickte ihre Speisekammer. Da lag ein großer Pflaumenkuchen und ein Reiskuchen, Fruchttorten, Zitronentorten, und Fleischpastete – zwei Riesenschüsseln. Sie kam mit ihrer Kocherei zu Ende – spanische Törtchen und Käsekuchen. Überall wurde Schmuck angebracht. Der Küssezweig aus Stechpalmen mit Beeren dran, mit glänzenden und leuchtenden Sachen durchwunden, drehte sich langsam über Frau Morels Haupte, während sie ihre kleinen Törtchen in der Küche zurechtmachte. Ein großes Feuer brauste. Es roch nach backendem Teig. Um sieben sollte er kommen, aber er würde wohl Verspätung haben. Die drei Kinder waren ihm entgegengegangen. Sie war allein. Aber um ein Viertel nach sieben kam Morel wieder nach Hause. Weder Mann noch Frau sagte ein Wort. Er setzte sich in seinen Armstuhl, ganz wunderlich vor Aufregung, und sie fuhr ruhig mit ihrem Backen fort. Nur aus der sorgfältigen Art und Weise, wie sie die Sachen anfaßte, hätte man schließen können, wie aufgeregt sie war. Die Uhr tickte weiter.

»Wat sagste, wieviel Uhr kommt er?« fragte Morel zum fünften Male.

»Der Zug kommt um halb sieben«, antwortete sie mit Nachdruck.

»Denn is er zehn Minuten nach sieben hier.«

»I bewahre, auf der Mittelland hat er stundenlange Verspätung«, sagte sie gleichgültig. Aber dadurch, daß sie ihn erst spät erwartete, hoffte sie ihn bald herbeizubringen. Morel ging zum Eingang, um nach ihm auszusehen. Dann kam er wieder.

»Meine Güte, Mann, du bist ja wirklich wie 'ne Klucke, die nicht sitzen will.«

»Wär et nich besser, du machtest ihn en bißken zu essen fertig?« fragte der Vater.

»Dazu ist noch viel Zeit«, antwortete sie.

»Kann ick nich finden«, antwortete er und drehte sich verdrießlich in seinem Stuhle um. Sie begann den Tisch frei zu machen. Der Kessel summte. Sie warteten und warteten.

Währenddessen standen die Kinder auf dem Bahnsteig zu Sethley-Brücke, an der Mittelland-Hauptstrecke, drei Meilen vom Hause. Sie warteten eine Stunde. Ein Zug kam – er war nicht drin. Die Strecke entlang glänzten rote und grüne Lichter. Es war sehr dunkel und sehr kalt.

»Frag ihn mal, ob der Zug von London schon da ist«, sagte Paul zu Annie, als sie einen Mann mit einer Dienstmütze sahen.

»Fällt mir nicht ein«, sagte Annie. »Sei man ruhig, sonst jagt er uns noch weg.«

Paul hätte sein Leben drum gegeben, den Mann wissen zu lassen, sie erwarteten jemand mit dem Zuge von London: es klang so großartig. Er war indessen viel zu verschüchtert, sich an einen Mann heranzumachen, und noch dazu einen mit einer Schirmmütze, und ihn etwas zu fragen. In den Warteraum mochten die drei Kinder kaum gehen, weil sie fürchteten weggeschickt zu werden, und außerdem könnte sich doch etwas ereignen, während sie nicht auf dem Bahnsteig wären. So warteten sie in Dunkelheit und Kälte weiter.

»Anderthalb Stunden Verspätung hat er«, sagte Arthur ganz feierlich.

»Ja«, sagte Annie, »es ist aber auch Weihnachtsabend.«

Sie verstummten alle drei. Er würde nicht kommen. Sie sahen durch die Dunkelheit die Strecke hinab. Dort lag London! Das erschien ihnen die allerweiteste Entfernung. Sie dachten, wenn jemand von London käme, könnte ihm alles mögliche zustoßen. Sie waren viel zu unruhig, um zu reden. Kalt, unglücklich, stumm drängten sie sich auf dem Bahnsteig aneinander.

Endlich, nach mehr als zwei Stunden, sahen sie die Lichter einer Maschine um die Ecke blinzeln, weit weg in der Dunkelheit. Ein Kofferträger kam herausgerannt. Mit klopfenden Herzen drängten die Kinder sich rückwärts. Zwei Türen öffneten sich, und aus einer trat William. Sie flogen auf ihn zu. Fröhlich übergab er ihnen ein paar

Pakete und begann ihnen sofort zu erklären, der große Zug habe nur seinethalben auf einer so kleinen Stelle wie Sethley-Brücke gehalten: nach dem Fahrplan brauchte er das nicht.

Inzwischen wurden die Eltern ängstlich. Der Tisch war gedeckt, das Rippenstück gebraten, alles war fertig. Frau Morel band ihre schwarze Schürze vor. Sie hatte ihr bestes Kleid an. Dann setzte sie sich und tat, als lese sie. Jede Minute war ihr eine Qual.

»Hm!« sagte Morel. »Nu is et anderthalb Stunden.«

»Und die Kinder warten da!« sagte sie.

»Der Zug kann noch nich da sein«, sagte er.

»Ich sag dir ja, Weihnachtsabend haben sie stundenlange Verspätung.«

Sie waren beide etwas kratzig gegeneinander, so nagte die Angst an ihnen. Draußen seufzte der Eschenbaum im kalten, rauhen Winde. Und die ganze lange Nachtstrecke von London bis nach Hause! Frau Morel litt. Das leichte Ticken des Uhrwerks reizte sie. Es wurde so spät; es wurde allmählich unerträglich.

Schließlich ertönte das Geräusch von Stimmen und ein Schritt im Eingang.

»Da is er!« rief Morel und sprang auf.

Dann trat er zurück. Die Mutter lief ein paar Schritte auf die Tür zu und wartete. Dann kam ein Sturm und das Klappern von Fußtritten, die Tür flog auf. William war da. Er ließ seine Handtasche fallen und schloß seine Mutter in die Arme.

»Mater!« sagte er.

»Mein Junge!« rief sie.

Und zwei Sekunden lang, nicht länger, umhalste und küßte sie ihn. Dann trat sie zurück und sagte, mit einem Versuch, sich ganz wie sonst zu benehmen: »Aber wie spät du kommst!«

»Ja, nicht wahr?« rief er, sich zu seinem Vater wendend.

»Na, Vater?«

Die beiden Männer schüttelten sich die Hand.

»Na, mein Junge?«

Morels Augen waren feucht.

»Wir dachten schonst, du kämst jar nich mehr«, sagte er.

»Oh, ich wäre schon gekommen!« rief William.

Dann wandte der Sohn sich wieder seiner Mutter zu.

»Aber du siehst wohl aus!« sagte sie mit stolzem Lachen.

»Wohl!« rief er. »Das sollt ich meinen – wenn man nach Hause fährt.«

Er war ein hübscher Bursche, groß, aufrecht und mit furchtlosem Ausdruck. Er sah sich nach dem Immergrün und dem Kußstrauße um, und den kleinen Törtchen, die in ihren Formen auf dem Herde lagen.

»Bei Gott, Mutter, alles wie sonst!« sagte er wie erlöst.

Alle schwiegen eine Sekunde. Dann sprang er plötzlich vorwärts, ergriff eins der Törtchen vom Herde und steckte es ganz in den Mund.

»Nanu, haste schon mal so 'nen Backofen jesehen!« rief der Vater.

Er hatte ihnen endlose Geschenke mitgebracht. Jeden Groschen, den er besaß, hatte er dafür ausgegeben. Ein Gefühl von Prachtliebe überflutete das Haus. Für seine Mutter war da ein Regenschirm mit Gold an dem blassen Handgriff. Sie behielt ihn bis an ihren Sterbetag und hätte lieber alles andere verloren als ihn. Jeder bekam etwas Prächtiges, und außerdem kamen noch pfundweis unbekannte Süßigkeiten: türkischer Honig, eingezuckerte Ananas und ähnliche Dinge, die, wie die Kinder glaubten, nur der Glanz Londons herbeischaffen könne. Und Paul prahlte mit diesen Süßigkeiten vor seinen Freunden.

»Richtige Ananas, in Scheiben geschnitten und dann zu Eis gemacht – einfach großartig!«

Sämtliche Hausgenossen waren verrückt vor Glücksgefühl. Ihr Heim war ihr Heim, und sie liebten es mit wahrer Leidenschaft, einerlei welcher Art ihre Leiden gewesen waren. Nun gabs Gesellschaften und Freudenfeste. Leute kamen, um William zu besuchen und zu sehen, wie London ihn wohl verändert habe. Und alle fanden sie, »er wäre so'n feiner Herr und so'n hübscher Kerl, aufs Wort«.

Als er wieder fortging, zogen die Kinder sich jedes in eine Ecke zurück, um sich dort auszuweinen. Morel ging ganz jämmerlich zu Bett, und Frau Morel kam es vor, als sei sie durch irgendein Schlafmittel betäubt, als seien ihre Gefühle gelähmt. Sie liebte ihn leidenschaftlich.

Er war im Geschäft eines Rechtsanwalts, der mit einer großen Reederei in Verbindung stand, und um Mittsommer bot sein Vorgesetzter ihm eine Reise durchs Mittelmeer auf einem ihrer Schiffe an, für sehr wenig Geld. Frau Morel schrieb: »Geh, geh, mein Junge. Du hast vielleicht nie wieder Gelegenheit dazu, und ich möchte dich mir beinahe lieber im Mittelmeer herumkreuzend vorstellen als dich hier zu

Hause haben.« Aber William kam für seine vierzehn Tage Freiheit doch nach Hause. Selbst das Mittelmeer, das an all seinen Jünglingswünschen nach Reisen zerrte und an seiner Armen-Manns-Erwartung von der Farbenpracht des Südens, vermochte nicht ihn davon abzuhalten, nach Hause zu gehen, sobald er es konnte. Das entschädigte seine Mutter für vieles.

5. Pauls Eintritt ins Leben

Morel war recht unvorsichtig, sorglos gegen jede Gefahr. Daher hatte er unendliches Pech. Wenn Frau Morel jetzt einen leeren Kohlenwagen vor ihrem Eingang halten hörte, lief sie gleich ins Wohnzimmer, um auszusehen, beinahe in der Erwartung, ihren Mann in dem Wagen sitzen zu sehen, das Gesicht grau unter seinem Schmutz, den Körper schlaff und krank von dieser oder jener Verletzung. Wäre er es, so wollte sie hinauslaufen, um ihm zu helfen.

Ungefähr ein Jahr, nachdem William nach London gegangen war, und grade nachdem Paul die Schule verlassen hatte, war Frau Morel oben, und ihr Sohn malte in der Küche – er war sehr geschickt mit seinem Pinsel –, als ein Klopfen an der Tür ertönte. Ärgerlich legte er den Pinsel hin. Zu gleicher Zeit öffnete seine Mutter oben ein Fenster und sah herunter.

Ein Schlepperjunge in seinem Dreck stand unten. »Is dies Walter Morels Haus?« fragte er.

»Ja«, sagte Frau Morel, »was ist los?«

Aber sie hatte es sich schon gedacht.

»Ihr Meeschter hat sich wehjetan«, sagte er.

»I, du lieber Gott!« rief sie. »Ein Wunder, wenn ers nicht getan hätte, mein Junge. Und was hat er sich diesmal getan?«

»Ick weeß nich jenau, aber ’t is irjendwo an sein Bein. Se haben ihn nach’t Krankenhaus jebracht.«

»Guter Gott!« rief sie aus. »I nein, was ist das für’n Mann! Keine fünf Minuten Frieden, oder ich lasse mich hängen. Kaum ist sein Daumen besser, da … Hast du ihn gesehen?«

»Unten hab ick ’n jesehen. Un denn sah ick, wie er in ’ne Schale nach oben jebracht wurde, un er war janz beschwiemelt. Aber als Doktor Fraser ihn in de Lampenbude untersuchte, da hat er jeschrien wie der Deubel – un jeflucht un jeschimpft, un jesagt, er wollte nach Hause jebracht werr'n – er wollte nich in't Krankenhaus.«

Der Junge stotterte seinen Schluß heraus.

»Natürlich, nach Hause wollte er, damit ich alle die Unruhe davon haben könnte. Danke dir, mein Junge. I du lieber Gott, ich bin wahrhaftig ganz krank davon – krank und angeekelt, weiß Gott.«

Sie kam herunter. Paul hatte ganz gedankenlos seine Malerei wieder aufgenommen.

»Und es muß doch wohl recht eklig sein, wenn sie ihn ins Krankenhaus gebracht haben«, fuhr sie fort. »Aber was für'n unvorsichtiges Geschöpf er auch ist! Andere haben doch nicht all diese Unfälle. Ja, die ganze Last wollte er mir wieder aufhalsen. I du meine Güte, und grade wo wir es ein wenig leichter haben. Leg die Sachen da jetzt weg, jetzt ist keine Zeit zum Pinseln. Wann geht ein Zug? Ich weiß, bis Keston muß ich mich erst so schleppen. Die Schlafstube muß ich so lassen.«

»Die kann ich zurecht machen«, sagte Paul.

»Das brauchst du nicht. Ich kriege doch sicher den Sieben-Uhr-Zug zurück, sollte ich meinen. Ach du großes Herze, die Aufregung und die Anstellerei, die er nun loslassen wird. Und die kleinen Pflastersteine da auf Tinterhill – er nennt sie ganz richtig Katzenköpfe –, die schütteln ihn ja wohl in Stücke. Ich muß mich doch wundern, weshalb sie die nicht ausbessern bei dem Zustand, in dem sie sind, wo doch all die Leute im Krankenwagen drüberweg müssen. Man sollte meinen, sie würden hier ein Krankenhaus haben. Den Platz dafür haben die Leute ja auch gekauft, und, lieber Gott, Unglücksfälle gibts doch wohl genug, um es in Gang zu halten. Aber nein, da müssen sie sie zehn Meilen in so 'ner langsamen Krankenfuhre nach Nottingham schleppen, 's ist 'n Schimpf und 'ne Schande! Oh, und die Geschichten, die er anstellen wird! Ich weiß, er tuts! Soll mich wundern, wer bei ihm ist. Ich glaube Barker. Armer Teufel, wird sich auch lieber woanders hin wünschen. Aber er wird doch nach ihm sehen, das weiß ich. Nun kann man wieder gar nicht absehen, wie lange er da im Krankenhaus stecken muß – und wie er das hassen wird! Aber wenns bloß sein Bein ist, ist es ja nicht so schlimm.«

Die ganze Zeit über machte sie sich fertig. Rasch ihr Leibchen ausziehend, kauerte sie vor dem Kessel nieder, während das Wasser in ihre Kanne lief.

»Ich wollte, dieser Kessel läge auf dem Grunde der See!« rief sie und wriggelte ungeduldig an dem Hahne herum. Sie besaß sehr hübsche, kräftige Arme, beinahe überraschend für ein so winziges Frauenzimmer.

Paul räumte ab, setzte den Kessel auf und deckte den Tisch.

»Bis vier Uhr zwanzig geht kein Zug«, sagte er. »Du hast reichlich Zeit.«

»Ach nein, kein bißchen!« rief sie und blinzelte ihm über das Handtuch zu, während sie sich das Gesicht abtrocknete.

»Gewiß hast du Zeit. Jedenfalls mußt du erst eine Tasse Tee trinken. Soll ich bis Keston mitkommen?«

»Mit mir? Wozu denn, möchte ich wohl wissen? So, was muß ich ihm nun wohl mitnehmen? Ach du lieber Gott! Sein weißes Hemd – Gott sei Dank ist es rein. Aber wir hängen es besser vorher noch an die Luft. Und Strümpfe – die braucht er ja nicht – und ein Handtuch, glaube ich; und Taschentücher. Was nun noch?«

»Einen Kamm, ein Messer und Gabel und Löffel«, sagte Paul. Sein Vater war schon einmal im Krankenhaus gewesen.

»Weiß der liebe Gott, in was für 'nem Zustand seine Füße gewesen sind«, fuhr Frau Morel fort, während sie sich ihr langes braunes Haar kämmte, das fein wie Seide war und schon mit Grau durchschossen. »Mit dem Waschen bis zur Hüfte ist er ja sehr eigen, aber weiter drunter, meint er, kommts nicht so drauf an. Aber da sehen sie wohl recht viel solche.«

Paul hatte den Tisch gedeckt. Er machte seiner Mutter ein oder zwei ganz dünne Butterbrötchen zurecht.

»So«, sagte er und stellte eine Tasse Tee auf ihren Platz.

»Da kann ich mich jetzt nicht mit abgeben!« rief sie ärgerlich.

»Ja, das mußt du nun doch schon, nun er mal fertig ist«, beharrte er.

Da setzte sie sich und nippte an ihrem Tee und aß ein wenig in Schweigen. Sie dachte nach.

In ein paar Minuten war sie weg, um die zwei und eine halbe Meile bis Keston zu laufen. Alles, was sie ihm mitzunehmen beabsichtigte, hatte sie in ihrem bauchigen Netze. Paul beobachtete sie, wie sie den Weg zwischen den Hecken hinanschritt – eine kleine, rasch ausschreitende Gestalt, und sein Herz tat ihm ihretwegen weh, daß sie nun wieder in Schmerz und Unruhe hineingetrieben würde. Und wie sie so rasch in ihrer Unruhe dahinschritt, fühlte sie hinter sich ihres Sohnes Herz auf sich warten, fühlte, wie er so viel von ihrer Last auf sich nahm wie nur möglich und sie dabei noch stützte. Und als sie beim Krankenhause war, dachte sie: »Es muß den Jungen ja umwerfen, wenn ich ihm erzähle, wie schlecht es aussieht. Besser etwas vorsichtig.« Und als sie wieder heimwärts trabte, fühlte sie, er käme ihr entgegen, um ihre Last tragen zu helfen.

»Ist es schlimm?« fragte Paul, sobald sie ins Haus trat.

»Schlimm genug«, erwiderte sie.

»Was denn?«

Sie seufzte und setzte sich, während sie ihre Hutbänder losmachte. Ihr Sohn beobachtete das erhobene Gesicht und ihre kleinen, arbeitgehärteten Hände, wie sie an der Schleife unter ihrem Kinn herumfingerten.

»Ja«, antwortete sie, »wirklich gefährlich ist es nicht, aber die Schwester sagt, es ist eine gräuliche Wunde. Siehst du, ein großes Stück Fels ist ihm aufs Bein gefallen – hier – und es ist ein splittriger Bruch. Einzelne Knochenstücke stecken heraus ...«

»Uh – wie gräßlich!« riefen die Kinder.

»Und«, fuhr sie fort, »er meinte natürlich, er stürbe – er wäre ja nicht er, wenn er das nicht sagte. ›Mit mich ists aus, mein Mächen‹, sagte er und sah mich an. ›Sei doch nicht lächerlich‹, sagte ich zu ihm. ›An einem gebrochnen Bein stirbst du nicht, wenn es auch noch so kaputt ist.‹ – ›Hier komme ick nie wieder raus als in 'ne Holzkiste‹, stöhnte er. ›Na‹, sag ich, ›wenn sie dich in 'ner Holzkiste in den Garten tragen sollen, wenn du wieder besser bist, ich zweifle gar nicht, daß sie's dann tun werden.‹ – ›Wenn wir glauben, es tut ihm gut‹, sagte die Schwester. Sie ist ein riesig nettes Mädchen, aber recht streng.«

Frau Morel nahm ihren Hut ab. Die Kinder warteten in Stillschweigen.

»Natürlich, schlecht geht es ihm«, fuhr sie fort, »und er wills auch so haben. Es war ja ein großer Schrecken, und er hatte starken Blutverlust; und natürlich, die Wunde ist sehr gefährlich. Es ist durchaus nicht sicher, daß sie so glatt heilt. Und dann kommt das Fieber und der Brand – wenn es eine schlechte Wendung nähme, wäre er bald weg. Aber schließlich ist er ja ein Mensch mit reinem Blut und mit 'ner wunderbaren Heilhaut, und deshalb sehe ich gar nicht ein, weshalb es eine schlechte Wendung nehmen sollte. 'ne Wunde ist ja natürlich da ...«

Jetzt war sie vor Teilnahme und Angst ganz blaß geworden.

Die drei Kinder merkten ganz deutlich, es stände schlecht um ihren Vater, und das ganze Haus war stumm, verängstigt.

»Aber er ist immer wieder gesund geworden«, sagte Paul nach einer kleinen Weile.

»Das habe ich ihm auch gesagt«, meinte die Mutter.

Alle bewegten sich schweigend umher.

»Und er sah wirklich aus, als wäre es vorbei mit ihm«, sagte sie. »Die Schwester sagte aber, das sind die Schmerzen.«

Annie brachte ihrer Mutter Hut und Mantel hinaus.

»Und ansehen tat er mich, als ich weg mußte! Ich sagte: ›Jetzt werde ich wohl weg müssen, Walter, wegen des Zuges – und der Kinder.‹ Und da sah er mich an. Es kam mir hart vor.«

Paul nahm seinen Pinsel wieder auf und fuhr mit seiner Malerei fort. Arthur ging hinaus nach Kohlen. Annie saß da und sah trübe drein. Und Frau Morel saß in ihrem kleinen Schaukelstuhl, den ihr Mann ihr gemacht hatte, als das erste Kind kam, bewegungslos, sinnend. Sie war bekümmert und bitter traurig um den Mann, der so schwer verletzt war. Aber trotzdem, in ihrem innersten Herzen war da, wo Liebe hätte herrschen sollen, eine Leere. Jetzt, wo ihr ganzes weibliches Mitgefühl erregt war, wo sie sich gern bis zum Tode abgerackert hätte, um ihn zu pflegen und zu retten, wo sie ihm seine Schmerzen abgenommen hätte, wenn sie es nur gekonnt hätte, irgendwo tief in ihrem Innern empfand sie Gleichgültigkeit gegen ihn und sein Leiden. Das tat ihr am allerwehesten, diese Unfähigkeit, ihn zu lieben, selbst wo er ihre stärksten Empfindungen wachrief. Sie sann ein Weilchen nach.

»Und da«, sagte sie plötzlich, »als ich halbwegs bis Keston gekommen war, da merkte ich mit einem Male, ich war in meinen Arbeitsschuhen weggegangen – und seht sie euch bloß mal an.« Es war ein altes Paar von Pauls Schuhen, braun und an den Zehen durchgescheuert. »Ich wußte nicht, was ich anfangen sollte vor Scham«, fügte sie hinzu.

Am Morgen, als Arthur und Annie zur Schule waren, sprach Frau Morel weiter zu ihrem Sohn, der ihr bei der Hausarbeit half.

»Ich fand Barker im Krankenhaus«, sagte sie. »Er sah jämmerlich aus, der arme kleine Kerl. ›Na‹, sag ich, ›was für'n Art Reise haben Sie denn mit ihm gehabt?‹ – ›Fragen Se mir nich, Frau‹, sagt er. ›Jawohl‹, sag ich, ›ich weiß schon, wie er sich angestellt haben wird.‹ – ›Aber et war ooch jemein fier'n, Frau Morel, et war jemein‹, sagte er. ›Weiß ich‹, sag ich. ›Bei jedem Bums dacht ick, det Herz sollt mich aus'n Munde fliejen‹, sagte er. ›Un det Jeschrei, det er zuweilen losließ! Frau, nich fier'n Vermöjen möcht ick det noch mal mit durchmachen.‹ – ›Das kann ich wohl begreifen‹, sagte ich. ›Et is aber ooch 'ne eklije Jeschichte allemal‹, sagt er, ›un eene, die scheen lange dauern wird, ehe se wieder besser is.‹ – ›Das bin ich auch bange‹, sagte ich. Ich mag Herrn Barker gern – wirklich. Er hat so was Männliches an sich.«

Paul ging wieder stumm an seine Arbeit.

»Und natürlich«, fuhr Frau Morel fort, »für einen Menschen wie Vater ist das Krankenhaus auch hart. Er kann nun mal Regeln und Vorschriften nicht verstehen. Und er will sich von niemand anders anrühren lassen, wenn er es irgendwie vermeiden kann. Als er sich die Muskeln am Schenkel zerschmettert hatte und viermal am Tage verbunden werden mußte, hätte er das wohl von jemand anders als von seiner Mutter oder mir machen lassen? Nein. So muß er da natürlich unter den Schwestern leiden. Und ich ließ ihn sehr ungern da. Wahrhaftig, als ich ihm einen Kuß gab und dann wegging, kam es mir gemein vor.«

So sprach sie zu ihrem Sohne, beinahe als dächte sie laut für ihn, und er nahm es auf, so gut ers vermochte, um ihr durch seine Teilnahme an ihrer Sorge diese zu erleichtern. Und schließlich teilte sie fast alles mit ihm, ohne es zu wissen.

Morel hatte eine harte Zeit. Eine Woche lang ging es ihm sehr zweifelhaft. Dann begann er sich zu bessern. Und nun in dem Bewußtsein, er würde geheilt werden, seufzte das ganze Haus erleichtert auf und fuhr fort, glücklich zu leben.

Es ging ihnen nicht knapp, solange Morel im Krankenhaus war. Vierzehn Schilling kamen wöchentlich von der Grube, zehn vom Krankenverein und fünf aus der Arbeitsunfähigenkasse; und dann hatten die Vorarbeiter noch jede Woche etwas für Frau Morel – fünf oder sieben Schilling –, so daß sie ganz vermögend war. Und während Morel im Krankenhaus gute Fortschritte machte, waren die Seinen ungewöhnlich glücklich und friedlich. Sonnabends und Mittwochs ging Frau Morel nach Nottingham, um ihren Mann zu besuchen. Dann brachte sie immer irgendeine Kleinigkeit heim: ein Farbennäpfchen für Paul, oder etwas starkes Papier, ein paar Postkarten für Annie, über die sich die ganze Gesellschaft erst tagelang freute, ehe das Mädchen sie absenden durfte, oder eine Laubsäge für Arthur, oder ein Stück hübsches Holz. Mit Vergnügen beschrieb sie ihnen ihre Abenteuer in den großen Geschäften. Die Leute im Malgeschäft kannten sie schon und wußten über Paul Bescheid. Das Mädchen im Buchladen nahm regen Anteil an ihr. Frau Morel war stets voller Belehrung, wenn sie aus Nottingham nach Hause kam. Die drei saßen dann bis zum Zubettgehen um sie herum, zuhörend, dazwischenfahrend, erwidernd. Dann schürte Paul oft das Feuer.

»Ich bin jetzt der Mann im Hause«, pflegte er voller Freude zu seiner Mutter zu sagen. Sie verstanden jetzt, wie vollkommen friedlich ihr Heim sein könne. Und es tat ihnen fast leid, obwohl keiner von ihnen eine solche Gefühllosigkeit zugegeben hätte, daß ihr Vater bald zurückkommen würde.

Paul war jetzt vierzehn und sah sich nach Arbeit um. Er war ein recht kleiner und sehr zierlicher Junge mit dunkelbraunem Haar und hellblauen Augen. Sein Gesicht hatte die kindliche Rundlichkeit verloren und wurde mehr dem Williams gleich – mit rauhen Zügen, beinahe grob – und war außerordentlich beweglich. Gewöhnlich machte er ein Gesicht, als sähe er irgend etwas, war voller Leben und Wärme; dann trat sein Lächeln plötzlich hervor wie bei seiner Mutter und war allerliebst; und dann wieder, sowie sich dem glatten Lauf seiner Seele irgendein Hemmnis entgegenstellte, wurde sein Gesicht dumm und häßlich. Er gehörte zu der Art von Jungen, die rüpel- oder lümmelhaft werden, sowie sie nicht verstanden werden oder sich unterschätzt glauben, und die wiederum beim ersten Hauch von Wärme bezaubernd sind.

Er litt jedesmal sehr unter der ersten Berührung mit all und jedem. Mit sieben Jahren war ihm der Schulanfang ein Alpdruck und eine Qual gewesen. Aber nachher mochte er die Schule gern. Und nun er fühlte, er müsse ins Leben hinaus, hatte er Todesqualen vor mangelndem Selbstbewußtsein durchzumachen. Für einen Jungen seiner Jahre war er ein ganz tüchtiger Maler, auch verstand er etwas Deutsch und Französisch und Mathematik, die Mr. Heaton ihm beigebracht hatte. Aber nichts von dem, was er besaß, war für ihn in der kaufmännischen

Laufbahn von Vorteil. Für schwere Handarbeit war er nicht kräftig genug, meinte seine Mutter. Er tat auch nichts gern mit den Händen und jagte lieber umher oder unternahm Ausflüge ins Land hinein oder las oder malte.

»Was möchtest du werden?« fragte seine Mutter.

»Alles.«

»Das ist keine Antwort«, sagte Frau Morel.

Es war aber wirklich die einzige, die er geben konnte. Sein Ehrgeiz, soweit das Treiben dieser Welt ging, war, irgendwo nahe bei Hause seine ruhigen dreißig oder fünfunddreißig Schilling zu verdienen und dann, wenn sein Vater tot wäre, ein Häuschen mit seiner Mutter zu beziehen, zu malen und auszugehen, wie es ihm paßte, und für immer herrlich und in Freuden zu leben. Das war sein Lebensplan, soweit es sich um Tätigkeit handelte. Aber er besaß innerlichen Stolz, sobald er andere Leute an sich abmaß und einordnete, unerbittlich. Und er dachte, vielleicht würde er sogar Maler werden, ein wirklicher. Aber davon sah er ab.

»Dann«, sagte seine Mutter, »mußt du dich in der Zeitung nach Stellenausschreibungen umsehen.«

Er sah sie an. Es schien ihm, da habe er bittere Erniedrigung und Herzenspein durchzumachen. Aber er sagte nichts. Beim Aufstehen am Morgen war sein ganzes Wesen in diesen einen Gedanken verknotet: »Nun muß ich hin und mich nach ausgeschriebenen Stellen umsehen.« Er stand vor dem Morgen, dieser eine Gedanke, der ihm alle Freude, ja alles Leben ertötete. Sein Herz fühlte sich an wie ein fester Knoten.

Und dann zog er um zehn Uhr los. Er galt für ein sonderbares, ruhiges Kind. Als er so die sonnige Straße der kleinen Stadt hinaufzog, kam es ihm vor, als sagten alle Leute, denen er begegnete, bei sich: ›Er geht ins A-Ge-Ge-Lesezimmer, um sich in der Zeitung nach einer Stelle umzusehen. Er kann keine Stelle kriegen. Ich glaube, er liegt seiner Mutter auf der Tasche.‹ Und dann kroch er die Steinstufen hinter dem Zeugladen bei der A-Ge-Ge hinauf und spähte ins Lesezimmer. Gewöhnlich waren ein oder zwei Männer da, alte unbrauchbare Kerls, oder Bergleute, die ›Verein‹ spielten. So trat er ein, zurückfahrend und verletzt, sobald sie aufsahen, setzte sich an den Tisch und tat, als überfliege er die Nachrichten. Er wußte, sie würden denken:

›Was hat so’n dreizehnjähriger Bengel in einem Lesezimmer mit ’ner Zeitung zu tun?‹, und er litt.

Dann sah er gedankenvoll aus dem Fenster. Er war bereits Gefangener des Gewerbetriebes. Große Sonnenblumen starrten über die alte rote Mauer des gegenüberliegenden Gartens und blickten spaßhaft auf die Frauen hernieder, die mit irgendwelchen Eßwaren dahineilten. Das Tal stand voller Korn, das in der Sonne hell leuchtete. Zwei Gruben zwischen den Feldern schwenkten ihre weißen Dampffahnen. Weit weg auf den Hügeln lagen die Forste von Annesley, dunkel und zauberhaft. Sein Herz sank bereits. Er sollte sich in Knechtschaft begeben. Seine Freiheit in dem geliebten Heimattale ging zu Ende.

Brauereiwagen kamen von Keston mit Riesenfässern heraufgerollt, vier an jeder Seite, wie Bohnen in einer geplatzten Schote. Der Fahrer, der hoch auf seinem Throne saß und in seiner Massigkeit auf seinem Sitze herumrutschte, befand sich nicht sehr tief unter Pauls Augenhöhe. Des Mannes Haar auf seinem kleinen, kugelrunden Kopf war von der Sonne beinahe weiß gebleicht, und auf seinen dicken, roten Armen, die nachlässig auf seiner Sackschürze wackelten, glänzten die weißen Haare. Sein rotes Gesicht glänzte und schien in der Sonne fast zu schlafen. Die Pferde, hübsch und braun, liefen allein weiter und machten den Eindruck, als wären sie bei weitem die Herren der Lage.

Paul wünschte, er wäre dumm. »Ich wollte«, dachte er bei sich, »ich wäre so fett wie der und läge in der Sonne wie ein Hund. Ich wollte, ich wäre ein Schwein und ein Bierfahrer.«

War der Raum dann endlich leer, dann pflegte er hastig eine Abschrift von einer Ausschreibung auf einem Stück Papier zu nehmen, und dann noch eine, und mit unendlicher Erlösung nach draußen zu schlüpfen. Seine Mutter überflog dann seine Abschriften.

»Ja«, sagte sie, »du kannsts ja mal versuchen.«

William hatte einen Bewerbungsbrief aufgesetzt, in wundervollem Geschäftsstil abgefaßt, den Paul mit gewissen Abänderungen abschrieb. Die Handschrift des Jungen war aber abscheulich, so daß William, der alles so gut machte, in fieberhafte Ungeduld geriet.

Der ältere Bruder wurde allmählich ganz stutzerhaft. In London fand er, er könne mit Leuten verkehren, die im Leben hoch über seinen Bestwoodfreunden standen. Ein paar der Gehilfen im Geschäft hatten Rechtskunde studiert und machten mehr oder weniger eine Art Lehrlingszeit durch. William gewann sich bei seiner Fröhlichkeit überall unter den Leuten, wohin er kam, Freunde. Daher verkehrte er bald in Häusern von Leuten, die in Bestwood auf den unnahbaren Bankleiter herabgesehn hätten und dem Pastor allenfalls einen gleichgültigen Besuch abgestattet haben würden. So fing er an sich einzubilden, er sei ein schweres Geschütz. Er war tatsächlich ganz überrascht über die Leichtigkeit, mit der er ein feiner Herr wurde.

Seine Mutter freute sich über seine Zufriedenheit. Und seine Unterkunft in Walthamstow war so düster. Aber nun schien eine Art Fieber in die Briefe des jungen Mannes zu geraten. Durch diesen ganzen Übergang war er unsicher in sich geworden, er stand nicht länger fest auf den Füßen, sondern schien ganz schwindlig auf der raschen Strömung seines neuen Lebens umherzutreiben. Seine Mutter sorgte sich um ihn. Sie fühlte, wie er sich selbst verlor. Er tanzte und ging ins Theater, fuhr auf dem Flusse Boot, ging mit Freunden aus; und sie wußte, nachher saß er in seiner kalten Schlafkammer und quälte sich mit seinem Latein ab, weil er in seinem Geschäft weiterkommen wollte und, wenn möglich, auch in der Rechtskunde. Nie schickte er seiner Mutter jetzt Geld. Es ging alles, das wenige, was er besaß, für sein eigenes Leben drauf. Und sie wollte auch gar nichts, ausgenommen zuweilen, wenn sie sehr in der Klemme saß und zehn Schilling ihr viel Sorge erspart hätten. Sie träumte immer noch von William und dem, was er beginnen würde, mit sich selbst im Hintergrunde. Nie hätte sie auch nur für eine Minute zugegeben, ihr Herz fühle sich seinetwegen beschwert oder beunruhigt.

Er redete auch recht viel von einem Mädchen, das er auf einem Balle getroffen hatte, einer hübschen Braunen, sehr jung, und eine Dame, hinter der die Männer haufenweise herliefen.

»Es sollte mich wundern, mein Junge«, schrieb seine Mutter ihm, »ob du auch mitlaufen würdest, wenn du die anderen nicht auf der Jagd nach ihr sähest. In einer Menge fühlst du dich sicher und eitel genug. Aber nimm dich in acht und sieh zu, wie du dich fühlst, wenn du dich allein und als Sieger wiederfindest.«

William nahm dies sehr übel auf und setzte seine Jagd fort. Er hatte das Mädchen mit auf den Fluß genommen. »Wenn du sie sehen würdest, Mutter, würdest du meine Gefühle verstehen. Groß und vornehm, mit der allerklarsten, zartesten durchscheinenden Gesichtsfarbe, Haare so schwarz wie Jett und graue Augen – hell, spöttisch, wie Lichterschein auf dem Wasser bei Nacht. Es ist ganz schön und gut, daß du etwas spöttisch über sie schreibst, ehe du sie gesehen hast. Und sie zieht sich an wie nur irgendein weibliches Wesen in London. Ich sage dir, dein Sohn steckt nicht schlecht die Nase in die Luft, wenn sie mit ihm nach Piccadilly hinuntergeht.«

Frau Morel fragte sich in ihrem Herzen, ob ihr Sohn nicht besser selbst in ansehnlicher Gestalt und schönen Kleidern nach Piccadilly hinunterzöge als mit einer Frau, die ihm nahestünde. Aber sie beglückwünschte ihn doch in ihrer zweifelsüchtigen Art. Und wie sie so über ihren Waschtubben gebeugt dastand, sann die Mutter über ihren Sohn nach. Sie sah ihn beladen mit einer vornehmen, kostspieligen Frau, mit geringem Verdienst sich entlang schleppen und hinzwängen in irgendein häßliches, kleines Vorstadthaus. »Aber«, sagte sie sich, »ich bin vermutlich albern – und suche immer nur nach Schwierigkeiten.« Trotzdem verlor sich die Last dieser Angst nur selten von ihrem Herzen, daß nämlich William nicht recht an sich handle.

Da auf einmal wurde Paul aufgefordert, sich bei Thomas Jordan zu melden, Werkstätten für ärztliche Geräte, in der Spaniel-Row 21, Nottingham. Frau Morel war ganz Freude.

»Da siehst du«, rief sie, ihre Augen leuchtend. »Erst vier Briefe hast du geschrieben, und der dritte wird schon beantwortet. Du hast Glück, mein Junge, das habe ich immer behauptet.«

Paul sah sich die Abbildung eines hölzernen Beines an, mit schmiegsamen Strümpfen und anderen Zutaten verschönert, die auf Herrn Jordans Briefbogen prangten, und fühlte sich beunruhigt. Von dem Dasein schmiegsamer Strümpfe hatte er noch nichts gewußt. Und er schien die Welt des Geschäfts nachzuempfinden, mit ihren streng geregelten Wertabstufungen und ihrer Unpersönlichkeit, und fürchtete sich vor ihr. Es kam ihm auch ungeheuerlich vor, daß sich ein Geschäft auf hölzernen Beinen aufbauen könne.

An einem Dienstagmorgen zogen Mutter und Sohn zusammen los. Es war August und glühend heiß. Paul schritt einher, etwas in seinem Innern fest zugeschraubt. Lieber hätte er schwere körperliche Schmerzen durchgemacht als diese unvernünftige Qual, Fremden gegenüber bloßgestellt, angenommen oder verworfen zu werden. Und doch schwatzte er mit seiner Mutter drauflos. Nie hätte er ihr eingestanden, wie sehr er unter diesen Dingen litt, und sie ahnte die Wahrheit nur teilweise. Sie war fröhlich wie ein verliebtes Mädchen. Sie stand in Bestwood vor der Fahrkartenausgabe, und Paul beobachtete sie, wie sie ihrer Börse das Geld für die Karten entnahm. Als er sah, wie ihre Hand in den alten, schwarzen Glanzhandschuhen das Silber aus der abgegriffenen Börse hervorholte, da krampfte sich sein Herz vor Liebe zu ihr zusammen.

Sie war ganz aufgeregt und sehr lustig. Er litt darunter, wie sie in Gegenwart anderer Reisender ganz laut weitersprach.

»Nun kuck mal, die alberne Kuh!« sagte sie, »wie die da in die Runde saust, als ob sie im Zirkus wäre.«

»Wahrscheinlich ists 'ne Bremse«, sagte er leise.

»Eine was?« fragte sie fröhlich und ohne sich zu schämen.

Sie wurden eine Zeitlang nachdenklich. Er fühlte die ganze Zeit über ihre Gegenwart sich gegenüber. Plötzlich trafen sich ihre Augen, und sie lächelte ihn an – ein seltenes, vertrautes Lächeln, schön in seinem Strahlen und seiner Liebe. Dann sahen sie wieder beide aus dem Fenster.

Die langen sechzehn Meilen Eisenbahnfahrt gingen vorüber. Mutter und Sohn schritten die Bahnhofstraße hinauf und fühlten sich dabei wie ein verliebtes Paar, das auf gemeinsame Abenteuer auszieht. In der Carrington-Street blieben sie stehen, um sich über die Brüstung zu beugen und nach den Schleppkähnen unten auf dem Kanal zu sehen.

»Das ist grade wie Venedig«, sagte er, während er den Sonnenschein auf dem zwischen hohen Werkstattmauern liegenden Wasser beobachtete.

»Vielleicht«, antwortete sie lächelnd.

An den Läden hatten sie eine Riesenfreude.

»Nun sieh mal die Bluse«, konnte sie zum Beispiel sagen, »würde die nicht grade für unsere Annie passen? Und für dreißig Schilling. Ist das nicht billig?«

»Und mit der Hand genäht auch noch«, sagte er.

»Ja.«

Sie hatten viel Zeit, also beeilten sie sich nicht. Die Stadt kam ihnen seltsam und reizvoll vor. Aber der Junge empfand in seinem Innern ein Gewirr von Befürchtungen. Er hatte vor der Unterredung mit Thomas Jordan Angst.

An der St.-Peterskirche war es beinahe elf. Sie wandten sich in eine enge Gasse, die nach dem Schloß hinaufging. Sie war düster und altmodisch, voll von dunklen, niedrigen Läden und dunkelgrünen Haustüren mit Messingklopfern und ockergelben Stufen, die auf den Bürgersteig hinabführten; dann wieder ein alter Laden, dessen kleine Fenster aussahen wie ein halbgeschlossenes, schlaues Auge. Mutter und Sohn gingen vorsichtig weiter und blickten überall nach ›Thomas Jordan & Sohn‹ umher. Es war wie eine Jagd in der Wildnis. Sie gingen auf den Zehenspitzen vor Aufregung.

Plötzlich bemerkten sie einen großen, dunklen Torweg, in dem die Namen verschiedener Geschäfte standen, darunter auch Thomas Jordan.

»Hier ist es!« sagte Frau Morel. »Aber wo nun weiter?«

Sie sahen sich um. Auf der einen Seite lag eine merkwürdige alte Pappsachenwerkstätte, auf der anderen ein Gasthof für Geschäftsreisende.

»Da durch den Eingang hindurch ist es«, sagte Paul.

Und sie wagten sich in den Torweg hinein wie in den Schlund eines Drachen. Sie kamen in einen weiten, brunnengleichen Hof, überall von Gebäuden umschlossen. Er war mit Kisten und Stroh und Pappe bestreut. Der Sonnenschein traf grade auf einen Korb, dessen Stroh wie Gold in den Hof herniederrieselte. Aber an anderen Stellen sah der Hof wie eine Grube aus. Verschiedene Türen waren da, und zwei Treppen. Grade vor ihnen, auf einer schmutzigen Glastür, am Kopfe der einen Treppe, schauten die verhängnisvollen Worte drohend auf sie hernieder: »Thomas Jordan & Sohn – Ärztliche Gerätschaften‹. Frau Morel ging voran, ihr Sohn hinter ihr her. Karl der Erste betrat sein Blutgerüst leichteren Herzens als Paul Morel die schmutzige Treppe, deren Stufen hinauf er jetzt seiner Mutter zu der schmutzigen Tür folgte.

Sie stieß die Tür auf und blieb angenehm überrascht stehen. Vor ihr lag ein großes Lager voller sahnegelber Papierpacken, und Gehilfen, die Hemdärmel aufgerollt, gingen umher, als fühlten sie sich ganz zu Hause. Das Tageslicht war gedämpft, die glänzenden, sahnegelben Packen schienen zu leuchten, die Ladentische waren aus dunkelbraunem Holz. Alles war ruhig und sehr einfach. Frau Morel tat zwei Schritte vorwärts, dann wartete sie. Paul stand hinter ihr. Sie hatte ihren Sonntagshut aufgesetzt mit einem schwarzem Schleier; er trug einen breiten, weißen Jungenskragen und einen Norfolkanzug.

Einer der Gehilfen sah auf. Er war dünn und lang, mit einem kleinen Gesicht. Sein Blick war sehr lebhaft. Dann sah er nach dem anderen Ende des Raumes, wo sich ein Glasverschlag befand. Er sagte nichts, sondern lehnte sich in einer milden, fragenden Weise gegen Frau Morel vor.

»Kann ich Herrn Jordan sprechen?« fragte sie.

»Ich will ihn holen«, antwortete der junge Mann.

Er ging auf den Glasverschlag zu. Ein rotbackiger, weißbärtiger alter Mann blickte auf. Er erinnerte Paul an einen Spitz. Dann kam dieser kleine alte Mann den Raum herauf. Er hatte kurze Beine, war ziemlich dick und trug eine Alpakajacke. So kam er, das eine Ohr anscheinend gespitzt, untersetzt und fragend durch den Raum.

»Guten Morgen«, sagte er, angesichts Frau Morels zögernd, im Zweifel, ob er eine Kundin vor sich habe oder nicht.

»Guten Morgen. Ich bin mit meinem Sohne, Paul Morel, gekommen. Sie hatten ihn ersucht, heute morgen vorzusprechen.«

»Wollen Sie mitkommen!« sagte Herr Jordan, in einer etwas bissigen Art und Weise, die er für geschäftsmäßig hielt.

Sie folgten dem Werkbesitzer in ein schlampiges, kleines Zimmer, das mit schwarzem, von der Abnutzung durch viele Kunden glänzend gewordenen amerikanischen Leder ausgeschlagen war. Auf dem Tische lag ein Haufen Bruchbänder, gelbe, ineinander verschlungene Waschlederbügel. Sie sahen neu und wie lebend aus. Paul sog den Geruch des frischen Waschleders ein. Er wunderte sich, was das wohl für Dinger wären. Er war aber bereits so betäubt, daß er nur noch das Äußere der Dinge wahrnahm.

»Setzen Sie sich!« sagte Herr Jordan und wies gereizt Frau Morel zu einem Stuhl mit Pferdehaarüberzug. Unsicher setzte sie sich auf die Kante. Dann begann der kleine alte Mann herumzufummeln und fand schließlich einen Bogen Papier.

»Hast du diesen Brief geschrieben?« schnappte er und hielt Paul etwas vor, was dieser als sein eigenes Briefpapier erkannte.

»Ja«, antwortete er.

In demselben Augenblick fühlte er sich zwiefältig in Anspruch genommen: einmal durch das Schuldgefühl, gelogen zu haben, da William den Brief aufgesetzt hatte; zweitens durch die Verwunderung, warum sein Brief ihm in der fetten, roten Hand dieses Mannes so fremd und so ganz anders vorkäme, als er ihm erschienen war, solange er noch auf dem Küchentisch lag. Er war wie ein auf Abwege geratener Teil seines Selbst. Paul nahm die Art und Weise, in der der Mann ihn hielt, übel.

»Wo hast du schreiben gelernt?« fragte der alte Mann knurrig.

Paul sah ihn nur verschämt an und sagte nichts.

»Ja, er schreibt schlecht«, warf Frau Morel entschuldigend ein. Dann schlug sie ihren Schleier zurück. Paul haßte sie, weil sie gegen diesen gemeinen kleinen Kerl nicht stolzer war, und freute sich, ihr Gesicht vom Schleier befreit zu sehen.

»Und du sagst, du kannst Französisch?« fragte der kleine Mann, immer noch mit Schärfe.

»Ja«, sagte Paul.

»In welche Schule bist du gegangen?«

»In die Kostschule.«

»Und hast du es da gelernt?«

»Nein – ich ...« Der Junge wurde blutrot und kam nicht weiter.

»Sein Pate hat ihm Unterricht gegeben«, sagte Frau Morel, halb bittend und doch überlegen.

Herr Jordan zögerte. Dann zog er, immer noch in seiner gereizten Art und Weise – er schien immer die Hände für irgendeine Art von Tätigkeit bereit zu haben – ein anderes Blatt Papier aus der Tasche und faltete es auseinander. Das Papier raschelte. Er reichte es Paul hin.

»Lies das«, sagte er.

Es war eine Mitteilung auf Französisch, in dünner, zitteriger, fremdartiger Handschrift, die der Junge nicht entziffern konnte. Dösig stierte er auf das Papier.

»›Monsieur‹,« begann er, dann blickte er in größter Verwirrung auf Herrn Jordan. »Die –, die ...«

Er wollte sagen ›Handschrift‹, aber sein Verstand arbeitete nicht einmal mehr genügend, um ihm zu diesem Wort zu verhelfen. Im Gefühl seiner vollkommenen Narrheit und voller Haß gegen Herrn Jordan wandte er sich verzweifelt wieder zu seinem Briefe: »Mein Herr, – bitte senden Sie mir, ä – ä – ich kann die – ä – ›zwei Paar – *gris fil bas* – graue Strümpfe‹ – ä – ä – ›*sans* – ohne‹ – ä – ich kann die Worte nicht – ä – ›*doigts* – Finger‹ – ä – ich kann die ...«

Er wollte abermals ›Handschrift‹ sagen, aber das Wort wollte wieder nicht heraus. Da er ihn so festsitzen sah, riß Herr Jordan ihm das Papier weg.

»›Bitte senden Sie mir umgehend zwei Paar graue Strümpfe ohne Zehen.‹«

»Ja«, platzte Paul heraus, »›*doigts*‹ heißt aber ›Finger‹; ebensogut – in der Regel ...«

Der kleine Mann sah ihn an. Er wußte gar nicht, ob ›*doigts*‹ Finger hieße; er wußte nur, daß es für seine Zwecke ›Zehen‹ heiße.

»Finger an Strümpfen!« schnappte er.

»Ja, es bedeutet aber Finger«, beharrte der Junge.

Er haßte den kleinen Mann, der ihn zum Dämel machte. Herr Jordan sah auf den blassen, dummen, trotzigen Jungen, dann auf die Mutter; sie saß ruhig und mit dem sonderbaren Anschein von Ausgeschlossensein da, den arme Leute an sich haben, die von der Gunst anderer abhängen.

»Und wann könnte er kommen?« fragte er.

»Ja«, sagte Frau Morel, »sobald Sie wünschen. Er ist mit der Schule fertig.«

»Er würde in Bestwood wohnen bleiben?«

»Ja; aber er könnte hier – auf dem Bahnhof – erst um ein Viertel vor acht sein.«

»Hm!«

Das Gespräch endete damit, daß Paul als jüngster Gehilfe für die Strickereiabteilung angenommen wurde mit acht Schilling die Woche. Der Junge hatte den Mund nicht mehr aufgetan, nachdem er darauf bestanden hatte, daß ›*doigts*‹ Finger hieße. Er ging hinter seiner Mutter her die Treppe hinunter. Sie sah ihn an, ihre blauen Augen voller Liebe und Freude.

»Ich glaube, es wird dir gefallen«, sagte sie.

»›*Doigts*‹ heißt aber ›Finger‹, Mutter, und es war nur die Schrift. Die Schrift konnte ich nicht lesen.«

»Schön, schön, mein Junge. Ich bin sicher, er wird schon ganz nett sein, und du kriegst auch nicht viel von ihm zu sehen. War der erste junge Mann nicht nett? Ich bin sicher, du wirst sie schon leiden mögen.«

»Aber war Herr Jordan nicht gemein, Mutter? Gehört ihm das alles?«

»Ich vermute, er war wohl ein Arbeiter, der vorwärts gekommen ist«, sagte sie. »Du mußt dir nicht so viel aus den Leuten machen. Sie wollen ja gar nicht eklig gegen dich sein – das ist nur so ihre Art und Weise. Du denkst immer, alle Leute meinten dich. Aber das tun sie gar nicht.«

Es war sehr sonnig. Über der weiten, einsamen Fläche des Marktplatzes schimmerte der blaue Himmel, und die Granitsteine des Pflasters glitzerten. Die Long-Row hinunter lagen die Läden in tiefem Schatten, und der Schatten war voller Farbe. Grade wo die Pferdebahn über den Markt rollte, war eine Reihe von Obstständen, mit Früchten, die in der Sonne gleißten. Äpfel und Haufen rötlicher Apfelsinen, kleine Ringlotten und Bananen. Ein warmer Obstduft schlug Mutter und Sohn im Vorbeigehen entgegen. Allmählich verlor sich sein Gefühl von Schande und Wut.

»Wo wollen wir wohl zum Essen hingehen?« fragte die Mutter.

Es kam ihnen wie eine unglaubliche Ausschweifung vor. Paul war nur ein- oder zweimal in seinem Leben in einer Speisewirtschaft gewesen, und dann nur zu einer Tasse Tee und einem Brötchen. Die meisten Leute aus Bestwood glaubten, daß Tee und Butterbrot und allenfalls Büchsenfleisch das einzige wäre, was sie sich in Nottingham an Essen leisten könnten. Etwas wirklich Gekochtes galt für eine große Ausschweifung. Paul fühlte sich ganz schuldbewußt.

Sie fanden ein Haus, das ihnen ganz billig aussah. Aber als Frau Morel die Speisekarte durchsah, wurde ihr das Herz schwer, so teuer war alles. Sie bestellte daher Nierenpudding und Kartoffeln als das billigste Gericht.

»Hier hätten wir nicht hergehen sollen, Mutter«, sagte Paul.

»Einerlei«, sagte sie. »Wir kommen ja nicht wieder.«

Sie bestand darauf, daß er ein Johannisbeertörtchen äße, weil er Süßigkeiten so gern mochte.

»Ich möchte es gar nicht, Mutter«, bat er.

»Doch«, drängte sie; »du sollst es aber haben.«

Und sie sah sich nach der Kellnerin um. Aber die Kellnerin war beschäftigt, und Frau Morel mochte sie nicht stören. So warteten Mutter und Sohn, bis es dem Mädchen paßte, während sie mit den Männern herumschäkerte.

»Freche Hexe!« sagte Frau Morel zu Paul. »Sieh mal, dem Mann da bringt sie schon seinen Pudding, und er kam lange nach uns.«

»Das macht ja nichts, Mutter«, sagte Paul.

Frau Morel ärgerte sich. Aber sie war zu arm, und ihre Bestellungen waren zu unbedeutend, so daß sie nicht den Mut fand, auf ihrem guten Recht zu bestehen. Sie warteten und warteten.

»Sollen wir gehen, Mutter?« sagte er.

Da stand Frau Morel auf. Das Mädchen ging grade dicht an ihnen vorbei.

»Wollen Sie ein Johannisbeertörtchen bringen?« sagte Frau Morel sehr deutlich.

Das Mädchen drehte sich unverschämt um.

»Sofort!« sagte sie.

»Wir haben grade lange genug gewartet«, sagte Frau Morel.

Augenblicks kam das Mädchen mit der Torte zurück. Kalt ließ Frau Morel sich die Rechnung geben. Paul wäre am liebsten durch den Boden gesunken. Er bewunderte seiner Mutter Härte. Er wußte ja, nur jahrelange Kämpfe hatten sie so weit gebracht, daß sie so selten wie möglich auf ihrem Recht bestand. Sie schreckte davor ebenso zurück wie er.

»Das ist das letztemal, daß ich hier wegen irgend etwas herkomme!« erklärte sie, als sie wieder draußen waren, dankbar, so glatt davongekommen zu sein.

»Wir wollen mal hin«, sagte sie, »und uns Keeps und Boots ansehen, und ein oder zwei andere Läden, nicht wahr?«

Sie unterhielten sich über die Bilder dort, und Frau Morel wollte ihm einen kleinen schwarzen Pinsel kaufen, nach dem er sich sehr sehnte. Aber einen solchen Leichtsinn lehnte er ab. Er stand fast gelangweilt vor den Putzmacherläden und den Zeugläden, aber doch zufrieden um ihretwillen, weil sie sie fesselten. Sie wanderten weiter.

»Nun sieh dir doch bloß mal diese schwarzen Trauben an!« sagte sie. »Sie machen einem ordentlich den Mund wässerig. Jahrelang sehne ich mich danach, aber ich werde wohl noch ein bißchen warten müssen, ehe ich sie kriege.«

Dann freute sie sich über einen Blumenladen und blieb schnüffelnd im Eingang stehen.

»Oh, oh! Ist es nicht einfach entzückend!«

Paul sah in der Dunkelheit des Ladens eine vornehme junge Dame in Schwarz neugierig über den Ladentisch lugen.

»Sie kucken dich schon an«, sagte er und versuchte seine Mutter weiterzuziehen.

»Aber, was ist das bloß?« rief sie und wollte nicht von der Stelle.

»Levkojen!« antwortete er, hastig den Geruch einziehend; »sieh, da steht eine ganze Wanne voll.«

»Richtig – weiße und rote. Aber wahrhaftig, ich habe nie gewußt, daß Levkojen so duften!« Und zu seiner großen Erleichterung verließ sie den Eingang, aber nur, um nun vor dem Schaufenster stehenzubleiben.

»Paul!« rief sie hinter ihm her, da er außer Sicht der vornehmen jungen Dame in Schwarz zu kommen suchte – des Ladenmädchens. »Paul! Sieh doch bloß mal hier!«

Widerwillig kam er zurück.

»Nun sieh dir doch nur mal die Fuchsie an!« rief sie aus und zeigte auf die Blume.

»Hm!« Er gab einen sonderbaren, teilnehmenden Laut von sich. »Sollte man nicht denken, die Blüten müßten jeden Augenblick abfallen, so dick und schwer hängen sie herunter?«

»Und so riesig viele!« rief sie aus.

»Und die Art, wie sie herunterhängen mit ihren Knoten und Fäden!«

»Ja!« rief sie aus; »entzückend!«

»Soll mich mal wundern, wer die wohl kauft!« sagte er.

»Soll mich mal wundern!« antwortete sie. »Wir nicht.«

»Sie ginge in unserem Wohnzimmer auch ein.«

»Ja, in dem biestigen, kalten, sonnenlosen Loche; das bringt ja jedes bißchen von Pflanzen um, das man da hineinstellt, und die Küche erstickt sie vollends.«

Sie kauften noch ein paar Sachen und zogen dann zum Bahnhof. Als sie den Kanal durch die dunkle Enge der Häuser hinaufblickten, sahen sie das Schloß auf seiner braunen, grünbewachsenen Felsklippe in einem wahrhaften Zauberschimmer zarten Sonnenscheins.

»Wird das nicht fein für mich werden, wenn ich hier zur Essenszeit herauskomme?« sagte Paul. »Überall kann ich hier herumlaufen und mir alles ansehen. Fein wird das.«

»Sicher«, stimmte seine Mutter ihm bei.

Er hatte einen genußreichen Nachmittag mit seiner Mutter verbracht. Glücklich kamen sie im sanften Abendlicht nach Hause und erhitzt und müde.

Am Morgen füllte er den Bestellschein für seine Zeitkarte aus und brachte ihn zum Bahnhof. Als er wiederkam, hatte seine Mutter grade mit dem Aufwischen des Fußbodens an gefangen. Er setzte sich zusammengekauert aufs Sofa.

»Er sagt, gegen Sonnabend würde es hier sein«, meinte er. »Und wieviel wird es kosten?«

»Ungefähr einunddreißig Schilling«, sagte er.

Sie setzte ihr Aufwischen schweigend fort.

»Ist das viel?« fragte er.

»Nicht mehr als ich dachte«, antwortete sie.

»Und ich krieg ja dann auch acht Schilling die Woche«, sagte er.

Sie antwortete nicht, sondern fuhr mit ihrer Arbeit fort. Endlich sagte sie: »Der William versprach mir, als er nach London ging, er wollte mir jeden Monat ein Pfund geben. Er hat mir zehn Schilling gegeben – zweimal; und jetzt, weiß ich, hätte er keinen Pence, wenn ich ihn drum bäte. Nicht daß ichs wollte. Nur grade jetzt, sollte man denken, könnte er uns helfen mit dieser Zeitkarte, an die ich gar nicht gedacht hatte.«

»Er verdient 'ne Menge«, sagte Paul.

»Er verdient hundertunddreißig Pfund. Aber so sind sie alle.

Im Versprechen immer groß, wenns aber ans Halten kommt, dann kommt nur wenig dabei heraus.«

»Er gibt über fünfzig Schilling die Woche für sich aus«, sagte Paul.

»Und ich führe diesen Haushalt mit weniger als dreißig«, erwiderte sie; »und dann soll ich für besondere Ausgaben auch immer noch das Geld schaffen. Aber wenn sie erst einmal weg sind, dann denken sie nicht mehr daran, einem zu helfen. Lieber würde er es für das aufgetakelte Geschöpf da ausgeben.«

»Die könnte doch auch ihr eigenes Geld haben, wenn sie so großartig ist«, sagte Paul.

»Sie sollte, aber sie hats nicht. Ich habe ihn gefragt. Und das weiß ich, für nichts kauft er ihr auch kein goldenes Armband. Hätte mich mal wundern sollen, wer mir wohl je ein goldenes Armband gekauft hätte.«

William kam mit seiner ›Gipsy‹, wie er sie nannte, weiter. Er bat das Mädchen – ihr Name war Louise Lily Denys Western – um ein Lichtbild, um es seiner Mutter zuzuschicken. Das Bild kam – ein hübscher Braunkopf, von der Seite aufgenommen, ein klein wenig geziert – und dem Anschein nach vollständig nackt, denn auf dem Lichtbild war auch keine Spur von Kleid zu sehen, nur ein nackter Oberkörper.

»Ja«, schrieb Frau Morel ihrem Sohn, »das Lichtbild Louises ist sehr eindrucksvoll, und ich kann wohl sehen, sie muß sehr anziehend sein. Aber hältst du das für guten Geschmack bei einem Mädchen, mein Junge, wenn sie ihrem jungen Manne so ein Bild gibt, um es seiner Mutter zu schicken – als erstes? Gewiß sind die Schultern wunderschön, ganz wie du sagst. Ich erwartete aber kaum so viel von ihnen auf den ersten Blick zu sehen.«

Morel fand das Bild auf dem Schmuckschränkchen im Wohnzimmer stehend. Er kam mit ihm zwischen seinem dicken Daumen und Zeigefinger wieder heraus.

»Wat meenste, wer is det?« fragte er seine Frau.

»Das ist das Mädchen, mit dem unser William geht«, erwiderte sie.

»Hm! Det's 'ne helle Flamme, wie die aussieht, un eene, die ihn ooch nich iebermäßig ville jut dun wird. Wer is se denn?«

»Ihr Name ist Louise Lily Denys Western.«

»Un kommen Se morjen wieder!« rief der Bergmann aus.

»Un is se 'ne Schauspielerin?«

»Nein. Sie soll eine Dame sein.«

»Wetten det!« rief er wieder, immer noch das Bild anstarrend. »'ne Dame is se? Un auf wat meent se denn, will se det Schpillwerk so durchfiehren?«

»Auf gar nichts. Sie lebt bei einer alten Tante, die sie haßt, und nimmt jedes bißchen Geld von ihr, das sie kriegen kann.«

»Hm!« sagte Morel und legte das Lichtbild hin. »Denn is er 'n Narr, det er sich mit so'ne einjelassen hat.«

»Liebe Mutter«, antwortete William. »Es tut mir so leid, daß du das Lichtbild nicht leiden mochtest. Der Gedanke kam mir nicht in den Sinn, als ich es dir schickte, daß du es für nicht anständig halten könntest. Ich habe indessen Gyp von deinen steifen und spröden Anschauungen erzählt, und so wird sie dir ein anderes schicken, das dir hoffentlich besser gefallen wird. Sie wird fortwährend aufgenommen; tatsächlich bitten die Photographen sie, ob sie nicht ein Bild von ihr für umsonst machen dürften.«

Sehr bald darauf kam das neue Bild, mit einer albernen kleinen Bemerkung des Mädchens selbst. Diesmal war die junge Dame in einem schwarzseidenen Abendleibchen sichtbar, viereckig ausgeschnitten, mit kleinen gepufften Ärmeln und schwarzer Spitze, die über die prachtvollen Arme herabhing.

»Soll mich doch wundern, ob sie jemals etwas anderes trägt als Gesellschaftskleider«, sagte Frau Morel spöttisch. »Sicher, dies muß wohl Eindruck auf mich machen.«

»Du bist eklig, Mutter«, sagte Paul. »Ich finde das erste mit den bloßen Schultern entzückend.«

»So?« antwortete seine Mutter. »Na, ich nicht.«

Am Montagmorgen stand Paul um sechs auf, um seine Arbeit anzutreten. Seine Zeitkarte, die so viel Bitterkeit gekostet hatte, hatte er in der Westentasche. Er liebte sie mit ihren gelben Querstreifen. Seine Mutter packte ihm sein Essen in einen kleinen, verschließbaren Korb, und um ein Viertel vor sieben zog er los, um den Zug sieben Uhr fünfzehn zu erreichen. Frau Morel kam mit bis in den Eingang, um ihn abziehen zu sehen.

Es war ein vollendet schöner Morgen. Von dem Eschenbaume flatterten die zierlichen, grünen Früchte, die die Kinder ›Tauben‹ nennen, lustig in der leichten Brise in die Vorgärten der Häuser hinab. Das Tal war voll von einem durchsichtigen, dunklen Dunst, durch den das reife Korn hindurchschimmerte, und in dem der Dampf der Mintongrube rasch dahinschmolz. Einzelne Windstöße kamen. Paul sah über die hohen Wälder von Aldersley weg, wo das Land glühte, und noch nie hatte die Heimat solche Anziehungskraft auf ihn ausgeübt.

»Guten Morgen, Mutter!« sagte er lächelnd, aber sich sehr unglücklich fühlend.

»Guten Morgen!« antwortete sie fröhlich und zärtlich.

Sie blieb in ihrer weißen Schürze auf der offenen Straße stehen und beobachtete ihn, wie er das Feld überschritt. Er hatte einen kleinen, strammen Körper, der voller Leben schien. Sie fühlte, als sie ihn so über das Feld dahintrotten sah, er werde hingelangen, wohin sein Entschluß ihn führe. Sie dachte an William. Er wäre über den Zaun hinweggesetzt, anstatt um ihn herum bis zum Gatter zu gehen. Er war jetzt fern in London, und es ging ihm gut. Paul würde nun in Nottingham arbeiten. Nun hatte sie zwei Söhne in der Welt. Sie konnte nun an zwei Orte denken, beides große Mittelpunkte der Arbeit, und fühlen, wie sie in beiden einen Mann besitze, und daß diese Männer das vollbringen würden, was sie beabsichtigt hatte; sie stammten von ihr ab, sie kamen von ihr her, und ihre Arbeit würde auch die ihrige sein. Den ganzen Morgen lang dachte sie an Paul.

Um acht Uhr klomm er die trübseligen Stufen zu Jordans Werkstätten für ärztliche Gerätschaften empor und blieb hilflos an dem ersten großen Packständer stehen und wartete, daß ihn jemand aufläse. Der Platz war noch nicht wach. Über den Ladentischen lagen noch große Staubtücher. Nur zwei Männer waren erst da, und er konnte sie in einer Ecke reden hören, wie sie ihre Röcke auszogen und sich die Hemdärmel aufrollten. Es war zehn Minuten nach acht. Augenscheinlich gab es hier keine Hetzjagd nach Pünktlichkeit. Paul horchte auf die Stimmen der beiden Gehilfen. Dann hörte er jemand husten und sah in dem Verschlag am Ende des Ganzen einen alten, hinfälligen Schreiber in einer runden Mütze aus schwarzem, mit Rot und Grün besticktem Samt, der Briefe öffnete. Er wartete und wartete. Einer der jüngeren Gehilfen ging zu dem alten Manne und begrüßte ihn laut und lustig. Augenscheinlich war der ›Alte‹ taub. Dann kam der junge Bursche mit gewichtigen Schritten wieder zu seinem Tische. Er wurde Pauls ansichtig.

»Hallo!« sagte er. »Der neue Bursche?«

»Ja«, sagte Paul.

»Hm! wie heißt du!«

»Paul Morel.«

»Paul Morel? Schön, dann komm mal hier mit rum.«

Paul folgte ihm um das Rechteck der Ladentische. Der Raum lag im zweiten Stock. Mitten im Fußboden hatte er ein gewaltiges Loch, von einem Wall von Ladentischen eingefaßt, und diesen weiten Schacht hinunter gingen die Aufzüge und fiel alles Licht für den ersten Stock. Auch in der Decke war ein entsprechend großes, längliches Loch, und man konnte oben über das Geländer des obersten Stockwerkes weg ein paar Maschinen sehen; und genau darüber war das Glasdach, und alles Licht für die drei Stockwerke fiel von dort hernieder, immer trüber werdend, so daß es im Erdgeschoß immer Nacht und im zweiten Stockwerk ziemlich düster war. Die Werkstätte lag im obersten Stock, der Laden im zweiten und das Lager im Erdgeschoß. Es war ein gesundheitswidriger, altmodischer Ort.

Paul wurde zu einer sehr düsteren Ecke herumgeführt.

»Dies ist die Strickereiecke«, sagte der Gehilfe. »Du bist Stricker, bei Papplewort. Er ist dein Meister, aber er ist noch nicht da. Er kommt nicht vor halb neun. Deshalb kannst du nur erst mal die Briefe holen, wenn du Lust hast, von Herrn Melling da unten.«

Der junge Gehilfe deutete auf den alten Schreiber in dem Verschlag.

»Schön«, sagte Paul.

»Hier ist ein Haken, wo du deine Mütze dranhängen kannst. Hier sind deine Eingangslisten. Herr Pappleworth wird wohl nicht mehr lange ausbleiben.«

Und mit langen, geschäftigen Schritten stakte der junge Mann über den dumpfklingenden, hölzernen Fußboden von dannen.

Nach ein oder zwei Minuten ging Paul hinunter und blieb in der Tür des Glasverschlags stehen. Der alte Schreiber in der Mütze sah ihn über den Rand seiner Brillengläser hinweg an.

»Guten Morgen!« sagte er gütig und nachdrücklich. »Du möchtest wohl die Briefe für die Strickereiabteilung, Thomas?«

Daß er Thomas genannt wurde, nahm Paul übel. Aber er nahm die Briefe und ging mit ihnen in seine dunkle Ecke zurück, wo der Ladentisch einen Knick machte, wo der große Packständer zu Ende ging, und wo sich in der Ecke drei Türen befanden. Er setzte sich auf einen Stuhl und las die Briefe – die, deren Handschrift nicht zu schwierig war. Sie lauteten etwa wie folgt:

»Wollen Sie mir bitte sofort ein Paar seidene gestrickte Damenunterbeinkleider schicken, ohne Füße, so wie ich sie voriges Jahr bekommen habe; Länge, vom Schenkel bis zum Knie usw.« Oder: »Major Chamberlain möchte seine frühere Bestellung auf einen seidenen unnachgiebigen Tragbeutel wiederholen.«

Viele dieser Briefe, von denen einige in Französisch oder Norwegisch waren, bildeten ein großes Rätsel für den Jungen. Er saß auf seinem Schemel und erwartete mit gespannten Nerven die Ankunft seines Vorgesetzten. Er litt Qualen vor Verlegenheit, als um halb neun die Werkstättenmädchen für den obersten Stock an ihm vorbeitrabten.

Herr Pappleworth erschien, auf einem Stück Kaugummi kauend, ungefähr zwanzig Minuten vor neun, als alle anderen schon an der Arbeit waren. Er war ein dünner, blasser Mann mit roter Nase, mit rasch abgerissenen Bewegungen und auffallend, aber steif gekleidet. Er war etwa sechsunddreißig Jahre alt. Er hatte etwas Verbissenes, recht Gerissenes, Schlaues und Scharfes, und doch etwas Warmes an sich, und etwas leicht Verächtliches.

»Mein neuer Bursche?« sagte er.

Paul stand auf und bejahte.

»Briefe abgeholt?« Herr Pappleworth biß auf sein Gummi.

»Ja.«
»Abgeschrieben?«
»Nein.«
»Schön, denn mal los, mal fix. Deinen Rock gewechselt?«
»Nein.«
»Du solltest einen alten Rock mitbringen und hier lassen.«
Die letzten Worte sprach er mit dem Kaugummi zwischen den Backzähnen. Er verschwand in der Dunkelheit hinter dem großen Packständer, erschien ohne Rock wieder, während er einen hübsch gestreiften Hemdärmel über einen dünnen haarigen Arm aufstreifte. Dann schlüpfte er in seinen Rock. Paul bemerkte, wie dünn er war, und daß seine Hosen hinten Falten schlugen. Er ergriff einen Schemel, zog ihn neben den des Jungen und setzte sich.
»Setz dich!« sagte er.
Paul setzte sich.
Herr Pappleworth saß sehr dicht neben ihm. Der Mann ergriff die Briefe, riß eine lange Eingangsliste aus einem Fache vor ihm heraus, klappte sie auf, ergriff eine Feder und sagte: »Nun sieh her. Diese Briefe mußt du hier hinein abschreiben.« Er schnupfte zweimal, kaute rasch auf sein Gummi los, starrte regungslos in einen Brief, wurde dann ganz still und aufmerksam, und schrieb den Eingang rasch in einer schön geschwungenen Hand nieder. Er blickte rasch zu Paul hinüber.
»Hast du's gesehen?«
»Ja.«
»Meinst du, du kannsts auch?«
»Ja.«
»Schön, dann laß mal sehen.«
Er sprang von seinem Schemel auf. Paul nahm eine Feder. Herr Pappleworth verschwand. Paul mochte recht gern Briefe abschreiben, aber er schrieb langsam, mühsam und scheußlich schlecht. Er war bei dem vierten Briefe und fühlte sich ganz geschäftig und glücklich, als Herr Pappleworth wieder erschien.
»Na, wie kommst du weiter? Fertig?«
Er beugte sich über die Schulter des Jungen, kauend und nach Chlor riechend.
»Hol mich der Teufel, Junge, du bist ja ein wundervoller Schreiber!« rief er spöttisch. »Na, man zu, wie viele hast du denn gemacht? Drei

bloß! Ich hätt se schon runter. Vorwärts, mein Junge, und setz Nummern druf. Hier, siehst du? Vorwärts!«

Paul malte an seinen Briefen weiter, während Herr Pappleworth sich mit allerlei Sachen zu tun machte. Plötzlich fuhr der Junge zusammen, als eine schrille Pfeife dicht neben seinem Ohr ertönte. Herr Pappleworth trat herbei, zog einen Pflock aus einem Rohr und sagte mit erstaunlich schroffer Stimme: »Ja?«

Paul vernahm eine schwache Stimme, wie die einer Frau, aus der Mündung des Rohres. Er sah sie verwundert an, da er noch nie so etwas wie ein Sprachrohr gesehen hatte.

»Na«, sagte Herr Pappleworth recht ungemütlich in das Rohr hinein, »dann sollten Sie nur lieber etwas von Ihrer liegengebliebenen Arbeit vornehmen.«

Wieder wurde die schwache Stimme der Frau hörbar, hübsch und ärgerlich klingend.

»Ich habe keine Zeit, hier herumzustehen, während Sie reden«, sagte Herr Pappleworth und steckte den Pflock wieder in das Rohr hinein.

»Komm, mein Junge«, sagte er flehentlich zu Paul, »da schreit Polly schon nach ihren Aufträgen. Kannst du nicht etwas zumachen? Hier, mach mal zu!«

Zu Pauls gewaltigem Kummer ergriff er das Buch und fing selbst mit dem Abschreiben an. Er arbeitete rasch und gut. Hiermit fertig, ergriff er ein paar lange, gelbe Papierstreifen, etwa neun Zentimeter breit, und fertigte die Tagesaufträge für die Arbeiterinnen aus.

»Sieh nur lieber zu, wie ichs mache«, sagte er zu Paul und arbeitete drauflos. Paul beobachtete die sonderbaren kleinen Zeichnungen von Beinen und Schenkeln und Knöcheln, mit Strichen quer hindurch und Zahlen daneben, und die wenigen, kurzen Anweisungen, die sein Vorgesetzter auf dem gelben Papier gab. Dann war Herr Pappleworth fertig und sprang auf.

»Komm mit«, sagte er, und sauste, während er die gelben Streifen aus seiner Hand herniederflattern ließ, durch eine Seitentür und ein paar Stufen hinunter, wo im Erdgeschoß Gas brannte. Sie durchschritten den kalten, feuchten Lagerraum, dann einen langen, trübseligen Raum mit einer langen Tischplatte auf Böcken, zu einem kleineren behaglicheren Raum, nicht sehr hoch, der an das Hauptgebäude angebaut war. In diesem Raum wartete ein kleines Frauenzimmer in roter

Sergebluse, ihr schwarzes Haar oben auf dem Kopf aufgesteckt, wie ein stolzer kleiner Kampfhahn.

»Da sind wir!« sagte Herr Pappleworth.

»Glaub schon, ›da sind wir‹!« rief Polly. »Fast 'ne halbe Stunde warten die Mädels hier schon. Denken Sie bloß mal, die Zeitvergeudung!«

»Denken Sie lieber dran, daß Ihre Arbeit fertig wird, und reden Sie nicht so viel«, sagte Herr Pappleworth. »Sie hätten doch schon was fertigmachen können.«

»Sie wissen doch ganz genau, daß wir am Sonnabend mit allem fertig geworden sind!« rief Polly und flog auf ihn los, mit ihren schwarzen Augen ihn anblitzend.

»Tu – tu – tu – tu – tatata!« neckte er sie. »Hier ist Ihr neuer Junge; richten Sie den nicht ebenso zugrunde wie den letzten.«

»Wie den letzten!« wiederholte Polly. »Jawohl, wir richten viel zugrunde, wir hier! Auf mein Wort, dazu gehört schon was, einen Jungen, der bei Ihnen gewesen ist, zugrunde zu richten.«

»Jetzt ists Zeit zum Arbeiten, nicht zum Reden«, sagte Herr Pappleworth streng und kalt.

»Das wars schon lange«, sagte Polly und ging mit hocherhobenem Kopf von dannen. Sie war ein straffes kleines Wesen von vierzig.

In diesem Raum standen zwei Strickmaschinen auf einer Bank unter dem Fenster. Durch die innere Tür sah man einen anderen, längeren Raum mit sechs weiteren Maschinen. Eine kleine Gruppe von Mädchen, nett angezogen und in weißen Schürzen, stand redend beieinander.

»Habt Ihr sonst nichts zu tun, als zu reden?« sagte Herr Pappleworth.

»Bloß auf Sie zu warten«, antwortete ein hübsches Mädchen lachend.

»Na, dann vorwärts, vorwärts!« sagte er. »Komm, mein Junge, du wirst deinen Weg hier herunter schon wiederfinden.«

Und Paul lief hinter seinem Vorgesetzten her wieder nach oben. Dann bekam er allerlei nachzuzählen und ein paar Rechnungen zu schreiben. Er stand vor seinem Schreibtisch und arbeitete in seiner schauderhaften Handschrift drauflos. Da kam Herr Jordan aus seinem Glasverschlag hervorgestapft und stellte sich hinter ihn, zum größten Mißbehagen des Jungen. Plötzlich schob sich ein dicker roter Finger auf den Vordruck, den er grade ausfüllte.

»Herrn A. J. Bates, Esquire!« rief die kratzige Stimme unmittelbar hinter seinem Ohr.

Paul sah sich ›Herrn A. J. Bates, Esquire‹ in seiner eigenen, scheußlichen Hand an und wunderte sich, was denn mit dem los sei.

»Haben sie dir nichts Besseres beigebracht, während du auf der Schule warst? Wenn du ›Herrn‹ schreibst, dann schreibst du nicht auch ›Esquire‹ – beides zugleich kann man nicht sein.«

Dem Jungen tat seine zu weitgehende Großmut in der Verleihung von Ehren leid, er zögerte und strich dann mit zitternden Fingern den ›Herrn‹ durch. Da riß ihm Herr Jordan plötzlich die Rechnung weg.

»Schreib eine neue! Willst du das vielleicht einem Herrn zuschicken?« Und gereizt zerriß er den blauen Vordruck.

Rot bis über die Ohren vor Scham fing Paul von neuem an. Herr Jordan paßte weiter auf.

»Ich weiß nicht, was sie eigentlich in der Schule noch lehren. Du mußt besser schreiben lernen. Nichts lernen die Bengels heutzutage als Gedichte hersagen und Fiedel spielen. – Haben Sie seine Schrift gesehen?« fragte er Herrn Pappleworth.

»Ja; erstklassig, nicht wahr?« erwiderte Herr Pappleworth gleichgültig.

Herr Jordan grunzte leise, aber nicht unfreundlich. Paul begann zu ahnen, daß seines Herrn Bellen schlimmer sei als sein Beißen. Tatsächlich war der kleine Werkstättenbesitzer trotz seines schlechten Englisch durchaus gebildet genug, um seine Leute sich selbst zu überlassen und sich nicht um Kleinigkeiten zu kümmern; aber er wußte, er sähe nicht wie der Herr und Eigentümer der Bude aus, und deshalb mußte er zunächst immer erst die Rolle des Eigentümers hervorkehren, um die Sachen auf den richtigen Stand zu bringen.

»Laß mal sehen, wie heißt du noch?« fragte Herr Pappleworth den Jungen.

»Paul Morel.«

Es ist sonderbar, daß Kinder so darunter leiden, wenn sie ihren Namen nennen müssen.

»Paul Morel, so? Na schön, denn Paul-Morel du dich mal durch die Sachen da hindurch, und denn ...«

Herr Pappleworth ließ sich auf einen Schemel nieder und fing an zu schreiben. Ein Mädchen kam durch eine Tür grade hinter ihnen herauf, legte ein paar frisch geplättete geschmeidige Webstücke auf den Tisch und ging wieder weg. Herr Pappleworth nahm das bläulichweiße Knieband auf, prüfte es und seinen gelben Bestellschein rasch und legte es auf eine Seite. Das nächste war ein fleischrotes ›Bein‹. Er ging die paar Sachen durch, schrieb ein paar Aufträge nieder und rief Paul zu, mit ihm zu kommen. Diesmal gingen sie durch die Tür, durch die das Mädchen aufgetaucht war. Hier befand sich Paul nun oben am Ende einer kleinen hölzernen Treppe und erblickte unter sich einen Raum mit Fenstern auf zwei Seiten und am entfernteren Ende ein halbes Dutzend über ihre Bänke gebeugte Mädchen, die in dem durch die Fenster hereinfallenden Lichte nähten. Sie sangen zusammen: »Zwei Mädchen klein in Blau.« Als sie die Tür sich öffnen hörten, wandten sie sich um und sahen Herrn Pappleworth und Paul von dem ihnen abgelegenen Ende aus auf sie herniederblicken. Sie hörten mit ihrem Gesang auf.

»Könnt Ihr nicht etwas weniger Lärm machen?« sagte Herr Pappleworth. »Die Leute denken ja, wir hielten Katzen.«

Ein verwachsenes Frauenzimmer auf einem hohen Stuhl drehte ihr langes, eigentümlich schweres Gesicht zu Herrn Pappleworth herum und sagte in tiefem Alt: »Dann sinds aber lauter Kater.«

Vergeblich bemühte sich Herr Pappleworth, Pauls wegen Eindruck zu machen. Er ging die Stufen in den Fertigstellungsraum hinunter und trat zu der verwachsenen Fanny. Sie hatte auf ihrem hohen Stuhl einen so kurzen Körper, daß ihr Kopf mit seinen großen Flächen hellbraunen Haares übergroß erschien, ebenso wie ihr blasses, schweres Gesicht. Sie trug ein grünes Kaschmirkleid, und man sah ihre Handgelenke aus den engen Ärmeln dünn und flach heraustreten, als sie ihre Arbeit gereizt hinlegte. Er zeigte ihr etwas Verkehrtes an einem Knieschützer.

»Ja«, sagte sie, »dann brauchen Sie doch nicht zu mir zu kommen und mir Vorwürfe zu machen. Meine Schuld ists doch nicht.« Die Farbe stieg ihr in die Wangen.

»Ich habe ja gar nicht gesagt, daß es Ihre Schuld ist. Wollen Sie es so machen, wie ich gesagt habe?« erwiderte Herr Pappleworth kurz.

»Sie sagen nicht, daß es meine Schuld ist, aber Sie möchten gern, daß es so aussähe«, rief die Verwachsene, fast in Tränen. Dann riß sie ihrem ›Meister‹ den Knieschützer weg und sagte: »Ja, ich will es wohl so machen, aber Sie brauchen nicht so bissig zu sein.«

»Hier ist Ihr neuer Junge«, sagte Herr Pappleworth.

Fanny wandte sich um und lächelte Paul milde zu: »Oh!« sagte sie.

»Ja; nun verweichlichen Sie ihn nicht zu sehr hier unten.«
»Wir verweichlichen schon niemand«, sagte sie ärgerlich.
»Denn komm, Paul!« sagte Herr Pappleworth.
»*Au revoir*, Paul!« sagte eins der Mädchen.
Allgemeines quiekendes Lachen. Paul ging tieferrötend, ohne ein Wort gesagt zu haben.

Der Tag war sehr lang. Den ganzen Morgen kamen die Arbeiter, um mit Herrn Pappleworth zu sprechen. Paul schrieb oder lernte Pakete fertigmachen für die Mittagspost. Um eins oder vielmehr ein Viertel vor eins verschwand Herr Pappleworth, um seinen Zug zu erreichen: er lebte in einem Vorort. Um ein Uhr nahm Paul mit einem Gefühl gänzlichen Verlassenseins seinen Frühstückskorb mit in den Lagerraum im Erdgeschoß, wo der lange Tisch auf Böcken stand, und verzehrte sein Essen in größter Eile, ganz allein in diesem düsteren, verlassenen Keller. Dann ging er aus. Die Halle und die Freiheit der Straßen machten ihn ganz abenteuerlustig und glücklich. Aber um zwei Uhr war er wieder in der Ecke des großen Raumes. Bald trabten auch die Arbeiterinnen unter allerlei Bemerkungen hinter ihm her. Es waren gewöhnlichere Mädchen, die oben an den schwereren Sachen wie Bruchbändern und Fertigstellung künstlicher Glieder arbeiteten. Er wartete auf Herrn Pappleworth, weil er nicht wußte, was er tun sollte, und saß da und kritzelte auf dem gelben Bestellungspapier herum. Herr Pappleworth kam zwanzig Minuten vor drei. Dann setzte er sich und plauderte mit Paul, wobei er den Jungen vollständig als ebenbürtig behandelte, selbst in bezug auf sein Alter.

Nachmittags war nie viel zu tun, falls es nicht gegen den Wochenschluß ging und die Abrechnungen fertiggemacht werden mußten. Um fünf zogen alle Mann hinunter in das Verlies mit dem langen Tisch auf seinen Böcken und bekamen dort Tee, wozu sie ihr Butterbrot von den bloßen, schmutzigen Planken aßen und mit der gleichen, häßlichen Hast und Lodderigkeit redeten, mit der sie aßen. Und doch war oben die sie umgebende Luft heiter und klar. Der Keller und die Böcke machten es.

Nach dem Tee, als alle Gasflammen angezündet waren, ging die Arbeit etwas frischer. Die große Abendpost mußte abgesandt werden. Die Strumpfwaren kamen warm und frisch geplättet aus den Arbeitsräumen herauf. Paul hatte seine Rechnungen ausgeschrieben. Nun mußte er Pakete machen und adressieren, dann hatte er das Gewicht seiner Packen auf den Wagen festzustellen. Überall riefen Stimmen Gewichte aus, ertönte ein Klingen von Metall, das rasche Schnappen von Bindfaden, das Eilen zu dem alten Herrn Melling nach Briefmarken. Und schließlich kam der Postmann mit seinem Sack, lachend und vergnügt. Dann flaute alles ab, und Paul nahm seinen Frühstückskorb und lief zum Bahnhof, um den Acht-Uhr-Zwanzig-Zug zu erreichen. Der Tag in der Werkstätte war genau zwölf Stunden lang.

Seine Mutter saß und wartete auf ihn in ziemlicher Angst. Von Keston aus mußte er gehen, und war daher nicht vor zwanzig Minuten vor neun zu Hause. Und er verließ das Haus vor sieben Uhr morgens. Frau Morel sorgte sich recht um seine Gesundheit. Aber sie selbst hatte sich mit so vielem abzufinden, daß sie von ihren Kindern dasselbe erwartete. Sie mußten durchmachen, was da kam. Und Paul blieb bei Jordan, wenn er auch die ganze Zeit, die er dort war, unter der Dunkelheit und dem Luftmangel und den langen Stunden litt.

Blaß und müde trat er ein. Seine Mutter sah ihn an. Sie sah, er war ziemlich zufrieden, und ihre Sorge schwand.

»Nun, wie wars?« fragte sie.

»Oh, sehr spaßhaft, Mutter«, erwiderte er. »Man braucht kein bißchen schwer zu arbeiten, und sie sind nett gegen einen.«

»Und bist du ordentlich weiter gekommen?«

»Ja; bloß meine Schrift wäre schlecht, sagen sie. Aber Herr Pappleworth – das ist mein Mann – sagte zu Herrn Jordan, ich würde schon zurechtkommen. Ich bin Stricker, Mutter; du mußt mal kommen und dir das ansehen. Es ist riesig nett.«

Bald hatte er das Jordansche Geschäft sehr gern. Herr Pappleworth, der einen gewissen Wirtshausduft an sich hatte, war immer ganz natürlich gegen ihn und behandelte ihn als Kameraden. Zuweilen war der Strickmeister gereizt und kaute mehr Gummi als sonst. Aber selbst dann war er nie beleidigend, sondern nur einer von den Leuten, die sich selbst durch ihre Reizbarkeit mehr schaden als anderen.

»Bist du noch nicht damit fertig?« konnte er dann rufen. »Los, wollen mal einen Monat Sonntage machen.«

Ein andermal, und Paul konnte ihn dann am wenigsten verstehen, war er zu Scherzen geneigt und guter Laune.

»Morgen bringe ich meine kleine Yorkshire-Terrierhündin mit«, sagte er frohlockend zu Paul.

»Was ist ein Yorkshire-Terrier?«

»Weißt du nicht, was ein Yorkshire-Terrier ist? Du weißt nicht, was ein Yorkshire ...« Herr Pappleworth war starr.

»Ist das so'n kleiner seidiger – so eisen- und rostig-silbrigfarbiger?«

»Richtig, mein Junge. Sie ist 'ne Perle. Sie hat schon für fünf Pfund Junge gehabt, und sie selbst ist über sieben Pfund wert; und sie wiegt keine fünf Viertel Pfund.«

Am anderen Morgen kam die Hündin. Sie war ein zittriges, jammervolles Klümpchen Unglück. Paul machte sich nichts aus ihr; sie sah zu sehr aus wie ein nasser Lumpen, der niemals trocken werden würde. Dann kam ein Mann, der sah nach ihr und begann grobe Späße zu machen. Aber Herr Pappleworth nickte mit dem Kopfe in der Richtung nach dem Jungen, und die Unterhaltung lief mit gedämpfter Stimme weiter.

Herr Jordan unternahm noch einen Ausflug, um Paul zu beobachten, und dabei war das einzige, was er auszusetzen hatte, daß der Junge seine Feder auf den Tisch legte.

»Steck dir die Feder hinters Ohr, wenn du ein ordentlicher Gehilfe werden willst. Feder hinters Ohr!« Und eines Tages sagte er zu dem Jungen: »Warum hältst du die Schultern nicht grader? Komm mal mit runter!« – und er nahm ihn mit in den Glasverschlag und rüstete ihn mit einem Paar besonderer Hosenträger aus, um seine Schultern grade zu halten.

Die Mädchen mochte Paul aber am liebsten. Die Männer kamen ihm gewöhnlich vor und ziemlich dumm. Er mochte sie wohl leiden, aber sie fesselten ihn nicht. Polly, die frische kleine Aufseherin unten, fand Paul beim Essen im Keller und fragte ihn, ob sie ihm nicht etwas auf ihrem kleinen Ofen kochen könnte. Am nächsten Tage gab seine Mutter ihm ein Gericht mit, das aufgewärmt werden konnte. Er brachte es zu Polly in das saubere, nette Zimmer. Und bald war es ein feststehender Brauch, daß er mit ihr zusammensaß. Wenn er morgens um acht kam, brachte er ihr seinen Korb, und wenn er um eins herunterkam, hatte sie sein Essen fertig.

Er war nicht sehr groß, und blaß, mit dichtem, kastanienbraunem Haar, unregelmäßigen Zügen und einem breiten, vollen Mund. Sie war wie ein kleiner Vogel. Er nannte sie oft sein »Rotkehlchen«. Obgleich von Hause aus still, konnte er doch sitzen und stundenlang mit ihr reden, indem er ihr von Hause vorerzählte. Die Mädchen hörten ihn alle gern reden. Oft versammelten sie sich in einem kleinen Kreise um ihn, während er auf einer Bank saß und ihnen unter Lachen etwas vorpredigte. Einige hielten ihn für ein wunderliches kleines Wesen, so ernsthaft und doch so klug und fröhlich und immer so zartfühlend im Umgang mit ihnen. Sie mochten ihn alle gern, und er betete sie an. Polly, das fühlte er, war er ganz ergeben. Dann war Connie da, mit ihrer Mähne roten Haares, ihrem Apfelblütengesicht, ihrer murmelnden Stimme, die völlig als Dame erschien und in ihrem schäbigen schwarzen Kleide auf seinen romantischen Sinn wirkte.

»Wenn Sie so sitzen und haspeln«, sagte er, »dann sieht das aus, als säßen Sie an einem Spinnrad – zu hübsch sieht das aus. Sie erinnern mich immer an Elaine in den ›Idyllen vom König‹. Ich möchte Sie wohl zeichnen, wenn ich könnte.«

Und sie sah ihn unter scheuem Erröten an. Und späterhin machte er einmal eine Skizze, die er sehr hochhielt –: Connie auf einem Schemel vor ihrem Spinnrad, ihre Mähne roten Haares über ihren alten schwarzen Rock fließend, ihren roten Mund geschlossen und ernsthaft, wie sie einen scharlachroten Faden vom Wocken auf die Spindel laufen läßt.

Mit Louie, der hübschen, frechen, die ihm immer ihre Hüfte entgegenzuschieben schien, scherzte er für gewöhnlich.

Emma war ziemlich häßlich, ziemlich alt und herablassend. Aber sich gegen ihn herabzulassen, beglückte sie, und so machte er sich nichts draus.

»Wie setzen Sie eine Nadel ein?« fragte er.

»Geh weg und stör mich nicht.«

»Ich muß aber doch wissen, wie man eine neue Nadel einsetzt.«

Sie arbeitete die ganze Zeit über stramm auf ihre Maschine los.

»Du mußt noch viel lernen«, erwiderte sie.

»Dann sagen Sie mir doch, wie man sie in die Maschine steckt.«

»Oh, was ist der Junge für'n Quälgeist! Wie? so, so macht man das.«

Er sah ihr aufmerksam zu. Plötzlich ertönte eine Pfeife. Dann erschien Polly und sagte mit klarer Stimme: »Herr Pappleworth möchte mal wissen, Paul, wie lange du hier unten noch mit den Mädchen herumspielen willst.«

Paul flog nach oben, ihnen ein »Lebewohl« zurufend, und Emma setzte sich wieder zurecht.

»Ich wollte ihn hier gar nicht an der Maschine herumspielen lassen«, sagte sie.

In der Regel lief er, wenn die Mädchen alle um zwei Uhr wiederkamen, nach oben zu Fanny, der Verwachsenen, im Fertigstellungsraum. Herr Pappleworth erschien nicht vor zwanzig Minuten vor drei, und oft fand er seinen Jungen neben Fanny sitzend, redend oder zeichnend – oder mit den Mädchen singend.

Häufig pflegte Fanny nach minutenlangem Zaudern anzufangen zu singen. Sie hatte eine schöne, tiefe Altstimme. Alle fielen in den Kehrreim ein, und es ging fein. Paul war binnen kurzem ganz und gar nicht verlegen, wenn er so mit dem halben Dutzend Mädchen bei ihrer Arbeit saß.

War das Lied zu Ende, dann pflegte Fanny zu sagen: »Ich weiß, ihr habt wieder über mich gelacht.«

»Sei doch nicht so zimperlich, Fanny!« rief eins der Mädchen. Einmal kam die Rede auf Connies rotes Haar.

»Fannys ist schöner, nach meiner Meinung«, sagte Emma.

»Ihr braucht mich auch nicht immer zum Narren zu haben«, sagte Fanny unter tiefem Erröten.

»Nein, aber es ist es wirklich, Paul; sie hat wunderschönes Haar.«

»Es ist ein wahrer Farbenschmaus«, sagte er. »So 'ne kalte Farbe, und doch glänzend. Es ist wie Moorwasser.«

»Liebe Güte!« rief lachend eins der Mädchen.

»An mir hat jeder was auszusetzen«, sagte Fanny.

»Aber du solltest es mal lose sehen, Paul«, rief Emma ganz ernsthaft. »Es ist einfach wundervoll. Mach es doch mal auf, Fanny, ihm zuliebe, wenn er mal was malen will.«

Fanny wollte nicht, und hätte es doch zu gern getan.

»Dann mache ich es selbst auf«, sagte der Junge.

»Ja, meinetwegen«, sagte Fanny.

Und vorsichtig zog er die Nadeln aus dem Knoten, und die Haarflut glitt in einer einförmigen Masse über den verwachsenen Rücken hinab.

»Was für 'ne herrliche Fülle!« rief er aus.

Die Mädchen sahen zu. Es herrschte Schweigen. Der Junge schüttelte das Haar lose auseinander.

»Prachtvoll ist es!« sagte er und zog seinen Duft ein. »Ich wette, das ist Pfunde wert.«

»Ich werde es dir vermachen, wenn ich sterbe, Paul«, sagte Fanny halb im Scherz.

»Du siehst wie jede andere aus, die sitzt und sich die Haare trocknet«, sagte eins der Mädchen zu der langbeinigen Verwachsenen.

Die arme Fanny war krankhaft empfindlich und bildete sich immer Beleidigungen ein. Polly war kurz und geschäftsmäßig. Die beiden Abteilungen lagen in ewiger Fehde, und Paul fand Fanny immer in Tränen. Dann machte sie ihn zum Bewahrer all ihres Wehs, und er mußte ihre Sache gegen Polly verfechten.

So ging die Zeit ganz glücklich hin. Die Werkstätte hatte etwas Anheimelndes. Niemand wurde gehetzt oder getrieben. Paul freute sich immer, wenn die Arbeit schneller lief, gegen die Postzeit und alle Leute zusammen arbeiteten. Gern sah er seinen Mitgehilfen bei ihrer Arbeit zu. Der Mann war das Werk und das Werk der Mann, eins für alle Zeit. Mit den Mädchen war es etwas anderes. Die wirkliche Frau schien nie ganz bei ihrer Aufgabe zu sein, sondern wie abseits, wartend.

Bei der Heimfahrt pflegte er nachts vom Zuge aus die Lichter der Stadt zu beobachten, dicht über den Hügel verstreut, in den Tälern zu einem Glast verschmelzend. Er empfand sein Leben reich und glücklich. Auf der weiteren Fahrt kam bei Bullwell eine Lichtergruppe, wie unzählige Blütenblätter von den Sternen herab über den Erdboden ausgestreut; und darüber hinaus kam dann die rote Glut der Hochöfen, wie ein heißer Atem über die Wolken hinspielend.

Von Keston aus hatte er zwei oder mehr Meilen nach Hause zu gehen, zwei lange Hügel hinauf, zwei kurze hinunter. Oft war er müde und zählte dann die Lampen vor sich beim Aufwärtsklimmen des Hügels, an wie vielen er noch vorbei müsse. Und vom Gipfel des Hügels blickte er in pechdunklen Nächten nach den fünf oder sechs Meilen entfernten Dörfern aus, die wie Schwärme glitzernder Lebewesen erschienen, fast wie ein zu seinen Füßen liegender Himmel, Marlpool und Heanor übersprenkelten die ferne Dunkelheit mit Glanz. Und gelegentlich wurde der schwarze Talraum dazwischen auch einmal durchschnitten, vergewaltigt durch einen großen Zug, der südlich nach London oder nördlich nach Schottland sauste. Die Züge brüllten an ihm vorüber wie auf die Dunkelheit gerichtete, flachfliegende Geschosse, rauchend und brennend, und erfüllten das Tal bei ihrem Durchflug mit Getöse. Fort waren sie, und die Lichter der Städte und Dörfer glitzerten in Schweigen weiter.

Und dann kam er zu Hause an die Ecke, wo er der anderen Seite der Nacht ins Antlitz blickte. Der Eschenbaum erschien ihm jetzt wie ein Freund. Seine Mutter stand voller Frohsinn auf, sobald er eintrat. Stolz legte er seine acht Schilling auf den Tisch.

»Hilft das mit, Mutter?« fragte er nachdenklich.

»Es bleibt wenig genug über«, antwortete sie, »wenn deine Fahrkarte und das Essen und dergleichen davon abgehen.«

Dann erstattete er seinen Tagesbericht. Wie Tausendundeine Nacht wurde seine Lebensgeschichte Abend für Abend seiner Mutter erzählt. Es war fast, als wäre es ihr eigenes Leben.

6. Der Tod im Kreise der Hausgenossen

Arthur Morel wuchs heran. Er war ein rascher, sorgloser, lebhafter Junge, ein gut Teil wie sein Vater. Lernen haßte er, seufzte jämmerlich über jede Arbeit und schlüpfte so bald wie möglich wieder hinaus zu seinen Spielereien.

Dem äußeren Anschein nach blieb er nach wie vor die Blüte der Seinen, hübsch gewachsen, anmutig und voller Leben. Sein dunkelbraunes Haar, seine lebhaften Farben und seine ungewöhnlich dunkelblauen, von langen Wimpern beschatteten Augen in Verbindung mit seinem offenen Wesen und seinem stolzen Benehmen machten ihn zu aller Liebling. Aber je älter er wurde, desto ungleichmäßiger wurde seine Stimmung. Er konnte über nichts in Wut geraten und erschien unerträglich roh und reizbar. Seine Mutter, die er liebte, wurde seiner manchmal überdrüssig. Er dachte nur an sich. Wenn es um sein Vergnügen ging, haßte er alles, was ihm im Wege stand, selbst wenn sie es war. Ging es ihm schlecht, so stöhnte er ihr endlos was vor.

»Liebe Güte, Junge!« sagte sie, als er ihr über einen Lehrer vorjammerte, der ihn, wie er sagte, haßte, »wenn du was nicht magst, dann ändere es, und wenn du es nicht ändern kannst, dann finde dich damit ab.«

Und seinen Vater, den er geliebt hatte und der ihn angebetet hatte, den begann er zu verabscheuen. Mit zunehmendem Alter fiel Morel allmählich zusammen. Sein Körper, einst so schön in seinen Bewegungen und seinem Äußeren, schrumpfte zusammen, er schien mit den Jahren nicht zu reifen, sondern gewöhnlich und recht eklig zu werden. Sein Aussehen bekam etwas Gemeines und Heruntergekommenes. Und wenn der gemein aussehende ältliche Mann den Jungen schalt oder seiner Wege gehen hieß, dann wurde Arthur wütend. Zudem wurden Morels Angewohnheiten schlimmer und schlimmer, sein Benehmen in mancher Hinsicht scheußlich. Zu der Zeit, wo die Kinder heranwuchsen und sich auf der entscheidenden Stufe des Heranreifens befanden, bildete der Vater gleichsam ein schlechtes Reizmittel für ihre Seelen. Seine Gewohnheiten waren zu Hause dieselben wie unten in der Grube unter den Bergleuten.

»Dreckiges Ekel!« konnte Arthur dann schreien und aufspringen und aus dem Hause laufen, wenn sein Vater ihn anwiderte. Und Morel war darin um so beharrlicher, als seine Kinder es haßten. Er schien eine Art Befriedigung darin zu finden, daß er sie anekelte und fast zum Wahnsinnigwerden trieb, während sie sich in dem empfindlichen, reizbaren Alter von vierzehn oder fünfzehn befanden. So kam es, daß Arthur, der heranwuchs, als sein Vater bereits heruntergekommen und bei Jahren war, ihn am schlimmsten von allen haßte.

Zuweilen schien dann der Vater den Haß und die Verachtung seiner Kinder zu empfinden: »Kein Mensch jibt sich mehr Mühe um seine Familie!« konnte er ausrufen. »Sein bestes dut er für se, un denn wird er wie'n Hund behandelt. Aber lange halte ick det nich mehr aus, det sag ick euch!«

Wäre es nicht um diese Drohung gewesen und um die Tatsache, daß er sich nicht so übermäßig hart abmühte, wie er vorgab, es hätte ihnen leid um ihn getan. Aber so spielte sich die Schlacht ständig weiter zwischen dem Vater und den Kindern ab, da er bei seinen schmutzigen und widerwärtigen Angewohnheiten beharrte, grade um seine Unabhängigkeit zu betonen. Es ekelte sie vor ihm.

Arthur wurde schließlich so hitzig und reizbar, daß, als er einen Platz auf der Lateinschule in Nottingham gewann, seine Mutter sich entschloß, ihn in der Stadt bei einer ihrer Schwestern wohnen und nur zum Wochenschluß nach Hause kommen zu lassen.

Annie war immer noch Hilfslehrerin an der Kostschule und verdiente ungefähr vier Schilling die Woche. Aber bald sollte sie fünfzehn Schilling bekommen, da sie ihre Prüfung bestanden hatte, und dann würde in geldlicher Hinsicht Friede im Hause sein.

Frau Morel klammerte sich nun an Paul. Er war ruhig und nicht blendend. Aber immer noch hielt er sich an seine Malerei und an seine Mutter. Was er tat, war für sie. Sie wartete abends auf seine Heimkunft, und dann legte sie jede Bürde ab, die den Tag über auf ihr gelastet hatte, oder erzählte von allem, was ihr im Laufe des Tages begegnet war. Er saß und hörte voller Ernst zu. Die beiden lebten ein gemeinsames Leben.

William war nun mit seinem Braunkopf verlobt und hatte ihr einen Verlobungsring gekauft, der acht Guineen gekostet hatte. Die Kinder sperrten bei dem fabelhaften Preise den Mund auf.

»Acht Guineen!« sagte Morel. »So'n Hansnarr! Hätt er mich wenigstens en bisken davon jejeben, det hätte doch wohl besser ausjesehen.«

»Dir etwas davon abgegeben!« rief Frau Morel. »Warum dir denn grade?«

Sie dachte daran, daß er überhaupt keinen Ring gekauft hatte, und da war ihr William doch lieber, der bei aller Narrheit doch nicht gemein war. Aber nun redete der junge Mann nur noch von Bällen, zu denen er mit seiner Verlobten ging, und verschiedenen wundervollen Kleidern, die sie trug; oder er erzählte seiner Mutter voller Freude, wie sie gleich vornehmen Leuten ins Theater gingen.

Er wünschte, das Mädchen nach Hause zu bringen. Frau Morel sagte, sie könnte ja Weihnachten mitkommen. Diesmal kam William mit einer Dame, aber ohne Geschenke. Frau Morel hatte das Abendessen angerichtet. Als sie Fußtritte hörte, stand sie auf und ging zur Tür. William trat ein.

»Hallo, Mutter!« Er küßte sie hastig und trat dann zur Seite, um ihr ein großes, hübsches Mädchen vorzustellen, das ein Straßenkleid mit kleinen weißen und schwarzen Vierecken trug und Pelzsachen.

»Hier ist Gyp!«

Fräulein Western hielt ihr die Hand hin und zeigte ihre Zähne bei einem schwachen Lächeln.

»Oh, wie gehts Ihnen, Frau Morel?« rief sie.

»Ich fürchte, Sie sind hungrig«, sagte Frau Morel.

»O nein, wir haben im Zuge gegessen. Hast du meine Handschuhe, Dickerchen?«

William, groß und grobknochig, sah sie rasch an.

»Wie sollt ich wohl?« sagte er.

»Dann habe ich sie verloren. Sei nicht böse.«

Ein finsterer Blick flog über sein Gesicht, aber er sagte nichts. Sie sah sich in der Küche um. Sie kam ihr klein und merkwürdig vor, mit ihrem glitzernden Küssestrauß, ihrem Immergrün hinter den Bildern, ihren hölzernen Stühlen und dem weißgescheuerten kleinen Tisch. In diesem Augenblick trat Morel herein.

»Hallo, Vater!«

»Hallo, mein Junge! Du legst aber nett los!«

Die beiden gaben sich die Hand, und William stellte die Dame vor. Sie zeigte wieder ihre Zähne mit demselben schwachen Lächeln.

»Wie gehts Ihnen, Herr Morel?«

Morel verbeugte sich dienstbeflissen.

»Mich jehts sehr jut, und Ihnen hoffentlich auch. Sie müssen sich hier janz zu Hause fühlen.«

»Oh, danke«, erwiderte sie, recht erheitert.

»Nun möchten Sie gewiß erst mal nach oben gehen«, sagte Frau Morel.

»Wenn es Ihnen recht ist; aber nur, wenn es Ihnen keine Umstände macht.«

»Das macht keinerlei Umstände. Annie bringt Sie hinauf; Walter, bring mal den Koffer nach oben.«

»Und zieh dich nicht 'ne Stunde lang an«, sagte William zu seiner Verlobten.

Annie nahm einen Messingleuchter, und fast zu scheu, um auch nur ein Wort zu sagen, ging sie vor der jungen Dame her nach dem vorderen Schlafzimmer, das Herr und Frau Morel für sie geräumt hatten. Auch dieses sah im Kerzenschein nur klein und kalt aus. Die Bergmannsfrauen zündeten nur in Fällen schwerster Krankheit im Schlafzimmer Feuer an.

»Soll ich die Riemen an dem Koffer aufmachen?« fragte Annie.

»Oh, vielen Dank!«

Annie spielte die Rolle des Dienstmädchens und ging dann nach unten, um heißes Wasser zu holen.

»Ich glaube, sie ist recht müde, Mutter«, sagte William. »Es ist 'ne üble Reise, und wir kamen so ins Gedränge.«

»Kann ich ihr irgendwas geben?« fragte Frau Morel.

»O nein, sie wird schon zurechtkommen.«

Aber es lag etwas Frostiges in der Luft. Nach einer halben Stunde kam Fräulein Western wieder herunter, nachdem sie ein purpurfarbiges Kleid angelegt hatte, für die Bergmannsküche sehr fein.

»Ich sagte dir doch, du solltest dich nicht umziehen«, sagte William zu ihr.

»Oh, Dickerchen!« Dann wandte sie sich mit ihrem süßlichen Lächeln zu Frau Morel. »Finden Sie nicht, daß er immer etwas auszusetzen hat, Frau Morel?«

»So?« sagte Frau Morel. »Das ist nicht sehr nett von ihm.«

»Nein, wirklich nicht, nicht wahr?«

»Sie frieren«, sagte die Mutter. »Wollen Sie nicht näher ans Feuer kommen?«

Morel sprang aus seinem Armstuhl auf.

»Kommen Sie, setzen Sie sich hier mal her!« rief er. »Kommen Sie, setzen Sie sich hier mal her.«

»Nein, Vatting, du behältst deinen Stuhl. Setz dich ins Sofa, Gyp«, sagte William.

»Nein, nein!« rief Morel. »Dieser Stuhl ist am wärmsten. Kommen Sie und setzen Sie sich hier mal her, Fräulein Wesson.«

»Ich bin Ihnen so dankbar!« sagte das Mädchen und setzte sich in den Armstuhl des Bergmanns, den Ehrenplatz. Sie schauderte, als sie die Wärme des Feuers sie durchdringen fühlte.

»Hol mir ein Taschentuch, lieb Dickerchen!« sagte sie und hielt ihm den Mund hin, und mit denselben vertrauten Tönen, als wären sie ganz allein; das ließ den Rest der Hausgenossen empfinden, als wären sie besser nicht dabei. Die junge Dame faßte sie augenscheinlich gar nicht als Menschen auf: sie waren im Augenblick für sie nur Geschöpfe. William krümmte sich innerlich.

In Streatham wäre Fräulein Western in einem derartigen Haushalt eine Dame gewesen, die sich zu unter ihr Stehenden herabläßt. Zweifellos kamen diese Leute ihr ungebildet vor – kurz, wie Arbeiter. Wie sollte sie sich da hineinfinden?

»Ich will wohl hingehen«, sagte Annie.

Fräulein Western achtete nicht darauf, als hätte ein Dienstbote etwas gesagt. Aber als das Mädchen mit dem Taschentuch wieder herunterkam, sagte sie in gnädigem Ton: »Oh, danke!«

Sie saß da und sprach über das Essen im Zuge, das so ärmlich gewesen wäre; über London, über Bälle. Tatsächlich war sie überreizt und schwatzte vor Angst. Morel saß die ganze Zeit über und rauchte seinen dicken Twisttabak, sie beobachtend und ihren geläufigen Londoner Redewendungen zuhörend, während er drauflos paffte. Frau Morel, die ihre beste schwarze Seidenbluse anhatte, antwortete ruhig und ziemlich kurz. Die drei Kinder saßen in schweigender Bewunderung herum. Fräulein Western war die Prinzessin. Das beste von allem war hervorgeholt worden: die besten Tassen, die besten Löffel, das beste Tischtuch, der beste Kaffeetopf. Die Kinder glaubten, sie müsse es ganz großartig finden. Sie kam sich merkwürdig vor: denn sie war nicht imstande, die Leute zu verstehen, und wußte nicht, wie sie sie behandeln sollte. William scherzte, fühlte sich aber doch etwas unbehaglich.

Um etwa zehn Uhr sagte er zu ihr: »Bist du nicht müde, Gyp?«

»Ja, ziemlich, Dickerchen«, antwortete sie, sofort wieder in den vertraulichsten Tönen und den Kopf leicht zur Seite geneigt.

»Ich werde ihr ihre Kerze anzünden, Mutter«, sagte er.

»Schön«, erwiderte die Mutter.

Fräulein Western stand auf und hielt Frau Morel die Hand hin. »Gute Nacht, Frau Morel«, sagte sie.

Paul saß vor dem Kessel und ließ das Wasser aus dem Hahn in eine steinerne Bierflasche laufen. Annie wickelte die Flasche in ein altes Flanellgrubenhemd ein und gab ihrer Mutter einen Gutenachtkuß. Sie mußte das Zimmer mit der jungen Dame teilen, weil das Haus voll war.

»Warte mal noch eine Minute«, sagte Frau Morel zu Annie. Und Annie blieb mit der Heißwasserflasche auf den Knien sitzen. Fräulein Western gab allen in der Runde die Hand, zu jedermanns Mißbehagen, und nahm unter Williams Vorantritt ihren Abschied. In fünf Minuten war er wieder unten. Sein Herz war recht wund; warum, wußte er nicht. Er sprach nur wenig, bis alle zu Bett gegangen waren außer ihm und seiner Mutter. Dann blieb er mit gespreizten Beinen in seiner alten Stellung auf der Herdmatte stehen und sagte zögernd: »Na, Mutter?«

»Ja, mein Junge?« Sie saß in ihrem Schaukelstuhl und fühlte sich seinetwegen verletzt und erniedrigt.

»Magst du sie leiden?«

»Ja«, kam langsam die Antwort.

»Sie ist noch scheu, Mutter. Sie hat sich noch nicht daran gewöhnt. Es ist so anders als im Hause ihrer Tante, weißt du.«

»Natürlich ist es das, mein Junge; und es muß ihr schwer ankommen.«

»Ja.« Dann runzelte er rasch die Stirn. »Wenn sie sich bloß nicht so gräßlich aufspielen wollte.«

»Das ist nur so die erste Verlegenheit, mein Junge. Sie wird schon zurechtkommen.«

»Sicher, Mutter«, erwiderte er dankbar. Aber sein Ausdruck blieb düster. »Weißt du, sie ist nicht wie du, Mutter. Sie hat keinen Ernst, und sie kann nicht denken.«

»Sie ist noch jung, mein Junge.«

»Ja; und sie hat auch niemals ein Vorbild gehabt. Ihre Mutter starb, als sie noch ein Kind war. Seit der Zeit lebt sie bei einer Tante, die sie nicht ausstehen kann. Und ihr Vater war ein Lump. Sie hat niemals Liebe gekannt.«

»Nein! Na, das mußt du dann an ihr wieder gutmachen.«

»Und deshalb – muß man ihr eine Menge nachsehen.«

»Was möchtest du ihr nachsehen, mein Junge?«

»Ich weiß nicht. Wenn sie so flach scheint, dann sollte man sich immer erinnern, daß sie ja niemand hatte, um ihre tieferen Seiten herauszukehren. Und sie ist fürchterlich verliebt in mich.«

»Das kann jeder sehen.«

»Aber weißt du, Mutter, sie – sie ist so ganz anders als wir. Diese Art Leute, unter denen sie lebt, die haben anscheinend gar nicht dieselben Grundsätze wie wir.«

»Du mußt nicht zu rasch urteilen«, sagte Frau Morel.

Aber er schien im Innern doch unruhig.

Am Morgen jedoch war er auf und sang und scherzte im Hause umher.

»Hallo!« rief er, auf der Treppe sitzend. »Stehst du auf?«

»Ja«, ertönte ihre Stimme schwach.

»Fröhliche Weihnachten!« rief er ihr zu.

Aus dem Schlafzimmer wurde ihr Lachen hörbar, hübsch und glockenrein. Nach einer halben Stunde war sie noch nicht unten.

»War sie wirklich schon beim Aufstehen, wie sie sagte?« fragte er Annie.

»Ja, wirklich«, erwiderte Annie.

Er wartete ein Weilchen und ging dann wieder zur Treppe.

»Glückliches Neujahr!« rief er.

»Danke dir, lieb Dickerchen!« kam die lachende Stimme, weit her.

»Nun mal hoppla!« flehte er.

Es war fast eine Stunde, und er wartete immer noch auf sie. Morel, der immer schon um sechs aufstand, sah nach der Uhr.

»Na, das ist aber 'ne Bummelliese«, rief er.

Die Hausgenossen hatten alle schon gefrühstückt, alle mit Ausnahme Williams. Er ging an den Fuß der Treppe.

»Soll ich dir ein Osterei nach oben schicken?« rief er ziemlich ärgerlich. Sie lachte nur. Die Seinen erwarteten nach dieser Vorbereitungszeit mindestens etwas wie ein Zauberbild. Endlich kam sie, sehr nett aussehend in Bluse und Rock.

»Hast du wirklich die ganze Zeit zum Anziehen gebraucht?«

»Lieb Dickerchen! Die Frage ist doch nicht gestattet, nicht wahr, Frau Morel?«

Zunächst spielte sie die große Dame. Als sie mit William zur Kirche ging, er in Gehrock und hohem Hut, sie im Pelz und ihrem Londoner Straßenkleid, erwarteten Paul und Annie und Arthur, jedermann würde sich in Verwunderung zur Erde neigen.

Und Morel, der in seinem Sonntagsanzug am Ende der Straße stand und das ansehnliche Paar vorüberziehen sah, kam sich wie der Vater von Prinzen und Prinzessinnen vor. Und doch war sie gar nicht so großartig. Sie war jetzt ungefähr ein Jahr lang eine Art Schreiberin oder Gehilfin in einem Londoner Geschäft gewesen. Aber solange sie bei den Morels war, mußte sie die Königin herausbeißen. Sie saß da und ließ sich von Annie und Paul aufwarten, als wären sie ihre Dienstboten. Frau Morel behandelte sie mit einer gewissen Schmiegsamkeit und Morel mit Gönnermiene. Aber nach ein oder zwei Tagen änderte sie die Tonart.

William wünschte immer Paul und Annie auf ihren Spaziergängen dabei zu haben. Es war so viel unterhaltender. Und Paul bewunderte ›Gyp‹ wirklich von ganzem Herzen; in der Tat konnte die Mutter dem Jungen kaum die Anbetung vergeben, mit der er sie behandelte.

Als Lily am zweiten Tage sagte: »Oh, Annie, weißt du, wo mein Muff ist?« Da sagte William:

»Du weißt ja, in deinem Schlafzimmer. Warum fragst du Annie denn erst?«

Und Lily ging mit mürrisch geschlossenem Mund nach oben. Aber es ärgerte den jungen Mann, daß sie seine Schwester zu ihrem Dienstmädchen machen wollte.

Am dritten Abend saßen William und Lily im Wohnzimmer im Dunkeln am Feuer. Um ein Viertel vor elf hörte man, wie Frau Morel das Feuer bedeckte. William kam zur Küche hinüber, gefolgt von seiner Geliebten.

»Ists schon so spät, Mutter?« sagte er. Sie hatte allein gesessen.

»Es ist nicht spät, mein Junge, aber so spät, wie ich gewöhnlich aufbleibe.«

»Willst du denn nicht zu Bett gehen?« fragte er.

»Und euch beide allein lassen? Nein, mein Junge, von so was halte ich nichts.«

»Kannst du uns denn nicht trauen, Mutter?«

»Ob ich euch trauen kann oder nicht, ich tue es nicht. Bis elf kannst du noch bleiben, wenn du willst, und ich kann solange lesen.«

»Geh zu Bett, Gyp«, sagte er zu seinem Mädchen. »Wir wollen Mutter nicht warten lassen.«

»Annie hat die Kerze brennen lassen, Lily«, sagte Frau Morel, »ich denke, du kannst wohl sehen.«

»Ja, danke. Gute Nacht, Frau Morel.«

William küßte sein Liebchen am Fuß der Treppe, und sie ging. Er trat wieder in die Küche.

»Kannst du uns nicht trauen, Mutter?« sagte er, einigermaßen verletzt.

»Mein Junge, ich sage dir ja, ich halte nichts davon, zwei so junge Dinger wie euch beide unten allein zu lassen, wenn sonst alles schon zu Bett ist.«

Und er sah sich wohl gezwungen, diese Antwort hinzunehmen. Er gab seiner Mutter einen Gutenachtkuß.

Ostern kam er allein herüber. Und dann unterhielt er sich endlos mit seiner Mutter über seine Geliebte.

»Weißt du, Mutter, wenn ich von ihr weg bin, mache ich mir nicht das geringste aus ihr. Es wäre mir ganz einerlei, ob ich sie jemals wiedersähe. Aber wenn ich dann abends mit ihr zusammen bin, dann habe ich sie schrecklich lieb.«

»'ne sonderbare Art von Liebe, um daraufhin zu heiraten«, sagte Frau Morel, »wenn sie dich nicht mehr fesselt als nur so weit.«

»Es ist auch putzig!« rief er. Es quälte und verwirrte ihn. »Aber schließlich – jetzt ist es so weit zwischen uns, aufgeben kann ich sie nicht mehr.«

»Das mußt du am besten wissen«, sagte Frau Morel. »Ists aber so, wie du sagst, dann würde ich es nicht Liebe nennen jedenfalls siehts nicht sehr danach aus.«

»Ach, ich weiß doch nicht, Mutter. Sie ist Waise, und ...«

Sie kamen nie recht zum Schluß. Er schien verwirrt und fast verärgert. Sie hielt sich sehr zurück. All seine Kraft und sein Geld gingen für den Unterhalt des Mädchens drauf. Er konnte kaum seine Mutter mit nach Nottingham nehmen, als er herüberkam.

Pauls Lohn war zu Weihnachten auf zehn Schilling erhöht worden, zu seiner großen Freude. Er war ganz glücklich bei Jordan, aber seine Gesundheit litt unter den langen Stunden und dem Eingeschlossensein. Seine Mutter, für die er mehr und mehr Bedeutung gewann, überlegte, wie ihm wohl zu helfen sei.

Sein halber freier Tag war Montag nachmittag. Eines Montagmorgens im Mai, als sie beide allein beim Frühstück saßen, sagte sie: »Ich glaube, es wird ein schöner Tag.« Überrascht sah er auf. Das hatte was zu bedeuten.

»Du weißt doch, Herr Leivers hat einen neuen Hof bezogen. Na, vorige Woche fragte er mich, ob ich nicht mal kommen und Frau Leivers besuchen wollte, und ich versprach, dich Montag mitzubringen, wenn es schön wäre. Wollen wir hin?«

»Nein, wie entzückend, kleine Frau!« rief er. »Und heute nachmittag wollen wir hin?«

Selig eilte Paul zum Bahnhof. Die Derbystraße hinunter stand ein Kirschbaum, der nur so schimmerte. Die alte Backsteinmauer am Parlamentsplatz brannte scharlachen, der Frühling war eine wahre Flamme von Grün. Und die steile Senkung der hohen Straße lag in dem kühlen Morgendunst mit glänzenden Mustern aus Sonnenschein und Schatten vollkommen still da. Stolz ließen die Bäume ihre mächtigen, grünen Schultern herabhängen; und drinnen im Laden sah der Junge den ganzen Morgen ein Traumgesicht des Frühlings draußen vor sich.

Als er zur Essenszeit heimkam, war seine Mutter ziemlich aufgeregt.

»Gehen wir?« fragte er.

»Sobald ich fertig bin«, erwiderte sie.

Sofort stand er auf. »Geh hin und zieh dich an, während ich aufwasche«, sagte er.

Sie tats. Er wusch die Töpfe, reckte sich und nahm dann ihre Schuhe vor. Sie waren ganz sauber. Frau Morel gehörte zu jenen von der Natur auserlesenen Menschen, die durch jeden Schmutz gehen können, ohne sich die Schuhe schmutzig zu machen. Aber Paul mußte sie doch für sie säubern. Es waren ziegenlederne zu acht Schilling das Paar. Er hielt sie jedoch für die zartesten Stiefel in der Welt und putzte sie mit genau derselben Ehrerbietung, als wären es Blumen gewesen.

Plötzlich erschien sie in dem inneren Durchgang, etwas scheu. Sie hatte eine neue baumwollene Bluse an. Paul sprang auf und ging auf sie zu.

»O Sternenschein!« rief er. »Was für'n Blender!«

Sie rümpfte die Nase auf etwas hochmütige Art und hob den Kopf.

»Das ist ganz und gar kein Blender!« erwiderte sie. »Sie ist sehr einfach.«

Sie machte ein paar Schritte vorwärts, während er sie rings von allen Seiten anstaunte.

»Na«, fragte sie, ganz scheu, aber doch sehr vom hohen Pferde herab, »magst du sie leiden?«

»Schrecklich gern! Du bist 'ne feine kleine Frau so zum Bummeln!«

Er ging um sie herum und sah sie sich von hinten an.

»Na«, sagte er, »wenn ich auf der Straße hinter dir herginge, würde ich sagen: ›ob das kleine Menschenkind sich wohl nicht für ganz was Besonderes hält!‹«

»Ach, fällt ihr gar nicht ein«, erwiderte Frau Morel. »Sie ist nicht einmal sicher, ob sie ihr auch wohl steht.«

»O nein! Sie wäre viel lieber in einer schmierigen, alten schwarzen ausgegangen, daß sie aussieht, als wäre sie in verbranntes Papier eingewickelt. Sie steht dir, und ich sage, du siehst nett aus.«

Sie rümpfte die Nase in ihrer niedlichen Art, ganz vergnügt, aber doch tat sie, als wüßte sie es besser.

»Na«, sagte sie, »sie kostet mich grade drei Schilling. Fertig gemacht hättest du sie doch wohl nicht für den Preis kriegen können, was?«

»Ich glaube nicht«, erwiderte er.

»Und, weißt du, es ist guter Stoff.«

»Riesig nett.«

Die Bluse war weiß, mit einem kleinen Zweig Heliotrop und Schwarz.

»Zu jugendlich für mich, bin ich bange«, sagte sie.

»Zu jugendlich für dich!« rief er voller Verachtung. »Warum kaufst du dir denn kein falsches weißes Haar und steckst es dir auf den Kopf?«

»Das werde ich bald nicht mehr nötig haben«, erwiderte sie; »ich werde rasch genug weiß.«

»Wieso, damit hast du dich doch gar nicht abzugeben«, sagte er. »Was soll ich wohl mit 'ner weißhaarigen Mutter anfangen?«

»Ich fürchte, du wirst dich schon mit einer abfinden müssen, mein Junge«, sagte sie recht seltsam.

In großem Stile zogen sie los, sie mit dem Regenschirm, den William ihr geschenkt hatte, wegen des Sonnenscheins. Paul war beträchtlich größer als sie, wenn auch nicht so breit. Er bildete sich ordentlich was ein.

Auf dem flachen Lande draußen glänzte der junge Weizen wie Seide. Die Mintongrube schwenkte ihre weißen Dampffedern, hustete und rasselte heiser.

»Nun sieh doch nur!« sagte Frau Morel. Mutter und Sohn standen am Wege still und beobachteten. Den Rand der großen Schutthalde der Grube entlang kroch ein kleiner Schattenriß gegen den Himmel, ein Pferd, ein Mann und ein kleiner Wagen. Gegen den Himmel stehend, klommen sie den langen Abhang empor. Am Ende kippte der Mann den Wagen über. Ein unverhältnismäßiges Gerassel ertönte, als der Schutt den glatten Abhang der riesigen Halde hinabkollerte.

»Bleib mal eine Minute sitzen, Mutter«, sagte er, und sie setzte sich auf eine Bank, während er rasch drauflos skizzierte. Sie war still, während er arbeitete, und sah sich in dem Nachmittag um, in dem die roten Häuschen in ihrem Grün schimmerten.

»Die Welt ist doch ein wundervoller Aufenthalt«, sagte sie, »und wunderbar schön.«

»Und die Grube auch«, sagte er. »Sieh mal, wie sich das anhäuft, fast wie etwas Lebendiges – ein riesiges Wesen, das wir nicht begreifen.«

»Ja!« sagte sie. »Vielleicht!«

»Und wie alle die Karren dastehen und warten, wie eine Reihe Tiere, die gefüttert werden sollen«, sagte er.

»Und ich bin sehr dankbar, daß sie dastehen«, sagte sie, »denn das bedeutet, daß sie diese Woche leidlich gut abschließen!«

»Aber ich mag mir so gern etwas Menschliches in die Dinge hineindenken, solange es angeht. Die Wagen haben etwas Menschliches an sich, weil sie von Menschenhand bewegt worden sind, alle miteinander.«

»Ja«, sagte Frau Morel.

Sie wanderten unter den Bäumen der Landstraße hin. Er belehrte sie fortwährend, aber sie wurde auch durch alles gefesselt. Sie kamen an dem Ende des Nethersees vorbei, der den Sonnenschein wie Blütenblätter auf seinem Schoße schaukelte. Dann bogen sie in einen nichtöffentlichen Weg ein und schritten mit einigem Zagen auf einen großen Hof zu. Ein Hund bellte wütend. Eine Frau kam heraus, um nachzusehen.

»Kommen wir hier nach dem Willeyhofe?« fragte Frau Morel.

Paul hielt sich zurück, in Angst, zurückgeschickt zu werden. Aber die Frau war liebenswürdig und wies sie zurecht. Mutter und Sohn gelangten nun durch Weizen- und Haferfelder und über eine kleine Brücke auf eine große Wiese. Kiebitze mit schimmernder weißer Brust kreisten und schrien um sie her. Der See war still und blau. Hoch über ihren Köpfen schwebte ein Reiher. Gegenüber häufte der Wald seine Massen an, grün und still.

»Ist das ein wilder Weg, Mutter«, sagte Paul. »Genau wie in Kanada.«

»Ist es nicht wundervoll!« sagte Frau Morel, sich umsehend.

»Sieh mal den Reiher da – sieh, siehst du seine Beine?« Er gab seiner Mutter an, was sie sehen mußte und was nicht. Und sie war es ganz zufrieden.

»Aber nun«, sagte sie, »welchen Weg nun? Er sagte mir, durch den Wald.«

Der Wald lag eingezäunt und dunkel zu ihrer Linken.

»Hierherüber kann ich so'n bißchen von Weg fühlen«, sagte Paul. »Du hast Stadtfüße, so oder so, ganz gewiß.«

Sie fanden ein kleines Gatter und waren bald in einem breiten, grünen Gang mitten durch den Wald, mit einer jungen Kiefern- und Fichtenschonung auf der einen und altem, sich abdachendem Eichenbestand auf der anderen Seite. Und unter den Eichen standen Glockenblumen als blaue Lachen unter den frischgrünen Haselnußsträuchern, über einem blaßgelb-braunen Boden von Eichenblättern. Er pflückte ihr Blumen.

»Hier ist etwas frischgemähtes Heu«, sagte er; dann brachte er ihr wieder Vergißmeinnicht. Und wieder tat ihm das Herz weh vor Liebe, als er ihre arbeitgewohnte Hand den kleinen Blumenstrauß halten sah, den er ihr gebracht hatte. Sie war vollkommen glücklich.

Aber am Ende der Durchfahrt gabs einen Zaun zu überklettern. Paul war in einer Sekunde hinüber.

»Komm«, sagte er, »laß mich dir helfen.«

»Nein, geh weg. Laß michs auf meine eigene Art und Weise machen.«

Er blieb unten mit emporgestreckten Händen stehen. Sie kletterte vorsichtig hinauf.

»Was für 'ne Höhenkletterei!« rief er verächtlich, als sie sicher wieder unten stand.

»Widerlich, diese Übergänge!« rief sie.

»Kleiner Dummbart von Frauenzimmer«, erwiderte er, »da nicht mal rüber zu können.«

Vor ihnen, am Rand des Waldes, lag ein Haufen niedriger roter Hofgebäude. Die beiden eilten vorwärts. Auf gleicher Höhe mit dem Wald lag der Apfelgarten, dessen Blüten auf den Schleifstein herniederfielen. Der Ententeich lag tief unter einer Hecke und war überhangen von Eichen. Ein paar Kühe standen im Schatten. Der Hof mit seinen Gebäuden, drei Seiten eines Viereckes, schloß den Sonnenschein gegen den Wald hin mit seinen Armen ein. Es war sehr still.

Mutter und Sohn traten in einen kleinen, eingezäunten Garten, voll vom Duft roter Levkojen. Neben der offenen Tür standen ein paar frische Brotlaibe, zum Abkühlen herausgesetzt. Grade lief eine Henne darauf zu, um sie anzupicken. Da erschien in der Tür plötzlich ein Mädchen in einer schmutzigen Schürze. Sie war ungefähr vierzehn Jahre alt, hatte ein dunkelrosiges Gesicht, einen Schopf schwarzer Locken, sehr fein und lose, und dunkle Augen; scheu, fragend, wie etwas gegen die Fremden eingenommen, verschwand sie. Nach einer Minute erschien ein anderes weibliches Wesen: ein kleines, gebrechliches Frauchen, rosig, mit großen dunkelbraunen Augen.

»Oh!« rief sie und lächelte sie errötend an, »da sind Sie also! Ich freue mich so, Sie zu sehen.« Ihre Stimme klang vertraulich und etwas traurig.

Die beiden Frauen gaben sich die Hand.

»Stören wir Sie aber auch ganz sicher nicht?« sagte Frau Morel. »Ich weiß, was Hofleben bedeutet.«

»O nein! Wir sind nur zu dankbar, wenn wir mal ein neues Gesicht zu sehen kriegen, so verlassen sind wir hier.«

»Das kann ich mir denken«, sagte Frau Morel.

Sie wurden in das große Wohnzimmer geführt – einen langen, niedrigen Raum, mit einem großen Strauß Schneeball im Kamin. Hier fingen die Frauen an zu reden, während Paul nach draußen ging, um sich das Land anzusehen. Er stand im Garten und roch an den Levkojen und sah sich die Pflanzen an, als das Mädchen rasch herauskam und auf den großen Kohlenhaufen zuging, der neben dem Zaun lag.

»Ich glaube, dies sind wohl Zentifolien?« sagte er zu ihr, auf die Büsche am Zaun entlang weisend.

Sie sah ihn mit erschrockenen, großen braunen Augen an.

»Ich glaube, das sind Zentifolien, wenn sie aufgehen?« sagte er.

»Ich weiß nicht«, stammelte sie. Sie sind weiß mit rosa in der Mitte.«

»Dann sinds Mädchenwangen.«

Miriam errötete. Sie hatte wunderschöne, warme Farben.

»Ich weiß nicht«, sagte sie.

»Ihr habt nicht viel in eurem Garten«, sagte er.

»Dies ist unser erstes Jahr hier«, antwortete sie auf eine ablehnende und gleichzeitig überlegene Art und Weise, indem sie sich wieder zurückzog und ins Haus hineinging. Er bemerkte es gar nicht, sondern setzte seine Entdeckungsreise fort. Da kam seine Mutter heraus, und sie gingen durch die Gebäude. Paul war höchlichst entzückt.

»Und ich vermute, Sie haben wohl die Kälber und das Geflügel und die Schweine zu überwachen?« sagte Frau Morel zu Frau Leivers.

»Nein«, erwiderte die kleine Frau. »Ich kann die Zeit nicht finden, um nach dem Vieh zu sehen, und bin auch nicht daran gewöhnt. Alles was ich tun kann, ist, im Hause alles in Gang zu halten.«

»Ach ja, das glaube ich wohl«, sagte Frau Morel.

Da kam das Mädchen wieder heraus.

»Der Tee ist fertig, Mutter«, sagte sie mit einer wohlklingenden, ruhigen Stimme.

»Oh, danke, Miriam, dann wollen wir kommen«, erwiderte ihre Mutter fast schmeichelnd. »Möchten Sie auch jetzt schon Tee, Frau Morel?«

»Gewiß«, sagte Frau Morel. »Sobald er fertig ist.«

Paul und seine Mutter und Frau Leivers tranken zusammen Tee. Dann gingen sie in den Wald, der überflutet war mit Glockenblumen, während duftige Vergißmeinnicht auf allen Pfaden standen. Mutter und Sohn waren beide ganz in Verzückung.

Als sie wieder beim Hause ankamen, waren Herr Leivers und Edgar, der älteste Sohn, in der Küche; Edgar war etwa neunzehn. Dann kamen Gottfried und Moritz, große Burschen von zwölf und dreizehn Jahren, aus der Schule. Herr Leivers war ein gutaussehender Mann in der Blüte des Lebens, mit goldbraunem Schnurrbart und blauen Augen, die scharf gradeaus sahen.

Die Jungens waren sehr herablassend, aber das merkte Paul gar nicht. Sie gingen los, um Eier zu suchen, und krochen in alle möglichen Verstecke. Als sie das Geflügel fütterten, kam Miriam heraus. Die Jungen beachteten sie gar nicht. Eine Henne saß mit ihren gelben Kücken in einem Hühnerkorb. Moritz nahm eine Handvoll Korn und ließ die Henne daraus picken.

»Magst du das auch?« fragte er Paul.

»Laß mal sehen«, sagte Paul.

Er hatte eine kleine Hand, warm und recht fähig aussehend. Miriam sah zu. Er hielt der Henne das Korn hin. Der Vogel beäugte es mit seinem harten, hellen Auge und gab seiner Hand plötzlich einen Pick. Er zuckte zusammen und lachte. »Rap, rap, rap!« fuhr der Schnabel des Vogels ihm in die Hand. Er lachte wieder, und die anderen Jungens stimmten ein.

»Sie stößt einen und nibbelt so, aber sie tut einem nicht weh«, sagte Paul, als das letzte Korn verschwunden war.

»Nu, Miriam«, sagte Moritz, »nu komm du mal und laß mal sehen.«

»Nein«, schrie sie und fuhr zurück.

»Ha! du Wickelkind. So'n verpäpeltes Wickelkind!« sagten die Brüder.

»Es tut kein bißchen weh«, sagte Paul. »Es nibbelt nur so ganz nett.«

»Nein«, schrie sie wieder, ihre schwarzen Locken schüttelnd und zurückweichend.

»Sie wagts nicht«, sagte Gottfried. »Sie wagt nichts außer Gedichte hersagen.«

»Wagt nicht, von einem Zaun herunterzuspringen, wagt sich nicht auf 'ne Schaukel, wagt nicht zu glitschen, wagt nicht sich zu wehren, wenn ein Mädchen sie haut. Sie kann nichts weiter als herumrennen und sich einbilden, sie wäre was. ›Die Herrin vom See.‹ Puh!« rief Moritz.

Miriam wurde blutrot vor Scham und Kummer.

»Ich wage mehr als ihr!« rief sie. »Ihr seid immerzu bloß Feiglinge und Großmäuler.«

»Oh, Feiglinge und Großmäuler!« wiederholten sie, indem sie ihre zimperliche Redeweise verspotteten.

»So'n Rüpel mich nicht ärgern kann,
'nen Bauer red ich mit Schweigen an«,

rief einer ihr in singendem Tone nach, brüllend vor Lachen.

Sie ging hinein. Paul ging mit den Jungens in den Obstgarten, wo sie einen Barren aufgestellt hatten. Hier zeigten sie ihre Kraftkunststücke. Er war mehr gewandt als kräftig, aber es ging doch. Er nahm einen Zweig Apfelblüten zwischen die Finger, die an einem schwanken Aste niedrig herabhingen.

»Ich würde keine Apfelblüten abpflücken«, sagte Edgar, der älteste Bruder. »Nächstes Jahr gibts sonst keine Äpfel.«

»Ich wollte sie ja gar nicht abpflücken«, erwiderte Paul und ging weg.

Die Jungens standen ihm feindlich gegenüber; sie fanden die Verfolgung ihrer eigenen Ziele vergnüglicher. Er wandte sich ins Haus zurück, um nach seiner Mutter zu sehen. Als er hinten ums Haus herumschritt, sah er Miriam vor dem Hühnerkorb knien, etwas Mais in der Hand, die Lippen zusammengebissen, in gespannter Haltung zusammengekauert. Die Henne sah sie böse an. Sehr zaghaft streckte sie ihre Hand aus. Die Henne sprang auf sie los. Rasch zog sie die Hand mit einem Schrei zurück, halb vor Furcht, halb vor Kummer.

»Es tut nicht weh«, sagte Paul.

Sie errötete dunkel und stand auf.

»Ich wollte es nur mal versuchen«, sagte sie leise.

»Sieh, es tut nicht weh«, sagte er, nahm nur zwei Körner auf die flache Hand und ließ die Henne pick, pick, pick daraus fressen. »Man muß bloß darüber lachen«, sagte er.

Sie streckte die Hand aus und zog sie wieder zurück, versuchte es abermals und fuhr wieder mit einem Schrei zurück. Er runzelte die Brauen.

»Wieso, ich würde mir von ihr das Korn aus dem Gesicht picken lassen«, sagte Paul, »sie stubst nur so'n bißchen. Sie ist so vorsichtig. Wenn sie das nicht wäre, denke doch bloß mal, wieviel Dreck sie alle Tage mit aufpickte.«

In grimmem Ernst stand er wartend da und beobachtete sie. Endlich ließ Miriam den Vogel aus ihrer Hand picken. Sie stieß einen leichten Schrei aus – Furcht, und Schmerz wegen der Furcht – ganz ergreifend. Aber nun hatte sie es getan, und sie tat es wieder.

»Da siehst du«, sagte der Junge. »Es tut gar nicht weh, nicht wahr?«

Sie sah ihn an mit weiten, dunklen Augen.

»Nein«, lachte sie zitternd.

Dann stand sie auf und ging ins Haus. Sie hatte es dem Jungen anscheinend doch irgendwie verdacht.

»Er hält mich bloß für so'n gewöhnliches Mädchen«, dachte sie, und sie wollte ihm doch beweisen, daß sie etwas Großes sei, wie etwa die ›Herrin vom See‹.

Paul fand seine Mutter bereit, nach Hause zu gehen. Sie lächelte ihrem Sohn zu. Er nahm einen großen Blumenstrauß. Herr und Frau Leivers gingen mit ihnen die Felder entlang. Die Hügel lagen im Abendgold da; tief in den Wäldern zeigte sich der immer dunkler werdende Schimmer der Glockenblumen. Überall war es vollkommen still, ausgenommen das Rascheln der Blätter und die Vögel.

»Es ist doch eine wundervolle Stelle«, sagte Frau Morel.

»Ja«, antwortete Herr Leivers, »es ist 'ne nette kleine Stelle, wenn bloß die vielen Kaninchen nich wären. Sie fressen mir die ganze Weide kahl. Ich weiß nich, ob ich jemals die Pacht rauskriegen werde.«

Er klatschte in die Hände, und das Feld am Wald entlang geriet in Bewegung durch die überall herumhüpfenden Kaninchen.

»Sollte mans für möglich halten!« rief Frau Morel aus.

Sie und Paul gingen allein weiter.

»War es nicht entzückend, Mutter?« fragte er ruhig.

Eine feine Mondsichel war im Aufgehen. Sein Herz war so voller Glücksgefühl, daß es ihn schmerzte. Seine Mutter mußte drauflos schwatzen, weil auch sie vor Glück am liebsten geweint hätte.

»Nun, würde ich dem Manne nicht helfen!« sagte sie. »Würde ich mich nicht um die Hühner kümmern und um das Jungvieh! Und ich würde Melken lernen, und würde mit ihm reden und mit ihm Pläne machen. Mein Wort, wäre ich seine Frau, der Hof sollte in Gang kommen, soviel weiß ich! Aber sie hat nicht die Kraft dazu – sie hat einfach nicht die Kraft dazu. Es hätte ihr nie so viel zugemutet werden dürfen, weißt du. Sie tut mir leid, und er auch. Mein Wort, hätte ich ihn bekommen, ich hätte ihn nicht für 'nen schlechten Wirtschafter gehalten! Aber das tut sie ja auch gar nicht; und sie ist ganz reizend.«

Pfingsten kam William mit seiner Vielgeliebten wieder. Er hatte eine Woche frei. Es war wundervolles Wetter. In der Regel gingen William und Lily und Paul morgens zusammen spazieren. William sprach nicht viel mit seiner Geliebten, ausgenommen, wenn er ihr etwas aus seiner Jungenszeit erzählte. Paul redete endlos auf sie beide ein. Bei der Kirche von Minton legten sie sich alle drei auf eine Wiese. Auf ihrer einen Seite, neben dem Burghof, stand eine schöne, zitternde Wand von Pappeln, Rotdornblüten flatterten von den Hecken herab; Marienblümchen und Kuckucksblumen standen über die ganze Wiese verstreut wie ein großes Gelächter. William, ein großer Bursche von dreiundzwanzig, dünner jetzt und selbst etwas hager, lag im Sonnenschein auf dem Rücken und träumte, während sie mit seinem Haar spielte. Paul lief umher und suchte besonders große Marienblümchen. Sie hatte ihren Hut abgenommen; ihr Haar war so schwarz wie eine Pferdemähne. Paul kam wieder und flocht ihr Marienblümchen in das schwarze Haar – große Spangen aus weiß und gelb, und grade ein Hauch von rosa in den Kuckucksblumen.

»Nun siehst du aus wie eine junge Zauberin«, sagte der Junge zu ihr. »Nicht wahr, William?«

Lily lachte. William öffnete die Augen und sah sie an. In seinem Blick lag ein Ausdruck von Verwirrung vor Elend und wilder Bewunderung.

»Hat er 'ne Vogelscheuche aus mir gemacht?« fragte sie, lächelnd zu ihrem Liebhaber niedersehend.

»Ja, das hat er«, sagte William lächelnd.

Er sah sie an. Ihre Schönheit schien ihn zu schmerzen. Er blickte auf ihr blumenübersätes Haupt und runzelte die Brauen.

»Hübsch genug siehst du aus, wenn du es gerne wissen willst«, sagte er.

Und sie ging ohne Hut weiter. Nach einer kleinen Weile raffte William sich wieder auf und wurde nun ziemlich zärtlich gegen sie. Als sie an eine Brücke kamen, schnitt er ihre Anfangsbuchstaben und seine zusammen in ein Herz ein. Sie beobachtete seine starke, nervöse

Hand mit den glänzenden Haaren und Sommersprossen, während er schnitzte, und schien von ihr bezaubert.

Die ganze Zeit über lag ein Gefühl von Traurigkeit und Wärme und eine gewisse Zärtlichkeit über dem Hause, solange William und Lily dort waren. Aber er war oft reizbar. Sie hatte für ihren achttägigen Aufenthalt fünf Kleider und sechs Blusen mitgebracht.

»Ach, würdest du wohl so gut sein«, sagte sie zu Annie, »und mir diese beiden Blusen und die paar Dinger da auswaschen?«

Und als William und Lily am nächsten Morgen ausgingen, stand Annie und wusch. Frau Morel war wütend. Und manchmal haßte auch der junge Mann seine Vielgeliebte, wenn er zufällig einmal ihr Benehmen gegen seine Schwester gewahr wurde.

Am Sonntagmorgen sah sie wunderschön aus in einem leichten Seidenkleide, schimmernd und fließend, blau wie eine Häherfeder und mit einem großen, sahnegelben Hut mit vielen, meist hochroten Rosen. Niemand konnte sie genügend anstaunen. Aber am Abend, als sie ausgehen wollten, fragte sie wieder: »Dickerchen, hast du meine Handschuhe?«

»Welche?« fragte William.

»Meine neuen schwarzen Schweden.«

»Nein.«

Nun gings auf die Suche. Sie hatte sie verloren.

»Sieh mal, Mutter«, sagte William, »das ist nun das vierte Paar, das sie seit Weihnachten verloren hat – das Paar zu fünf Schilling.«

»Und du hast mir doch nur zwei davon geschenkt«, verteidigte sie sich.

Und abends nach dem Abendessen stand er auf der Herdmatte, während sie auf dem Sofa saß, und schien sie zu hassen. Nachmittags hatte er sie allein gelassen, während er hinging, um einen alten Freund zu besuchen. Sie hatte gesessen und ein Buch durchgesehen. Nach dem Abendbrot wollte William einen Brief schreiben.

»Hier ist dein Buch, Lily«, sagte Frau Morel. »Hast du Lust, noch ein paar Minuten zu lesen?«

»Nein, danke«, sagte das Mädchen; »ich möchte ruhig sitzenbleiben.«

»Aber das ist doch langweilig.«

William schrieb gereizt hastig drauflos. Während er den Umschlag versiegelte, sagte er: »Ein Buch lesen! Wieso, sie hat in ihrem ganzen Leben noch kein Buch gelesen!«

»Ach, geh weg!« sagte Frau Morel, ärgerlich über diese Übertreibung.

»Das ist wahr, Mutter – nicht ein einziges«, rief er, aufspringend und seine alte Stellung auf der Herdmatte wieder einnehmend; »noch nie in ihrem Leben hat sie ein Buch gelesen.«

»Et jeht se jenau wie mich«, warf Morel ein. »Sie kann nich rauskriejen, wat in so'n Buch drinneschteckt, det man da sitzen soll und die Nase rinboren, un ick kanns och nich.«

»Aber du solltest so was nicht sagen«, sagte Frau Morel zu ihrem Sohne.

»Es ist aber doch wahr, Mutter – sie kann ja gar nicht lesen. Was hattest du ihr gegeben?«

»Ach, ich gab ihr so'n kleines Dings von Annie Swan. Sonntag nachmittags will man doch nicht so was Trockenes lesen.«

»Na, ich wette, sie hat keine zehn Zeilen gelesen.«

Die ganze Zeit über war Lily jämmerlich auf dem Sofa sitzengeblieben. Er wandte sich rasch nach ihr um.

»Hast du drin gelesen?« fragte er.

»Ja«, erwiderte sie.

»Wieviel?«

»Ich weiß nicht, wie viel Seiten.«

»Erzähl mir mal einen Vorfall, den du gelesen hast.«

Das konnte sie nicht.

Sie kam nie über die zweite Seite hinaus. Er las sehr viel und besaß einen raschen, tätigen Verstand. Sie verstand sich auf nichts als aufs Zärtlichsein und Schwatzen. Er war daran gewöhnt, seine Gedanken alle erst durch seiner Mutter Verstand durchgesiebt zu sehen; darum haßte er seine Verlobte, da er eine Gefährtin an ihr haben wollte und statt dessen seinerseits nur immer den zwitschernden, schnäbelnden Liebhaber spielen sollte.

»Weißt du, Mutter«, sagte er, als er spät am Abend mit ihr allein war, »sie hat gar keine Ahnung von Geld, sie ist zu hohlköpfig. Wenn sie ihr Gehalt kriegt, kauft sie plötzlich so'n Unsinn wie gezuckerte Kastanien, und dann muß ich ihre Zeitkarte bezahlen, und alle ihre Nebenausgaben, selbst ihr Unterzeug. Und dann will sie heiraten, und ich meine auch, wir sollten nächstes Jahr nur heiraten. Aber so ...«

»Das wird 'ne schöne Sorte von Ehe«, erwiderte seine Mutter; »ich würde es mir noch überlegen, mein Junge.«

»Ach nein, jetzt bin ich schon zu weit gegangen, um nun noch abbrechen zu können«, sagte er, »und deshalb möchte ich heiraten, sobald ich kann.«

»Sehr schon, mein Junge. Wenn du willst, dann willst du, und niemand kann dich daran hindern; aber das sage ich dir, ich kann nicht schlafen, wenn ich daran denke.«

»Oh, sie wird schon zurechtkommen, Mutter. Wir werden schon durchkommen.«

»Und sie läßt dich ihr Unterzeug kaufen?« fragte die Mutter.

»Ja«, begann er wie sich entschuldigend, »sie hat mich nicht darum gebeten; aber eines Morgens – und es war wirklich kalt – fand ich sie am Bahnhof frierend, nicht imstande stillzustehen; deshalb fragte ich sie, ob sie gut eingepackt wäre. Sie sagte: ›Ich glaube doch.‹ Da sagte ich: ›Hast du warme Untersachen an?‹ Und sie sagte: ›Nein, nur baumwollene.‹ Ich fragte sie, warum in aller Welt sie denn bei derartigem Wetter nicht was Dickeres anzöge, und sie sagte, weil sie nichts hätte. Und grade sie – mit ihren ewigen Halsentzündungen! Ich mußte sie unter den Arm nehmen und ihr etwas Warmes kaufen. Gott, Mutter, ich würde mich ja nicht um das Geld quälen, wenn wir es hätten. Und, weißt du, sie müßte genug überbehalten, um ihre Zeitkarte bezahlen zu können; aber nein, damit kommt sie zu mir, und ich muß das Geld schaffen.«

»Das sind klägliche Aussichten«, sagte Frau Morel bitter.

Er war blaß, und auf seinem groben Gesicht, das früher so völlig sorglos und lachend zu sein pflegte, lag der Ausdruck von Kampf und Verzweiflung.

»Aber jetzt kann ich sie nicht mehr aufgeben; wir sind zu weit«, sagte er. »Und außerdem, in mancher Hinsicht könnte ich auch nicht ohne sie fertig werden.«

»Mein Junge, bedenke, du nimmst dein Leben in deine eigenen Hände«, sagte Frau Morel. »Nichts ist so schlimm als eine Ehe, die ein hoffnungsloser Fehlschlag werden muß. Meine war schlimm genug, weiß Gott, und hätte dir eine Lehre sein sollen, aber sie hätte doch noch bei weitem schlimmer sein können.«

Er lehnte sich mit dem Rücken gegen den Kamin, die Hände in den Hosentaschen. Er war ein großer, grobknochiger Mensch und sah aus, als würde er bis ans Ende der Welt gehen, wenns ihm in den Sinn käme. Aber sie bemerkte die Verzweiflung auf seinem Gesicht.

»Ich könnte sie jetzt nicht mehr aufgeben«, sagte er.

»Ja«, sagte sie, »denke daran, es gibt noch Schlimmeres als 'ne abgebrochene Verlobung.«

»Ich kann sie jetzt nicht mehr aufgeben«, sagte er.

Die Uhr tickte weiter; Mutter und Sohn verharrten in Schweigen, im Zwiespalt miteinander; aber er mochte nichts mehr sagen. Endlich sagte sie: »Ja, dann geh zu Bett, mein Junge. Morgen früh wirst du dich besser fühlen, und vielleicht wirst du's dann auch besser verstehen.«

Er küßte sie und ging. Sie bedeckte das Feuer. Das Herz war ihr so schwer wie noch nie. Früher, mit ihrem Manne, war scheinbar etwas in ihr zusammengebrochen, aber ihre Lebenskraft war nicht zerstört worden. Nun fühlte ihre Seele sich gelähmt. Ihre Hoffnung war getroffen.

Und so äußerte William noch häufig seinen Haß gegen seine Verlobte. Am letzten Abend zu Hause machte er sich über sie lustig.

»Ja«, sagte er, »wenn du mir nicht glauben willst, was sie für eine ist, würdest du denn wohl glauben, daß sie dreimal eingesegnet ist?«

»Unsinn!« lachte Frau Morel.

»Unsinn oder nicht, sie ists aber! So viel bedeutet ihr die Einsegnung – einfach so'n bißchen Theaterspielen, wo sie sich zeigen kann.«

»Das ist nicht wahr, Frau Morel!« weinte das Mädchen – »das habe ich nicht getan! Es ist nicht wahr!«

»Was?« rief er und fuhr wie der Blitz nach ihr herum; »einmal in Bromley, einmal in Beckenham und einmal noch woanders.«

»Nirgends woanders!« sagte sie in Tränen – »nirgends woanders!«

»Doch! und wenn auch nicht, warum bist du denn zweimal eingesegnet?«

»Das erstemal war ich erst vierzehn, Frau Morel«, sagte sie flehend, mit Tränen in den Augen.

»Ja«, sagte Frau Morel; »ich kann dich ganz verstehen, Kind. Achte nicht auf ihn. Du solltest dich schämen, William, so was zu sagen.«

»Aber es ist wahr. Sie ist fromm – sie hat ein blausamtenes Gebetbuch – und sie hat nicht so viel Frömmigkeit oder sonstwas in sich wie das Tischbein da. Läßt sich dreimal einsegnen wegen des Theaters, um sich zu zeigen, und so ist sie in allem – in allem!«

Das Mädchen saß weinend auf dem Sofa. Sie war nicht stark.

»Und Liebe!« rief er, »ebensogut könntest du 'ne Fliege bitten, dich lieb zuhaben! Sie wird sich gern auf dir niederlassen ...«

»Nun kein Wort mehr«, befahl Frau Morel. »Wenn du so was sagen willst, dann such dir einen anderen Platz dafür. Ich muß mich deinetwegen ja schämen, William! Warum bist du nicht männlicher. Nichts zu tun als immer an einem Mädchen was auszusetzen haben, und dann so zu tun, als wärest du mit ihr verlobt.«

Frau Morel sank vor Ärger und Zorn in sich zusammen.

William war stumm, und später tat es ihm leid, er küßte und tröstete das Mädchen. Und doch war es wahr, was er gesagt hatte. Er haßte sie.

Als sie wieder fortgingen, begleitete Frau Morel sie bis Nottingham. Es war ein langer Weg bis zur Haltestelle in Keston.

»Weißt du, Mutter«, sagte er zu ihr, »Gyp ist flach. Nichts geht bei ihr tief.«

»William, ich wollte, du sagtest so was nicht«, sagte Frau Morel, die sich des Mädchens wegen, das neben ihr herging, sehr unbehaglich fühlte.

»Aber es tut nichts, Mutter. Jetzt ist sie mächtig in mich verliebt, aber wenn ich stürbe, würde sie mich in drei Monaten vergessen haben.«

Frau Morel wurde ängstlich. Ihr Herz schlug wütend, als sie die ruhige Bitterkeit in ihres Sohnes letztem Ausspruch vernahm.

»Wie kannst du das wissen?« antwortete sie. »Du weißt es nicht, und deshalb hast du auch kein Recht, so was zu sagen.«

»Immer sagt er so was!« weinte das Mädchen.

»Drei Monate, nachdem ich begraben bin, würdest du jemand anders haben, und ich würde vergessen sein«, sagte er. »Und das ist deine Liebe!«

Frau Morel brachte sie in Nottingham an den Zug und kehrte dann nach Hause zurück.

»Ein Trost ist«, sagte sie zu Paul – »er wird nie Geld genug haben, um darauf zu heiraten, das ist mir sicher. Und so rettet sie ihn auf die Weise.«

So wurde sie wieder guten Muts. Einstweilen standen die Dinge noch nicht ganz verzweifelt. Sie glaubte fest, William würde seine Gipsy nie heiraten. Sie wartete und hielt Paul dicht bei sich.

Den ganzen Sommer über hatten Williams Briefe einen fiebrigen Ton in sich; er schien unnatürlich und gespannt. Zuweilen war er übertrieben lustig, gewöhnlich aber flach und bitter in seinen Briefen.

»Ach ja«, sagte seine Mutter, »ich fürchte, er richtet sich durch dies Geschöpf noch zugrunde, das seiner Liebe gar nicht wert ist – nein, sie ist nicht mehr als 'ne Plünnerpuppe.«

Er wünschte nach Hause zu kommen. Die Mittsommerfreizeit war vorüber; bis Weihnachten war es noch lange hin. Er schrieb in wilder Aufregung und meinte, er wolle für Sonnabend und Sonntag zum Gänsemarkt kommen, die erste Oktoberwoche.

»Du bist nicht wohl, mein Junge«, sagte seine Mutter, sobald sie ihn zu sehen kriegte.

Sie war beinahe in Tränen, daß sie ihn einmal wieder ganz für sich haben sollte.

»Nein, ich bin nicht wohl gewesen«, sagte er. »Den ganzen letzten Monat über habe ich anscheinend eine verschleppte Erkältung gehabt, aber nun geht sie weg, glaube ich.«

Es war sonniges Oktoberwetter. Er schien wild vor Freude, wie ein durchgebrannter Schuljunge; dann wieder war er schweigsam und zurückhaltend. Er war hagerer als je, und es lag ein verstörter Blick in seinen Augen.

»Du arbeitest zu viel«, sagte seine Mutter zu ihm.

Er machte Überstunden und versuchte auf die Weise etwas Geld zum Heiraten zu gewinnen, meinte er. Am Sonnabendabend sprach er mit seiner Mutter nur einmal über seine Verlobte; und dann traurig und zärtlich.

»Und doch, weißt du, Mutter, das mag nun alles sein, sollte ich sterben, so würde sie zwei Monate lang ein gebrochenes Herz haben, und dann würde sie anfangen mich zu vergessen. Siehst du, sie würde niemals hierherkommen und mein Grab besuchen, nicht ein einziges Mal.«

»Aber William, du stirbst doch nicht, warum redest du denn so viel darüber?«

»Ja, ob ich nun sterbe oder nicht ...« erwiderte er.

»Und sie kanns doch nicht helfen. Sie ist nun mal so, und wenn du sie dir ausgesucht hast –, ja, dann kannst du dich auch nicht beschweren«, sagte seine Mutter.

Am Sonntagmorgen, als er sich den Kragen zumachte, sagte er zu seiner Mutter:

»Sieh mal«, und hielt sein Kinn in die Höhe, »was für 'ne Schramme mir der Kragen da unterm Kinn beigebracht hat!«

Grade am Übergang des Kinnes in den Hals war eine große, rote, entzündete Stelle.

»Das sollte er aber eigentlich nicht«, sagte seine Mutter. »Hier, streich mal ein bißchen von dieser lindernden Salbe drauf. Du solltest andere Kragen tragen.«

Sonntag um Mitternacht ging er fort und machte einen gesunderen und festeren Eindruck, schon nach diesen zwei Tagen zu Hause.

Am Dienstagmorgen kam ein Telegramm aus London mit der Nachricht, er wäre krank. Frau Morel erhob sich auf den Knien vom Fußboden, den sie gewaschen hatte, las das Telegramm, rief eine Nachbarin, ging zu ihrer Hauswirtin und borgte sich zwanzig Schilling, zog sich an und eilte los. Sie lief nach Keston und bekam in Nottingham einen Schnellzug nach London. In Nottingham hatte sie beinahe eine Stunde zu warten. Sie sah klein aus in ihrem schwarzen Hute und fragte ängstlich alle Kofferträger, ob sie wüßten, wie sie nach Elmers End käme. Die Fahrt dauerte drei Stunden. In einer Art Starre saß sie in einer Ecke, ohne jede Regung. In Kings Cross konnte ihr immer noch niemand sagen, wie sie nach Elmers End käme. Ihre Netztasche in der Hand, die ihr Nachthemd, Kamm und Bürste enthielt, ging sie von einem zum andern. Schließlich schickte man sie in die Untergrundbahn nach Cannon Street.

Es war sechs Uhr, als sie in Williams Wohnung ankam. Die Läden waren nicht herabgelassen.

»Wie gehts ihm?« fragte sie.

»Nicht besser«, sagte die Wirtin.

Sie folgte der Frau nach oben. William lag auf seinem Bette, mit blutunterlaufenen Augen, sein Gesicht farblos. Sein Zeug lag unordentlich umher, es war kein Feuer im Kamin, ein Glas Milch stand neben dem Bett. Niemand war bei ihm gewesen.

»Nun, mein Junge«, sagte die Mutter tapfer.

Er antwortete nicht. Er sah sie an, aber erkannte sie nicht. Dann begann er mit eintöniger Stimme, als wiederholte er einen Brief, den er jemand in die Feder vorgesprochen hatte: »Infolge des Lecks im

Schiffsraum war der Zucker geschmolzen und hart wie Stein geworden. Er mußte losgehackt werden ...«

Er war völlig bewußtlos. Er hatte den Auftrag gehabt, einen derartigen Fall im Londoner Hafen zu untersuchen.

»Wie lange ist er schon so?« fragte seine Mutter die Wirtin.

»Montagmorgen um sechs kam er nach Hause und schien den ganzen Tag zu schlafen; in der Nacht hörten wir ihn dann reden, und heute morgen fragte er nach Ihnen. Da habe ich telegraphiert, und wir haben den Arzt geholt.«

»Würden Sie wohl Feuer anmachen?«

Frau Morel versuchte ihren Sohn zu beruhigen, ihn stille zu halten.

Der Arzt kam. Es war Lungenentzündung und, sagte er, eine merkwürdige Rose, die unter dem Kinn angefangen habe, wo der Kragen ihn wundgerieben habe, und die sich über das ganze Gesicht ausbreitete. Er hoffe, sie werde das Gehirn nicht angreifen.

Frau Morel begann ihn zu pflegen. Sie betete für William, betete, er möchte sie erkennen. Aber das Gesicht des jungen Mannes verfärbte sich immer mehr. In der Nacht hatte sie mit ihm zu ringen. Er tobte und tobte und konnte nicht zu Bewußtsein gelangen. Um zwei Uhr starb er in schrecklichem Todeskampf.

Eine Stunde lang saß Frau Morel vollkommen still in dem Schlafzimmer; dann weckte sie die Wirtsleute.

Um sechs Uhr machte sie ihn mit Hilfe einer Scheuerfrau zurecht; dann lief sie in der trübseligen Londoner Vorstadt zum Standesamt und zum Arzt.

Um neun Uhr kam zu dem Häuschen in der Scargill-Straße eine neue Drahtung: »William vorige Nacht gestorben. Laß Vater kommen, Geld mitbringen.«

Annie, Paul und Arthur waren zu Hause, Morel war schon zur Arbeit gegangen. Die drei Kinder sagten kein Wort. Annie begann vor Furcht zu jammern; Paul zog los nach seinem Vater. Es war ein wundervoller Tag. Auf der Brinsleygrube verging der weiße Dampf langsam am sanft blauen Himmel im Sonnenschein; die Räder funkelten hoch oben auf den Fördertürmen; das Sieb verursachte beim Durchschaufeln der Kohlen in die Wagen ein geschäftiges Geräusch.

»Ich suche meinen Vater; er muß nach London«, sagte der Junge dem ersten Mann, dem er an der Halde begegnete.

»Walter Morel suchst du? Geh da man rin und sag Joe Ward Bescheid.«

Paul trat in das kleine obere Geschäftszimmer.

»Ich suche meinen Vater; er muß nach London.«

»Deinen Vater? Is er unten? Wie heeßt er?«

»Herr Morel.«

»Wat? Walter? Is was nich in Ordnung?«

»Er muß nach London.«

Der Mann ging an den Fernsprecher und rief die untere Geschäftsstelle an.

»Walter Morel wird gewünscht. Nummer 42. Dringend. Da is was los; sein Junge is hier.«

Dann wandte er sich zu Paul um: »In ein paar Minuten is er oben«, sagte er.

Paul wanderte draußen an den Schachtkopf. Er beobachtete den Fahrstuhl beim Heraufkommen, mit einem Kohlenwagen darauf. Der große eiserne Käfig sank auf seine Rast zurück, der volle Hund wurde abgerollt, ein leerer auf den Stuhl gezogen, irgendwo klingelte eine Glocke, der Fahrstuhl schwankte und sank dann wie ein Stein in die Tiefe.

Paul war sich gar nicht klar darüber, daß William tot war; das war unmöglich, bei all dem Treiben um ihn her. Der Abzieher brachte den kleinen Wagen sofort auf die Drehscheibe, ein anderer Mann lief mit ihm die Halde hinunter über die geschwungenen Gleise.

»Und William ist tot, und Mutter in London, und was fängt sie bloß an?« fragte der Junge sich, als handle es sich um ein Rätselspiel.

Fahrstuhl auf Fahrstuhl sah er heraufkommen, aber keinen Vater. Endlich, neben einem Wagen stehend, eine Männergestalt. Der Fahrstuhl sank auf seine Rast, Morel trat herunter. Er lahmte etwas von einem Unfall.

»Du bists, Paul? Is er schlimmer?«

»Du sollst nach London kommen.«

Die beiden traten von der Halde weg, wo die Leute sie neugierig beobachteten. Als sie draußen waren und an der Bahn entlang gingen, mit dem sonnigen herbstlichen Felde auf einer Seite und einer Wagenreihe auf der andern, sagte Morel in verängstigtem Tone:

»Er is doch nich weg, Kind?«

»Ja.«

»Wenn war't?«

Die Stimme des Bergmanns klang furchterfüllt.

»Vorige Nacht. Wir hatten Nachricht von Mutter.«

Morel ging ein paar Schritte weiter, dann lehnte er sich mit der Hand über den Augen gegen eine Wagenwand. Er weinte nicht. Paul stand dabei und sah sich um, wartend. Ein Hund wackelte langsam auf die Wiegevorrichtung. Paul sah alles und jedes, ausgenommen seinen Vater, der sich gegen den Wagen lehnte, als sei er müde.

Morel war nur einmal früher in London gewesen. Ängstlich und wie ein Kranker aussehend zog er los, seiner Frau zu Hilfe. Das war am Dienstag. Die Kinder wurden zu Hause allein gelassen. Paul ging weiter zur Arbeit, Arthur ging zur Schule, und Annie ließ eine Freundin kommen, die bei ihr bleiben sollte.

Als Paul am Sonnabend um die Ecke kam auf seinem Heimwege von Keston, sah er seinen Vater und Mutter, die bis Sethleybrücken-Haltestelle gefahren waren. Schweigend zogen sie durch das Dunkel, müde, jeder für sich. Der Junge wartete.

»Mutter?« sagte er in der Dunkelheit.

Frau Morels kleine Gestalt schien ihn nicht zu bemerken. Er sagte es noch einmal.

»Paul!« sagte sie ganz teilnahmlos.

Sie ließ sich von ihm küssen, schien ihn aber gar nicht gewahr zu werden.

Im Hause war sie genau so – klein, weiß und stumm. Sie wurde nichts gewahr, sie sagte nichts, als: »Der Sarg muß heute nacht hier sein, Walter. Du siehst dich besser nach Hilfe um.« Dann, zu den Kindern gewandt: »Wir bringen ihn nach Hause.«

Dann verfiel sie wieder in das stumme Schauen ins Unendliche, die Hände auf dem Schoß gefaltet. Wenn Paul sie ansah, war es ihm, als könne er nicht atmen. Das Haus war totenstill.

»Ich bin zur Arbeit gegangen, Mutter«, sagte er kläglich.

»So?« antwortete sie stumpf.

Nach einer halben Stunde kam Morel verstört und unruhig wieder zurück: »Wo wollen wir'n hinhaben, wenn er kommt?« fragte er seine Frau.

»In das Vorderzimmer.«

»Dann stell ick woll besser den Tisch um?«

»Ja.«

»Un nehm ihn denn auf'n paar Stühle?«

»Du weißt, da ... Ja, ich glaube auch.«

Morel und Paul gingen mit einer Kerze ins Wohnzimmer. Dort war kein Gas. Der Vater schraubte die Platte des großen, eirunden Mahagonitisches ab und machte die Mitte des Zimmers frei; dann stellte er sechs Stühle einander gegenüber, so daß der Sarg auf ihren Sitzen stehen konnte.

»So wat von Länge haste noch nie nich jesehen, wie der is«, sagte der Bergmann und paßte ängstlich auf, während er weiter arbeitete.

Paul trat an das Erkerfenster und sah aus. Wie ein Ungeheuer stand der Eschenbaum schwarz vor der weiten Dunkelheit. Es war eine schwach erhellte Nacht. Paul ging wieder zu seiner Mutter.

Um zehn Uhr rief Morel: »Da is er.«

Alle fuhren auf. Ein Geräusch wie vom Aufschließen und Öffnen der Vordertür wurde hörbar, die sich unmittelbar aus der Dunkelheit in das Zimmer öffnete.

»Bring noch 'ne Kerze«, rief Morel.

Annie und Arthur gingen. Paul kam mit seiner Mutter hinterher. Er stand mit dem Arm um ihre Hüfte in dem inneren Durchgang. Mitten in dem ausgeräumten Zimmer warteten die sechs Stühle einander gegenüber. Am Fenster hielt Arthur eine Kerze gegen den Vorhang, und an der offenen Tür stand Annie gegen den Nachthimmel vornübergelehnt; ihr Messingleuchter funkelte hell.

Das Geräusch von Rädern ertönte. Draußen in der Dunkelheit der Straße konnte Paul Pferde und ein schwarzes Gefährt sehen, eine Lampe und ein paar blasse Gesichter; dann schienen ein paar Männer, Bergleute, alle in Hemdärmeln, mit der Dunkelheit zu ringen. Sogleich erschienen zwei Männer, niedergebeugt unter einer großen Last. Es waren Morel und sein Nachbar.

»Langsam!« rief Morel außer Atem.

Er und sein Genosse stiegen die hohen Gartenstufen hinauf, so daß das Sargende vom Kerzenlicht beleuchtet wurde. Gliedmaßen anderer ringender Männer wurden hinter ihnen sichtbar. Morel und Burns stolperten voran; die große dunkle Last schwankte.

»Langsam, langsam!« rief Morel wie in Schmerzen.

Sämtliche sechs Träger waren nun in dem kleinen Garten und hielten den Sarg hoch empor. Drei weitere Stufen führten zur Tür.

Die gelbe Lampe des Wagens schien allein in die dunkle Straße hernieder.

»Nun!« sagte Morel.

Der Sarg schwankte, die Männer begannen die drei Stufen mit ihrer Last emporzusteigen. Annies Kerze flackerte, und sie jammerte leise, als die ersten Männer erschienen, und die Gliedmaßen und gebeugten Häupter der sechs Männer sich den Eingang in das Zimmer erkämpften und den Sarg schleppten, der wie die Sorge auf ihrem lebendigen Fleische lastete.

»O mein Sohn, mein Sohn!« weinte Frau Morel leise, und jedesmal, wenn der Sarg bei dem ungleichmäßigen Auftreten der Männer ins Schwanken geriet, wieder: »O mein Sohn – mein Sohn – mein Sohn!«

»Mutter!« klagte Paul, den Arm um ihre Hüfte. »Mutter!«

Sie hörte ihn nicht.

»O mein Sohn – mein Sohn!« wiederholte sie.

Paul sah Schweißtropfen von seines Vaters Stirn fallen. Sechs Männer standen im Zimmer – sechs Männer ohne Rock, mit ringenden, nachgebenden Gliedmaßen, den ganzen Raum ausfüllend und sich an den Sachen stoßend. Der Sarg neigte sich und wurde leise auf die Stühle niedergelassen. Der Schweiß tropfte von Morels Stirn auf die Sargbretter.

»Mein Wort, der hat aber'n Jewicht!« sagte einer der Männer, und die fünf seufzten, verneigten sich und gingen zitternd vor Anstrengung wieder die Stufen hinab, die Tür hinter sich zuziehend.

Die Hausgenossen waren allein in ihrem Wohnzimmer mit dem großen, blanken Kasten. William war ausgestreckt fast zwei Meter lang. Wie ein Denkmal lag der hellbraune, gewichtige Sarg da. Paul dachte, er würde nie wieder aus dem Zimmer zu bringen sein. Seine Mutter streichelte das blanke Holz.

Sie begruben ihn am Montag auf dem kleinen Friedhof am Hügel, der die Felder neben der großen Kirche und die Häuser überblickt. Es war sonnig, und die weißen Winterastern kräuselten sich in der Wärme.

Frau Morel ließ sich hernach weder zum Sprechen bringen noch dazu, wieder mit ihrer früheren Helligkeit am Leben teilzunehmen. Sie blieb verschlossen. Den ganzen Weg nach Hause hatte sie sich im Zuge gesagt: »Wenn ich es doch nur gewesen wäre!«

Wenn Paul abends nach Hause kam, fand er seine Mutter nach vollbrachtem Tagewerk mit ihren Händen über der groben Schürze gefaltet dasitzen. Früher hatte sie für gewöhnlich immer ihr Kleid gewechselt und eine schwarze Schürze vorgebunden. Nun setzte Annie ihm sein Essen hin, und seine Mutter saß da und stierte ausdruckslos vor sich hin, den Mund fest verschlossen. Dann zerquälte er sich das Hirn nach etwas, was er ihr erzählen könne.

»Mutter, Fräulein Jordan war heute unten und sagte, meine Skizze von der Grube wäre wirklich schön.«

Aber Frau Morel achtete auf nichts. Abend auf Abend zwang er sich, ihr allerlei zu erzählen, obgleich sie gar nicht hinhörte. Es trieb ihn fast zum Wahnsinn, sie so zu sehen. Zuletzt fragte er: »Was ist denn, Mutter?«

Sie hörte ihn nicht.

»Was ist denn?« drang er in sie. »Mutter, was ist denn?«

»Du weißt doch, was ist«, sagte sie gereizt und wandte sich ab.

Der Junge – er war jetzt sechzehn Jahre – ging trübselig zu Bett. Den Oktober, November und Dezember hindurch war er wie abgeschnitten und jämmerlich. Seine Mutter versuchte sich aufzuraffen, aber sie vermochte es nicht. Sie konnte nur über ihren toten Sohn nachgrübeln; sie hatten ihn so grausam sterben lassen.

Endlich, am 23. Dezember, wanderte Paul mit seinem Fünf-Schilling-Weihnachtspack in der Tasche wie blind heimwärts. Seine Mutter sah ihn an, und das Herz stand ihr still.

»Was ist los?« fragte sie.

»Mir gehts nicht gut, Mutter!« erwiderte er. »Herr Jordan hat mir fünf Schilling als Weihnachtsgeschenk gegeben.«

Er reichte es ihr mit zitternden Händen. Sie legte es auf den Tisch.

»Du freust dich gar nicht!« sagte er vorwurfsvoll; aber er zitterte heftig.

»Wo tut es dir weh?« fragte sie und knöpfte ihm den Mantel auf.

Es war die alte Frage.

»Ich fühle mich schlecht, Mutter.«

Sie zog ihn rasch aus und packte ihn ins Bett. Er hätte eine gefährliche Lungenentzündung, sagte der Arzt.

»Hätte er sie am Ende nicht bekommen, wenn ich ihn zu Hause gehalten hätte, ihn nicht hätte nach Nottingham gehen lassen?« war eine ihrer ersten Fragen.

»Er würde sie wohl nicht so schlimm bekommen haben«, sagte der Arzt.

Vor sich selbst verurteilt stand Frau Morel da.

»An den Lebenden hätte ich denken müssen, nicht an den Toten«, sagte sie zu sich.

Paul war schwer krank. Nachts lag seine Mutter neben ihm im Bett; sie konnten sich keine Pflegerin leisten. Es wurde schlimmer mit ihm, und die Entscheidung nahte. Eines Nachts kam er in jenem schrecklichen krankhaften Gefühl der Auflösung ins Bewußtsein zurück, wo sämtliche Zellen des Körpers in höchster Reizbarkeit niederzubrechen scheinen und das Bewußtsein zum letzten Kampfe emporflackert, wie im Wahnsinn.

»Ich sterbe, Mutter!« rief er, auf dem Kissen krampfhaft nach Atem ringend.

Sie richtete ihn auf und weinte leise: »O mein Sohn – mein Sohn!«

Das brachte ihn zu sich. Er erkannte sie. Sein ganzer Wille bäumte sich auf und hielt ihn. Er legte seinen Kopf an ihre Brust und fühlte sich durch ihre Liebe erleichtert.

»Aus gewissen Gründen«, sagte seine Tante, »war es gut, daß Paul damals um Weihnachten so krank wurde. Ich glaube, das rettete seine Mutter.«

Sieben Wochen lang lag Paul zu Bett. Weiß und gebrechlich stand er auf. Sein Vater hatte ihm einen Topf mit rot und goldgelben Tulpen gekauft. Sie pflegten im Fenster aufzuflammen im Märzsonnenschein, wenn er neben seiner Mutter im Sofa saß und ihr etwas vorschwatzte. Die beiden verflochten sich miteinander zu vollkommenster Vertrautheit. Frau Morels Leben wurzelte jetzt in Paul.

William hatte wahrgesagt. Frau Morel bekam ein kleines Geschenk und einen Brief von Lily zu Weihnachten. Frau Morels Schwester hatte Neujahr einen.

»Gestern abend war ich auf einem Balle. Ein paar entzückende Menschen waren da, und ich habe viel Vergnügen gehabt«, sagte der Brief. »Jeden Tanz hatte ich – nicht einen habe ich gesessen.«

Frau Morel hörte nie wieder von ihr.

Morel und seine Frau waren nach dem Todesfall eine Zeitlang ganz freundlich miteinander. Er konnte in eine Art Betäubung verfallen, in der er mit weit aufgerissenen, nichtssehenden Augen durchs Zimmer starrte. Dann stand er plötzlich auf und lief schleunigst von dannen nach den ›Drei Flecken‹, von wo er in seinem gewöhnlichen Zustande heimkehrte. Aber nie in seinem Leben vermochte er einen Gang nach Shepstone hinüber zu unternehmen, an dem Laden vorbei, in dem sein Sohn gearbeitet hatte, und den Friedhof mied er dauernd.

7. Jungens- und Mädchenliebe

Paul war während des Herbstes häufig nach dem Willeyhofe hinaufgegangen. Mit den beiden jüngeren Söhnen hatte er sich angefreundet. Edgar, der älteste, konnte sich zunächst nicht so weit herablassen. Und ebenso verweigerte Miriam jede Annäherung. Sie fürchtete sich davor, von ihm als Null angesehen zu werden, wie von ihren eigenen Brüdern. Das Mädchen war schwärmerisch veranlagt in ihrer Seele. Überall gab es Scottsche Heldinnen, die von Männern mit Helmen oder mit Federn auf den Mützen geliebt wurden. Sie selbst war in ihrer Einbildung so eine Art in eine Schweinehirtin verwandelte Prinzessin. Und sie fürchtete sich davor, daß dieser Junge, der immerhin etwas von einem Scottschen Helden an sich hatte, der malen und Französisch sprechen konnte, der wußte, was Algebra bedeutete und alle Tage mit dem Zuge nach Nottingham fuhr, sie einfach nur für das Schweinemädchen halten möchte und nicht imstande wäre, die Prinzessin darunter zu erkennen. Daher hielt sie sich abseits.

Ihre große Gefährtin war ihre Mutter. Sie waren beide blauäugig und allem Geheimnisvollen zugetan, Frauen, die Frömmigkeit in sich aufspeichern, sie mit jedem Atemzug einsaugen und das ganze Leben durch ihren Schleier wahrnehmen. So waren für Miriam Christus und Gott eine große Persönlichkeit, die sie zitternd und leidenschaftlich liebte, wenn ein gewaltiger Sonnenuntergang am Westhimmel flammte, und als Edith und Lucie und Rowena, Brian de Bois Guilbert, Rob Roy und Guy Mannering raschelte sie an sonnigen Morgen durch die Blätter oder saß allein oben in ihrer Schlafkammer, wenn es schneite. Das war Leben für sie. Im übrigen schrubbte sie im Hause herum, eine Arbeit, aus der sie sich noch nicht einmal viel gemacht hätte, wenn nicht ihr sauberer roter Fußboden sofort durch das Getrampel der Ackerstiefel ihrer Brüder wieder verschmutzt worden wäre. Wie wahnsinnig wünschte sie ihren kleinen vierjährigen Bruder einzuhüllen und mit ihrer Liebe zu ersticken; demütig ging sie mit gesenktem Haupt zur Kirche und schrak vor der Gemeinheit der anderen Chorsängerinnen und vor der gewöhnlich klingenden Stimme des Hilfspredigers zurück; sie kämpfte mit ihren Brüdern, die sie für rohe Rüpel hielt; und selbst ihren Vater würdigte sie keiner übermäßig hohen Achtung, weil er keine geheimen Ziele im Herzen hegte, sondern sein Leben nur so beharrlich wie möglich zu gestalten wünschte, und sein Essen haben wollte, wenn es Zeit war.

Ihre Schweinemädchenstellung haßte sie. Sie wollte Beachtung finden. Sie wollte etwas lernen und dachte, wenn sie nur, wie Paul, ›Colomba‹ lesen könnte oder die ›*Voyage autour de ma chambre*‹, die Welt würde für sie ein ganz anderes Aussehen gewinnen und sie viel höher einschätzen. Durch Reichtum oder Stand konnte sie keine Prinzessin werden. Sie war verrückt nach Gelehrsamkeit, auf die sie hätte stolz sein können. Denn sie war anders als andere Leute und konnte nicht mit der gemeinen Masse über einen Leisten geschlagen werden. Gelehrsamkeit war die einzige Auszeichnung, die sie für erstrebenswert hielt.

Ihre Schönheit – die eines scheuen, wilden, vor Empfindlichkeit zitternden Wesens – galt ihr nichts. Selbst ihre Seele, die sich so nach Schwärmerei sehnte, war ihr nicht genügend. Sie mußte etwas haben, was ihren Stolz kräftigte, weil sie merkte, wie anders sie war als andere Leute. Paul betrachtete sie voller Nachdenken. Im ganzen verachtete sie das männliche Geschlecht. Aber hier erschien es in einem neuen Vertreter, der rasch, leicht, anmutig war, der sanft und traurig sein konnte, der klug war und eine Menge verstand, und der sogar einen Todesfall unter den Seinen aufzuweisen hatte. Des Jungen armselige Wissensbrocken hoben ihn in ihrer Wertschätzung fast in den Himmel. Und doch versuchte sie ihn mit aller Gewalt zu verachten, weil er in ihr nicht die Prinzessin, sondern nur das Schweinemädchen erkennen wollte. Und er beachtete sie kaum.

Dann wurde er so krank, und sie fühlte, er würde schwächlich bleiben. Dann würde sie stärker sein als er. Dann würde sie ihn lieben dürfen. Könnte sie Herrin über ihn werden bei seiner Schwäche, für ihn sorgen, könnte er abhängig von ihr werden, könnte sie ihn gegebenenfalls in die Arme nehmen, wie wollte sie ihn lieben.

Sobald der Himmel wieder heller wurde und die Pflaumenblüten hervorbrachen, fuhr Paul in dem schweren Wagen des Milchmanns nach dem Willeyhofe hinauf. Herr Leivers brüllte dem Jungen gutgemeint was vor und schnalzte dann dem Pferde zu, als sie in der Morgenfrische den Hügel langsam emporklommen. Weiße Wolken zogen ihres Weges und ballten sich hinter den Hügeln zusammen, die im Frühlingswetter lebendig wurden. Unten lag das Wasser des Nethersees, tiefblau gegen die kahlen Weiden und Dornbüsche.

Es war eine Fahrt von etwas über anderthalb Meilen. Winzige Knospen an den Hecken, leuchtend grün wie Grünspan, erschlossen sich zu kleinen Röschen; und Amseln riefen, und Drosseln schrien und schimpften. Es war eine neue, zauberhaft schöne Welt.

Mit einem Blick aus dem Küchenfenster sah Miriam das Pferd durch das große, weiße Tor auf den Hof schreiten, in dessen Rücken noch der kahle Eichenwald lag. Dann kletterte ein Junge in einem schweren Mantel herunter. Er streckte seine Hände nach der Peitsche und der Decke aus, die der hübsche, rotbackige Pächter ihm hinunterreichte.

Miriam erschien im Torweg. Sie war beinahe sechzehn, sehr schön mit ihren warmen Farben, ihrem Ernst, ihren sich plötzlich wie in Verzückung weitenden Augen.

»Sag mal«, sagte Paul, sich scheu zur Seite wendend, »eure Narzissen sind ja beinahe schon heraus. Ist das nicht sehr früh? Sehen sie nicht kalt aus?«

»Kalt!« sagte Miriam in ihrer wohlklingenden, liebkosenden Stimme.

»Das Grün an ihren Knospen ...« und er stotterte sich in ein furchtsames Schweigen hinein.

»Laß mich die Decke nehmen«, sagte Miriam überzart.

»Ich kann sie ganz gut tragen«, sagte er, ein wenig verletzt.

Aber er gab sie ihr doch.

Dann erschien Frau Leivers.

»Du bist sicher müde und kalt«, sagte sie. »Laß mich deinen Mantel nehmen. Der ist aber auch schwer. In dem darfst du nicht weit gehen.«

Sie half ihm aus seinem Mantel heraus. So viel Aufmerksamkeit war er gar nicht gewöhnt. Sie wurde von seinem Gewicht fast erdrückt.

»Aber Mutter«, lachte der Pächter, als er, die großen Milchkannen schwingend, durch die Küche schritt, »da hast du dir wirklich fast mehr aufgepackt, als du tragen kannst.«

Sie schüttelte dem Jungen die Sofakissen zurecht.

Die Küche war sehr klein und unregelmäßig. Ursprünglich war der Hof ein Arbeitergrundstück gewesen. Und die Einrichtung war alt und abgenutzt. Aber Paul liebte sie – liebte den Sack, der die Herdmatte bildete, und den spaßhaften kleinen Winkel unter der Treppe, und das kleine Fenster hinten in der Ecke, durch das er, wenn er sich ein wenig vorbeugte, die Pflaumenbäume im Hintergarten und die reizenden runden Hügel sehen konnte.

»Willst du dich nicht etwas hinlegen?« fragte Frau Leivers.

»O nein; ich bin nicht müde«, sagte er. »Ist das nicht reizend, so herauszukommen, was meinen Sie? Einen Schlehenbusch in voller Blüte habe ich gesehen und Haufen von Schellkraut. Ich bin froh, es ist so sonnig.«

»Kann ich dir irgendwas zu essen oder zu trinken geben?«

»Nein, vielen Dank.«

»Wie gehts deiner Mutter?«

»Ich glaube, sie ist jetzt recht müde. Sie hatte wohl zu viel zu tun. Vielleicht wird sie bald etwas mit mir nach Skegneß gehen. Dann kann sie sich mal ausruhen. Ich würde mich so freuen, wenn sie das könnte.«

»Ja«, erwiderte Frau Leivers. »Es ist ein Wunder, daß sie nicht selbst krank geworden ist.«

Miriam ging bei den Vorbereitungen zum Essen ab und zu. Paul achtete auf alles, was vorging. Sein Gesicht war blaß und dünn, aber seine Augen rasch und hell vor Leben wie nur je. Er beobachtete die seltsame, fast schwungvolle Art, in der das Mädchen sich umherbewegte, während sie einen großen Kochtopf zum Ofen trug oder in die Bratpfanne schaute. Es war eine andere Luft wie die seines eigenen Heims, wo alles so gewöhnlich erschien. Wenn Herr Leivers draußen laut nach dem Pferde rief, das sich vorbeugte, um von den Rosenbüschen im Garten zu fressen, fuhr das Mädchen zusammen, sah sich mit dunklen Augen um, als bräche etwas über ihre Welt herein. Drinnen im Hause und draußen herrschte ein Gefühl des Schweigens. Miriam erschien ihm wie ein in Knechtschaft verkauftes Mädchen aus einem Traumspiel, dessen Geist sich in ein fernes Zauberland hinüberträumte. Und ihr mißfarbiger, alter blauer Rock und ihre zerrissenen Schuhe erschienen ihm völlig wie die abenteuerlichen Lumpen von König Cophetuas Bettlermädchen.

Plötzlich wurde sie sein scharfes blaues Auge gewahr, wie es auf ihr ruhte, sie ganz in sich aufnahm. Sofort schmerzten sie ihre zerrissenen Schuhe und ihr abgetragener alter Rock. Sie nahm es übel, daß er alles so bemerkte. Er wußte sogar, daß ihr Strumpf nicht in die Höhe gezogen war. Tief errötend ging sie in die Spülküche. Und nachher zitterten ihr die Hände ein wenig bei der Arbeit. Sie ließ fast alles fallen, was sie in die Hand nahm. Wurde ihr innerer Traum erschüttert, so geriet ihr Körper in Zittern. Sie nahm es übel, daß er so viel sah.

Frau Leivers setzte sich ein kleines Weilchen hin und sprach mit dem Jungen, obwohl sie bei ihrer Arbeit nötig war. Sie war zu höflich, ihn allein zu lassen. Aber dann entschuldigte sie sich plötzlich und stand auf. Nach einer Weile sah sie in die zinnerne Pfanne.

»Liebe Güte, Miriam«, rief sie, »die Kartoffeln haben ja kein Wasser mehr.«

Miriam fuhr zusammen wie gestochen.

»Wirklich, Mutter?« rief sie.

»Es wäre mir ja einerlei, Miriam«, sagte die Mutter, »wenn ich sie dir nicht besonders anvertraut hätte.« Sie sah in die Pfanne.

Das Mädchen reckte sich in die Höhe wie unter einem Schlag. Ihre Augen weiteten sich; still blieb sie auf dem Fleck stehen.

»Aber«, sagte sie, unter dem Griff beschämender Gewissensbisse, »ich habe ganz gewiß noch vor fünf Minuten nachgesehen.«

»Ja«, sagte die Mutter, »ich weiß, das geht leicht so.«

»Sie sind aber nicht sehr angebrannt«, sagte Paul; »das macht doch nichts, nicht?«

Frau Leivers sah den Jungen mit braunen, schmerzlichen Augen an.

»Es machte nichts, wenn die Jungens nicht wären«, sagte sie; »Miriam weiß nur zu gut, was für 'n Lärm sie machen, wenn die Kartoffeln angebrannt sind.«

›Dann sollten Sie sie nicht solchen Lärm machen lassen‹, dachte Paul bei sich.

Nach einer Weile kam Edgar herein. Er trug Gamaschen, und seine Stiefel waren mit Erde bedeckt. Er war ziemlich klein, ziemlich förmlich für einen Bauern. Er sah Paul an, nickte ihm von weitem zu und sagte:

»Essen fertig?«

»Gleich, Edgar«, sagte die Mutter entschuldigend.

»Na, ich für meinen Teil bin fertig«, sagte der junge Mann, während er eine Zeitung aufnahm und zu lesen begann. Nach und nach trabte der Rest der Hausgenossen herein. Das Essen wurde aufgetragen. Die Mahlzeit vollzog sich ziemlich roh. Die Über-Sanftheit und der entschuldigende Ton der Mutter brachten die rohen Angewohnheiten in den Söhnen erst recht heraus. Edgar versuchte die Kartoffeln, bewegte den Mund rasch wie ein Kaninchen, sah seine Mutter ärgerlich an und sagte:

»Die Kartoffeln sind ja angebrannt, Mutter.«

»Ja, Edgar. Ich hatte sie einen Augenblick vergessen. Vielleicht nimmst du Brot, wenn du sie nicht essen kannst.«

Voller Ärger sah Edgar zu Miriam hinüber.

»Was hatte Miriam denn zu tun, daß die nicht drauf aufpassen konnte?« sagte er.

Miriam blickte auf. Ihr Mund öffnete sich, ihre dunkeln Augen funkelten und zuckten, aber sie sagte nichts. Sie schluckte ihren Arger und ihre Scham hinunter und senkte ihr dunkles Haupt.

»Sie hat sich sicher Mühe genug gegeben«, sagte die Mutter.

»Nicht mal zum Kartoffelnkochen hat sie Verstand genug«, sagte Edgar. »Wozu bleibt sie eigentlich zu Hause?«

»Bloß um alles aufzufuttern, was in der Speisekammer steht«, sagte Moritz.

»Den Kartoffelpudding vergessen sie unserer Miriam nicht«, lachte der Vater.

Sie war aufs äußerste gedemütigt. Die Mutter saß schweigend, leidend, wie eine Heilige, die an diesem rohen Tische durchaus nicht am Platze war.

Das verwirrte Paul. Eine unbestimmte Verwunderung überkam ihn, warum alles so hoch gespannt werden mußte wegen ein paar angebrannter Kartoffeln. Die Mutter hob alles – selbst ein bißchen Hausarbeit – auf den Standpunkt einer frommen Vertrauenssache. Das verdachten ihr die Söhne; sie fühlten sich den Boden unter den Füßen weggerissen und antworteten daher durch Roheiten und manchmal auch durch höhnische Hochnäsigkeit.

Paul erschloß sich grade aus der Kindheit zur Männlichkeit. Diese Luft, in der alles einen frommen Wert bekam, überwältigte ihn mit ihrem feinen Zauber. Es lag etwas in ihr. Seine Mutter war streng folgerichtig. Hier war etwas ganz anderes – etwas, das er liebte, das er aber zuweilen auch haßte.

Miriam stritt wild mit ihren Brüdern. Später, am Nachmittag, als sie wieder fort waren, sagte ihre Mutter:

»Du hast mich enttäuscht beim Essen, Miriam.«

Das Mädchen ließ den Kopf hängen.

»Sie sind solche Viecher!« rief sie plötzlich, mit blitzenden Augen aufsehend.

»Aber hattest du mir nicht versprochen, ihnen nicht zu antworten?« sagte die Mutter. »Und ich glaubte dir. Ich kann es nicht haben, wenn ihr euch zankt.«

»Sie sind aber so eklig!« rief Miriam, »und – und so niedrig.«

»Ja, Liebchen. Aber wie oft habe ich dich schon gebeten, Edgar keine Widerworte zu geben. Kannst du ihn nicht reden lassen, was er Lust hat?«

»Warum soll er aber reden dürfen, was er Lust hat?«

»Hast du nicht so viel Kraft, Miriam, das zu ertragen, wenn auch nur meinetwegen? Bist du so schwach, daß du dich mit ihnen zanken mußt?«

Unweigerlich hielt Frau Leivers sich an den Lehrsatz von der andern Backe. Den Jungens konnte sie ihn unmöglich beibringen. Bei den Mädchen ging es besser, und Miriam war ihr Herzenskind. Den Jungens war die andere Backe widerlich, wenn sie ihnen dargeboten wurde. Oft war Miriam hochgemut genug, sie ihnen hinzuhalten. Dann spuckten sie sie an und haßten sie. Sie aber ging in stolzer Demut von dannen, ihr Innenleben führend.

Immerfort lag dies Gefühl von Zank und Zwietracht im Leiversschen Hause. Nahmen auch die Jungens die ewige Berufung auf ihre tieferen Empfindungen von Nachgiebigkeit und stolzer Demut übel, so übte sie doch eine gewisse Wirkung auf sie aus. Sie konnten zwischen sich und einem Außenseiter nicht die gewöhnlichsten menschlichen Gefühle und eine unübertriebene Freundschaft herstellen; sie waren stets ruhelos auf der Suche nach etwas Tieferem. Gewöhnliche Menschen kamen ihnen flach, abgedroschen und nicht beachtenswert vor. Und daher war ihnen der einfachste gesellschaftliche Umgang zu ihrem eigenen Leidwesen ungewohnt, und sie benahmen sich dabei grob, sie litten und waren doch unverschämt im Gefühle ihrer eigenen Überlegenheit. Und dann lag unter diesem allem die Sehnsucht nach Seelenvertrautheit, zu der sie aber wegen ihrer eigenen Stumpfheit nicht gelangen konnten, und jeder Annäherungsversuch wurde vereitelt durch ihre törichte Verachtung der anderen. Sie sehnten sich nach unverfälschter Vertraulichkeit, konnten aber niemandem auch nur mal auf die gewöhnliche Art und Weise nahekommen, weil sie es verschmähten, den ersten Schritt zu tun, weil sie jede Abgedroschenheit verachteten, die doch nun mal im allgemeinen den menschlichen Umgang ausmacht.

Paul geriet unter Frau Leivers Bann. Alles bekam für ihn eine gottselige und verinnerlichte Bedeutung, sobald er bei ihr war. Seine Seele, leicht empfindlich, hochentwickelt, suchte hungrig nach ihr. Gemeinschaftlich schienen sie jede Erfahrung auf ihren lebendigen Inhalt durchzusieben.

Miriam war ihrer Mutter Tochter. Im Sonnenschein des Nachmittags gingen Mutter und Tochter mit ihm die Felder hinunter. Sie sahen nach Nestern aus. In der Hecke beim Obstgarten war ein Zaunkönigsnest.

»Das mußt du sehen«, sagte Frau Leivers.

Er beugte sich nieder und steckte vorsichtig den Finger durch die Dornen in die runde Öffnung des Nestes.

»Es ist fast, als fühlte man das lebendige Innere des Vogels«, sagte er, »so warm ist es. Es heißt, die Vögel machten ihre Nester so rund wie eine Tasse, indem sie ihre Brust dagegenpressen. Wie kriegt dieser dann aber auch die Decke so rund, möchte ich wissen?«

Das Nest schien den beiden Frauen Leben zu gewinnen. Von jetzt an kam Miriam jeden Tag, um es anzusehen. Es schien ihr so nahestehend. Wieder einmal, als er mit dem Mädchen an der Hecke entlang schritt, bemerkte er Schellkraut, muschelförmige Goldfunken, am Grabenbord.

»Ich hab es gern«, sagte er, »wenn seine Blütenblätter vom Sonnenschein so ganz flach werden. Sie scheinen sich der Sonne entgegenzudrängen.«

Und von da an zog Schellkraut sie immer wie mit winziger Zauberkraft an. Da sie nun mal allem menschliche Bedeutung unterlegen mußte, so stachelte sie ihn an, die Dinge derart einzuschätzen, und dann bekamen sie Leben für sie. Es schien, als müßten die Dinge sich erst in ihrer Einbildung oder ihrer Seele entzünden, ehe sie sie wirklich besäße. Und vom gewöhnlichen Leben war sie durch ihre hochgespannte Frömmigkeit abgeschnitten, die die Welt entweder zum Klostergarten oder zu einem Paradies machte, wo es keine Sünde noch Erkenntnis gab, oder wenn schon, dann als häßliche, grausame Dinge.

So also, in diesem Dunstkreis feinster Vertraulichkeit, in diesem Zusammentreffen ihrer gemeinschaftlichen Gefühle für alles und jedes in der Natur, begann ihre Liebe zu entstehen.

Bei ihm selbst dauerte es lange Zeit, bevor ihm dies klar wurde. Zehn Monate lang mußte er nach seiner Krankheit zu Hause bleiben. Eine Zeitlang ging er mit seiner Mutter nach Skegneß und war dort vollkommen glücklich. Aber selbst von der See schrieb er lange Briefe an Frau Leivers über die Küste und die See. Und er brachte seine geliebten Skizzen von der flachen Lincolnküste mit, ängstlich besorgt, daß sie sie sähen. Sie fesselten die Leivers fast mehr als seine Mutter. Seine Kunst war es nicht, woraus Frau Leivers sich etwas machte; es war er selbst und seine Leistungen. Aber Frau Leivers und ihre Kinder wurden fast seine Schüler. Sie entflammten ihn und brachten ihn bei seiner Arbeit zum Glühen, während seiner Mutter Einfluß ihn eher ruhig machte, entschlossen, geduldig, verbissen, unermüdlich.

Er wurde bald gut Freund mit den Jungens, deren Rauheit nur äußerlich war. Sie besaßen alle, sobald sie Vertrauen hatten, eine seltene Sanftmut und Liebenswürdigkeit.

»Willst du mit mir auf die Stoppeln kommen?« fragte Edgar ein wenig zaghaft.

Paul ging mit Freuden und verbrachte den Nachmittag, indem er seinem Freunde hacken oder Rüben aussuchen half. Er pflegte mit den drei Brüdern in dem Heuhaufen auf dem Boden zu liegen und ihnen von Nottingham und Jordan zu erzählen. Sie wiederum lehrten ihn melken und ließen ihn kleine Arbeiten verrichten – Heu harken oder Rüben quetschen – grade so viel wie er Lust hatte. Um Mittsommer arbeitete er die ganze Heuernte hindurch mit ihnen, und dann hatte er sie liebgewonnen. Die Hausgenossen waren tatsächlich so sehr von aller Welt abgeschlossen. Sie kamen ihm jedoch wie die ›*derniers fils d'une race épuisée*‹ vor. Obgleich die Jungens stark waren und gesund, besaßen sie doch alle jene Überempfindlichkeit und jene Zurückhaltung, die sie so einsam, aber gleichzeitig auch zu so nahen, vertrauten Freunden machten, sobald man erst einmal ihr Vertrauen gewonnen hatte. Paul liebte sie innig und sie ihn auch.

Miriam kam später. Aber er war in ihr Leben eingetreten, bevor sie ein Mal in dem seinen hinterlassen hatte. Eines trüben Nachmittags, als die Männer auf dem Felde waren und der Rest in der Schule, und nur Miriam und ihre Mutter zu Hause, sagte das Mädchen zu ihm, nachdem sie erst noch ein Weilchen gezögert hatte:

»Hast du schon die Schaukel gesehen?«

»Nein«, antwortete er, »wo?«

»Im Kuhstall«, antwortete sie.

Sie zögerte immer, ehe sie ihm etwas anbot oder zeigte. Männer besitzen einen so anderen Wertmesser als Frauen, und ihre Lieblingssachen – die, die für sie Wert besaßen – hatten ihre Brüder so oft verspottet oder herabgesetzt.

»Denn komm«, erwiderte er aufspringend.

Es waren zwei Kuhställe da, einer an jeder Seite der Scheune. In dem niedrigeren, dunkleren Stalle waren Stände für vier Kühe. Hühner flogen scheltend über die Krippenwand, als der Junge und das Mädchen auf das dicke Tau zuschritten, das von dem Balken über ihren Köpfen aus der Dunkelheit herabhing, und über einen Pflock in die Wand geschlagen war.

»Das ist noch mal ein Tau!« rief er mit allen Zeichen der Billigung; und dann setzte er sich drauf, geprickelt es zu versuchen. Aber sofort stand er wieder auf.

»Denn komm, du zuerst«, sagte er zu dem Mädchen.

»Sieh«, antwortete sie und ging in die Scheune hinüber, »wir legen immer ein paar Säcke als Sitz unter«; und dann machte sie ihm die Schaukel bequem. Das machte ihr Vergnügen. Er hielt das Tau.

»Na, nun komm«, sagte er zu ihr.

»Nein, ich will nicht zuerst«, antwortete sie.

Sie trat in ihrer stillen, hochmütigen Art zur Seite.

»Warum nicht?«

»Fang du an«, bat sie.

Fast zum ersten Male in ihrem Leben hatte sie das Vergnügen, einem Manne nachzugeben, ihn zu verziehen. Paul sah sie an. »Na schön«, sagte er und setzte sich. »Paß auf!«

Mit einem Satz legte er los und flog im Augenblick hoch durch die Luft, fast aus der Scheunentür hinaus, deren obere Hälfte offen stand und draußen den rieselnden Regen sehen ließ, den schmutzigen Hof, das trostlos gegen den schwarzen Wagenschuppen sich drängende Vieh, und als Hintergrund des Ganzen die graugrüne Wand des Waldes. Sie stand unten in ihrer roten Pudelmütze und beobachtete ihn. Er sah zu ihr nieder, und sie sah, wie seine blauen Augen strahlten. »Das ist ja 'ne großartige Schaukel«, sagte er.

»Ja.«

Er flog durch die Luft, jede Fiber in ihm schwingend, wie ein Vogel, der sich vor Lust an der Bewegung fallen läßt. Und er sah wieder zu ihr nieder. Ihre rote Mütze hing ihr über die dunklen Locken, ihr wunderschönes warmes Gesicht, so still in seiner Nachdenklichkeit, war zu ihm emporgehoben. Es war dunkel und ziemlich kalt im Kuhstall. Plötzlich kam eine Schwalbe hoch von der Decke herab und schoß aus der Tür.

»Ich wußte nicht, daß der Vogel uns zuguckte«, sagte er. Er schaukelte sich voller Nachlässigkeit. Sie konnte seinen Fall und sein Sich-durch-die-Luft-wieder-Emporheben mitfühlen, als ruhte er auf irgendeiner Kraft.

»Nun will ich sterben«, sagte er mit einer losgelösten, träumerischen Stimme, als wäre er die sterbende Bewegung der Schaukel selbst. Bezaubert sah sie ihm zu. Plötzlich bremste er und sprang heraus.

»Ich bin aber lange dran gewesen«, sagte er. »Aber es ist auch 'ne großartige Schaukel, wirklich 'ne großartige Schaukel!«

Miriam freute sich, daß er die Schaukel so ernst nahm und so warm für sie empfand.

»Nein; schaukle du man weiter«, sagte sie.

»Wieso? Willst du denn nicht?« fragte er erstaunt.

»Ach, nicht sehr gern. Ich will wohl ein bißchen.«

Sie setzte sich, während er die Säcke für sie an rechter Stelle hielt.

»Es geht so fein!« sagte er, sie in Bewegung setzend. »Halte die Hacken hoch, sonst saust du gegen die Krippenwand.«

Sie empfand die Genauigkeit, mit der er sie wieder auffing, genau im rechten Augenblick, und die scharf abgemessene Kraft seines Stoßes, und wurde bange. Eine heiße Woge der Furcht ging ihr bis in die Eingeweide. Sie war in seiner Hand. Wieder, fest und unvermeidlich kam sein Stoß im rechten Augenblick. Fast schwindelnd hielt sie sich an dem Tau.

»Ach!« lachte sie. »Nicht höher!«

»Du bist aber noch kein bißchen hoch«, wandte er ein.

»Höher aber nicht.«

Er hörte die Furcht aus ihrer Stimme heraus und hörte auf. Ihr Herz schmolz in heißer Pein dahin, wenn der Augenblick kam, in dem er sie wieder vorwärtsstoßen sollte. Aber er ließ sie zufrieden. Sie begann aufzuatmen.

»Möchtest du wirklich nicht höher?« fragte er. »Soll ich sie so halten?«

»Nein, laß mich mal allein«, antwortete sie.

Er trat beiseite und sah ihr zu.

»Wieso, du bewegst dich ja kaum«, sagte er.

Sie lachte leicht vor Scham und war im Augenblick herunter.

»Es heißt, wenn man schaukeln kann, wird man nicht seekrank«, sagte er, als er sich wieder hineinsetzte. »Ich glaube, ich würde nie seekrank.«

Los ging er. Für sie lag etwas Bezauberndes in ihm. Für den Augenblick war er nichts als ein wenig schwingender Stoff; kein Teilchen an ihm, das nicht schwang. Sie konnte sich nie so ganz gehen lassen, und ihre Brüder auch nicht. Es regte eine gewisse Wärme in ihr an. Es war fast, als wäre er eine Flamme, die ihre innere Wärme entzündet hatte, während er so mitten durch die Luft fuhr.

Und allmählich verdichtete sich die Vertraulichkeit mit den Hausgenossen für Paul auf drei Personen – der Mutter, Edgar und Miriam. An die Mutter wandte er sich wegen jenes Mitgefühls und jenes Flehens, das ihn zu ihr zu ziehen schien. Edgar wurde sein bester Freund. Und zu Miriam ließ er sich mehr oder weniger herab, weil sie so demütig schien.

Aber allmählich suchte das Mädchen ihn auf. Wenn er sein Skizzenbuch mitbrachte, war sie es, die am längsten über dem neuesten Bilde hing. Dann pflegte sie zu ihm aufzusehen. Plötzlich mit einem Licht in ihren dunklen Augen, wie ein Wasser, in dem im Dunklen ein Goldstrom aufschimmert, konnte sie dann sagen:

»Warum gefällt mir dies so?«

Etwas in seiner Brust schreckte immer vor ihren nahen, vertrauten, betäubten Blicken zurück.

»Wieso?« fragte er. »Ich weiß nicht. Es scheint so lebenswahr.«

»Das kommt – das kommt, weil fast gar kein Schatten drin ist; es ist glitzernder, als hätte ich den glitzernden Urstoff in den Blättern und überall sonst gemalt, und nicht die steife Form. Die scheint mir immer tot. Erst dies Glitzern ist wahres Leben. Die Form ist tote Kruste. Der Schimmer sitzt wirklich drinnen.«

Und dann mußte sie, den kleinen Finger im Munde, über diese Aussprüche nachdenken. Sie gaben ihr wieder ein Gefühl von Leben und belebten Dinge für sie, die ihr früher nichts bedeutet hatten. Sie brachte es auch fertig, aus seinen mühsamen, unübersinnlichen Reden eine gewisse Bedeutung herauszufinden. Und sie wurden das Mittel, durch das sie in enge Fühlung mit ihren Lieblingsdingen geriet.

Eines andern Tags saß sie bei Sonnenuntergang bei ihm, während er ein paar Kiefern malte, die die rote Glut des West auffingen. Er hatte geschwiegen.

»Da hast du's!« sagte er plötzlich. »Das wollte ich haben. Nun sieh sie dir mal an und sag, sind das Kiefernstämme oder rote Kohlen, aufrechtstehende Feuerbrände in der Dunkelheit. Da hast du Gottes brennenden Busch, der sich im Feuer nicht verzehrte.«

Miriam sah hin und erschrak. Aber die Kiefernstämme waren ihr wundervoll und so deutlich. Er packte seinen Malkasten zusammen und stand auf. Plötzlich sah er sie an.

»Warum bist du immer so traurig?« fragte er sie.

»Traurig!« rief sie, mit erschreckten, wundervollen braunen Augen zu ihm aufsehend.

»Ja«, erwiderte er; »du bist immer, immer traurig.«

»Das bin ich gar nicht – oh, kein bißchen!« rief sie.

»Aber selbst deine Freude ist wie eine Flamme, die aus Traurigkeit herrührt«, beharrte er. »Du bist niemals fröhlich oder auch nur grade wohlgestimmt.«

»Nein«, sagte sie nachdenklich. »Ich verstehe auch nicht – warum.«

»Weil du's nicht bist; weil du innerlich ganz anders bist, wie eine Kiefer, und dann aufflammst; aber du bist nicht wie ein gewöhnlicher Baum, mit zitterigen Blättern und netten ...«

Er hatte sich in seiner Rede verheddert; sie aber dachte darüber nach, und so überkam ihn eine seltsame, aufregende Empfindung, als wäre sein Fühlen ganz neu. Sie kam ihm so nahe. Es war seltsam reizvoll.

Dann haßte er sie zuweilen. Ihr jüngster Bruder war erst fünf. Er war ein gebrechliches Kerlchen, mit riesigen braunen Augen in seinem sonderbaren zarten Gesicht – einer aus Reynolds Engelschor mit einem Stich ins Elfische. Miriam kniete oft vor dem Kinde nieder und zog es an sich.

»Ach, mein Hubert!« sang sie mit einer von Liebe schweren, überladenen Stimme. »Ach, mein Hubert!«

Und ihn in die Arme schließend, wiegte sie sich leise von einer Seite zur anderen vor Liebe, das Gesicht halb erhoben, die Augen halb geschlossen, ihre Stimme durchtränkt mit Liebe.

»Nicht doch!« sagte das Kind unbehaglich; »nicht doch, Miriam!«

»Doch; du hast mich doch lieb, nicht?« murmelte sie tief in der Kehle, fast als läge sie im Zauberschlaf, und sich wiegend, als würde sie ohnmächtig vor verzückter Liebe.

»Nicht doch!« wiederholte das Kind, ein Runzeln auf seiner klaren Stirn.

»Du hast mich doch lieb, nicht?« murmelte sie.

»Was stellst du solche Geschichten mit ihm an?« rief Paul, der sehr unter ihren so tiefgehenden Bewegungen litt. »Warum kannst du ihn nicht behandeln wie andere auch?«

Sie ließ das Kind fahren, stand auf und sagte nichts. Ihre Überspanntheit, die kein Gefühl in seinem Urzustande beharren ließ, reizte den Jungen bis zur Wut. Und diese ihre fürchterliche, nackte Anschmiegsamkeit bei jeder noch so kleinen Gelegenheit stieß ihn ab. Er war an seiner Mutter Zurückhaltung gewöhnt. Und bei solchen Gelegenheiten war er in Herz und Seele dankbar dafür, eine so gesunde und verständige Mutter zu haben.

Miriams ganzes körperliches Leben lag in ihren Augen, die ungewöhnlich dunkel waren, wie eine dunkle Kirche, die aber mit einem Licht wie eine Feuersbrunst leuchten konnten. Ihr Gesicht trug kaum je einen andern Ausdruck als den des Nachdenkens. Sie hätte eine jener Frauen sein können, die nach Jesus Tode Maria begleiteten. Ihr Körper war nicht schmiegsam und lebendig. Sie ging mit Schwung, aber eher mit einem zu schweren, den Kopf vornübergeneigt, nachdenklich. Ungeschickt war sie nicht, und doch erschien keine ihrer Bewegungen ganz richtig. Oft konnte sie beim Abtrocknen des Geschirrs voller Erstaunen und Kummer dastehen, wenn sie eine Tasse oder ein Glas entzweigebrochen hatte. Es war, als wende sie in ihrer Furcht und bei ihrem mangelnden Selbstvertrauen zu viel Kraft an jede Leistung. Sie hatte keine Schlaffheit und keine Nachlässigkeit in sich. Alles war straff gespannt, und jede Anstrengung lief vor Überanstrengung in sich selbst zurück.

Ihren schwingenden, gradeaus gerichteten, gespannten Gang änderte sie nur selten. Gelegentlich lief sie einmal mit Paul die Felder hinunter. Dann glühten ihre Augen in einer Art unverhohlener Verzückung, die ihn erschreckte. Aber sie war noch sehr furchtsam. Mußten sie über einen Übergang klettern, so packte sie seine Hand in einer harten, kleinlichen Angst, und begann ihre Geistesgegenwart zu verlieren. Und er konnte sie nicht dazu überreden, auch nur mal aus ganz geringer

Höhe herunterzuspringen. Ihre weitaufgerissenen Augen begannen zu zittern.

»Nein!« rief sie, halb lachend in ihrer Angst – »nein!«

»Du sollst aber«, rief er einmal, und sie vorwärts reißend, brachte er sie dazu, daß sie von dem Zaune herunterfiel. Aber ihr wildes, schmerzliches ›Ach!‹, als verliere sie das Bewußtsein, tat ihm weh. Sie kam indessen sicher auf die Füße und besaß späterhin auch in dieser Hinsicht Mut genug.

Sie war mit ihrem Lose sehr unzufrieden.

»Bist du denn nicht gern zu Hause?« fragte Paul sie überrascht.

»Wer könnte das wohl?« antwortete sie leise und gespannt.

»Was ist es denn? Den ganzen Tag muß ich reinmachen, was die Jungens in fünf Minuten wieder verschmutzen. Ich will nicht zu Hause bleiben.«

»Was möchtest du denn?«

»Ich möchte irgend etwas anfangen. Ich möchte meine Gelegenheiten ausnutzen, wie jede andere auch. Warum soll ich, bloß weil ich ein Mädchen bin, zu Hause gehalten werden und nichts anfangen dürfen? Was für 'ne Gelegenheit habe ich denn?«

»Gelegenheit wozu?«

»Irgendwas verstehen zu lernen, etwas zu tun. Es ist nicht recht, bloß weil ich ein Mädchen bin.«

Sie schien sehr bitter. Paul wunderte sich. Annie war zu Hause fast froh darüber, daß sie ein Mädchen war. Sie hatte so nicht so viel Verantwortlichkeit; die Verhältnisse lagen für sie leichter. Sie wollte nie etwas anderes sein als ein Mädchen. Aber Miriam wünschte sich leidenschaftlich, ein Mann zu sein. Und doch haßte sie gleichzeitig alle Männer.

»Aber es ist doch ebensogut eine Frau zu sein, als ein Mann«, sagte er mit einem Stirnrunzeln.

»Ach! So? Die Männer haben doch alles.«

»Ich sollte meinen, eine Frau könnte gradeso froh sein, eine Frau zu sein, wie ein Mann, daß er ein Mann ist«, antwortete er.

»Nein!« sie schüttelte den Kopf – »nein! Alles haben die Männer.«

»Aber was willst du denn?« fragte er.

»Ich möchte was lernen. Warum ist es denn notwendig, daß ich nichts weiß?«

»Wieso! Etwa Mathematik oder Französisch?«

»Ja, warum soll ich keine Mathematik verstehen? Ja!« rief sie, während sich ihre Augen in einer Art Herausforderung weiteten.

»Na, soviel wie ich weiß, kannst du ja lernen«, sagte er; »ich will dirs beibringen, wenn du Lust hast.«

Ihre Augen weiteten sich. Sie mißtraute ihm als Lehrer.

»Hast du Lust?« fragte er.

Sie senkte den Kopf und lutschte nachdenklich an den Fingern.

»Ja«, sagte sie zögernd.

Er pflegte seiner Mutter alles dieses zu erzählen.

»Ich will Miriam Algebra beibringen«, sagte er.

»Schön«, sagte Frau Morel. »Ich hoffe, sie gedeiht dabei!«

Als er am Montag abend nach dem Hof hinausging, näherte es sich schon dem Zwielicht. Miriam war grade beim Ausfegen der Küche und kniete auf der Herdmatte, als er eintrat. Alle außer ihr waren aus. Sie sah sich nach ihm um, errötete mit glänzenden Augen, während ihr feines Haar ihr ins Gesicht fiel.

»Hallo!« sagte sie weich und wohlklingend. »Ich wußte, du wärst es.«

»Wie denn?«

»Ich erkannte deinen Schritt. Niemand geht so rasch und fest.«

Er setzte sich seufzend nieder.

»Fertig für ein bißchen Algebra?« fragte er, ein kleines Buch aus der Tasche ziehend.

»Aber ...«

Er konnte fühlen, wie sie auszuweichen strebte.

»Du sagtest doch, du wolltest gern«, drängte er sie.

»Ja, aber heute abend?« stotterte sie.

»Ich bin eigens deswegen gekommen. Und wenn du lernen willst, mußt du einmal den Anfang machen.«

Sie nahm ihr Fegeblech mit der Asche und sah ihn halb zitternd, aber doch lachend an.

»Ja, aber heute abend! Du siehst doch, ich habe gar nicht dran gedacht.«

»Ach, du meine Güte! Nimm deine Asche und komm.«

Er ging und setzte sich auf die Steinbank im Hinterhofe, wo die großen Milchkannen umgekehrt dastanden, um auszulüften. Die Männer waren in den Kuhställen. Er konnte den leisen Singsang der in die Eimer spritzenden Milch vernehmen. Da kam sie auch schon wieder, mit zwei großen, grünlichen Äpfeln.

»Die magst du gern, weißt du«, sagte sie.

Er nahm einen Bissen.

»Setz dich«, sagte er mit vollem Munde.

Sie war kurzsichtig und sah ihm über die Schulter. Das erregte ihn. Rasch gab er ihr das Buch.

»Hier«, sagte er. »Es sind bloß Buchstaben an Stelle von Ziffern. Du setzt ein ›a‹ für ›2‹ oder ›6‹.«

Sie arbeiteten, er redend, sie mit dem Kopfe auf das Buch niedergesenkt. Er war rasch und hastig. Sie antwortete nie. Gelegentlich, wenn er sie fragte: »Begreifst du's?« sah sie zu ihm auf, die Augen weit offen von jenem aus Furcht herrührenden Halblachen. »Begreifst du's denn nicht?« rief er.

Er war zu rasch weitergegangen. Aber sie sagte nichts. Er fragte sie weiter und wurde hitzig. Es erregte sein Blut, sie hier so zu sehen, dem Anschein nach ganz in seiner Hand, den Mund offen, die Augen weit geöffnet vor Lachen, das nur Furcht war, sich entschuldigend, beschämt. Da kam Edgar mit zwei Milcheimern vorbei.

»Hallo!« sagte er. »Was treibt ihr denn da?«

»Algebra!« erwiderte Paul.

»Algebra!« wiederholte Edgar neugierig. Dann schritt er lachend weiter. Paul biß ein Stück von seinem vergessenen Apfel ab, sah auf den jämmerlichen Kohl im Garten, der von dem Federvieh ganz zu Spitzen zerfressen war, und wünschte, er dürfte ihn ausreißen. Dann blickte er auf Miriam. Sie brütete über dem Buch, schien ganz von ihm hingenommen und doch zu zittern, vor Furcht, sie würde nicht eindringen können. Das machte ihn ärgerlich. Sie war rötlich und wunderschön. Aber ihre Seele erschien ein gespanntes Flehen. Sie machte das Algebrabuch zu, zurückschreckend, weil sie wußte, er wäre ärgerlich; und er wurde gleichzeitig sanft, weil er sah, sie war verletzt, weil sie es nicht begreifen konnte.

Aber solche Sachen gingen ihr nur langsam ein. Und wenn sie sich so fest zusammennahm, erschien sie ihm so durchaus demütig, daß es sein Blut zum Kochen brachte. Er brauste auf sie los, fühlte sich beschämt, fuhr mit der Aufgabe fort, und wurde wieder wütend und schalt sie. Sie hörte ihn schweigend an. Gelegentlich, aber nur sehr selten, verteidigte sie sich. Dann glühten ihre dunklen Augen ihn an.

»Du läßt mir ja keine Zeit zum Lernen«, sagte sie.

»Na, schön«, sagte er, während er das Buch auf den Tisch warf und sich eine Zigarette anzündete. Nach einer Weile kam er dann als reumütiger Sünder wieder zu ihr. So ging der Unterricht weiter. Er war immer entweder in Wut oder sehr sanft.

»Warum braucht denn deine Seele davor zu zittern?« rief er.

»Du lernst doch Algebra nicht mit der Seele. Kannst du sie nicht einfach mit deinem gesunden Menschenverstande betrachten?«

Frau Leivers konnte ihn oft, wenn er wieder in die Küche kam, vorwurfsvoll ansehen und sagen:

»Paul, sei doch nicht so hart mit Miriam. Sie mag ja nicht sehr rasch auffassen, aber ich bin gewiß, sie versuchts.«

»Ich kanns nicht helfen«, sagte er recht jämmerlich. »Ich gehe dann eben so los.«

»Du bist mir doch nicht böse, Miriam, nicht wahr?« fragte er dann später das Mädchen.

»Nein«, versicherte sie ihn mit ihrem wunderschönen, tiefen Tonfall – »nein, ich bin dir nicht böse.«

»Sei mir nicht böse; es ist ja meine Schuld.«

Aber trotzdem begann sein Blut bei ihr zu kochen. Es war seltsam, daß niemand sonst ihn in solche Wut versetzen konnte. Er flammte gegen sie auf. Einmal warf er ihr den Bleistift ins Gesicht. Es trat Schweigen ein. Sie wandte ihr Gesicht leicht zur Seite.

»Ich wollte dich nicht ...« begann er, aber kam nicht weiter, so schwach fühlte er sich in allen Knochen. Sie machte ihm nie Vorwürfe oder war ärgerlich gegen ihn. Er schämte sich oft grausam. Aber trotzdem barst sein Ärger wieder wie eine überspannte Blase, und wenn er dann so ihr eifriges, stummes, allem Anschein nach ganz blindes Gesicht sah, dann bekam er immer Lust, ihr den Bleistift hineinzuwerfen; sah er dann aber ihre Hand zittern und ihren Mund vor Kummer geöffnet, dann versengte es ihm das Herz vor Schmerz um sie. Und grade wegen der Spannung, in die sie ihn versetzte, suchte er sie.

Dann aber vermied er sie häufig und ging mit Edgar. Miriam und ihr Bruder waren von Haus aus Gegensätze. Edgar war Vernunftsmensch, der neugierig war und auf seine Art künstlerischen Anteil am Leben nahm. Für Miriam war die Bitterkeit sehr groß, sich von Paul um Edgars willen verlassen zu sehen, der ihr so viel tieferstehend vorkam. Aber der Junge war sehr glücklich mit ihrem älteren Bruder. Die beiden verbrachten ganze Nachmittage auf dem Lande oder auf dem Heuboden beim Zimmern, wenn es regnete. Und sie redeten miteinander, und Paul lehrte Edgar die Lieder, die er selbst von Annie am Klavier gelernt hatte. Und oft hatten die Männer auch, Herrn Leivers mit eingeschlossen, bittere Auseinandersetzungen über die Verstaatlichung von Grund und Boden oder ähnliche Streitfragen. Paul hatte immer bereits seiner Mutter Ansichten gehört, und da diese einstweilen noch die seinen waren, so redete er durch sie. Miriam hörte zu und nahm auch daran teil, aber sie wartete doch die ganze Zeit über nur darauf, daß es zu Ende gehen und eine persönliche Unterhaltung einsetzen möchte.

»Schließlich«, sagte sie sich innerlich, »wenn der Boden auch verstaatlicht würde, Edgar und Paul und ich blieben deshalb doch dieselben.« Und so wartete sie auf die Rückkehr des Jungen zu ihr.

Er arbeitete eifrig an seiner Malerei. Er liebte es, abends zu Hause zu sitzen, allein mit seiner Mutter, arbeitend und arbeitend. Sie nähte oder las. Sah er dann von seiner Arbeit auf, so ruhten seine Augen wohl einen Augenblick auf ihrem von Lebenswärme erhellten Gesicht, und dann kehrte er froh an seine Arbeit zurück.

»Meine besten Sachen kann ich immer machen, wenn du in deinem Schaukelstuhl sitzt, Mutter«, sagte er.

»Ganz sicher!« rief sie, mit geheucheltem Zweifel die Nase rümpfend. Aber sie fühlte doch, es war so, und ihr Herz zitterte vor Seligkeit. Viele Stunden lang saß sie ganz still nur oberflächlich bewußt, daß er dort drauflos arbeitete während sie handarbeitete oder ein Buch las. Und während seine Seelenspannung ihm den Pinsel führte, konnte er ihre Wärme wie eine Art innerer Kraft verspüren. Sie waren beide sehr glücklich so, ohne daß es ihnen bewußt geworden wäre. Diese Zeit, die für sie beide so viel bedeutete und die wirkliches Leben war, bemerkten sie beide nicht.

Er kam nur zum Bewußtsein, wenn er gereizt wurde. Sobald eine Skizze fertig war, wollte er sie immer gern zu Miriam bringen. Dann erst fühlte er sich zur Erkenntnis des Werkes angestachelt, das er unbewußt hervorgebracht hatte. In Berührung mit Miriam gewann er Einsicht; seine Erscheinungswelt vertiefte sich. Von seiner Mutter bekam er Lebenswärme, Schaffenskraft; Miriam fachte diese Kraft zur Weißgluthitze an.

Als er zu seiner Werkstätte zurückkehrte, waren die Arbeitsbedingungen dort besser geworden. Er hatte Mittwoch nachmittags frei, um zur Kunstschule gehen zu können – durch Fräulein Jordans Fürsorglichkeit – und kam dann abends wieder. Auch schloß die Werkstatt Donnerstag und Freitag abends um sechs statt um acht.

Eines Sommerabends gingen Miriam und er auf ihrem Heimwege von der Bücherei über die Felder beim Herodeshofe. So war es nur drei Meilen bis zum Willeyhofe. Eine gelbe Glut lag über dem schnittfähigen Gras, und der Sauerampfer brannte blutrot. Allmählich, wie sie über das hochliegende Land dahinschritten, sank das Gold im Westen zum Rot herab, das Rot zum Purpur, und dann kroch ein kaltes Blau gegen die Glut empor.

Sie kamen auf die zwischen dunkelnden Feldern dahinlaufende Landstraße nach Alfreton. Hier hielt Paul an. Für ihn waren es zwei Meilen nach Hause, für Miriam eine. Sie blickten beide die Straße hinauf, die im Schatten unmittelbar unter der Glut des Nordwesthimmels dahinlief. Auf dem Kamme des Hügels stand Selby mit seinen starren Häusern und stacheligen Fördertürmen wie ein winziger schwarzer Schattenriß gegen den Himmel.

Er sah nach der Uhr.

»Neun Uhr!« sagte er.

Unwillig, sich zu trennen, stand das Paar da, seine Bücher an sich drückend.

»Das Holz ist jetzt so entzückend«, sagte sie. »Ich möchte so gern, du hättest es gesehen.«

Langsam folgte er ihr über den Weg bis an das weiße Gatter.

»Sie brummen so, wenn ich zu spät komme«, sagte er.

»Aber du tust doch nichts Böses«, antwortete sie ungeduldig. Er folgte ihr in der Dämmerung über die abgefressene Weide. Im Holze herrschte Kühle, ein Duft von Blättern, von Jelängerjelieber, und Zwielicht. Die beiden schritten in Schweigen einher. Wundervoll brach die Nacht herein hier im Gedränge der dunklen Baumstämme. Voller Erwartung sah er sich um.

Sie wollte ihm einen wilden Rosenstrauch zeigen, den sie entdeckt hatte. Sie wußte, er war wunderschön. Und doch, ehe er ihn nicht gesehen hätte, fühlte sie, gelangte er nicht zu ihrer Seele. Nur er konnte ihn ihr zugehörig machen, unsterblich. Sie war unzufrieden.

Auf den Pfaden taute es bereits. In dem alten Eichenhain hoben sich Nebel vom Boden empor, und er zauderte, voller Verwunderung, ob ein weißer Streifen nur ein Nebelstreif sei oder ein Haufen Lichtnelken, gleich einer blassen Wolke.

Als sie schließlich zu den Kiefern kamen, wurde Miriam sehr eifrig und gespannt. Ihr Strauch möchte hin sein. Vielleicht wäre sie nicht imstande, ihn zu finden; und das wollte sie doch so gern. Fast leidenschaftlich wünschte sie dabei zu sein, wenn er vor den Blüten stände. Das würde ein gemeinschaftliches Abendmahl bedeuten – etwas Ergreifendes, Heiliges. Er schritt in Schweigen neben ihr her. Sie waren einander sehr nahe. Sie zitterte, und er lauschte in unbestimmter Furcht.

Als sie an den Rand des Gehölzes kamen, sahen sie vor sich den Himmel durch die Bäume wie Perlmutter, und die dunkler werdende Erde. Irgendwo an den äußersten Zweigen der Kiefernschonung strömte Jelängerjelieber seinen Duft aus.

»Wo?« fragte er.

»Den mittleren Pfad hinunter«, murmelte sie zitternd.

An einer Biegung des Pfades stand sie still. In dem weiten Raum zwischen den Kiefernstämmen konnte sie, voller Furcht umherblickend, zuerst ein paar Augenblicke nichts erkennen; das grauer werdende Licht beraubte die Gegenstände ihrer Farbe. Dann sah sie ihren Strauch.

»Ach!« rief sie, vorwärtseilend.

Es war sehr still. Der Strauch war hoch und weitausladend. Er hatte seine Ranken über einen Rotdornbusch geworfen, und seine langen Zweige schleiften dick durch das Gras, überall die Dunkelheit mit verstreuten Sternen von reinstem Weiß übersprenkelnd. In Buckeln von Elfenbein und großen, versprengten Sternen glühten die Rosen auf der Dunkelheit ihres Laubes und der Stiele und des Grases. Paul und Miriam standen dicht nebeneinander, schweigend, und betrachteten ihn. Stern auf Stern leuchteten die Rosen still zu ihnen empor und schienen etwas in ihren Seelen zu entzünden. Wie Rauch stieg die Dämmerung um sie her empor und löschte ihre Rosen doch noch nicht aus.

Paul sah Miriam in die Augen. Sie war blaß und erwartungsvoll vor Staunen, die Lippen geöffnet, und ihre dunklen Augen lagen offen vor ihm. Sein Blick schien sich in ihr Inneres zu senken. Ihre Seele bebte.

Es war das ersehnte Abendmahl. Er wandte sich wie vor Schmerz zur Seite. Dann wieder zu dem Strauch.

»Sie scheinen sich wie Schmetterlinge zu bewegen und sich zu schütteln«, sagte er.

Sie blickte auf die Rosen. Sie waren weiß, einzelne erst halb geöffnet und heilig, andere in Verzückung erschlossen. Der Strauch selbst war dunkel wie ein Schatten. In innerlichem Antrieb hob sie die Hand zu den Blüten empor; sie trat auf sie zu und berührte sie voller Verehrung.

»Laß uns gehen«, sagte er.

Ein kühler Duft von Elfenbeinrosen herrschte – ein weißer, jungfräulicher Duft. Etwas machte ihn sich ängstlich und wie gefangen fühlen. Sie schritten beide in Schweigen dahin.

»Bis Sonntag«, sagte er ruhig und ließ sie allein; und sie ging langsam heimwärts, in ihrer Seele ein Gefühl des Befriedigtseins durch die Heiligkeit des Abends. Er stolperte den Pfad hinunter. Und sobald er aus dem Holze war, auf der freien, offenen Wiese, wo er wieder atmen konnte, da begann er zu laufen, was er nur konnte. Es war etwas wie eine köstliche Raserei in seinen Adern.

Immer wenn er mit Miriam ausgewesen war und es etwas spät wurde, dann wußte er, seine Mutter sorgte sich und würde ärgerlich mit ihm sein – warum, vermochte er nicht zu begreifen. Als er ins Haus trat und seine Mütze von sich warf, sah seine Mutter in die Höhe nach der Uhr. Sie hatte gesessen und nachgedacht, weil eine Augenerkältung sie am Lesen verhinderte. Sie konnte fühlen, wie Paul durch dieses Mädchen von ihr weggezogen wurde. Und sie machte sich nichts aus Miriam. »Sie ist eine von denen, die einem Manne die Seele aussaugen, bis nichts mehr davon über ist«, sagte sie zu sich selbst; »und er ist grade so'n Wickelkind, das sich aussaugen läßt. Sie wird ihn nie zum Manne werden lassen; niemals.« So arbeitete Frau Morel sich in Zorn, während er mit Miriam aus war.

Sie sah auf die Uhr und sagte kalt und ziemlich müde:

»Du bist heut abend ja wohl weit genug gewesen.«

Seine Seele, warm und ungeschützt durch die Berührung mit dem Mädchen, schrak zurück.

»Du mußt sie jawohl ganz nach Hause gebracht haben«, fuhr seine Mutter fort.

Er wollte nicht antworten. Frau Morel sah mit einem raschen Blick auf ihn, daß ihm das Haar auf der Stirn ganz naß war vor Eile, und wie er in seiner schweren Weise übelnehmerisch die Brauen zusammenzog.

»Sie muß ja wunderbar bezaubernd sein, daß du dich nicht von ihr losmachen kannst, sondern um diese Nachtzeit acht Meilen hinter ihr herrennst.«

Er fühlte sich nach dem eben vergangenen Zauber mit Miriam verletzt durch die Erkenntnis, daß seine Mutter sich sorgte. Er hatte vorgehabt, nichts zu sagen, jede Antwort zu verweigern. Aber er konnte sein Herz nicht so weit verhärten, seine Mutter zu übersehen.

»Ich spreche so gern mit ihr«, antwortete er gereizt.

»Hast du denn sonst niemand, mit dem du sprechen kannst?«

»Wenn ich mit Edgar ginge, würdest du doch nichts sagen.«

»Du weißt, daß ich das doch tun würde. Du weißt, ganz einerlei mit wem du gehst, ich würde immer sagen, es wäre zu weit für dich, so weit und so spät in der Nacht herumzuziehen, nachdem du in Nottingham gewesen bist. Außerdem« – ihre Stimme blitzte plötzlich in Ärger und Verachtung auf – »ist es ekelhaft – dies Liebeln zwischen solchen Bißchen von Jungens und Mädchen.«

»Wir liebeln doch gar nicht«, rief er.

»Ich weiß nicht, wie du es anders nennen willst.«

»Es ist es aber nicht! Glaubst du, wir machten uns lächerlich und so? Wir sprechen nur zusammen.«

»Bis weiß der Herrgott wieviel Uhr und wie weit«, war die Antwort.

Paul riß ärgerlich an seinen Stiefelschnüren.

»Was hast du dich eigentlich so wahnsinnig?« fragte er.

»Doch bloß, weil du sie nicht leiden magst.«

»Ich sage nicht, daß ich sie nicht leiden mag. Aber ich halte nichts davon, wenn Kinder so miteinander umgehen, und habe es nie getan.«

»Aber daß unsere Annie mit Jim Inger geht, daraus machst du dir nichts.«

»Die sind viel verständiger als ihr beiden.«

»Wieso?«

»Unsere Annie gehört nicht zu der tiefen Sorte.«

Den Sinn dieser letzten Bemerkung konnte er nicht begreifen. Aber seine Mutter sah etwas müde aus. Nach Williams Tode war sie nie mehr recht kräftig gewesen; und ihre Augen schmerzten sie.

»Ach«, sagte er, »es ist so schön auf dem Lande. Herr Sleath fragte nach dir. Er sagte, er vermißte dich. Gehts dir etwas besser?«

»Ich hätte längst im Bett liegen müssen«, erwiderte sie.

»Wieso, Mutter, vor ein Viertel nach zehn wärest du ja doch nicht zu Bett gegangen.«

»O doch, ganz gewiß!«

»Ach, kleine Frau, nun du wütend auf mich bist, sagst du auch alles und jedes, nicht?«

Er küßte ihre so wohlbekannte Stirn: die tiefen Male zwischen den Brauen, das aufsteigende, nun ergrauende feine Haar und den stolzen Schläfenansatz. Seine Hand blieb nach seinem Kusse zögernd auf ihrer Schulter liegen. Dann ging er langsam zu Bett. Er hatte Miriam vergessen; er sah nur noch, wie sich seiner Mutter Haar von der warmen, breiten Stirn abhob. Und sie war jedenfalls gekränkt.

Das nächstemal, als er Miriam dann sah, sagte er:

»Laß mich heute nicht zu spät gehen – nicht später als zehn. Meine Mutter regt sich so auf.«

Miriam ließ den Kopf sinken und brütete.

»Worüber regt sie sich denn auf?« fragte sie.

»Sie sagt, ich sollte nicht mehr so spät draußen sein, wenn ich so früh wieder aufstehen muß.«

»Na gut«, sagte Miriam, ziemlich ruhig, aber ein ganz klein wenig höhnisch.

Das nahm er übel. Und in der Regel verspätete er sich wieder.

Daß zwischen ihm und Miriam Liebe im Aufkeimen war, hätte keiner von beiden zugegeben. Er hielt sich für zu gesund für solche Gefühlsduseleien, und sie dachte, sie stände zu hoch darüber. Sie gelangten beide spät zur Reife, und ihre seelische Reife war noch weit hinter ihrer körperlichen zurück. Miriam war übermäßig empfindlich, wie ihre Mutter es stets gewesen war. Die geringste Plumpheit ließ sie sich ängstlich zurückziehen. Ihre Brüder waren grob, aber doch nicht gemein in ihren Reden. Alle Hofgeschäfte besprachen die Männer draußen. Aber Miriam war vielleicht grade wegen des ewigen Gebärens und Zeugens, das sich auf jedem Hofe zuträgt, besonders empfindlich gegen derartige Vorgänge, und ihr Blut war so weit verfeinert, daß auch die leiseste Andeutung einer solchen Unterhaltung sie mit Abscheu erfüllte. Paul nahm diese Gewohnheit von ihr an, und so verlief ihre Vertraulichkeit in äußerst reiner, keuscher Art. Es hätte gar nicht erwähnt werden können, daß die Stute ein Fohlen bekomme.

Als er neunzehn war, verdiente er erst ein Pfund die Woche, aber er war glücklich. Seine Malerei ging gut weiter, und sein Leben gut genug. Zum Karfreitag verabredete er einen Ausflug nach dem Hemlock-Steine. Drei Burschen seines Alters waren dabei, und ferner Annie und Arthur, Miriam und Gottfried. Arthur, jetzt Elektrikerlehrling in Nottingham, war für die Feiertage zu Hause. Morel war wie gewöhnlich früh auf den Beinen und pfiff und sägte draußen im Hofe. Um sieben Uhr hörten die Seinen ihn für drei Groschen Heißwecken kaufen; vergnügt redete er auf das Mädchen ein, das sie brachte, und nannte sie ›mein Liebchen‹. Ein paar Jungen, die auch noch mit Wecken kamen, jagte er von dannen und erzählte ihnen, sie wären von einem kleinen Mädel ›vorbeijeloofen‹. Dann stand Frau Morel auf, und die Hausgenossen kletterten nach unten. Es war für sie alle etwas riesig Üppiges, dies über die gewöhnliche Werkstattzeit hinaus Im-Bette-Liegen. Und Paul und Arthur lasen vor dem Frühstück und aßen ungewaschen in Hemdärmeln. Dies war eine andere Festtagsüppigkeit. Das Zimmer war warm. Alles fühlte sich von Sorge und Not befreit. Es herrschte ein Gefühl von Überfluß im Hause.

Während die Jungens noch lasen, ging Frau Morel in den Garten. Sie lebten jetzt in einem andern Hause, einem alten, dicht bei dem Scargill-Straßen-Hause, das bald nach Williams Tode verlassen worden war. Sofort ertönte ein erregter Ausruf vom Garten her:

»Paul! Paul! komm, sieh mal!«

Es war seiner Mutter Stimme. Er warf sein Buch hin und ging hinaus. Es war ein langer Garten, der auf ein Feld zulief. Ein grauer, kalter Tag wars, mit einem scharfen Wind aus Derbyshire herüber. Zwei Felder weiter fing Bestwood an, mit einem Wirrwarr roter Dächer und Giebelwände, aus denen sich der Kirchturm und der Dachreiter der freien Gemeinde hervorhoben. Und darüber hinaus lagen Wälder und Hügel, bis ganz an die blaßgrauen Höhen der Penninischen Kette hinan.

Paul sah den Garten hinunter nach seiner Mutter aus. Ihr Kopf erschien zwischen den jungen Johannisbeerbüschen.

»Komm hier!« rief sie.

»Wozu?« antwortete er.

»Komm und sieh!«

Sie hatte sich die Knospen der Johannisbeeren angesehen. Paul kam zu ihr.

»Sollte mans glauben«, sagte sie, »daß ich so was hier je zu sehen kriegen würde!«

Ihr Sohn trat ihr zur Seite. Auf einem kleinen Beet unten am Zaune stand ein Häufchen armseliger, grasartiger Blätter, wie sie aus schlecht ausgereiften Zwiebeln hervorsprießen, und drei Scylla in Blüte. Frau Morel wies auf die tiefblauen Blüten.

»Nun sieh doch nur!« rief sie. »Ich sah nach den Johannisbeerbüschen, und da denke ich mit einemmal bei mir, ›da ist ja etwas merkwürdig Blaues; ist das vielleicht ein Stück Zuckertüte?‹ Und da, sieh! Zuckertüte! Drei Schneeglanz, und so wunderschöne! Aber wo kommen die bloß her?«

»Ich weiß nicht«, sagte Paul.

»Na, das ist doch ein reines Wunder! Ich dachte, ich kennte jedes Kraut und jeden Halm hier im Garten. Aber sind sie nicht schön geworden? Siehst du, der Stachelbeerbusch schützt sie grade. Nicht angefroren, nicht abgepickt!«

Er kauerte sich nieder und kehrte die Glocken der kleinen blauen Blüten nach oben.

»Eine prachtvolle Farbe haben sie!« sagte er.

»Nicht wahr?« rief sie. »Ich vermute, sie kommen aus der Schweiz, wo sie ja wohl viele so reizende Sachen haben. Stell dir die mal gegen den Schnee vor! Aber wo sind sie bloß hergekommen? Sie können hier doch nicht hergeweht sein, nicht?«

Da erinnerte er sich, er habe hier einen Haufen kleiner Zwiebeln zum Ausreifen ausgesetzt.

»Und das hast du mir nie gesagt«, sagte sie.

»Nein; ich dachte, ich wollte sie so lassen, bis sie blühten.«

»Und nun, siehst du! Ich hätte sie doch auch verpassen können. Und ich habe noch nie in meinem Leben einen Schneeglanz in meinem Garten gehabt.«

Sie war voller Aufregung und Erhebung. Der Garten war ihr eine endlose Freude. Paul war ihretwegen dankbar, daß sie endlich in einem Hause mit einem langen Garten waren, der bis an ein Feld ging. Jeden Morgen nach dem Frühstück ging sie hinaus und war glücklich, in ihm herumzupüttjern. Und es war wahr, sie kannte jedes Kraut und jeden Halm.

Nun kam alles für den Ausflug zusammen. Essen wurde eingepackt, und sie zogen los, eine vergnügte, fröhliche Gesellschaft. Sie lehnten sich über die Brüstung beim Mühlenwehr, ließen Papierstückchen an einer Seite des Durchlasses ins Wasser fallen und paßten auf, wie es am andern Ende wieder hervorschoß. Sie blieben auf der Fußgängerbrücke über die Boothaus-Haltestelle stehen und blickten auf die kalt glitzernden Schienen hinunter.

»Solltet hier mal um halb sieben den ›Fliegenden Schotten‹ durchkommen sehen!« sagte Leonhart, dessen Vater Weichensteller war. »Jungens, saust der aber!« Und die kleine Gesellschaft sah die Strecke in der einen Richtung nach London hinauf und in der andern nach Schottland zu und fühlte die Berührung dieser beiden zauberischen Punkte.

In Ilkeston standen die Bergleute haufenweise auf die Öffnung der Wirtshäuser wartend da. Es war eine Stadt des Nichtstuns und Bummelns. Die Eisengießerei in Stanton-Gate glühte. Über alles gab es große Auseinandersetzungen. Bei Trowell kreuzten sie abermals aus Derbyshire nach Nottinghamshire hinüber. Um die Essenszeit kamen sie an den Hemlock-Stein. Seine Umgebung war gedrängt voller Menschen aus Nottingham und Ilkeston.

Sie hatten ein verehrungswürdiges, erhabenes Denkmal erwartet. Sie fanden einen kleinen, verwitterten, verknubbelten Felsstumpf, etwas wie einen verwesten Pilz, kummervoll an der Seite eines Feldes stehend. Leonhart und Dick gingen sofort daran, ihre Anfangsbuchstaben, ›L. W.‹ und ›R. P.‹, in den alten roten Sandstein hineinzuschneiden; Paul aber hielt sich zurück, denn er hatte in der Zeitung spöttische Bemerkungen über diese Buchstabenschneider gelesen, die keinen andern Weg zur Unsterblichkeit finden könnten. Dann kletterten die Jungens alle oben auf den Stein, um Ausschau zu halten.

Überall auf dem Felde drunten aßen Arbeiterjungens und -mädchen ihr Frühstück oder spielten umher. Jenseits lag der Garten eines alten Herrenhofes. Er hatte Eibenhecken und dicke Klumpen und Einfassungen von gelben Krokus um seine Rasenflächen.

»Sieh mal!« sagte Paul zu Miriam, »was für ein stiller Garten!«

Sie sah die dunklen Eiben und die goldenen Krokus und blickte dann dankbar zu ihm auf. Unter all den andern hatte er ihr gar nicht zu gehören geschienen; da war er ganz anders gewesen, nicht ihr Paul, der das leiseste Beben ihrer innersten Seele verstand, sondern ein anderer, der eine andere Sprache sprach als sie. Aber das tat ihr weh und ertötete ihr gesamtes Empfindungsvermögen. Erst wenn er wieder ganz zu ihr zurückkam und sein anderes Ich, das geringere, wie sie dachte, hinter sich ließ, dann fühlte sie sich wieder lebendig. Und nun bat er sie, sich diesen Garten anzusehen, und wünschte erneute Berührung mit ihr. Ungeduldig mit der Gesellschaft auf dem Felde wandte sie sich dem stillen, von Büscheln noch geschlossener Krokus eingefaßten Rasen zu. Ein Gefühl von Stille, fast von Verzückung kam über sie. Es war beinahe so, als wäre sie allein in diesem Garten mit ihm.

Dann verließ er sie wieder und trat zu den andern. Bald brachen sie nach Hause auf. Miriam kam als Nachzüglerin hinterher, allein. Sie paßte nicht zu den andern; sie konnte nur sehr selten mit jemand anders zu menschlichen Beziehungen gelangen: daher war ihr Freund, ihr Gefährte, ihr Liebhaber die Natur. Sie sah die Sonne bleich untergehen. In den dämmernden, kalten Hecken hingen einzelne rote Blätter. Sie blieb zurück, um sie zart, voller Leidenschaft zu sammeln. Die Liebe in ihren Fingerspitzen liebkoste die Blätter; die Leidenschaft ihres Herzens brach auf den Blättern in Glut aus.

Plötzlich merkte sie, daß sie auf einem ihr unbekannten Wege ganz allein war, und eilte vorwärts. Als sie um eine Ecke bog, stieß sie auf Paul, der über irgend etwas gebeugt dastand, seine ganze Aufmerksamkeit schien darauf gerichtet, und er arbeitete stetig, geduldig, ein wenig hoffnungslos darauflos. Sie zauderte in ihrer Annäherung, um ihn zu beobachten.

In tiefen Gedanken stand er mitten auf dem Wege. Ein reicher Goldstreifen an dem im übrigen farblosen grauen Himmel in seinem Rücken ließ ihn als dunkles, erhabenes Bild dastehen. Schlank und fest sah sie ihn dastehen, als schenke die scheidende Sonne ihn ihr. Ein tiefer Schmerz ergriff sie, und sie erkannte, sie müsse ihn lieben. Und sie hatte ihn entdeckt, hatte seine seltene Fähigkeit entdeckt, hatte seine Einsamkeit entdeckt. Bebend wie vor einer ›Verkündigung‹ schritt sie langsam vorwärts.

Endlich blickte er auf.

»Was?« rief er dankbar; »hast du auf mich gewartet?«

Sie sah einen tiefen Schatten in seinen Augen.

»Was ist denn?« fragte sie.

»Die Feder hier ist gebrochen«, und er zeigte ihr, wo sein Schirm zerbrochen war.

Sofort wußte sie mit einem gewissen Schamgefühl, nicht er hätte den Schaden angerichtet, sondern Gottfried wäre dafür verantwortlich.

»Es ist bloß ein alter Schirm, nicht wahr?« fragte sie.

Sie wunderte sich, warum er, der für gewöhnlich sich um Kleinigkeiten nicht kümmerte, aus diesem Maulwurfshügel einen solchen Berg machte.

»Aber er gehörte William, und meine Mutter muß es zu wissen kriegen«, sagte er ruhig, immer noch geduldig an dem Schirm weiterarbeitend.

Die Worte durchfuhren Miriam wie eine Schwertklinge. Dies war also die Bestätigung ihres Traumbildes von ihm. Sie sah ihn an. Aber es lag eine gewisse Zurückhaltung über ihm, und sie wagte nicht, ihn zu trösten oder auch nur selbst sanft zu ihm zu sprechen.

»Komm«, sagte er; »ich kanns nicht.« Und in Schweigen zogen sie ihres Weges weiter.

Denselben Abend gingen sie unter den Bäumen des Netherholzes entlang. Er redete verdrossen auf sie ein und schien nach Selbstüberzeugung zu ringen.

»Weißt du«, sagte er mit Anstrengung, »wenn der eine liebt, muß es der andere auch.«

»Ach!« antwortete sie. »Grade wie Mutter zu mir sagte, als ich noch klein war: ›Liebe erzeugt Gegenliebe‹.«

»Ja, ungefähr so muß es wohl sein, denke ich.«

»Ich hoffe, denn wenn es nicht so wäre, dann wäre die Liebe etwas Furchtbares«, sagte sie.

»Ja, aber das ist sie auch – wenigstens bei den meisten«, antwortete er.

Und Miriam, die nun glaubte, er habe sich vergewissert, fühlte sich sehr stark. Sie betrachtete immer dies plötzliche Auf-ihn-Stoßen in dem Feldwege wie eine Enthüllung. Und diese Unterhaltung blieb ihrem Geiste eingegraben wie der Buchstabe des Gesetzes.

Nun stand sie neben ihm und vor ihm. Wenn er um diese Zeit die Gefühle der Hausgenossen auf dem Willeyhofe durch eine anmaßende Beleidigung verletzte, so hielt sie zu ihm und glaubte ihn im Recht. Und zu dieser Zeit hatte sie lebhafte Träume von ihm, unvergeßliche. Diese Träume kamen später wieder, nachdem sie sich zu einer feineren, vergeistigteren Stufe entwickelt hatten.

Am Ostermontag unternahm dieselbe Gesellschaft einen Ausflug nach Wingfield Manor. Für Miriam war es eine große Aufregung, an der Sethleybrücke einen Zug zu besteigen, inmitten all des Getümmels einer Bankfeiertagsmenge. Sie verließen den Zug in Alfreton. Paul wurde durch die Straßen und die Bergleute mit ihren Hunden in Anspruch genommen. Hier gab es eine ihm ganz neue Art von Bergleuten. Miriam lebte gar nicht, bis sie an die Kirche kamen. Sie waren alle etwas bange davor, mit ihren Frühstückstüten einzutreten, aus Furcht, wieder hinausgewiesen zu werden. Leonhart, ein spaßhafter dünner Bursche, ging voran; Paul, der lieber gestorben wäre, als daß er sich hätte zurückschicken lassen, war der letzte. Der Raum war für Ostern geschmückt. Im Taufbecken schienen Hunderte von weißen Narzissen zu blühen. Die Luft war dämmerig und farbig von den Fenstern her und von einem leichten Lilien- und Narzissenduft durchzittert. In einem solchen Dunstkreis geriet Miriams Seele in Glut. Paul fürchtete sich, etwas zu tun, was er nicht dürfe, und er war sehr empfindsam für die Stimmung des Ortes. Miriam wandte sich zu ihm. Er antwortete. Sie waren zusammen. Er wollte die Altarschranken nicht überschreiten. Sie liebte ihn deswegen. Ihre Seele wurde in seiner Nähe ein Gebet. Er empfand den seltsamen Zauber schattiger Gotteshäuser. Der ganze in ihm ruhende Hang zum Geheimnisvollen lebte auf. Sie wurde zu ihm hingezogen. An ihrer Seite wurde er zum Gebet.

Miriam sprach sehr selten zu den andern Burschen. In der Unterhaltung mit ihr wurden sie sofort unbeholfen. Daher war sie meistens stumm.

Es war bereits über Mittag, als sie den steilen Pfad zum Herrenhause emporklommen. Alles bekam einen weichen Glanz in der wundervoll warmen und belebenden Sonne. Schellkraut und Veilchen waren heraus. Jedermann war bis zum Überlaufen voller Glück. Der Glanz des Efeus, das weiche Luftgrau der Schloßmauern, die Weichheit von allem in der Umgebung der Trümmer war vollkommen.

Das Herrenhaus besteht aus hartem, blaßgrauem Stein, und seine Außenmauern sind glatt und ruhig. Die jungen Leute waren ganz außer sich. In zitternder Aufregung gingen sie umher und fürchteten beinahe, die Freude der Erkundung dieser Trümmer möchte ihnen verwehrt werden. In dem ersten Hofe innerhalb der hohen, zerstörten Mauern standen Ackerwagen, die Deichseln lose zu Boden hängend, die Radreifen leuchtend von goldrotem Rost. Es war sehr still.

Alle bezahlten schleunigst ihre sechs Pence und durchschritten furchtsam den feinen reinen Bogen des inneren Hofes. Sie waren scheu. Hier, wo die Halle gestanden hatte, sproßte auf dem Pflaster ein alter

Dornbusch. Alle möglichen Arten von seltsamen Öffnungen und zerbrochenen Räumen lagen im Schatten um sie her.

Nach dem Frühstück gingen sie abermals an die Erforschung der Trümmer. Diesmal gingen die Mädchen mit den jungen Burschen, die nun als Führer und Erklärer dienen konnten. Da stand ein hoher Turm in einer Ecke, ziemlich zerfallen, von dem es hieß, Maria, die Königin der Schotten, hätte in ihm gefangen gesessen.

»Stell dir mal vor, wie die Königin hier hinaufging!« sagte Miriam mit leiser Stimme, als sie die hohlgetretenen Stufen hinaufkletterten.

»Wenn sie das überhaupt konnte«, sagte Paul, »denn sie hatte das Reißen wie nichts Gutes. Ich glaube, sie behandelten sie schäbig.«

»Meinst du nicht, daß sie das verdient hatte?« fragte Miriam.

»Nein, ganz und gar nicht. Sie war nur etwas lebenslustig.«

Sie fuhren fort, die Wendeltreppe emporzusteigen. Ein kräftiger Wind, der durch die Schießscharten hereinblies, sauste das Treppenhaus empor und füllte die Röcke des Mädchens wie einen Ball, so daß sie sich schämte, bis er den Saum ihres Kleides faßte und niederhielt. Er tat das so einfach, als hätte er ihren Handschuh aufgehoben. Sie mußte immer daran denken.

Rund um den zerbrochenen oberen Rand des Turmes grünte Efeu, alt und schön. Auch ein paar dürftige Levkoien standen hier mit blassen, kalten Knospen. Miriam wollte sich überneigen, um sich etwas Efeu zu pflücken, aber das erlaubte er ihr nicht. Statt dessen hatte sie hinter ihm zu warten und von ihm jeden Efeuzweig einzeln hinzunehmen, wie er ihn abpflückte und ihr hinreichte in reinster Ritterlichkeit. Der Turm schien im Winde zu schwanken. Sie blickten über Meilen und Meilen bewaldeten Landes und Bodens mit einzelnen Weideflecken hin.

Die Burgkapelle unter dem Herrenhause war wunderschön und vollkommen erhalten. Paul machte eine Zeichnung; Miriam blieb bei ihm. Sie dachte an Maria, die Königin der Schotten, wie sie mit überanstrengten, hoffnungslosen Augen, die ihr eigenes Unglück nicht begreifen konnten, über die Hügel hinwegblickte, von wo ihr keine Hilfe kam, oder wie sie in dieser Kapelle saß und sich von einem Gott erzählen ließ, so kalt wie der Ort selbst.

Fröhlich zogen sie wieder von dannen und sahen sich noch einmal nach ihrem geliebten Herrenhause um, das so rein und groß auf seinem Hügel dastand.

»Denke mal, du könntest diesen Hof haben«, sagte Paul zu Miriam.

»Ja!«

»Würde das nicht entzückend sein, zu dir zu Besuch zu kommen!«

Sie waren jetzt in dem nackten kahlen Landstrich der Steinwälle, den er so liebte, und der, obgleich nur etwa zwei Meilen von ihrem Hause, Miriam so fremd vorkam. Die Gesellschaft verzettelte sich. Als sie eine weite Wiese überschritten, die sich von der Sonnenseite her abdachte, auf einem mit unzähligen winzigen glitzernden Punkten übersäten Pfade, da verstrickte Paul neben ihr hergehend seine Finger in dem Netz, das Miriam trug, und sofort fühlte sie Annie hinter sich, aufmerksam und eifersüchtig. Aber die Wiese lag in einem Meer von Sonnenschein gebadet da, der Pfad war juwelenüberstreut, und es war so selten, daß er ihr einmal ein Zeichen gab. Sie hielt ihre Finger sehr still zwischen den Fäden ihres Netzes, von den seinen berührt; und die Stelle war golden wie ein Traumbild.

Zuletzt kamen sie in das weit auseinandergezogene, graue Dorf Erich, das hochgelegen ist. Hinter dem Dorfe lag der berühmte Erich-Stand, den Paul vom Garten zu Hause aus sehen konnte. Die Gesellschaft zog weiter. Weit ausgedehnt lag das Land vor ihnen zu ihren Füßen. Die Burschen waren darauf erpicht, auf den Gipfel des Hügels zu gelangen. Er wurde von einer runden Kuppe gekrönt, deren eine Hälfte jetzt abgetragen war, und auf der obendrauf ein Denkmal stand, breitspurig und untersetzt; es diente in alten Zeiten zum Zeichengeben in das ebene Land von Nottinghamshire und Leicestershire hinab.

Hier oben auf dem freiliegenden Platze blies es so hart, daß die einzig mögliche Art festzustehen die war, sich vom Winde gegen die Turmwand festnageln zu lassen. Zu ihren Füßen ging der Abhang in einen Steinbruch über, in dem Kalkstein gebrochen wurde. Drunten lag ein Wirrwarr von Hügeln und kleinen Dörfern – Matlock, Ambergate, Stoney Middleton. Die Burschen versuchten eifrig den Turm von Bestwood zu erspähen, weit weg in der gedrängt vollen Landschaft zu ihrer Linken. Sie waren bitter enttäuscht, daß es in der Ebene zu liegen schien. Sie sahen die Hügel von Derbyshire in die Eintönigkeit des Mittellandes übergehen, das sich nach Süden hinzog.

Miriam war etwas bange vor dem Winde, die Burschen aber freuten sich über ihn. Meilen und Meilen gingen sie nun bis nach Whatstandwell. Alles Frühstück war aufgezehrt, jedermann war hungrig, und sie hatten nur wenig Geld zum Nachhausekommen. Aber sie brachten es fertig, sich ein Brot und einen Obstkuchen zu kaufen, die sie mit ihren Taschenmessern in Stücke teilten und auf einer Mauer neben einer Brücke sitzend aßen, von wo aus sie den Derwent vorüberschießen und die leichten Wagen von Matlock vor dem Wirtshaus vorfahren sehen konnten.

Paul war jetzt blaß vor Ermüdung. Er war für diesen Tagesausflug verantwortlich, und nun war er fertig. Miriam begriff das und blieb bei ihm, und er überließ sich ihren Händen.

Auf dem Bahnhof von Ambergate mußten sie eine Stunde warten. Züge kamen, gedrängt voll von aus Manchester, Birmingham und London zurückkehrenden Ausflüglern.

»Da könnten wir auch hin – die Leute könnten leicht denken, wir führen auch so weit«, sagte Paul.

Sie kamen recht spät zurück. Miriam, die mit Gottfried nach Hause ging, beobachtete den Mond, wie er groß und rot und nebelhaft emporstieg. Sie fühlte, es ging etwas in ihr in Erfüllung.

Sie hatte eine ältere Schwester, Agathe, die Lehrerin war. Zwischen den beiden Mädchen bestand Fehde. Miriam hielt Agathe für weltlich. Und sie wollte selbst auch Lehrerin werden. Eines Sonnabendnachmittags waren Agathe und Miriam oben beim Anziehen. Ihre Kammer lag über dem Stalle. Es war ein niedriger Raum, nicht sehr groß, und kahl. Miriam hatte eine Wiedergabe von Veroneses ›Heilige Katharina‹ an die Wand genagelt. Sie liebte dies träumende, in ihrem Fenster sitzende weibliche Wesen. Ihre eigenen Fenster waren zu klein, um darin zu sitzen. Aber das vordere war von wildem Wein und Jelängerjelieber übersponnen und sah über den Hof hinweg auf die Baumwipfel des Eichenwaldes, während das kleine Hinterfenster, nicht größer als ein Taschentuch, einen Ausguck nach Osten gewährte, wo die Dämmerung gegen ihre geliebten runden Hügelköpfe emporschlug.

Die beiden Schwestern sprachen nicht viel miteinander. Agathe, klein und hell und entschlossen, hatte sich gegen die Luft im Hause aufgelehnt, gegen die Lehre von der ›andern Backe‹. Sie stand jetzt draußen in der Welt, auf dem besten Wege zur Unabhängigkeit. Und sie hielt fest an den Werten der Welt, an äußerer Erscheinung, Benehmen, Stellung, die Miriam am liebsten ganz übersehen hätte.

Beide Mädchen waren gern oben, aus dem Wege, wenn Paul eintraf. Sie mochten lieber herunterlaufen, die Tür am Fuße der Treppe aufreißen und dann sehen, wie er auf sie wartete. Miriam stand und gab sich die größte Mühe, einen ihr von ihm geschenkten Rosenkranz über den Kopf zu streifen. Er verfing sich in den feinen Strähnen ihres Haares. Zuletzt aber hatte sie ihn an, und die rotbraunen Perlen sahen gut aus auf ihrem kühlen braunen Halse. Sie war ein gutentwickeltes Mädchen und sehr hübsch. Aber in dem kleinen, an die weißgetünchte Wand genagelten Spiegel konnte sie sich immer nur bruchstückweise sehen. Agathe hatte sich einen eigenen kleinen Spiegel gekauft, den sie hinstellte, wo es ihr paßte. Miriam stand am Fenster. Plötzlich hörte sie das wohlbekannte Klirren der Kette und sah Paul das Gatter aufstoßen und sein Rad auf den Hof schieben. Sie sah, wie er zum Hause emporblickte, und wich zurück. Er ging gänzlich unbekümmert, und sein Rad lief neben ihm her wie ein lebendes Wesen.

»Paul ist da!« rief sie.

»Nun freust du dich wohl?« sagte Agathe schneidend.

Miriam stand vor Verwunderung und Verwirrung ganz still.

»Wieso, du denn nicht?« fragte sie.

»Ja, aber ich lasse es ihn nicht sehen und denken, ich möchte ihn haben.«

Miriam war überrascht. Sie hörte, wie er sein Rad unten in den Stall stellte und zu Jimmy sprach, einem ehemaligen Grubenpferd, das nun abgebraucht war.

»Na, Jimmy, mein Junge, wie gehts d'r denn? Immer man jämmerlich und trübetimpelig? Ja, 's is 'ne Schande, mein alter Bursche.«

Sie hörte den Strick durch das Loch laufen, als das Pferd unter den Liebkosungen des Jungen den Kopf hob. Wie gern sie zuhörte, wenn er glaubte, nur das Pferd könne ihn hören. Aber in ihrem Eden war auch eine Schlange. Sie forschte ernstlich in ihrem Inneren, um zu sehen, ob sie Paul Morel haben wolle. Sie fühlte, es läge etwas Schändliches darin. Voll widerstreitender Gefühle fürchtete sie doch, sie möchte ihn gern haben. Selbstüberführt stand sie da. Dann kam die Qual neuer Scham. Sie krümmte sich unter Folterqualen zusammen. Wünschte sie sich Paul Morel, und wußte er, daß sie ihn sich wünschte? Welche niederträchtige Scham kam hier über sie! Sie kam sich vor, als wäre ihr ganzes Ich in einen Knoten verschlungen.

Agathe war zuerst angezogen und lief hinunter. Miriam hörte, wie sie den Jungen fröhlich begrüßte, sie wußte genau, wie ihre grauen Augen leuchten würden bei diesem Tonfall. Sie würde es als Kühnheit empfunden haben, ihn auf solche Weise zu begrüßen. Und doch stand sie unter ihrer Selbstanklage da, ihn haben zu wollen, gefesselt an diesen qualvollen Marterpfahl. In bitterer Verwirrung kniete sie nieder und betete:

»O Herr, laß mich Paul Morel nicht lieben. Halte mich fern davon, ihn zu lieben, wenn ich ihn nicht lieben darf.«

Etwas Widersinniges in diesem Gebet hielt sie zurück. Sie hob den Kopf und dachte nach. Wie konnte es unrecht sein, wenn sie ihn liebte. Liebe war doch eine Gottesgabe. Und doch konnte sie ihr Scham verursachen. Das war seinetwegen. Paul Morels wegen. Aber dann ging es doch ihn nichts an, sondern nur sie, es war eine Abmachung zwischen Gott und ihr. Sie sollte ein Opfer darstellen. Aber es war Gottes Opfer, nicht Paul Morels und ihres. Nach ein paar Minuten verbarg sie wieder ihr Gesicht in den Kissen und sagte:

»Aber Herr, ist es dein Wille, daß ich ihn lieben soll, so laß mich ihn lieben – wie Christus ihn geliebt hätte, der für die Seelen der Menschen starb. Laß mich ihn herrlich lieben, weil er ja doch dein Sohn ist.«

Sie blieb noch eine Zeitlang auf den Knien liegen, ganz still und tiefbewegt, ihr schwarzes Haar auf den roten Vierecken und den Feldern mit den Lavendelzweigen ihrer Bettdecke. Beten war für sie etwas sehr Wesentliches. Dann verfiel sie in eine Art Verzückung über ihre Selbstopferung, wobei sie sich an die Stelle eines geopferten Gottes setzte, etwas, was so vielen Menschenseelen tiefste Glückseligkeit verleiht.

Als sie herunterkam, lag Paul zurückgelehnt in einem Lehnstuhl und redete heftig auf Agathe ein, die sich über ein kleines Bildchen lustig machte, das er mitgebracht hatte, um es ihr zu zeigen. Miriam blickte die beiden an und ging ihrem leichten Tone aus dem Wege. Sie ging ins Wohnzimmer, um allein zu sein.

Es wurde Teezeit, bevor sie Gelegenheit fand, mit Paul zu sprechen, und dann war ihr Benehmen so zurückweisend, daß er glaubte, sie beleidigt zu haben.

Miriam hatte ihre Gewohnheit aufgegeben, jeden Donnerstagabend nach Bestwood in die Bücherei zu gehen. Nachdem sie Paul den ganzen Frühling über regelmäßig besucht hatte, war ihr durch einige geringfügige Zwischenfälle und kleine Nadelstiche von seiten seiner Angehörigen deren Stellungnahme gegen sie zum Bewußtsein gekommen, und sie hatte sich entschlossen, nicht mehr hinzugehen. So kündigte sie

Paul eines Abends an, sie würde ihn Donnerstag nicht mehr in seinem Heim besuchen.

»Warum nicht?« fragte er sehr kurz.

»Wegen nichts. Aber ich möchte es lieber nicht mehr.«

»Na, schön.«

»Aber«, stotterte sie, »wenn du mich gern träfest, könnten wir ja immer noch zusammen spazierengehen.«

»Dich treffen, wo denn?«

»Irgendwo, wo du Lust hast.«

»Ich treffe dich nicht irgendwo. Ich sehe nicht ein, weshalb du mich nicht weiter besuchen willst. Aber wenn du das nicht willst, will ich dich auch nicht treffen.«

So wurden die Donnerstagabende, die für sie und für ihn auch so wertvoll gewesen waren, fallen gelassen. Er arbeitete statt dessen. Frau Morel zuckte mit der Nase vor Befriedigung über diese Abmachung.

Er wollte nicht zugeben, daß sie verliebt wären. Die Vertraulichkeit zwischen ihnen war so rein gedacht gewesen, eine so reine Seelenangelegenheit, ganz Gedanke und mühsames Ringen nach Bewußtsein, daß er sie nur für eine platonische Freundschaft ansah. Er leugnete stramm ab, daß irgend etwas zwischen ihnen bestände. Miriam war stumm oder stimmte doch wenigstens sehr ruhig zu. Er war ein solcher Narr, daß er gar nicht merkte, was mit ihm vorging. In stillschweigendem Übereinkommen übersahen sie alle Bemerkungen und Unterstellungen ihrer Bekannten.

»Wir sind nicht Verliebte, wir sind Freunde«, sagte er zu ihr. »Wir wissen es. Laß sie reden. Was liegt daran, was sie reden.«

Zuweilen, wenn sie miteinander gingen, legte sie furchtsam ihren Arm in den seinen. Aber das nahm er immer übel, und das wußte sie. Es erregte einen heftigen Zwiespalt in seinem Innern. Mit Miriam befand er sich immer auf der Höhe der Übersinnlichkeit, wo das natürliche Feuer seiner Liebe in den feinen Nebel der Gedanken übergeführt wurde. So wollte sie es haben. Wenn er fröhlich war oder, wie sie fand, vorlaut, dann wartete sie, bis er wieder zu ihr kam, bis jener bewußte Wechsel in ihm wieder stattgefunden hatte und er mit seiner eignen Seele rang, stirnrunzelnd, leidenschaftlich in seinem Bestreben nach Erkenntnis. Und in dieser Leidenschaft nach Erkenntnis lag ihre Seele dicht an seiner; hier hatte sie ihn ganz für sich. Aber erst mußte er übersinnlich werden.

Wenn sie dann ihren Arm in den seinen legte, verursachte es ihm fast Folterqualen. Sein Bewußtsein schien auseinanderzureißen. Die Stelle, wo sie ihn berührte, erschien ihm heiß vor Reibung. Er war dann tödlicher Kampf und wurde deswegen grausam gegen sie.

Eines Abends um die Mitte des Sommers sprach Miriam bei ihm zu Hause vor, ganz warm vom Steigen. Paul war allein in der Küche, seine Mutter konnte man oben gehen hören.

»Komm, sieh dir mal die Wicken an«, sagte er zu dem Mädchen.

Sie gingen in den Garten. Der Himmel hinter dem Städtchen und der Kirche war gelbrot; der Blumengarten war von einem seltsamen, warmen Licht überflutet, das jedes Blatt zu etwas Bedeutsamem erhob. Paul schritt eine schöne Reihe von Wicken entlang und pflückte hier und da eine Blüte ab, alle sahnegelb und blaßblau. Miriam ging hinter ihm her, den Duft einatmend. Blumen sprachen sie so stark an, daß sie fühlte, sie müsse sie sich ganz zu eigen machen. Wenn sie sich niederbeugte und an einer Blume roch, war es, als liebten sie und die Blume einander. Paul haßte sie deswegen. Ihm schien eine Art Bloßstellung in dieser Handlungsweise zu liegen, etwas zu Vertrauliches.

Als er einen hübschen Strauß zusammenhatte, kehrten sie ins Haus zurück. Er horchte einen Augenblick auf die ruhigen Bewegungen seiner Mutter oben und sagte dann:

»Komm hier, laß mich sie dir anstecken.« Er steckte sie ihr zu zweien und dreien vorn ins Kleid, hin und wieder zurücktretend, um die Wirkung zu prüfen. »Weißt du«, sagte er und nahm die Stecknadeln aus dem Munde, »eine Frau sollte sich Blumen immer nur vorm Spiegel anstecken.«

Miriam lachte. Sie dachte, Blumen müsse man sich ohne jede Sorgfalt ans Kleid stecken. Daß Paul sich die Mühe machen sollte, ihr die Blumen anzustecken, war ein sonderbarer Einfall von ihm.

Er fühlte sich durch ihr Lachen etwas beleidigt.

»Manche Frauen tun es – die, die anständig aussehen«, sagte er.

Miriam lachte wieder, aber ohne Fröhlichkeit, als sie sich von ihm in so allgemeiner Weise mit andern Frauen vermengen hörte. Bei den meisten Männern hätte sie das überhört. Aber von ihm tat es ihr weh.

Er war mit dem Blumenanstecken beinahe fertig, als er seiner Mutter Tritt auf der Treppe hörte. Eilig steckte er die letzte Nadel fest und wandte sich ab.

»Laß es Mutter nicht wissen«, sagte er.

Miriam nahm ihre Bücher und sah voller Kummer auf den wundervollen Sonnenuntergang. Sie wollte Paul nicht mehr aufsuchen, sagte sie.

»Guten Abend, Frau Morel«, sagte sie in unterwürfigem Ton. Es klang, als fühlte sie, sie habe kein Recht hier zu sein.

»Oh, du bists, Miriam?« erwiderte Frau Morel kühl.

Aber Paul bestand darauf, daß alle seine Freundschaft mit dem Mädchen anerkannten, und Frau Morel war zu weise, um es zum offenen Bruch kommen zu lassen.

Nicht ehe er zwanzig Jahre war, kam es so weit, daß die Seinen sich eine Erholungsreise gönnen konnten. Frau Morel war nie ihrer Erholung wegen fortgewesen, seitdem sie verheiratet war, ausgenommen zu einem Besuch bei ihrer Schwester. Nun hatte Paul endlich genügend gespart, und sie wollten alle weg. Es sollte eine ganze Gesellschaft werden: ein paar von Annies Freundinnen, ein Freund von Paul, ein junger Mann aus demselben Geschäft, in dem William früher gewesen war, und Miriam.

Die Aufregung, als sie um Zimmer schrieben, war groß. Paul und seine Mutter überlegten endlos hin und her. Sie wollten gern ein eingerichtetes Häuschen auf zwei Wochen haben. Sie meinte, eine Woche wäre genug, aber er bestand auf zweien.

Zuletzt bekamen sie eine Antwort aus Mablethorpe, ein Häuschen ganz nach ihren Wünschen für dreißig Schilling die Woche. Gewaltiger Jubel herrschte. Paul war wild vor Freude, seiner Mutter wegen. Nun sollte sie eine wirkliche Erholung genießen. Er und sie saßen abends und malten sich aus, wie es werden würde. Annie kam herein, und Leonhart, und Alice und Kitty. Wild war der Jubel und die Vorfreude. Paul erzählte Miriam alles. Voller Freude schien sie darüber nachzusinnen. Aber das Haus der Morels hallte wider von Aufregung.

Am Sonnabend morgen sollten sie mit dem Siebenuhr-Zug abreisen. Paul schlug vor, Miriam sollte bei ihnen schlafen, weil sie einen so weiten Weg hatte. Sie kam schon zum Abendessen herunter. Jedermann war so aufgeregt, daß selbst Miriam mit Wärme aufgenommen wurde. Aber fast mit ihrem Eintritt wurde die Stimmung der Seinen verschlossen und engherzig. Er hatte ein Gedicht von Jean Ingelow entdeckt, das Mablethorpe erwähnte, und das mußte er Miriam vorlesen. Nie wäre er in seiner Empfindsamkeit so weit vorgegangen, den Seinen ein Gedicht vorzulesen. Aber nun ließen sie sich herab, zuzuhören.

Miriam saß auf dem Sofa, ganz in ihn versunken. Sie schien immer in ihn versunken und von ihm eingenommen, wenn er dabei war. Frau Morel saß eifersüchtig in ihrem Stuhl. Sie wollte auch zuhören. Und selbst Annie und der Vater hörten zu, Morel mit dem Kopf auf die Seite geneigt, wie jemand, der eine Predigt anhört und sich dessen bewußt ist. Paul beugte den Kopf über das Buch. Nun hatte er die ganze Zuhörerschaft um sich, an der ihm etwas lag. Und Frau Morel und Annie wetteiferten beinahe mit Miriam darum, wer am besten zuhörte und seine Gunst gewönne. Er war ganz stolz.

»Aber«, unterbrach ihn Frau Morel, »was ist denn eigentlich die ›Braut von Enderby‹, die die Glocken läuten sollen?« – »Das ist eine alte Weise, die sie auf den Glocken zu spielen pflegten, als Warnung bei Wassersnot. Ich vermute, die ›Braut von Enderby‹ ertrank wohl bei einer Überschwemmung«, erwiderte er. Er hatte nicht die leiseste Ahnung, was es wirklich war, aber nie hätte er sich so weit erniedrigt, dies seinem Weibervolk einzugestehen. Sie lauschten und glaubten ihm. Er selbst glaubte es auch.

»Und die Leute wußten, was die Weise bedeutete?« sagte seine Mutter.

»Ja – genau wie die Schotten, wenn sie ›Die Blumen des Waldes‹ hörten – und wenn sie die Glocken rückwärts läuteten zur Warnung.«

»Wieso?« sagte Annie. »Eine Glocke klingt doch genau so, ob sie vorwärts oder rückwärts geläutet wird.«

»Aber«, sagte er, »wenn du mit der tiefsten Glocke anfängst und zur höchsten hinaufgehst -la-la-la-la-la-la-la-la.«

Er ging die Tonleiter hinauf. Das hielten sie alle für sehr klug. Er selbst auch. Dann, nach einer Minute Wartens, fuhr er mit dem Gedicht fort.

»Hm!« sagte Frau Morel neugierig, als er geendigt hatte. »Aber ich wollte, alles, was geschrieben wird, wäre nicht so traurig.«

»Ick kann nich einsehen, wozu die sich absaufen wollen«, sagte Morel.

Es entstand eine Pause. Annie stand auf, um den Tisch abzuräumen.

Miriam stand auf, um ihr mit den Töpfen zu helfen.

»Laß mich dir beim Aufwaschen helfen«, sagte sie.

»Sicher nicht«, rief Annie. »Du setzt dich wieder hin. Es sind nicht viele.«

Und Miriam, die nicht zutraulich zu werden verstand, setzte sich wieder hin und sah mit Paul in das Buch.

Er war der Leiter der Gesellschaft; sein Vater war zu nichts gut. Und er litt große Qualen, ob auch seine Zinnkiste nicht in Firsby, anstatt in Mablethorpe herausgesetzt würde. Und einen Wagen konnte er nicht besorgen. Das tat seine kühne kleine Mutter.

»Hier!« rief sie einem Manne zu. »Hier!«

Paul und Annie versteckten sich hinter den übrigen, krumm vor verschämtem Lachen.

»Wie viel macht das wohl, die Fahrt bis Brooks Haus?« sagte Frau Morel.

»Zwei Schilling.«

»Wieso, wie weit ist das denn?«

»Ein' tüchtigen Weg.«

»Das glaube ich nicht«, sagte sie.

Aber sie kletterte doch hinein. Sie waren zu acht in einem einzigen alten Badeortwagen.

»Seht ihr«, sagte Frau Morel, »das macht nur drei Pence für jeden, und wenn es 'ne Pferdebahn wäre ...«

Sie fuhren weiter. Bei jedem Häuschen, an das sie kamen, rief Frau Morel:

»Ist es dies? Nun dies hier ists sicher!«

Alle saßen atemlos da. Sie fuhren dran vorbei. Ein allgemeiner Seufzer.

»Wie dankbar bin ich, daß es das Scheusal nicht war«, sagte Frau Morel. »Ich hatte schon Angst.« Sie fuhren weiter und weiter.

Schließlich stiegen sie vor einem Hause ab, das allein an der Landstraße über dem Sieltief lag. Eine wilde Aufregung entstand, weil sie erst eine kleine Brücke zu überschreiten hatten, um in den Vorgarten zu gelangen. Aber sie liebten dies Haus, das so einsam lag, mit einer Seewiese an der einen Seite und einer Riesenfläche von Land an der andern, mit Flecken von weißer Gerste, gelbem Hafer, rotem Weizen und grünen Hackfrüchten flach unter dem Himmel dahingestreckt. Paul führte Buch. Er und seine Mutter leiteten die Geschichte. Die Gesamtkosten – Wohnung, Nahrung, alles – waren sechzehn Schilling für den Kopf und die Woche. Er und Leonhart gingen morgens zum Baden. Morel wanderte schon ganz früh umher.

»Du, Paul«, rief seine Mutter aus der Kammer, »iß erst ein Butterbrot.«

»Schön«, antwortete er.

Und wenn er zurückkam, saß seine Mutter stattlich am Kopfe des Frühstückstisches. Die Frau des Hauses war noch jung. Ihr Mann war blind, und sie wusch für Lohn. Daher wusch Frau Morel immer in der Küche die Töpfe und machte die Betten.

»Aber du sagtest doch, du wolltest dir eine wirkliche Erholung gönnen«, sagte Paul, »und nun arbeitest du wieder.«

»Arbeiten!« rief sie. »Was du redest!«

Sehr gern ging er mit ihr über die Felder ins Dorf oder an die See. Sie fürchtete sich vor den hölzernen Stegen, und er schalt sie ein Wickelkind. Im ganzen hielt er sich an sie, als wäre er ihr Mann.

Miriam hatte nicht viel von ihm, ausgenommen vielleicht, wenn alle andern zu den Niggern gingen. Die Nigger kamen Miriam unerträglich albern vor, und deshalb glaubte er, sie wären es ihm ebenfalls, und predigte Annie ganz muckerhaft über die Einfältigkeit vor, sie sich anzuhören. Trotzdem kannte er ihre sämtlichen Lieder auch alle und sang sie möglichst laut auf der Landstraße. Und ertappte er sich beim Zuhören, dann machte ihm die Dummheit viel Spaß. Aber zu Annie sagte er doch:

»So'n Blödsinn! Da ist doch kein Funken von Verstand drin. Kein Wesen von höherem Geschmack als ein Grashüpper würde da hingehen und sich hinsetzen und zuhören.« Und zu Miriam sagte er mit großer Verachtung gegen Annie und die andern: »Ich glaube, sie sind bei den Niggern.«

Sonderbar war es, Miriam Niggerlieder singen zu sehen. Sie hatte ein grades Kinn, das in einer Lotrechten von der Unterlippe bis zur Biegung verlief. Sie erinnerte Paul immer an einen der traurigen Botticellischen Engel, wenn sie sang, selbst wenn es war:

»Komm herab den Liebesweg,
Zu 'nem Gang mit mir, Schwatz mit mir.«

Nur wenn er skizzierte oder abends, wenn die andern bei den Niggern waren, hatte sie ihn für sich. Er redete ihr endlos von seiner Liebe für die Wagerechte vor: wie sie, die großen ebenen Flächen von Himmel und Land in Lincolnshire, ihm die Ewigkeit des Willens darstellten, genau so wie der gekrümmte normannische Bogen an den Kirchen in seiner Wiederholung das verbissene Vorwärtsspringen der hartnäckigen Menschenseele wiedergebe, weiter und weiter, weiß niemand wohin; im Gegensatz zur Lotrechten und zum gotischen Bogen, der, wie er sagte, zum Himmel emporspränge und an die Verzückung rühre und sich im Göttlichen selbst verliere. Er, meinte er, wäre normannisch, sie, Miriam, gotisch. Sie beugte sich in Zustimmung selbst hiervor.

Eines Abends schritten sie beide über die große, flache Sandküste auf Teddlesthorpe zu. Die langen Brecher überstürzten sich und liefen in zischendem Schaum den Strand entlang. Es war ein warmer Abend. Keine Menschenseele war außer ihnen auf der weiten Sandfläche zu sehen, kein Ton zu hören, als das Geräusch der See. Paul sah sie zu gern aufs Land zu tosen. Er fühlte sich zu gern zwischen ihrem Getobe und der Stille der sandigen Küste. Miriam war bei ihm. Alles wurde so gespannt. Es wurde sehr dunkel, als sie umkehrten. Der Heimweg ging durch eine Scharte in den Dünen, und dann einen erhöht liegenden Grasstreifen zwischen zwei Sieltiefen entlang. Das Land war schwarz und still. Hinter den Dünen hervor tönte das Flüstern der See. Paul und Miriam gingen in Schweigen. Plötzlich fuhr er zusammen. Sein ganzes Blut schien in Flammen auszubrechen, und er vermochte kaum zu atmen. Ein riesiger, gelbroter Mond starrte sie über den Kamm der Dünen an. Er stand still und sah ihn an.

»Ach!« rief Miriam, als sie ihn sah.

Er blieb vollkommen still stehen, den riesigen rötlichen Mond anstarrend, das einzige Wesen in der weitreichenden Dunkelheit der Ebene. Sein Herz schlug schwer, die Muskeln seiner Arme spannten sich.

»Was ist?« murmelte Miriam, die auf ihn wartete.

Er wandte sich und sah sie an. Sie stand neben ihm, immer im Schatten. Ihr von der Dunkelheit ihres Hutes überschattetes Gesicht beobachtete ihn, ohne daß er es merkte. Aber sie wurde nachdenklich. Sie war ein wenig bange – tief bewegt und erhoben. Das war ihr bester Zustand. Dagegen war er ohnmächtig. Sein Blut war wie zu einer Flamme in seiner Brust zusammengefaßt. Aber er konnte nicht zu ihr hinübergelangen. Blitze durchzuckten sein Blut. Aber sie bemerkte sie nicht. Sie erwartete irgendeinen erhobenen Zustand in ihm. Und doch wurde sie in ihrer Sehnsucht seiner Leidenschaft halb gewahr und sah ihn beunruhigt an.

»Was ist denn?« murmelte sie wieder.

»Der Mond«, sagte er stirnrunzelnd.

»Ja«, stimmte sie bei. »Ist es nicht wunderschön?« Sie war neugierig auf ihn. Der Wendepunkt war überschritten.

Er wußte selbst nicht, was mit ihm los war. Er war noch so jung, und ihre Vertraulichkeit so übersinnlich, daß er gar nicht begriff, er wünschte sie an seine Brust zu pressen, um das Weh dort drinnen zu lindern. Er hatte Angst vor ihr. Die Tatsache, er könne sie haben wollen, wie ein Mann eine Frau haben will, wurde in seinem Inneren als etwas Schämenswürdiges unterdrückt. Ebenso wie sie krampfhaft, sich windend vor Qual, schon bei dem bloßen Gedanken an so etwas zurückschreckte, krümmte er sich in den tiefsten Tiefen seiner Seele. Und nun verhinderte seine ›Reinheit‹ sogar ihren ersten Liebeskuß. Es war, als könne sie die Erschütterung körperlicher Liebe kaum ertragen, selbst nicht die eines leidenschaftlichen Kusses, und dann war er auch zu zaghaft und empfindsam, ihn zu geben.

Während sie die dunkle Moorwiese entlang schritten, beobachtete er den Mond und sprach nicht. Sie stapfte neben ihm her. Er haßte sie, denn sie schien ihn in gewisser Weise sogar sich selbst verachten zu machen. Als er vorwärts blickte – sah er das einzige Licht in der Dunkelheit, das Fenster ihres lampenerleuchteten Häuschens.

Er dachte mit Vergnügen an seine Mutter und die andern vergnügten Menschen.

»Ja, alle andern sind schon lange da!« sagte seine Mutter, als sie eintraten.

»Was macht das!« rief er gereizt. »Ich kann doch wohl gehen, wie es mir Spaß macht, nicht wahr?«

»Und ich sollte meinen, ihr könntet doch wohl zum Abendessen mit den übrigen wieder da sein«, sagte Frau Morel.

»Das mache ich, wie es mir paßt«, wandte er ein. »Es ist nicht spät. Ich werde tun, was mir paßt.«

»Schön«, sagte seine Mutter schneidend, »dann tue, was dir paßt.« Und sie achtete weiter nicht mehr auf ihn diesen Abend. Er tat, als bemerkte er das nicht oder machte sich nichts daraus, sondern saß und las. Miriam las auch, sich dadurch verbergend. Frau Morel haßte sie, weil sie ihren Sohn so weit gebracht hatte. Sie merkte, wie Paul reizbar wurde, dünkelhaft und düster. Die Schuld an allem diesem schob sie Miriam zu. Annie und alle ihre Freunde vereinigten sich gegen das Mädchen. Miriam besaß keinen Freund außer Paul. Aber sie litt nicht sehr, weil sie die andern wegen ihrer Bedeutungslosigkeit verachtete.

Und Paul haßte sie, weil sie immerhin seine Leichtherzigkeit und Natürlichkeit zerstörte. Und er krümmte sich unter einem Gefühl der Erniedrigung.

8. Liebeszwist

Arthur hatte seine Lehrlingszeit beendet und bekam eine Stellung auf dem Elektrizitätswerk der Mintongrube. Er verdiente nur wenig, hatte aber gute Aussichten für sein Weiterkommen. Aber er war wild und rastlos. Er trank nicht und spielte auch nicht. Und doch brachte er sich in endlose Schwierigkeiten, stets durch irgendeine hitzköpfige Gedankenlosigkeit. Entweder fing er in den Wäldern Kaninchen, wie ein Wilddieb, oder blieb die ganze Nacht über in Nottingham anstatt nach Hause zu kommen, oder er verrechnete sich beim Tauchen in den Wasserweg bei Bestwood und zerschrammte sich die ganze Brust auf den Steinen und Blechbüchsen am Boden zu einer wunden Masse.

Er war noch nicht viele Monate in seiner neuen Stellung, als er eines Nachts wieder einmal nicht nach Hause kam.

»Weißt du, wo Arthur ist?« fragte Paul beim Frühstück.

»Ich nicht«, erwiderte seine Mutter.

»Er ist ein Narr«, sagte Paul. »Und wenn er noch irgendwas ausführte, dann wollte ich noch nichts sagen. Aber nein, einfach, weil er nicht vom Whist wegfinden kann, oder ein Mädchen vom Schlittschuhlaufen nach Hause bringen muß – ganz ehrbar, deswegen kann er nicht nach Hause kommen. Er ist ein Narr.«

»Ich weiß nicht, ob es so viel besser wäre, wenn er etwas ausführte, worüber wir uns alle schämen müßten«, sagte Frau Morel.

»Na, jedenfalls würde ich ihn mehr achten«, meinte Paul.

»Das bezweifle ich noch sehr«, sagte seine Mutter kalt.

Sie fuhren mit ihrem Frühstück fort.

»Hast du ihn so furchtbar lieb?« fragte Paul seine Mutter.

»Warum fragst du danach?«

»Weil es heißt, eine Frau liebt ihren Jüngsten am meisten.«

»Vielleicht – ich nicht. Nein, er macht mich mürbe.«

»Und du möchtest wirklich lieber, er wäre gut?«

»Ich wollte, er zeigte etwas gesunden Menschenverstand.«

Paul war roh und reizbar. Er machte seine Mutter auch oft mürbe. Sie sah den Sonnenschein aus ihm verschwinden und nahm das übel.

Als sie mit dem Frühstück zu Ende waren, kam der Briefträger mit einem Briefe aus Derby. Frau Morel kniff die Augen zusammen, um die Anschrift zu erkennen.

»Gib her, du blinde Henne!« rief ihr Sohn und riß ihn ihr weg.

Sie fuhr auf und haute ihn beinahe um die Ohren.

»Der 's von deinem Sohne Arthur«, sagte er.

»Was hat er nun wieder ...!« rief Frau Morel.

»›Meine liebste Mutter!‹« las Paul, »›ich weiß nicht, was mich so zum Narren gemacht hat. Ich bitte dich zu kommen und mich hier wieder wegzuholen. Ich bin gestern mit Jack Bredon hierhergekommen, anstatt zur Arbeit zu gehen, und habe mich anwerben lassen. Er sagte, er habe das Stuhldurchsitzen satt, und als der Blödhammel, als den du mich ja kennst, bin ich mitgegangen.‹«

»›Ich habe des Königs Schilling genommen, aber vielleicht, wenn du dich nach mir umsähest, würden sie mich wieder laufen lassen. Ich war verrückt, als ich es tat. Ich will gar nicht ins Heer. Meine liebe Mutter, ich mache dir nichts als Sorgen. Aber wenn du mich hier wieder herausholst, verspreche ich dir, will ich vernünftiger werden und mehr Überlegung zeigen ...‹«

Frau Morel setzte sich in ihren Schaukelstuhl.

»Ach was«, rief sie, »nun laß ihn dableiben!«

»Ja«, sagte Paul, »laß ihn dableiben.«

Es trat Schweigen ein. Die Mutter saß da, die Hände in der Schürze gefaltet, ihr Gesicht fest, nachdenkend.

»Wenn mich das nicht ganz elend macht!« rief sie plötzlich; »elend!«

»Nun«, sagte Paul und begann die Stirn zu runzeln, »fang mir nicht an, dir die Seele drüber auszuquälen, hörst du?«

»Ich soll es wohl noch als 'nen Segen auffassen«, fuhr sie ihren Sohn an, sich zu ihm wendend.

»Jedenfalls sollst du kein Trauerspiel draus machen, so«, entgegnete er.

»Der Narr! – der junge Hansnarr!« rief sie.

»Er muß sehr gut aussehen in seiner Uniform«, sagte Paul stichelnd.

Seine Mutter wandte sich wie eine Rachegöttin gegen ihn.

»So, meinst du!« rief sie. »In meinen Augen nicht!«

»Er sollte in ein Reiterregiment eintreten; da hat ers gut und sieht mächtig nach was aus.«

»Nach was aus! – nach was aus! – schön nach was aus, wahrhaftig! – ein gemeiner Soldat!«

»Ja«, sagte Paul, »was bin ich denn anders als ein gemeiner Gehilfe?«

»Ein gut Teil, mein Junge«, rief seine Mutter gekränkt.

»Wieso?«

»Jedenfalls ein Mann, und nicht so'n Dings im roten Rock.«

»Ich würde mir nichts draus machen, einen roten Rock zu tragen – oder dunkelblau, das gefiele mir noch besser – wenn sie mich nur nicht zu viel herumschubsten.«

Aber seine Mutter hörte gar nicht mehr auf ihn.

»Grade als er etwas weiterkommt oder hätte weiterkommen können in seiner Stellung – der junge Tunichtgut –, da geht er hin und richtet sich für sein ganzes Leben zugrunde. Was ist denn nachher noch mit ihm anzufangen, meinst du?«

»Es mag ihn ganz hübsch zurechtstutzen«, sagte Paul.

»Zurechtstutzen! – Was er noch an Mark in den Knochen hatte, wirds ihm herausholen. Ein Soldat! – gemeiner Soldat! – nichts als ein Leib, der Bewegungen ausführt, wenn er einen Ruf hört! Das ist was Feines!«

»Ich kann nicht begreifen, weshalb du dich so aufregst«, sagte Paul.

»Nein, am Ende kannst du das nicht. Aber ich begreife es«; und sie lehnte sich in ihren Stuhl zurück, das Kinn in einer Hand, den Ellenbogen mit der andern haltend, bis zum Überlaufen voller Kummer und Zorn.

»Und gehst du nach Derby?« fragte Paul.

»Ja.«

»Ganz nutzlos.«

»Das will ich erst mal sehen.«

»Und warum in aller Welt läßt du ihn nicht dableiben?

Das ist doch grade, was er sich wünscht!«

»Natürlich!« rief die Mutter; »du weißt auch grade, was er sich wünscht!«

Sie machte sich fertig und fuhr mit dem ersten Zuge nach Derby, wo sie ihren Sohn und den Unteroffizier sah. Es nutzte aber nichts.

Als Morel abends beim Essen saß, sagte sie plötzlich:

»Ich mußte heute nach Derby.«

Der Bergmann schlug die Augen auf, so daß das Weiße in seinem schwarzen Gesicht zu sehen war.

»Mußtest de, Mächen. Wat hattest de denn da?«

»Der Arthur.«

»Oh – wat hat denn der nu vor?«

»Er hat sich bloß anwerben lassen.«

Morel legte sein Messer hin und lehnte sich in seinem Stuhl zurück.

»Ne«, sagte er, »det hat er doch woll nich!«

»Und morgen geht er nach Aldershot.«

»Na!« rief der Bergmann, »det's 'n Dalschlag!« Er sann einen Augenblick nach, sagte »Hm!« und fuhr mit seinem Essen fort. Plötzlich zog sich sein Gesicht voller Wut zusammen. »Ick hoffe, er wird keenen Fuß wieder in mein Haus setzen«, sagte er.

»So'n Gedanke!« rief Frau Morel. »So was zu sagen!«

»Ick sags aber«, wiederholte Morel. »So'n Narr, der auskneift, um Soldat zu werden, laß den man für sich selber sorgen; ick wer' nichts mehr für'n dun.«

»Du hast ja auch grade mächtig viel für ihn getan«, sagte sie.

Und Morel schämte sich fast, diesen Abend ins Wirtshaus zu gehen.

»Na, bist du hingewesen?« fragte Paul seine Mutter, als er nach Hause kam.

»Ja.«

»Und was sagte er?«

»Er heulte, als ich wegging.«

»Hm!«

»Und ich auch, also brauchst du nicht ›hm‹ zu machen!«

Frau Morel grämte sich um ihren Sohn. Sie wußte, der Heeresdienst würde ihm nicht gefallen. Das konnte er nicht. Jede Zucht war ihm unerträglich.

»Aber der Arzt meinte«, sagte sie zu Paul mit einem gewissen Stolz, »er wäre völlig ebenmäßig – beinahe vollkommen; alle seine Maße wären richtig. Er sieht auch gut aus, weißt du.«

»Er sieht sehr gut aus. Aber die Mädchen fängt er doch nicht so wie William, nicht?«

»Nein; er ist anders veranlagt. Er ist ein gut Teil wie sein Vater, ohne Verantwortlichkeitsgefühl.«

Um seine Mutter zu trösten, ging Paul um diese Zeit nicht häufig nach dem Willeyhofe. Und in der Schüler-Herbstausstellung im Schloß hatte er zwei Arbeiten, eine Landschaft in Wasserfarben und ein Stilleben in Öl, die beide den ersten Preis bekamen. Er war aufs höchste erregt.

»Was meinst du, was ich für meine Bilder gekriegt habe, Mutter?« fragte er, als er eines Abends heimkam. Sie sah seinen Augen an, daß er froh war. Ihr Gesicht färbte sich.

»Na, wie soll ich das wissen, mein Junge!«

»Einen ersten Preis für die Glaspötte ...«

»Hm!«

»Und einen ersten Preis für die Skizze da oben beim Willeyhofe.«

»Beides erste?«

»Ja.«

»Hm!«

Etwas Rosiges, Helles kam über sie, wenn sie auch nichts sagte.

»Das ist doch nett, nicht?« sagte er.

»Ja.«

»Warum hebst du mich nun nicht in den Himmel?«

Sie lachte.

»Dann müßte ich dich ja nur wieder runterholen«, sagte sie.

Aber trotzdem war sie doch voller Freude. William hatte ihr seine Turnpreise gebracht. Sie hatte sie noch, und seinen Tod konnte sie nicht vergeben. Arthur war hübsch - wenigstens eine gute Nummer - und warm und offenherzig, und würde aller Wahrscheinlichkeit nach am Ende auch noch zurechtkommen. Aber Paul würde sich auszeichnen. Sie besaß großen Glauben an ihn, um so mehr, als er sich seiner Kraft gar nicht bewußt war. Es lag noch so viel in ihm. Ihr Leben war reich an Verheißungen. Sie würde sich noch erfüllt sehen. Ihr Kampf war nicht umsonst gewesen.

Mehrere Male während der Ausstellung ging Frau Morel ohne Pauls Wissen zum Schloß. Sie wanderte den langen Raum hinab, um sich die andern Arbeiten anzusehen. Ja, sie waren gut. Aber sie hatten nicht dies gewisse Etwas in sich, was sie zu ihrer Befriedigung verlangte. Einige machten sie eifersüchtig, so gut waren sie. Lange Zeit sah sie sie sich an, um Fehler in ihnen zu entdecken. Dann plötzlich bekam sie einen solchen Schreck, daß ihr das Herz klopfte. Da hing Pauls Bild! Sie kannte es, als wäre es ihr ins Herz eingepreßt.

»Name – Paul Morel – Erster Preis.«

Es sah so sonderbar aus, da in der Öffentlichkeit an den Wänden des Schlosses, wo sie in ihrem Leben schon so manche Bilder gesehen hatte. Und sie sah sich um, um zu sehen, ob auch sonst jemand sie schon wieder vor derselben Skizze hätte stehen sehen.

Aber sie fühlte sich sehr stolz. Wenn sie gut angezogene Frauen traf, auf ihrem Heimwege zum Park, dann dachte sie bei sich:

»Ja, gut siehst du ja aus – aber soll mich mal wundern, ob dein Junge auch zwei erste Preise im Schlosse hat.«

Und so zog sie weiter, eine so stolze kleine Frau wie nur eine in ganz Nottingham. Und Paul war es, als hätte er etwas für sie getan, wenn auch nur recht wenig. All seine Arbeit gehörte ihr.

Als er eines Tages zum Schloßtor hinaufging, traf er Miriam. Er hatte sie am Sonntag gesehen, und erwartete nicht, sie in der Stadt zu treffen. Sie ging mit einer ziemlich auffallenden Frau, blond, mit verdrossenem Gesichtsausdruck und trotziger Haltung. Es war seltsam, wie Miriam mit ihrer gebeugten, nachdenklichen Haltung zwergenhaft aussah neben dieser Frau mit ihren schönen Schultern. Miriam beobachtete Paul mit suchenden Blicken. Sein Blick lag auf der Fremden, die ihn gar nicht beachtete. Das Mädchen sah seine Männlichkeit ihr Haupt erheben.

»Hallo!« sagte er, »du hast mir ja gar nicht gesagt, daß du zur Stadt kämest.«

»Nein«, sagte Miriam, sich halb entschuldigend. »Ich fuhr mit Vater zum Viehmarkt.«

Er sah ihre Gefährtin an.

»Ich habe dir von Frau Dawes erzählt«, sagte Miriam flüsternd; sie war erregt. »Clara, kennst du Paul?«

»Ich glaube, ich habe ihn schon mal gesehen«, erwiderte Frau Dawes gleichgültig, als sie ihm die Hand gab. Sie hatte verächtliche graue Augen, eine Haut wie weißer Honig, und einen vollen Mund mit leicht in die Höhe gezogener Oberlippe, die nicht wußte, war sie vor Verachtung gegen alle Männer hochgezogen, oder weil sie so gern geküßt worden wäre; sie glaubte aber aus dem ersten Grunde. Sie trug den Kopf hintenüber, als zöge sie sich in Verachtung zurück, vielleicht auch von den Männern. Sie hatte einen breitrandigen, schlampigen schwarzen Biberhut auf und ein etwas geziert einfaches Kleid an, das aussah, als steckte sie in einem Sack. Sie war augenscheinlich arm und hatte nicht viel Geschmack. Miriam sah ungewöhnlich nett aus.

»Wo haben Sie mich denn gesehen?« fragte Paul die Frau.

Sie sah ihn an, als hätte sie keine Lust, sich die Mühe einer Antwort zu geben. Dann sagte sie:

»Als Sie mit Louie Travers gingen.«

Louie war eins der Strickmaschinenmädchen.

»Wieso, kennen Sie die?« fragte er.

Sie antwortete nicht. Er wandte sich an Miriam.

»Wo gehst du hin?« fragte er.

»Zum Schloß.«

»Mit welchem Zuge fährst du nach Hause?«

»Ich fahre mit Vater. Ich wollte, du kämest mit. Wann bist du frei?«

»Du weißt doch, heute erst um acht, verdammt nochmal!«

Und sofort gingen die beiden Frauen weiter.

Paul erinnerte sich, daß Frau Dawes die Tochter einer alten Freundin von Frau Leivers war. Miriam hatte sie sich ausgesucht, weil sie früher Strickmaschinenaufseherin bei Jordan gewesen war, und weil ihr Mann, Baxter Dawes, Schmied in seiner Werkstätte war und die Eisenteile für Krüppelwerkzeuge und ähnliches machte. Miriam fühlte, sie gelangte durch sie in engere Berührung zu Jordans und könnte Pauls Stellung besser einschätzen. Aber Frau Dawes lebte von ihrem Manne getrennt und hatte sich den Frauenrechtlerinnen angeschlossen. Sie galt für klug. Das fesselte Paul. Baxter Dawes kannte er und mochte ihn nicht. Der Schmied war ein Mann von ein- oder zweiunddreißig. Er kam gelegentlich durch Pauls Ecke – ein großer, gutgebauter Mann von auffallendem Aussehen und hübsch. Es bestand eine merkwürdige Ähnlichkeit zwischen ihm und seiner Frau. Er hatte dieselbe weiße Haut, mit einem hellen, goldigen Schimmer. Sein Haar war von einem weichen Braun, sein Schnurrbart golden. Und er hatte den gleichen Trotz in seiner Haltung und seinem Benehmen. Aber dann kam der Unterschied. Seine Augen, dunkelbraun und rasch umherblickend, waren unentschlossen. Sie standen etwas vor, und die Augenlider fielen in einer Weise über sie herab, die halb auf Haß deutete. Sein Mund war ebenfalls sinnlich. Sein ganzes Benehmen war verschüchtert trotzig, als wäre er bereit, jedermann zu Boden zu schlagen, der ihn mißachtete, vielleicht weil er sich tatsächlich selbst mißachtete.

Paul hatte er vom ersten Tage an gehaßt. Sowie er den unpersönlichen, überlegenden, künstlerischen Blick des Jungen auf seinem Gesicht ruhen fand, geriet er in Wut.

»Wat haste zu kieken?« grinste er drohend.

Der Junge sah weg. Aber der Schmied pflegte hinter dem Tisch stehen zu bleiben und mit Herrn Pappleworth zu sprechen. Seine Redeweise war schmutzig mit einem Anflug von Fäulnis. Wieder ertappte er den Jungen bei dem kühlen, prüfenden Blick auf seinem Gesicht.

»Wat haste zu kieken, du Dreikäsehoch?« knurrte er.

Der Junge zuckte leicht die Achseln.

»Wat du ...!« brüllte Dawes.

»Lassen Sie ihn in Ruhe«, sagte Herr Pappleworth mit jener einschmeichelnden Stimme, die bedeutet, ›er ist ja bloß so'n kleiner Schmachtlappen, der kann das nicht helfen.‹

Seit der Zeit pflegte der Junge den Mann jedesmal, wenn er bei ihnen durchkam, mit derselben prüfenden Neugierde zu betrachten, und wegzusehen, sobald er des Schmiedes Auge traf. Das machte Dawes wütend. Sie haßten sich schweigend.

Clara Dawes hatte keine Kinder. Als sie ihren Mann verlassen hatte, war der Haushalt auseinandergebrochen, und sie war zu ihrer Mutter gezogen. Dawes wohnte bei seiner Schwester. Im selben Hause war auch noch eine Schwägerin, und auf irgendwelche Weise wußte Paul, daß dies Mädchen, Louie Travers, nun Baxters Frau war. Sie war eine hübsche, freche Hexe, die den Jungen verspottete und doch errötete, wenn er auf seinem Wege zum Bahnhof sie auf ihrem Nachhausewege begleitete.

Das nächstemal, als er Miriam besuchte, war es Sonnabendabend. Sie hatte ein Feuer im Wohnzimmer und erwartete ihn. Die andern, mit Ausnahme des Vaters und der Mutter und der kleinen Kinder, waren aus, so daß sie das Wohnzimmer für sich hatten. Es war ein langer, niedriger, warmer Raum. Drei von Pauls kleinen Skizzen hingen an der Wand, und sein Lichtbild stand auf dem Kamin. Auf dem Tische und dem hohen alten Rosenholzklavier standen Krüge mit farbigen Blättern. Er saß in einem Lehnstuhl, sie kauerte auf der Herdmatte zu seinen Füßen nieder. Die Glut lag warm auf ihrem hübschen, nachdenklichen Gesicht, als sie hier wie eine Andächtige kniete.

»Wie fandst du Frau Dawes?« fragte sie ruhig.

»Sie sieht nicht sehr freundlich aus«, erwiderte er.

»Nein, aber meinst du nicht, daß sie eine feine Frau ist?« sagte sie in ihrem tiefen Tonfall.

»Ja – in ihrer Haltung. Aber ohne jedes Körnchen Geschmack. Ich mag sie wohl aus verschiedenen Gründen. Ist sie unangenehm?«

»Ich glaube nicht. Ich glaube, sie ist unzufrieden.«

»Womit?«

»Na ja – wie würdest du das finden, dein ganzes Leben an einen solchen Mann gefesselt zu sein?«

»Warum hat sie ihn denn geheiratet, wenn sie doch so bald die Krämpfe vor ihm kriegte?«

»Ja, warum!« wiederholte Miriam bitter.

»Und ich sollte glauben, sie hätte doch wohl genug Kampflust in sich, um mit ihm fertig zu werden«, sagte er.

Miriam senkte den Kopf.

»So?« fragte sie spöttisch. »Wie kommst du darauf?«

»Sieh doch mal ihren Mund an – für Leidenschaft geschaffen – und erst ihre Kopfhaltung ...« Er warf den Kopf in Claras trotziger Weise zurück.

Miriam beugte sich etwas tiefer.

»Ja«, sagte sie.

Ein paar Augenblicke herrschte Schweigen, während er über Clara nachdachte.

»Und was mochtest du an ihr leiden?« fragte sie.

»Ich weiß nicht – ihre Haut und ihre ganze Beschaffenheit, und ihre – ich weiß nicht – es liegt so was Wildes in ihr. Ich schätze sie als Künstler, das ist alles.«

»Ja.«

Er wunderte sich, weshalb Miriam sich da in dieser wunderlich nachdenklichen Weise zusammenkauerte. Es reizte ihn.

»Du magst sie doch nicht wirklich gern, nicht wahr?« fragte er das Mädchen.

Sie sah ihn mit ihren großen, verstörten dunklen Augen an.

»Doch«, sagte sie.

»Nein – das kannst du nicht – nicht wirklich.«

»Was denn?« fragte sie langsam.

»I, das weiß ich nicht – vielleicht magst du sie gern, weil sie auf alle Männer so böse ist.«

Sehr viel wahrscheinlicher war dies einer seiner eigenen Gründe für seine Vorliebe für Frau Dawes, aber das merkte er gar nicht. Sie schwiegen. Auf seiner Stirn lag dies Runzeln, das ihm allmählich zur Angewohnheit geworden war, besonders beim Zusammensein mit Miriam. Sie hätte es gern geglättet, und fürchtete sich davor. Es schien ihr der Stempel eines Mannes in ihm, der nicht ihr Paul Morel war.

Zwischen den Blättern in dem Kruge standen ein paar leuchtend rote Beeren. Er griff danach und zog einen Zweig heraus.

»Wenn du dir rote Beeren ins Haar steckst«, sagte er, »warum siehst du dann immer wie eine Zauberin oder eine Priesterin aus, aber nie wie eine Berauschte?«

Sie lachte mit einem nackten, schmerzvollen Tonfall.

»Ich weiß nicht«, sagte sie.

Seine kräftigen warmen Hände spielten aufgeregt mit den Beeren.

»Warum kannst du nicht lachen?« sagte er. »Du lachst nie ein richtiges Lachen. Du lachst nur, wenn etwas sonderbar ist oder nicht am Platze, und dann tuts dir anscheinend immer weh.«

Sie senkte den Kopf, als schelte er sie.

»Ich wollte, du könntest mal eine Minute lang über mich lachen – nur eine Minute lang. Ich habe das Gefühl, das müßte etwas in dir freimachen.«

»Aber« – und sie sah ihn mit erschreckten, kämpfenden Augen an – »ich lache doch über dich – wirklich.«

»Niemals. Es liegt immer eine Art Spannung drin. Wenn du lachst, möchte ich immer weinen; es zeigt mir, daß du offenbar leidest. Oh, du bringst ja meine Seele zum Stirnrunzeln und Nachdenken über dich.«

Langsam schüttelte sie voller Verzweiflung den Kopf.

»Wirklich, das wollte ich nicht«, sagte sie.

»Bei dir bin ich immer so verdammt geistig!« rief er.

Sie verharrte in nachdenklichem Schweigen und dachte: ›Warum bist du denn nicht mal anders?‹ Aber er sah ihre kauernde, brütende Gestalt, und sie schien ihn entzwei zu reißen.

»Aber schließlich ists ja Herbst«, sagte er, »und alle Welt fühlt sich dann ja wie ein körperloser Geist.«

Wieder schwiegen sie. Diese sonderbare Traurigkeit zwischen ihnen beiden machte ihre Seele erbeben. Er sah so wunderschön aus, wenn seine Augen so dunkel wurden und so aussahen, als wären sie so tief wie der allertiefste Brunnen.

»Du machst mich so geistig!« klagte er. »Und ich möchte gar nicht geistig sein.«

Mit einem kleinen Pop! zog sie den Finger aus dem Munde und sah fast herausfordernd zu ihm auf. Aber immer noch lag ihre Seele nackt in ihren großen dunklen Augen, und dieselbe flehentliche Bitte. Hätte er sie in übersinnlicher Reinheit zu küssen vermocht, er hätte es getan. Aber so konnte er sie nicht küssen – und sie schien ihm keinen andern Weg zu lassen. Und sie sehnte sich so nach ihm.

Er lachte kurz auf.

»Schön«, sagte er, »krieg dein Französisch, und wir wollen etwas – etwas Verlaine lesen.«

»Ja«, sagte sie in tiefem Tone, der fast wie ein Verzicht klang. Und sie stand auf und holte die Bücher. Und ihre so roten, zappeligen Hände sahen so kläglich aus, daß er ganz verrückt danach wurde, sie zu trösten und zu küssen. Aber dann wagte ers wieder nicht – oder konnte es nicht. Es hinderte ihn etwas. Seine Küsse waren für sie nicht recht. Bis zehn fuhren sie mit dem Lesen fort und gingen dann in die Küche, und Paul wurde bei Vater und Mutter wieder natürlich und fröhlich. Seine Augen waren dunkel und glänzend; es lag eine Art Zauber über ihm.

Als er in die Scheune ging nach seinem Rad, fand er, das Vorderrad hatte ein Loch.

»Hol mir 'nen Krug mit einem Tropfen Wasser«, sagte er zu ihr. »Ich komme zu spät, und dann kriege ich was.«

Er zündete die Sturmlampe an, zog seinen Rock aus, drehte das Rad um und ging flugs an die Arbeit. Miriam kam mit einer Schüssel voll Wasser und sah, dicht neben ihm stehend, zu. Sie liebte, seine Hände in Tätigkeit zu sehen. Er war schlank und kräftig, mit einer gewissen Leichtigkeit selbst bei den hastigsten Bewegungen. Und ganz mit seiner Arbeit beschäftigt, schien er sie völlig zu vergessen. Sie liebte ihn so hingerissen. Zu gern hätte sie ihre Hände an seinen Seiten hinunterlaufen lassen. Sie wünschte ihn immer zu umhalsen, so lange als er sie nicht wollte.

»So!« sagte er, sich plötzlich erhebend. »Nun, hättest du das rascher machen können?«

»Nein!« lachte sie.

Er streckte sich. Sein Rücken war ihr zugekehrt. Sie legte ihre beiden Hände an seine Seiten und ließ sie rasch dran hinuntergleiten.

»Du bist so fein!« sagte sie.

Er lachte, voller Haß gegen ihre Stimme, aber sein Blut schlug unter ihrer Hand zu einer Flammenwoge empor. Sie schien ihn gar nicht gewahr zu werden bei alledem. Er hätte ein lebloser Gegenstand sein können. Sie merkte nie, daß er ein Mann war.

Er zündete seine Radlampe an, stupste das Rad auf die Scheunendiele, um zu sehen, ob die Reifen heil wären, und knöpfte sich den Rock zu.

Sie untersuchte die Bremse, von der sie wußte, daß sie zerbrochen war.

»Hast du sie in Ordnung bringen lassen?« fragte sie.

»Nein.«

»Aber warum denn nicht?«

»Die Hinterbremse geht ja ein wenig.«

»Aber das ist doch nicht genug.«

»Ich kann meine Füße brauchen.«

»Ich wollte, du ließest sie heilmachen«, murmelte sie.

»Reg dich nicht auf – komm morgen zum Tee mit Edgar.«

»Ja?«

»Jawohl – gegen vier. Ich komme euch entgegen.«

»Schön.«

Sie war froh. Sie gingen über den dunklen Hof zum Gatter. Als er zurücksah, bemerkte er durch die vorhanglosen Fenster Herrn und Frau Leivers' Köpfe in der warmen Glut. Es sah urbehaglich aus. Die Straße mit ihren Fichten lag dunkel vor ihm.

»Bis morgen«, sagte er, auf sein Rad springend.

»Du bist doch vorsichtig, nicht?« flehte sie.

»Ja.«

Seine Stimme tönte schon aus der Dunkelheit. Einen Augenblick stand sie noch und sah den Schein seiner Lampe über den Boden in die Dunkelheit hineinrasen. Sehr langsam wandte sie sich dem Hause zu. Der Orion stieg über dem Walde empor, seinen Hund funkelnd hinter sich, halb im Nebel. Im übrigen war die Welt voller Finsternis und Schweigen, ausgenommen das Atmen des Viehes in den Ställen. Sie betete diesen Abend ernstlich für seine Sicherheit. Wenn er sie verließ, lag sie oft in Angst und wunderte sich, ob er wohl sicher nach Hause käme.

Er flog nur so die Hügel hinunter auf seinem Rade. Die Wege waren schlüpfrig, daher mußte er es sich selbst überlassen. Er empfand es als ein Vergnügen, wie das Rad über den zweiten steileren Abhang des Hügels hinuntersauste. »Nun gehts los!« sagte er. Es war gewagt, wegen der Biegung unten bei der Dunkelheit, und wegen der Bierwagen, auf denen die betrunkenen Fahrer oft schliefen. Sein Rad schien beinahe unter ihm wegzufallen, und das liebte er. Waghalsigkeit ist fast wie die Rache des Mannes am Weibe. Er fühlt sich nicht gewürdigt, und so will er es denn wagen, sich selbst zu vernichten, um sie ganz zu berauben.

Die Sterne schienen auf dem See zu hüpfen wie Grashüpfer, silbern auf seiner Schwärze, während er vorübersauste. Dann kam die lange Steigung nach Hause.

»Sieh, Mutter!« sagte er, indem er ihr die Beeren und Blätter auf den Tisch warf.

»Hm!« sagte sie, sah sie kurz an und dann wieder weg. Sie saß lesend allein, wie sie immer zu tun pflegte.

»Sind die nicht hübsch?«

»Ja.«

Er merkte, sie war ärgerlich auf ihn. Nach ein paar Minuten sagte er:

»Edgar und Miriam kommen morgen zum Tee.«

Sie antwortete nicht.

»Du machst dir doch nichts draus.«

Sie antwortete immer noch nicht.

»Tust du's?«

»Du weißt doch, ob ich mir was draus mache oder nicht.«

»Ich wüßte auch nicht, warum. Ich esse doch so oft dort.«

»Ja.«

»Warum willst du ihnen denn nicht das bißchen Tee gönnen?«

»Wem gönne ich keinen Tee?«

»Warum bist du so eklig?«

»Ach, hör auf! Du hast sie zum Tee eingeladen, das genügt vollständig. Sie wird schon kommen.«

Er war böse auf seine Mutter. Er wußte, es war nur Miriam, gegen die sie etwas einzuwenden hatte. Er schleuderte seine Stiefel ab und ging zu Bett.

Am nächsten Nachmittag ging Paul seinen Freunden entgegen. Er freute sich, sie kommen zu sehen. Um etwa vier Uhr waren sie im Hause. Alles war sauber und still wegen des Sonntagnachmittags. Frau Morel saß im schwarzen Kleide und Schürze da. Sie stand auf, um den Besuchern entgegenzugehen. Mit Edgar war sie ganz herzlich, mit Miriam aber kalt und unfreundlich. Und doch fand Paul, das Mädchen sah so nett aus in seinem braunen Kaschmirrock.

Er half seiner Mutter beim Anrichten des Tees. Miriam hätte sich gern dazu angeboten, aber sie war bange. Er war recht stolz auf sein Heim. Es lag über ihm jetzt nach seinem Gefühl eine gewisse Eigenart. Die Stühle waren zwar nur aus Holz, und das Sofa war alt. Aber die Herdmatte und die Kissen waren behaglich; die Bilder geschmackvolle Drucke; in allem lag Einfachheit, und viele Bücher waren da. Er schämte sich seines Heims nie im geringsten, ebensowenig wie Miriam des ihren, weil beide waren, wie sie sein sollten, und warm. Und dann war er stolz auf den Tisch; das Geschirr war hübsch und das Tischtuch sehr fein. Daß die Löffel nicht aus Silber waren oder die Messer keine Elfenbeingriffe hatten, war gleichgültig; alles sah hübsch aus. Frau Morel hatte wundervoll hausgehalten, während ihre Kinder heranwuchsen, so daß nichts unpassend erschien.

Miriam redete ein wenig über Bücher. Das war unweigerlich ihr Gespräch. Aber Frau Morel war nicht mit dem Herzen dabei und wandte sich bald zu Edgar.

Zuerst waren Edgar und Miriam immer in Frau Morels Kirchenstuhl gegangen. Morel ging nie zur Kirche, lieber ins Wirtshaus. Frau Morel saß wie ein kleiner Vorkämpfer vorn in ihrem Stuhl, Paul am anderen Ende; und zuerst hatte Miriam neben ihm gesessen. Es war dann in der Kapelle wie zu Hause gewesen. Es war ein hübscher Aufenthalt, mit dunklem Gestühl und schlanken, wohlgeformten Pfeilern und Blumen. Und dieselben Leute saßen an denselben Plätzen seit seiner Kinderzeit. Wundervoll süß und beruhigend war es, hier anderthalb Stunden lang zu sitzen, neben Miriam, und dicht bei seiner Mutter, und so seine beiden Lieben unter dem Zauber dieses Ortes der Verehrung zu vereinigen. Dann fühlte er sich warm und glücklich und fromm zugleich. Und nach der Kirche ging er mit Miriam heim, während Frau Morel den Rest des Abends mit ihrer alten Freundin Frau Burns verbrachte. Er war äußerst lebendig auf seinen Gängen mit Edgar und Miriam am Sonntagabend. Nie ging er abends an den Gruben vorüber, an dem erleuchteten Lampenschuppen, den hohen, schwarzen Fördertürmen und Wagenreihen, den langsam sich drehenden Gebläsemaschinen, ohne daß das Gefühl, Miriam komme wieder zu ihm, lebendig und fast unerträglich wurde.

Sie nahm den Stuhl der Morels nicht sehr lange in Anspruch. Ihr Vater nahm wieder einen für sie alle. Er lag unter dem kleinen Umgang, dem der Morels gegenüber. Wenn Paul und seine Mutter in die Kapelle kamen, war der Stuhl der Leivers immer noch leer. Dann wurde er ängstlich vor Furcht, sie möchte nicht kommen; es war so weit, und es regnete an so vielen Sonntagen. Dann, manchmal tatsächlich sehr spät, kam sie mit ihren langen Schritten herein, den Kopf gesenkt, das Gesicht unter dem dunkelgrünen Samthut verborgen. Ihr Gesicht lag, wenn sie ihm so gegenübersaß, immer im Schatten. Aber es verlieh ihm ein sehr lebhaftes Gefühl, als würde seine Seele dadurch aufgestachelt, sie sich dort gegenüber zu sehen. Es war nicht dieselbe Glut, nicht das Glück und der Stolz, die er bei der Obhut über seine Mutter empfand; etwas noch Wundervolleres, weniger Menschliches und durch ein Schmerzgefühl besonders lebhaft Gefärbtes, als läge etwas vor ihm, das er nicht erreichen könne.

Um diese Zeit begann er den rechten Glauben anzuzweifeln. Er war einundzwanzig, sie zwanzig. Sie begann den Frühling zu fürchten: dann wurde er so wild und tat ihr oft so weh. Den ganzen Weg entlang zertrümmerte er grausam ihre Glaubenssätze. Edgar fand seine Freude dran. Er war sehr wählerisch veranlagt und ziemlich leidenschaftslos. Aber Miriam litt ausgesuchte Schmerzen, wenn der Mann, den sie liebte, mit seinem messerscharfen Verstande den Glauben untersuchte, in dem sie lebte und sich bewegte und ihr Dasein fand. Aber er schonte sie nicht. Er war grausam. Und wenn sie allein gingen, war er sogar noch wilder, als wollte er ihre Seele töten. Er ließ ihrem Glauben zur Ader, bis sie fast die Besinnung verlor.

»Sie frohlockt – sie frohlockt darüber, daß sie ihn mir entführt«, rief Frau Morel in ihrem Herzen, sobald Paul fort war. »Sie ist nicht wie ein gewöhnliches Weib, das mir meinen Anteil an ihm lassen würde. Sie will ihn ganz aufzehren. Sie will ihn herausholen und ihn aufzehren, bis nichts mehr von ihm übrig ist, selbst nicht für ihn selbst.

Nie wird er als Mann auf eigenen Füßen stehen – sie wird ihn aufsaugen.« So saß die Mutter da und kämpfte und brütete in Bitternis.

Und wenn er dann von seinen Gängen mit Miriam heimkam, war er wild vor Qual. Er biß sich im Gehen auf die Lippen und ballte die Fäuste, rasch ausschreitend. Dann, plötzlich vor einen Übergang geraten, konnte er ein paar Minuten stillstehen und sich nicht rühren. Ein großes dunkles Loch lag vor ihm, und auf den schwarzen Abhängen waren winzige Lichtpünktchen und im tiefsten Grunde der Nacht die glimmende Grube. Es war alles so unheimlich und furchtbar. Warum wurde er so zerrissen, so verstört, daß er sich kaum zu bewegen vermochte? Warum saß seine Mutter zu Hause und litt? Er wußte, sie litt schrecklich. Aber warum mußte sie das? Und warum haßte er Miriam und empfand eine solche Grausamkeit gegen sie beim Gedanken an seine Mutter? Wenn Miriam seiner Mutter Schmerzen verursachte, dann mußte er sie hassen – und er haßte sie leicht. Warum verursachte sie ihm das Gefühl, als wäre er seiner selbst nicht sicher, ungewiß, ein unbestimmtes Etwas, als besitze er nicht Deckung genug, sich gegen den Einbruch der Nacht und des Raumes zu schützen? Wie er sie haßte! Und dann wieder, welcher Schwall von Zärtlichkeit und Demut!

Mit einem Male fuhr er dann wieder los und lief nach Hause. Seine Mutter sah ihm die Zeichen seiner Qual an und sagte nichts. Aber er mußte sie dazu bringen, mit ihm zu sprechen. Dann war sie böse mit ihm, weil er so weit ginge mit Miriam.

»Warum magst du sie eigentlich nicht, Mutter?« rief er in Verzweiflung.

»Ich weiß nicht, mein Junge«, erwiderte sie kläglich. »Wirklich, ich habe versucht, sie leiden zu mögen. Ich habe es versucht und versucht – aber ich kanns nicht, ich kanns nicht!«

Und er fühlte sich trostlos und hoffnungslos zwischen den beiden.

Frühling war die schlimmste Zeit. Dann wurde er wandelbar und grausam und gereizt. Daher entschloß er sich, ihr fernzubleiben. Dann kamen die Stunden, wo er wußte, Miriam erwarte ihn. Seine Mutter beobachtete, wie er unruhig wurde. Er konnte mit seiner Arbeit nicht weiter. Er konnte nichts machen. Es war, als zöge etwas seine Seele nach dem Willeyhofe. Dann setzte er seinen Hut auf und ging aus, ohne ein Wort zu sagen. Und seine Mutter wußte, nun war er fort.

Und kaum auf dem Wege, seufzte er auf vor Erleichterung. Und sobald er bei ihr war, wurde er wieder grausam.

Eines Tages im März lag er am Ufer des Nethersees, und Miriam saß neben ihm. Es war ein schimmernder, weißblauer Tag. Große Wolken, so glänzende, zogen über ihren Köpfen dahin, während ihre Schatten sich über das Wasser hinstahlen. Die freien Stellen am Himmel waren von reinem, kaltem Blau. Paul lag auf dem Rücken in dem alten Gras und sah in die Höhe. Er konnte es nicht ertragen, Miriam anzusehen. Sie schien ihn zu verlangen, und er widerstand ihr. Er widerstand ihr die ganze Zeit über. Nun wünschte er, ihr Leidenschaft und Zärtlichkeit zu geben, und konnte es nicht. Er fühlte, sie wolle seine Seele aus seinem Körper, und nicht ihn selbst. Seine ganze Stärke und Tatkraft zog sie in sich hinüber durch etwas, das sie verband. Sie wollte sich gar nicht mit ihm vereinen, so daß sie zu zweien blieben, ein Mann und eine Frau. Sie wollte ihn ganz in sich hinüberziehen. Das stachelte ihn zu einer wahnsinngleichen Reizbarkeit an, die ihn bezauberte wie ein Schlaftrunk.

Er sprach mit ihr über Michelangelo. Es kam ihr vor, als befühle sie unmittelbar seine bebenden Lebensfasern, den Urstoff des Lebens, während sie ihm zuhörte. Das verlieh ihr tiefste Befriedigung. Und am Ende erschreckte es sie. Da lag er in der weißen Spannung seines Suchens, und seine Stimme erfüllte sie allmählich mit Furcht, so gleichmäßig lief sie, so beinahe unmenschlich, als wäre er verzaubert.

»Sprich nicht mehr«, flehte sie weich und legte ihm die Hand auf die Stirn.

Er lag ganz still, fast unfähig, sich zu bewegen. Sein Leib war gar nicht mehr da.

»Warum nicht? Bist du müde?«

»Ja, und es greift dich so an.«

Er lachte kurz auf und merkte was.

»Und doch bringst du mich immer dazu«, sagte er.

»Ich will es aber gar nicht«, sagte sie sehr leise.

»Wenn du zu weit gegangen bist und es nicht mehr aushalten kannst. Aber unbewußt bittet dein Ich mich immer darum. Und vermutlich möchte ich es selbst auch.«

Er fuhr fort in seiner toten Weise:

»Wenn du doch nur mich haben wolltest, und nicht immer das, was ich dir bloß so vorplappere!«

»Ich!« rief sie bitter. »Ich! Wieso, wann ließest du mich dich denn hinnehmen?«

»Dann ists meine Schuld«, sagte er, und sich zusammenraffend stand er auf und begann Gleichgültiges zu reden. Er fühlte sich körperlos. Unbestimmt haßte er sie deswegen. Und doch wußte er, er selbst wäre genau so sehr zu tadeln. Das verhinderte ihn jedoch nicht, sie zu hassen.

Eines Abends um diese Zeit war er auf dem Heimwege mit ihr. Sie standen auf der Weide, die nach dem Walde hinunterging, unfähig, sich zu trennen. Als die Sterne hervortraten, schlossen sich die Wolken. Zuweilen bekamen sie ihr Sternbild, den Orion, zu sehen, nach Westen hinüber. Sein Gürtel funkelte einen Augenblick auf, sein Hund lief tief unten und kämpfte sich mühsam durch den Wolkenschleier hindurch.

Der Orion stand für sie unter den Sternbildern an Bedeutung obenan. Sie hatten ihn in ihren seltsamen, gefühlüberladenen Stunden angeschaut, bis es ihnen schien, als lebten sie in jedem einzelnen seiner Sterne. Heute abend war Paul düster und verdreht gewesen. Der Orion war ihm wie jedes andere gewöhnliche Sternbild vorgekommen. Er hatte gegen seinen Zauber und seinen Glanz angefochten. Miriam beobachtete ihres Liebsten Laune aufmerksam. Aber er sagte nichts, was ihn verraten hätte, bis der Augenblick zum Abschied kam, wo er stehenblieb und düster die Stirn gegen die aufgezogenen Wolken runzelte, hinter denen ihr Sternbild weiter dahinziehen mußte.

Am nächsten Tage sollte in seinem Hause eine kleine Gesellschaft stattfinden, an der sie auch teilnehmen sollte.

»Ich werde dir nicht entgegenkommen«, sagte er.

»Oh, schön; es ist auch nicht sehr schön draußen«, erwiderte sie langsam.

»Deswegen nicht – bloß, weil sie es nicht mögen. Sie sagen, ich machte mir aus dir mehr als aus ihnen. Und du begreifst doch, nicht wahr? Du weißt doch, es ist bloß Freundschaft.«

Miriam war erstaunt und verletzt. Es hatte ihn eine große Anstrengung gekostet. Sie ließ ihn stehen, da sie ihm jede weitere Erniedrigung ersparen wollte. Ein feiner Regen stäubte ihr ins Gesicht, als sie die Straße entlangschritt. Sie war tief im Innern verletzt; und sie verachtete ihn, weil er sich so leicht von jedem Hauch von Überlegenheit hin und her wehen ließ. Und unbewußt fühlte sie im innersten Herzen, er versuche von ihr loszukommen. Das hätte sie niemals zugegeben. Er tat ihr leid.

Um diese Zeit wurde Paul eine gewichtige Kraft in Jordans Geschäft. Herr Pappleworth ging weg und eröffnete ein eigenes Geschäft, und Paul blieb bei Herrn Jordan als Strickereiaufseher. Sein Gehalt sollte zum Jahresschluß, wenn alles gut ginge, auf dreißig Schilling die Woche erhöht werden.

Miriam kam Freitagabends immer noch oft zu ihrer französischen Stunde. Paul ging nicht so oft nach dem Willeyhofe, und sie grämte sich bei dem Gedanken, ihre Erziehung möchte hier ein Ende nehmen; aber noch mehr, sie waren beide gern beieinander, trotz ihrer Unstimmigkeiten. So lasen sie Balzac und machten Aufsätze und kamen sich sehr verfeinert vor.

Freitagabend war Abrechnungsabend für die Bergleute. Morel ›rechnete‹ – verteilte das Geld aus dem Stollen – entweder im neuen Wirtshause zu Bretty oder zu Hause, je nachdem seine Kumpels es wünschten. Barker war unter die Enthaltsamen gegangen, daher rechneten die Männer jetzt in Morels Hause ab.

Annie, die in ihrem Lehrberuf von Hause weggewesen war, war wieder da. Sie war immer noch ein Wildfang; und sie war verlobt und sollte sich verheiraten. Paul arbeitete an seinen Zeichnungen.

Morel war Freitagabends immer guter Laune, ausgenommen, wenn der Wochenlohn niedrig war. Gleich nach dem Abendessen machte er sich mit seiner Wäsche zu tun. Es war für die Frauen eine Anstandspflicht, nicht dabei zu sein, wenn die Männer abrechneten. Frauen durften in solche rein männlichen Angelegenheiten, wie das Abrechnen der Kumpels es war, keinen Einblick erhalten, und brauchten auch den genauen Betrag des Wochenlohns nicht zu erfahren. Während daher ihr Vater in der Spülküche herumplantschte, ging Annie auf ein Stündchen zu einer Nachbarin. Frau Morel hatte mit Backen zu tun.

»Mach die Tü-ü-ür zu!« brüllte Morel wütend.

Annie haute sie hinter sich zu und war weg.

»Machst se noch mal wieder uff, wenn ick mir wasche, denn sollen dich mal de Knochen klappern!« drohte er tief aus seinem Seifenschaum hervor. Paul und seine Mutter ärgerten sich, ihn so zu hören.

Da kam er auch schon aus der Spülküche hervorgerannt; das Seifenwasser tröpfelte an ihm herunter, und er klapperte vor Kälte.

»Au, Herrschaft!« sagte er. »Wo 's mein Handtuch?«

Es hing über einem Stuhl vorm Feuer zum Wärmen, sonst hätte er geschimpft und gepoltert. Er kauerte sich auf den Hacken vor dem heißen Backfeuer nieder, um sich zu trocknen.

»F-ff-f!« fuhr er fort und tat so, als zitterte er vor Kälte.

»Meine Güte, Mann, sei doch nicht so'n Wickelkind!« sagte Frau Morel. »Es ist ja gar nicht kalt.«

»Zieh du dir erst mal splinternackigt aus und wasch dich dein Fleesch in de Spülküche da«, sagte der Bergmann, während er sich das Haar rubbelte; »eenfach 'n Eiskeller!«

»Ich würde mich nicht so anstellen«, erwiderte seine Frau.

»Ne, du fielst steif um, so dot wie'n Türjriff, wenn du so naß wärst.«

»Warum ist denn ein Türgriff töter als alles andere'?« fragte Paul neugierig.

»I, det weeß ick nich; det 's wat se so sagen«, erwiderte der Vater. »Aber in die Spülküche da is 'n Zug, det et eenen durch de Rippen pustet wie durch 'ne Jittertür.«

»Würde wohl etwas schwierig sein, dir durch die Rippen zu pusten«, sagte Frau Morel.

Morel sah kläglich an sich hinunter.

»Mich!« rief er. »Ick bin doch man 'n abjezogenes Karnickel. Mich stecken die Knochen ja man so aus'n Leibe.«

»Ich möchte wohl wissen, wo«, wandte seine Frau ein.

»Ieberall! Ick bin doch man 'n Sack voll Reisig.«

Frau Morel lachte. Er hatte immer noch einen wunderbar jugendlichen Körper, muskelkräftig, ohne eine Spur von Fett. Seine Haut war glatt und glänzend. Es hätte der Körper eines Achtundzwanzigjährigen sein können, ausgenommen vielleicht, daß er zu viel blaue Narben wie eingebrannte Mäler trug, wo der Kohlenstaub sich unter der Haut festgesetzt hatte, und daß seine Brust zu behaart war. Aber er führte seine Hand kläglich die Seiten hinunter. Es war sein fester Glaube, er sei dünn wie eine verhungerte Ratte, weil er nicht fett wurde.

Paul blickte auf seines Vaters braune, narbenübersäte Hand mit den abgebrochenen Nägeln, wie sie an der feinen Glätte seiner Seiten hinunterfuhr, und das Unzusammengehörige fiel ihm auf. Es erschien so seltsam, daß sie ein und dasselbe Fleisch sein sollten.

»Ich glaube, du hast mal einen schönen Körper gehabt«, sagte er zu seinem Vater.

»I!« rief der Bergmann, sich umsehend, überrascht und furchtsam wie ein Kind.

»Den hatte er auch«, sagte Frau Morel, »wenn er sich nicht zusammenknüllte, als möchte er so wenig Platz einnehmen wie nur möglich.«

»Icke!« rief Morel – »icke 'n feinen Körper! Ick war nie ville mehr als 'n Jerippe.«

»Mann!« rief seine Frau, »sei doch nicht so'n Windbeutel!«

»Det 's wahr!« sagte er. »Du hast mir doch nich anders jekannt, als wollte ick man so rutsch! losschieben.«

Sie setzte sich und lachte.

»Du hast einen Körper wie von Eisen«, sagte sie; »und kein Mensch hätte je bessere Aussichten gehabt, soweit es auf den Körper ankam. Du hättest ihn mal als jungen Mann sehen sollen!« rief sie plötzlich Paul zu und richtete sich hoch auf, um ihres Mannes einst so hübsche Haltung nachzuahmen.

Morel beobachtete sie scheu. Er dachte wieder an die Leidenschaft, die sie für ihn gehegt hatte. Einen Augenblick blitzte sie aus ihr hervor. Er war scheu, recht furchtsam und demütig. Und doch fühlte er wieder die alte Glut. Und gleich hinterher dann den Trümmerhaufen, den er in diesen Jahren aus sich selbst gemacht hatte. Er sehnte sich nach Beschäftigung, um davon loszukommen.

»Wasch mich mal 'n bißken den Buckel«, bat er sie.

Seine Frau nahm einen mit Seife eingeriebenen Flanelllappen und klappte ihn ihm auf die Schultern. Er sprang vorwärts.

»I, du verflixte kleene Hexe!« rief er. »Kalt wie der Dot!«

»Du hättest ein Feuermolch werden müssen«, lachte sie, während sie ihm den Rücken wusch. Es geschah nur sehr selten, daß sie irgend etwas so Persönliches für ihn tat. Die Kinder machten das.

»Die nächste Welt wird dir lange nicht heiß genug sein«, fügte sie hinzu.

»Ne«, sagte er; »sollst mal sehen, et zieht mich da zu sehr.«

Aber sie war fertig. Sie trocknete ihn oberflächlich ab und ging dann nach oben, sofort mit seinen andern Hosen wieder herunterkommend. Als er trocken war, arbeitete er sich in sein Hemd. Dann, rot und glänzend, das Haar zu Berge stehend und sein Flanellunterhemd über die Grubenhosen herabhängend, stand er da und wärmte die Sachen, die er anziehen wollte. Er drehte sie hin und her, kehrte die Innenseite nach außen und versengte sie förmlich.

»Meine Güte, Mann!« rief Frau Morel. »Zieh dich doch an.«

»Möchtest du woll in'n paar Buxen rinkriechen, kalt wie'n Tubben voll Wasser?« sagte er.

Schließlich zog er seine Grubenhosen aus und legte anständiges Schwarz an. Alles dieses machte er auf der Herdmatte, und hätte es genau so gemacht, wären Annie und ihre vertrauten Freundinnen dabei gewesen.

Frau Morel wandte das Brot im Ofen um. Dann nahm sie aus einer roten, irdenen Schüssel, die in der Ecke stand, noch eine Handvoll Teig, brachte sie in die gehörige Form und tat sie in eine Blechform. Während sie dabei war, klopfte Barker an und trat ein. Er war ein ruhiger, festgebauter kleiner Mann, der aussah, als ginge er durch jede Steinwand. Sein schwarzes Haar war kurzgeschoren, sein Kopf knochig. Wie die meisten Bergleute war er blaß, aber gesund und fest.

»'nen Abend, Frau«, sagte er, Frau Morel zunickend, und setzte sich mit einem Seufzer.

»Guten Abend«, erwiderte sie herzlich.

»Du hast deine Hacksen aber knacken lassen«, sagte Morel.

»Det ick nich wüßte«, sagte Barker.

Er saß, wie das die Männer in Frau Morels Küche fast immer taten, als verberge er sich gradezu.

»Wie gehts der Frau?« fragte sie ihn.

Er hatte ihr vor einiger Zeit erzählt: »Wir erwarten unser Drittes nu, wissen Se.«

»Na«, antwortete er, sich den Kopf kratzend, »et jeht se so leidlich, denke ick.«

»Lassen Sie mal sehen – wann?« fragte Frau Morel.

»Na, ick sollt mir nich wundern, wenn et nu jeden Oogenblick losjinge.«

»Ach! Und sie hat sich ganz gut gehalten?«

»Ja, wacker.«

»Das ist ein Segen, denn sie ist wirklich nicht zu stark.«

»Ne. Un denn hab ick noch ne andre Dummheit jemacht.«

»Und was ist das?«

Frau Morel wußte, Barker machte nie große Dummheiten.

»Ick bin ohne meine Markttasche jekommen.«

»Sie können meine kriegen.«

»Ne, die brauchen Sie doch selber.«

»Nein, ich nehme immer mein Netz.«

Sie sah, der entschlossene kleine Bergmann kaufte immer seinen Kram und das Fleisch für die Woche Freitagabends ein, und sie bewunderte ihn deswegen. »Barker ist nur klein, aber er ist zehnmal so'n Mann wie du«, sagte sie zu ihrem Manne.

Grade da trat Wesson ein. Er war dünn, sah ziemlich gebrechlich aus, mit jungenshafter Offenheit und einem etwas albernen Lächeln, trotz seiner sieben Kinder. Aber seine Frau war ein leidenschaftliches Weib.

»Ick sehe, du hast mir vorbeijelaufen«, sagte er mit einem etwas sinnlosen Lächeln.

»Ja«, sagte Barker.

Der Ankömmling legte seine Mütze und sein dickes wollenes Halstuch ab. Seine Nase war spitz und rot.

»Ich fürchte, Sie frieren, Herr Wesson«, sagte Frau Morel.

»Et kneift woll so'n bißken«, erwiderte er.

»Dann kommen Sie doch ans Feuer.«

»Ne, et jeht schon, wo ick sitze.«

Beide Bergleute saßen ganz im Hintergrunde. Sie ließen sich nicht dazu bewegen, an den Herd zu kommen. Der Herd ist das Hausheiligtum.

»Setz dir doch in den Lehnstuhl«, rief Morel fröhlich.

»Ne, danke; hier is et recht nett.«

»Ja, natürlich, nun kommen Sie nur«, bestand Frau Morel.

Er stand auf und kam schwerfällig vorwärts. Schwerfällig setzte er sich in Morels Lehnstuhl. Das war eine zu große Vertraulichkeit. Aber das Feuer machte ihn ganz selig vor Freude.

»Und wie gehts mit Ihrer Brust?« fragte Frau Morel.

Er lächelte wieder, mit recht sonnigen Augen.

»Oh, janz leidlich«, sagte er.

»Mit'n Jerassel drinne wie 'ne Trommel«, sagte Barker kurz.

»T-t-t!« machte Frau Morel rasch mit der Zunge. »Haben Sie sich das Flanellunterhemd machen lassen?«

»Noch nicht«, lächelte er.

»Warum denn aber nicht?« rief sie.

»Det wird schonst kommen«, lächelte er.

»Ja, an'n Jüngsten Tag!« rief Barker aus.

Barker und Morel hatten beide keine Geduld mit Wesson. Aber dann waren sie beide auch körperlich hart wie Eisen. Sobald Morel beinahe fertig war, schob er Paul den Geldsack hin. »Zähl mal nach, Junge«, sagte er ganz demütig. Paul wandte sich ungeduldig von seinen Büchern und seinem Bleistift ab und stürzte den Sack auf dem Tische um. Es war ein Fünf-Pfund-Sack Silber mit Pfundstücken und Kleingeld. Er zählte es rasch, sah die Rechnung nach – die Papiere, die die Kohlenlieferung enthielten – und brachte das Geld in Ordnung. Dann sah Barker die Rechnung nach.

Frau Morel ging nach oben, und die drei Männer kamen zum Tisch. Morel als Hausherr saß in seinem Lehnstuhl, mit dem Rücken nahe dem heißen Feuer. Die beiden Kumpels hatten kühlere Sitze. Keiner von beiden zählte die Rechnung nach.

»Wat sagten w'r noch, wat Simpson haben sollte?« fragte Morel, und die beiden Männer kabbelten sich eine Minute über den Anteil des Tagelöhners. Dann wurde der Betrag beiseite gelegt.

»Un Bill Naylor?«

Auch dies Geld wurde von dem Haufen weggenommen. Dann nahmen, weil Wesson in einem der Häuser der Gesellschaft wohnte und ihm seine Miete abgezogen wurde, Morel und Barker jeder viereinhalb Schilling. Und weil Morels Kohlen schon da waren und sein Dach ausgebessert war, nahmen Barker und Wesson jeder viereinhalb Schilling. Dann war die Fahrt frei. Morel gab jedem ein Pfund-Stück, bis keine mehr da waren; jedem ein Fünf-Schilling-Stück, bis von ihnen keins mehr da war; jedem einen Schilling, bis auch die zu Ende waren. Blieb am Schluß irgend etwas über, was sich nicht teilen ließ, dann nahm Morel es, um die andern dafür freizuhalten.

Dann standen die drei Männer auf und gingen. Morel schlüpfte aus dem Hause, bevor seine Frau von oben herunterkam. Sie hörte die Tür gehen und kam herunter. Hastig sah sie nach dem Brot im Ofen. Mit einem Blick auf den Tisch sah sie dann ihr Geld daliegen. Paul hatte die ganze Zeit über gearbeitet. Aber nun fühlte er, seine Mutter zählte ihr Wochengeld, und daß ihr Zorn anstieg.

»T-t-t-t!« ging ihre Zunge.

Er runzelte die Stirn. Er konnte nicht arbeiten, wenn sie böse war. Sie zählte noch einmal nach.

»Jämmerliche fünfundzwanzig Schilling«, rief sie. »Wieviel war die Rechnung?«

»Zehn Pfund elf Schilling«, sagte Paul gereizt. Er fürchtete, was nun kommen würde.

»Und mir kratzt er fünfundzwanzig Schilling ab, und sein Verein kommt diese Woche auch noch! Aber ich kenne ihn. Er meint, weil du jetzt verdienst, braucht er das Haus nicht länger zu unterhalten. Alles, was er mit dem Gelde anzufangen weiß, ist, es durch die Kehle zu jagen. Aber ich werds ihm zeigen!«

»Oh, Mutter, nicht doch!« rief Paul.

»Nicht doch was, möchte ich wohl wissen?« rief sie aus.

»Hör auf damit. Ich kann nicht arbeiten.«

Sie wurde sehr ruhig.

»Ja, das ist alles ganz gut«, sagte sie; »aber wie stellst du dir meine Wirtschaft vor?«

»Na, davon wirds doch auch nicht besser, daß du drüber schimpfst.«

»Ich möchte wohl wissen, was du anfangen würdest, wenn du dich damit abzuquälen hättest.«

»Es dauert ja nicht lange. Du kannst all mein Geld kriegen. Laß ihn zum Teufel gehen.«

Er ging wieder an seine Arbeit, und sie band sich grimmig die Hutbänder fest. Er konnte es nicht ertragen, wenn sie sich ärgerte. Aber nun begann er darauf zu bestehen, daß sie ihn anerkenne.

»Die beiden Laibe obenauf«, sagte sie, »sind in zwanzig Minuten fertig. Vergiß sie nicht.«

»Schön«, antwortete er; und sie ging zum Markt.

Er blieb mit seiner Arbeit allein. Aber seine gewöhnliche angespannte Fassung wurde locker. Er horchte nach dem Hofgitter. Um ein viertel nach sieben ertönte ein leises Klopfen, und Miriam trat ein.

»Ganz allein?« fragte sie.

»Ja.«

Als wäre sie zu Hause, legte sie ihre Pudelmütze und ihren langen Mantel ab und hängte sie auf. Ein Beben durchfuhr ihn. Dies könnte ihr eigenes Heim sein, ihres und seines. Dann kam sie wieder und blinzelte nach seiner Arbeit.

»Was ist das?« fragte sie.

»Ein ruhiges Muster, als Verzierung für Stoff und für Stickerei.«

Kurzsichtig beugte sie sich über seine Zeichnungen.

Es reizte ihn, daß sie so in alles hineinspähte, was sein war, und ihn durchforschte. Er ging ins Wohnzimmer und kam mit einem

Packen bräunliches Leinen wieder. Sorgfältig entfaltete er es und breitete es auf dem Boden aus. Es wies sich als ein Vorhang oder eine Portiere aus, wunderschön mit einem Rosenmuster gezeichnet.

»Oh, wie schön!« rief sie.

Der ausgebreitete Stoff lag mit seinen wundervollen roten Rosen und dunkelgrünen Stielen, alles so schlicht und dabei doch so mutwillig, ihr zu Füßen. Sie kniete vor ihm nieder, ihre dunklen Locken vornüberhängend. Er sah sie wollüstig vor seinem Werk niedergekauert, und sein Herz schlug rasch. Plötzlich sah sie zu ihm auf.

»Warum kommt mir das so grausam vor?« fragte sie.

»Was?«

»Es kommt mir so vor, als läge eine gewisse Grausamkeit darin«, sagte sie.

»Jedenfalls ists recht gut, so oder so«, erwiderte er, sein Werk mit Liebhaberhänden zusammenlegend.

Sie stand langsam in Gedanken auf.

»Und was willst du damit anfangen?« fragte sie.

»Zu Liberty schicken. Ich hatte es für meine Mutter gemacht, aber ich glaube, das Geld ist ihr lieber.«

»Ja«, sagte Miriam. Er hatte mit einem Anflug von Bitterkeit gesprochen, und Miriam fühlte mit ihm. Ihr wäre das Geld nichts gewesen.

Er brachte den Stoff wieder ins Wohnzimmer. Als er wiederkam, warf er Miriam ein kleineres Stück zu. Es war ein Kissenbezug mit dem gleichen Muster.

»Das habe ich für dich gemacht«, sagte er.

Sie befingerte die Arbeit mit zitternden Händen und sagte nichts. Er wurde verlegen.

»Herrgott, das Brot!« rief er.

Er holte die obersten Laibe heraus und beklopfte sie kräftig. Sie waren gar. Er legte sie auf den Herd zum Abkühlen. Dann ging er in die Spülküche, machte sich die Hände naß, holte den letzten Teig aus der Schüssel und tat ihn in eine Backform. Miriam war immer noch über ihr gezeichnetes Tuch gebeugt. Er stand und rieb sich die Teigkrümel von den Händen.

»Magst du es leiden?« fragte er.

Sie sah zu ihm auf, ihre dunklen Augen eine Flamme der Liebe. Er lachte unbehaglich. Dann fing er an, über die Zeichnung zu sprechen. Für ihn lag das größte Vergnügen darin, über seine Arbeit mit Miriam reden zu können. All seine Leidenschaft, all sein wildes Blut traten in Beziehung zu ihr, wenn er sprach und sein Werk ausdachte. Sie regte seine Einbildungskraft an. Sie verstand das nicht mehr, wie eine Frau es versteht, wenn sie ein Kind in ihrem Schoße empfängt. Aber dies war Leben für ihn und sie.

Während sie noch sprachen, trat ein junges Frauenzimmer von etwa zweiundzwanzig, klein und blaß, mit hohlen Augen und doch etwas Unbarmherzigem darin, ins Zimmer. Sie war eine Freundin der Morels.

»Leg deine Sachen ab«, sagte Paul.

»Nein, ich kann nicht bleiben.«

Sie setzte sich Paul und Miriam gegenüber, die auf dem Sofa saßen, in den Lehnstuhl. Miriam rückte etwas weiter von ihm weg. Das Zimmer war heiß, mit einem Geruch nach frischem Brot. Braune, knusprige Brote standen auf dem Herde.

»Ich hätte dich hier heute abend nicht erwartet, Miriam Leivers«, sagte Beatrice schalkhaft.

»Wieso nicht?« murmelte Miriam leise.

»Na, wollen doch mal deine Schuhe ansehen.«

Miriam verharrte in unbehaglichem Schweigen.

»Wennst de't nich magst, denn magst de't woll nich«, lachte Beatrice.

Miriam schob ihre Füße unter ihrem Kleid hervor. Ihre Schuhe hatten jenes sonderbare, unentschlossene, fast leidende Aussehen an sich, das bewies, wie gewissenhaft und mißtrauisch gegen sich selbst sie war. Und sie waren mit Schmutz bedeckt.

»O Wonne! Du bist ja der reine Dreckhaufen!« rief Beatrice. »Wer putzt dir denn die Schuhe?«

»Die putze ich selber.«

»Denn hast du ja nett was zu tun«, sagte Beatrice. »Das hätte einen schönen Haufen Männer gebraucht, mich heute abend hierherzukriegen. Aber Liebe lacht auch des Dreckwetters, nicht, 'Postel, mein Kücken?«

»*Inter alia*«, sagte er.

»O Herr, spuckst du nu wieder in fremden Sprachen? Was bedeutet das, Miriam?«

Es lag ein feiner Hohn in dieser letzten Frage; aber Miriam fühlte ihn nicht.

»›Unter anderen Dingen‹, glaube ich«, sagte sie demütig.

Beatrice steckte ihre Zunge zwischen die Zähne und lachte verschmitzt.

»›Unter anderen Dingen?‹ 'Postel?« wiederholte sie. »Meinst du, Liebe lacht der Mütter und Väter und Schwestern und Brüder und Freunde und Freundinnen, und sogar des Liebsten selber?«

Sie tat äußerst unschuldig.

»Tatsächlich ist sie ein großes Lächeln«, erwiderte er.

»Ins Fäustchen, 'Postel Morel – glaub mir nur«, sagte sie und brach damit von neuem in ein schalkhaftes, leises Gelächter aus.

Miriam saß stumm, in sich zurückgezogen. Alle Freunde Pauls fanden ihr Vergnügen darin, Partei gegen sie zu nehmen, und er ließ sie dabei im Stiche – schien das fast als eine Art Rache zu betrachten.

»Bist du noch an der Schule?« fragte Miriam Beatrice.

»Ja.«

»Denn haben sie dir noch nicht gekündigt?«

»Ich erwarte es zu Ostern.«

»Ist das nicht einfach eine Schande, dich so an die Luft zu setzen, bloß weil du deine Prüfung nicht bestanden hast?«

»Ich weiß nicht«, sagte Beatrice kalt.

»Agathe sagt, du wärest eine so gute Lehrerin wie jede andere. Es kommt mir einfach lächerlich vor. Ich wundere mich, daß du nicht durchgekommen bist.«

»Kein Verstand, nich, 'Postel?« sagte Beatrice kurz.

»Verstand bloß zum Beißen«, erwiderte Paul lachend.

»Ekel!« rief sie; und aus ihrem Stuhle aufspringend, flog sie zu ihm hinüber und schlug ihn um die Ohren. Sie hatte wunderschöne kleine Hände. Er hielt ihr die Handgelenke fest, während sie mit ihm rang. Schließlich riß sie sich los und packte mit beiden Händen sein dichtes, braunes Haar und zauste es.

»Beat!« sagte er, als er sich das Haar mit den Fingern wieder glatt strich. »Ich hasse dich!«

Sie lachte vor Vergnügen.

»Bedenke!« sagte sie. »Ich will bei dir sitzen.«

»Ebensogern säße ich bei 'ner Füchsin«, sagte er, machte ihr aber doch Platz zwischen sich und Miriam.

»Hat er sich denn sein hübses Haar vertuselt!« rief sie und striegelte ihn mit ihrem Taschenkamm wieder glatt. »Und seinen hübsen kleinen

Snurrbart!« rief sie. Sie drückte ihm den Kopf hintenüber und kämmte seinen jungen Schurrbart.

»So'n böser Schnurrbart, 'Postel«, sagte sie. »Er ist so rot, um anzuzeigen, wie gefährlich er ist. Hast du noch eine von deinen Zigaretten?«

Er zog seine Zigarettendose aus der Tasche. Beatrice sah hinein.

»Und nun der Gedanke, daß ich Connies letzte Zigarette kriege«, sagte Beatrice, sich das Ding zwischen die Zähne steckend. Er hielt ihr ein angezündetes Streichholz hin, und sie paffte zierlich los.

»Vielen Dank, mein Liebling«, sagte sie spöttisch.

Das machte ihr niederträchtige Freude.

»Findest du nicht, er macht das ganz reizend, Miriam?« fragte sie.

»Oh, sehr«, sagte Miriam.

Er nahm sich auch eine Zigarette.

»Feuer, alter Junge?« sagte Beatrice, ihm ihre Zigarette hinhaltend.

Er beugte sich vor, um seine Zigarette an ihrer anzuzünden. Sie zwinkerte ihm dabei zu. Miriam sah seine Augen vor Schadenfreude zittern und seinen vollen, fast wollüstigen Mund beben. Er war gar nicht er selbst, und sie konnte es nicht ertragen. Wie er jetzt war, besaß sie keinerlei Verbindung mit ihm; sie hätte ebensogut gar nicht da zu sein brauchen. Sie sah die Zigarette zwischen seinen vollen roten Lippen tanzen. Sie haßte sein dichtes Haar, weil es ihm so lose in die Stirn fiel.

»Süßer Junge!« sagte Beatrice, während sie sein Kinn hochpreßte und ihm einen leichten Kuß auf die Backe drückte.

»Ick jeb dich eenen wieder, Beat«, sagte er.

»Ne, det dust de nich!« kicherte sie aufspringend und weggehend. »Ist er nicht schamlos, Miriam?«

»Durchaus«, sagte Miriam. »Übrigens, vergißt du nicht das Brot?«

»Herrgott!« rief er, die Ofentür aufreißend.

Heraus puffte blauer Rauch und ein Geruch von verbranntem Brot.

»Ach Gottchen!« rief Beatrice, neben ihn tretend. Er kauerte sich vor dem Ofen nieder, und sie blickte ihm über die Schulter. »Das kommt davon, mein Junge, wenn man sich in der Liebe vergißt.«

Reuevoll holte Paul die Laibe hervor. Eins war an der heißen Seite ganz schwarz; ein anderes war hart wie ein Backstein.

»Arme Mater!« sagte Paul.

»Das mußt du reiben«, sagte Beatrice. »Hol mir die Muskatnußreibe.«

Sie stellte das Brot wieder in den Ofen. Er brachte ihr die Reibe, und sie rieb das Brot auf dem Tische auf eine Zeitung. Er öffnete die Türen, um den Rauch des verbrannten Brotes zu vertreiben. Beatrice rieb weiter drauflos, auf ihrer Zigarette paffend und die verbrannte Kohle von dem armen Laibe abklopfend.

»O weh, Miriam! Diesmal kriegst du's aber«, sagte Beatrice.

»Ich?« sagte Miriam voller Erstaunen.

»Sieh man lieber zu, daß du weg bist, wenn seine Mutter wiederkommt. Ich weiß nun, warum König Alfred die Kuchen verbrennen ließ. Jetzt sehe ichs. 'Postel würde sich ja noch 'ne Geschichte ausdenken von seiner Arbeit, über der er alles vergessen hätte, wenn er nur dächte, es nützte was. Wäre das alte Weib etwas früher hereingekommen, sie hätte dem frechen Dings ein paar hinter die Ohren gehauen, die ihn so vergeßlich machte, anstatt dem armen Alfred.«

Sie kicherte, während sie das Brot abkratzte. Selbst Miriam lachte wider Willen. Paul brachte reumütig das Feuer wieder in Gang.

Sie hörten das Gartengitter zuschlagen.

»Rasch!« rief Beatrice und gab Paul das abgekratzte Brot; »wickle es in ein feuchtes Tuch.«

Paul verschwand in der Spülküche. Beatrice blies schnell ihre Krümel ins Feuer und setzte sich unschuldig nieder. Annie kam hereingefegt. Sie war ein hastiges, ganz fixes junges Frauenzimmer. Sie zwinkerte in dem starken Licht.

»Das riecht ja so verbrannt!« rief sie.

»Das sind die Zigaretten«, sagte Beatrice ganz ehrbar.

»Wo ist Paul?«

Leonhart war hinter Annie eingetreten. Er hatte ein langes, spaßhaftes Gesicht und blaue, sehr traurige Augen.

»Ich glaube, er hat euch allein gelassen, damit ihr es zwischen euch ins reine bringt«, sagte er. Er nickte Miriam teilnehmend zu und wurde sanft spöttisch gegen Beatrice.

»Nein«, sagte Beatrice, »er ist mit Nummer neun losgezogen.«

»Nummer fünf habe ich grade getroffen, sie fragte nach ihm«, sagte Leonhart.

»Ja, wir wollen ihn uns teilen, wie Salomos Säugling«, sagte Beatrice.

Annie lachte.

»O ja«, sagte Leonhart. »Und welches Stück nimmst du?«

»Ich weiß noch nicht«, sagte Beatrice. »Ich lasse die andern erst wählen.«

»Und du nimmst die Überbleibsel«, sagte Leonhart, das Gesicht lächerlich verziehend.

Annie sah in den Ofen. Miriam saß unbeachtet da. Paul trat herein.

»Dies Brot sieht ja hübsch aus, uns' Paul«, sagte Annie.

»Denn hättest du dableiben sollen und danach sehen«, sagte Paul.

»Du meinst wohl, du hättest selber tun sollen, was du zu tun hattest«, erwiderte Annie.

»Nicht, hätte er das nicht?« rief Beatrice.

»Sollte doch meinen, er hatte alle Hände voll«, sagte Leonhart.

»Du hattest wohl einen häßlichen Weg, nicht, Miriam?« sagte Annie.

»Ja – aber ich war die ganze Woche zu Hause.«

»Und da wolltest du wohl mal etwas Abwechslung«, ergänzte Leonhart freundlich.

»Na ja, du kannst auch nicht für ewig im Hause stecken«, gab Annie zu. Sie war ganz freundlich. Beatrice zog ihren Mantel an und ging mit Annie und Leonhart wieder weg. Sie wollte ihren Jungen treffen.

»Vergiß das Brot nicht, uns' Paul!« rief Annie. »Gute Nacht, Miriam. Ich glaube nicht, daß es regnet.«

Als sie alle fort waren, nahm Paul das eingewickelte Brot, wickelte es aus und sah es traurig an.

»'ne Schweinerei!« sagte er.

»Aber«, antwortete Miriam ungeduldig, »was ist es denn schließlich – zwei und einen halben Pence.«

»Ja, aber – Mutters großartiges Backen ist es, und sie wird es sich mächtig zu Herzen nehmen. Aber heulen nützt ja nichts.«

Er brachte das Brot wieder in die Spülküche. Es lag etwas Trennendes zwischen ihm und Miriam. Er stand ein paar Augenblicke ihr gegenüber in der Schwebe und dachte nach, während er an sein Benehmen mit Beatrice dachte. Er fühlte sich schuldbewußt und doch froh. Aus irgendeinem unerforschlichen Grunde geschah Miriam grade recht. Er wollte nichts bereuen. Sie wunderte sich, worüber er wohl nachdächte, als er so dastand. Sein dichtes Haar war ihm in die Stirn gefallen. Warum konnte sie es ihm nicht zurückstreichen und die Anzeichen von Beatrices Kamm verwischen? Warum konnte sie nicht seinen Körper zwischen ihre beiden Hände nehmen? Er sah so fest aus und so durchaus lebensvoll. Und andere Mädchen ließ er doch, warum sie nicht?

Plötzlich kam er wieder zum Leben. Es machte sie fast vor Schreck erbeben, als er sich rasch das Haar aus der Stirn zurückstrich und auf sie zutrat.

»Halb neun!« sagte er. »Wir müssen zumachen. Wo ist dein Französisch?«

Scheu und recht verbittert holte Miriam ihr Übungsheft hervor. Sie schrieb jede Woche für ihn eine Art Tagebuch ihres Innenlebens, in eigenem Französisch. Er hatte herausgefunden, dies wäre die einzige Art und Weise, sie zu Aufsätzen zu bringen. Und ihr Tagebuch war meistens ein Liebesbrief. Er würde es jetzt lesen; sie empfand das, als müsse die Geschichte ihrer Seele von ihm in seiner augenblicklichen Stimmung entweiht werden. Er saß neben ihr. Sie beobachtete seine Hand, fest und stark, streng ihre Arbeit durchgehend. Er las nur ihr Französisch, ohne Rücksicht auf die Seele drin. Aber allmählich vergaß seine Hand ihre Arbeit. Er las schweigend, regungslos. Sie bebte.

»›*Ce matin les oiseaux m'ont éveillé*‹«, las er. »›*Il faisait encore un crépuscule. Mais la petite fenêtre de ma chambre était blême, et puis, jaûne, et tous les oiseaux du bois eclatèrent dans un chanson vif et résonnant. Toute l'aube tressaillit. J'avais rêvé de vous. Est-ce que vous aussi voyez l'aube? Les oiseaux m'éveillent presque tous les matins, et toujours il y a quelque chose de terreur dans le cri des grives. Il est si clair* ...‹«

Miriam saß zitternd, halb beschämt. Er blieb ganz stumm und suchte sie zu verstehen. Er wußte nur, sie liebte ihn. Er fürchtete sich vor ihrer Liebe zu ihm. Sie war zu gut für ihn, und er war ihrer nicht würdig. Seine eigene Liebe war unrecht, nicht die ihre. Beschämt verbesserte er ihre Arbeit, indem er demütig über ihre Worte drüberschrieb.

»Sieh«, sagte er ruhig, »das Partizip der Vergangenheit mit *avoir* stimmt mit dem bestimmten Objekt überein, wenn es vorhergeht.«

Sie beugte sich vorwärts in ihrem Versuche zu sehen und zu begreifen. Ihre feinen, losen Locken kitzelten sein Gesicht. Schaudernd fuhr er auf, als wären sie rotglühend. Er sah sie auf die Seite niederstieren, ihre roten Lippen waren kläglich geöffnet, und ihr schwarzes Haar fiel in feinen Strähnen über die sonnverbrannte, rötlich schimmernde Backe. Sie besaß den Farbenreichtum eines Liebesapfels. Sein Atem ging kurz, als er sie beobachtete. Plötzlich sah sie zu ihm auf. Ihre dunklen Augen waren nackt in ihrer Liebe, ängstlich und sehnsüchtig. Auch seine Augen waren dunkel, und sie taten ihr weh. Sie schienen sie zu beherrschen. Sie verlor alle Selbstbeherrschung, war ungeschützt vor Furcht. Und er wußte, ehe er sie küßte, müßte er etwas aus sich heraustreiben. Und ein Anflug von Haß kroch ihm wieder ins Herz. Er wandte sich wieder zu ihrer Arbeit.

Plötzlich warf er den Bleistift hin und war mit einem Satze beim Ofen, um das Brot umzuwenden. Er war Miriam zu rasch. Sie fuhr heftig zusammen, und es tat ihr wirklich weh. Selbst die Art und Weise, wie er sich vor dem Ofen niederkauerte, schmerzte sie. Es schien etwas Grausames in ihm zu liegen, etwas Grausames in der Art, wie er die Brote aus den Formen kippte und sie wieder auffing. Wäre er nur etwas sanfter in seinen Bewegungen gewesen, sie hätte sich so reich und warm gefühlt. Wie es aber war, fühlte sie sich verletzt.

Er kam wieder und beendete ihre Übung.

»Diese Woche hast du's gut gemacht«, sagte er.

Sie sah, er fühlte sich durch ihr Tagebuch geschmeichelt. Das entschädigte sie nicht ganz.

»Zuweilen gelangst du wirklich zur Blüte«, sagte er. »Du solltest mal Gedichte schreiben.«

Sie hob vor Freuden den Kopf und schüttelte ihn dann mißtrauisch.

»Ich traue mir nicht«, sagte sie.

»Du mußts versuchen!«

Wieder schüttelte sie den Kopf.

»Wollen wir noch lesen, oder ist es schon zu spät?« fragte er.

»Spät ist es – aber etwas lesen können wir wohl noch«, bat sie.

Tatsächlich empfing sie jetzt ihre Lebensnahrung für die nächste Woche. Er ließ sie Bandelaires ›*Le balcon*‹ abschreiben. Dann las er es ihr vor. Seine Stimme war weich und liebkosend, wurde aber allmählich fast roh. Er hatte eine besondere Art, die Lippe zu heben und die Zähne zu zeigen, leidenschaftlich und bitter, wenn er sehr bewegt war. Dies tat er jetzt. Es brachte Miriam zu dem Gefühl, als trampele er auf ihr herum. Sie wagte nicht ihn anzusehen, sondern saß mit gesenktem Kopfe da. Sie konnte nicht begreifen, warum er in solche Aufregung und Wut geriet. Das machte sie elend. Sie mochte Baudelaire nicht, im ganzen genommen – ebensowenig Verlaine.

»Seht wie sie singt dort auf dem Feld,
So ganz allein, die Hochlandsmaid.«

Das nährte ihr Herz. Ebenso ›Schön Ines‹. Und:

»Ein schöner Abend war es, rein und still.
Die Stille atmet' heilig, nonnengleich.«

Das war wie sie selbst. Und da war er und las mit rauhem Kehlton weiter:

»*Tu te rappeleras la beauté des caresses.*«

Das Gedicht war zu Ende; er holte das Brot aus dem Ofen, legte die verbrannten Laibe zu unterst in die Schüssel, und die guten obenauf. Das vertrocknete blieb eingewickelt in der Spülküche.

»Mater brauchts vor morgen früh nicht zu wissen«, sagte er. »Dann regt es sie nicht so auf wie am Abend.«

Miriam sah ins Bücherbort, sah, was für Postkarten und Briefe er bekommen hatte, sah nach, was für Bücher da waren. Sie nahm eins heraus, das ihn gefesselt hatte. Dann drehte er das Gas klein, und sie zogen los. Er machte sich nicht die Mühe, die Tür abzuschließen.

Erst um ein Viertel vor elf war er wieder zu Hause. Seine Mutter saß im Schaukelstuhl. Annie, der ein Haarschwanz den Rücken hinunterhing, blieb auf dem kleinen Stuhl vorm Feuer sitzen, die Ellbogen auf den Knien, düster. Auf dem Tische lag das anklagende Brot, ausgewickelt. Ziemlich atemlos war Paul eingetreten. Niemand sprach. Seine Mutter las die kleine Ortszeitung. Er zog seinen Rock aus und wollte sich aufs Sofa setzen. Seine Mutter rückte kurz beiseite, um ihn vorbeizulassen. Niemand sprach. Er fühlte sich sehr unbehaglich. Ein paar Minuten tat er, als lese er ein Stück Zeitung, das er auf dem Tische fand. Dann sagte er:

»Ich hatte das Brot vergessen, Mutter.«

Keine Antwort von einer der Frauen.

»Na«, sagte er, »es ist ja nur zweiundeinhalber Pence. Ich kann sie dir ja bezahlen.«

In seinem Ärger legte er drei Pence auf den Tisch und schob sie seiner Mutter hinüber. Sie wandte den Kopf ab. Ihr Mund war fest geschlossen.

»Ja«, sagte Annie, »du weißt gar nicht, wie schlecht es Mutter geht.«

Das Mädchen saß da, düster ins Feuer starrend.

»Wieso gehts ihr schlecht?« fragte Paul in seiner überhebenden Weise.

»Na!« sagte Annie, »sie konnte kaum nach Hause kommen.«

Er sah seine Mutter scharf an. Sie sah schlecht aus.

»Warum konntest du kaum nach Hause kommen?« fragte er sie, immer noch scharf. Sie vermochte nicht zu antworten.

»Ich fand sie hier sitzen, weiß wie das Tischtuch«, sagte Annie mit einem Anflug von Tränen in der Stimme.

»Ja, warum denn?« drängte Paul. Seine Brauen zogen sich zusammen, seine Augen weiteten sich leidenschaftlich.

»Das hätte wohl jeden umgeschmissen«, sagte Frau Morel, »die Packen da auf dem Arm – Fleisch und Gemüse, und ein paar Vorhänge ...«

»Ja, aber warum hattest du denn das alles auf dem Arm; das hättest du doch nicht zu tun brauchen.«

»Wer hätte es denn tun sollen?«

»Laß Annie doch das Fleisch holen.«

»Ja, und ich hätte auch gern das Fleisch geholt, aber wie konnte ich das denn wissen! Du warst weg mit Miriam, anstatt hier zu sein, wenn Mutter nach Hause kam.«

»Und was war denn mit dir los?« fragte Paul seine Mutter.

»Ich glaube, es ist mein Herz«, erwiderte sie. Tatsächlich sah sie um den Mund ganz bläulich aus.

»Und hast du das schon früher gemerkt?«

»Ja – oft genug.«

»Warum hast du mir das denn nie erzählt? – Warum bist du nie beim Arzt gewesen?«

Frau Morel rutschte in ihrem Stuhl hin und her, ärgerlich über seine Bevormundung.

»Du merkst ja auch gar nichts«, sagte Annie. »Du bist ja viel zu erpicht drauf, mit Miriam loszusausen.«

»So, bin ich das – und vielleicht wohl schlimmer als du mit Leonhart?«

»Ich war um ein Viertel vor zehn wieder da.«

Eine Zeitlang war es still im Zimmer.

»Ich hätte doch denken sollen«, sagte Frau Morel bitter, »sie hätte dich nicht so völlig in Anspruch zu nehmen brauchen, daß du deshalb einen ganzen Ofen voll Brot verbrennen lassen mußtest.«

»Beatrice war doch ebensogut hier wie sie.«

»Sehr wahrscheinlich. Wir wissen aber, warum das Brot verdorben ist.«

»Warum denn?« blitzte er auf.

»Weil du so durch Miriam in Anspruch genommen warst«, erwiderte Frau Morel hitzig.

»Oh, sehr schön – aber es war nicht so!« erwiderte er ärgerlich.

Er war bekümmert und elend. Er nahm eine Zeitung und begann zu lesen. Annie, mit aufgehakter Bluse, ihre langen Haarsträhne aufgeflochten, ging zu Bett, indem sie ihm sehr kurz Gute Nacht sagte.

Paul saß da und tat, als lese er. Er wußte, seine Mutter wollte ihn ausschelten. Und er wünschte auch zu wissen, was sie krank gemacht habe, denn er war besorgt. Anstatt also zu Bett zu rennen, wie er es am liebsten getan hätte, saß er da und wartete. Es herrschte ein gespanntes Schweigen. Die Uhr tickte laut.

»Du gehst doch wohl besser zu Bett, ehe Vater nach Hause kommt«, sagte seine Mutter rauh. »Und wenn du noch was essen willst, dann hols dir lieber.«

»Ich brauche nichts.«

Es war eine Gewohnheit seiner Mutter, ihm Freitagabends, dem üppigen Abend der Bergleute, eine Kleinigkeit zum Abendessen mitzubringen. Er war zu ärgerlich, als daß er heute abend in die Speisekammer gegangen wäre und es sich geholt hätte. Das beleidigte sie.

»Wenn ich gern sähe, daß du Freitagabend mal nach Selby gingest, dann möchte ich mal den Auftritt sehen«, sagte Frau Morel. »Aber wenn sie dich nur abholt, dann bist du nie zu müde zum Ausgehen. Nein, dann brauchst du weder Essen noch Trinken.«

»Ich kann sie doch nicht allein gehen lassen.«

»Nein? Und warum kommt sie denn?«

»Nicht, weil ich sie drum bitte.«

»Sie kommt nicht, ohne daß du es wolltest ...«

»Ja, und wenn ich es nun wollte ...« erwiderte er.

»Wieso, gar nichts, wenn es verständig oder ordentlich wäre. Aber Meilen und Meilen durch den Dreck trampeln, um Mitternacht nach Hause kommen und dann morgens wieder nach Nottingham müssen ...«

»Wenn ich das nicht brauchte, machtest du es doch genau so.«

»Ja, das täte ich auch, weil kein Sinn und Verstand drin ist. Ist sie denn so bezaubernd, daß du den ganzen Weg hinter ihr herlaufen mußt?« Frau Morel sagte das in bitterem Hohn. Sie saß still, das Gesicht abgewandt, und strich mit genau abgemessenen, abgerissenen Bewegungen den schwarzen Stoff ihrer Schürze. Es war eine Bewegung, deren Anblick Paul weh tat.

»Ich hab sie gern«, sagte er »aber ...«

»Hab sie gern!« sagte Frau Morel in demselben bitteren Ton. »Mir scheint, du magst niemand und nichts außer ihr. Weder Annie, noch ich, noch sonst jemand ist mehr für dich da.«

»Was für'n Unsinn, Mutter – du weißt doch, ich liebe sie nicht – ich – ich sage dir, ich liebe sie nicht – sie hakt mich nicht mal ein beim Gehen, weil ich das nicht mag.«

»Warum fliegst du denn so fortwährend hinter ihr her?«

»Ich spreche so gern mit ihr, – ich habe nie gesagt, daß ich das nicht gern täte. Aber lieben tue ich sie nicht.«

»Hast du denn sonst niemand zum Sprechen?«

»Nicht über die Sachen, von denen wir sprechen. Es gibt doch 'ne Menge Sachen, aus denen du dir nichts machst, die ...«

»Was für Sachen?«

Frau Morel war so hitzig, daß Paul nach Luft zu schnappen begann.

»Wieso – Malerei – und Bücher. Du machst dir doch nichts aus Herbert Spencer.«

»Nein«, war die trübe Antwort. »Und du wirsts in meinem Alter auch nicht mehr tun.«

»Ja, aber ich tue es jetzt doch – und Miriam auch ...«

»Und wie kannst du wissen, daß ich es nicht auch täte?« blitzte Frau Morel ihn herausfordernd an. »Hast du es jemals mit mir versucht?«

»Aber du tust es doch nicht, Mutter, du weißt doch, du machst dir nichts draus, ob ein Gemälde für Flächenschmuck paßt oder nicht; es ist dir doch ganz einerlei, in welcher Malweise es gemalt ist.«

»Woher weißt du, ob mir das ganz einerlei ist? Hast du je einen Versuch bei mir gemacht? Hast du je zu mir von diesen Sachen gesprochen, um mal einen Versuch zu machen?«

»Aber darauf kommt es dir doch gar nicht an, Mutter, das weißt du doch.«

»Worauf denn – worauf denn, worauf kommts mir denn an?« stieß sie wie ein Blitz hervor. Er runzelte die Brauen vor Schmerz.

»Du bist alt, Mutter, und wir sind jung.«

Er meinte damit nur, die Anteilnahme ihres Alters wäre nicht dieselbe wie die des seinen. Aber im selben Augenblick, wo er es gesagt hatte, merkte er, es war das unrechte Wort.

»Ja, ich weiß wohl – ich bin alt. Und deshalb muß ich beiseite stehen; ich habe nichts mehr mit dir zu tun. Du brauchst mich nur noch als Aufwärterin – alles übrige ist für Miriam.«

Er konnte es nicht aushalten. Gefühlsmäßig merkte er, er bedeute ihr das Leben. Und schließlich war sie ihm doch auch die Hauptsache, der einzige Höhepunkt.

»Du weißt doch, es ist nicht so, Mutter, du weißt doch, es ist nicht so.«

Sie wurde zu Mitleid gerührt durch seinen Aufschrei.

»Es sieht aber sehr danach aus«, sagte sie, ihre Verzweiflung halb beiseite schiebend.

»Nein, Mutter – wirklich, ich liebe sie nicht. Ich spreche mit ihr, aber ich möchte immer wieder nach Hause zu dir.«

Er hatte seinen Kragen und seine Halsbinde abgemacht und stand mit nacktem Halse auf, um zu Bett zu gehen. Als er sich über seine Mutter beugte, um sie zu küssen, warf sie ihm die Arme um den Hals, barg ihr Gesicht an seiner Schulter und rief mit schluchzender Stimme, so ungleich ihrer gewöhnlichen, daß er sich unter der Qual wand:

»Ich kann es nicht ertragen. Jede andere – aber die nicht. Sie würde mir keinen Platz lassen, kein Fleckchen ...«

Und sofort haßte er Miriam bitterlich.

»Und ich habe ja nie – weißt du, Paul – niemals einen Gatten gehabt – keinen wirklichen ...«

Er streichelte seiner Mutter Haar, und sein Mund lag auf ihrer Kehle.

»Und sie frohlockt so, daß sie dich mir abspenstig macht – sie ist nicht wie Mädchen gewöhnlich sind.«

»Ja, ich liebe sie ja nicht, Mutter«, murmelte er, den Kopf senkend und seine Augen vor Jammer an ihrer Schulter bergend. Seine Mutter gab ihm einen langen, heißen Kuß.

»Mein Junge!« sagte sie in einer Stimme, die vor leidenschaftlicher Liebe zitterte.

Ohne es zu wissen, streichelte er ihr sanft das Haar.

»So«, sagte seine Mutter, »nun geh zu Bett. Du wirst morgen früh so müde sein.« Während sie noch sprach, hörte sie ihren Mann kommen. »Da ist Vater – nun geh.« Plötzlich sah sie ihn an, fast wie in Furcht. »Vielleicht bin ich eigennützig. Wenn du sie willst, nimm sie, mein Junge.«

Seine Mutter sah so seltsam aus, daß Paul sie zitternd küßte.

»Ach – Mutter!« sagte er weich.

Morel kam herein, unsicher auf den Füßen. Der Hut saß ihm über dem einen Auge. Er schwankte im Eingang.

»Wieder bei euren Unfug?« sagte er giftig.

Frau Morels Rührung verwandelte sich plötzlich in Haß gegen den Trunkenbold, der so plötzlich über sie hereinkam.

»Jedenfalls sind wir nüchtern«, sagte sie.

»Hm-Hm! Hm-Hm!« grinste er. Er ging auf den Gang hinaus und hing seinen Hut und Rock auf. Dann hörten sie ihn die drei Stufen in die Speisekammer hinuntergehen. Er kam mit einem Stück Schweinepastete in der Faust wieder. Das wars, was Frau Morel für Paul gekauft hatte.

»Und für dich war das auch nicht gekauft. Wenn du mir nicht mehr als fünfundzwanzig Schilling geben kannst, dann stopfe ich dich auch sicher nicht mit Schweinepastete, nachdem du dir den Bauch voll Bier gespült hast.«

»Wa-at! Wa-at!« knurrte Morel, das Gleichgewicht verlierend. »Wa-at, nich for mir?« Er sah sich das Stück Fleisch und Kruste an und schleuderte es in einer plötzlichen Zornesaufwallung ins Feuer.

Paul sprang auf.

»Vergeude doch deinen eigenen Kram!« rief er.

»Wat? Wat?« brüllte Morel plötzlich, aufspringend und die Fäuste ballend. »Ick werr't dich mal zeijen, du junger Esel!«

»Schön!« sagte Paul böse, den Kopf auf eine Seite legend. »Zeigs mir mal!«

Liebendgern hätte er in diesem Augenblick irgend etwas zerschmettert. Morel kauerte sich halb zusammen, die Fäuste erhoben, sprungbereit. Der junge Mann stand mit lachendem Munde da.

»Hussa!« zischte der Vater und führte einen mächtigen Streich grade an seines Sohnes Gesicht vorbei. So nahe er ihm auch kam, so wagte er es nicht, den jungen Mann wirklich zu berühren, sondern haute eine Handbreit vorbei.

»Recht so!« sagte Paul, seine Augen auf seines Vaters Mund gerichtet, auf die Stelle, wo seine Faust einen Augenblick später hingetroffen haben würde. Er sehnte sich nach dem Schlage. Aber er hörte ein leises Stöhnen hinter sich. Seine Mutter war totenbleich und um den Mund dunkel. Morel tanzte auf ihn zu, um einen neuen Schlag zu führen.

»Vater!« sagte Paul, so daß das Wort hallte.

Morel fuhr zusammen und stand still.

»Mutter!« stöhnte der Junge; »Mutter!«

Sie begann mit sich zu kämpfen. Ihre offenen Augen beobachteten ihn, obgleich sie sich nicht bewegen konnte. Allmählich kam sie wieder zu sich. Er legte sie aufs Sofa und lief nach oben nach etwas Whisky, den sie schließlich nippen konnte. Die Tränen rollten ihm übers Gesicht. Während er vor ihr niederkniete, weinte er nicht, aber die Tränen liefen ihm rasch übers Gesicht. Morel saß auf der entgegengesetzten Seite des Zimmers, die Ellenbogen auf den Knien, und starrte zu ihnen hinüber.

»Wat's los mit se?« fragte er.

»Ohnmächtig!« erwiderte Paul.

»Hm!«

Der ältliche Mann begann sich die Stiefel aufzuschnüren. Dann stolperte er zu Bett. Sein letzter Schlag in diesem Hause war geführt.

Paul kniete nieder und streichelte seiner Mutter Hand. »Sei nicht so elend, Mutter – sei nicht so elend!« sagte er ein Mal übers andere.

»Es ist nichts, mein Junge«, murmelte sie.

Endlich stand er auf, nahm ein großes Stück Kohle und bedeckte das Feuer. Dann räumte er das Zimmer auf, brachte alles in Ordnung, legte die Sachen zum Frühstück zurecht und holte seiner Mutter Kerze.

»Kannst du zu Bett gehen, Mutter?«

»Ja, ich komme schon.«

»Schlafe bei Annie, Mutter, und nicht bei ihm.«

»Nein. Ich will in meinem eigenen Bett schlafen.«

»Schlaf nicht bei ihm, Mutter.«

»Ich will in meinem eigenen Bett schlafen.«

Sie stand auf, und er machte das Gas aus und ging dann mit ihrer Kerze dicht hinter ihr her nach oben. Auf dem Treppenabsatz küßte er sie heftig.

»Gute Nacht, Mutter.«

»Gute Nacht!« sagte sie.

In wütendem Elend preßte er das Gesicht in die Kissen. Und doch, irgendwo in seiner Seele war er friedevoll, weil er seine Mutter immer noch am liebsten hatte. Es war ein bitterer Verzichtfrieden.

Die Bemühungen seines Vaters am nächsten Tage, ihn wieder zu versöhnen, waren ihm eine große Erniedrigung.

Jeder versuchte den Auftritt zu vergessen.

9. Miriams Niederlage

Paul war mit sich und der Welt unzufrieden. Seine tiefste Liebe gehörte seiner Mutter. Fühlte er, er hatte sie verletzt oder seine Liebe zu ihr verwundet, so war ihm das unerträglich. Nun war es Frühling und Kampf zwischen ihm und Miriam. Dieses Jahr hatte er recht viel gegen sie. Sie merkte das undeutlich. Das alte Gefühl, sie werde das Opfer seiner Liebe werden, das sie immer hatte, wenn sie betete, vermischte sich mit all ihren Empfindungen. Im Grunde glaubte sie nicht, sie werde ihn je besitzen. Zunächst glaubte sie nicht an sich selbst: sie bezweifelte, ob sie je so werden würde, wie er sie sich wünschte. Sicherlich sah sie sich niemals ein ganzes Leben lang glücklich an seiner Seite. Sie sah ein Trauerspiel, sah Sorgen und Opfer voraus. Und auf ihr Opfer war sie stolz, in Entsagung war sie stark, denn sie traute sich nicht zu, ein Alltagsleben zu führen. Auf große und tiefe Dinge war sie vorbereitet wie für das Trauerspiel. Es war die Selbstgenügsamkeit des kleinen Alltagslebens, die sie sich nicht zutraute.

Die Osterfeiertage begannen glücklich. Paul war wieder ganz der Alte, Frische. Und doch fühlte sie, es könne nicht gut auslaufen. Am Sonntagnachmittag stand sie an ihrem Schlafzimmerfenster und sah nach den Eichen im Walde hinüber, in deren Zweigen das Zwielicht herrschte trotz dem hellen Nachmittagshimmel. Graugrüne Büschel von Jelängerjelieberblättern hingen vor ihrem Fenster, einzelne, meinte sie, bereits mit Knospen. Es war Frühling, den sie liebte und fürchtete.

Sowie sie das Klappen des Gartengitters hörte, blieb sie wie in Erstarrung stehen. Es war ein heller, grauer Tag. Paul kam mit seinem Rad auf den Hof, und es funkelte, während er nebenherschritt. Für gewöhnlich klingelte er und lachte zum Hause hinauf. Heute ging er mit zusammengekniffenen Lippen in einer kalten, grausamen Haltung, die etwas Kriechendes, Höhnisches an sich hatte. Sie kannte ihn allmählich gut genug, um aus dem Anblick seines frischen, hochgemuten jungen Körpers vorhersagen zu können, was in ihm vorging. Es lag etwas kalt Sorgfältiges in der Art, wie er sein Rad an seinen Platz brachte, die ihr Herz sinken machte.

Aufgeregt kam sie herunter. Sie trug eine neue Netzbluse, die ihr nach ihrer Meinung gut stand. Sie hatte einen hohen Kragen mit einer winzigen Krause, die sie an Maria, die Königin der Schotten, erinnerte und sie, wie sie glaubte, wundervoll frauenähnlich und würdig aussehend machte. Mit ihren zwanzig Jahren hatte sie eine volle Brust und üppige Formen. Ihr Gesicht war immer noch wie eine volle, reiche Maske, unveränderlich. Aber ihre Augen, einmal aufgeschlagen, waren wundervoll. Sie fürchtete sich vor ihm. Er würde ihre neue Bluse bemerken.

Er unterhielt ihre Angehörigen in einer harten, spöttischen Stimmung mit der Beschreibung des Gottesdienstes in der Ur-Methodistenkapelle, den ein wohlbekannter Prediger dieser Sekte geleitet hatte. Er saß oben am Tische, während sein bewegliches Gesicht mit den Augen, die so schön sein konnten, wenn sie vor Zärtlichkeit glänzten oder vor Lachen hüpften, nun in Nachahmung der verschiedenen Leute, die er verspottete, fortwährend den Ausdruck wechselten. Sein Spott schmerzte sie immer; er kam der Wirklichkeit so nahe. Er war zu klug und grausam. Sie fühlte, wenn seine Augen so wurden, hart vor spöttischem Haß, daß er dann weder sich selbst noch sonst irgend jemand schonte. Aber Frau Leivers wischte sich die Augen vor Lachen, und Herr Leivers, der eben aus seinem Sonntagsschläfchen aufgewacht war, rieb sich den Kopf vor Vergnügen. Die drei Brüder saßen mit schläfrigem, verstörtem Ausdruck in Hemdärmeln da und gähnten von Zeit zu Zeit. Die ganze Sippe liebte dieses ›Nachmachen‹ mehr als alles andere.

»Er beachtete Miriam gar nicht. Später sah sie, daß er ihre neue Bluse bemerkt hatte, sah, daß der Künstler in ihm sie billigte; aber sie gewann ihr doch kein Fünkchen Wärme. Sie war gereizt und konnte kaum die Tassen aus den Borten herunternehmen.

Als die Männer zum Melken gingen, wagte sie es, ihn unmittelbar anzureden.

»Du kamst so spät«, sagte sie.

»So?« antwortete er.

Ein Weilchen trat Schweigen ein.

»War es schlecht zu fahren?« fragte sie.

»Das habe ich nicht bemerkt.«

Sie fuhr rasch mit dem Tischdecken fort. Als sie fertig war, sagte sie:

»Der Tee dauert noch ein paar Minuten. Willst du mit und dir mal die Narzissen ansehen?«

Er stand auf, ohne zu antworten. Sie traten in den Hintergarten unter die knospenden Pflaumenbäume. Die Hügel und der Himmel waren rein und golden. Alles sah frisch gewaschen aus, beinahe hart. Miriam blickte von der Seite auf Paul. Er war blaß und teilnahmlos. Es kam ihr grausam vor, daß seine Augen und Brauen, die sie so liebte, so schmerzvoll aussehen konnten.

»Hat der Wind dich müde gemacht?« fragte sie. Sie entdeckte an ihm ein verstecktes Gefühl von Müdigkeit.

»Nein, ich glaube nicht;« antwortete er.

»Der Weg muß doch rauh sein – der Wald stöhnt so.«

»Du kannst ja an den Wolken sehen, es ist Südwest; der hilft mir auf dem Wege hierher.«

»Siehst du, ich fahre ja nicht, und daher verstehe ich das nicht«, murmelte sie.

»Muß man radeln, um das zu begreifen?« sagte er.

Sie dachte, sein Spott wäre unnötig. Sie gingen in Schweigen weiter. Um den wilden, mit Büscheln übersäten Rasen hinter dem Hause stand eine Dornhecke, unter der sich Narzissen aus den Bündeln ihrer graugrünen Blätter hervorbeugten. Die Wangen der Blüten waren noch grünlich vor Kälte. Aber immerhin waren einige doch schon offen, und ihr Gold kräuselte sich und glühte. Miriam legte sich vor einem Busch auf die Knie, nahm eine wildaussehende Narzisse zwischen ihre Hände, wandte sich ihr Goldgesicht zu, beugte sich nieder und liebkoste sie mit Mund und Wangen und Stirn. Er stand daneben, die Hände in den Taschen, und beobachtete sie. Sie wandte ihm die Gesichter der gelben, geöffneten Blumen eine nach der andern flehend zu und liebkoste sie die ganze Zeit.

»Sind sie nicht prachtvoll?« murmelte sie.

»Prachtvoll, das ist ein bißchen dick aufgetragen – hübsch sind sie.«

Bei dieser Beurteilung ihres Lobspruches beugte sie sich wieder zu den Blumen nieder. Er beobachtete sie, wie sie niederkauerte und die Blumen mit glühenden Küssen bedeckte.

»Warum mußt du immer alles so liebkosen?« sagte er gereizt.

»Ich fasse sie aber so gern an«, erwiderte sie gekränkt.

»Kannst du denn nicht etwas liebhaben, ohne es zu packen, als wolltest du ihm das Herz ausreißen? Warum hast du nicht etwas mehr Fassung oder Zurückhaltung oder sonstwas?«

Schmerzerfüllt sah sie zu ihm auf und fuhr dann langsam fort, mit den Lippen über die krausen Blumen zu fahren. Ihr Duft war, so wie sie ihn wahrnahm, so viel gütiger als er; er brachte sie fast zum Weinen.

»Du schmeichelst den Dingen die Seele aus dem Leibe«, sagte er. »Ich würde niemals schmeicheln – ich würde jedenfalls gradeaus gehen.«

Er wußte kaum, was er sagte. Diese Sätze entfuhren ihm rein gefühlsmäßig. Sie sah ihn an. Sein Körper erschien ihr eine gegen sie gerichtete Waffe, fest und hart.

»Du bittest immer alles, dich lieb zu haben«, sagte er, »als betteltest du um Liebe. Selbst Blumen, selbst die mußt du anbetteln.«

Miriam schwankte taktmäßig hin und her und strich mit dem Munde über die Blume und atmete dabei ihren Duft ein, der sie später jedesmal zum Schaudern brachte, wenn er ihre Nase traf.

»Du willst nicht selbst lieben – dein ewiges, unnatürliches Sehnen ist, dich lieben zu lassen. Du bist nicht bejahend, du bist verneinend. Du saugst und saugst, als müßtest du dich ganz mit Liebe vollfüllen, weil du irgenwo zu wenig davon hast.«

Sie war ganz betäubt durch seine Grausamkeit und hörte nichts. Er hatte nicht die leiseste Ahnung, was er da sagte. Es war, als stieße seine gekränkte, gequälte Seele, heiß gerieben durch seine aussichtslose Leidenschaft, diese Worte wie elektrische Funken von sich ab. Sie begriff gar nicht, was er sagte. Sie saß nur zusammengekauert unter seiner

Grausamkeit und seinem Hasse da. Sie begriff nie blitzartig. Über allem mußte sie erst brüten und brüten.

Nach dem Tee blieb er mit Edgar und dessen Brüdern zusammen und schenkte Miriam keinerlei Beachtung. Sie wartete auf ihn, tief unglücklich über den Ausgang dieses sehnlichst erwarteten Feiertages. Und schließlich gab er nach und kam zu ihr. Sie war entschlossen, seiner Stimmung auf den Grund zu kommen. Sie hielt es für nicht viel mehr als eine Stimmung.

»Sollen wir etwas durch den Wald gehen?« fragte sie ihn, wohl wissend, daß er einer unmittelbaren Frage nie auswich. Sie gingen zu den Kaninchenhöhlen hinunter. Auf dem mittleren Pfade kamen sie an einer Falle vorbei, einer engen, hufeisenförmigen Umzäunung aus kleinen Kiefernzweigen, mit den Eingeweiden eines Kaninchens als Köder. Die Stirn runzelnd sah Paul sie an. Sie fing seinen Blick auf.

»Ist das nicht schrecklich?« fragte sie.

»Ich weiß nicht. Ist es denn schlimmer als ein Wiesel mit den Zähnen in einer Kaninchenkehle? Ein Wiesel oder viele Kaninchen? Eins oder das andere muß fort.«

Die Bitterkeit des Lebens lastete schwer auf ihm. Er tat ihr gradezu leid.

»Wir wollen wieder nach Hause«, sagte er. »Ich mag nicht spazierengehen.«

Sie gingen an dem Fliederbusch vorüber, dessen bronzene Blätterknospen im Entfalten waren. Nur ein kleines Bruchstück war noch von dem Heuschober übrig, ein markiges, braunes Denkmal, wie ein Pfeiler aus Stein. Etwas Heu vom letzten Schneiden lag noch davor.

»Laß uns hier eine Minute hinsetzen«, sagte Miriam.

Gegen seinen Willen setzte er sich und lehnte den Rücken gegen die harte Heuwand. Sie hatten das Halbrund der im Sonnenuntergang glühenden, gewölbten Hügel, die mit winzigen weißen Häusern bestreut waren, die goldenen Wiesen und die dunkeln und doch leuchtenden Wälder vor sich; deutlich schoben sich auch in der Ferne Baumwipfel über Baumwipfel. Der Abend war klar geworden und der Osten von einem zarten, bläulichroten Schimmer erfüllt, unter dem das Land still und reich dalag.

»Ist es nicht wunderschön?« sagte sie bittend.

Aber er machte nur ein finsteres Gesicht. Er hätte es grade jetzt häßlich lieber gehabt.

In diesem Augenblick kam ein großer Bullterrier angesetzt, mit offenem Maule, pflanzte dem jungen Mann beide Vorderpfoten auf die Schultern und leckte ihm das Gesicht. Lachend bog Paul den Kopf zurück. Bill war ihm eine große Erleichterung. Er schob den Hund zur Seite, aber der kam in Sprüngen wieder.

»Geh weg«, sagte der Bursche, »oder du kriegst einen.«

Aber der Hund ließ sich nicht abweisen. So hatte Paul einen kleinen Kampf mit dem Geschöpf zu bestehen, wobei er den armen Bill von sich schleuderte, aber der kam wild vor Vergnügen immer aufs neue wie ein Wirbelwind heran. Die beiden kämpften miteinander, der Mann widerwillig lachend, der Hund übers ganze Gesicht grinsend. Miriam beobachtete sie. Es lag etwas Leidvolles über dem Manne. Er wollte so gern lieben, zärtlich sein. Die rauhe Art, in der er den Hund über Kopf warf, war in Wirklichkeit nur Liebe. Bill stand immer wieder auf, vor Wonne nach Luft schnappend, rollte dabei die braunen Augen in dem weißen Gesicht und stolperte wieder vorwärts. Er hing leidenschaftlich an Paul. Der Bursche runzelte die Stirn.

»Ich hab genug von dir, Bill«, sagte er.

Aber der Hund stand da, mit seinen beiden vor Liebe zitternden schweren Vorderpfoten auf seinem Schenkel, und schlenkerte ihm seine rote Zunge entgegen. Er zog sich zurück.

»Nein«, sagte er, »nein, ich hab genug.«

Und im Augenblick trottete der Hund glücklich von dannen, um einem anderen Vergnügen nachzugehen.

Paul verharrte in seinem jämmerlichen Starren nach den Hügeln drüben, denen er ihre stille Schönheit mißgönnte. Er wollte mit Edgar radfahren. Aber noch hatte er nicht den Mut, Miriam zu verlassen.

»Warum bist du so traurig?« fragte sie demütig.

»Ich bin gar nicht traurig; warum auch?« antwortete er; »ich bin ganz wie immer.«

Sie wunderte sich, warum er immer wie gewöhnlich zu sein behauptete, wenn er unfreundlich war.

»Aber was ist denn los?« bat sie, sanft in ihn dringend.

»Nichts!«

»Doch!« murmelte sie.

Er hob einen Stock auf und begann mit ihm in die Erde zu stechen.

»Rede lieber nicht«, sagte er.

»Ich möchte aber gern wissen«, erwiderte sie.

Er lachte empfindlich.

»Das möchtest du immer«, sagte er.

»Das ist nicht nett von dir«, murmelte sie.

Er stieß, stieß, stieß mit dem spitzen Stock in den Boden und hob kleine Klümpchen Erde heraus, wie in fieberhafter Erregung. Leise und doch fest legte sie ihm die Hand aufs Handgelenk.

»Nicht!« sagte sie. »Leg ihn weg.«

Er schleuderte den Stock in die Johannisbeerbüsche und lehnte sich zurück. Nun war er gefangen.

»Was ist es?« bat sie sanft.

Er lag vollkommen still, nur in den Augen noch Leben, und die voller Qual.

»Weißt du«, sagte er endlich ziemlich müde – »weißt du – wir brechen besser ab.«

Das wars, was sie gefürchtet hatte. Sofort schien ihr alles vor den Augen dunkel zu werden.

»Wieso!« murmelte sie. »Was ist denn geschehen?«

»Nichts ist geschehen. Wir werden uns nur klar darüber, wo wir stehen. Es nützt nichts ...«

Sie wartete in Schweigen, traurig, geduldig. Es nützte nichts, ungeduldig mit ihm zu werden. Jedenfalls würde er ihr nun erzählen, was ihm fehlte.

»Wir hatten uns auf Freundschaft geeinigt«, fuhr er mit stumpfer, eintöniger Stimme fort. »Wie oft haben wir uns daraufhin geeinigt. Und doch – es bleibt dabei nicht stehen, und führt doch zu nichts.«

Er war wieder stumm. Sie brütete vor sich hin. Was meinte er? Er machte sie so mürbe. Da war etwas, was er ihr nicht preisgeben wollte. Und doch mußte sie Geduld mit ihm haben.

»Ich kann nur Freundschaft geben – das ist alles, wozu ich fähig bin – es ist ein Mangel in meiner Veranlagung. Die Sache hat Übergewicht auf einer Seite – und ich hasse ein unsicheres Gleichgewicht. Laß uns Schluß machen.«

In seinen letzten Sätzen lag eine heiße Wut. Er glaubte, sie liebe ihn mehr als er sie. Vielleicht konnte er sie gar nicht lieben. Vielleicht besaß sie in sich gar nicht das, wonach er sich sehnte. Das war der tiefste Grund ihrer Seele, dies Mißtrauen gegen sich selbst. Es war so tief, daß sie weder sich darüber klar zu werden wagte, noch es anerkennen mochte. Vielleicht war das ein Mangel. Wie etwas ein ganz klein wenig Beschämendes ließ es sie immer zaudern. Wenn es so war, dann wollte sie ohne ihn fertig werden. Sie wollte sich nie so weit gehen lassen, daß sie ihn haben wollte. Sie wollte lediglich abwarten.

»Aber was ist denn geschehen?« sagte sie.

»Nichts – es liegt alles in mir – es kommt nur grade jetzt heraus. Wir sind immer so gegen Ostern.«

Er quälte sich so hilflos, daß er ihr leid tat. Wenigstens wand sie sich nie so jämmerlich hin und her. Schließlich war er der am tiefsten Gedemütigte.

»Was willst du denn nur?« fragte sie.

»Wieso – ich darf nicht mehr so oft hierherkommen – das ist alles. Warum sollte ich dich ganz in Beschlag nehmen, wenn ich doch nicht – siehst du, mir fehlt etwas dir gegenüber ...«

Er fing an ihr zu erzählen, er liebe sie nicht, und müsse ihr deshalb die Möglichkeit zu einem anderen Mann freilassen. Wie närrisch und blind und beschämend ungeschickt er war! Was waren ihr denn andere Männer! Was waren ihr die Männer überhaupt! Aber er! ach, sie liebte seine Seele. Fehlte es ihm an etwas? Vielleicht.

»Aber ich verstehe nicht«, sagte sie leise. »Gestern ...«

Die Nacht wurde für ihn mißtönig und häßlich, je mehr das Zwielicht hinschwand. Und sie beugte sich unter ihrem Leid.

»Ich weiß«, rief er, »das wirst du nie. Du wirst nie glauben, daß ich – daß ich körperlich nicht imstande bin, ebensowenig wie ich mich wie eine Lerche in die Höhe schwingen kann ...«

»Was?« murmelte sie. Nun bekam sie Furcht.

»Dich zu lieben.«

Er haßte sie bitterlich in diesem Augenblick, weil er ihr dies Leid verursachte. Sie lieben! Sie wußte, er liebte sie. Er gehörte ihr wirklich an. Dies Sie-nicht-lieben-Können, körperlich, leiblich, war nur eine Verdrehtheit seinerseits, weil er wußte, sie liebte ihn. Er war töricht wie ein Kind. Er gehörte ihr. Seine Seele verlangte nach ihr. Sie ahnte, jemand habe ihn beeinflußt. Sie fühlte die Härte, die Fremdartigkeit eines anderen Einflusses in ihm.

»Was haben sie zu Hause zu dir gesagt?« fragte sie.

»Das ist es nicht«, antwortete er.

Und nun wußte sie, das war es. Sie verachtete sie wegen ihrer Gewöhnlichkeit, seine Angehörigen. Sie wußten gar nicht, was die Dinge wirklich wert waren.

Er und sie sprachen sehr wenig mehr an diesem Abend. Schließlich ließ er sie allein, um mit Edgar zu radeln.

Er war wieder zu seiner Mutter zurückgekommen. Das Band zwischen ihnen war das stärkste in seinem Leben. Sobald er sich alles überlegte, schwand Miriam hinweg. Nur ein unbestimmtes, unwirkliches Gefühl von ihr blieb übrig. Und auf niemand anders kam es an. Eine Stelle gab es in der Welt, die feststand und nie in Unwirklichkeit hinwegschmelzen konnte: die Stelle, wo seine Mutter war. Alle andern konnten zu Schatten werden, aber sie nicht. Es war, als wäre seine Mutter die Achse, der Pol seines Lebens, denen er nicht entrinnen könne.

Und genau so wartete sie auf ihn. In ihm beruhte nun ihr Leben. Schließlich bot das Leben im Jenseits Frau Morel nur recht wenig. Sie sah ein, die Möglichkeit, etwas zu vollbringen, läge hier, und nur Vollbringen zählte bei ihr. Paul sollte den Beweis liefern, daß sie recht gehabt habe; er sollte einen Mann darstellen, den nichts von seinem Standpunkt verdrängen konnte; er sollte das Angesicht der Erde in einer Weise umgestalten, die bleibenden Wert hatte. Wohin er ging, fühlte sie, dahin ging auch ihre Seele. Was er auch unternahm, sie fühlte ihre Seele neben ihm stehen, stets bereit, ihm sein Werkzeug zu reichen. Sie konnte es nicht ertragen, wenn er bei Miriam war. William war tot. Sie wollte um Pauls Besitz kämpfen.

Und er kam wieder zu ihr. Und in seiner Seele lag ein Gefühl der Befriedigung über seine Selbstaufopferung, darüber, daß er ihr treugeblieben war. Sie liebte ihn an erster Stelle; er sie gleichfalls. Und doch war dies noch nicht genug. Sein neues junges Leben, so stark und herrisch, wurde zu etwas anderem hingedrängt. Es machte ihn verrückt vor Ruhelosigkeit. Sie sah das und wünschte bitterlich, Miriam wäre ein Weib, das dies neue Leben hätte hinnehmen und ihr die Wurzeln lassen können. Er kämpfte gegen seine Mutter an, beinahe wie gegen Miriam.

Es dauerte eine Woche, ehe er wieder nach dem Willeyhofe ging. Miriam hatte viel gelitten und fürchtete sich vor einem Wiedersehen. Mußte sie nun die Schande auf sich nehmen, sich von ihm verlassen zu sehen? Es würde ja nur oberflächlich und zeitweilig sein. Er würde ja wiederkommen. Sie bewahrte die Schlüssel zu seiner Seele. Aber wie würde er sie in der Zwischenzeit mit seinen Kämpfen gegen sie quälen. Davor schreckte sie zurück.

Am Sonntag nach Ostern kam er jedoch zum Tee. Frau Leivers freute sich, ihn zu sehen. Sie merkte, es kränke ihn etwas, er fände etwas hart. Er schien zu ihr zu treiben, um Trost zu finden. Und sie war gut gegen ihn. Sie erwies ihm den großen Gefallen, ihn fast mit Ehrerbietung zu behandeln. Er fand sie mit den kleinen Kindern im Vorgarten.

»Ich freue mich, daß du gekommen bist«, sagte die Mutter und sah ihn mit ihren großen, flehenden braunen Augen an. »Es ist so ein sonniger Tag. Ich wollte grade nach dem Felde hinunter, zum erstenmal dies Jahr.«

Er fühlte, sie wünschte, er solle mitkommen. Das tat ihm wohl. Sie gingen unter einfachen Gesprächen, er sanft und demütig. Er hätte vor Dankbarkeit weinen mögen, daß sie so rücksichtsvoll gegen ihn war. Er fühlte sich erniedrigt. Auf dem Grunde der Wiese fanden sie ein Drosselnest.

»Soll ich Ihnen mal die Eier zeigen?« sagte er.

»Ach ja!« erwiderte Frau Leivers. »Sie sind so ein Wahrzeichen des Frühlings und sehen so hoffnungsvoll aus.«

Er drückte die Dornen zur Seite, nahm die Eier heraus und hielt sie auf der flachen Hand.

»Sie sind ganz heiß – ich glaube, wir haben die Mutter weggescheucht«, sagte er.

»Ach, das arme Ding!« sagte Frau Leivers.

Miriam konnte nicht unterlassen, die Eier zu berühren, und ebenso seine Hand, die, wie es ihr schien, sie wie eine Wiege hielt.

»Ist das nicht 'ne sonderbare Wärme!« murmelte sie, um ihm näherzukommen.

»Blutwärme«, antwortete er.

Sie sah zu, wie er sie wieder hinlegte, den Körper gegen die Hecke gepreßt, wie er den Arm langsam durch die Dornen streckte und dabei die Hand vorsichtig über den Eiern geschlossen hielt. Er war ganz bei der Sache. Wenn sie ihn so sah, liebte sie ihn; er schien so schlicht und selbstgenügsam. Und sie konnte ihm nicht nahekommen.

Nach dem Tee stand sie zögernd vor dem Bücherbort. Er nahm Tartarin de Tarascon heraus. Wieder saßen sie auf der Bank von Heu am Fuße des Schobers. Er las ein paar Seiten, ohne mit dem Herzen dabei zu sein. Wieder kam der Hund angerast, um den Scherz von neulich wieder zu beginnen. Er schob dem Manne seine Schnauze in die Brust. Paul befingerte einen Augenblick sein Ohr. Dann schob er ihn weg.

»Geh weg, Bill«, sagte er. »Ich will dich nicht.«

Bill schlich von dannen, und Miriam saß in Furcht und Verwunderung, was nun kommen würde. Es lag ein Schweigen über dem Jungen, das sie in Angst verstummen ließ. Nicht seine Wutanfälle, sondern seine ruhigen Entschlüsse fürchtete sie.

Sein Gesicht etwas zur Seite wendend, so daß sie ihn nicht ansehen konnte, begann er langsam und schmerzerfüllt:

»Meinst du nicht – wenn ich nicht mehr so oft heraufkäme – du könntest jemand anders gern haben – einen andern Mann?«

Also darauf spielte er immer noch herum.

»Aber ich kenne ja keine anderen Männer. Warum fragst du mich?« erwiderte sie so leise, daß es wie ein Vorwurf gegen ihn klang.

»Wieso«, fuhr es ihm heraus, »weil sie alle sagen, ich hätte kein Recht, hier so herzukommen – ohne daß wir uns heiraten wollen ...«

Miriam war darüber aufgebracht, daß jemand anders ihnen dies Endergebnis aufzwingen wollte. Sie war schon wütend auf ihren eigenen Vater gewesen, weil er Paul lachend angedeutet hatte, er wisse wohl, weshalb er so oft zu ihnen käme.

»Wer sagt das?« fragte sie voller Verwunderung, ob ihre eigenen Angehörigen etwas mit der Sache zu tun haben könnten. Sie hatten es nicht.

»Mutter – und die andern. Sie behaupten, auf diese Weise würde mich jeder für verlobt halten, und ich müßte mich auch dafür betrachten, weil es sonst nicht recht gegen dich wäre. Und ich habe versucht herauszufinden – und ich meine, ich liebe dich nicht so, wie ein Mann seine Frau lieben sollte. Was meinst du davon?«

Miriam beugte düster ihren Kopf. Sie war böse darüber, daß sie diesen Kampf auszufechten hatte. Die Leute sollten sie und ihn doch zufrieden lassen.

»Ich weiß nicht«, murmelte sie.

»Glaubst du, wir lieben uns genügend, um uns zu heiraten?« fragte er endgültig. Es machte sie zittern.

»Nein«, antwortete sie ganz ehrlich. »Ich glaube nicht – wir sind noch zu jung.«

»Ich dachte«, fuhr er jämmerlich fort, »du hättest mir bei deiner Gründlichkeit in allen Dingen vielleicht mehr geben können – als ich dir hätte vergelten können. Und selbst jetzt noch – wenn du es für richtiger hältst – wollen wir uns verloben.«

Jetzt hätte Miriam am liebsten geweint. Und dabei war sie doch auch böse. Er war immer so ein Kind, daß alle Leute mit ihm machen konnten, was sie wollten.

»Nein, ich glaube besser nicht«, sagte sie fest.

Er überlegte eine Minute.

»Siehst du«, sagte er, »ich – ich glaube, ein und dasselbe Wesen könnte mich nie ganz in Beschlag nehmen – mir alles sein – ich glaube niemals.«

Darüber dachte sie gar nicht erst nach.

»Nein«, murmelte sie. Dann nach einer Pause sah sie ihn an, und ihre dunklen Augen blitzten.

»Das ist deine Mutter«, sagte sie, »ich weiß, sie hat mich nie leiden mögen.«

»Nein, nein, das nicht«, sagte er hastig. »Sie sprach diesmal in deinem Sinne. Sie sagte nur, wenn ich so fortführe, dann müßte ich mich als verlobt betrachten.« Es entstand Schweigen. »Und wenn ich dich gelegentlich einmal bitten sollte herunterzukommen, dann bleibst du doch nicht weg, nicht wahr?«

Sie antwortete nicht. Sie war allmählich sehr böse.

»Ja, was sollen wir machen?« sagte sie kurz. »Ich meine, mit meinem Französisch höre ich doch wohl besser auf. Ich fing grade an, etwas weiterzukommen. Aber ich glaube, ich kann wohl allein damit weiter.«

»Das sehe ich nicht ein, daß das nötig wäre«, sagte er; »französischen Unterricht kann ich dir sicher geben.«

»Ja – und dann die Sonntagabende. Ich werde nicht aufhören, zur Kirche zu gehen, denn das macht mir Freude, und es ist alles, was ich an gesellschaftlichem Leben habe. Aber du brauchst mich nicht mehr nach Hause zu bringen. Ich kann allein gehen.«

»Schön«, sagte er, ziemlich enttäuscht. »Aber wenn ich Edgar bitte, der kommt immer mit uns, und dann kann niemand was sagen.«

Sie schwiegen. Schließlich würde sie nicht viel verlieren. Trotz all ihrer Rederei da unten bei ihm zu Hause würde der Unterschied nicht so groß sein. Sie wünschte, sie kümmerten sich um ihre eigenen Angelegenheiten.

»Und du wirst nicht mehr dran denken und dich dadurch beunruhigen lassen, nicht wahr?« fragte er.

»O nein«, sagte Miriam, ohne ihn anzusehen.

Er war stumm. Sie hielt ihn für unbeständig. Er besaß keine Zielstrebigkeit, keinen Anker in seiner Rechtschaffenheit, der ihn gehalten hätte.

»Denn«, sagte er fortfahrend, »der Mann setzt sich einfach auf sein Rad und geht an seine Arbeit – und alles mögliche andere. Die Frau aber brütet.«

»Nein, ich will mich nicht drum quälen«, sagte Miriam. Und sie hatte es auch so vor.

Es war recht kühl geworden. Sie gingen hinein.

»Wie weiß Paul aussieht!« rief Frau Leivers. »Miriam, du hättest ihn sich nicht draußen hinsetzen lassen sollen. Meinst du, du hast dich erkältet, Paul?«

»O nein!« lachte er.

Aber er fühlte sich matt. Es rieb ihn auf, dieser innere Kampf. Er tat Miriam jetzt leid. Aber ganz früh, vor neun Uhr, stand er auf, um nach Hause zu gehen.

»Du willst doch nicht schon nach Hause?« fragte Frau Leivers ängstlich.

»Ja«, sagte er. »Ich sagte, ich wollte früh nach Hause kommen.« Er war sehr unbeholfen.

»Dies ist aber auch früh«, sagte Herr Leivers.

Miriam saß im Schaukelstuhl und sagte nichts. Er zögerte, weil er glaubte, sie würde aufstehen und wie gewöhnlich mit ihm in die Scheune zu seinem Rade gehen. Sie blieb, wo sie war. Er wußte nicht, was er machen sollte.

»Na – denn gute Nacht zusammen!« stotterte er.

Sie sagte ihr ›Gute Nacht‹ mit den übrigen zugleich. Aber als er am Fenster vorbeiging, blickte er hinein. Sie sah ihn blaß, die Brauen in einer Weise zusammengezogen, die jetzt bei ihm bleibend wurde, die Augen dunkel vor Schmerz.

Sie stand auf und ging an den Torweg, um ihm ein Lebewohl zuzuwinken, wenn er durch das Tor führe. Er fuhr langsam unter den Kiefern entlang, im Gefühl ein Schuft, ein jämmerlicher Lump zu sein. Sein Rad sauste die Hügel hinunter, wie es ihm paßte. Er meinte, es müsse eine Erlösung sein, sich den Hals zu brechen.

Zwei Tage später schickte er ihr ein Buch herauf und ein paar Zeilen, die sie drängten, zu lesen und fleißig zu sein.

Um diese Zeit schenkte er Edgar seine ganze Freundschaft. Er liebte die Leute so sehr, er liebte das Haus so sehr; es war ihm der liebste Aufenthalt auf Erden. Sein Heim war nicht so liebenswert. Das war seine Mutter. Aber dann, mit seiner Mutter wäre er überall genau so glücklich gewesen. Den Willeyhof dagegen liebte er leidenschaftlich. Er liebte die putzige kleine Küche, in der Männerschritte umhertrampelten und der Hund mit einem offenen Auge schlief, aus Furcht, getreten zu werden; wo die Lampe abends überm Tische hing und alles so still war. Er liebte Miriams langes, niedriges Wohnzimmer, mit seinem Duft nach Abenteuern, seinen Blumen, seinen Büchern, seinem hohen Klavier aus Rosenholz. Er liebte die Gärten und die Gebäude, die mit ihren scharlachnen Dächern unmittelbar am Rande der Felder standen und sich wie in Sehnsucht nach Behaglichkeit an den Wald drückten; er liebte das wilde Land, das sich ins Tal hinabsenkte und zu den unbebauten Hügeln an der andern Seite wieder emporstieg. Schon das bloße Dortsein heiterte ihn auf und erfreute ihn. Er liebte Frau Leivers mit ihrer Weltfremdheit und ihrer merkwürdigen Spottsucht; er liebte Herrn Leivers, so warm und jung und liebenswürdig; er liebte Edgar, der aufleuchtete, sobald er kam, und die Jungens und die Kinder und Bill – selbst die Sau Circe und den indischen Kampfhahn, Tippu genannt. Alles dieses außer Miriam. Das konnte er nicht aufgeben.

So ging er ebenso häufig hin, aber er war gewöhnlich mit Edgar. Nur abends kamen alle Hausgenossen, den Vater mit eingeschlossen, zu Rätselraten und Spielen zusammen. Und späterhin zog Miriam sie zusammen, und sie lasen Macbeth aus Penny-Büchern mit verteilten Rollen. Das gab eine große Aufregung. Miriam war froh, und Frau Leivers war froh, und auch Herr Leivers fand Vergnügen daran. Dann lernten sie alle Lieder vom Blatt singen, im Halbkreis ums Feuer herum. Aber nun war Paul sehr selten allein mit Miriam. Sie wartete. Wenn sie und Edgar und er zusammen von der Kirche oder von der Bestwood-Lesegesellschaft nach Hause gingen, dann wußte sie, seine Rede, nun so leidenschaftlich und freigläubig, galt ihr. Sie beneidete Edgar jedoch um seine Radfahrten mit Paul, seine Freitagabende, seine Arbeitstage auf dem Felde. Denn ihre Freitagabende und ihre französischen Stunden waren nun dahin. Sie war fast immer allein, ging nachdenklich im Walde spazieren, las, arbeitete, träumte, wartete. Und er schrieb ihr häufig.

Eines Sonntagabends gelangten sie wieder zu ihrem schönen, alten Zusammenklang. Edgar war zum Abendmahl dageblieben – er wunderte sich, wie das wohl sein würde – mit Frau Morel. Daher ging Paul allein mit Miriam nach seinem Hause. Er stand wieder mehr oder weniger unter ihrem Bann. Wie gewöhnlich unterhielten sie sich über die Predigt. Er segelte jetzt mit vollem Zeug in den Agnostizismus hinüber, aber einen derart frommen, daß Miriam nicht zu sehr darunter litt. Sie waren auf dem Standpunkt von Renans ›*Vie de Jésus*‹ angelangt. Miriam war die Tenne, auf der er all seine Glaubenssätze ausdrosch. Während er ihr seine Gedanken in die Seele trampelte, kam für ihn die Wahrheit dabei heraus. Sie ganz allein war seine Tenne. Sie allein half ihm zur Verwirklichung. Fast ohne jede Empfindung unterwarf sie sich seinen Begründungen und Erklärungen. Und doch wurde es ihm allmählich durch sie klar, wo er im Unrecht war. Und was ihm klar wurde, wurde auch ihr klar. Sie fühlte, er könne nicht ohne sie fertig werden.

Sie kamen an das schweigende Haus. Er holte den Schlüssel aus dem Spülküchenfenster, und sie traten ein. Die ganze Zeit über fuhren sie in ihrer Unterhaltung fort. Er steckte das Gas an, schürte das Feuer und holte ihr etwas Kuchen aus der Speisekammer. Sie saß auf dem Sofa, ruhig, mit einem Teller auf den Knien. Sie trug einen weißen Hut mit ein paar rosa Blumen. Es war ein billiger Hut, aber er mochte ihn gern. Ihr Gesicht darunter war still und nachdenklich, rötlich und goldbraun. Ihre Ohren waren immer unter ihren Locken versteckt. Sie beobachtete ihn.

Sie hatte ihn gern Sonntags. Dann trug er einen dunklen Anzug, der die gelenkigen Bewegungen seines Körpers erkennen ließ. Es lag etwas so Sauberes, Scharfgeschnittenes in seinem Aussehen. Er fuhr mit seinem Denken für sie fort. Plötzlich griff er nach der Bibel. Miriam hatte die Art gern, wie er danach griff – so scharf, genau gezielt. Rasch blätterte er die Seiten um und las ihr ein Kapitel aus Sankt Johannis vor. Wie er da so lesend im Lehnstuhl saß, gespannt, seine Stimme ganz Gedanke, kam sie sich vor, als benutze er sie ganz unbewußt, wie man bei irgendeiner Arbeit, zu der man sich sehr hingezogen fühlt, sein Werkzeug benutzt. Das liebte sie. Und das Sehnsüchtige in seiner Stimme war, als reiche er nach etwas, und sie wäre das, wonach er reichte. Sie saß in der ihm abgekehrten Ecke des Sofas und fühlte sich doch als das Werkzeug, nach dem seine Hand griff. Das verursachte ihr große Freude.

Dann fing er an zu stottern und sich seiner bewußt zu werden. Und als er an den Vers kam: ›Ein Weib, wenn sie gebiert, so hat sie Traurigkeit, denn ihre Stunde ist kommen‹, da ließ er ihn aus. Miriam hatte fühlen können, wie ihm unbehaglich wurde. Sie schreckte zurück, als die wohlbekannten Worte nicht folgten. Er fuhr fort zu lesen, aber sie hörte nicht mehr hin. Kummer und Scham ließen sie den Kopf senken. Vor einem halben Jahr hätte er das ohne weiteres gelesen. Aber nun lag in ihrer gemeinsamen Bahn ein Hindernis. Nun fühlte sie, es lag wirklich etwas Feindseliges zwischen ihnen, etwas, vor dem sie sich schämten.

Gedankenlos aß sie ihren Kuchen. Er versuchte mit seinen Begründungen fortzufahren, konnte aber den rechten Ton nicht wiederfinden. Bald darauf kam Edgar. Frau Morel war noch zu ihren Freunden gegangen. Die drei zogen nach dem Willeyhofe.

Miriam brütete über seinen Zwiespalt mit ihr. Da mußte noch etwas anderes sein, was er wollte. Er konnte nicht befriedigt sein; er konnte sie nicht befriedigen. Sie hatten jetzt immerfort Anlaß zu Zwistigkeiten. Sie wollte ihn auf die Probe stellen. Sie glaubte sein Hauptbedürfnis im Leben zu sein. Konnte sie das beweisen, ihm sowohl wie sich selbst, dann mochte der Rest hingehen, wohin er wollte; dann konnte sie sich einfach der Zukunft anvertrauen.

Also bat sie ihn im Mai, nach dem Willeyhofe zu kommen und Frau Dawes dort zu treffen. Er verlangte nach irgendwas. Sie hatte gemerkt, daß er jedesmal, sobald sie von Clara Dawes sprach, erregt und ein wenig ärgerlich wurde. Er behauptete, er möchte sie nicht leiden. Und doch wollte er gern alles über sie wissen. Schön, dann sollte er sich nun mal ausweisen. Sie glaubte, er fühle in sich den Drang nach höheren Dingen, und den Drang nach niederen ebenso, daß aber der Drang nach höheren obsiegen werde. Jedenfalls sollte er den Versuch machen. Sie übersah, daß ihr ›Höher‹ und ›Niedriger‹ recht willkürlich war.

Er war bei dem Gedanken, Clara auf dem Willeyhofe zu treffen, sehr aufgeregt. Frau Dawes kam für den ganzen Tag. Ihr schweres, dunkelbraunes Haar war oben auf dem Kopfe zusammengeknotet. Sie trug eine weiße Bluse und marineblauen Rock und schien irgendwie den Dingen, wo sie auch war, ein heruntergekommenes und unbedeutendes Aussehen zu verleihen. Sobald sie da war, erschien die Küche zu klein und einfach gemein; Miriams schönes, dämmeriges Wohnzimmer sah steif und dumm aus. Die Leivers wurden alle miteinander wie Kerzen von der Sonne verdunkelt. Sie fanden es nicht leicht, mit ihr fertig zu werden. Und doch war sie durchaus freundlich, aber gleichgültig, und ziemlich hart.

Paul kam erst nachmittags. Er kam früh. Als er sich vom Rade schwang, sah Miriam, wie er eifrig nach dem Hause herüberblickte. Er würde enttäuscht sein, wenn der Besuch nicht da wäre. Miriam ging ihm nach draußen entgegen, den Kopf wegen des Sonnenscheins senkend. Spanische Kresse kam blutrot unter dem kühlen, grünen Schatten ihrer Blätter hervor. Das Mädchen mit seinen dunklen Haaren stand da, froh, ihn zu sehen.

»Ist Clara nicht gekommen?« fragte er.

»Ja«, sagte Miriam in ihren wohlklingenden Tönen. »Sie liest.«

Er brachte sein Rad in die Scheune. Er hatte eine hübsche Halsbinde um, auf die er recht stolz war, und Socken von gleicher Farbe.

»Ist sie heute morgen schon gekommen?« fragte er.

»Ja«, antwortete Miriam, während sie neben ihm herschritt. »Du sagtest, du wolltest mir den Brief von dem Manne da bei Liberty mitbringen. Hast du dran gedacht?«

»O verflucht, nein!« sagte er. »Aber trietz mich, bis du ihn hast.«

»Ich mag dich nicht trietzen.«

»Tu's nur, ob du's magst oder nicht. Und ist sie etwas freundlicher?« fuhr er fort.

»Du weißt ja, ich finde sie immer ganz freundlich.«

Er schwieg. Augenscheinlich lag sein Eifer, heute früh da zu sein, an dem Ankömmling. Miriam begann bereits zu leiden. Sie schritten zusammen auf das Haus zu. Er machte die Spangen von den Hosen ab, war aber trotz seiner Halsbinde und Socken zu faul, sich den Staub von den Schuhen zu bürsten.

Clara saß in dem kühlen Wohnzimmer und las. Er sah ihren weißen Nacken, und wie das feine Haar sich davon abhob. Sie stand auf und sah ihn gleichgültig an. Um ihm die Hand zu geben, hob sie den Arm ganz steif, auf eine Art, die ihn gleichzeitig von ihr fernhalten sollte und doch ihm etwas entgegenzuschleudern schien. Er bemerkte ihre schwellenden Brüste in ihrer Bluse und die feine Rundung ihrer Schultern unter dem dünnen Musselin oben an den Armen.

»Sie haben sich einen schönen Tag ausgesucht«, sagte er.
»Wie das so trifft«, sagte sie.
»Ja«, sagte er; »das freut mich.«
Sie setzte sich wieder, ohne ihm für seine Höflichkeit zu danken.
»Was habt ihr den ganzen Morgen angefangen?« fragte Paul Miriam.
»Ja, siehst du«, sagte Miriam mit leisem Hüsteln, »Clara kam erst mit Vater – und deshalb – sie ist noch nicht lange hier.«
Clara saß da, auf den Tisch gelehnt, und hielt sich abseits. Er bemerkte, wie groß, aber wohlgepflegt ihre Hände waren. Und ihre Haut erschien doch fast grob, undurchsichtig und weiß, mit feinen goldenen Haaren. Sie beabsichtigte, ihm ihre Geringschätzung zu zeigen. Ihr schwerer Arm lag nachlässig auf dem Tische. Ihr Mund war geschlossen, als sei sie beleidigt, und sie hielt das Gesicht etwas abgekehrt.
»Sie waren neulich abends in Margaret Bonfords Vortrag«, sagte er zu ihr.
Miriam kannte diesen so höflichen Paul gar nicht wieder. Clara sah ihn flüchtig an.
»Ja«, sagte sie.
»Wieso?« fragte Miriam; »woher weißt du das?«
»Ich ging auf ein paar Minuten hinein, ehe der Zug da war«, antwortete er.
Clara wandte sich ziemlich mißfällig zur Seite.
»Ich finde, sie ist eine reizende kleine Frau«, sagte Paul.
»Margaret Bonford!« rief Clara, »die ist ein gut Teil klüger als die meisten Männer.«
»Ja, ich behaupte ja gar nicht, daß sie das nicht ist«, sagte er, wie sich entschuldigend. »Reizend ist sie aber trotzdem.«
»Und darauf kommts natürlich allein an«, sagte Clara vernichtend.
Er kraute sich ziemlich verlegen den Kopf, beinahe verärgert.
»Ich denke, darauf kommts mehr an als auf ihre Klugheit«, sagte er; »denn die würde sie schließlich doch nicht in den Himmel bringen.«
»In den Himmel will sie ja auch gar nicht – sie verlangt nur ihren gutgemessenen Anteil an der Erde«, wandte Clara ein. Sie sprach, als trüge er die Verantwortung für gewisse Entbehrungen, die Fräulein Bonford durchzumachen habe.
»Na ja«, sagte er. »Ich dachte, sie wäre warm gebettet, und furchtbar niedlich – nur zu gebrechlich. Ich wollte, sie säße zufrieden irgendwo in Behagen ...«

»›Ihres Gatten Strümpfe stopfend‹«, sagte Clara beißend.

»Ich bin sicher, sie würde sich nicht mal was draus machen, meine Strümpfe zu stopfen«, sagte er. »Und ich bin ferner sicher, sie würde sie gut stopfen. Genau wie ich mir auch nichts draus machen würde, ihr die Schuhe zu putzen, wenn sie es wollte.«

Aber Clara weigerte sich, auf diesen Angriff einzugehen. Er sprach ein Weilchen zu Miriam. Die andere hielt sich abseits.

»Ja«, sagte er, »ich denke, ich gehe mal und sehe mich nach Edgar um. Ist er auf dem Felde?«

»Ich glaube««, sagte Miriam, »er ist nach Kohlen gegangen. Er muß aber jeden Augenblick wieder hier sein.«

»Dann will ich ihm entgegengehen«, sagte er.

Miriam wagte nicht, für sie drei zusammen einen Vorschlag zu machen. Er stand auf und ließ sie allein.

Oben auf der Straße, wo der Ginster blühte, sah er Edgar lässig neben der Mähre herschreiten, die mit dem weißbesternten Kopf nickte, während sie die klappernde Kohlenladung entlangzog. Das Gesicht des jungen Landmanns hellte sich auf, als er seines Freundes ansichtig wurde. Edgar war gut aussehend, mit warmen, dunklen Augen. Sein Anzug war alt und ziemlich verboten, aber er ging sehr stolz einher.

»Hallo!« sagte er, Paul barhäuptig sehend, »wie gehts dir?«

»Wollte dir entgegengehen. Kann die ›Nimmermehr‹ nicht aushalten.«

Edgars Zähne blitzten in einem vergnügten Lachen auf.

»Wer ist die ›Nimmermehr‹?« fragte er.

»Die Dame – Frau Dawes – sie müßte Frau Rabe von Nimmermehr heißen!«

Edgar lachte vor Entzücken.

»Magst du sie nicht leiden?« fragte er.

»Nicht so übermäßig«, sagte Paul. »Wieso, magst du sie?«

»Nein!« Die Antwort fuhr im Tone tiefster Überzeugung heraus. »Nein!« Edgar kräuselte die Lippen. »Ich kann nicht sagen, daß sie mein Fall ist.« Er dachte ein wenig nach. Dann fragte er: »Aber warum nennst du sie ›Nimmermehr‹?«

»Ja«, sagte Paul, »wenn sie einen Mann ansieht, sagt sie hochmütig ›Nimmermehr‹, und wenn sie sich in den Spiegel sieht, sagt sie verächtlich ›Nimmermehr‹, und wenn sie an die Vergangenheit denkt, sagt sie's mit Ekel, und wenn sie in die Zukunft schaut, mit Hohn.«

Edgar überdachte diese Rede, konnte aber nicht viel draus machen und sagte lachend:

»Hältst du sie für 'ne Männerfeindin?«

»Sie glaubt, sie wär eine«, erwiderte Paul.

»Du hältst sie aber nicht dafür?«

»Nein«, erwiderte Paul.

»War sie denn nicht nett gegen dich?«

»Kannst du sie dir nett gegen irgend jemand vorstellen?« fragte der junge Mann.

Edgar lachte. Sie luden zusammen die Kohlen im Hofe ab. Paul war recht selbstbewußt, weil er wußte, Clara könnte sie bemerken, wenn sie aus dem Fenster sah. Sie sah aber nicht heraus.

Sonnabendnachmittags wurden die Pferde geputzt und gestriegelt. Paul und Edgar machten sich zusammen an die Arbeit und niesten infolge des aus Jimmys und Blumes Pelzen hervordringenden Staubes.

»Kannst du mir nicht ein neues Lied beibringen?« sagte Edgar.

Die ganze Zeit über fuhr er mit seiner Arbeit fort. Sein Nacken war hinten ganz rotbraun von der Sonne, wenn er sich vornüberbeugte, und seine Finger, in denen er die Bürste hielt, waren dick. Paul beobachtete ihn zuweilen.

»›Mary Morrison‹?« schlug der Jüngere vor.

Edgar stimmte bei. Er hatte einen guten Tenor und lernte gern alle die Lieder, die sein Freund ihm beibringen konnte, so daß er selbst sie beim Lastenfahren singen konnte. Paul hatte einen ziemlich nichtssagenden Bariton, aber gutes Gehör. Er sang jedoch nur leise aus Angst vor Clara. Edgar wiederholte die Verse in seinem klaren Tenor. Zuweilen mußten sie niesen, und dann schimpfte erst der eine, dann der andere auf seinen Gaul.

Miriam hatte keine Geduld mit Männern. Es bedurfte so wenig, sie zu unterhalten – selbst bei Paul. Sie hielt es für einen inneren Widerspruch bei ihm, daß er sich so ganz von Kleinigkeiten fesseln lassen konnte.

Es war Teezeit, als sie fertig waren.

»Was war das für ein Lied?« fragte Miriam.

Edgar sagte es ihr. Die Unterhaltung wandte sich dem Singen zu.

»Wir haben so viel Vergnügen dran«, sagte Miriam zu Clara.

Frau Dawes verzehrte ihr Mahl in langsamer, gemessener Weise. Sobald Männer anwesend waren, wurde sie abweisend.

»Haben Sie Gesang gern?« fragte Miriam sie.

»Wenn er gut ist«, sagte sie.

Paul verfärbte sich natürlich.

»Sie meinen, wenn er hochstehend und gut ausgebildet ist?« sagte er.

»Ich meine, jede Stimme hat Unterricht nötig, ehe ihr Gesang etwas wert ist«, sagte sie.

»Sie könnten grade so gut drauf bestehen, daß die Leute ihre Stimmen ausbilden lassen, ehe sie sprechen dürften«, erwiderte er. »Tatsächlich singen die Leute doch in der Regel zu ihrem eigenen Vergnügen.«

»Und vielleicht zu anderer Leute Unbehagen.«

»Dann sollten die anderen Leute sich Ohrenklappen machen lassen«, erwiderte er.

Die Jungens lachten. Es trat Schweigen ein. Er wurde dunkelrot und aß schweigend.

Nach dem Tee, als alle Männer mit Ausnahme Pauls nach draußen gegangen waren, sagte Frau Leivers zu Clara:

»Und du findest dein Leben jetzt glücklicher?«

»Unendlich viel.«

»Und bist zufrieden?«

»Solange ich frei und unabhängig sein kann.«

»Und du entbehrst gar nichts in deinem Leben?« fragte Frau Leivers sanft.

»Das habe ich alles hinter mir gelassen.«

Paul fühlte sich während dieser Unterhaltung höchst unbehaglich. Er stand auf.

»Sie werden finden, Sie stolpern fortwährend über die Dinge, die Sie hinter sich gelassen haben«, sagte er. Dann verabschiedete er sich, um nach den Kuhställen zu gehen. Er fühlte, er war witzig gewesen, und sein Mannesstolz war auf der Höhe. Er pfiff, während er den Backsteinpfad hinunterschritt.

Etwas später kam Miriam, um zu hören, ob er mit Clara und ihr einen kleinen Gang unternehmen wolle. Sie zogen in der Richtung auf den Strelley-Mühlenhof los. Als sie auf der Willeywaterseite neben dem Bache herschritten und durch das Dornengestrüpp nach dem

Waldrande hinübersahen, wo rosa Feuernelken unter ein paar verstreuten Sonnenstrahlen glühten, da sahen sie jenseits der Baumstämme und der dünnen Haselsträucher einen Mann ein großes braunes Pferd durch die Rinnsale führen. Das große rotbraune Tier schien abenteuerlich durch die grüne Dämmerung des Haselgesträuches zu tanzen, weit weg, wo die Luft schattenhaft wurde, als stände es bereits in der Vergangenheit unter den welkenden Glockenblumen, die dort für Deidre oder Isolde hätten blühen können.

Die drei standen wie verzaubert.

»Wie herrlich, ein Ritter zu sein«, sagte er, »und hier ein Zelt zu haben.«

»Und uns irgendwo sicher eingeschlossen?« erwiderte Clara.

»Ja«, antwortete er, »wo Sie dann bei ihrer Stickerei mit den Mägden singen könnten. Ich würde Ihr weiß und grünes und heliotropfarbenes Banner tragen. Auf meinem Schild würde ich ›F. W. R. V.‹ eingraben lassen, unter einer springenden Frau.«

»Ich habe nicht den geringsten Zweifel«, sagte Clara, »Sie würden viel lieber für eine Frau kämpfen, als sie für sich selbst kämpfen lassen.«

»Gewiß. Wenn sie für sich selbst kämpft, kommt sie mir vor wie ein Hund vor einem Spiegel, der wahnsinnig wird aus Wut über sein eigenes Bild.«

»Und Sie sind der Spiegel?« fragte sie, die Lippen kräuselnd.

»Oder das Bild«, sagte er.

»Ich bin bange«, sagte sie, »Sie sind zu klug.«

»Na, dann will ich Ihnen das Gutsein überlassen«, gab er ihr lachend zurück. »Sei gut, süße Maid, und laß mich klug sein.«

Aber Clara hatte seinen leichten Ton über. Bei einem plötzlichen Seitenblick auf sie merkte er, das Emporheben ihres Gesichts war Elend und keine Verachtung. Sein Herz wurde zärtlich gegen jedermann. Er wandte sich und wurde sanft gegen Miriam, die er bis dahin vernachlässigt hatte.

Am Waldesrande trafen sie Limb, einen dünnen schwärzlichen Mann von Vierzig, den Pächter des Strelley-Mühlenhofes, auf dem er Viehzucht trieb. Er hielt die Trense des gewaltigen Hengstes nachlässig, als wäre er müde. Die drei blieben stehen, um ihn über die Schrittsteine des ersten Baches hinüberzulassen. Paul sah mit Bewunderung, wie ein so mächtiges Geschöpf auf so federnden Zehen gehen könne, bei einem so riesigen Kräfteüberfluß. Limb hielt vor ihnen an.

»Sagen Sie doch Ihrem Vater, Fräulein Leivers«, sagte er mit einer sonderbar pfeifenden Stimme, »daß sein Jungvieh den Zaun im Grunde drei Tage nacheinander kaputt gemacht hat.«

»Welchen?« fragte Miriam zitternd.

Das große Pferd atmete schwer, während es sich nach seinen Flanken umdrehte und mit den wundervollen großen Augen argwöhnisch unter der ihm über den gesenkten Kopf fallenden Mähne hervorschaute.

»Kommen Sie ein bißchen mit«, erwiderte Limb, »dann zeige ich es Ihnen.«

Der Mann und der Hengst gingen voran. Er tanzte seitwärts, schüttelte seine weißen Fesseln und verriet Furcht, als er sich in dem Bache sah.

»Keinen Hokuspokus«, sagte der Mann liebevoll zu dem Tier.

In kleinen Sprüngen lief es die Böschung hinan und platschte dann auch durch einen zweiten Bach. Clara, die in einer Art verdrossenen Hingegebenheit weiterging, beobachtete ihn halb bezaubert, halb verächtlich. Limb hielt an und zeigte nach dem Zaun unter ein paar Weiden.

»Da, Sie sehen woll, wo sie durchkommen«, sagte er. »Mein Knecht hat se schon dreimal weggejagt.«

»Ja«, antwortete Miriam errötend, als wäre es ihre Schuld.

»Kommen Sie mit?« fragte der Mann.

»Nein, danke; aber wir möchten gern am Teiche entlang gehen.«

»Schön, ganz wie es Ihnen paßt«, sagte er.

Das Pferd wieherte leise vor Vergnügen, so nahe bei Hause zu sein.

»Er freut sich, daß er wieder da ist«, sagte Clara, durch das Tier gefesselt.

»Ja, er hat heute früh raus müssen.«

Sie gingen durch das Gatter und sahen vom Haupthause ein kleines dunkles, aufgeregt aussehendes Frauenzimmer von etwa Dreißig auf sie zukommen. Ihr Haar war schon mit Grau durchzogen, ihre dunklen Augen blickten wild. Sie ging mit den Händen auf dem Rücken. Ihr Bruder schritt vorwärts. Als er sie sah, wieherte der große Hengst wieder. Sie kam aufgeregt herbei.

»Bist du wieder da, mein Junge!« sagte sie zärtlich zu dem Pferde, nicht zu dem Manne. Das große Tier ging um sie herum, den Kopf gesenkt. Sie schmuggelte ihm den verschrumpelten gelben Apfel ins Maul, den sie hinterm Rücken verborgen gehalten hatte, und küßte ihn dann dicht neben die Augen. Er stieß vor Vergnügen einen tiefen Seufzer aus. Sie drückte feinen Kopf mit den Armen gegen ihre Brust.

»Ist er nicht prachtvoll!« sagte Miriam zu ihr.

Fräulein Limb sah auf. Ihre dunklen Augen blickten scharf auf Paul.

»Oh, guten Abend, Fräulein Leivers«, sagte sie. »Es ist ja 'ne Ewigkeit her, daß Sie mal hier unten gewesen sind.«

Miriam stellte ihre Freunde vor.

»Ihr Pferd ist ein prachtvoller Bursche!« sagte Clara.

»Nicht wahr!« Sie küßte ihn wieder. »Und liebevoll wie ein Mann.«

»Liebevoller als die meisten Männer, sollte ich meinen«, erwiderte Clara.

»Er ist ein lieber Junge!« rief die Frau, das Pferd wieder umhalsend.

Clara, ganz bezaubert von dem mächtigen Geschöpf, trat heran, um ihm den Hals zu streicheln.

»Er ist ganz sanft«, sagte Fräulein Limb. »Meinen Sie nicht auch, große Burschen sind das immer.«

»Er ist 'ne Schönheit!« erwiderte Clara.

Sie wollte ihm gern in die Augen sehen. Sie wünschte, er hätte sie angesehen.

»Zu schade, daß er nicht sprechen kann«, sagte sie.

»Oh, das kann er aber – beinahe«, erwiderte die andere.

Da ging ihr Bruder mit dem Pferde weiter.

»Kommen Sie mit herein? Kommen Sie doch, Herr – ich habe nicht verstanden.«

»Morel«, sagte Miriam. »Nein, wir können nicht, aber wir möchten gern am Mühlenteich entlang gehen.«

»Ja – ja, gewiß. Fischen Sie, Herr Morel?«

»Nein«, sagte Paul.

»Wenn Sie's nämlich täten, könnten Sie nur jederzeit kommen und fischen«, sagte Fräulein Limb. »Wir sehen kaum eine Menschenseele von einem Wochenende bis zum andern. Ich wäre Ihnen dankbar.«

»Was für Fische sind in dem Teich?« fragte er.

Sie gingen durch den Vordergarten, über das Wehr, und das steile Ufer des Teiches hinan, der im Schatten dalag, mit seinen zwei bewaldeten Inselchen. Paul ging mit Fräulein Limb.

»Schwimmen möchte ich hier wohl mal«, sagte er.

»Gewiß«, erwiderte sie. »Kommen Sie nur, sobald Sie Lust haben. Mein Bruder wird furchtbar froh sein, mit Ihnen zu reden. Er ist so still, weil hier kein Mensch ist, mit dem er reden könnte. Kommen Sie doch zum Schwimmen.«

Clara trat zu ihnen.

»Schön tief ist er«, sagte sie, »und so klar.«

»Ja«, sagte Fräulein Limb.

»Schwimmen Sie?« fragte Paul. »Fräulein Limb sagte grade, wir könnten kommen, wann wir Lust hätten.«

»Natürlich sind da die Hofleute«, sagte Fräulein Limb. Sie sprachen noch ein paar Augenblicke und gingen dann den wilden Hügel hinauf und ließen das einsame, verstört aussehende Frauenzimmer am Ufer.

Der Hügelhang war reif vor Sonnenschein. Er war wild und uneben, ganz den Kaninchen überlassen. Die drei schritten in Schweigen dahin. Dann sagte Paul:

»Die bringt mir ein unbehagliches Gefühl bei.«

»Du meinst Fräulein Limb?« fragte Miriam.

»Ja.«

»Was ist mit ihr los? Wird sie duddelig, weil sie so allein ist?«

»Ja«, sagte Miriam. »Das ist nicht die richtige Lebensart für sie. Ich finde, es ist grausam, sie hier so zu vergraben. Ich müßte wirklich öfter hingehen und sie besuchen. Aber – sie schmeißt mich so um.«

»Ich müßte Mitleid mit ihr haben – ja, und sie ödet mich an«, sagte er.

»Ich vermute«, platzte Clara plötzlich heraus, »sie möchte gern einen Mann haben.«

Die beiden andern waren ein paar Augenblicke stumm.

»Aber die Einsamkeit hier hat ihr 'nen Knacks beigebracht«, sagte Paul.

Clara antwortete nicht, sondern kämpfte sich aufwärts. Sie ging mit vornüberhängendem Kopfe, die Beine schwingend, während sie durch die toten Disteln und die Grasbüschel vorwärtsstrebte, und ließ die Arme lose herabhängen. Ihr hübscher Körper schien eher den Hügel hinauf zu stolpern, denn zu gehen. Eine heiße Woge überflutete Paul. Er war neugierig. Vielleicht war das Leben grausam gegen sie gewesen. Er vergaß Miriam, die redend neben ihm herging. Sie sah ihn plötzlich an, da sie merkte, er antwortete ihr nicht mehr. Seine Augen waren auf die voranschreitende Clara geheftet.

»Findest du sie noch immer eklig?« fragte sie. Es fiel ihm nicht auf, daß diese Frage ganz unvermittelt kam. Sie lief denselben Weg wie seine Gedanken.

»Irgendwas ist mit ihr los«, sagte er.

»Ja«, antwortete Miriam.

Oben auf dem Hügel fanden sie ein verborgenes wildes Feld, das an zwei Seiten vom Walde geschützt wurde und an den beiden andern durch hohe, lose Hecken von Rotdorn und Erlenbüschen. Zwischen diesen hochgewachsenen Büschen waren Lücken, so daß das Vieh hindurchgekonnt hätte, wäre jetzt noch welches draußen gewesen. Hier war der Rasen eben wie Samt, aber zerfressen und mit Löchern durchsetzt durch die Kaninchen. Das Feld selbst war grob und mit hohen, dicken Schlüsselblumen bestanden, die nie geschnitten waren. Haufen kräftiger Blumen hoben sich überall über struppige Büschel von Heide hinaus. Es war wie eine Reede voller hochbordiger Feenschiffe.

»Ach«, rief Miriam mit einem Blick auf Paul, ihre dunklen Augen sich weitend. Er lächelte. Sie genossen zusammen dies Blumenfeld. Clara, die ein wenig weiter war, sah mißvergnügt auf die Schlüsselblumen nieder. Paul und Miriam standen dicht nebeneinander, sich in gedämpften Tönen unterhaltend. Er fiel auf ein Knie nieder und pflückte rasch die schönsten Blumen, sich geschwind von Busch zu Busch bewegend, die ganze Zeit über leise redend. Miriam pflückte die Blumen liebkosend, über sie geneigt. Er kam ihr immer zu rasch und beinahe wissenschaftlich vor. Und doch besaßen seine Sträuße mehr natürliche Schönheit als die ihren. Er liebte sie, aber als gehörten sie ihm und als hätte er ein Recht über sie. Sie besaß mehr Verehrung für sie: sie hatten etwas, was ihr abging.

Frisch und süß waren die Blumen. Er hätte sie zu gern getrunken. Während er sie pflückte, aß er ein paar der kleinen gelben Trompeten. Clara ging immer noch mißvergnügt umher. Auf sie zutretend, sagte er:

»Warum pflücken Sie sich nicht auch ein paar?«

»Das liegt mir nicht. Sie sehen besser aus, wo sie da wachsen.«

»Aber möchten Sie nicht ein paar?«

»Sie bleiben doch lieber, wo sie sind.«

»Ich glaube nicht.«

»Ich mag keine Blumenleichen um mich haben«, sagte sie.

»Das ist 'ne steife, künstliche Redensart«, sagte er. »Sie sterben im Wasser nicht rascher als auf ihren Wurzeln. Und außerdem sehen sie so nett aus, in einem Kruge – sie sehen so fröhlich aus. Und Sie nennen ein Ding nur 'ne Leiche, weil es totengleich aussieht.«

»Einerlei, ob es das ist oder nicht?« wandte sie ein.

»Das ist mir gar nicht einerlei. Eine tote Blume ist für mich keine Blumenleiche.«

Clara überhörte ihn.

»Und selbst wenn auch – welches Recht haben Sie, sie abzupflücken?« fragte sie.

»Weil ich sie gern leiden mag und sie haben möchte – und weil so viele da sind.«

»Und das genügt?«

»Ja. Warum nicht? Ich glaube sicher, sie würden in Ihrem Zimmer in Nottingham schön duften.«

»Und ich hätte das Vergnügen, sie sterben zu sehen.«

»Aber dann – es ist doch einerlei, ob sie sterben.«

Woraufhin er sie allein ließ und sich weiter nach den Haufen dichtverzweigter Blumen bückte, die das Feld wie blasse, leuchtende Schaumflocken übersäten. Miriam war ihm wieder nähergekommen. Clara lag auf den Knien und atmete den Duft von ein paar Himmelsschlüsseln ein.

»Ich finde«, sagte Miriam, »wenn man sie nur voller Ehrerbietung behandelt, dann tut man ihnen nicht weh. Es ist der Geist, in dem man sie pflückt, auf den es ankommt.«

»Ja«, sagte er. »Aber nein, man pflückt sie, weil man sie haben will, und das ist alles.« Er hielt ihr seinen Strauß hin. Miriam war still. Er pflückte noch ein paar.

»Sieh mal diese!« fuhr er fort; »kräftig und lustig wie kleine Bäumchen und wie Jungens mit dicken Beinen.«

Claras Hut lag im Gras nicht weit von ihnen. Sie kniete, immer noch vorübergebeugt, um die Blumen zu riechen. Ihr Nacken gab ihm einen scharfen Stich, so schön war er, und doch nicht stolz in sich im Augenblick. Ihre Brüste bebten leise in ihrer Bluse. Die geschwungene Linie ihres Rückens war schön und kräftig; sie trug kein Leibchen. Plötzlich, ohne es zu wissen, streute er ihr eine Handvoll Himmelsschlüssel über Haar und Nacken und sagte dabei:

»Asche zu Asche und Erde zu Erde,
Verwirft dich der Herr, des Teufels werde.«

Die kühlen Blumen fielen ihr auf den Nacken. Sie sah zu ihm auf, mit beinahe jammervollen, erschreckten grauen Augen, voller Verwunderung, was er da mache. Blumen fielen ihr ins Gesicht, und sie schloß die Augen.

Plötzlich kam er sich unbeholfen vor, wie er da so über ihr stand.

»Ich glaubte, Sie hätten ein Begräbnis nötig«, sagte er mit schlechtem Gewissen.

Clara lachte seltsam und stand auf, sich die Himmelsschlüssel aus den Haaren suchend. Sie nahm ihren Hut auf und steckte ihn fest. Eine Blume war ihr im Haar hängengeblieben. Er sah es, wollte es ihr aber nicht sagen. Er sammelte die Blumen auf, die er über sie geschüttet hatte.

Am Waldrande waren die Glockenblumen auf das Feld hinübergetreten und standen da wie eine Wasserflut. Aber sie waren im Verwelken. Clara ging langsam zu ihnen hinüber. Er kam hinter ihr her. Die Glockenblumen gefielen ihm.

»Sehen Sie mal, wie die aus dem Walde gekommen sind!« sagte er.

Da wandte sie sich mit aufblitzender Dankbarkeit und Wärme zu ihm um.

»Ja«, lächelte sie.

Sein Blut schlug empor.

»Sie gemahnen mich an die wilden Männer vom Walde, wie erschrocken die gewesen sein mögen, wenn sie Brust an Brust mit dem freien Raum gelangten.«

»Glauben Sie, sie waren das?« fragte sie.

»Ich wundere mich, wer von den alten Stämmen wohl erschrockener war – die, die zuerst aus dem Waldesdunkel in den lichten Raum hinausbarsten, oder die sich auf den Zehenspitzen in den Wald hineinwagten.«

»Ich möchte glauben, die zweiten«, antwortete sie.

»Ja, Sie kommen sich sicher wie einer der Freien-Raum-Art vor, die sich ins Dunkel hineinzudrängen suchten, nicht wahr?«

»Wie kann ich das wissen?« antwortete sie sonderbar.

Damit endete die Unterhaltung.

Der Abend sank tiefer auf die Erde. Schon war das Tal von Schatten erfüllt. Ein winziges Helles Viereck stand drüben auf dem Crossley Bank-Hofe. Über den Gipfeln der Hügel flutete noch Helligkeit. Miriam kam langsam herbei, das Gesicht in ihrem großen, losen Blumenstrauß, bis an die Enkel durch den losen Schaum der Himmelsschlüssel watend. Hinter ihr traten die Bäume einzeln hervor, ganz Schatten.

»Sollen wir gehen?« fragte sie.

Und die drei kehrten um. Sie schwiegen. Als sie den Pfad hinuntergingen, konnten sie ihr heimatliches Licht genau vor sich erkennen, und auf dem Kamme des Hügels einen dünnen, dunklen Schattenriß mit kleinen Lichtern drin, wo das Bergmannsdorf den Himmel berührte.

»Es war doch hübsch, nicht?« fragte er.

Miriam murmelte zustimmend. Clara war stumm.

»Finden Sie nicht auch?« beharrte er.

Aber sie ging erhobenen Hauptes weiter und antwortete immer noch nicht. Aus der Art ihrer Bewegung, als wäre ihr alles gleichgültig, konnte er erkennen, daß sie litt.

* *
*

Um diese Zeit nahm Paul seine Mutter mit nach Lincoln. Sie war frisch und begeistert wie nur je, aber als er ihr gegenüber im Eisenbahnwagen saß, erschien sie ihm recht gebrechlich. Er hatte eine rasch vorübergehende Empfindung, als entgleite sie ihm. Da wünschte er sie zu halten, sie zu fesseln, fast wie mit Ketten. Ihm war, als müsse er sie mit den Händen festhalten.

Sie näherten sich der Stadt. Sie standen beide am Fenster und sahen nach dem Dome aus.

»Da ist er, Mutter!« rief er.

Sie sahen den großen Dom ruhig über die Ebene gelagert.

»Ach!« rief sie. »Ja, da ist er!«

Er sah seine Mutter an. Ihre blauen Augen beobachteten den Dom ruhig. Sie schien ihm ferngerückt. Etwas der ewigen Ruhe des hochstrebenden Domes, so blau und edel gegen den Himmel, spiegelte sich in ihr wider, etwas von seiner Schicksalhaftigkeit. Was einmal war, war. Das konnte er mit seinem ganzen jungen Willen nicht ändern. Er sah ihr Gesicht, die Haut immer noch frisch und rosig und weich, aber mit Krähenfüßen in den Augenwinkeln, die Lider noch stetig, aber etwas eingesunken, der Mund stets geschlossen vor Enttäuschung; und da lag auf ihr derselbe ewige Blick, als erkenne sie zu guter Letzt ihr Schicksal. Mit allen Kräften seiner Seele kämpfte er dagegen an.

»Sieh, Mutter, wie mächtig er über der Stadt liegt! Denk mal an die Straßen und aber Straßen zu seinen Füßen! Er sieht größer aus als die ganze Stadt.«

»Ja, wahrhaftig!« rief seine Mutter aus und gelangte damit wieder zu ihrer alten Lebensfrische. Aber er hatte sie doch dasitzen sehen, beständig den Blick durchs Fenster auf den Dom gerichtet, Augen und Gesicht ganz fest, die Erbarmungslosigkeit des Lebens überdenkend. Und die Krähenfüße neben ihren Augen und ihr hart verschlossener Mund ließen ihn sich fühlen, als müsse er verrückt werden.

Sie hatten ein Mahl, ihrer Ansicht nach viel zu üppig.

»Bilde dir bloß nicht ein, ich möchte so was gerne«, sagte sie, während sie ihr Rippenstück aß. »Ich mag es gar nicht, wirklich nicht! Denk doch bloß, wie du da dein Geld vergeudest!«

»Kümmer du dich nicht um mein Geld«, sagte er. »Du vergißt immer, ich bin ein junger Mann, der sein Mädchen ausführt.«

Und er kaufte ihr ein paar blaue Veilchen.

»Sofort hörst du auf damit, Bengel!« befahl sie. »Wie kann ich so was mitmachen?«

»Du hast gar nichts zu machen. Steh still!«

Und mitten auf der Hochstraße steckte er ihr die Blumen an die Jacke.

»So'n altes Ding wie ich!« sagte sie die Nase rümpfend.

»Siehst du«, sagte er, »ich möchte gern, daß die Leute uns für was furchtbar Vornehmes halten. Also zeig dich mal.«

»Um die Ohren kannst du welche kriegen«, lachte sie.

»Stapf mal los!« befahl er. »Sei mal mein Fächertäubchen.«

Es kostete ihn eine Stunde, sie durch die Straßen hindurchzukriegen. Sie blieb beim Glory Hole stehen, sie blieb vor dem Steinernen Bogen stehen, sie blieb überall stehen, unter lauten Ausrufen.

Ein Mann trat auf sie zu, nahm den Hut ab und verbeugte sich vor ihr.

»Kann ich Ihnen die Stadt zeigen, meine Dame?«

»Nein, danke«, antwortete sie, »ich habe meinen Sohn bei mir.«

Paul war böse mit ihr, daß sie nicht mit mehr Würde geantwortet habe.

»Mach, daß du wegkommst!« rief sie. »Ach, da ist das Judenhaus. Nun, erinnerst du dich noch des Vortrags, Paul ...«

Aber den Domhügel konnte sie kaum hinaufkommen. Er merkte es erst gar nicht. Plötzlich aber fand er sie unfähig zu sprechen.

Er brachte sie in ein kleines Wirtshaus, wo sie sich ausruhte.

»Es ist nichts«, sagte sie. »Mein Herz wird nur ein bißchen alt; darauf muß man gefaßt sein.«

Er antwortete nicht, sondern sah sie nur an. Wieder wurde sein Herz von heißen Klammern zusammengeschnürt. Er hätte am liebsten geheult, in seiner Wut etwas zerschlagen.

Sie zogen wieder los. Schritt für Schritt, ganz langsam. Und jeder Schritt schien ihm eine Last auf der Brust. Er fühlte sich, als solle ihm das Herz bersten. Schließlich kamen sie oben an. Sie stand wie verzaubert, das Schloßtor anstaunend, dann die Vorderseite des Domes. Sie vergaß sich vollständig.

»Nein, dies ist wirklich schöner, als ich gedacht hatte!« rief sie.

Aber er haßte es. Überall ging er in schwerem Brüten hinter ihr her. Sie saßen im Dom nebeneinander. Sie wohnten einem kleinen Gottesdienst im Chore bei. Sie fürchtete sich.

»Ich glaube, er ist doch wohl offen für alle?« fragte sie ihn.

»Ja«, antwortete er. »Glaubst du, sie würden so verdammt unverschämt sein, uns rauszuwerfen?«

»Na, ganz sicher«, rief sie, »wenn sie dich reden hörten.«

Ihr Gesicht schien während des Gottesdienstes wieder vor Freude und Frieden zu leuchten. Und er hätte die ganze Zeit über am liebsten getobt und etwas kaputt gemacht und geheult.

Nachher, als sie sich über die Mauer lehnten und auf die Stadt niedersahen, platzte er plötzlich heraus:

»Warum kann man auch nicht 'ne junge Mutter haben? Warum muß sie alt sein?«

»Ja«, lachte seine Mutter, »das kann sie doch kaum helfen.«

»Und warum war ich nicht der Älteste? Sieh – es heißt, die Jüngeren wären im Vorteil – aber sieh, sie hatten doch die junge Mutter. Du hättest mich zum ältesten Sohn haben müssen.«

»Ich habe das ja nicht so eingerichtet«, widersprach sie; »wenn mans sich überlegt, bist du genau so sehr zu tadeln wie ich.«

Er wandte sich zu ihr, weiß, die Augen voller Wut.

»Wozu bist du alt?« sagte er, wahnsinnig wegen seiner Ohnmacht. »Warum kannst du nicht gehen? Warum kannst du nicht mit mir herumlaufen?«

»Zu meiner Zeit«, erwiderte sie, »hätte ich den Hügel ein gut Teil besser herauflaufen können als du.«

»Was nützt mir das?« rief er, mit der Faust gegen die Mauer schlagend. Dann begann er zu klagen. »Es ist zu gemein von dir, daß du so krank bist. Kleines, es ist ...«

»Krank!« rief sie. »Ein bißchen alt bin ich, und damit mußt du dich abfinden, das ist alles.«

Sie schwiegen. Aber sie waren auch am Ende ihrer Kräfte. Beim Tee wurden sie wieder fröhlich. Als sie in Brayford saßen und die Boote beobachteten, erzählte er ihr von Clara. Die Mutter stellte ihm unzählige Fragen.

»Mit wem lebt sie denn?«

»Bei ihrer Mutter auf Bluebell Hill.«

»Und haben sie genug zum Leben?«

»Ich glaube kaum. Ich glaube, sie machen Spitzen.«

»Und worin liegt ihr Zauber, mein Junge?«

»Ich weiß gar nicht, ob sie so bezaubernd ist, Mutter. Aber sie ist nett. Und sie ist anscheinend so gradeaus – kein bißchen tief, kein bißchen.«

»Aber sie ist doch ein gut Teil älter als du.«

»Sie ist dreißig, und ich werde doch dreiundzwanzig.«

»Du hast mir noch nicht gesagt, weshalb du sie so gern leiden magst.«

»Ich weiß auch nicht, weswegen – so 'ne Art Trotz, die sie hat – so was Mutwilliges.«

Frau Morel dachte nach. Sie hätte sich gefreut, wenn ihr Sohn sich jetzt in ein weibliches Wesen verliebt hätte, das – sie wußte nicht was. Aber er grämte sich so, wurde plötzlich so wütend, und dann wieder traurig. Sie wünschte, er kennte ein nettes weibliches Wesen – sie wußte nicht, was sie eigentlich wünschte, das ließ sie im unklaren. Jedenfalls stand sie dem Gedanken an Clara nicht feindlich gegenüber.

Annie sollte auch heiraten. Leonhart war in Birmingham in Stellung getreten. Als er mal über Wochenschluß zu Hause war, hatte sie zu ihm gesagt:

»Du siehst nicht recht wohl aus, mein Junge.«

»Ick weeß nich«, sagte er; »ick fühl mir bloß so lala, Ma.«

Er nannte sie in seiner jungenshaften Weise schon ›Ma‹.

»Bist du auch sicher, deine Wohnung ist gesund?« fragte sie.

»Ja – ja. Bloß – det is 'n Dalschlag, wenn man sich so selbst den Tee einschenken muß – un kein Mensch schimpft, wenn man 'n sich in de Untertasse jießt zum Abkühlen, und denn so trinkt. Einerlei, denn schmeckt er eben nich.«

Frau Morel lachte.

»Es schmeißt dich also ganz um?« sagte sie.

»Ick weeß nich. Ick möchte heiraten«, platzte er heraus, sich die Finger reibend und auf die Stiefel niedersehend. Es herrschte Schweigen.

»Aber«, rief sie, »ich dachte, du hättest gesagt, du wolltest noch ein Jahr warten?«

»Ja, das habe ich auch«, sagte er beharrlich.

Wieder überlegte sie.

»Und weißt du«, sagte sie, »Annie ist ein bißchen verschwenderisch. Sie hat sich noch nicht mehr als elf Pfund gespart. Und ich weiß, mein Junge, du hast auch noch nicht recht dazu kommen können.«

Er wurde rot bis über die Ohren.

»Ich hab dreiunddreißig«, sagte er.

»Das reicht nicht weit«, antwortete sie.

Er sagte nichts, aber rieb sich die Finger.

»Und weißt du, ich habe nichts ...«

»Das wollt ich auch nicht, Ma!« rief er, sehr rot vor Kummer und Drang nach Entgegnung.

»Nein, mein Junge, ich weiß wohl. Ich wünschte nur, ich hätte was. Und wenn du fünf Pfund für die Hochzeit und so abrechnest – dann bleiben neunundzwanzig. Da werdet ihr nicht weit mit reichen.«

Er verdrehte sich immer noch die Finger, ohnmächtig, hartnäckig, ohne aufzusehen.

»Aber heiraten möchtest du wirklich?« fragte sie. »Hast du das Gefühl, du mußt es wirklich?«

Er gab ihr einen graden Blick aus seinen blauen Augen.

»Ja«, sagte er.

»Dann«, sagte sie, »dann müssen wir alle unser Bestes dafür einsetzen.«

Als er dann wieder aufsah, standen ihm Tränen in den Augen.

»Annie soll sich aber nicht durch mich übervorteilt fühlen«, sagte er mit Anstrengung.

»Mein Junge«, sagte sie, »du besitzt Beständigkeit – du hast eine ordentliche Stellung. Hätte mich ein Mann nötig gehabt, ich hätte ihn auf seinen letzten Wochenlohn hin geheiratet. Es mag ihr wohl hart ankommen, so ganz klein anzufangen. Junge Mädchen sind nun mal so. Sie sehen in der Zukunft nur das hübsche Heim, das sie sich ausgedacht haben. Ich habe aber eine teure Einrichtung gehabt. Die bedeutet nicht alles.«

So fand die Hochzeit beinahe sofort statt. Arthur kam nach Hause und sah prächtig aus in seinem Waffenrock. Annie sah hübsch aus in ihrem taubengrauen Kleid, das sie für Sonntags gebrauchen konnte. Morel schalt sie eine Närrin wegen ihrer Heirat und war kühl gegen seinen Schwiegersohn. Frau Morel hatte weiße Spitzen an ihrem Hut und etwas Weiß an ihrer Bluse und wurde von ihren beiden Söhnen verspottet, daß sie sich so großmächtig vorkäme. Leonhart war herzlich und fröhlich und kam sich fürchterlich närrisch vor. Paul konnte nicht recht einsehen, weswegen Annie heiraten wollte. Er hatte sie gern und sie ihn. Immerhin hatte er aber die schwache Hoffnung, es möchte alles zum Guten ausschlagen. Arthur sah erstaunlich gut aus in seinem Scharlach und Gelb und wußte das auch, aber insgeheim schämte er sich des Waffenrocks doch. Annie weinte sich die Augen aus in der kleinen Küche, als sie ihre Mutter verlassen sollte. Frau Morel weinte auch ein wenig, klopfte ihr dann den Rücken und sagte:

»Aber weine man nicht, mein Kind, er ist sicher gut gegen dich.«

Morel stampfte mit dem Fuß auf und behauptete, sie wäre eine Närrin, loszuziehen und sich so zu binden. Leonhart sah weiß und überarbeitet aus. Frau Morel sagte zu ihm:

»Ich vertraue sie dir an, mein Junge, und halte dich für sie verantwortlich.«

»Das kannst du«, sagte er, halbtot unter dieser Feuerprobe.

Und dann war alles vorüber.

Als Morel und Arthur im Bett waren, saß Paul wie öfters noch mit seiner Mutter zusammen und sprach mit ihr.

»Es tut dir doch nicht leid, Mutter, daß sie geheiratet hat?« fragte er sie.

»Es tut mir nicht leid, daß sie geheiratet hat – aber – es kommt mir so seltsam vor, daß sie nun von mir gehen soll. Es erscheint mir sogar hart, daß sie lieber mit ihrem Leonhart geht, als bei mir bleibt. So sind wir Mütter nun mal – ich weiß wohl, es ist albern.«

»Und wirst du dich um sie grämen?«

»Wenn ich an meinen eigenen Hochzeitstag denke«, antwortete die Mutter, »dann kann ich nur hoffen, daß ihr Leben anders sein möge.«

»Aber kannst du ihm vertrauen, daß er gut gegen sie sein wird?«

»Ja, ja. Sie sagen, er wäre nicht gut genug für sie. Aber ich sage, wenn ein Mann nur echt ist, so wie er, und ein Mädchen hat ihn lieb – dann – sollte alles gut gehen. Er ist ebensogut wie sie.«

»Dann ists dir also recht?«

»Ich hätte niemals meine eigene Tochter einen Mann heiraten lassen, von dem ich nicht das Gefühl gehabt hätte, er wäre durch und durch echt. Und doch, nun sie weg ist, fühle ich eine Lücke.«

Sie waren beide elend und hätten sie gern wiedergehabt. Es kam Paul vor, seine Mutter sähe so verlassen aus in ihrer neuen Seidenbluse mit dem bißchen weißen Besatz.

»Jedenfalls, Mutter, ich heirate nie«, sagte er.

»Ach, das sagen alle, mein Junge. Du hast die Eine noch nicht getroffen. Warte bloß noch ein oder zwei Jahre.«

»Aber ich heirate nicht, Mutter. Ich will mit dir leben, und wir wollen ein Dienstmädchen nehmen.«

»Ach, mein Junge, das sagt sich so leicht. Wir wollen sehen, wenn die Zeit herankommt.«

»Was für 'ne Zeit? Ich bin beinahe dreiundzwanzig.«

»Ja, du gehörst nicht zu denen, die jung heiraten. Aber in drei Jahren etwa ...«

»Bin ich noch genau so bei dir.«

»Wir wollen sehen, mein Junge, wir wollen sehen.«

»Aber du möchtest nicht, daß ich heirate?«

»Ich möchte dich mir nicht gern allein durchs Leben gehend vorstellen, ohne irgend jemand, der für dich sorgte und so – nein.«

»Und du meinst, ich sollte heiraten?«

»Früher oder später sollte das jeder Mann.«

»Aber du möchtest lieber, später.«

»Es würde hart für mich sein – und sehr hart. Es ist schon so wie es heißt:

›Mein Sohn bleibt mein Sohn, bis ein Weib er sich nimmt,
Meine Tochter mir Tochter durchs Leben bestimmt.‹«

»Und du glaubst, ich würde mich durch eine Frau von dir abziehen lassen?«

»Ja, du könntest sie doch nicht bitten, deine Mutter gleich mit zu heiraten«, lächelte Frau Morel.

»Das könnte sie halten wie sie wollte; jedenfalls würde sie sich nicht zwischen uns zu stecken haben.«

»Das würde sie auch nicht – bis sie dich hätte – und dann würdest du schon sehen.«

»Ich wills aber nie sehen. Ich will niemals heiraten, solange ich dich habe – niemals.«

»Ich möchte dich aber nicht allein, ohne irgend jemand zurücklassen, mein Junge!« rief sie.

»Du sollst mich ja gar nicht zurücklassen. Wie alt bist du denn? Dreiundfünfzig! Ich gebe dir fünfundsiebzig. So, dann bin ich fett und vierundvierzig. Dann heirate ich eine Geruhige. Siehst du!«

Seine Mutter saß und lachte.

»Geh zu Bett«, sagte sie, »geh zu Bett.«

»Und ein niedliches Haus wollen wir haben, du und ich, und ein Dienstmädchen, und alles wird in Ordnung sein. Vielleicht bin ich dann auch schon reich durch meine Malerei.«

»Willst du nun ins Bett!«

»Und dann kriegst du 'nen Ponywagen. Stell dir dich mal vor – wie so 'ne kleine Königin Viktoria trabst du dann umher.«

»Ich sag dir, geh zu Bett«, lachte sie.

Er küßte sie und ging. Seine Zukunftspläne blieben immer die gleichen.

Frau Morel saß und brütete – über ihre Tochter, über Paul, über Arthur. Sie grämte sich über Annies Verlust. Die Hausgenossen hingen sehr fest zusammen. Und sie fühlte, nun müsse sie leben, ihrer Kinder wegen. Das Leben war reich für sie. Paul verlangte nach ihr, und Arthur auch. Arthur begriff nie, wie tief er sie liebte. Er war ein Augenblicksgeschöpf. Noch nie hatte er sich gezwungen gesehen, sich über sich selbst klar zu werden. Der Heeresdienst hatte seinen Körper in Zucht genommen, aber nicht seinen Geist. Er besaß eine vollkommene Gesundheit und war sehr hübsch. Sein dunkles, kräftiges Haar lag dem etwas kleinen Kopfe glatt an. Um die Nase herum hatte er einen etwas kindlichen Zug, um die dunkelblauen Augen etwas Mädchenhaftes. Aber unter seinem braunen Schnurrbart besaß er den Mund eines Mannes, und sein Kinn war stark. Es war seines Vaters Mund; es waren Nase und Augen der Angehörigen seiner Mutter – gut aussehender Leute von schwachen Grundsätzen. Frau Morel war seinetwegen besorgt. Enterte er erst einmal richtig auf, dann war er sicher. Aber wie weit würde er kommen?

Der Heeresdienst hatte ihm nicht wirklich genützt. Er empfand die Herrschaft der Unteroffiziere bitter. Er haßte es, wie ein Tier gehorchen zu müssen. Aber er besaß zu viel Verstand, um sich aufzulehnen. So wandte er seine Aufmerksamkeit darauf, so gut wie möglich durchzukommen. Er konnte singen und war ein fideler Bruder. Oft geriet er in eine Klemme, aber immer nur in eine mannhafte, die leicht vergeben werden konnte. So verlebte er seine Zeit so gut es ging, während seine Selbstachtung doch daniederlag. Er verließ sich auf sein hübsches Aussehen und seinen guten Wuchs, seine Bildung, seine anständige Erziehung, wenn er etwas erreichen wollte, und wurde darin nicht enttäuscht. Und doch war er ruhelos. Es schien etwas an seinem Inneren zu nagen. Er war nie still, er war nie allein. Gegen seine Mutter war er recht demütig. Paul liebte und bewunderte er und verachtete ihn ein wenig. Und Paul liebte und bewunderte ihn und verachtete ihn auch ein wenig.

Frau Morel besaß ein paar Pfunde als Hinterlassenschaft ihres Vaters, und sie beschloß, ihren Sohn mit diesem Gelde aus dem Heeresdienst loszukaufen. Er war wild vor Freude. Nun war er wie ein Junge, wenn die Schule vorbei ist.

Er hatte Beatrice Wyld immer sehr gern gehabt, und während seines Urlaubs fing er nun wieder mit ihr an. Sie war jetzt kräftiger und gesunder. Oft machten die zwei lange Spaziergänge miteinander, wobei Arthur auf Soldatenweise recht steif ihren Arm nahm. Und sie kam zum Klavierspielen, wozu er sang. Dann pflegte Arthur sich den Rockkragen aufzuhaken. Er bekam Farbe, seine Augen glänzten, er sang mit einem männlichen Tenor. Später saßen sie dann zusammen auf dem Sofa. Er schien auf seine gute Figur stolz zu sein: so wenigstens kam es ihr vor – die starke Brust, die Hüften, die Oberschenkel in den enganliegenden Hosen.

Er fiel gern ins Mundartliche, wenn er mit ihr sprach. Zuweilen rauchten sie zusammen; gelegentlich nahm sie auch nur mal ein paar Züge aus seiner Zigarette.

»Ne«, sagte er eines Abends, als sie nach seiner Zigarette griff, »ne, du kriegst se nich. Ick will dich 'n Rauchkuß jeben, wennst'n magst.«

»Einen Zug wollte ich, und überhaupt keinen Kuß«, antwortete sie.

»Scheen, denn sollste 'nen Zug und 'nen Kuß zugleich haben.«

»Ich will auf deinem Prügel ziehen«, rief sie und griff nach der Zigarette zwischen seinen Lippen.

Er saß so, daß seine Schulter sie berührte. Sie war klein und schnell wie der Blitz. Er entkam ihr grade noch.

»Ick will dich 'n Rauchkuß jeben«, sagte er.

»Du bist 'n frecher Tunichtgut, Arthie Morel«, sagte sie und rückte von ihm ab.

»Willste 'nen Rauchkuß?«

Lächelnd lehnte der Soldat sich vor. Sein Gesicht war ganz nahe dem ihren.

»Du sollst nich!« erwiderte sie, ihr Gesicht wegwendend.

Er nahm einen Zug aus seiner Zigarette, spitzte den Mund und brachte seine Lippen ganz nahe den ihren. Sein dunkelbrauner, kurzgeschnittener Schnurrbart stand wie eine Bürste vor. Sie blickte auf die gespitzten, blutroten Lippen, riß ihm dann plötzlich die Zigarette aus den Fingern und flog damit von bannen. Er sprang hinter ihr her und riß ihr den Kamm aus den Haaren am Hinterkopf. Sie wandte sich und warf die Zigarette nach ihm. Er hob sie auf, steckte sie wieder in den Mund und setzte sich.

»Ekel!« rief sie. »Gib mir den Kamm!«

Sie war bange, ihr Haar, das sie ganz besonders für ihn gemacht hatte, könne herunterfallen. Sie stand da, die Hände an den Kopf gelegt. Er versteckte den Kamm zwischen seinen Knien.

»Ick hab 'n nich«, sagte er.

Die Zigarette zitterte ihm vor Lachen zwischen den Lippen, als er sprach.

»Lügner!« sagte sie.

»So wahr ick hier sitze!« lachte er, ihr die Hände zeigend.

»Du frecher Kobold!« rief sie aus, indem sie sich vorwärts stürzte und mit ihm um den Kamm rang, den er zwischen den Knien hatte. Während sie mit ihm rang und an seinen glatten, engbehosten Knien zerrte, lachte er, bis er, sich vor Lachen schüttelnd, hintenüber auf dem Sofa lag. Die Zigarette fiel ihm aus dem Munde und versengte ihm beinahe den Hals. Unter seiner zarten Haut stieg das Blut empor, und er lachte, bis seine blauen Augen fast blind wurden und die Kehle ihm beinahe bis zum Bersten anschwoll. Dann setzte er sich aufrecht. Beatrice steckte sich ihren Kamm wieder an.

»Du hast mir jekitzelt, Beat«, sagte er undeutlich.

Wie der Blitz fuhr ihre kleine Hand vor und haute ihm ins Gesicht. Er fuhr auf und sah sie starr an. Sie stierten einander an. Langsam stieg ihr die Röte in die Backen, sie senkte die Augen, dann den Kopf. Er saß mürrisch da. Sie ging in die Spülküche, um ihr Haar wieder zurecht zu machen. Insgeheim vergoß sie dort ein paar Tränen, weswegen wußte sie nicht.

Als sie wieder zurückkam, war sie eng verschlossen. Aber es war doch nur eine dünne Decke über ihrem Feuer. Mit zerzaustem Haar saß er auf dem Sofa und brummte. Sie setzte sich ihm gegenüber, in den Lehnstuhl, und keiner sprach. Das Ticken der Uhr klang in dem Schweigen wie Schläge.

»'ne kleene Katze biste, Beat«, sagte er endlich, halb um Verzeihung bittend.

»Ja, du hättest nicht so frech sein sollen«, erwiderte sie.

Wieder entstand ein langes Schweigen. Er pfiff vor sich hin, wie jemand, der sehr aufgeregt, aber auch sehr trotzig ist. Plötzlich trat sie auf ihn zu und küßte ihn.

»Hatt's denn weh getan, armes Ding?« spottete sie.

Er hob den Kopf und lächelte neugierig.

»Kuß?« lud er sie ein.

»Darf ichs denn?« fragte sie.

»Man los!« forderte er sie auf, ihr seinen Mund entgegenhebend.

Voller Überlegung, und mit einem sonderbar zitternden Lächeln, das sich über ihren ganzen Körper auszubreiten schien, preßte sie ihren Mund auf den seinen. Sofort schlangen sich seine Arme um sie. Sobald der lange Kuß vorbei war, bog sie ihren Kopf von dem seinen zurück und legte ihre zarten Finger auf seinen Hals unter dem offenen Kragen. Dann schloß sie die Augen und überließ sich ganz einem neuen Kuß.

Sie handelte ganz aus freiem Antrieb. Was sie tun wollte, tat sie, und machte niemand dafür verantwortlich.

* *
*

Paul fühlte, wie das Leben um ihn her anders wurde. Die Verhältnisse seiner Jugend waren fort. Nun war es ein Heim mit Erwachsenen. Annie war eine verheiratete Frau, Arthur lief hinter seinem Vergnügen her auf eine den Seinen unbekannte Weise. Bis jetzt hatten sie alle zu Hause gelebt und waren nur zum Zeitvertreib mal ausgegangen. Nun aber lag für Annie und Arthur das Leben außerhalb ihrer Mutter Haus. Sie kamen mal für einen Feiertag und um sich auszuruhen. So lag also jenes seltsame Gefühl halber Leere über dem Hause, als wären die Vögel ausgeflogen. Paul wurde immer haltloser. Annie und Arthur waren fort. Er hatte keine Ruhe mehr, bis er ihnen folgte. Und doch lag die Heimat für ihn an der Seite seiner Mutter. Aber trotzdem gab es noch etwas anderes, etwas dort draußen, etwas, wonach er sich sehnte.

Er wurde ruheloser und ruheloser. Miriam befriedigte ihn nicht. Seine alte, wahnsinnige Sucht nach dem Zusammensein mit ihr wurde schwächer. Zuweilen traf er Clara in Nottingham, zuweilen verabredete er sich mit ihr, zuweilen traf er sie auf dem Willeyhofe. Aber bei diesen letzten Gelegenheiten kam eine Spannung in die Lage. Zwischen Paul und Miriam und Clara bestand ein wechselseitiger Kampfzustand im Dreieck. Mit Clara schlug er einen frischen, weltlichen, spöttischen Ton an, der Miriam sehr zuwider war. Mochte vorhergegangen sein, was da wollte. Mochte sie vertraulich zu ihm gewesen sein oder traurig. Sobald Clara erschien, war alles aus, und er spielte nur noch vor dem Neuankömmling.

Einen wunderschönen Abend hatte Miriam mit ihm im Heu. Er war draußen gewesen auf dem Pferderechen, und nachdem er damit fertig war, kam er zu ihr, um ihr zu helfen, das Heu in Haufen zu setzen. Da hatte er zu ihr von seinen Hoffnungen und seiner Verzweiflung gesprochen, und seine ganze Seele hatte anscheinend nackt vor ihr gelegen. Ihr war gewesen, als sähe sie jede Fiber seines Lebens in ihm erbeben. Der Mond war aufgegangen; sie waren zusammen nach Hause gegangen; es war ihr vorgekommen, als käme er zu ihr aus bitterster Not, und sie hatte ihn angehört, hatte ihm ihre ganze Liebe, ihren ganzen Glauben geschenkt. Er hatte ihr anscheinend sein Bestes gebracht, um es aufzubewahren, damit sie es ihr ganzes Leben lang hüte. Nein, der Himmel konnte die Sterne nicht sicherer und ewiger betreuen, als sie das Gute in Paul Morels Seele bewahren wollte. Ganz erhoben war sie allein nach Hause gegangen, froh im Glauben.

Und dann war am nächsten Tage Clara gekommen. Sie hatten ihren Tee auf dem Heufelde trinken sollen. Miriam sah, wie der Abend sich golden und schattig niedersenkte. Und die ganze Zeit über hatte Paul mit Clara getollt. Immer höher und höher hatte er die Heuhaufen gemacht, über die sie springen mußten. Miriam machte sich nichts aus dem Spiel und stand abseits. Edgar und Gottfried und Moritz und Clara und Paul sprangen. Paul gewann, weil er leicht war. Claras Blut war in Wallung. Sie konnte rennen wie eine Amazone. Paul hatte die entschlossene Weise gern, in der sie auf den Heuhaufen zustürzte und hinübersprang, auf der andern Seite wieder herunterkam, wobei ihre Brüste zitterten und ihr dichtes Haar allmählich locker wurde.

»Sie haben gestreift!« rief er. »Sie haben gestreift!«

»Nein!« blitzte sie, sich an Edgar wendend. »Ich habe nicht gestreift, nicht wahr? Bin ich nicht freigekommen?«

»Das könnte ich nicht sagen«, lachte Edgar.

Keiner konnte das sagen.

»Aber Sie haben gestreift«, sagte Paul. »Sie haben verloren.«

»Ich habe nicht gestreift!« rief sie.

»So klar wie man was«, sagte Paul.

»Hauen Sie ihn doch für mich um die Ohren!« bat sie Edgar.

»Ne!« lachte Edgar. »Das wage ich nicht. Das müssen Sie selber tun.«

»Und nichts kann die Tatsache ändern, daß Sie gestreift haben«, lachte Paul.

Sie war wütend auf ihn. Ihr kleiner Sieg über diese Burschen und Männer war dahin. Sie hatte sich über dem Spiel vergessen. Nun sollte er sie erniedrigen.

»Ich finde Sie verächtlich!« sagte sie.

Und wieder lachte er auf eine Art, die Miriam Folterqualen bereitete.

»Und ich wußte, Sie kämen über diesen Haufen nicht herüber«, reizte er sie.

Sie kehrte ihm den Rücken. Und doch konnte jeder merken, daß das einzige Wesen, auf das sie hinhörte oder das sie gewahr wurde, er war, und sie für ihn. Es machte den Männern Vergnügen, diesem Kampfe zwischen ihnen zuzusehen. Aber Miriam lag auf der Folter.

Sie sah, daß Paul das Niedrigere an Stelle des Höheren wählen konnte. Er konnte sich selbst untreu werden, untreu gegen den wirklichen, tiefen Paul Morel. Die Gefahr lag nahe, daß er leichtsinnig würde, daß er seiner Befriedigung nachliefe wie Arthur oder wie sein Vater. Der Gedanke, er könne seine Seele um die Torheit dieses nichtssagenden Umgangs mit Clara wegwerfen, verbitterte Miriam. In Bitterkeit und Schweigen ging sie einher, während die beiden andern sich neckten und Paul sich austobte.

Und nachher hatte er es nicht zugeben wollen, sondern hatte sich recht geschämt und zu Miriams Füßen niedergestreckt. Dann war er wieder aufsässig geworden.

»Es ist nicht fromm, fromm zu sein«, sagte er. »Ich finde, eine Krähe ist fromm, wenn sie durch den Himmel segelt. Aber sie tuts doch nur, weil sie fühlt, sie wird dahin getragen, wohin sie will, nicht, weil sie glaubt, es wäre die Ewigkeit.«

Miriam wußte, man müsse in allem fromm sein, einerlei was Gott wäre, ihn sich in allem vor Augen halten.

»Ich glaube gar nicht, daß Gott so viel über sich selbst weiß«, rief er. »Gott weiß gar nichts über die Dinge, er ist das Ding. Und ich bin sicher, er hat keine Seele.«

Und dann schien es ihr, Paul versuche Gott auf seine Seite hinüberzuziehen, weil er seinen eigenen Weg gehen und seinem Vergnügen nachlaufen wollte. Es gab einen langen Kampf zwischen ihnen. Selbst in ihrer Gegenwart war er höchst treulos gegen sie; dann schämte er sich und bereute; dann haßte er sie und ging wieder fort. Das war der ewige Kreislauf der Ereignisse.

Sie erzürnte ihn bis auf den Grund seiner Seele. Da blieb sie liegen – traurig, nachdenklich, eine Betende. Und er verursachte ihr Schmerz. Die Hälfte der Zeit grämte er sich um sie, die andere Hälfte haßte er sie. Sie war sein Gewissen; und ihm war, als habe er ein Gewissen, das für ihn zu groß sei! Verlassen konnte er sie nicht, weil sie in gewisser Hinsicht sein Bestes bewahrte. Bei ihr bleiben konnte er nicht, weil sie den Rest nicht auch hinnahm, der drei Viertel ausmachte. So rieb er sich die Seele wund um sie.

Als sie Einundzwanzig wurde, schrieb er ihr einen Brief, der nur an sie hätte gerichtet werden können.

»Darf ich noch dies eine letzte Mal von unserer alten, abgelebten Liebe sprechen. Auch sie verändert sich, nicht wahr? Sag, ist der Leib dieser Liebe nicht schon lange tot, und hat er Dir nicht seine unverwundbare Seele hinterlassen? Siehst Du, geistige Liebe kann ich Dir geben, und habe sie Dir auch diese ganze, ganze Zeit hindurch gegeben; aber keine verkörperte Leidenschaft. Sieh, Du bist eine Nonne. Ich habe Dir gegeben, was ich einer heiligen Nonne geben würde – wie ein rätselhafter Mönch einer rätselhaften Nonne. Sicherlich hältst Du das für das Wertvollste. Und doch sehnst Du Dich – nein, hast Du Dich nach dem andern gesehnt. In all unsere Beziehungen hat nichts Körperliches Einlaß. Ich spreche gar nicht zu Dir mit den Sinnen – nur mit dem Geiste. Deswegen können wir uns auch nicht im gewöhnlichen Sinne lieben. Unsere Zuneigung ist keine alltägliche. Aber wir sind doch sterblich, und Seite an Seite miteinander zu leben würde schrecklich sein, denn jedenfalls kann ich mit Dir nicht lange gleichgültig sein, und wie Du weißt, immer außerhalb dieses Zustandes Sterblicher zu stehen, würde nur bedeuten, daß wir ihn verlören. Wenn die Leute heiraten, müssen sie als sich liebende Wesen miteinander leben, die auch Gemeinplätze vertragen können, ohne sich ungeschickt dabei vorzukommen – nicht wie zwei Seelen. So empfinde ich.

Soll ich diesen Brief absenden – ich zweifle fast. Aber – es ist immer am besten, man versteht sich, *Au revoir.*«

* * *

Miriam las diesen Brief zweimal, worauf sie ihn versiegelte. Ein Jahr später brach sie das Siegel, um ihrer Mutter den Brief zu zeigen.

»Du bist eine Nonne – Du bist eine Nonne.« Die Worte drangen ihr wieder und wieder ins Herz. Nichts, was er bisher gesagt hatte, war ihr so tief ins Innere gedrungen, so fest, so einer Todeswunde gleich.

Zwei Tage nach dem Zusammensein antwortete sie ihm.

»›Unsere Vertrautheit wäre ganz vollkommen gewesen, ohne den einen kleinen Fehler‹,« schrieb sie unter Bezug auf seinen Brief. »War der Fehler mein?«

Fast unmittelbar antwortete er ihr aus Nottingham durch einen Brief und gleichzeitige Übersendung eines Omar Khayyam.

»Ich freue mich, daß Du mir geantwortet hast; Du bist so ruhig und natürlich, daß ich mich schämen muß. Was für ein Prahlhans ich bin.

Wir stimmen oft nicht miteinander überein. Aber in den Grundsätzen könnten wir doch stets zusammengehen, dächte ich.

Ich muß Dir für Deine Anteilnahme an meinem Malen und Zeichnen danken. Manche der Skizzen ist Dir gewidmet. Ich sehe Deinem Urteil entgegen, das zu meiner Schande und meinem Ruhm fast immer eine große Lobeserhebung ist. Ein prächtiger Spaß das. *Au revoir.*«

* * *

Dies war die erste Entwicklungsstufe von Pauls Liebesangelegenheiten. Er war jetzt ungefähr dreiundzwanzig Jahre alt, und wenn auch immer noch jungfräulich, so trat doch nun das Geschlechtliche in ihm, das Miriam solange verfeinert hatte, besonders stark hervor. Oft geriet, wenn er zu Clara Dawes sprach, sein Blut nun in jenes Dickerwerden und Rascherfließen, es trat jenes sonderbare Zusammenziehen der Brust auf, als würde dort etwas lebendig, ein neues Ich oder ein neuer Mittelpunkt des Bewußtseins, und warnte ihn, früher oder später müsse er eine oder die andere fragen. Aber er gehörte Miriam an. Dessen war er sich so unbedingt sicher, daß er ihr alle Rechte einräumte.

10. Clara

Als er dreiundzwanzig Jahre alt war, sandte Paul der Winterausstellung im Schloß zu Nottingham eine Landschaft ein. Fräulein Jordan hatte viel Anteil an ihm genommen, hatte ihn in ihr Haus eingeladen, wo er andere Künstler traf. Er begann ehrgeizig zu werden.

Eines Morgens kam der Briefträger, grade als er sich in der Spülküche wusch. Plötzlich hörte er ein wildes Geräusch von seiner Mutter her. In die Küche stürzend, fand er sie auf der Herdmatte stehen, wo sie wild einen Brief hin und her schwenkte und Hurra! schrie, als wäre sie verrückt geworden. Er war entsetzt und erschreckt.

»Was denn, Mutter!« rief er aus.

Sie flog auf ihn zu, schlang ihm einen Augenblick die Arme um den Hals und rief dann, den Brief schwenkend:

»Hurra, mein Junge! Ich wußte ja, wir brächten es fertig!«

Er wurde bange vor ihr – wie die kleine, ernste Frau mit dem ergrauenden Haar plötzlich in solchen Jubel ausbrechen könne. Der Briefträger kam zurückgerannt, voller Furcht, es sei etwas vorgefallen. Sie sahen seine Dienstmütze über dem kurzen Vorhang. Frau Morel stürzte zur Tür.

»Sein Bild hat den ersten Preis gekriegt, Fred!« rief sie, »und ist für zwanzig Guineen verkauft.«

»Herrjeh, das ist noch mal was!« sagte der junge Briefträger, den sie schon seit seiner Kindheit kannten.

»Und Major Moreton hat es gekauft!« rief sie.

»Das sieht doch recht vielsagend aus, das, Frau Morel«, sagte der Briefträger, seine blauen Augen glänzend. Er freute sich, einen solchen Glücksbrief überbracht zu haben. Frau Morel ging hinein und setzte sich zitternd nieder. Paul befürchtete, sie möchte den Brief falsch verstanden haben, und er würde sich am Ende noch enttäuscht fühlen. Er durchforschte ihn einmal, zweimal. Ja, nun war auch er überzeugt, es war richtig. Dann setzte er sich hin, das Herz klopfend vor Freude.

»Mutter!« rief er aus.

»Habe ich dir nicht gesagt, wir brächten es fertig!« sagte sie und tat so, als weine sie gar nicht.

Er nahm den Kessel vom Feuer und goß den Tee auf.

»Du hast doch nicht geglaubt, Mutter ...« begann er versuchsweise.

»Nein, mein Sohn – nicht so viel – aber ich erwartete doch ein gut Teil.«

»Aber doch nicht so viel«, sagte er.

»Nein – nein – aber ich wußte, wir brächten es fertig.«

Und damit gewann sie ihre Fassung wieder, dem Anschein nach wenigstens. Er saß mit aufgeknöpftem Hemd da, das seine junge, beinahe mädchenhafte Kehle sehen ließ, und hatte das Handtuch in der Hand; das Haar stand ihm naß zu Berge.

»Zwanzig Guineen, Mutter. So viel brauchtest du grade, um Arthur loszukaufen. Nun brauchst du nichts zu borgen. Es reicht grade.«

»Tatsächlich, aber ich nehme nicht so viel«, sagte sie.

»Aber warum nicht?«

»Weil ich nicht will.«

»Schön, dann nimm du zwölf Pfund, und ich behalte neun.«

Sie kabbelten sich über die Teilung der zwanzig Guineen. Sie wollte aber nur die fünf nehmen, die sie nötig hatte. Davon wollte er nichts hören. So kamen sie durch dies Gezänk über ihre Rührung hinweg.

Morel kam abends aus der Grube heim und sagte:

»Se haben mich erzählt, Paul hat 'n ersten Preis fier sein Bild un hats fier fufzig Pfund an Lord Henry Bentley verkooft.«

»Ach, was die Leute für Geschichten erzählen!« rief sie.

»Ha!« antwortete er. »Ick sagte, ick wär sicher, det wär jelogen. Aber sie sagten, du hättst et Fred Hodgkisson erzählt.«

»Als ob ich dem so'n Zeugs erzählen würde!«

»Ha!« stimmte der Bergmann zu.

Aber enttäuscht war er trotzdem.

»Es ist wahr, den ersten Preis hat er gekriegt«, sagte Frau Morel.

Der Bergmann setzte sich schwerfällig in seinen Stuhl.

»Hat er, bei Jott!« rief er aus.

Er starrte fest durchs Zimmer.

»Aber für fünfzig Pfund – so'n Unsinn!« Sie schwieg einen Augenblick. »Major Moreton hat es für zwanzig Guineen gekauft, das ist wahr.«

»Zwanzig Guineen! Ne, sag mal!« rief Morel aus.

»Ja, und es war es auch wert.«

»Ach!« sagte er. »Det bezweifle ick jar nich. Aber zwanzig Guineen for so'n bißken Pinselei, wie er det so in ne Schtunde oder zwee 'runterhaut.«

Er schwieg vor Stolz auf seinen Sohn. Frau Morel rümpfte die Nase, als wäre das noch gar nichts.

»Un wenn kriegt er det Jeld in de Hände?« fragte der Bergmann.

»Das kann ich dir nicht sagen. Ich vermute, wenn das Bild zurückgeschickt wird.«

Es entstand Schweigen. Morel starrte den Zuckertopf an, anstatt zu essen. Sein schwarzer Arm mit der gänzlich zerarbeiteten Hand lag auf dem Tische. Seine Frau tat, als bemerkte sie weder, wie er sich mit der Rückseite der Hand über die Augen fuhr, noch die blanken Rinnen in dem Kohlenstaub auf seinem schwarzen Gesicht.

»Ja, un der andere Bursche hätte det ooch fertigjekriegt, wenn se'n nich umjebracht hätten«, sagte er ruhig.

Der Gedanke an William durchfuhr Frau Morel wie kalter Stahl. Er ließ sie fühlen, wie müde sie war und wie sehr sie sich nach Ruhe sehnte.

Paul wurde zu Herrn Jordan zum Abendessen eingeladen. Nachher sagte er:

»Mutter, ich muß einen Gesellschaftsanzug haben.«

»Ja, ich fürchtete schon«, sagte sie. Sie freute sich. Einen oder zwei Augenblicke trat Schweigen ein. »Da ist William seiner noch«, fuhr sie fort, »ich weiß, er hat viereinhalb Pfund gekostet, und er hat ihn bloß dreimal angehabt.«

»Möchtest du, daß ich den trüge, Mutter?« fragte er.

»Ja. Ich glaube, er würde dir passen – der Rock wenigstens. Die Hosen müßten etwas gekürzt werden.«

Er ging nach oben und zog Rock und Weste an. Als er wieder herunterkam, sah er sonderbar aus in seinem Flanellhemd und Kragen mit Frack und Weste darüber. Sie waren ihm recht weit.

»Das kann der Schneider in Ordnung bringen«, sagte sie, ihm mit der Hand die Schulter glattstreichend. »Es ist wunderschöner Stoff. Ich konnte es nie übers Herz bringen, deinen Vater die Hosen tragen zu lassen, und nun freuts mich sehr.«

Und während sie mit der Hand den seidenen Kragen glattstrich, gedachte sie ihres ältesten Sohnes. Aber dieser hier war lebendig genug in dem Anzuge. Sie fuhr ihm mit der Hand den Rücken hinunter, um ihn zu fühlen. Er war lebendig und gehörte ihr. Der andere war tot.

Mehrere Male ging er in dem Abendanzug aus, der William gehört hatte. Jedesmal wurde seiner Mutter Herz stark vor Freude und Stolz. Nun war er auf dem Wege. Die Hemdknöpfe, die sie und die Kinder für William gekauft hatten, steckten in seiner Hemdbrust; er trug eines von Williams Frackhemden. Aber er hatte eine vornehme Gestalt. Sein Gesicht war rauh, aber warm und anziehend. Er sah zwar nicht grade wie ein vornehmer Herr aus, aber doch durchaus männlich.

Er erzählte ihr alles, was vorgekommen, alles, was gesagt worden war. Ihr kam es vor, als wäre sie mit dabei gewesen. Und er starb vor Begierde, sie seinen neuen Freunden zuzuführen, die abends um halb acht zu Mittag aßen.

»Geh mir doch weg!« sagte sie. »Weswegen wollten die mich wohl kennen lernen?«

»Sie wollens aber!« rief er aufgebracht. »Wenn sie mich kennen lernen wollen – und das sagen sie doch – denn wollen sie dich auch kennen, weil du doch genau so klug bist wie ich.«

»Ach, geh mir doch weg, Kind!« lachte sie.

Aber sie begann ihre Hände zu schonen. Auch sie waren jetzt zerarbeitet. Die Haut glänzte von zu vielem heißen Wasser, die Knöchel waren recht geschwollen. Aber sie begann damit, sie etwas vorsichtiger aus der Soda herauszuhalten. Mit Kummer dachte sie daran, wie sie gewesen waren – so klein und fein. Und als Annie darauf bestand, sie müsse ihrem Alter angemessene neumodischere Blusen tragen, da gab sie nach. Sie ging sogar so weit, daß sie sich eine schwarze Samtschleife ins Haar stecken ließ. Dann rümpfte sie die Nase in ihrer spöttischen Weise und war sicher, sie sähe schön aus. Aber sie sah wie eine Dame aus, erklärte Paul, genau so gut wie Frau Major Moreton, und viel, viel netter. Die Seinen waren im Aufsteigen. Nur Morel blieb unverändert, oder sackte vielmehr langsam zusammen.

Paul und seine Mutter hielten nun lange Unterhaltungen über das Leben. Die Gottesgläubigkeit trat in den Hintergrund. Er hatte alle Glaubenssätze vergraben, die ihm hinderlich waren, hatte den Boden geebnet und war mehr und mehr zu dem felsenfesten Glauben gekommen, man müsse innerlich fühlen, was gut und was böse sei, und solle sich in Geduld allmählich über das Wesen seiner Gottheit klar werden. Nun fesselte ihn das Leben mehr.

»Weißt du«, sagte er zu seiner Mutter, »ich will gar nicht dem wohlhabenden Mittelstand angehören. Ich mag unser gewöhnliches Volk am liebsten. Ich gehöre zum gewöhnlichen Volk.«

»Wenn dir das aber jemand anders sagte, mein Sohn, dann würdest du schön losfahren. Du weißt doch, du hältst dich jedem noch so Vornehmen ebenbürtig.«

»Mich für meine Person«, antwortete er, »aber nicht nach meinem Stand oder meiner Erziehung oder meinem Benehmen. Aber als Mensch gewiß.«

»Na schön denn. Aber weshalb redest du dann von gewöhnlichem Volk?«

»Weil – der Unterschied zwischen den verschiedenen Leuten gar nicht in ihrem Stande liegt, sondern in ihnen selbst. Nur aus dem Mittelstande holt man sich Gedanken, und von den gewöhnlichen Leuten – grade Leben, Wärme. Du fühlst ihren Haß und ihre Liebe.«

»Das ist alles ganz schön, mein Junge. Aber warum gehst du denn nicht hin und unterhältst dich mit deines Vaters Kumpeln?«

»Ja, die sind aber auch ganz anders.«

»Ganz und gar nicht. Die sind das gewöhnliche Volk. Schließlich, mit wem gehst du denn jetzt um – aus dem gewöhnlichen Volk? Mit denen, die Gedanken austauschen, wie der Mittelstand. Die anderen ziehen dich doch nicht an.«

»Aber – da ist doch Leben ...«

»Ich glaube nicht, daß du auch nur ein Körnchen Leben mehr aus Miriam herausholst als aus jedem andern gut erzogenen Mädchen – nimm etwa Fräulein Moreton. Du bist es, der sich was auf seinen Stand einbildet.«

Sie wollte ihn ganz offen zum Aufstieg in den Mittelstand bringen, etwas nicht übermäßig Schwieriges, wie sie wußte. Und schließlich wünschte sie, er möchte eine Dame heiraten.

Nun begann sie, ihn wegen seines ewigen Sichgrämens zu bekämpfen. Er hielt seine Verbindung mit Miriam immer noch aufrecht, konnte sich weder ganz frei von ihr machen noch eine regelrechte Verlobung zustande bringen. Und diese Unentschlossenheit schien ihm seine ganze Tatkraft abzuzapfen. Zudem beargwöhnte seine Mutter ihn einer uneingestandenen Neigung zu Clara, und da diese eine verheiratete Frau war, wünschte sie, er möchte sich in ein Mädchen in besserer Lebensstellung verlieben. Aber er war töricht und weigerte sich, ein Mädchen zu lieben oder auch nur besonders zu bewundern, grade weil sie ihm gesellschaftlich überlegen war.

»Mein Junge«, sagte seine Mutter zu ihm, »deine ganze Klugheit, all dein Dichlosmachen vom Alten und daß du dein Leben in die eigenen Hände nimmst, scheint dir nicht viel Glück einzubringen.«

»Was ist denn Glück!« rief er. »Das gilt mir gar nichts! Wie sollte ich denn glücklich werden?«

Diese so rundheraus gestellte Frage verwirrte sie.

»Das kannst nur du beurteilen, mein Junge. Könntest du aber ein gutes Mädchen finden, das dich glücklich machen würde – und du dächtest dann mal daran, dein Leben einzurichten – falls du die Mittel dazu hast – so daß du ohne alle diese Sorgen arbeiten könntest – das wäre viel besser für dich.«

Er runzelte die Stirn. Seine Mutter berührte die frische Wunde, die Miriam ihm geschlagen hatte. Er warf sich das in Unordnung geratene Haar aus der Stirn, die Augen voller Feuer und Schmerz.

»Du stellst dir das so leicht vor, Mutter«, rief er. »Das ist so richtig der Leitsatz der Frau fürs ganze Leben – Seelenruhe und körperliches Behagen. Und die verachte ich.«

»Ach, wirklich!« erwiderte seine Mutter. »Und nennst du dein Mißbehagen etwa göttlich?«

»Ja. Aus seiner Göttlichkeit mache ich mir allerdings nichts.

Aber dein Glück – verdammt nochmal! Solange das Leben nur ausgefüllt ist, ist es doch einerlei, ob es glücklich ist oder nicht. Ich bin bange, dein Glück würde mich langweilen.«

»Du hast ja noch nie einen Versuch gemacht«, sagte sie. Da brach plötzlich ihr ganzer leidenschaftlicher Kummer um ihn durch. »Aber es ist gar nicht einerlei!« rief sie aus. »Und du sollst glücklich sein, du sollst versuchen, glücklich zu werden, so zu leben, daß du glücklich wirst. Wie sollte ich den Gedanken ertragen, dein Leben würde kein glückliches werden!«

»Dein eigenes ist schlecht genug ausgefallen, Mater, aber es hat dich doch nicht so mitgenommen wie manche glücklicheren Leute. Ich finde, du bist noch ganz gut durchgekommen. Und mir gehts genau so. Gehts mir nicht auch recht gut?«

»Durchaus nicht, mein Sohn. Kampf – Kampf und Leid. Das ist beinahe alles, was du fertig bringst, soweit ichs übersehen kann.«

»Aber warum auch nicht, mein Liebstes? Ich sag dir, es ist am besten so ...«

»Nein. Und man soll glücklich sein, jawohl.«

Frau Morel zitterte allmählich heftig. Kämpfe dieser Art fanden häufig statt zwischen ihr und ihrem Sohne, in denen sie gegen seinen Todeswillen mit ihm um sein Leben zu ringen schien. Er nahm sie in die Arme. Sie war krank und jämmerlich.

»Laß man, mein Kleines«, murmelte er. »Solange dir das Leben noch nicht gemein und kläglich vorkommt, kommts auf den Rest gar nicht an, ob Glück oder Unglück.«

Sie drückte ihn an sich.

»Ich möchte dich aber glücklich sehen«, sagte sie leiddurchzittert.

»I, mein Liebstes – sag doch lieber, ich sollte leben.«

Frau Morel war es, als solle ihr das Herz um ihn brechen. In diesem Zustand, das wußte sie, könnte er nicht weiter leben. Er zeigte jene bittere Sorglosigkeit gegen sein eigenes Leid, sein Leben, die eine Abart langsamen Selbstmordes ist. Sie brach ihr fast das Herz. Mit der ganzen Leidenschaft ihrer starken Veranlagung haßte sie Miriam dafür, daß sie seine Lebensfreudigkeit auf so feine Art unterhöhlt hatte. Daß Miriam nichts dafür konnte, machte ihr nichts aus. Miriam hatte es getan, und dafür haßte sie sie.

Sie wünschte so sehnlichst, er möchte sich in ein Mädchen verlieben, das eine passende Lebensgefährtin für ihn wäre, wohlerzogen und stark. Aber er mochte keine ansehen, die über seinen Verhältnissen stand. Frau Dawes schien er leiden zu mögen. Jedenfalls war dies eine gesunde Empfindung. Seine Mutter betete und betete für ihn, er möge nicht vergeudet werden. Das war ihr einziges Gebet – nicht für seine Seele oder seine Rechtschaffenheit, nur daß er nicht vergeudet würde. Und während er schlief, dachte sie und betete sie für ihn stunden- und stundenlang.

Unwahrnehmbar trieb er von Miriam fort, ohne zu wissen, daß er davonginge. Arthur verließ den Heeresdienst nur, um zu heiraten. Das Kleine wurde sechs Monate nach der Trauung geboren. Frau Morel verschaffte ihm wieder eine Anstellung in seinem alten Geschäft, für eine Guinee die Woche. Mit Hilfe von Beatrices Mutter richtete sie ihm ein kleines Häuschen mit zwei Zimmern ein. Nun war er eingefangen. Wie er hinten ausschlug und kämpfte, war gleichgültig, er war festgemacht. Eine Zeitlang schimpfte er, war reizbar gegen seine junge Frau, die ihn liebte; er verlor beinahe den Verstand, wenn das Kleine, das recht zart war, schrie oder unruhig war. Stundenlang brummte er mit seiner Mutter. Sie sagte lediglich: »Ja, mein Junge, du hasts dir ja selbst eingebrockt, nun sieh zu, wie du durchkommst.« Und dann wurde ihm der Zornbraten ausgeschnitten. Er machte sich hinter seine Arbeit, lernte seine Verantwortlichkeit begreifen, erkannte, daß er zu Weib und Kind gehöre und machte sich recht gut heraus. An die Seinen hatte er sich nie sehr eng gebunden gefühlt. Nun war er gänzlich fort.

Langsam gingen die Monate hin. Paul war mehr oder weniger mit Sozialisten, Suffragetten und Unitariern in Nottingham in Verbindung geraten, dank seiner Bekanntschaft mit Clara. Eines Tages bat ihn eine gemeinsame Freundin in Bestwood, Frau Dawes eine Bestellung zu überbringen. Am Abend ging er über den Sneintonmarkt nach Bluebell Hill. Er fand das Haus in einer gemeinen kleinen Straße, mit Granitkopfsteinen gepflastert und mit Fußsteigen aus ausgetretenen dunkelblauen Klinkern. Von diesem groben Pflaster, auf dem die Tritte der Vorübergehenden rappelten und klapperten, ging es eine Stufe zur Vordertür hinauf. Die braune Farbe der Tür war so alt, daß man in den Rissen das nackte Holz hindurchsehen konnte. Er blieb unten auf der Straße stehen und klopfte. Ein schwerer Schritt ertönte; turmhoch stand eine große, dicke Frau von etwa sechzig Jahren vor ihm. Er sah vom Pflaster zu ihr auf. Sie hatte ein recht strenges Gesicht.

Sie ließ ihn ins Wohnzimmer eintreten, das auf die Straße hinausging. Es war ein dumpfer, kleiner, grabesähnlicher Raum, mit Mahagoni und totenähnlichen Vergrößerungen nach Lichtbildern Verstorbener in Kohle. Frau Radford ließ ihn allein. Sie war stattlich, beinahe kriegerisch. Im Augenblick erschien Clara. Sie errötete tief, und er war ganz beklommen vor Verwirrung. Es schien, als ließe sie sich nicht gern in ihren häuslichen Verhältnissen aufspüren.

»Ich hätte nicht gedacht, daß das Ihre Stimme sein könnte.«

Aber ob sie um ein Schaf oder um ein Lamm gehängt würde, war wohl gleichgültig. Sie lud ihn aus der Totenkammer von Wohnzimmer in die Küche hinüber ein.

Auch die war ein kleiner dunkler Raum, aber sie verschwand völlig unter weißen Spitzen. Die Mutter hatte sich wieder neben den Tassenschrank gesetzt und zog Fäden aus einem großen Spitzengewebe. Ein Haufen flaumartiger, aufgerebbelter Baumwolle lag ihr zur rechten Hand, ein Haufen drei Viertel Zoll breiter fertiger Spitzen zur linken, während vor ihr ein Berg fertiger Spitze die Herdmatte bedeckte. Fäden krauser Baumwolle, aus den fertigen Stücken herausgezogen, lagen umhergestreut auf dem Herdgitter und der Feuerstelle. Paul wagte nicht vorwärts zu gehen, aus Furcht, auf die Haufen weißen Zeuges zu treten.

Auf dem Tische stand ein Wickler zum Aufwickeln der Spitze. Ein Haufen brauner, viereckiger Pappstücke war ferner da, ein Pack aufgewickelter Spitze, ein kleines Schächtelchen mit Stecknadeln, und auf dem Sofa lag ein Haufen ausgereckter Spitze.

Der ganze Raum war eine Spitze und war so dunkel und warm, daß der weiße, schneeige Stoff nur um so deutlicher hervortrat.

»Wenn Sie hier mit hereinkommen, dürfen Sie sich aus unserer Arbeit nichts machen«, sagte Frau Radford. »Ich weiß, wir sind schön vollgepackt. Aber nehmen Sie Platz.«

Clara, sehr verlegen, gab ihm einen Stuhl an der Wand gegenüber den weißen Haufen. Dann nahm sie verschämt ihren Platz auf dem Sofa wieder ein.

»Wollen Sie eine Flasche Dunkles?« fragte Frau Radford. »Clara, gib ihm 'ne Flasche Dunkles.«

Er erhob Einspruch, aber Frau Radford bestand darauf.

»Sie sehen aus, als schadete es Ihnen nicht«, sagte sie. »Haben Sie nie mehr Farbe als jetzt?«

»Das ist bloß mein dickes Fell, das das Blut nicht so durchscheinen läßt«, sagte er.

Clara, beschämt und bekümmert, brachte ihm eine Flasche Dunkles und ein Glas. Er schenkte sich von dem schwarzen Zeuge ein.

»Na«, sagte er und hob das Glas, »Ihre Gesundheit!«

»Und vielen Dank«, sagte Frau Radford.

Er nahm einen tüchtigen Zug.

»Und stecken Sie sich 'ne Zigarette an, solange Sie nicht das Haus in Brand setzen«, sagte Frau Radford.

»Danke Ihnen«, erwiderte er.

»Ach, Sie brauchen mir gar nicht zu danken«, antwortete sie; »ick bin ja nur zu froh, wieder mal 'nen bißken Rooch im Hause zu riechen. So'n Weiberhaus ist so tot wie ein Haus ohne Feuer, nach meinem Gefühl. Ick bin keene Spinne, die jern ihre Ecke für sich haben möchte. Ich habe jern einen Mann um mich, wenn auch bloß, um nach ihm schnappen zu können.«

Clara begann zu arbeiten. Ihr Wickler drehte sich mit unterdrücktem Surren; die weiße Spitze hüpfte ihr zwischen den Fingern hervor auf das Pappstück. Es war voll; sie schnitt die Länge ab und steckte das Ende mit einer Stecknadel an das fertige Bund. Dann befestigte sie ein neues Pappstück auf dem Wickler. Paul beobachtete sie. Fest und prächtig saß sie da. Ihr Hals und Arme waren bloß. Das Blut wallte ihr immer noch unterhalb der Ohren; sie senkte den Kopf in Scham wegen ihrer Niedrigkeit. Ihr Gesicht blieb auf ihre Arbeit gesenkt. Ihre Arme erschienen neben der weißen Spitze sahnefarben und lebensvoll; ihre großen, wohlgehaltenen Hände arbeiteten mit einer ausgeglichenen Bewegung, als vermöge nichts sie zu beschleunigen. Ohne es zu wissen, beobachtete er sie die ganze Zeit. Er sah ihren gewölbten Nacken von der Schulter an, wenn sie den Kopf senkte; er sah die Masse ihres dunkelbraunen Haares; er sah ihre Arme sich bewegen, aufleuchten.

»Ich habe etwas über Sie von Clara gehört«, fuhr die Mutter fort. »Sie sind bei Jordan, nicht wahr?« Ohne innezuhalten arbeitete sie an ihrer Spitze weiter.

»Ja.«

»So, ja, und ich kann mich noch der Zeit erinnern, als Thomas Jordan mich um ein Endchen von meiner Lutschstange bat.«

»Wirklich?« lachte Paul. »Und kriegte er es denn?«

»Zuweilen, zuweilen auch nicht – aber das war erst später. Denn er gehört zu denen, die alles annehmen und nichts dafür wiedergeben, jawohl – oder wenigstens war er so.«

»Ich finde, er ist sehr anständig«, sagte Paul.

»So; schön, freut mich zu hören.«

Frau Radford blickte fest zu ihm herüber. Es lag etwas Entschlossenes in ihr, was er gern hatte. Ihr Gesicht fing an faltig zu werden, aber ihre Augen waren ruhig, und sie hatte etwas Festes an sich, das sie nicht alt erscheinen ließ; nur ihre Runzeln und ihre hängenden Backen paßten hierzu nicht. Sie besaß die Kraft und Kaltblütigkeit einer Frau in der Blütezeit des Lebens. Mit langsamen, würdevollen Bewegungen fuhr sie fort, ihre Spitze abzumessen. Unweigerlich kam das Spitzengewebe über ihre Schürze herauf; die abgemessene Länge fiel ihr zur Seite wieder herab. Ihre Arme waren schön geformt, aber glänzend und gelb wie altes Elfenbein. Sie besaßen nicht den sonderbaren stumpfen Glanz, der ihm Claras Arme so bezaubernd machte.

»Und Sie sind mit Miriam Leivers gegangen?« fragte die Mutter ihn.

»Na ...« antwortete er.

»Ja, sie ist ein nettes Mädchen«, fuhr sie fort. »Sie ist sehr nett, aber sie schwebt etwas zu sehr über der Welt, für meinen Geschmack.«

»Etwas tut sie das wohl«, stimmte er zu.

»Sie wird nie zufrieden sein, bis sie Flügel kriegt und allen Leuten über die Köpfe fliegen kann, sicherlich«, sagte sie.

Clara unterbrach sie, und er richtete seine Bestellung aus. Sie sprach demütig zu ihm. Er hatte sie in ihrer Aschenbrödelei überrascht. Sie in dieser Demut vor sich zu sehen, ließ ihn den Kopf voller Erwartung heben.

»Wickeln Sie gerne so auf?« fragte er.

»Was kann eine Frau denn anfangen!« erwiderte sie bitter.

»Ist es 'ne Schwitzkur?«

»Mehr oder weniger. Ist denn das nicht alle Frauenarbeit? Das ist wieder so ein Kniff, den die Männer angewandt haben, seitdem wir uns auf den Arbeitsmarkt drängen.«

»Nu hör mal auf von wegen die Männer«, sagte ihre Mutter; »wären die Weiber nicht solche Narren, wären die Männer nicht solche Lumpen, un das sag ich. Kein Mann is je so schlecht gegen mich gewesen, daß ichs ihm nicht heimgezahlt habe; 'ne Lausebande sind sie trotzdem, das kann niemand leugnen.«

»Aber in Wirklichkeit sind sie doch ganz ordentlich, nicht?« fragte er.

»Na, so'n bißken anders als die Weiber sind sie ja«, antwortete sie.

»Möchten Sie nicht wieder zu Jordan kommen?« fragte er Clara.

»Ich glaube nicht«, erwiderte sie.

»Jawoll möchte sie's!« rief ihre Mutter; »ihren Sternen würde sie danken, wenn sie's nur könnte. Hören Sie gar nicht auf sie. Sie sitzt immer auf ihrem hohen Pferde, und dem sein Rücken is so dünn und ausgehungert, daß er sie noch eines Tages mitten durchschneidet.«

Clara litt sehr unter ihrer Mutter. Paul war zumute, als öffneten sich seine Augen weit. Brauchte er Claras Blitze schließlich gar nicht so ernst zu nehmen? Sie wickelte stetig weiter. Eine freudige Aufregung durchfuhr ihn bei dem Gedanken, sie könne am Ende seine Hilfe brauchen. Sie mußte anscheinend sich so viel versagen, so viel entbehren. Und ganz maschinenmäßig bewegte sich ihr Arm, der nie mit einer Maschine hätte zu schaffen haben sollen, und über die Spitze gesenkt war ihr Haupt, das sich nie hätte senken sollen. Sie schien hier zwischen weggeworfenen Überbleibseln des Lebens gestrandet, wie sie so an ihrem Wickler dasaß. Es war ein bitteres Los für sie, derart vom Leben beiseite geworfen zu werden, als habe es keine Verwendung für sie. Kein Wunder, daß sie Widerspruch erhob.

Sie ging mit ihm bis an die Tür. Er stand unten in der gemeinen Straße und sah zu ihr auf. So schön war sie in ihrer Haltung und ihrem Benehmen, daß sie ihn an eine entthronte Juno erinnerte. Als sie hier im Eingang stand, scheute sie vor der Straße zurück, vor ihrer Umgebung.

»Und dann wollen Sie also mit Frau Hodgkinson nach Hucknall gehen?«

Er fragte sie ohne jeden Sinn, nur um sie zu beobachten. Schließlich trafen ihre grauen Augen die seinen. Stumm vor Erniedrigung sahen sie aus, als flehten sie ihn an in einer Art verborgenen Jammers. Vor Erschütterung wußte er nicht, was er machen solle. Er hatte sie für so großartig gehalten.

Nachdem er sie verlassen hatte, wünschte er zu laufen. In einer Art Traum ging er zum Bahnhof und kam wieder nach Hause, ohne sich darüber klar geworden zu sein, daß er aus ihrer Straße heraus wäre.

* *
*

Er hatte eine Ahnung, Susanne, die Aufseherin über die Strickerinnen, beabsichtige zu heiraten. Er fragte sie am nächsten Tage.

»Sagen Sie mal, Susanne, ich habe so was flüstern hören, Sie wollten heiraten. Stimmt das?«

Susanne wurde dunkelrot.

»Wer hat Ihnen das erzählt?« erwiderte sie.

»Niemand. Ich habe bloß so'n Gerücht gehört, Sie dächten daran.«

»Na ja, das tu ich auch; aber Sie brauchen niemand was davon zu sagen. Und noch mehr, ich wollte, ich täte es nicht.«

»Na, Susanne, das können Sie mir doch nicht vormachen.«

»Nicht? Sie könnens aber trotzdem glauben. Tausendmal lieber bliebe ich hier.«

Paul war verdonnert.

»Warum denn, Susanne?«

Des Mädchens Farben brannten, ihre Augen blitzten.

»Darum!«

»Dann müssen Sie?«

Als Antwort sah sie ihn an. Er hatte eine Aufrichtigkeit und Freundlichkeit an sich, die ihm das Vertrauen der Mädchen erwarb. Er begriff.

»Ah, das tut mir leid«, sagte er.

Die Tränen kamen ihr in die Augen.

»Aber Sie sollen mal sehen, es wird schon alles zurechtkommen. Sie werden schon ganz hübsch zurechtkommen«, fuhr er nachdenklich fort.

»Mir bleibt ja auch nichts anders übrig.«

»O doch, Sie können die Sache auch ganz verfahren. Versuchen Sie sie in Gang zu bringen.«

Er schaffte sich bald eine Gelegenheit, Clara wieder zu besuchen.

»Würde Ihnen was dran liegen«, sagte er, »wieder zu Jordan zu kommen?«

Sie legte ihre Arbeit hin, ihre schönen Arme auf den Tisch, und sah ihn ein paar Augenblicke an ohne zu antworten. Allmählich stieg ihr die Röte ins Gesicht.

»Wieso?« fragte sie.

Paul kam sich recht ungeschickt vor.

»Na, weil Susanne dran denkt wegzugehen«, sagte er.

Clara fuhr mit ihrem Wickeln fort. In kleinen Sprüngen und Hopsern wickelte sich die Spitze auf die Pappe. Er wartete auf sie. Ohne den Kopf zu heben, sagte sie schließlich mit sonderbar leiser Stimme:

»Haben Sie schon irgend etwas davon gesagt?«

»Außer Ihnen noch niemand ein Wort.«

Ein langes Schweigen trat ein.

»Ich will mich melden, wenn die Ausschreibung heraus ist«, sagte sie.

»Sie werden sich vorher melden. Ich werde Sie den genauen Zeitpunkt wissen lassen.«

Sie fuhr fort, an ihrer kleinen Maschine zu arbeiten, und widersprach ihm nicht.

Clara kam wieder zu Jordan. Ein paar der älteren Kräfte, unter ihnen Fanny, erinnerten sich ihrer früheren Herrschaft, und zwar mit herzlichem Mißbehagen. Clara war immer hochnäsig gewesen, zurückhaltend und überlegen. Sie hatte sich nie mit den anderen Mädchen als eine von ihnen zusammengefunden. Hatte sie Gelegenheit zu tadeln, so tat sie es kühl und mit vollkommener Höflichkeit, die die Getadelte als größere Beleidigung empfand als jede Schroffheit. Gegen Fanny, die arme, überarbeitete Buckelige, war Clara unverändert mitleidvoll und sanft, und infolgedessen vergoß Fanny mehr bittere Tränen, als die groben Zungen der anderen Aufseherinnen ihr je verursacht hatten.

Es war etwas in Clara, was Paul gar nicht mochte, und vieles, das ihn reizte. War sie um ihn, so beobachtete er immer ihre starke Kehle und ihren Nacken, auf dem kurzes Blondhaar wie ein Flaum wuchs. Auf der Haut ihres Gesichts und der Arme wuchs fast unsichtbar ein feiner Flaum, und sobald er dies erst einmal bemerkt hatte, bemerkte er es immer.

Saß er an der Arbeit bei seiner Malerei des Nachmittags, so pflegte sie zu kommen und vollständig regungslos neben ihm stehen zu bleiben. Dann fühlte er sie, obwohl sie weder mit ihm sprach noch ihn anrührte. Obgleich sie einen Schritt von ihm stand, fühlte er sich doch, als berührten sie einander. Dann konnte er nicht länger malen. Er warf seine Pinsel hin und fing an mit ihr zu reden.

Zuweilen lobte sie seine Arbeit; zuweilen war sie auch sehr wählerisch und kalt.

»In dem Ding da liegt zu viel Geziertes«, konnte sie sagen; und als läge in ihrer Verurteilung etwas grundsätzlich Wahres, geriet sein Blut vor Ärger ins Kochen.

Dann konnte er wieder begeistert fragen: »Wie ist dies?«

»Hm!« Sie gab einen leisen Ton des Zweifels von sich; »daraus mache ich mir nicht viel.«

»Weil Sie es nicht verstehen«, gab er zurück.

»Warum fragen Sie mich denn danach?«

»Weil ich glaubte, Sie würden es verstehen.«

Sie konnte vor Verachtung einer seiner Arbeiten die Achseln zucken. Sie machte ihn verrückt. Er wurde wütend. Dann schimpfte er auf sie und erging sich in leidenschaftlichen Erklärungen seiner Arbeiten. Das machte ihr Spaß und regte sie an. Aber sie gab nie zu, daß sie im Unrecht wäre.

Sie hatte sich in den zehn Jahren, die sie der Frauenbewegung angehört hatte, einen hübschen Vorrat an Wissen erworben, und da sie auch etwas von Miriams Leidenschaft fürs Lernen besaß, hatte sie sich selbst Französisch beigebracht und konnte diese Sprache, wenn auch mühsam, lesen. Sie hielt sich für eine besondere Frau, und für etwas ganz Besonderes ihren Standesgenossinnen gegenüber. Die Mädchen in der Strickereiabteilung kamen alle aus anständigen Häusern. Es war ein kleiner, abgesonderter Wirkungskreis und nahm eine gewisse bevorzugte Stellung ein. Über beiden Arbeitsräumen lag etwas von Verfeinerung. Aber Clara hielt sich auch von ihren Mitarbeiterinnen fern.

Nichts von all diesem enthüllte sie Paul indessen. Sie gehörte nicht zu denen, die sich selbst verraten. Über ihr lag etwas Geheimnisvolles. Sie war so zurückhaltend, daß er fühlte, sie habe guten Grund dazu. An der Oberfläche lag ihre Geschichte offen da, aber ihre innere Bedeutung blieb jedermann verborgen. Das war aufregend. Und dann ertappte er sie manchmal dabei, wie sie ihn unter ihren Brauen hervor mit einem fast verstohlenen, mürrischen Forschen anblickte, so daß er sich rasch wegwenden mußte. Oft trafen sich ihre Augen. Aber dann waren die ihren stets sozusagen bedeckt, nichts enthüllend. Sie schenkte ihm ein nachsichtiges kleines Lächeln. Sie konnte außerordentlich herausfordernd gegen ihn sein, weil sie so viel über ihn zu wissen schien, und sie sammelte Früchte der Erfahrung, die er nicht erreichen konnte.

Eines Tages hob er einen Band ›*Lettres de mon moulin*‹ von ihrer Arbeitsbank auf.

»Sie lesen Französisch?« rief er.

Clara sah sich nachlässig um. Sie arbeitete an einem geschmeidigen Strumpf aus heliotropfarbener Seide und drehte ihre Strickmaschine mit langsamer, abgemessener Regelmäßigkeit, dabei beugte sie sich gelegentlich einmal vor, um nach ihrer Arbeit zu sehen oder um die Nadeln wieder zurechtzuschieben; dann glänzte ihr prächtiger Nacken mit seinem Flaum und feinen Haarbüscheln weiß gegen die lavendelfarbig leuchtende Seide. Sie machte noch ein paar Umdrehungen und hielt dann inne.

»Was sagten Sie?« fragte sie mit süßem Lächeln.

Pauls Augen glitzerten über diese unverschämte Gleichgültigkeit ihm gegenüber.

»Ich wußte nicht, daß Sie Französisch lesen«, sagte er sehr höflich.

»Nein?« sagte sie mit einem schwachen Hohnlächeln.

»Verbohrte Krabbe!« sagte er, aber kaum laut genug, daß sie es hören konnte.

Ärgerlich schloß er den Mund, während er sie beobachtete. Sie schien ihre so gedankenlos hervorgebrachte Arbeit zu verachten; und doch war der Strumpf, den sie wirkte, so vollkommen wie nur möglich.

»Sie mögen die Strickerei nicht gern«, sagte er.

»Ach, wieso, alle Arbeit ist Arbeit«, antwortete sie, als wüßte sie alles und jedes.

Er bewunderte ihre Kälte. Er mußte bei allem hitzig werden. Sie mußte etwas Besonderes sein.

»Was möchten Sie denn lieber anfangen?« fragte er.

Sie lachte voller Nachsicht, während sie sagte:

»Es besteht nur so geringe Wahrscheinlichkeit, daß mir jemals die Wahl freigestellt wird, daß ich meine Zeit noch nicht mit Nachdenken hierüber vergeudet habe.«

»Pah!« sagte er, nun seinerseits voller Verachtung. »Das sagen Sie nur, weil Sie zu stolz sind, einzugestehen, was Sie gern möchten und nicht erreichen können.«

»Sie kennen mich sehr genau«, antwortete sie kühl.

»Ich weiß, Sie halten sich für ganz was Besonderes und meinen, Sie lebten unter einer fortwährenden Beleidigung, daß Sie hier in der Werkstatt arbeiten müssen.«

In seinem Ärger wurde er sehr grob. Sie wandte sich nur voller Mißachtung von ihm weg. Er schritt pfeifend den Raum entlang und machte lachend Hilda den Hof.

Später sagte er dann bei sich:

»Weswegen war ich denn nur so unverschämt gegen Clara?«

Er ärgerte sich jetzt beinahe über sich selbst und freute sich doch gleichzeitig. »Geschieht ihr schon recht; sie stinkt ja vor verhaltenem Stolz«, sagte er ärgerlich bei sich.

Am Nachmittag kam er wieder herunter. Es lag ihm eine Last auf dem Herzen, die er gern los sein wollte. Er dachte, das am Ende durch Anbieten von etwas Schokolade erreichen zu können.

»Abhaben?« sagte er. »Ich habe eine Handvoll gekauft, um mich zu versüßen.«

Zu seiner großen Erleichterung nahm sie sie an. Er setzte sich auf die Arbeitsbank neben ihrer Maschine und wickelte sich ein Stück Seide um den Finger. Sie liebte ihn wegen seiner raschen, unerwarteten Bewegungen, gleich denen eines jungen Tieres. Seine Füße baumelten hin und her, während er überlegte. Die Süßigkeiten lagen über die Bank verstreut da. Sie beugte sich über ihre Maschine, die sie genau abgemessen drehte; dann sah sie wieder nach dem Strumpf, der, durch ein Gewicht niedergezogen, herunterhing. Er beobachtete das hübsche Vorbeugen ihres Nackens und ihre auf der Erde schleifenden Schürzenbänder.

»Über Ihnen«, sagte er, »liegt immer eine Art Erwartung. Was ich Sie auch anfangen sehe, nie sind Sie wirklich dabei: Sie warten – wie Penelope vor ihrem Gewebe.« Er konnte einen Ausbruch von Niedertracht nicht unterdrücken.

»Ich werde Sie Penelope nennen«, sagte er.

»Würde das irgendwelchen Unterschied ausmachen?« sagte sie, vorsichtig eine ihrer Nadeln herausnehmend.

»Darauf kommts ja nicht an, solange es mir nur Spaß macht. Hier, sagen Sie mal, Sie vergessen anscheinend, daß ich Ihr Meister bin. Das fällt mir grade ein.«

»Und was bedeutet das?« fragte sie kühl.

»Das bedeutet, daß ich das Recht habe, Sie zu meistern.«

»Haben Sie sich über irgend etwas zu beklagen?«

»Na, hören Sie mal, eklig brauchen Sie nun auch nicht zu sein«, sagte er ärgerlich.

»Ich verstehe nicht, was Sie wollen«, sagte sie und fuhr mit ihrer Arbeit fort.

»Ich will, daß Sie mich nett und achtungsvoll behandeln.«

»Soll ich Sie vielleicht ›Herr‹ nennen?« fragte sie ruhig.

»Jawohl, nennen Sie mich ›Herr‹. Das möchte ich sehr gern.«

»Dann möchte ich, Sie gingen nach oben, Herr.«

Sein Mund schnappte zu, und ein Runzeln fuhr ihm übers Gesicht. Er sprang plötzlich von seinem Sitz herunter.

»Sie sind weiß Gott verdammt hochnäsig«, sagte er.

Und damit ging er zu den andern Mädchen. Er fühlte, er war ärgerlicher als nötig. Tatsächlich war er sich nicht sicher, daß er sich nur hatte zeigen wollen. Aber wenn er das tat, dann wollte er es auch. Clara hörte ihn auf eine ihr verhaßte Weise mit den Mädchen im nächsten Zimmer lachen.

Als er am Abend, nachdem die Mädchen fort waren, durch seine Abteilung ging, sah er seine Schokolade unberührt neben Claras Maschine liegen. Er ließ sie liegen. Am Morgen lag sie noch immer da, und Clara war an ihrer Arbeit. Nachher rief Minnie, ein kleiner Braunkopf, den sie immer Pussi nannten, ihn an:

»He, haben Sie für niemand ein bißchen Schokolade?«

»Tut mir leid, Pussi«, erwiderte er. »Ich wollte dir eigentlich ein bißchen anbieten; aber dann habe ich es vergessen.«

»Ich glaube schon«, antwortete sie.

»Heute nachmittag will ich dir welche mitbringen. Nun sie da herumgelegen hat, magst du sie doch nicht mehr, nicht wahr?«

»Oh, ich bin nicht so eigen«, lächelte Pussi.

»Ach nein«, sagte er. »Nun ist sie ja staubig.«

Er ging zu Claras Bank.

»Tut mir leid, daß ich die Dinger da habe herumliegen lassen«, sagte er.

Sie war wie mit Scharlach übergossen. Er nahm die Schokoladenstückchen in die Hand.

»Jetzt sind sie ja doch schmutzig«, sagte er. »Sie hätten sie nehmen sollen. Ich wundere mich, weshalb sie es nicht getan haben. Ich glaubte doch, Sie darum gebeten zu haben.«

Er warf sie aus dem Fenster in den Hof hinunter. Von der Seite warf er einen Blick auf sie. Sie schrak vor seinen Augen zurück.

Am Nachmittag brachte er eine neue Schachtel.

»Möchten Sie ein paar?« sagte er, indem er sie Clara zuerst anbot. »Sie sind frisch.«

Sie nahm ein Stück und legte es auf die Bank.

»Ach, nehmen Sie doch ein paar – auf gut Glück«, sagte er.

Sie nahm noch ein paar und legte sie ebenfalls auf die Bank. Dann wandte sie sich verwirrt wieder ihrer Arbeit zu. Er ging weiter durch den Raum.

»So, Pussi, da sind sie«, sagte er. »Nun sei nicht zu gierig!«

»Sind die alle für sie?« schrien die andern herbeistürzend.

»Selbstverständlich nicht«, sagte er.

Die Mädchen riefen durcheinander. Pussi zog sich von ihren Gefährtinnen zurück.

»Geht weg!« rief sie. »Ich darf mir doch erst aussuchen, nicht, Paul?«

»Sei aber nett gegen sie«, sagte er im Weggehen.

»Bist 'n lieber Kerl«, riefen die Mädchen.

»Zehn Pence«, antwortete er.

Ohne zu sprechen ging er an Clara vorbei. Sie kam sich vor, als würden die drei Stückchen Schokolade sie verbrennen, wenn sie sie anrührte. Sie mußte ihren ganzen Mut zusammennehmen, um sie in ihre Schürzentasche zu stecken.

Die Mädchen liebten und fürchteten ihn. Er war so nett, wenn er nett war; war er aber beleidigt, so behandelte er sie kühl, als wären sie überhaupt kaum da oder wären kaum mehr als Garnspulen. Und wurden sie mal unverschämt, dann sagte er ruhig: »Kümmert euch lieber um eure Arbeit«, und blieb stehen und paßte auf.

* *
*

Als er seinen dreiundzwanzigsten Geburtstag beging, war das Haus in großer Unruhe. Arthur stand unmittelbar vor seiner Hochzeit. Seine Mutter war nicht wohl. Der Vater, der alt und durch seine verschiedenen Unfälle steif geworden war, bekam nur noch einen unbedeutenden, armseligen Posten. Miriam war ihm ein ewiger Vorwurf. Er fühlte, er gehöre ihr an, und konnte sich ihr doch nicht hingeben. Zudem brauchte der Haushalt seine Unterstützung. Aus allen Richtungen wurde an ihm gezerrt. Er freute sich nicht auf seinen Geburtstag. Der Gedanke an ihn machte ihn bitter.

Um acht kam er zur Arbeit. Die meisten Gehilfen waren noch nicht da. Die Mädchen brauchten erst um halb neun zu kommen. Als er seinen Rock wechselte, hörte er hinter sich eine Stimme:

»Paul, Paul, ich möchte was von dir.«

Es war Fanny, die Buckelige, die oben auf ihrer Treppe stand, mit einem vor Geheimnis leuchtenden Gesicht. Paul sah sie voller Erstaunen an.

»Ich möchte was von dir«, sagte sie.

Er blieb stehen und wußte nicht, was er tun sollte.

»Komm«, bat sie. »Komm doch, ehe du mit deinen Briefen anfängst.«

Er stieg das halbe Dutzend Stufen in ihren trockenen, engen Fertigstellungsraum hinunter. Fanny ging vor ihm her: ihr schwarzes Jäckchen war kurz – die Einschnürung saß ihr unter den Achseln – und ihr grünschwarzes Kaschmirkleid erschien sehr lang, als sie mit großen Schritten vor dem jungen Mann einherging, der selbst so anmutig war. Sie ging zu ihrem Sitz am schmalen Ende des Zimmers, wo ein Fenster auf die Schornsteine hinausging. Paul beobachtete ihre dünnen Hände und die flachen, roten Handgelenke, als sie aufgeregt an ihrer weißen Schürze herumzupfte, die vor ihr über die Bank gebreitet lag. Sie zögerte.

»Du hast doch nicht geglaubt, wir hätten dich vergessen?« fragte sie vorwurfsvoll.

»Wieso?« fragte er. Er selbst hatte seinen Geburtstag vergessen.

»Wieso, sagt er! Wieso! Wieso, sieh hier!« Sie wies auf den Kalender, und er sah rund um die große Zahl ›21‹ Hunderte von kleinen Bleistiftkreuzen.

»Oh, Küsse für meinen Geburtstag«, lachte er. »Woher wußtet ihr den denn?«

»Ja, das möchtest du wohl wissen, nicht wahr?« Höchlichst ergötzt verspottete Fanny ihn. »Da hast du einen von jeder von uns, ausgenommen von Frau Clara – und von einigen zwei. Aber das sage ich dir nicht, wie viele ich gemacht habe.«

»Ach, das weiß ich wohl, du bist ja ganz rappelig«, sagte er.

»Da irrst du dich nun doch!« rief sie aufgebracht. »So verliebt würde ich nie sein.« Ihre Stimme klang stark und sehr tief.

»Du tust immer, als wärest du so 'ne hartherzige Hexe«, lachte er. »Und weißt du, du bist so weichherzig ...«

»Ich will lieber noch weichherzig genannt werden als Gefrierfleisch«, platzte Fanny heraus. Paul verstand, daß sie damit auf Clara abzielte, und lächelte.

»Sagt ihr mir so was Ekliges nach?« lachte er.

»Ne, mein Kücken«, antwortete die Buckelige, rührend, zärtlich. Sie war neununddreißig. »Ne, mein Kücken, denn du hältst dich selbst nicht für 'ne feine Marmorpuppe und uns bloß für Dreck. Ich bin doch ebensogut wie du, nicht, Paul?« Die Frage machte ihr viel Vergnügen.

»Wieso, keiner von uns ist doch besser als der andere, nicht wahr?« erwiderte er.

»Aber ich bin doch ebensogut wie du, nicht, Paul?« drang sie mutig in ihn.

»Gewiß bist du das. Soweit es auf Güte ankommt, bist du die bessere.«

Sie bekam etwas Angst vor der Sachlage. Sie möchte ins Heulen geraten.

»Ich dachte, ich wollte etwas früher hier sein als die andern – werden die nicht sagen, ich wäre tief! Nun mach mal die Augen zu ...« sagte sie.

»Unds Maul auf und sieh zu, was Gott dir schickt«, fuhr er fort, indem er die Tat seinen Worten folgen ließ, und ein Stück Schokolade erwartete. Er hörte ihre Schürze rauschen, und ein leises Klingen von Metall. »Jetzt kucke ich«, sagte er.

Er öffnete die Augen. Fanny starrte ihn an, ihre langen Backen waren hoch gerötet, die blauen Augen glänzten. Vor ihm auf der Bank lag ein kleines Bündel Farbennäpfchen. Er wurde ganz blaß.

»Nein, Fanny«, sagte er rasch.

»Von uns allen«, antwortete sie hastig.

»Nein, aber ...«

»Sinds die richtigen?« fragte sie, sich dabei vor Freude hin und her wiegend.

»Bei Gott, das sind ja die schönsten in der ganzen Liste!«

»Aber sinds auch die richtigen?« rief sie.

»Sie stehen alle auf der kleinen Liste, die ich mir mal besorgen wollte, wenn ich mein Schiff in den Hafen gebracht hätte.« Er biß sich auf die Lippen.

Fanny wurde von Rührung überwältigt. Sie mußte die Unterhaltung ablenken.

»Sie waren alle wie geprickelt, mitzumachen; sie haben alle ihren Anteil dran bezahlt, bloß die Königin von Saba nicht.«

Die Königin von Saba war Clara.

»Und wollte die nicht mitmachen?« fragte Paul.

»Sie hatte keine Möglichkeit; wir haben ihr nichts davon gesagt; sie sollte uns diese Geschichte nicht doktern. Wir wollten sie gar nicht dabei haben.«

Paul lachte sie an. Er war sehr gerührt. Schließlich mußte er fort. Sie stand sehr dicht bei ihm. Plötzlich schlang sie ihm die Arme um den Hals und küßte ihn heftig.

»Heute darf ich dir doch einen Kuß geben«, sagte sie entschuldigend. »Du sahst so weiß aus, das Herz hat mir ordentlich wehgetan.«

Paul gab ihr einen Kuß und verließ sie. Ihre Arme waren so jämmerlich dünn, daß ihm das Herz auch wehtat.

An diesem Tage traf er Clara, als er in der Essenszeit zum Händewaschen nach unten lief.

»Sie sind zum Essen hiergeblieben?« rief er. Das war etwas Ungewöhnliches bei ihr.

»Ja, und mir scheint, ich habe von dem Vorrat alter wundärztlicher Geräte zu essen gekriegt. Ich muß jetzt hinaus, oder ich komme mir noch durch und durch wie altes Gummi vor.«

Sie zögerte. Sofort verstand er ihren Wunsch.

»Gehen Sie irgendwo hin?« fragte er.

Sie gingen zusammen zum Schlosse hinauf. Für draußen zog sie sich sehr einfach an, fast bis zur Häßlichkeit; drinnen sah sie immer sehr nett aus. Sie ging zögernden Schrittes neben Paul her, vornübergebeugt und von ihm abgewandt. Schäbig in ihrer Kleidung und von schlechter Haltung, war sie äußerlich sehr im Nachteil. Er vermochte kaum ihre starke Gestalt wiederzuerkennen, so voller schlummernder, innerer Kräfte.

Sie erschien ihm fast unbedeutend, als ertränke sie ihre Gestalt in diesem Vornüberbeugen, als schrecke sie vor dem Blick der Öffentlichkeit zurück.

Der Schloßgarten war sehr grün und frisch. Als sie den steilen Zugang hinanklommen, lachte und schwatzte er, sie aber war stumm und schien über irgend etwas zu brüten. Sie hatten kaum Zeit genug, das Innere des viereckigen, niedrigen Gebäudes zu betreten, das die Felsklippe krönt. Sie lehnten sich über die Mauer, da, wo die Klippe senkrecht zum Park abfällt. Unter ihnen in den Sandsteinlöchern des Felsens putzten sich die Tauben und gurrten leise. Weit drunten auf der breiten Zufahrtstraße standen winzige Bäume in ihren eigenen kleinen Schattentümpeln, und winzige Menschen liefen in beinahe lächerlicher Geschäftigkeit umher.

»Man hat das Gefühl, als könnte man die Leute wie Kaulquappen auflöffeln und sich eine Handvoll von ihnen mitnehmen«, sagte er.

Sie lachte, als sie antwortete:

»Ja, wir brauchen gar nicht so weit zu gehen, um uns in richtigem Verhältnis zu sehen. Die Bäume sind doch viel bedeutender.«

»Nichts als Umfang«, sagte er.

Sie lachte spöttisch.

Weit jenseits der Zufahrtstraße glänzten die Schienen auf der Bahnstrecke, deren Rand mit kleinen Haufen Zimmerholz besetzt war, und daneben qualmten kleine Spielzeuglokomotiven ganz gewichtig. Dann lief der Silberstreifen des Wasserwegs aufs Geratewohl durch die schwarzen Haufen. Die Häuser, die drüben auf der Niederung am Fluß entlang sehr dicht standen, sahen wie schwarzes, giftiges Kraut aus, in dichten Reihen und vollgepfropften Beeten dehnten sie sich gradehin, ab und an durch ein höheres Kraut unterbrochen, genau bis dahin, wo der Fluß wie ein geheimes Schriftzeichen durch die Landschaft gleißte. Die steilen, abschüssigen Klippen drüben auf der anderen Seite des Flusses sahen lächerlich klein aus. Große Strecken der Landschaft, verdunkelt durch Bäume und schwach aufgehellt, wo Kornland war, breiteten sich gegen den Dunst hin aus, in dem die Hügel blau hinter dem Grau aufstiegen.

»Es ist ein tröstlicher Gedanke«, sagte Frau Dawes, »daß die Stadt nicht weiter reicht. So bildet sie doch erst eine kleine Wunde auf der Landschaft.«

»Einen kleinen Schorf«, sagte Paul.

Sie schauderte. Sie haßte die Stadt. Als sie so traurig über das ihr verbotene Land hinaussah, ihr leidenschaftsloses Gesicht blaß und feindselig, da erinnerte sie Paul an einen der verbitterten, reumütigen Engel.

»Aber die Stadt ist doch ganz in der Ordnung«, sagte er; »sie steht ja nur auf Zeit. Dies ist doch nur der rohe, ungeschickte Notbehelf, den wir uns ausgeklügelt haben, bis wir auf den richtigen Gedanken kommen. Die Stadt wird schon zurechtkommen.«

Die Tauben in den Felslöchern zwischen den angeklebten Büschen gurrten behaglich. Zur Linken hob sich die große Marienkirche in den Raum, als naher Gefährte des Schlosses, hoch über die aufgehäuften Massen der Stadt empor. Frau Dawes lächelte strahlend, als sie in das Land hinausblickte.

»Jetzt fühle ich mich besser«, sagte sie.

»Danke Ihnen«, sagte er. »Große Anerkennung!«

»Ach, mein Bruder!« lachte sie.

»Hm! Das heißt doch, mit der linken Hand wieder wegreißen, was du mit der rechten gegeben hast, weiß Gott«, sagte er.

Sie lachte vor Vergnügen über ihn.

»Aber was ist denn mit Ihnen los?« fragte er. »Ich weiß, Sie brüteten über irgendwas Besonderem. Die Anzeichen davon sehe ich noch auf ihrem Gesicht.«

»Ich denke, ich möchte es Ihnen lieber nicht erzählen«, sagte sie.

»Schön, denn knutschen Sie es man alleine ab«, antwortete er.

Sie errötete und biß sich auf die Lippen.

»Nein«, sagte sie, »die Mädchen waren es.«

»Was denn mit den Mädchen?« fragte Paul.

»Sie haben sich nun schon seit einer Woche verschworen, und heute scheinen sie ganz besonders voll davon. Alle miteinander; sie beleidigen mich mit ihrer Geheimtuerei.«

»Wirklich?« fragte er voller Teilnahme.

»Ich würde mir ja nichts draus machen«, fuhr sie mit ihren metallischen, ärgerlichen Tönen fort, »wenn sie es mir nicht so unter die Nase hielten – die Tatsache, daß sie ein Geheimnis haben.«

»Richtig wie Frauenzimmer«, sagte er.

»Häßlich, ihre gemeine Schadenfreude«, sagte sie heftig.

Paul war stumm. Er wußte, worüber die Mädchen sich freuten. Es tat ihm leid, die Ursache dieses neuen Zwiespaltes zu sein.

»Mögen sie doch alle Geheimnisse der Welt haben«, fuhr sie fort, in bitterem Brüten; »aber sie brauchen doch nicht so'n Wesens davon zu machen und mich fühlen machen, daß ich ihnen ferner stehe als zuvor. Es ist – es ist fast nicht zum Aushalten.«

Paul dachte ein paar Minuten nach. Er war sehr verstört.

»Ich will Ihnen sagen, um was es sich handelt«, sagte er, blaß und gereizt: »Es ist mein Geburtstag, und sie haben mir einen feinen Haufen Farben geschenkt, die Mädchen alle. Sie sind eifersüchtig auf Sie« – er fühlte, wie sie bei dem Worte ›eifersüchtig‹ steif erkältete – »bloß weil ich Ihnen zuweilen mal ein Buch mitbringe«, fügte er langsam hinzu. »Aber sehen Sie, das ist doch nur 'ne Kleinigkeit. Grämen Sie sich nicht drum, nicht wahr? – weil« – er lachte rasch auf – »na ja, was würden sie sagen, wenn sie uns hier jetzt sähen, trotz ihres Sieges?«

Sie war ärgerlich auf ihn wegen seiner ungeschickten Bezugnahme auf ihre augenblickliche Vertraulichkeit. Das war beinahe unverschämt von ihm. Und doch war er so ruhig, daß sie ihm vergab, wenn es sie auch eine große Anstrengung kostete.

Ihrer beider Hände lagen auf der steinernen Brüstung der Schloßmauer. Er hatte von seiner Mutter die Feinheit des Körperbaus geerbt, so daß seine Hände klein und kräftig waren. Die ihren waren groß, im Einklang mit ihren großen Gliedmaßen, sahen aber weiß und mächtig aus. Sowie Paul sie ansah, verstand er sie. »Sie sehnt sich nach jemand, der ihre Hände ergreift – bei all ihrer Verachtung gegen uns«, sagte er bei sich. Und sie sah nichts als seine beiden Hände, so warm und lebensvoll, die für sie zu leben schienen. Nun begann er zu brüten und unter mürrischen Brauen hervor über das Land hinauszuschauen. Der fesselnde kleine Unterschied in der Gestalt war jetzt von der Bühne verschwunden; was blieb, war ein undeutlicher dunkler Stempel von Sorge und Trauer, der gleiche überall in Häusern und auf Schleppkähnen, bei Menschen und Vögeln; nur waren sie verschieden gestaltet. Und nun, wo die Formen hinweggeschmolzen schienen, blieb nur noch die Masse übrig, aus der die Landschaft sich zusammensetzte, eine dunkle Masse von Kampf und Schmerz. Die Werkstatt, die

Mädchen, seine Mutter, die große aufstrebende Kirche, das Dickicht der Stadt, alle in ein und denselben Dunstkreis hinabgetaucht – dunkel, brütend und sorgenvoll, jedes bißchen.

»Schlägts da zwei Uhr?« sagte Frau Dawes voller Überraschung.

Paul fuhr auf, und alles sprang wieder in seine frühere Gestalt zurück, nahm seine alte Wesenheit wieder an, seine Vergeßlichkeit, seine Fröhlichkeit.

Sie eilten wieder an ihre Arbeit.

Als er in höchster Eile die Abendpost vorbereitete und grade die aus Fannys Raum heraufgeschickten Sachen prüfte, die noch nach dem Plätten rochen, kam der Abendbriefträger herein.

»›Herrn Paul Morel‹« sagte er lächelnd, indem er Paul ein Päckchen aushändigte. »Eine Damenhand! Lassen Sie das man die Mädchen nicht sehen.«

Der Briefträger, selbst gut angeschrieben, fand seinen Spaß daran, sich über die Zuneigung der Mädchen zu Paul lustig zu machen.

Es war ein Band Gedichte mit einem kurzen Briefchen: »Sie wollen mir gestatten, Ihnen dies zu übersenden und so meine Vereinsamung zu schonen. Auch ich nehme allen Anteil an Ihnen und wünsche Ihnen alles Gute. – C. D.« Paul errötete über und über.

»Guter Gott! Frau Dawes. Sie kanns doch nicht. Lieber Gott, wer hätte das je gedacht!«

Er war plötzlich tief gerührt. Er fühlte sich voller Wärme gegen sie. In dieser Glut war es ihm beinahe, als wäre sie bei ihm – ihre Arme, ihre Schultern, ihr Busen, als könne er sie sehen, fühlen, sie beinahe umfangen.

Dieser Schritt von Claras Seite brachte sie zu engerer Vertraulichkeit. Die anderen Mädchen bemerkten, daß, wenn Paul Frau Dawes traf, seine Augen sich hoben und jenen besonderen Glanz annahmen beim Grüßen, den sie recht gut auszulegen verstanden. Im Bewußtsein, daß er dies gar nicht bemerke, gab Clara kein Zeichen von sich, sondern wandte nur gelegentlich ihr Gesicht zur Seite, wenn er zu ihr kam. Sie gingen sehr oft nach dem Essen zusammen aus; das geschah völlig offen, völlig frei. Jedermann schien zu fühlen, daß er sich über den Zustand seiner Empfindungen völlig im unklaren sei, und daß daher nichts Unrechtes vor sich gehe. Er sprach zu ihr nun mit ein wenig der gleichen alten Wärme, mit der er zu Miriam gesprochen hatte, aber er machte sich nicht so viel aus der Unterhaltung; er quälte sich nicht viel um seine Schlußfolgerungen.

Eines Tages im Oktober gingen sie zum Tee nach Lambley hinaus. Plötzlich kamen sie oben auf dem Hügel etwas zum Halten. Er kletterte auf ein Gatter und setzte sich dort hin, sie saß auf dem Pfosten. Der Nachmittag war vollkommen ruhig, mit einem schwachen Dunst, durch den gelbe Garben hindurchglühten. Sie schwiegen.

»Wie alt waren Sie, als Sie heirateten?« fragte er ruhig.

»Zweiundzwanzig.«

Ihre Stimme klang unterdrückt, fast unterwürfig. Nun würde sie ihm alles erzählen.

»Das war vor acht Jahren?«

»Ja.«

»Und wann verließen Sie ihn?«

»Vor drei Jahren.«

»Fünf Jahre. Liebten Sie ihn, als Sie ihn heirateten?«

Sie schwieg eine Zeitlang; dann sagte sie langsam:

»Ich glaubte es – mehr oder weniger. Ich dachte nicht viel darüber nach. Und er wollte mich haben. Ich war damals sehr spröde.«

»Und Sie liefen da so beinahe gedankenlos hinein?«

»Ja. Ich habe anscheinend mein ganzes Leben lang geschlafen.«

»Schlafwachend? Aber – wann wachten Sie denn auf?«

»Ich weiß gar nicht, ob ich je aufwachte oder überhaupt je wach geworden bin – seit meiner Kinderzeit.«

»Sie schliefen ein, als Sie zur Frau wurden? Wie sonderbar! Und er weckte Sie nicht auf?«

»Nein; so weit ist er nie gelangt«, antwortete sie eintönig.

Braune Vögel sausten über die Hecken, in denen die Hagebutten in scharlachner Nacktheit dastanden.

»Wie weit?« fragte er.

»Bis zu mir. Er war mir tatsächlich nie Etwas.«

Der Nachmittag war von so sanfter Wärme und Duftigkeit. Rot flammten die Häuserdächer in dem blauen Dunst. Solche Tage liebte er. Er konnte fühlen, wenn auch nicht begreifen, was Clara sagte.

»Aber warum verließen Sie ihn denn? War er gemein gegen Sie?«

Sie schauerte leicht zusammen.

»Er – er erniedrigte mich in gewisser Weise. Er wollte mich einschüchtern, weil er mich nicht erreichen konnte. Und dann wars mir, als müßte ich rennen, als wäre ich gefesselt und gebunden. Und er kam mir so schmutzig vor.«

»Ich sehe.«

Er sah ganz und gar nichts.

»Und war er immer so schmutzig?« fragte er.

»Ein wenig«, erwiderte sie langsam. »Und dann schien es auch, als könnte er tatsächlich gar nicht zu mir kommen. Und dann wurde er roh – er war roh.«

»Und warum haben Sie ihn schließlich verlassen?«

»Weil – weil er mir untreu wurde ...«

Nun schwiegen sie beide eine Zeitlang. Sie hatte, um sich im Gleichgewicht zu halten, ihre Hand auf den Gatterpfosten gelegt. Er legte seine darüber. Sein Herz klopfte schwer.

»Aber haben Sie ihm denn – waren Sie je – gaben Sie ihm denn wohl je eine Möglichkeit dazu?«

»Eine Möglichkeit? Wozu?«

»Ihnen näherzukommen.«

»Ich hatte ihn doch geheiratet – und hatte die beste Absicht ...«

Sie bemühten sich beide, ihre Stimmen in der Gewalt zu behalten.

»Ich glaube, er liebt Sie«, sagte er.

»Es sieht so aus«, erwiderte sie.

Er wollte seine Hand wieder wegnehmen und konnte es nicht. Sie rettete ihn, indem sie die ihre wegzog. Nach einigem Schweigen begann er wieder:

»Haben Sie ihn ganz aus Ihrem Leben gestrichen?«

»Er hat mich doch verlassen«, sagte sie.

»Und ich vermute, er konnte Ihnen gegenüber gar keine Bedeutung gewinnen?«

»Er versuchte das durch Einschüchterung.«

Aber diese Unterhaltung hatte sie beide aus ihrer Tiefe hervorgeholt. Plötzlich sprang Paul herunter.

»Kommen Sie«, sagte er. »Wir wollen gehen und Tee trinken.«

Sie fanden ein Häuschen, wo sie in dem kalten Wohnzimmer sitzen konnten. Sie schenkte ihm Tee ein. Sie war sehr ruhig. Er fühlte, sie habe sich wieder von ihm zurückgezogen. Nach dem Tee stierte sie brütend in ihre Tasse, wobei sie ihren Ehering die ganze Zeit über hin und her drehte. In ihrer Geistesabwesenheit zog sie den Ring vom Finger, stellte ihn aufrecht hin und ließ ihn über den Tisch hintanzen.

Das Gold wurde zu einer durchscheinenden glitzernden Kugel. Es fiel, und der Ring lag zitternd auf dem Tische. Sie ließ ihn wieder und wieder tanzen. Paul beobachtete ihn wie verzaubert.

Aber sie war eine verheiratete Frau, und er glaubte noch an reine Freundschaft. Und er hielt sich für völlig ehrenhaft in seinen Beziehungen zu ihr. Es war lediglich eine Freundschaft zwischen Mann und Frau, wie sie jeder beliebige Mensch hätte pflegen können.

Er war wie so viele junge Menschen seines Alters. Das Geschlechtliche in ihm war so verzwickt geworden, daß er es abgestritten hätte, er wolle Clara oder Miriam oder überhaupt irgendein weibliches Wesen seiner Bekanntschaft haben. Geschlechtliche Begierden waren für ihn etwas ganz abseitsstehendes, etwas, das gar nicht zur Frau gehörte. Er liebte Miriam mit der Seele. Er wurde warm beim Gedanken an Clara, er focht mit ihr, er kannte die Rundungen ihrer Brust und Schultern, als wären sie in seinem Innern geformt worden; und doch wollte er sie nicht gradewegs haben. Das hätte er stets abgestritten. Er hielt sich tatsächlich an Miriam gebunden. Sollte er überhaupt jemals heiraten, irgendwann in ferner Zukunft, dann würde es seine Pflicht sein, Miriam zu heiraten. Das gab er Clara zu verstehen, und sie sagte nichts, sondern ließ ihn seinen Weg gehen. Er kam zu ihr, Frau Dawes, so oft er konnte. Dann schrieb er häufig an Miriam und besuchte sie auch gelegentlich. So trieb er es den Winter hindurch; aber er schien nicht mehr so vergrämt. Seine Mutter fühlte sich leichter seinetwegen. Sie glaubte, er käme von Miriam los.

Miriam begriff jetzt, wie stark die Anziehungskraft Claras auf ihn war; aber sie war sich immer noch sicher, das Beste in ihm werde den Sieg davontragen. Seine Empfindungen für Frau Dawes – die überdies ja auch eine verheiratete Frau war – waren oberflächlich und nur zeitweilig, verglichen mit seiner Liebe zu ihr selbst. Er würde zu ihr zurückkommen, dessen war sie sicher; ein wenig seiner Frische möchte fort sein, vielleicht, aber er würde von seiner Sucht nach geringeren Dingen geheilt sein, die andere Frauen als sie ihm hatten gewähren können. Sie könnte alles ertragen, wenn er nur innerlich ihr treu bliebe und wiederkäme.

Er sah nichts von dem Ungewöhnlichen seines Verhaltens. Miriam war seine alte Freundin, seine Geliebte, und sie gehörte zu Bestwood, zu seinem Heim, seiner Jugend. Clara war eine neuere Freundin, und sie gehörte zu Nottingham, zum Leben, zur Welt. Das erschien ihm ganz einfach.

Frau Dawes und er hatten manche Zwischenräume von Erkaltung, in denen sie sich selten sahen; aber sie kamen immer wieder zusammen.

»Waren Sie eklig gegen Baxter Dawes?« fragte er sie. Das war etwas, was ihn zu beunruhigen schien.

»Inwiefern?«

»Oh, ich weiß nicht. Aber waren Sie nicht eklig gegen ihn? Taten Sie nichts, das ihn in Stücke schlug?«

»Was denn, bitte?«

»Indem Sie ihm das Gefühl beibrachten, als wäre er überhaupt nichts – ich weiß«, erklärte Paul.

»Sie sind so klug, mein Freund«, sagte sie kühl.

Hier brach das Gespräch ab. Aber es kühlte sie gegen ihn auf eine Zeitlang ab.

Sie sah Miriam jetzt nur sehr selten. Die Freundschaft zwischen den beiden Frauen wurde nicht abgebrochen, aber doch erheblich schwächer.

»Werden Sie Sonntagnachmittag zum Konzert hereinkommen?« fragte Clara ihn gleich nach Weihnachten.

»Ich habe versprochen, nach dem Willeyhofe zu gehen«, erwiderte er.

»Oh, schön.«

»Sie machen sich doch nichts draus?« fragte er.

»Warum sollt ich?« erwiderte sie.

Und das ärgerte ihn beinahe.

»Wissen Sie, Miriam und ich sind uns einander sehr viel gewesen, seit ich sechzehn war – das sind jetzt sieben Jahre.«

»'ne lange Zeit«, erwiderte Clara.

»Ja; aber trotzdem, sie – es geht nicht so recht ...«

»Wieso?« fragte Clara.

»Sie scheint an mir zu zerren und zu zerren, und sie würde mir nicht ein einziges Haar ausfallen und wegwehen lassen – sie würde es aufbewahren.«

»Aber Sie lassen sich ja so gern aufbewahren.«

»Nein«, sagte er, »gar nicht. Ich wollte, ich könnte wie andere sein, geben und nehmen – wie Sie und ich. Ich sehne mich nach einer Frau, die mich hält, aber nicht in der Tasche.«

»Aber wenn Sie sie lieben, könnte es eben nicht wie gewöhnlich sein, wie zwischen mir und Ihnen.«

»Doch; dann könnte ich sie viel lieber haben. Sie sehnt sich scheinbar so sehr nach mir, daß ich mich ihr nicht geben kann.«

»Sehnt sich, wie denn?«

»Sie sehnt sich nach der Seele aus meinem Leibe. Ich muß immer vor ihr zurückschrecken.«

»Und doch lieben Sie sie?«

»Nein, ich liebe sie nicht. Ich küsse sie sogar niemals.«

»Warum denn nicht?« fragte Clara.

»Ich weiß nicht.«

»Ich vermute, Sie sind bange«, sagte sie.

»Nein. Etwas in mir schreckt vor ihr zurück wie vor der Hölle – sie ist so gut, wenn ich nicht gut bin.«

»Wie können Sie denn wissen, wie sie ist?«

»Das weiß ich aber! Ich weiß, sie sehnt sich nach einer Art Seelengemeinschaft.«

»Aber woher wissen Sie denn, wonach sie sich sehnt?«

»Ich bin doch sieben Jahre mit ihr zusammen gewesen.«

»Und haben noch nicht mal das allererste über sie ausfindig gemacht.«

»Was ist das?«

»Daß sie von Ihrer Seelengemeinschaft gar nichts wissen will. Das ist bloß Ihre Einbildung. Sie will Sie selbst.«

Er dachte hierüber nach. Vielleicht war er im Unrecht.

»Aber sie scheint doch ...« begann er.

»Sie habens ja nie versucht«, antwortete sie.

11. Miriams Erprobung

Mit dem Frühling kam der alte Irrsinn und Kampf wieder. Nun wußte er, er würde zu Miriam gehen müssen. Aber was hielt ihn zurück? Er sagte sich, es sei eine Art übermäßiger Jungfräulichkeit in ihr und ihm, die sie beide nicht durchbrechen könnten. Er hätte sie heiraten können; aber seine häuslichen Verhältnisse machten das schwierig, und überdies wünschte er gar nicht zu heiraten. Die Ehe galt fürs Leben, und nur weil sie, er und sie, enge Gefährten geworden waren, sah er gar nicht ein, daß sie deshalb auch unvermeidlich Mann und Frau werden müßten. Er hatte nicht das Gefühl, daß er sich nach der Ehe mit Miriam sehnte. Er wünschte, er täte es. Er hätte seinen Kopf drum gegeben, hätte er eine fröhliche Begierde empfunden, sie zu heiraten und zu besitzen. Warum konnte er es denn aber nicht dazu bringen? Da lag etwas im Wege; und was war das? Es lag in der körperlichen Abhängigkeit. Er schrak vor der körperlichen Berührung zurück. Aber warum? Bei ihr fühlte er sich innerlich gefesselt. Er konnte in ihrer Gegenwart nicht aus sich heraus. Es kämpfte etwas in seinem Innern, aber er konnte nicht zu ihr gelangen. Warum nicht? Sie liebte ihn. Clara sagte sogar, sie wolle ihn haben; warum konnte er dann nicht zu ihr gehen, ihr seine Liebe zeigen, sie küssen? Warum fühlte er sich, sobald sie beim Spazierengehen zaghaft ihren Arm in den seinen legte, als müsse er in Roheit und Widerwillen ausbrechen? Er gehörte ihr doch; er wünschte ihr anzugehören. Vielleicht war der Abscheu und das Zurückschrecken vor ihr nur Liebe in ihrer ersten wilden Bescheidenheit. Er besaß ja keinen Widerwillen gegen sie. Nein, ganz im Gegenteil; eine starke Sehnsucht nach dem Kampf mit einer noch stärkeren Scheu und Jungfräulichkeit. Es schien, die Jungfräulichkeit war eine bejahende Kraft, die in ihnen beiden focht und siegte. Und in ihrer Gegenwart war sie so schwer zu besiegen; und doch stand er ihr am nächsten, und mit ihr allein konnte er auf überlegte Weise durchbrechen. Und er fühlte, daß er ihr gehörte. Brächten sie die Dinge also in Ordnung, dann könnten sie auch heiraten; aber nie würde er heiraten, wenn er sich nicht stark in der Freude darüber fühlte – niemals. Er hätte seiner Mutter nicht ins Gesicht sehen können. Es schien ihm, sich in einer ungewünschten Ehe aufzuopfern würde ihn erniedrigen und würde sein ganzes Leben auflösen, es zunichte machen. Er wollte versuchen, was er vermöchte.

Und er empfand eine große Zärtlichkeit gegen Miriam. Sie war immer traurig, träumte in ihrem Gottesglauben; und er war ihr beinahe ein Gottesglauben. Er hätte es nicht ertragen, sie zu enttäuschen. Wenn sie es nur versuchten, würde schon alles zurecht kommen.

Er sah sich um. Eine ganze Menge der nettesten Leute unter seinen Bekannten waren gleich ihm durch ihre Jungfräulichkeit gebunden, aus der sie sich nicht losbrechen konnten. Sie waren gegen ihre Freundinnen so empfindsam, daß sie lieber auf ewig ohne sie gegangen wären, als daß sie sie verletzt hätten, ihnen Unrecht getan hätten. Als Söhne von Müttern, deren Gatten recht roh durch das Heiligtum ihrer Weiblichkeit hindurchgestolpert waren, waren sie selbst zu mißtrauisch gegen sich, zu scheu. Es wurde ihnen leichter, sich selbst zu verleugnen als sich irgendeinen Vorwurf von seiten einer Frau zuzuziehen; denn in jeder Frau sahen sie ihre Mutter, und sie waren zu sehr erfüllt von Empfindungen für ihre Mutter. Sie wollten lieber selbst das Elend der Ehelosigkeit auf sich nehmen, als dem andern Teil ein Wagnis zumuten.

Er ging wieder zu ihr. Wenn er sie ansah, brachte etwas in ihr ihm beinahe die Tränen in die Augen. Eines Tages stand er hinter ihr, als sie sang. Annie spielte ein Lied auf dem Klavier. Während Miriam sang, schien ihr Mund so ohne jede Hoffnung. Sie sang, wie eine Nonne zum Himmel singt. Es erinnerte ihn so sehr an Mund und Augen einer, die neben einer Botticellischen Mutter Gottes steht und singt, so vergeistigt. Und wieder schoß der Schmerz heiß wie Stahl in ihm empor. Warum mußte er sie auch um das andere bitten? Warum lag sein Blut im Kampfe mit ihr? Hätte er nur immer sanft und zärtlich gegen sie sein können, immer nur die Luft der Schwärmerei und gottesseliger Traumgesichte mit ihr atmen können, er hätte seine rechte Hand drum gegeben. Es war nicht recht, sie zu verletzen. Eine ewige Jungfräulichkeit schien über ihr zu liegen; und wenn er an ihre Mutter dachte, sah er die großen braunen Augen einer Jungfrau vor sich, die aus ihrer Jungfrauenschaft fast herausgeschreckt und gestoßen worden war, aber doch nicht ganz trotz ihrer sieben Kinder. Sie waren geboren worden, fast ohne daß sie dabei beteiligt gewesen wäre, nicht von ihr, sondern zu ihr. So konnte sie sie nie von sich lassen, weil sie sie nie besessen hatte.

Frau Morel sah ihn wieder häufig zu Miriam gehen und war erstaunt. Er sagte nichts zu seiner Mutter. Er erklärte sich ihr weder, noch entschuldigte er sich vor ihr. Kam er spät nach Hause und tadelte sie ihn, so runzelte er die Stirn und wandte sich in einer überheblichen Art zu ihr:

»Ich komme nach Hause, wann es mir paßt«, sagte er; »ich bin alt genug.«

»Muß sie dich denn so lange halten?«

»Ich bin derjenige, der dableibt«, antwortete er.

»Und sie läßt dich? Na schön«, sagte sie.

Und sie ging zu Bett und ließ die Tür unverschlossen für ihn; aber sie lag und horchte, bis er da war, und oft noch viel länger. Es war ihr ein großer Schmerz, daß er zu Miriam zurückgekehrt war. Sie erkannte jedoch die Nutzlosigkeit jeder weiteren Einmischung. Er ging nach dem Willeyhofe als Mann nun, nicht mehr als Jüngling. Sie besaß kein Recht über ihn. Es herrschte zwischen ihm und ihr Kühle. Er erzählte ihr kaum irgend etwas. Beiseite geschoben wartete sie ihm auf, kochte für ihn, und liebte es, ihm Sklavendienste zu leisten; aber ihr Gesicht verschloß sich wie eine Larve. Für sie gab es jetzt nichts mehr zu tun als Hausarbeit; um alles andere war er zu Miriam gegangen. Sie konnte ihm nicht vergeben. Miriam ertötete die Fröhlichkeit und die Wärme in ihm. Er war ein so fröhlicher Bursche gewesen, so voll wärmster Zuneigung; nun wurde er kälter, immer reizbarer und düsterer. Das erinnerte sie an William; aber Paul war schlimmer. Er tat alles innerlicher, mit größerer Klarheit über das, was er vorhatte. Seine Mutter begriff, er leide unter der Sehnsucht nach dem Weibe, und sah ihn zu Miriam gehen. Hatte er sich einmal entschlossen, so änderte nichts auf Erden ihn mehr. Frau Morel wurde müde. Sie begann schließlich nachzugeben; sie war am Ende. Sie stand im Wege.

Er ging entschlossen weiter. Er wurde sich mehr und mehr darüber klar, was seine Mutter fühlte. Das verhärtete seine Seele nur. Er wurde ihr gegenüber dickfellig; aber das war, als würde er dickfellig gegen seine eigene Gesundheit. Es untergrub ihn rasch; und doch verharrte er dabei.

Eines Abends auf dem Willeyhofe lehnte er sich in den Schaukelstuhl zurück. Er hatte schon ein paar Wochen lang mit Miriam geredet, war aber immer noch nicht auf den springenden Punkt gekommen. Nun sagte er plötzlich:

»Ich bin fast vierundzwanzig.«

Sie saß brütend. Plötzlich sah sie voller Überraschung zu ihm auf.

»Ja. Warum sagst du das?«

In der überladenen Luft lag etwas, was sie fürchtete.

»Sir Thomas Moore sagt, mit vierundzwanzig kann man heiraten.«

Sie lachte sonderbar, als sie sagte:

»Bedarf das Sir Thomas Moores Zustimmung?«

»Nein; aber man sollte dann ungefähr heiraten.«

»Ja«, antwortete sie nachdenklich, und wartete.

»Ich kann dich nicht heiraten«, fuhr er langsam fort, »jetzt nicht, weil wir kein Geld haben und weil sie zu Hause auf mich angewiesen sind.«

Sie saß und erriet halb, was nun kommen würde.

»Ich möchte aber jetzt heiraten ...«

»Du möchtest heiraten?« wiederholte sie.

»Eine Frau – du weißt wohl, was ich meine.«

Sie schwieg.

»Nun muß ich, endlich«, sagte er.

»Ja«, antwortete sie.

»Und du hast mich lieb?«

Sie lachte bitter.

»Warum schämst du dich deswegen«, antwortete er. »Du würdest dich doch vor Gott nicht schämen, warum also vor den Menschen?«

»Nein«, antwortete sie tief. »Ich schäme mich nicht.«

»Du tust es doch«, antwortete er bitter; »und das ist meine Schuld. Aber du weißt ja, ich kann nichts dafür, daß ich so bin – wie ich bin – nicht wahr?«

»Ich weiß, du kannst nichts dafür«, erwiderte sie.

»Ich liebe dich ganz schrecklich – und dann fehlt da so etwas.«

»Wo?« antwortete sie und sah ihn an.

»Oh, in mir selbst! Ich müßte mich schämen – wie ein geistig Verkrüppelter. Und ich schäme mich auch. Es ist ein Jammer. Warum das alles?«

»Ich weiß nicht«, erwiderte Miriam.

»Und ich auch nicht«, wiederholte er. »Findest du nicht, wir sind in unserer sogenannten Reinheit zu weit gegangen? Meinst du nicht, so bange davor zu sein und sich so davor zu scheuen, ist eine Art Schmutzigkeit?«

Sie blickte ihn mit verstörten dunklen Augen an.

»Du schrakst vor allem Derartigen zurück, und ich nahm dies Gefühl von dir an und schrak auch davor zurück, vielleicht schlimmer noch.«

Eine Zeitlang herrschte nun Schweigen im Zimmer.

»Ja« sagte sie, »so ist es.«

»So«, sagte er, »ist es alle diese Jahre unserer Vertraulichkeit zwischen uns gewesen. Ich komme mir nackt vor vor dir. Verstehst du mich?«

»Ich glaube«, antwortete sie.

»Und du hast mich lieb?«

Sie lachte.

»Sei nicht so bitter«, flehte er.

Sie sah ihn an, und er tat ihr leid, seine Augen waren dunkel vor Qual. Er tat ihr leid; für ihn war es schlimmer, sich mit dieser vom rechten Wege abgedrängten Liebe abfinden zu müssen, als für sie, die doch nie den richtigen Gefährten finden würde. Er war ruhelos, drängte ewig vorwärts und suchte immer noch einen Ausweg. Mochte er tun, was ihm gefiel, und von ihr nehmen, was er wollte.

»Ach nein«, sagte sie milde, »ich bin nicht bitter.«

Sie fühlte, sie könne jetzt alles um seinetwillen ertragen; sie wollte seinetwegen leiden. Sie legte ihm die Hand aufs Knie, als er sich in seinem Stuhle vornüberbeugte. Er nahm sie und küßte sie, aber schon dies tat ihm weh. Er fühlte, er schob sich damit beiseite. Er saß da als Opfer ihrer Reinheit, die ihm mehr als Nichtigkeit vorkam. Wie konnte er ihr leidenschaftlich die Hand küssen, wenn dies sie forttreiben mußte, ihr nur Schmerzen hinterließ? Und doch zog er sie langsam an sich und küßte sie.

Sie kannten einander zu gut, um sich etwas vorzumachen. Während sie ihn küßte, beobachtete sie seine Augen; sie stierten durchs Zimmer, mit einer schwarzen, sonderbaren Glut, die sie bezauberte. Er war völlig stumm. Schwer konnte sie das Herz in seiner Brust schlagen hören.

»Woran denkst du?« fragte sie.

Die Glut in seinen Augen erzitterte, wurde unsicher.

»Ich dachte die ganze Zeit über, wie ich dich liebe. Ich bin halsstarrig gewesen.«

Sie ließ den Kopf an seine Brust sinken.

»Ja«, antwortete sie.

»Das ist alles«, sagte er, und seine Stimme schien sicher, und sein Mund küßte ihre Kehle.

Da hob sie den Kopf und sah ihm mit einem vollen Liebesblick in die Augen. Die Glut zitterte, schien sich von ihr lösen zu wollen, und erlosch dann. Er wandte seinen Kopf rasch zur Seite. Es war ein Augenblick der Angst.

»Küsse mich«, flüsterte sie.

Er schloß die Augen und küßte sie, und seine Arme umschlangen sie enger und enger.

Als sie mit ihm über die Felder nach Hause ging, sagte er:

»Ich freue mich so, daß ich wieder zu dir gekommen bin. Mit dir zusammen fühle ich mich so einfach – als hätte ich nichts zu verbergen. Wollen wir glücklich sein?«

»Ja«, sagte sie, und die Tränen traten ihr in die Augen.

»Irgendeine Verdrehtheit unserer Seelen«, sagte er, »läßt uns das, wonach wir uns sehnen, nicht nur nicht wünschen, sondern ihm gradezu entfliehen. Dagegen müssen wir ankämpfen.«

»Ja«, sagte sie und fühlte sich wie betäubt.

Als sie unter dem hängenden Dornbusch stand, in der Dunkelheit neben dem Wege, da küßte er sie, und seine Finger wanderten über ihr Gesicht hin. In der Dunkelheit, wo er sie nicht sehen, sondern nur fühlen konnte, überflutete ihn die Leidenschaft. Er preßte sie eng an sich.

»Du wirst mich einmal hinnehmen?« murmelte er, sein Gesicht an ihrer Schulter verbergend. Es war so schwierig.

»Nicht jetzt«, sagte sie.

Seine Hoffnung sank mit seinem Herzen. Abgespanntheit kam über ihn.

»Nein«, sagte er.

Sein Griff ließ nach.

»Ich fühle deinen Arm da so gern«, sagte sie, seinen Arm gegen ihren Rücken drückend, wo er um ihre Hüfte lag. »Das gibt mir eine solche Ruhe.«

Er preßte ihr seinen Arm stärker ins Kreuz, um ihr Ruhe zu geben.

»Wir gehören zueinander«, sagte er.

»Ja.«

»Warum sollten wir dann nicht einander ganz angehören?«

»Aber ...« stotterte sie.

»Ich weiß, es ist eine große Bitte«, sagte er; »aber tatsächlich wagst du ja nicht sehr viel – nicht in der Gretchen-Art. Da kannst du mir doch trauen?«

»Oh, trauen kann ich dir.« Die Antwort kam rasch und stark. »Das ist es nicht – das ists ganz und gar nicht – aber ...«

»Was denn?«

Mit einem leisen Jammerschrei barg sie ihr Gesicht an seinem Halse.

»Ich weiß nicht!« rief sie.

Sie schien etwas überreizt, aber vor einer Art Schrecken. Sein Herz erstarb.

»Du hältst es doch nicht für häßlich?« fragte er.

»Nein, jetzt nicht mehr. Du hast mich gelehrt, daß es das nicht ist.«

»Bist du denn bange?«

Sie beruhigte sich schnell.

»Ja, ich bin nur bange«, sagte sie.

Er küßte sie zärtlich.

»Na ja«, sagte er. »Du sollst es machen, wie du willst.«

Plötzlich umschlang sie ihn mit den Armen und reckte ihren Körper steif auf.

»Du sollst mich haben«, sagte sie durch ihre geschlossenen Zähne.

Sein Herz schlug wieder hoch empor wie ein Brand. Er umschlang sie eng, und sein Mund lag auf ihrer Kehle. Sie konnte es nicht ertragen. Sie entzog sich ihm. Er ließ sie los.

»Wirds nicht zu spät für dich?« fragte sie sanft.

Er seufzte und hörte kaum, was sie sagte. Sie wartete in der Hoffnung, er werde gehen. Zuletzt küßte er sie rasch und kletterte über den Zaun. Beim Zurückblicken sah er den blassen Fleck ihres Gesichts in der Dunkelheit unter dem überhängenden Baum. Nichts war mehr übrig von ihr als dieser blasse Fleck.

»Lebe wohl!« rief sie weich. Sie besaß keinen Körper mehr, nur noch eine Stimme und ein schwachleuchtendes Gesicht. Er wandte sich um und lief die Straße hinunter, mit geballten Fäusten; und als er an die Mauer über dem See kam, lehnte er sich fast betäubt gegen sie und blickte in das dunkle Wasser hinab.

Miriam flog heim über die Wiesen. Sie fürchtete sich nicht vor den Menschen, was die sagen möchten; aber sie fürchtete sich vor dem Ausgang mit ihm. Ja, sie wollte ihn sie hinnehmen lassen, wenn er darauf bestand; und wenn sie dann nachher daran dachte, dann sank ihr Herz. Er würde enttäuscht sein, würde keine Befriedigung finden, und dann würde er fortgehen. Und doch drängte er so; und hierüber, was ihr doch gar nicht so allbedeutend vorkam, sollte ihre Liebe niederbrechen. Schließlich war er doch nur wie andere Männer auch, suchte nur seine Befriedigung. Oh, aber es lag doch noch etwas mehr in ihm, etwas Tieferes! Dem konnte sie vertrauen, all seinen Begierden zum Trotz. Er sagte, dies In-Besitz-nehmen sei ein großer Augenblick im Leben. Alle starken Empfindungen flössen hier zusammen. Vielleicht war dem so. Es war etwas Göttliches darin; dann wollte sie sich ihm unterwerfen, fromm, diesem Opfer. Er sollte sie haben. Und bei dem Gedanken daran krampfte ihr ganzer Körper sich unwillkürlich zusammen, hart, wie zur Abwehr; aber das Leben zwang sie durch diese Pforte des Leides hindurch, und sie wollte sich unterwerfen. Jedenfalls würde es ihm geben, was er sich ersehnte, und das war ihr tiefster Wunsch. So quälte sie sich und quälte sie sich und quälte sich, ihn hinzunehmen.

Er machte ihr nun den Hof wie ein Liebhaber. Oft, wenn er heiß wurde, wandte sie sein Gesicht von sich ab, hielt es zwischen ihren Händen und sah ihm in die Augen. Er konnte ihren Blick nicht ertragen. Ihre dunklen Augen, so voller Liebe, so ernst und suchend, zwangen ihn, sich abzuwenden. Keinen Augenblick lang wollte sie ihn vergessen lassen. Immer wieder hatte er sich ins Bewußtsein seiner und ihrer Verantwortlichkeit zurückzuquälen. Nie sollte er auch nur im geringsten nachlassen, nie sollte er sich dem großen Hunger, der Unpersönlichkeit der Leidenschaft hingeben; immer wieder mußte er zu einem überlegenden, denkenden Geschöpfe gemacht werden. Als wäre es aus einem Schwindel der Leidenschaft, rief sie ihn zur Kleinlichkeit, zu ihren wechselseitigen Beziehungen zurück. Das konnte er nicht ertragen. »Laß mich – laß mich!« wünschte er zu schreien; aber sie wünschte, er möchte sie mit Augen der Liebe ansehen. Seine Augen, voll des dunklen, unpersönlichen Feuers der Begierde, gehörten nicht ihr.

Auf dem Hofe gab es eine große Kirschenernte. Die Bäume hinter dem Hause, sehr groß und hoch, hingen unter den dunklen Blättern dicht voll von scharlachnen und dunkelroten Tropfen. Paul und Edgar pflückten eines Abends die Früchte. Es war ein heißer Tag gewesen, und nun rollten Wolken über den Himmel dahin, dunkel und warm. Paul war hoch in den Baum hineingeklettert, weit über die Scharlachdächer der Gebäude hinaus. Der Wind ließ mit beständigem Seufzen den ganzen Baum in einer leisen, aufregenden Bewegung schwanken, die ihm das Blut aufrührte. Der junge Mann, unsicher in den schlanken Zweigen sitzend, schwankte, bis er sich fast wie betrunken vorkam, zog die Zweige, an denen die scharlachroten Kirschen dicht wie Perlen unten dranhingen, nieder und pflückte Handvoll auf Handvoll der glatten, kühlfleischigen Früchte ab. Kirschen berührten ihm Ohren und Nacken, wenn er sich vorwärtsbeugte, wie kühle Fingerspitzen sandten sie ihm Blitze durchs Blut. Alle Abstufungen von Rot, vom goldigen Zinnober bis zum reichsten Purpur trafen glühend seine Augen unter dem Blätterdunkel.

Die niedergehende Sonne brach plötzlich durch die Wolkenzüge. Riesenhaufen von Gold flammten im Südwesten auf, weiches, glühendes Gelb bis oben in den Himmel hinein aufgehäuft. Die Welt, bis dahin dämmerig und grau, strahlte die goldene Glut nun voller Erstaunen wieder. Überall schienen Bäume und Gras und das ferne Wasser aus dem Zwielicht hervorzutreten und glänzten auf.

Miriam trat voller Verwunderung aus dem Hause.

»Oh!« hörte Paul ihre weiche Stimme ausrufen, »ist das nicht wundervoll?«

Er blickte nach unten. Ein schwacher Goldglanz lag auf ihrem Gesicht, das sehr sanft aussah, zu ihm emporgewandt.

»Wie hoch du bist!« sagte sie.

Neben ihr auf den Rhabarberblättern lagen vier tote Vögel, erschossene Diebe. Paul bemerkte einige völlig gebleichte Kirschkerne wie Gerippe über sich hängen, von denen das Fleisch gänzlich abgepickt war. Er sah wieder zu Miriam hinunter.

»Wolken in Brand!« sagte er.

»Wunderschön!« rief sie.

Sie erschien so klein, so weich, so zart dort unten. Er warf eine Handvoll Kirschen nach ihr. Sie fuhr erschreckt auf. Er lachte mit einem leisen, glucksenden Laut und warf wieder nach ihr. Sie lief nach Deckung und hob ein paar Kirschen auf. Zwei feine rote Paare hängte sie sich über die Ohren; dann sah sie wieder zu ihm empor.

»Hast du noch nicht genug?« fragte sie.

»Beinahe. Es ist genau wie auf einem Schiffe hier oben.«

»Und wie lange bleibst du noch?«

»Wie der Sonnenuntergang dauert.«

Sie trat an den Zaun und setzte sich drauf, während sie die goldenen Wolken in Stücke zerfallen und ihre riesigen, rosenfarbenen Trümmer in der Dunkelheit zergehen sah. Das Gold flammte auf in Scharlach, wie Schmerz in höchster Helligkeit. Dann sank das Scharlach zu Rosa hinab, das Rosa zu Purpur, und rasch verschwand alle Leidenschaft vom Himmel. Die ganze Welt war nun grau. Rasch kletterte Paul mit seinem Korbe nach unten und zerriß sich dabei den Hemdärmel.

»Köstlich sind sie«, sagte Miriam, als sie die Kirschen befühlte.

»Ich hab mir den Ärmel zerrissen«, antwortete er.

Sie faßte den dreieckigen Fetzen und sagte:

»Das muß ich ausbessern.« Es war dicht an der Schulter. Sie steckte ihre Finger durch den Riß. »Wie warm!« sagte sie.

Er lachte. Ein neuer, fremder Klang lag in seiner Stimme, einer, der ihr den Atem versetzte.

»Wollen wir draußen bleiben?« sagte er.

»Wirds nicht regnen?« fragte sie.

»Nein, laß uns etwas gehen.«

Sie gingen die Felder hinunter und in die dichte Kiefern- und Fichtenschonung.

»Wollen wir mal unter die Bäume gehen?« fragte er.

»Möchtest du's gern?«

»Ja.«

Es war sehr dunkel unter den Fichten, und die scharfen Nadeln prickelten ihr Gesicht. Sie war bange. Paul war stumm und seltsam.

»Ich habe die Dunkelheit gern«, sagte er. »Ich wollte, sie wäre noch dichter – gute, dichte Dunkelheit.«

Er schien sie als Einzelwesen gar nicht gewahr zu werden: sie war für ihn jetzt nur das Weib. Sie wurde ängstlich.

Er lehnte sich gegen einen Kiefernstamm und nahm sie in die Arme. Sie überließ sich ihm, aber es war ein Opfer, in dem sie etwas Schreckliches empfand. Dieser schwerfällig redende, alles vergessende Mann war ihr fremd.

Später fing es an zu regnen. Die Kiefernnadeln rochen sehr stark. Paul lag mit dem Kopfe auf dem Boden, auf den toten Kiefernnadeln, und lauschte dem scharfen Zischen des Regens – ein stetiges, schneidendes Geräusch. Sein Herz lag zu Boden, sehr schwer. Nun wurde er gewahr, daß sie die ganze Zeit über nicht bei ihm gewesen war, daß ihre Seele abseits gestanden hatte in einer Art Schrecken. Körperlich hatte er jetzt Ruhe, aber mehr auch nicht. Tief trostlos im Herzen, sehr traurig und sehr zärtlich wanderten seine Finger mitleidig über ihr Gesicht. Nun liebte sie ihn wieder tief. Er war zärtlich und wunderschön.

»Der Regen!« sagte er.

»Ja – trifft er dich?«

Sie führte ihre Hand über ihn hin, über sein Haar, seine Schultern, um zu sehen, ob die Regentropfen ihn träfen. Sie hatte ihn von Herzen lieb. Er fühlte sich nun, mit dem Gesicht in den toten Kiefernnadeln, ungewöhnlich ruhig. Aus den Regentropfen, die ihn trafen, machte er sich nichts: er wäre liegengeblieben und hätte sich durchregnen lassen: er fühlte sich, als wäre nun alles einerlei, als sei sein Leben ins Jenseits hinübergewischt, so nahe und so lieblich. Dies seltsame, sanfte Hinüberreichen in den Tod war ihm neu.

»Wir müssen gehen«, sagte Miriam.

»Ja«, sagte er, regte sich aber nicht.

Das Leben erschien ihm jetzt wie ein Schatten, der Tag wie ein weißer Schatten; Nacht und Tod und Stille und Untätigkeit, die erschienen ihm als Dasein. Zu leben, zu streben und sich abmühen – das hieß Nichtsein. Das Höchste von allem war, in die Dunkelheit zu verschmelzen und dort zu schweben, wesensgleich mit dem großen Urwesen.

»Der Regen dringt zu uns durch«, sagte Miriam.

Er stand auf und half ihr.

»Zu schade«, sagte er.

»Was?«

»Daß wir gehen müssen. Mir ist so stille.«

»Stille!« wiederholte sie.

»Stiller als mir je im Leben gewesen ist.«

Beim Gehen ließ er seine Hand in ihrer. Sie drückte ihm die Finger im Gefühl einer leichten Furcht. Nun schien er ihr fernzustehen; sie hatte ein Gefühl, sie könne ihn verlieren.

»Die Fichten sehen in der Dunkelheit wie Gespenster aus: jeder Baum wie ein Gespenst.«

Sie fürchtete sich und sagte nichts.

»Eine Art Schweigen: die ganze Nacht wundert sich im Schlaf: ich glaube, so gehts uns im Tode – wir schlafen voller Verwunderung.«

Sie war voller Furcht vor dem Tiere in ihm gewesen: nun wurde sie es vor dem Geheimnisvollen. In Schweigen trottete sie neben ihm her. Der Regen fiel mit einem schweren ›H-sch!‹ auf die Bäume nieder. Zuletzt gewannen sie den Wagenschuppen.

»Hier laß uns etwas bleiben«, sagte er.

Überall war das Geräusch des Regens hörbar, alles andere erstickend.

»Ich fühle mich so seltsam und still bei alledem«, sagte er.

»Ja«, antwortete sie geduldig.

Wieder schien er sie gar nicht gewahr zu werden, obgleich er ihre Hand eng umschlossen hielt.

»Unsere Wesenheit loszuwerden, das heißt unseren Willen, der doch unser Streben ist – zu leben ohne zu streben, in einer Art bewußtem Schlaf – das ist sehr schön, glaube ich; das ist unser nachheriges Leben – unsere Unsterblichkeit.«

»Ja?«

»Ja – und ihr Besitz etwas Wunderschönes.«

»Für gewöhnlich sagst du das nicht.«

»Nein.«

Nach einer Weile gingen sie ins Haus. Alle sahen sie neugierig an. Er hatte immer noch den stillen, schweren Blick in den Augen, das Stille in seiner Stimme. Gefühlsmäßig ließen sie ihn alle allein.

* * *

Etwa um diese Zeit erkrankte Miriams Großmutter, die in einem kleinen Häuschen in Woodlinton lebte, und das Mädchen wurde hingeschickt, um ihr den Haushalt zu führen. Es war ein reizendes kleines Nest. Das Häuschen hatte vorn einen großen Garten, mit roten Backsteinmauern, an denen Pflaumenbäume emporwuchsen. Hinten befand sich ein anderer Garten, von den Feldern durch eine große, alte Hecke getrennt. Er war sehr hübsch. Miriam hatte nicht viel zu tun und fand daher Zeit zu ihrem geliebten Lesen und zum Schreiben kleiner Selbstbekenntnisse, die ihr viel Vergnügen machten.

Zu den Festtagen wurde ihre Großmutter, der es wieder besser ging, auf einen oder zwei Tage zu ihrer Tochter nach Derby gebracht. Sie war eine schwierige alte Dame und möchte vielleicht schon am zweiten oder dritten Tage wieder nach Hause wollen; daher blieb Miriam allein in dem Häuschen, was ihr auch sehr gefiel.

Paul pflegte oft hinüberzuradeln, und in der Regel hatten sie eine friedliche und glückliche Zeit. Er verursachte ihr keine Verlegenheit; aber nun am zweiten Feiertag, dem Montag, wollte er den ganzen Tag bei ihr zubringen.

Das Wetter war vollendet schön. Er ließ seine Mutter allein und erzählte ihr, wo er hinginge. Sie würde den ganzen Tag allein sein. Das warf einen Schatten über ihn; aber er hatte drei Tage vor sich, die völlig ihm gehörten, in denen er tun konnte, was er wollte. Es war entzückend, so auf dem Rade über die morgendlichen Pfade dahinzufliegen.

Er erreichte das Häuschen um elf Uhr etwa. Miriam war mit der Zubereitung des Mittagessens beschäftigt. Sie stand so völlig im Einklang mit der kleinen Küche, so rotbackig und strahlend. Er küßte sie und setzte sich dann hin, um ihr zuzusehen. Der Raum war klein und behaglich. Das Sofa war ganz und gar mit einer Art Leinen mit rosa und blaßblauen Vierecken überzogen, alt, recht verwaschen, aber hübsch. Über einem Eckschrank stand unter einer Glasglocke eine ausgestopfte Eule. Der Sonnenschein strömte durch die Blätter der wohlriechenden Geranien im Fenster herein. Sie kochte ihm zu Ehren ein Huhn. Es war ihr Häuschen für heute, und sie waren Mann und Frau. Er schlug Eier für sie und schälte die Kartoffeln. Er fand, sie verlieh ihm ein Heimatgefühl beinahe wie seine Mutter; und niemand hätte schöner aussehen können als sie, mit ihren wilden Locken, wenn sie vom Feuer angestrahlt wurde.

Das Mittagessen war ein großer Erfolg. Wie ein junger Ehemann legte er vor. Die ganze Zeit über unterhielten sie sich mit nie nachlassendem Eifer. Dann trocknete er das Geschirr ab, das sie aufgewaschen hatte, und sie gingen nach draußen, die Felder hinab. Da war ein heller, kleiner Bach, der am Fuße eines sehr steilen Abhanges in ein Moor lief. Hier wanderten sie hin und pflückten noch einige Wiesenringelblumen und eine Menge großer blauer Vergißmeinnicht. Dann setzte sie sich mit den Händen voller Blumen, meist goldene Sumpfdotterblumen, ans Ufer. Als sie ihr Gesicht zu den Ringelblumen niedersenkte, war es ganz überflogen von einem gelblichen Schein.

»Dein Gesicht leuchtet«, sagte er, »wie das einer Verklärten.«

Fragend sah sie ihn an. Er lachte sie bittend an und legte seine Hand auf die ihre. Dann küßte er ihre Finger, dann ihr Gesicht.

Die Welt war ganz in Sonnenschein getaucht und ganz still, und doch nicht schlafend, aber bebend in einer Art von Erwartung.

»Etwas Schöneres als dies habe ich noch nie gesehen«, sagte er. Die ganze Zeit über hielt er ihre Hand fest.

»Und das Wasser singt sich etwas vor im Dahinfließen – magst du das gern?« Voller Liebe sah sie ihn an. Seine Augen waren sehr dunkel, sehr leuchtend.

»Findest du den Tag nicht großartig?« fragte er.

Sie murmelte ihre Zustimmung. Sie war glücklich, und er sah es.

»Und unser Tag – ganz unser eigen«, sagte er.

Sie blieben noch ein Weilchen. Dann erhoben sie sich von dem süßen Thymian, und er sah schlicht zu ihr nieder.

»Willst du mit?« fragte er.

Hand in Hand gingen sie nach dem Hause zurück, in Schweigen. Die Hühner kamen den Pfad hinuntergewackelt, ihr entgegen. Er verschloß die Tür, und sie hatten das kleine Haus nun ganz für sich.

Nie vergaß er den Anblick, als sie auf dem Bette lag, während er sich den Kragen losmachte. Zunächst sah er nur ihre Schönheit und war ganz von ihr geblendet. Sie besaß den schönsten Körper, den er sich je hatte vorstellen können. Unfähig sich zu bewegen oder zu sprechen stand er da, sie ansehend, sein Gesicht halb lächelnd vor Bewunderung. Und dann wünschte er sie zu besitzen; aber als er auf sie zuschritt, hoben ihre Hände sich in einer leicht flehenden Bewegung, und er sah ihr ins Gesicht und hielt inne. Ihre großen braunen Augen beobachteten ihn, still und ergeben und voller Liebe; sie lag da, als gäbe sie sich zum Opfer preis: da lag ihr Körper für ihn; aber etwas aus dem tiefsten Grunde ihrer Augen, wie in denen eines den Opfertod erwartenden Geschöpfes, hielt ihn auf, und sein Blut erstarrte.

»Bist du sicher, du willst mich haben?« fragte er, als komme ein kalter Schauer über ihn.

»Ja, ganz sicher.«

Sie war sehr still, sehr ruhig. Sie hatte nur das Bewußtsein, sie tue etwas für ihn. Er konnte es kaum ertragen. Sie lag da, um für ihn geopfert zu werden, weil sie ihn so sehr liebte. Und er sollte sie opfern. Eine Sekunde lang wünschte er, er wäre geschlechtslos oder tot. Dann schloß er die Augen vor ihr, und sein Blut begann wieder zu wallen.

Und nachher liebte er sie – liebte sie bis zur letzten Fiber seines Wesens. Er liebte sie. Aber trotzdem hätte er am liebsten geweint. Da war etwas, was er ihretwegen nicht ertragen konnte. Er blieb bis ganz spät in der Nacht bei ihr. Als er heimfuhr, fühlte er, nun endlich habe er die Weihe erhalten. Nun war er kein Jüngling mehr. Aber warum empfand er einen solchen dumpfen Schmerz in seiner Seele? Warum kam ihm der Gedanke an den Tod, an das Leben nach dem Tode so süß und trostreich vor?

Er verbrachte die Woche bei Miriam und ermüdete sie mit seiner Leidenschaft, bevor sie zu Ende ging. Er mußte sie stets, fast mit Anstrengung, außer acht lassen, und rein aus der rohen Kraft seines eigenen Gefühls handeln. Und oft vermochte er das nicht, und dann trat nachher immer die Empfindung des Mißlingens, des Todes ein. War er wirklich bei ihr, dann mußte er sich und seine Begierde ganz außer acht lassen. Wollte er sie haben, dann mußte er sie außer acht lassen.

»Wenn ich zu dir komme«, fragte er sie, seine Augen dunkel vor Schmerz und Beschämung, »dann willst du mich gar nicht wirklich, nicht wahr?«

»O doch!« erwiderte sie rasch.

Er sah sie an.

»Nein«, sagte er.

Sie begann zu zittern.

»Siehst du«, sagte sie, sein Gesicht nehmend und es an ihrer Schulter bergend – »siehst du – so wie wir sind – wie kann ich mich da an dich gewöhnen? Das würde alles in Ordnung kommen, wenn wir verheiratet wären.«

Er hob den Kopf und sah sie an.

»Du meinst, jetzt ist der Schreck immer zu groß?«

»Ja – und ...«

»Du bist immer wie gegen mich verkrampft.«

Sie zitterte vor Erregung.

»Siehst du«, sagte sie, »ich war noch nicht an den Gedanken gewöhnt ...«

»Na, jetzt aber doch«, sagte er.

»Aber mein ganzes Leben lang nicht. Mutter hat mir gesagt: ›In der Ehe gibt es etwas, was immer schrecklich bleibt, aber das mußt du ertragen.‹ Und das habe ich geglaubt.«

»Und glaubst es noch.«

»Nein!« rief sie hastig. »Ich glaube, wie du, daß Sichlieben; selbst auf die Art und Weise, die Hochwassermarke des Lebens ist.«

»Das ändert aber nicht die Tatsache, daß du es nie willst.«

»Nein«, sagte sie, seinen Kopf zwischen ihre Hände nehmend und sich in Verzweiflung hin und her wiegend. »Sag das nicht! Du verstehst mich nicht.« Sie wiegte sich vor Schmerzen. »Sehne ich mich etwa nicht nach deinen Kindern?«

»Aber nicht nach mir.«

»Wie kannst du sowas sagen? Aber um Kinder zu kriegen, müssen wir verheiratet sein ...«

»Wollen wir uns denn heiraten? Ich wollte, du bekämest Kinder von mir.«

Voller Verehrung küßte er ihr die Hand. Sie dachte trübe nach, indem sie ihn beobachtete.

»Wir sind noch zu jung«, sagte sie endlich.

»Vierundzwanzig und dreiundzwanzig ...«

»Noch nicht«, flehte sie, während sie sich in Jammer hin und her wiegte.

»Wann du willst.«

Ernst senkte sie den Kopf. Der Ton von Hoffnungslosigkeit, indem er diese Dinge sagte, bekümmerte sie tief. Immer kam es zu einer Enttäuschung zwischen ihnen. Schweigend beruhigte sie sich bei dem, was er sagte.

Und nach einer Woche voller Liebe sagte er plötzlich zu seiner Mutter, grade als sie zu Bett gehen wollten:

»Ich werde nicht mehr so oft zu Miriam gehen, Mutter.«

Sie war überrascht, mochte ihn aber doch nicht fragen.

»Machs, wie es dir paßt«, sagte sie.

So ging er zu Bett. Aber es lag eine neue Ruhe über ihm, über die sie sich wundern mußte. Beinahe erriet sie den Grund. Sie wollte ihn jedoch sich selbst überlassen. Überstürzung möchte nur alles verderben. Sie beobachtete ihn in seiner Vereinsamung und wunderte sich, worauf das wohl hinausliefe. Er war krank, viel zu ruhig für seine Verhältnisse. Fortwährend zog er leicht die Brauen zusammen, wie er es als ganz kleines Kind getan hatte, und wie es jahrelang verschwunden gewesen war. Nun war es wieder ganz dasselbe. Und sie konnte nichts für ihn tun. Er mußte allein weitergehen, sich selbst einen Weg finden.

Er blieb Miriam treu. Einen Tag lang hatte er sie ganz außerordentlich geliebt. Aber das kam nie wieder. Das Gefühl wie Enttäuschung wurde immer stärker. Zunächst war es nur Betrübnis. Dann aber begann er zu fühlen, so könne es nicht weitergehen. Er wünschte wegzulaufen, fortzugehen, alles mögliche. Allmählich hörte er auf, sie zu bitten, ihn hinzunehmen. Anstatt sie zueinander zu bringen, trennte es sie. Und dann kam es ihm ganz klar zum Bewußtsein, daß es nichts nützte. Es hatte keinen Zweck, es zu versuchen: es würde nie zu einem Erfolge zwischen ihnen führen.

Seit ein paar Monaten hatte er von Clara nur sehr wenig gesehen. Gelegentlich waren sie nach dem Essen auf eine halbe Stunde ausgegangen. Aber er hatte sich immer für Miriam zurückbehalten. Bei Clara jedoch wurde seine Stirn wieder hell, und er wurde wieder fröhlich. Sie behandelte ihn mit Nachsicht, als wäre er ein Kind. Er glaubte, er machte sich nichts draus. Aber tief unter der Oberfläche quälte es ihn doch.

Zuweilen sagte Miriam:

»Was macht Clara? Ich höre jetzt nichts von ihr.«

»Ich bin gestern etwa zwanzig Minuten mit ihr gegangen«, erwiderte er.

»Und worüber sprach sie?«

»Ich weiß nicht. Ich vermute, ich besorgte das Schwatzen wie gewöhnlich. Ich glaube, ich erzählte ihr über den Streik und wie die Frauen ihn hinnähmen.«

»Ja.«

So legte er Rechenschaft über sich selbst ab.

Aber hinterhältig, ohne daß er selbst es wußte, zog ihn die Wärme, die er für Clara empfand, von Miriam weg, für die er sich doch verantwortlich fühlte und der er angehörte. Er glaubte ihr ganz treu zu sein. Es ist nicht leicht, die Kraft und die Wärme unserer Gefühle für eine Frau richtig einzuschätzen, ehe sie nicht mit uns durchgegangen sind.

Er begann, seinen Freunden mehr Zeit zu widmen. Da war Jessop, auf der Kunstschule; Swain, der an der Universität das chemische Laboratorium leitete; Newton, der Lehrer war; und außerdem Edgar und Miriams jüngere Brüder. Er schützte Arbeit vor und skizzierte und studierte mit Jessop. Er besuchte Swain in der Universität, und die beiden gingen zusammen ›in die Stadt‹ hinunter. Wenn er mit Newton im Zuge nach Hause kam, sprach er im ›Mond und Sterne‹ vor und spielte etwas Billard mit ihm. Wenn er sich vor Miriam mit seinen Freunden entschuldigte, fühlte er sich ganz gerechtfertigt. Seine Mutter begann sich wie erlöst zu fühlen. Er erzählte ihr immer, wo er gewesen war.

Im Sommer trug Clara zuweilen ein Kleid aus weichem Baumwollstoff mit losen Ärmeln. Wenn sie die Hand hob, fielen die Ärmel zurück, und ihre schönen, starken Arme traten hervor.

»Eine Minute!« rief er. »Halten Sie mal den Arm still.«

Er machte Skizzen ihrer Hand und Arme, und die Zeichnungen besaßen etwas von dem Zauber, den der wirkliche Gegenstand für ihn besaß. Miriam, die stets gewissenhaft seine Bücher und Papiere durchging, sah die Zeichnungen.

»Ich finde, Clara hat so wunderschöne Arme«, sagte er.

»Ja. Wann hast du die gemacht?«

»Dienstag bei der Arbeit. Weißt du, ich habe da so 'ne kleine Ecke, in der ich arbeiten kann. Oft kann ich alles, was sie in der Abteilung nötig haben, vorm Essen fertig machen. Dann arbeite ich nachmittags für mich, und sehe nur abends noch mal nach dem Rechten.«

»Ja«, sagte sie und wandte die Blätter des Skizzenbuches um.

Oft haßte er Miriam. Er haßte sie, wenn sie sich vornüberneigte und über seine Sachen nachdachte. Er haßte die Art, wie sie ihn berechnete, als wäre er eine endlose Summe geistiger Betätigungen. War er bei ihr, so haßte er sie, weil sie ihn erreicht hatte, und doch nicht erreichen konnte, und quälte sie dann. Sie nahm alles und gab nichts, sagte er. Wenigstens gab sie ihm keine Lebenswärme. Sie lebte gar nicht und gab kein Leben von sich. Nach ihr auszusehen, war wie nach etwas aussehen, das gar nicht bestand. Sie war nur sein Gewissen, nicht seine Gefährtin. Er haßte sie heftig und wurde immer grausamer gegen sie. So schleppten sie sich bis zum nächsten Sommer hin. Er sah Clara mehr und mehr.

Schließlich sprach er. Er hatte eines Abends bei seiner Arbeit zu Hause gesessen. Zwischen ihm und seiner Mutter bestand die sonderbare Beziehung von Leuten, die sich ganz offen gegenseitig ihre Fehler vorwerfen. Frau Morel stand wieder auf festen Füßen. Er wollte sich nicht an Miriam fesseln. Schön; dann wollte sie abseits stehenbleiben, bis er ihr etwas darüber erzählte. Es hatte lange gedauert, bis er hervorbrach, dieser Sturm in ihm, wenn er wieder zu ihr zurückkommen würde. Heute abend bestand zwischen ihnen ein ganz besonderer Zustand der Schwebe. Er arbeitete fieberhaft und gedankenlos, um sich selbst zu entrinnen. Es wurde spät. Durch die offene Tür drang verstohlen der Duft weißer Lilien, fast als schwebe er suchend umher. Plötzlich stand er auf und ging nach draußen.

Die Schönheit der Nacht legte ihm den Wunsch nahe, laut zu rufen. Ein Halbmond, dämmeriges Gold, versank hinter der schwarzen Platane am Ende des Gartens und färbte den Himmel stumpf purpurn mit seiner Glut. Näher bei ihm lief ein schwach sichtbarer Zaun weißer Lilien quer durch den Garten, und die Luft umher schien vor Duft zu beben, als lebte sie. Er schritt über das Nelkenbeet weg, dessen eindringlicher Duft sich scharf mit dem wogenden, schweren Duft der Lilien mischte, und stand neben der Schranke weißer Blüten. Ihre Kelche waren ganz lose, als lechzten sie nach Luft. Der Duft machte ihn trunken. Er ging bis ans Feld hinunter, um den Mond versinken zu sehen.

Aus dem Wiesengrunde rief ein Wachtelkönig eindringlich. Der Mond glitt rasch hinab, immer röter werdend. Hinter ihm reckten sich die großen Blumen empor, als riefen sie ihn. Und dann traf ihn, und zwar so, daß er fast erschrak, ein anderer Duft, etwas Rohes, Gemeines. Auf der Suche danach fand er eine purpurne Iris, befühlte ihre fleischige Kehle und ihre dunklen, greifenden Hände. Jedenfalls hatte er einen Fund getan. Steif standen sie in der Dunkelheit da. Ihr Duft war roh. Der Mond verschmolz mit dem Kamme des Hügels. Nun war er fort; alles war dunkel. Der Wachtelkönig rief noch immer.

Er brach sich eine Nelke ab und ging wieder hinein.

»Komm, mein Junge«, sagte seine Mutter. »Es ist sicher Zeit für dich zum Zubettegehen.«

Er stand da, die Nelke an den Lippen.

»Ich werde mit Miriam abbrechen, Mutter«, sagte er ruhig.

Sie sah ihn über ihre Brille an. Er starrte sie wieder an, ohne mit der Wimper zu zucken. Einen Augenblick traf ihr Blick den seinen, dann nahm sie ihre Brille ab. Er war weiß. Der Mann stand in ihm auf, beherrschend. Sie wollte ihn nicht zu deutlich sehen.

»Ich dachte doch ...« begann sie.

»Ja«, antwortete er, »ich liebe sie nicht. Ich mag sie nicht heiraten – also will ich ein Ende machen.«

»Aber«, rief seine Mutter erstaunt, »ich glaubte, du hättest dich kürzlich entschlossen, sie zu nehmen, und deshalb habe ich nichts gesagt.«

»Das hatte ich auch – ich wollte es – aber nun will ichs nicht mehr. Es nützt nichts. Ich werde am Sonntag abbrechen. Das muß ich doch, nicht?«

»Das mußt du am besten wissen. Du weißt ja, ich habe es dir schon lange gesagt.«

»Das kann ich jetzt nicht ändern. Am Sonntag werde ich abbrechen.«

»Ja«, sagte seine Mutter, »ich glaube, es wird das beste sein. Aber ich hatte mich kürzlich entschlossen, ich wollte kein Wort sagen, weil du dich entschieden hättest sie zu nehmen, und ich hätte auch nichts gesagt. Aber ich sage, wie ich stets gesagt habe, ich glaube nicht, daß sie zu dir paßt.«

»Am Sonntag breche ich ab«, sagte er und roch an der Nelke. Er nahm die Blume in den Mund. Gedankenlos entblößte er die Zähne, schloß sie langsam über der Blume, und hatte den ganzen Mund voll Blütenblätter. Er spuckte sie ins Feuer, gab seiner Mutter einen Gutenachtkuß und ging zu Bett.

Am Sonntag ging er früh am Nachmittag zum Hofe hinauf. Er hatte Miriam geschrieben, sie wollten über die Felder nach Hucknall gehen. Seine Mutter war sehr zärtlich gegen ihn. Er sagte nichts. Aber sie sah, was für eine Anstrengung es ihn kostete. Der sonderbar entschlossene Ausdruck seines Gesichts beruhigte sie.

»Laß nur, mein Junge«, sagte sie. »Du wirst dich so viel besser befinden, wenn es vorüber ist.«

Paul sah seine Mutter rasch an voller Überraschung und Ärger. Er wünschte gar kein Mitgefühl.

Miriam traf ihn am Ende des Feldweges. Sie trug ein neues Kleid aus bedrucktem Musselin mit kurzen Ärmeln. Diese kurzen Ärmel und Miriams braune Arme darunter – so trostlose, verzichtvolle Arme – verursachten ihm derartige Schmerzen, daß das ihm half, grausam zu werden. Seinetwegen hatte sie sich so schön und frisch aussehend gemacht. Sie schien nur für ihn zu blühen. Jedesmal, wenn er sie ansah – ein reifes, junges Weib nun, und wunderschön in ihrem neuen Kleide – tat es ihm so weh, daß sein Herz beinahe unter dem ihm auferlegten Zwange barst. Aber er hatte seinen Entschluß gefaßt, und der war unwiderruflich.

Auf den Hügeln setzten sie sich nieder, und er lag da mit dem Kopf in ihrem Schoß, während sie mit seinem Haar spielte. Sie wußte, er war nicht da, wie sie das nannte. Oft, wenn sie ihn bei sich gehabt hatte, hatte sie nach ihm ausgesehen und hatte ihn nicht finden können. Aber heute nachmittag war sie nicht darauf vorbereitet.

Es war fast fünf Uhr, als er es ihr endlich erzählte. Sie saßen am Ufer eines Flusses, wo eine Rasenschicht über einem ausgewaschenen Uferstrich gelber Erde hing, und er hackte mit einem Stock darauflos, wie er es immer tat, wenn er verstört war.

»Ich habe mirs überlegt«, sagte er, »wir sollten abbrechen.«

»Wieso?« rief sie voller Überraschung.

»Weil es keinen Zweck hat, weiterzugehen.«

»Wieso hat das keinen Zweck?«

»Es hat keinen. Ich mag dich nicht heiraten. Ich mag überhaupt nicht heiraten. Und wenn wir uns nicht heiraten, hat es keinen Zweck, fortzufahren.«

»Aber warum sagst du das jetzt?«

»Weil ichs mir überlegt habe.«

»Und diese letzten Monate, und die Dinge, die du mir da gesagt hast?«

»Das kann ich nicht helfen; ich mag nicht mehr so fortfahren.«

»Du willst also nichts mehr von mir wissen?«

»Ich möchte, daß wir abbrechen – daß du frei von mir wirst und ich von dir.«

»Und diese letzten Monate?«

»Ich weiß nicht. Ich habe nichts zu dir gesagt, was ich nicht für wahr hielt.«

»Aber warum bist du denn jetzt so anders?«

»Das bin ich gar nicht – ich bin ganz derselbe – nur weiß ich, es hat keinen Zweck, so weiterzumachen.«

»Du hast mir noch nicht gesagt, warum das keinen Zweck hat.«

»Weil ich nicht weitermachen will – und weil ich nicht heiraten will!«

»Wie oft hast du mir angeboten, mich zu heiraten, und ich wollte nicht?«

»Ich weiß; aber ich möchte abbrechen.«

Einen oder zwei Augenblicke herrschte Schweigen, während er verbissen in der Erde bohrte. Sie beugte nachdenklich den Kopf. Er war wie ein unvernünftiges Kind. Er war wie ein Kind, das, wenn es genug getrunken hat, seinen Becher wegwirft und zerbricht. Sie sah ihn an, und es war ihr, als könne sie ihn packen und eine Art Beständigkeit aus ihm herauspressen. Aber sie war hilflos. Dann rief sie:

»Ich habe gesagt, du wärest vierzehn – du bist ja bloß vier!«

Er bohrte verbissen weiter in der Erde. Er hörte es.

»Ein vierjähriges Kind bist du«, wiederholte sie in ihrem Ärger.

Er antwortete nicht, aber in seinem Herzen sagte er: ›Recht so; bin ich ein vierjähriges Kind, wozu willst du mich dann haben? Ich sehne mich gar nicht nach einer zweiten Mutter.‹ Aber zu ihr sagte er nichts, und es herrschte Schweigen.

»Und hast du's deinen Angehörigen gesagt?« fragte sie.

»Meiner Mutter hab ichs erzählt.«

Wieder trat ein langer Zeitraum von Stille ein.

»Was willst du denn eigentlich?« fragte sie.

»Wieso, ich will, daß wir auseinandergehen. Wir haben diese ganzen Jahre einer durch den anderen gelebt; nun laß uns aufhören. Ich werde meinen Weg ohne dich gehen, und du gehst deinen ohne mich. Dann hast du ein ganz unabhängiges Leben.«

Darin lag eine gewisse Wahrheit, die sie trotz ihrer Verbitterung nicht umhin konnte festzustellen. Sie wußte, sie kam sich wie in einer Hörigkeit für ihn vor, die sie haßte, weil sie keine Macht über sie besaß. Sie hatte ihre Liebe zu ihm von dem Augenblick an gehaßt, wo sie ihr zu stark wurde. Und tief in ihrem Innersten hatte sie ihn gehaßt, weil sie ihn liebte und er sie beherrschte. Sie hatte seiner Oberherrschaft Widerstand geleistet. Sie hatte darum gekämpft, sich letzten Endes von ihm freizuhalten. Und sie war frei von ihm, freier sogar als er von ihr.

»Und«, fuhr er fort, »wir bleiben doch immer mehr oder weniger einer das Werk des anderen. Du hast eine Menge für mich getan, ich für dich. Nun laß uns anfangen und jeder für sich leben.«

»Was willst du denn anfangen?« fragte sie.

»Nichts – bloß frei sein«, antwortete er.

Sie wußte jedoch in ihrem Herzen, daß Claras Einfluß über ihm lag, um ihn zu befreien. Aber sie sagte nichts.

»Und was soll ich meiner Mutter sagen?« fragte sie.

»Ich habe meiner Mutter gesagt«, antwortete er, »daß ich abbrechen würde, rein und endgültig.«

»Ich werde ihnen zu Hause nichts sagen«, sagte sie.

Die Stirne runzelnd, sagte er: »Wie's dir gut scheint.«

Er wußte, er hatte sie in eine eklige Klemme gebracht, und ließ sie nun im Stiche. Das machte ihn ärgerlich.

»Sag ihnen, du wolltest und würdest mich nicht heiraten, und hättest abgebrochen«, sagte er. »Das ist doch wahr genug.«

Sie biß sich düster auf die Finger. Sie überdachte ihre ganze Geschichte. Sie hatte gewußt, es würde hierzu kommen; sie hatte das fortwährend gesehen. Es traf vollkommen mit ihrer bitteren Erwartung überein.

»Immer – immer ist es so gewesen!« rief sie. »Ein langer Kampf ist es zwischen uns gewesen – in dem du von mir wegstrebtest.«

Ganz unerwartet entfuhr ihr dies, wie ein Blitz. Des Mannes Herz stand still. Sah sie es derart an?

»Aber wir haben doch ein paar vollkommene Stunden gehabt, vollendet schöne Zeiten, wenn wir zusammen waren!« flehte er.

»Niemals!« rief sie; »niemals! Du hast stets von mir weggestrebt.«

»Nicht immer – zuerst nicht!« bat er.

»Immer – von Anfang an – immer genau so!«

Sie hatte geendet, aber sie hatte auch genug getan. Er saß da entgeistert. Er hatte sagen wollen: ›Es war so schön, aber nun ists zu Ende.‹ Und sie – sie, an deren Liebe er geglaubt hatte, wenn er sich selbst verachtete – sie bestritt, daß ihre Liebe jemals Liebe gewesen sei. ›Er hätte stets von ihr weggestrebt?‹ Dann war es ja ungeheuerlich gewesen. Dann hatte nie etwas Wirkliches zwischen ihnen bestanden; die ganze Zeit über hatte er sich etwas vorgestellt, wo nichts gewesen war. Und sie hatte das gewußt. Sie hatte so vieles gewußt, und hatte ihm so wenig erzählt. Sie hatte es die ganze Zeit gewußt. Die ganze Zeit über hatte dies in ihrer Tiefe geruht.

Schweigend saß er in Bitterkeit da. Zuletzt erschien ihm die ganze Geschichte in einem höhnischen Lichte. Sie hatte in Wirklichkeit mit ihm gespielt, nicht er mit ihr. Sie hatte ihm ihre ganze Verdammung verhehlt, hatte ihm geschmeichelt und ihn verachtet. Sie verachtete ihn jetzt. Er wurde geistreich und grausam.

»Du solltest einen Mann heiraten, der dich verehrt«, sagte er, »mit dem du machen könntest, was du willst. Eine Menge Männer werden dich verehren, wenn du sie nur von der richtigen Seite nimmst. So einen solltest du heiraten. Sie würden nie von dir wegstreben.«

»Danke!« sagte sie. »Aber rate mir nicht länger, jemand anders zu heiraten. Das hast du schon einmal getan.«

»Na schön«, sagte er. »Dann will ich nichts mehr sagen.«

Er saß da und ihm war, als habe er einen Schlag empfangen, anstatt einen auszuteilen. Ihre acht Jahre Liebe und Freundschaft, die acht Jahre seines Lebens waren nun zunichte.

»Wann hast du dir dies ausgedacht?« fragte sie.

»Endgültig Donnerstag abend.«

»Ich wußte, es würde so kommen«, sagte sie.

Das war ihm eine bittere Wohltat. »Oh, dann ists gut! Wenn sie es wußte, dann kam es ihr ja nicht überraschend«, dachte er.

»Und hast du Clara schon was gesagt?« fragte sie.

»Nein; aber jetzt werde ichs ihr erzählen.«

Es trat Schweigen ein.

»Erinnerst du dich noch der Dinge, die du mir voriges Jahr um diese Zeit sagtest, in meiner Großmutter Hause – ach, vorigen Monat noch?«

»Ja«, sagte er; »sehr gut! Und ich dachte auch so! Ich kanns nicht helfen, daß es ein Fehlschlag war.«

»Fehlgeschlagen ist es, weil du noch was anderes wolltest.«

»Es wäre so oder so fehlgeschlagen. Du hast doch nie an mich geglaubt.«

Sie lachte seltsam.

Er saß in Schweigen. Er war voll der Empfindung, sie hätte ihn betrogen. Sie hatte ihn verachtet, wenn er glaubte, sie verehrte ihn. Sie hatte ihn Unrichtiges sagen lassen, und hatte ihm nicht widersprochen. Sie hatte ihn allein kämpfen lassen. Aber daß sie ihn verachtet hatte, während er glaubte, sie hätte ihn angebetet, das blieb ihm in der Kehle stecken. Sie hätte es ihm sagen müssen, wenn sie etwas an ihm auszusetzen hatte. Sie hatte kein ehrliches Spiel getrieben. Er haßte sie. Die ganzen Jahre lang hatte sie ihn behandelt, als wäre er ein Held, und hatte ihn insgeheim für einen Säugling gehalten, für ein törichtes Kind. Warum hatte sie aber dann das törichte Kind bei seiner Torheit gelassen? Sein Herz wurde hart gegen sie.

Sie saß voller Bitterkeit. Sie hatte es gewußt – oh, wie gut hatte sie es gewußt! Die ganze Zeit über, die er von ihr fern gewesen war, hatte sie ihn aufgerechnet, hatte sie seine Kleinheit gesehen, seine Gemeinheit und seine Torheit. Sie hatte sogar ihre Seele vor ihm geschützt. Sie fühlte sich nicht umgeworfen, niedergestreckt, nicht einmal sehr verletzt. Sie hatte es gewußt. Nur, warum besaß er, während er so dasaß, immer noch diese seltsame Macht über sie? Schon seine Bewegungen bezauberten sie, als versenke er sie in magnetischen Schlaf. Und doch war er verächtlich, falsch, unbeständig und gemein. Warum ihr diese Hörigkeit zu ihm? Warum mußte die Bewegung seines Armes sie erregen, wie nichts anderes auf der Welt es vermochte? Warum war sie so an ihn gefesselt? Warum würde sie sogar jetzt noch gehorchen müssen, sobald er sie ansähe und ihr etwas befähle? Seinen kleinsten Befehlen würde sie gehorchen. Aber sobald sie ihm gehorchte, hatte sie ihn in ihrer Gewalt, das wußte sie, um ihn hinzuführen, wohin sie wollte. Sie war sich ihrer selbst sicher. Nur dieser neue Einfluß! Ach, er war gar kein Mann! Er war ein kleines Kind, das nach seinem neusten Spielzeug schreit. Und alle Anhänglichkeit seiner Seele würde ihn doch nicht halten. Schön, er würde fort müssen. Aber er würde wiederkommen, sobald er seiner neuen Eindrücke müde war.

Er hackte auf die Erde los, bis es sie todübel machte. Sie stand auf. Er saß da und schleuderte Erdklumpen in den Fluß.

»Wollen wir gehen und hier Tee trinken?« fragte er.

»Ja«, antwortete sie.

Während des Tees schwatzten sie über gleichgültige Dinge. Er hielt ihr eine Vorlesung über Liebe für Schmuck – das Wohnzimmer regte ihn hierzu an – und ihre Verbindung mit dem Schönheitssinn. Sie war kalt und ruhig. Während sie heimgingen, fragte sie:

»Und nun sehen wir uns nicht mehr?«

»Nein – oder doch nur selten«, antwortete er.

»Und schreiben uns auch nicht?« fragte sie beinahe spöttisch.

»Wie du willst«, antwortete er. »Wir sind uns ja nicht fremd, sollten es auch nicht werden, einerlei was kommen mag. Ich werde dir dann und wann schreiben. Mach du es, wie du willst.«

»Ich sehe!« sagte sie schneidend.

Aber er war jetzt in einem Zustand, in dem nichts mehr wehtut. Er hatte einen großen Schnitt durch sein Leben geführt. Er hatte einen großen Schreck bekommen, als sie ihm erzählt hatte, ihre Liebe sei von Anfang an ein Kampf gewesen. Nun kam es auf nichts weiter an. War es auch nie viel gewesen, jetzt war es nicht nötig, noch viel Aufhebens darüber zu machen, daß es aus war.

Am Ende des Weges verließ er sie. Als sie in ihrem neuen Kleide heimwärts ging, allein, um ihren Angehörigen am andern Ende gegenüberzutreten, da blieb er vor Scham und Schmerz mitten auf der Landstraße stehen und dachte an das Leid, das er ihr angetan hatte.

Als eine Art Gegenmittel, um seine Selbstachtung wiederherzustellen, ging er in den ›Weidenbaum‹, um etwas zu trinken. Da saßen vier Mädchen, die einen Tagesausflug gemacht hatten und ein bescheidenes Glas Portwein tranken. Auf dem Tische hatten sie Schokolade. Paul saß mit seinem Whisky in ihrer Nähe. Er bemerkte, wie die Mädchen flüsterten und sich mit den Ellenbogen anstießen. Da lehnte sich plötzlich eine von ihnen, eine hübsche, dunkle Hexe, zu ihm hinüber und sagte:

»Etwas Schokolade haben?«

Die andern lachten laut über ihre Unverschämtheit.

»Gern«, sagte Paul. »Geben Sie mir eine harte Nuß. Weiche mag ich nicht.«

»Na, hier denn«, sagte das Mädchen; »hier ist eine mit Mandeln.«

Sie hielt das süße Ding zwischen den Fingern. Er machte den Mund auf. Sie steckte es ihm hinein und errötete.

»Sie sind aber nett!« sagte er.

»Ach«, sagte sie, »wir dachten, Sie sähen so düster aus, und sie dachten, ich wagte es nicht, Ihnen einen anzubieten.«

»Ach, ich nehme auch noch etwas, einen anderen«, sagte er.

Und sofort fingen sie alle an zu lachen.

Es war neun Uhr, als er heimkam, und es wurde schon dunkel. Schweigend trat er ins Haus. Seine Mutter, die auf ihn gewartet hatte, stand erwartungsvoll auf.

»Ich habe es ihr gesagt«, sagte er.

»Das freut mich«, erwiderte die Mutter in großer Erleichterung.«

Müde hängte er seine Mütze auf.

»Ich habe ihr gesagt, jetzt wären wir endgültig miteinander fertig«, sagte er.

»Das ist recht, mein Sohn«, sagte die Mutter. »Jetzt ist es hart für sie, aber am Ende doch das beste. Ich weiß das. Du paßtest nicht zu ihr.«

Er lachte etwas klapperig, als er sich hinsetzte.

»Ich hab so 'nen Spaß gehabt mit ein paar Mädels in 'ner Kneipe«, sagte er.

Seine Mutter sah ihn an. Jetzt hatte er Miriam vergessen. Er erzählte ihr von den Mädchen im ›Weidenbaum‹. Frau Morel sah ihn an. Seine Fröhlichkeit kam ihr unnatürlich vor. Hinter ihr lag zu viel Schrecken und Elend verborgen.

»Nun iß etwas zu Abend«, sagte sie sehr milde.

Nachher sagte er gedankenvoll:

»Sie hat nie geglaubt, sie würde mich bekommen, Mutter, von Anfang an nicht, und so ist sie nicht enttäuscht.«

»Ich fürchte«, sagte seine Mutter, »sie gibt die Hoffnung auf dich immer noch nicht auf.«

»Nein«, sagte er, »vielleicht noch nicht.«

»Aber du wirst finden, es ist besser, ein Ende zu machen«, sagte sie.

»Ich weiß nicht«, sagte er verzweifelt.

»Na, nun laß sie nur«, erwiderte seine Mutter.

So ließ er sie, und sie war allein. Sehr wenig Leute machten sich etwas aus ihr, und sie bekümmerte sich um sehr wenige Leute. Sie blieb allein mit sich, wartend.

12. Leidenschaft

Allmählich brachte er es so weit, sich seinen Lebensunterhalt durch seine Kunst zu verdienen. Liberty hatte einzelne seiner gemalten Entwürfe für verschiedene Stoffe angenommen, und er konnte Zeichnungen für Stickereien, Altardecken und ähnliches an ein oder zwei Stellen absetzen. Es war noch nicht sehr viel, was er augenblicklich verdiente, aber es würde schon mehr werden. Er hatte auch Freundschaft mit dem Zeichner einer Kunsttöpferei geschlossen und gewann ein wenig Einsicht in seines neuen Bekannten Kunst. Die angewandten Künste fesselten ihn besonders. Zu gleicher Zeit arbeitete er langsam an seinen Bildern weiter. Er mochte sehr gern große Gestalten ausführen, voller Licht, aber nicht lediglich aus Licht und darübergeworfenen Schatten bestehend, wie die der Impressionisten; viel eher bestimmte Gestalten, die etwas Leuchtendes in sich hatten, wie manche von Michelangelos Darstellungen. Und diese setzte er in eine Landschaft hinein, in Verhältnissen, wie er sie für richtig hielt. Zum großen Teil arbeitete er aus dem Gedächtnis und verwandte jeden ihm bekannten Menschen. Er glaubte fest an seine Arbeit, an ihre Güte und ihren Wert. Trotz Anfällen von Niedergeschlagenheit, Zurückschrecken, allem möglichen glaubte er doch an sein Werk.

Er war vierundzwanzig, als er seiner Mutter gegenüber zum ersten Mal sein Selbstvertrauen aussprach.

»Mutter«, sagte er, »ich werde noch ein Maler, auf den die Leute achten sollen.«

Sie rümpfte die Nase in ihrer sonderbaren Weise. Es war, als zucke sie halb wohlgefällig die Achseln.

»Schön, mein Junge, wollen mal sehen«, sagte sie.

»Du sollst schon sehen, mein Täubchen. Du sollst schon sehen, ob du nicht noch eines schönen Tages ganz hochnäsig wirst!«

»Ich bin so ganz zufrieden, mein Junge«, lächelte sie.

»Du mußt aber anders werden. Sieh dich doch bloß mal an mit Minnie!«

Minnie war das kleine Dienstmädchen von vierzehn.

»Und was ist denn mit Minnie?« fragte Frau Morel würdevoll.

»Ich hörte sie heute morgen: ›I, Frau Morel, das wollte ich doch tun!‹ als du in den Regen hinausgingst nach Kohlen«, sagte er. »Das sieht grade danach aus, als ob du Dienstboten richtig behandeln könntest!«

»Ach, das war nur, weil das Kind so nett war«, sagte Frau Morel.

»Und du entschuldigst dich noch bei ihr: ›Du kannst doch nicht zweierlei auf einmal tun, nicht wahr?‹«

»Sie hatte aber auch aufzuwaschen«, erwiderte Frau Morel.

»Und was sagte sie: ›Das hätte auch leicht noch etwas warten können. Nun sehen Sie mal, wie patschenaß Ihre Füße wieder sind!‹«

»Ja – so'n freches junges Pack!« sagte Frau Morel lächelnd.

Er sah seine Muter lachend an. Sie war wieder ganz rosig und warm vor Liebe zu ihm. Es schien, als läge aller Sonnenschein einen Augenblick lang auf ihr. Froh fuhr er mit seiner Arbeit fort. Sie schien so glücklich, wenn sie sich wohlfühlte, daß er ihr graues Haar ganz vergaß.

Und dies Jahr ging sie mit ihm auf die Insel Wight in die Sommerfrische. Es war zu aufregend für sie beide und zu wunderschön. Frau Morel war voll freudiger Bewunderung. Aber er hätte sie gern zu längeren Gängen mitgenommen, als sie zu unternehmen imstande war. Sie bekam einen bösen Ohnmachtsanfall. So grau wurde ihr Gesicht, so blau ihr Mund! Das verursachte ihm Todesqualen. Er fühlte sich, als stieße ihm jemand ein Messer in die Brust. Dann wurde sie wieder wohler, und er vergaß es. Aber die Angst blieb doch fühlbar, wie eine sich nicht schließende Wunde.

Sobald er Miriam verlassen hatte, ging er beinahe sofort zu Clara. An dem Montag noch, dem Tage seines Bruches mit ihr, ging er in den Arbeitsraum hinunter. Sie sah zu ihm auf und lächelte. Ohne es zu bemerken, waren sie sehr vertraut miteinander geworden. Sie bemerkte eine neue Helligkeit an ihm.

»Na, Königin von Saba!« sagte er lachend.

»Wieso denn?« fragte sie.

»Ich finde, das paßt gut für Sie. Sie haben einen neuen Rock an.«

Sie errötete, während sie fragte:

»Und was ist mit dem?«

»Steht Ihnen – schauderhaft. Ich müßte Ihnen mal ein Kleid entwerfen.«

»Wie würde das werden?«

Er blieb vor ihr stehen, seine Augen glitzerten, als er es ihr auseinandersetzte. Er hielt ihre Augen mit den seinen fest. Dann plötzlich packte er sie. Sie fuhr halbwegs zurück. Er zog den Stoff ihrer Bluse fester zusammen und glättete ihn über der Brust.

»Mehr so!« erklärte er.

Aber sie waren alle beide von flammender Röte übergossen, und er lief sofort davon. Er hatte sie berührt. Sein ganzer Körper erbebte unter dieser Empfindung.

Es war bereits eine Art geheimen Einverständnisses zwischen ihnen vorhanden. Am nächsten Abend ging er mit ihr auf ein paar Minuten vor Abgang seines Zuges ins Lichtspielhaus. Während sie dasaßen, sah er ihre Hand dicht neben sich liegen. Ein paar Augenblicke wagte er nicht, sie zu berühren. Die Bilder tanzten und flimmerten. Dann nahm er ihre Hand in die seine. Sie war groß und fest; sie füllte die seinige vollständig aus. Er hielt sie fest. Sie bewegte sie weder, noch gab sie irgendein Zeichen von sich. Als sie nach draußen gingen, war sein Zug grade fällig. Er zögerte.

»Gute Nacht«, sagte sie. Mit einem Satze war er über die Straße.

Am nächsten Tage kam er wieder und sprach mit ihr. Sie war ziemlich hochmütig gegen ihn.

»Wollen wir Montag etwas spazierengehen?« fragte er.

Sie wandte ihr Gesicht zur Seite.

»Werden Sie es Miriam erzählen?« entgegnete sie spöttisch.

»Ich habe mit ihr gebrochen«, sagte er.

»Wann?«

»Vorigen Sonntag.«

»Haben Sie sich gezankt?«

»Nein! Ich war fest entschlossen. Ich habe ihr ein für allemal gesagt, daß ich mich für frei halte.«

Clara antwortete nicht, und er kehrte an seine Arbeit zurück. Sie war so ruhig und stolz!

Am Sonnabend bat er sie, in ein Gasthaus zu kommen und mit ihm Kaffee zu trinken, sie wollten sich dort nach der Arbeitszeit treffen. Sie kam und sah sehr zurückhaltend und fern aus. Er hatte noch drei Viertelstunden Zeit bis zu seinem Zuge.

»Wir wollen noch einen Augenblick gehen«, sagte er.

Sie stimmte zu, und sie gingen am Schloß vorüber in den Park. Er war bange vor ihr. Sie schritt düster neben ihm her in einer bösen, widerwilligen, verärgerten Gangart. Er fürchtete sich, ihre Hand zu ergreifen.

»Wo wollen wir hin?« fragte er, als sie in der Dunkelheit dahinschritten.

»Mir ists einerlei.«

»Dann wollen wir hier die Treppe hinauf.«

Plötzlich wandte er sich um. Sie waren an der Parktreppe vorbei. Sie stand still und war böse, daß er sie plötzlich im Stiche gelassen hatte. Er sah sich nach ihr um. Sie stand abseits. Plötzlich nahm er sie in die Arme, hielt sie einen Augenblick ganz steif und küßte sie. Dann ließ er sie los.

»Komm«, sagte er reumütig.

Sie folgte ihm. Er nahm ihre Hand und küßte ihre Fingerspitzen. Sie schritten in Schweigen einher. Sobald sie wieder ins Helle kamen, ließ er ihre Hand fahren. Keiner sprach, bis sie an den Bahnhof kamen. Dann sahen sie einander in die Augen.

»Gute Nacht«, sagte sie.

Und er ging zu seinem Zuge. Sein Körper handelte ganz gedankenlos. Leute sprachen ihn an. Er hörte einen schwachen Widerhall ihnen antworten. Er war rasend. Er fühlte, er würde verrückt werden, wenn Montag nicht sogleich herankäme. Am Montag würde er sie wiedersehen. Sein ganzes Ich war hier im voraus festgenagelt. Der Sonntag lag dazwischen. Das konnte er nicht aushalten. Bis Montag sollte er sie nicht sehen. Und Sonntag lag dazwischen – Stunden und aber Stunden der Spannung. Er hätte gern mit dem Kopf gegen die Wagentür geschlagen. Aber er saß still. Auf dem Nachhausewege trank er etwas Whisky, aber der machte es nur schlimmer. Seine Mutter durfte nicht aufgeregt werden, das war die Hauptsache. Er verstellte sich und ging rasch zu Bett. Da saß er, ganz angezogen, das Kinn auf den Knien, und starrte durchs Fenster nach dem fernen Hügel mit seinen paar Lichtern. Er dachte nicht und schlief auch nicht, er saß nur still und starrte hinaus. Und als er schließlich so kalt wurde, daß er wieder zu sich kam, da fand er, seine Uhr war um halb drei stehengeblieben. Es war nach drei Uhr. Er war erschöpft, aber das quälende Bewußtsein, es sei erst Sonntag morgen, hielt noch an. Er ging zu Bett und schlief.

Dann radelte er den ganzen Tag, bis er ausgepumpt war. Und er wußte kaum, wo er gewesen war. Aber der Tag darauf war Montag. Er schlief bis vier Uhr. Dann lag er und dachte nach. Er kam sich wieder näher – er konnte sein wirkliches Ich irgendwo da vorne erkennen. Am Nachmittag würde sie mit ihm ausgehen. Nachmittag! Das schien noch Jahre entfernt zu liegen.

Langsam krochen die Stunden dahin. Sein Vater stand auf; er hörte ihn herumkramen. Dann zog der Bergmann los zur Grube, wobei seine schweren Stiefel über den Hof schlürften. Hähne krähten noch. Ein Wagen fuhr die Straße hinunter. Seine Mutter stand auf. Sie schürte das Feuer. Da rief sie ihn auch schon leise. Er antwortete, wie aus tiefem Schlaf. Diese Verhüllung seiner selbst war gut.

Er ging zum Bahnhof – wieder eine Meile. Der Zug näherte sich Nottingham. Würde er vorm Tunnel halten? Aber das war ja einerlei, er würde schon noch vor der Essenszeit hinkommen. Er war bei Jordan. In einer halben Stunde würde sie kommen. Jedenfalls müßte sie schon in der Nähe sein. Mit seinen Briefen war er fertig. Sie müßte da sein. Vielleicht war sie nicht gekommen. Er lief nach unten. Ah! Er sah sie durch die Glastür. Ihre ein wenig über ihre Arbeit gebeugten Schultern ließen ihn sich fühlen, als könne er nicht weiter vorwärts; er konnte nicht mehr aufrechtstehen. Er trat ein. Er war blaß, gereizt, ungeschickt, und ganz kalt. Würde sie ihn mißverstehen? In dieser Verhüllung konnte er sich nicht geben wie er war.

»Und heute Nachmittag«, brachte er mit Anstrengung hervor; »werden Sie kommen?«

»Ich denke«, erwiderte sie flüsternd.

Er stand vor ihr, unfähig ein Wort zu sagen. Sie verbarg ihr Gesicht vor ihm. Wieder überkam ihn das Gefühl, er müsse das Bewußtsein verlieren. Er biß die Zähne zusammen und ging nach oben. Bis jetzt hatte er alles gehörig durchgeführt, und das wollte er auch weiterhin. Alle Obliegenheiten des Morgens schienen ihm so fern, wie sie einem Menschen unter Chloroform vorkommen. Er selbst kam sich wie in den Banden einer festen Zwangsvorstellung vor. Dann war noch sein anderes Ich da, weit weg, das allerlei tat, Sachen in Bücher eintrug, und er beobachtete dies ferne Ich sorgfältig, damit es keine Fehler mache.

Aber viel länger konnten der Schmerz und die Anstrengung dieses Zustandes nicht dauern. Er arbeitete unablässig. Aber es war erst zwölf

Uhr. Als hätte er seinen Anzug an den Schreibtisch genagelt, stand er da und arbeitete, rang er seinem Inneren jeden Federstrich ab. Es war ein Viertel vor eins; er konnte aufräumen. Dann lief er nach unten.

»Wollen Sie mich um zwei Uhr am Springbrunnen treffen?« sagte er.

»Vor halb drei kann ich nicht da sein.«

»Ja!« sagte er.

Sie sah den Wahnsinn in seinen dunklen Augen.

»Ich will versuchen, ein Viertel nach ...«

Und damit mußte er sich zufrieden geben. Er ging und aß etwas. Die ganze Zeit über war er immer noch unter Chloroform, und jede Minute dehnte sich unendlich lang hin. Meilenweit lief er durch die Straßen. Dann dachte er, er könne zu spät zu ihrem Treffpunkt gelangen. Fünf Minuten vor zwei war er beim Springbrunnen. Die Folter der nächsten Viertelstunde war ausgesucht über jeden Begriff. Es war die Angst um das Zusammensein seines lebendigen Ich und seiner Verhüllung. Dann sah er sie. Sie kam. Und er war da.

»Sie kommen spät«, sagte er.

»Fünf Minuten nur«, antwortete sie.

»Ich hätte Ihnen das nie angetan«, lachte er.

Sie war in einem dunkelblauen Kleid. Er sah ihre schöne Gestalt an.

»Sie müssen ein paar Blumen haben«, sagte er und schritt auf den nächsten Blumenhändler zu.

Sie folgte ihm in Schweigen. Er kaufte ihr einen Strauß scharlachner, ziegelroter Nelken. Errötend steckte sie sie in ihre Jacke.

»Das ist 'ne schöne Farbe!« sagte er.

»Ich hätte lieber etwas Sanfteres gehabt«, sagte sie.

Er lachte.

»Denken Sie, Sie wären ein Zinnoberfleck, der die Straße hinunterläuft!« sagte er.

Sie ließ den Kopf hängen, aus Furcht vor den ihnen entgegenkommenden Leuten. Er sah sie während des Gehens von der Seite an. Auf ihrem Gesicht dicht am Ohre wuchs ein wundervoller Flaum, den er zu gern berührt hätte. Und eine gewisse Schwere, die Schwere einer sehr vollen, im Winde schwankenden Kornähre, die auf ihr lag, jagte sein Hirn im Kreise herum. Er glaubte, er torkle in Kreisen über die Straße, alles gehe mit ihm in die Runde.

Als sie in der Elektrischen saßen, lehnte sie ihre schwere Schulter gegen ihn an, und er nahm ihre Hand. Er fühlte sich aus der Betäubung aufwachen und wieder zu atmen anfangen. Ihr halb unter ihrem dunklen Blondhaar verborgenes Ohr war ihm ganz nahe. Die Versuchung, es zu küssen, war fast zu groß. Aber es saßen noch andere Leute oben an Deck. Es zu küssen blieb ihm also noch vorbehalten. Schließlich war er ja gar nicht er selbst, er war nur eins ihrer besonderen Merkmale, etwa wie der auf sie herniederfallende Sonnenschein.

Er sah rasch weg. Es hatte geregnet. Die große Klippe des Schloßfelsens war ganz von Regenwasser gestreift, wie sie sich da so über die Niederung der Stadt emporhob. Sie kreuzten den weiten, schwarzen Raum der Mittelland-Eisenbahn und fuhren an den weiß hervorstechenden Viehhürden vorüber. Dann liefen sie die schmutzige Wilford Road hinab.

Sie schwankte leise, entsprechend der Bewegung des Wagens, und da sie sich an ihn anlehnte, schwankte sie gegen ihn an. Er war ein kräftiger, schlankgewachsener Mann mit nicht zu erschöpfender Tatkraft. Sein Gesicht war rauh, mit grobgehauenen Zügen, wie beim gewöhnlichen Volk; aber seine Augen unter den tiefen Brauen waren so voller Leben, daß sie sie bezauberten. Sie schienen zu tanzen und waren doch so still, sie zitterten mit der feinsten Schwebung seines Lachens. Sein Mund ebenso stand grade im Begriff, in ein Siegeslachen auszubrechen, und tats doch nicht. Eine scharfe Zurückhaltung lag über ihm. Sie biß sich düster auf die Lippen. Seine Hand schloß sich hart über der ihren.

An der Schranke bezahlten sie jeder einen halben Penny und gingen dann über die Brücke. Der Trent war sehr hoch. Schweigend und hinterhältig fuhr er unter der Brücke hindurch, eine weiche, dahineilende Masse. Es hatte stark geregnet. Auf den Niederungen am Flusse schimmerten flache Wasserlachen. Der Himmel war grau, mit Silberblicken hier und da. Auf dem Kirchhofe in Wilford waren die Dahlien ganz vom Regen durchtränkt – nasse, schwärzlich-purpurne Klumpen. Niemand war auf dem Pfade an den grünen Flußwiesen entlang zu sehen, unter dem Ulmengange.

Der denkbarst feine Dunst lag über dem schwärzlich-silbernen Wasser und den grünen Flußufern und den mit Gold umklammerten Ulmenbäumen. In einer dichten Masse glitt der Fluß dahin, äußerst geräuschlos und geschwinde, sich in sich selbst verschlingend wie ein ganz feines, verwickeltes Wesen. Clara schritt düster neben ihm her.

»Warum«, sagte sie endlich, in ziemlich gehässigem Tone, »haben Sie Miriam verlassen?«

Er runzelte die Stirn.

»Weil ich sie verlassen wollte«, sagte er.

»Wieso?«

»Weil ich nicht mit ihr weitermachen wollte. Und heiraten wollte ich sie nicht.«

Sie blieb einen Augenblick stumm. Sie suchten ihren Weg den schlammigen Pfad entlang. Wassertropfen fielen von den Ulmenbäumen herab.

»Sie wollten Miriam nicht heiraten, oder Sie wollten überhaupt nicht heiraten?« fragte sie.

»Beides«, antwortete er; »beides!«

Sie hatten sich hin und her zu winden, um zu dem Übergang zu gelangen, wegen der Wassertümpel.

»Und was sagte sie?« fragte Clara.

»Miriam? Ich wäre ein Kind von vier Jahren und hätte immer von ihr weggestrebt.«

Hierüber dachte Clara eine Zeitlang nach.

»Aber Sie sind wirklich eine Zeitlang mit ihr gegangen?« fragte sie.

»Ja.«

»Und nun wollen Sie nichts mehr von ihr wissen?«

»Nein. Ich weiß, es hat keinen Zweck.«

Wieder dachte sie nach.

»Finden Sie nicht, Sie haben sie recht schlecht behandelt?« fragte sie.

»Ja; ich hätte es vor Jahren fallen lassen sollen. Aber es hätte keinen Zweck gehabt, weiter fortzufahren. Zwei Fehlschläge machen nicht einen Erfolg.«

»Wie alt sind Sie denn?« fragte Clara.

»Fünfundzwanzig.«

»Und ich bin dreißig«, sagte sie.

»Ich weiß.«

»Ich werde bald einunddreißig – oder bin ich schon einunddreißig?«

»Ich weiß nicht und mache mir auch nichts draus. Was liegt denn daran!«

Sie waren am Eingang zum Hain. Der nasse, rote Pfad, schon klebrig durch gefallene Blätter, führte das steile Ufer hinauf durch das Gras. Auf beiden Seiten standen die Ulmenbäume wie die Pfeiler an einem großen Kirchenschiff entlang, sie wölbten sich und bildeten hoch oben ein Dach, aus dem die toten Blätter herniederfielen Alles war leer und schweigend und naß. Sie blieb oben auf dem Übergang stehen, und er hielt ihre beiden Hände. Lachend sah sie in seine Augen hinunter. Dann sprang sie herab. Ihre Brust schlug gegen die seine; er hielt sie und bedeckte ihr Gesicht mit Küssen.

Sie gingen den schlüpfrigen, steilen, roten Pfad hinan. Auf einmal machte sie seine Hand los und legte sie sich um die Hüfte.

»Sie pressen mir die Adern zu am Arm, wenn Sie ihn so festhalten«, sagte sie.

Sie gingen weiter. Seine Fingerspitzen fühlten das Schwanken ihrer Brust. Alles war stumm und verlassen. Zur Linken zeigte sich der nasse, rote Acker durch die Zwischenräume zwischen den Ulmen und ihren Ästen. Zur Rechten konnten sie, wenn sie hinuntersahen, die Wipfel der tief unter ihnen wachsenden Ulmen erblicken und gelegentlich das Gurgeln des Flusses vernehmen. Zuweilen erhaschten sie auch einmal einen Blick auf den vollen, sanft dahingleitenden Trent und die mit winzigem Vieh übersprenkelten Wasserwiesen.

»Das hat sich kaum verändert, seit die kleine Kirke White hierherzukommen pflegte«, sagte er.

Aber er beobachtete ihren Hals unter dem Ohre, wo die Röte ins Honigweiß überging, und ihren trostlos schmollenden Mund. Beim Gehen bewegte sie sich gegen ihn an, und sein Körper war wie eine straff gespannte Saite.

Auf halber Höhe des großen Ulmenganges, wo der Hain sich am höchsten über den Fluß erhob, kam ihr Vorwärtsstreben zögernd zu Ende. Er führte sie auf das Gras hinüber, unter die Bäume am Rande des Weges. Die rote Tonklippe fiel hier rasch durch Bäume und Büsche zum Flusse hinab, der dunkel durch das Laubwerk hindurchschimmerte. Die tief unten liegenden Wasserwiesen waren lebhaft grün. Er und sie standen aneinander gelehnt, schweigend, furchtsam, ihre Körper sich in ganzer Länge berührend. Ein rasches Gurgeln kam von dem Flusse drunten.

»Warum«, fragte er sie endlich,»haßten Sie Baxter Dawes?«

Mit einer prachtvollen Bewegung wandte sie sich ihm zu. Ihr Mund, ihre Kehle boten sich ihm dar; ihre Augen waren halb geschlossen; ihre Brust hob sich ihm entgegen, als sehne sie sich nach ihm. Ein leises Lachen blitzte aus ihm hervor, er schloß die Augen und traf sie in einem langen, allumfassenden Kusse. Ihr Mund verschmolz mit dem seinen; ihre Leiber waren versiegelt und vernichtet. Es dauerte Minuten, bevor sie sich voneinander lösten. Sie standen neben dem öffentlichen Wege.

»Willst du zum Flusse hinunter?« fragte er.

Sie sah ihn an und überließ ihm ihre Hände. Er trat über den Rand des Abhanges und begann hinunterzuklettern.

»Es ist glatt«, sagte er.

»Das macht nichts«, erwiderte sie.

Fast senkrecht ging der rote Klei hinunter. Er rutschte beim Gehen von einem Grasbüschel zum nächsten, hing sich an die Büsche und suchte am Fuße jedes Baumes ein wenig Halt zu gewinnen. Hier wartete er auf sie, lachend vor Erregung. Ihre Schuhe waren von dem roten Klei ganz verkleistert. Es war sehr schwierig für sie. Er runzelte die Stirn. Zuletzt ergriff er ihre Hand, und sie stand neben ihm. Über ihnen hob sich die Klippe empor und fiel unter ihnen ab. Sie hatte mehr Farbe bekommen, und ihre Augen blitzten. Er blickte auf die große Tiefe vor ihnen.

»Es ist gewagt«, sagte er; »oder doch jedenfalls dreckig. Sollen wir umkehren?«

»Meinetwegen nicht«, sagte sie rasch.

»Schön. Siehst du, helfen kann ich dir nicht; ich würde dich nur hindern. Gib mir das kleine Päckchen und deine Handschuhe. Deine armen Schuhe!«

Sie standen hoch auf der Fläche des Abhanges unter den Bäumen.

»Na, ich will mal weitergehen«, sagte er.

Hinunter fuhr er, gleitend, stolpernd, bis zum nächsten Baum rutschend, gegen den er mit einem Krach ansauste, daß es ihm fast den Atem auspreßte. Sie kam vorsichtig hinterher, sich an alle Zweige und Grasbüschel anhängend. So stiegen sie Stufe um Stufe hinab bis an den Rand des Flusses. Hier hatte zu ihrem Ärger die Flut den Pfad weggefressen, und der rote Abhang ging unmittelbar ins Wasser über. Er bohrte die Hacken ein und brachte sich mit Gewalt zum Stehen. Der Bindfaden des Päckchens riß mit einem Schnapp! – das braune

Päckchen hüpfte hinunter, sprang ins Wasser und segelte ruhig von dannen. Er hing an seinem Baume.

»I verdammt nochmal!« rief er ärgerlich. Dann mußte er lachen. Ihr Abstieg sah gefährlich aus.

»Paß auf«, warnte er sie. Er stand mit dem Rücken gegen seinen Baum und wartete. »Nun komm«, sagte er und öffnete die Arme.

Sie ließ sich laufen. Er fing sie auf, und zusammen standen sie nun und sahen das dunkle Wasser an der rauhen Kante des Abhanges entlanggleiten. Das Päckchen war bereits außer Sicht.

»Das macht nichts«, sagte sie.

Er hielt sie dicht an sich und küßte sie. Es war grade Raum für ihre vier Füße da.

»So'n Schwindel!« sagte er. »Aber da ist eine Spur, wo ein Mann gegangen ist; wenn wir also weitergehen, werden wir wohl den Pfad wiederfinden.«

Gleitend wirbelte der Fluß seine großen Massen durcheinander. Auf dem andern Ufer weidete das Vieh auf der einsamen Niederung. Zur Rechten erhob die Klippe sich hoch über Paul und Clara. In diesem wässerigen Schweigen lehnten sie sich gegen den Baum.

»Laß uns mal versuchen weiter zu kommen«, sagte er; und so kämpften sie sich in dem roten Klei der Furche entlang, die die Nagelschuhe eines Mannes gemacht hatten. Sie waren von Hitze übergossen. Ihre verkleisterten Schuhe erschwerten ihre Schritte. Schließlich fanden sie den abgebrochenen Pfad wieder. Er war mit Geröll aus dem Flusse übersät, aber auf alle Fälle ging es nun doch leichter. Sie reinigten sich die Schuhe mit Zweigen. Sein Herz schlug laut und schwer.

Plötzlich, grade als sie wieder auf den ebenen Pfad kamen, sahen sie vor sich zwei Männergestalten stumm am Rande des Wassers stehen. Sein Herz machte einen Satz. Sie fischten. Er wandte sich und hob warnend die Hand gegen Clara. Sie zauderte und knöpfte sich die Jacke zu. Zusammen gingen sie weiter.

Neugierig wandten sich die Fischer, um die beiden Eindringlinge in ihre Einsamkeit und Abgeschiedenheit zu betrachten. Sie hatten ein Feuer gehabt, aber das war beinahe erloschen. Alle waren vollkommen stumm. Die Männer wandten sich wieder dem Fischfang zu und standen über dem grauglitzernden Flusse wie Bildsäulen. Clara ging gebeugten Hauptes, dunkelrot; er lachte innerlich. Da waren sie auch schon außer Sicht hinter ein paar Weiden.

»Nun müßten sie versoffen sein«, sagte Paul sanft.

Clara antwortete nicht. Sie arbeiteten sich vorwärts über einen schmalen Pfad am Rande des Flusses entlang. Plötzlich hörte er auf. Vor ihnen war das Ufer reiner roter Klei, unmittelbar in den Fluß abfallend. Er stand und fluchte mit verhaltenem Atem und zusammengebissenen Zähnen.

»Das ist unmöglich!« sagte Clara.

Hoch aufgerichtet stand er da und sah sich um. Grade vor ihnen im Strom lagen zwei kleine Inselchen, mit Weiden bestanden. Aber sie waren unerreichbar. Wie eine schräge Mauer kam die Klippe von hoch oben über ihren Köpfen herunter. Hinter ihnen, nicht sehr weit, waren die Fischer. Jenseits des Flusses weidete das Vieh stumm in dem einsamen Nachmittag. Wieder fluchte er mit tief verhaltenem Atem. Er spähte das mächtige Steilufer hinan. Bestand denn keine Hoffnung, an ihm empor zu dem öffentlichen Wege zurück zu klimmen?

»Wart mal 'nen Augenblick«, sagte er, und, die Hacken seitwärts in die steile Fläche aus rotem Klei eingrabend, begann er vorsichtig anzusteigen. Er spähte nach jedem Baumfuß aus. Zuletzt fand er, was er suchte. Zwei Buchen bildeten nebeneinander am Abhang stehend oberhalb ihrer Wurzeln eine kleine ebene Fläche. Sie war mit feuchten Blättern überstreut, aber sie würde genügen. Die Fischer waren am Ende genügend außer Sicht. Er warf seinen Regenmantel hin und winkte ihr zu, zu kommen.

Sie arbeitete sich zu ihm heran. Als sie neben ihm stand, sah sie ihm schwer in die Augen und legte ihren Kopf an seine Schulter. Er hielt sie fest, während er sich umsah. Sie waren sicher vor allem, bis auf ein paar einsame kleine Kühe drüben über dem Flusse. Er senkte seinen Mund auf ihre Kehle, wo er ihren schweren Pulsschlag an seinen Lippen fühlte. Alles war vollkommen still. Nichts gab es in dem Nachmittag außer ihnen selbst.

Als sie wieder aufstand, sah er, der die ganze Zeit über zu Boden geschaut hatte, plötzlich über die nassen schwarzen Buchenwurzeln eine Menge scharlachroter Blütenblätter verstreut, wie verspritzte Blutstropfen; und rote kleine Spritzer fielen ihr aus dem Busen und rieselten über ihr Kleid zu ihren Füßen hinab.

»Deine Blumen sind hin«, sagte er.

Sie sah ihn schwer an, während sie sich das Haar zurückstrich. Plötzlich legte er seine Fingerspitzen auf ihre Backe.

»Warum guckst du so schwer?« tadelte er sie.

Sie lächelte traurig, als fühlte sie sich innerlich vereinsamt.

Er liebkoste ihre Backe mit den Fingern und küßte sie.

»Ne!« sagte er. »Da quäl dich man nicht drum!«

Sie packte seine Finger fest und lachte etwas zitterig. Dann ließ sie die Hand sinken. Er strich ihr das Haar aus der Stirn zurück und streichelte ihr die Schläfen, worauf er sie leise küßte.

»Du sollst aber nicht brummen!« sagte er sanft, flehend.

»Nein, ich brumme auch gar nicht!« lächelte sie zärtlich und entsagungsvoll.

»Doch, tust du doch! Brumme nich!« bat er unter Liebkosungen.

»Nein!« tröstete sie ihn mit einem Kuß.

Sie mußten hart klettern, um wieder nach oben zu gelangen.

Es kostete sie eine Viertelstunde. Als er oben auf die ebene Grasfläche kam, warf er seine Mütze hin, wischte sich den Schweiß von der Stirn und seufzte auf.

»Nun stehen wir wieder im gewöhnlichen Leben«, sagte er.

Keuchend setzte sie sich auf das büschelige Gras nieder. Ihre Backen waren rötlich angelaufen. Er küßte sie, und sie gab sich ihrer Freude hin.

»Un nu will ich dir die Stiefel putzen und dich zustutzen, damit du wieder unter achtbares Volk paßt«, sagte er.

Er kniete zu ihren Füßen nieder und arbeitete mit einem Stöckchen und ein paar Grasbüscheln drauflos. Sie steckte ihm die Finger ins Haar, zog seinen Kopf an sich und küßte ihn.

»Was soll ich denn nun eigentlich machen, Stiefel putzen oder schnäbeln? Das sag mir mal!«

»Alles was mir grade Spaß macht«, erwiderte sie.

»Für den Augenblick bin ich dein Stiefeljunge und weiter nichts!« Aber sie sahen sich doch weiter einander in die Augen und lachten. Dann küßten sie sich mit kleinen, nippenden Küssen.

»T-t-t-t!« machte er mit der Zunge, grade wie seine Mutter. »Ich sag dir, wenn so 'n Weibsbild dabei ist, bringt man nichts fertig.«

Und unter leisem Singen machte er sich wieder an sein Stiefelputzen. Sie berührte sein dichtes Haar, und er küßte ihre Finger. Er arbeitete weiter an ihren Schuhen. Schließlich waren sie wieder ganz ansehnlich.

»So, siehst du!« sagte er. »Bin ich nicht grade der Richtige, um dich wieder öffentlich achtbar zu machen? Steh auf! So, du siehst so untadelig aus wie Britannia selber.«

Er machte seine eigenen Stiefel ein wenig sauber, wusch sich die Hände in einer Pfütze und sang dazu. Dann gingen sie nach dem Dorfe Clifton hinein. Er war wahnsinnig verliebt in sie; jede Bewegung, die sie ausführte, jede Falte ihres Kleides durchfuhr ihn heiß wie ein Blitz und ließ sie ihm anbetungswürdig erscheinen.

Die alte Dame, in deren Hause sie Tee tranken, wurde von ihrer Fröhlichkeit angesteckt.

»Ich möchte wünschen, Sie hätten einen besserer Tag erwischt«, sagte sie, in ihrer Nähe stehenbleibend.

»Ach nein!« lachte er. »Wir sagten grade, wie schön es wäre.«

Die alte Dame sah ihn neugierig an. Es lag eine besondere Glut und Anziehungskraft in ihm. Seine Augen waren dunkel und voll Lachens. Er zwirbelte seinen Schnurrbart in fröhlicher Weise.

»Das haben Sie gesagt!« rief sie, und ein Licht wurde in ihren alten Augen wach.

»Wahrhaftig!« lachte er.

»Denn ist das Wetter sicher gut genug«, sagte die alte Dame.

Sie machte sich etwas zu tun, da sie sie nicht verlassen wollte.

»Ich weiß nicht, möchten Sie nicht vielleicht auch ein paar Radieschen«, sagte sie zu Clara; »aber ich habe ein paar im Garten – und 'ne Gurke auch.«

Clara errötete. Sie sah sehr hübsch aus.

»Ein paar Radieschen hätte ich gern«, antwortete sie.

Vergnügt stuppelte die alte Dame von dannen.

»Wenn sie bloß wüßte!« sagte Clara ruhig zu ihm.

»Na, sie weiß es ja nicht; und auf alle Fälle beweist es, daß wir so für uns selbst recht nett sind. Du siehst ruhig genug aus, um einen Erzengel zufrieden zu stellen, und ich komme mir ganz harmlos vor – also – wenn es dich hübsch aussehen macht, und die Leute glücklich macht, wenn sie uns um sich haben und uns selbst auch glücklich macht – wieso, dann betrügen wir sie doch wohl nicht sehr!«

Sie fuhren mit ihrer Mahlzeit fort. Als sie fortgingen, kam die alte Dame furchtsam mit drei kleinen, vollerblühten Dahlien, glänzend wie Bienen, scharlach und weiß gefleckt, herbei. Sie blieb vor Clara stehen und sagte ganz selbstzufrieden:

»Ich weiß nicht, ob ...« und hielt ihr die Blumen mit ihrer alten Hand hin.

»Oh, wie hübsch!« rief Clara, als sie die Blumen hinnahm.

»Soll sie die alle haben?« rief Paul der alten Dame vorwurfsvoll zu.

»Ja, sie soll sie alle haben«, erwiderte sie, strahlend vor Vergnügen. »Sie haben für Ihr Teil längst genug.«

»Ach, ich werde sie aber bitten, daß sie mir eine abgibt!« neckte er sie.

»Das muß sie halten wie sie will«, sagte die alte Dame lächelnd. Und vor Freuden machte sie ihnen einen kleinen Knicks.

Clara war recht still und beklommen. Als sie weitergingen, sagte er: »Du fühlst dich doch nicht wie 'ne Verbrecherin, was?«

Sie sah ihn mit verstörten grauen Augen an.

»Verbrecherin, nein!« sagte sie.

»Aber du fühlst dich anscheinend, als hättest du unrecht getan?«

»Nein«, sagte sie. »Ich denke bloß immer, ›wenn sie's wüßten‹«

»Wenn sie es wüßten, würden sie es darum nicht besser begreifen. So wie es ist, begreifen sie es und mögen es. Was liegt denn an ihnen? Hier, bloß mit den Bäumen und mir zusammen, fühlst du dich doch nicht im geringsten im Unrecht, nicht wahr?«

Er faßte sie am Arm und hielt sie so, daß sie ihm ins Gesicht sah, und fesselte ihre Augen mit den seinen. Es wurmte ihn etwas.

»Wir sind doch keine Sünder?« sagte er mit einem leichten Stirnrunzeln.

»Nein«, erwiderte sie.

Lachend küßte er sie.

»Ich glaube, du hast dein bißchen Schuldbewußtsein gern«, sagte er. »Ich glaube, Eva hatte auch ihren Spaß dran, als sie sich zusammenduckte und aus dem Paradiese schlich.«

Aber es lag eine gewisse Glut und Ruhe über ihr, die ihn froh machte. Als er allein im Eisenbahnwagen saß, fand er sich stürmisch vergnügt, und die Leute außerordentlich nett, und die Nacht entzückend, und alles gut.

Frau Morel saß und las, als er heimkam. Ihre Gesundheit war jetzt nicht gut, und es zeigte sich eine Elfenbeinblässe in ihrem Gesicht, die er früher nie wahrgenommen hatte und die er später niemals vergessen konnte. Sie selbst erwähnte ihr schlechtes Befinden ihm gegenüber nie. Schließlich, dachte sie, wäre es wohl nichts von Bedeutung.

»Du kommst spät!« sagte sie und sah ihn an.

Seine Augen glänzten; sein Gesicht schien zu glühen. Er lächelte sie an.

»Ja; ich bin mit Clara nach dem Clifton Hain hinunter gewesen.«

Seine Mutter sah ihn wieder an.

»Aber werden die Leute nicht reden?« sagte sie.

»Wieso? Sie wissen ja, sie ist 'ne Frauenrechtlerin und so. Und wenn sie auch reden!«

»Natürlich, es mag ja nichts Unrechtes dabei sein«, sagte seine Mutter. »Aber du weißt ja, wie die Leute sind, und kommt sie erst mal ins Gerede ...«

»Ja, denn kann ichs nicht helfen. Schließlich liegt ja an ihrem Geschwätz auch nicht so viel.«

»Ich meine, du solltest Rücksicht auf sie nehmen.«

»Das tu ich auch! Was können die Leute denn sagen? – daß wir zusammen spazierengehen. Ich glaube, du bist eifersüchtig.«

»Du weißt ja, ich würde mich sehr freuen, wäre sie nur keine verheiratete Frau.«

»Ja, mein Liebstes, sie lebt von ihrem Manne getrennt und redet öffentlich; also ist sie schon von den Schafen geschieden und hat, so weit ichs sehen kann, nicht viel zu verlieren. Nein; ihr Leben bedeutet ihr nichts, also was ist der Wert von nichts? Sie geht mit mir – da wird es was. Dann muß sie auch dafür bezahlen – das müssen wir beide. Die Leute haben so 'ne Angst vorm Bezahlen; lieber hungern sie und sterben.«

»Na schön, mein Sohn. Wollen mal sehen, wie es ausläuft.«

»Sehr schön, meine Mutter. Ich will mich mit dem Ende schon zufrieden geben.«

»Wollen mal sehen!«

»Und sie – riesig nett ist sie, Mutter; wirklich! Du weißt ja nicht!«

»Das ist aber noch nicht dasselbe wie sie heiraten.«

»Vielleicht ists besser.«

Eine Zeitlang herrschte Schweigen. Er wollte seine Mutter gern etwas fragen, wagte es aber nicht.

»Möchtest du sie wohl kennenlernen?« Er zögerte.

»Ja«, sagte Frau Morel kühl. »Ich möchte wohl mal sehen, was sie für eine ist.«

»Ach, sie ist so nett, Mutter, wirklich! Und kein bißchen was Gewöhnliches!«

»Das habe ich ja niemals angenommen.«

»Aber du glaubst anscheinend, sie wäre ... nicht so gut wie ... Sie ist besser als neunundneunzig unter hundert, sag ich dir! Sie ist besser, wirklich! Sie ist gerecht, sie ist ehrlich, sie ist gradeaus! Da ist auch nichts Heimliches oder Hochnäsiges in ihr. Sei nicht gemein gegen sie!«

Frau Morel errötete.

»Ich bin doch ganz gewiß nicht gemein gegen sie. Sie mag ja ganz so sein, wie du sagst, aber ...«

»Dir ists doch nicht recht«, sagte er schließlich.

»Und hattest du das denn von mir erwartet?« antwortete sie.

»Ja! – ja! – Du würdest nur zu froh sein, wenn du irgendwas gegen sie hättest! Willst du sie denn überhaupt sehen?«

»Ich sagte ja, jawohl.«

»Dann will ich sie mitbringen – soll ich sie hierherbringen?«

»Wie es dir paßt.«

»Dann will ich sie hierherbringen – mal Sonntags – zum Tee. Wenn du aber nur irgend etwas Ekliges über sie denkst, das vergebe ich dir nie.«

Seine Mutter lachte.

»Als ob das irgendwelchen Unterschied ausmachte«, sagte sie. Er wußte, er hatte gewonnen.

»Oh, aber es fühlt sich so gut an, wenn sie da ist, Mutter! In ihrer Weise ist sie solch 'ne Königin.«

Gelegentlich ging er mal eine kleine Strecke nach der Kirche mit Edgar und Miriam. Nach dem Hofe ging er nicht mehr hinauf. Sie jedoch war ganz so wie immer gegen ihn, und er fühlte sich in ihrer Gegenwart keineswegs verlegen. Eines Abends war sie allein, als er sie begleitete. Sie begannen über Bücher zu sprechen: das war ihr nie versagender Gesprächsgegenstand. Frau Morel hatte einmal gesagt, seine und Miriams Liebesgeschichte wäre ein mit Büchern genährtes Feuer – wären keine Bände mehr da, würde es verlöschen. Miriam ihrerseits brüstete sich, sie könne ihn wie ein Buch lesen, sie könne jeden Augenblick ihren Finger auf Hauptstück und Zeile legen. Er in seiner leichten Überzeugtheit glaubte, Miriam wisse mehr von ihm als sonst irgend jemand. So machte es ihm Spaß, ihr von sich zu erzählen, als harmloser Selbstsüchtling. Sehr bald trieb die Unterhaltung zu seiner Tätigkeit hinüber. Es schmeichelte ihm gewaltig, eine solche Anziehungskraft zu besitzen.

»Und was hast du kürzlich angefangen?«

»Ich – och, nicht viel! Ich habe eine Skizze von Bestwood gemacht, vom Garten aus, die endlich beinahe richtig ist. Es ist der hundertste Versuch.«

So fuhren sie fort. Dann sagte sie:

»Denn bist du kürzlich gar nicht mal ausgewesen?«

»Doch; Montagnachmittag bin ich mit Clara nach dem Clifton Hain hinaufgegangen.«

»Es war kein sehr schönes Wetter«, sagte Miriam, »nicht wahr?«

»Ich wollte aber gern ausgehen, und es ging schon. Der Trent ist aber hoch.«

»Und seid ihr nach Barton gegangen?« fragte sie.

»Nein; wir haben in Clifton Tee getrunken.«

»Ja! Das muß nett gewesen sein.«

»Wars auch! Das vergnügteste alte Weiblein! Sie gab uns ein paar Dahlien, so hübsch wie du sie dir nur denken kannst.«

Miriam senkte den Kopf und dachte nach. Er bemerkte gar nicht, daß er ihr etwas verbarg.

»Wie kam sie darauf, sie euch zu geben?« fragte sie.

Er lachte.

»Weil sie uns gern leiden mochte – weil wir so vergnügt waren, möchte ich glauben.«

Miriam steckte den Finger in den Mund.

»Kamst du spät nach Hause?« fragte sie.

Jetzt nahm er allmählich ihren Ton übel.

»Ich faßte den Halbacht-Zug.«

»Ha!«

Sie gingen in Schweigen weiter, und er war ärgerlich.

»Und wie gehts Clara?« fragte Miriam.

»Ich glaube, sehr gut.«

»Das ist gut!« sagte sie mit einem Anflug von Spott. »Bei der Gelegenheit, was macht eigentlich ihr Mann? Von dem hört man nie was.«

»Er hat ein anderes Frauenzimmer, und ihm gehts auch ganz gut«, erwiderte er. »Wenigstens glaube ich.«

»Ich sehe – sicher weißt du's nicht. Findest du nicht, eine derartige Lage ist hart für 'ne Frau?«

»Schauderhaft hart!«

»Es ist so ungerecht!« sagte Miriam. »Der Mann tut, was er will ...«

»Denn laß die Frau es doch auch tun«, sagte er.

»Wie kann sie das? Und wenn sie's tut, sieh dir mal ihre Lage an.«

»Wieso?«

»Na, das ist doch ganz unmöglich! Du verstehst nicht, was eine Frau zu verscherzen hat ...«

»Nein, tu ich auch nicht. Aber wenn eine Frau von nichts als ihrem guten Ruf leben soll, wieso, das ist man schmale Kost, und ein Esel ginge dran kaputt!«

Nun begriff sie endlich seine sittliche Stellung, und daß er ihr entsprechend handeln würde.

Sie stellte ihm nie unmittelbare Fragen, aber sie erfuhr doch stets genug.

Als er Miriam einmal eines andern Tages traf, wandte die Unterhaltung sich der Ehe zu, und dann zu Claras Ehe mit Dawes.

»Siehst du«, sagte er, »sie hat die fürchterliche Bedeutung der Ehe nie begriffen. Sie glaubte, es ginge einem Tag wie alle Tage – es würde schon kommen – und Dawes –, na, eine Menge Weiber hätten ihre Seele für ihn hingegeben; warum sollte er also nicht? Dann entwickelte sie sich zur unverstandenen Frau und behandelte ihn schlecht, darauf wette ich meine Stiebel.«

»Und sie verließ ihn, weil er sie nicht verstand?«

»Ich glaube. Ich glaube, sie mußte wohl. Das ist nicht allein eine Frage des Sichverstehens, es ist eine Frage des Zusammenlebens. Bei ihm war sie nur halb lebendig; der Rest schlief, ertötet. Und die schlafende Frau war die unverstandene Frau, und die mußte erst aufgeweckt werden.«

»Und er?«

»Ich weiß nicht. Ich möchte eher glauben, er liebt sie so gut ers vermag, aber er ist ein Narr.«

»Es war ungefähr so wie mit deinem Vater und deiner Mutter«, sagte Miriam.

»Ja; aber meine Mutter, glaube ich, hat doch zuerst wirkliche Freude und Befriedigung durch meinen Vater genossen. Ich glaube, sie besaß eine Leidenschaft für ihn; deshalb ist sie auch bei ihm geblieben. Schließlich waren sie auch aneinander gebunden.«

»Ja«, sagte Miriam.

»Und die muß man haben, meine ich«, fuhr er fort – »die wirkliche, echte Flamme des Empfindens durch den andern ... einmal, einmal bloß, und wenns auch nur drei Monate dauert. Sieh, meine Mutter sieht aus, als hätte sie alles besessen, was für ihr Leben und ihre Entwicklung nötig war. Nicht das kleinste bißchen des Gefühls der Unfruchtbarkeit ist an ihr.«

»Nein«, sagte Miriam.

»Und an meinem Vater, ich bin ganz sicher, da hatte sie zuerst das Richtige. Sie weiß es; sie ist dagewesen. Das kann man bei ihr fühlen, und bei ihm auch, und bei hundert Leuten, die man alle Tage trifft; und sobald es dir mal so gegangen ist, kannst du mit allem weiterkommen und reifen.«

»Was war denn das eigentlich?« fragte Miriam.

»Das ist so schwer zu sagen, aber es ist das eine Große und Wichtige, das einen vollkommen umändert, sobald man richtig mit jemand anders zusammenkommt. Es scheint einem beinahe die Seele zu befruchten und dazu zu bringen, daß man weiterkommen und ausreifen kann.«

»Und das hatte deine Mutter bei deinem Vater, meinst du?«

»Ja; und im Grunde genommen fühlt sie sich ihm zu Dank verpflichtet, daß er ihr dies gegeben hat, selbst jetzt noch, obwohl sie meilenweit auseinander sind.«

»Und das hatte Clara nie, meinst du?«

»Sicher nicht.«

Darüber mußte Miriam nachdenken. Sie sah, nach was er suchte – eine Art Feuertaufe der Leidenschaft, wie es ihr schien. Sie merkte, er werde nie zufrieden sein, ehe er die nicht empfangen hätte. Vielleicht war es nötig für ihn wie für manche Männer, daß er sich erst mal die Hörner ablief; und nachher, wenn er dann befriedigt war, würde er nicht länger vor Ruhelosigkeit rasen, sondern könnte sich ruhig niederlassen und sein Leben in ihre Hände legen. Schön also, wenn er denn gehen mußte, mochte er gehen und sich sättigen – an etwas Großem, Tiefem, wie er es nannte. Jedenfalls würde er, sobald er es genossen hätte, es nicht weiter genießen wollen – das sagte er ja selbst; dann würde er das andere wollen, was sie ihm geben konnte. Er würde sich nach Hörigkeit sehnen, so daß er arbeiten könnte. Es erschien ihr bitter, daß er gehen müsse, aber sie konnte ihn ja wegen eines Glases Whisky ins Wirtshaus gehen lassen, warum also nicht auch zu Clara, solange es sich darum handelte, ein Bedürfnis in ihm zu befriedigen und sein Ich später für sie frei zu lassen.

»Hast du deiner Mutter von Clara erzählt?« fragte sie.

Sie wußte, dies würde eine Art Probe auf die Ernsthaftigkeit seiner Gefühle für die andere sein; sie wußte, er ginge zu Clara wegen etwas Lebensnotwendigem, nicht wie ein Mann seines Vergnügens halber zu einer Gefallenen geht, wenn er es seiner Mutter erzählt hätte.

»Ja«, sagte er, »und sie kommt Sonntag zum Tee zu uns.«

»In euer Haus?«

»Ja; ich möchte, daß Mater sie sähe.«

»Ach!«

Nun herrschte Schweigen. Die Dinge hatten sich rascher entwickelt, als sie gedacht hatte. Plötzlich empfand sie eine Bitterkeit, daß er sie so bald und so vollkommen hatte verlassen können. Und würde Clara von den Seinen aufgenommen werden, die so feindselig gegen sie gewesen waren?

»Ich sehe vielleicht mal herein, wenn ich zur Kirche gehe«, sagte sie; »es ist eine lange Zeit her, daß ich Clara gesehen habe.«

»Schön«, sagte er, erstaunt und unbewußt auch ärgerlich.

Am Sonntag nachmittag ging er nach Keston, um Clara an der Haltestelle zu treffen. Während er auf dem Bahnsteig stand, versuchte er sich auf eine Art Vorahnung hin zu prüfen.

»Ist mir denn so, als müßte sie kommen?« sagte er bei sich und versuchte das herauszufinden. Sein Herz fühlte sich sonderbar und beklommen. Das schien doch wie eine Vorahnung. Dann hatte er also eine Vorahnung, sie würde nicht kommen. Sie würde also nicht kommen, und anstatt sie über die Felder nach Hause zu führen, würde er allein gehen müssen. Der Zug hatte Verspätung; der Nachmittag würde verdorben sein, und der Abend auch. Er haßte sie, weil sie nicht kam. Warum hatte sie es ihm denn versprochen, wenn sie ihr Versprechen nicht halten konnte? Vielleicht hatte sie den Zug verpaßt – er selbst verpaßte seine Züge immer –, aber das war doch kein Grund, weshalb sie grade diesen verpassen sollte. Er war böse auf sie; er war wütend.

Plötzlich sah er den Zug vorsichtig um die Ecke kriechen. Hier war also der Zug, aber selbstverständlich war sie nicht mitgekommen. Die grüne Maschine zischte den Bahnsteig entlang, die Reihe der braunen Wagen hielt, ein paar Türen öffneten sich. Nein; sie war nicht da! Nein! Ja, ah, da war sie! Sie hatte einen großen schwarzen Hut auf! Im Augenblick war er an ihrer Seite.

»Ich dachte, du würdest nicht kommen«, sagte er.

Sie lachte ziemlich atemlos, als sie ihm die Hand hinstreckte; ihre Augen trafen sich. Rasch führte er sie den Bahnsteig entlang und redete mächtig drauflos, um seine Gefühle zu verbergen. Sie sah wunderschön aus. Auf ihrem großen Hute saßen große, seidene Rosen, wie gebranntes Gold gefärbt. Ihr dunkles Tuchkleid saß ihr prachtvoll über Brust und Schultern. Sein Stolz hob sich, als er mit ihr einherschritt. Er fühlte, wie die Bahnhofsleute, die ihn kannten, ihr mit Ehrfurcht und Bewunderung nachsahen.

»Ich war sicher, du würdest nicht kommen«, lachte er zitterig.

Sie lachte als Antwort, daß es fast wie ein leichter Schrei klang.

Heftig packte er ihre Hand, und sie schritten den engen Wiesenpfad entlang. Sie schlugen die Richtung über Nuttall ein und den Rechnungshaushof. Es war ein milder, blauer Tag. Überall lagen braune Blätter verstreut; viel scharlachne Hagebutten saßen in den Hecken den Wald entlang. Er pflückte ein paar für sie zum Anstecken.

»Obgleich du wirklich«, sagte er, als er sie ihr in die Jacke steckte, »dagegen sein solltest, daß ich sie abpflücke, wegen der Vögel. Aber hier in dieser Gegend, wo sie so viel zu fressen finden können, kümmern sie sich nicht viel um Hagebutten. Im Frühling findet man sie oft verrottet.«

So schwatzte er und wurde kaum gewahr, was er sagte, nur bewußt, ihr Beeren an die Brust ihrer Jacke zu stecken, während sie geduldig auf ihn wartete. Und sie beobachtete seine raschen Hände, so lebensvoll, und es schien ihr, sie habe noch nie vorher richtig gesehen. Bis jetzt war ihr alles undeutlich geblieben.

Sie kamen dicht an das Bergwerk. Ganz still und schwarz lag es zwischen den Kornfeldern, seine gewaltigen Schlackenhalden schienen beinahe aus dem Hafer emporzusprossen.

»Wie schade, daß hier eine Kohlengrube sein muß, wo es so hübsch ist!« sagte Clara.

»Findst du?« antwortete er. »Siehst du, ich bin so daran gewöhnt, daß ich sie entbehren würde. Nein; ich mag die Grube hie und da gern. Ich liebe die Wagenreihen und die Fördertürme und den Dampf tagsüber und die Lichter des Nachts. Als ich noch ein Junge war, dachte ich immer, die Staubsäule bei Tage und die Feuersäule bei Nacht wären eine Grube gewesen, mit ihrem Dampf und ihren Lichtern und der brennenden Halde – und ich glaubte, der Herrgott säße immer oben am Förderschacht.«

Als sie sich seinem Hause näherten, ging sie schweigend weiter und schien zurückzuhalten. Er preßte ihre Finger in den seinen. Sie errötete, gab ihm aber keine Antwort.

»Möchtest du nicht mit nach Hause?« fragte er sie.

»Doch, ich möchte«, erwiderte sie.

Es kam ihm gar nicht in den Sinn, ihre Stellung in seinem Hause möchte ziemlich eigenartig und schwierig sein. Ihm kam es genau so vor, als wolle sich einer seiner Freunde seiner Mutter vorstellen lassen, nur daß sie netter war.

Die Morels lebten in einem Hause in einer häßlichen, den steilen Hügel hinablaufenden Straße. Die Straße selbst war scheußlich. Das Haus war den andern eher überlegen. Es war alt, schmutzig, mit einem großen Erkerfenster, und stand halb für sich; aber es sah so düster aus. Dann öffnete Paul die Gartentür, und alles wurde anders. Da lag der sonnige Nachmittag, wie ein ganz anderes Land. Den Pfad entlang wuchsen Farne und kleine Bäume. Vor dem Fenster war ein sonniger Rasenplatz, mit alten Fliederbüschen drum herum. Und weiter lief der Garten mit Haufen plusteriger Chrysanthemen im Sonnenschein bis zu dem Platanenbaum hinunter und dem Feld, und drüben sah man über die rotbedachten Häuschen nach den Hügeln hinüber mit der ganzen Glut des Herbstnachmittags auf ihnen.

Frau Morel saß in ihrem Schaukelstuhl und hatte ihre schwarze Seidenbluse an. Ihr graubraunes Haar war glatt von der Stirn und den hohen Schläfen zurückgestrichen; ihr Gesicht war recht blaß. Clara litt, als sie Paul in die Küche folgte. Frau Morel stand auf. Clara hielt sie für eine Dame, für eine recht steife sogar. Die junge Frau war erregt. Sie sah gedankenvoll aus, beinahe entsagend.

»Mutter – Clara«, sagte Paul.

Frau Morel hielt ihr die Hand entgegen und lächelte.

»Er hat mir schon recht viel von Ihnen erzählt«, sagte sie.

Das Blut flammte in Claras Wangen empor.

»Ich hoffe, Sie sind nicht böse, daß ich komme«, stotterte sie hervor.

»Ich habe mich sehr gefreut, als er mir sagte, er wolle Sie gern mitbringen«, erwiderte Frau Morel.

Paul zog sich das Herz zusammen vor Weh, als er sie beobachtete. Seine Mutter sah so klein und erdfarben und abgetan aus neben der prachtvollen Clara.

»Es ist so 'n köstlicher Tag, Mutter!« sagte er. »Und wir haben einen Häher gesehen.«

Die Mutter sah ihn an; er hatte sich an sie gewandt. Sie dachte, wie männlich er aussehe in seinem dunklen, gutgemachten Anzug. Er war blaß und sah zerstreut aus; es würde jeder Frau schwer werden, ihn zu halten. Ihr Herz glühte; dann tat Clara ihr leid.

»Vielleicht lassen Sie Ihre Sachen im Wohnzimmer«, sagte Frau Morel freundlich zu der Jüngeren.

»Oh, danke«, erwiderte diese.

»Komm«, sagte Paul und ging ihr voran in das kleine Vorderzimmer mit seinem alten Klavier, seiner Mahagoni-Einrichtung, seinem gelben Marmorkamin. Ein Feuer brannte; das Zimmer war voller Bücher und Zeichenbretter. »Ich lasse meine Sachen hier so herumliegen«, sagte er. »Das ist viel einfacher.«

Sie hatte seine Künstlergerätschaften gern, und die Bücher, und die Lichtbilder verschiedener Leute. Sehr bald erzählte er ihr: dies war William, dies Williams junge Dame im Gesellschaftskleide, dies waren Annie und ihr Mann, dies Arthur und seine Frau und das Kleine. Sie fühlte sich, als wäre sie bereits in die Sippe aufgenommen. Er zeigte ihr Lichtbilder, Bücher, Skizzen, und sie unterhielten sich ein Weilchen. Dann gingen sie wieder in die Küche. Frau Morel legte ihr Buch beiseite. Clara trug eine Bluse aus feinem Seidenflor, mit schmalen schwarz und weißen Streifen; ihr Haar war ganz schlicht gemacht, oben auf dem Kopfe in einem Knoten geschlungen. Sie sah recht stattlich und zurückhaltend aus.

»Sind Sie jetzt nach dem Sneinton Boulevard hinuntergezogen?« sagte Frau Morel. »Als ich noch ein Mädchen war – was sage ich, Mädchen! – als ich junge Frau war, lebten wir auf der Minerva-Terrasse.«

»Oh, ja?« sagte Clara. »Ich habe ein Freundin in Nummer sechs.«

Und nun war die Unterhaltung im Gange. Sie redeten von Nottingham und Nottinghamer Leuten; das fesselte sie beide. Clara war immer noch etwas nervös; Frau Morel kehrte immer noch etwas ihre Würde hervor. Sie schnitt ihre Worte sehr scharf und genau zu. Aber sie kamen sehr gut miteinander in Gang, merkte Paul.

Frau Morel maß sich an der Jüngeren und fand, sie wäre bei weitem die Stärkere. Clara war ehrerbietig. Sie kannte Pauls überraschende Hochachtung vor seiner Mutter, und hatte sich vor diesem Zusammentreffen gefürchtet in der Erwartung, jemand recht Hartes und Kaltes zu finden. Sie war überrascht, dies kleine, fesselnde Frauchen mit solcher Bereitwilligkeit plaudern zu hören; und dann fühlte sie, was sie auch bei Paul empfand, daß sie Frau Morel lieber nicht im Wege stehen möchte. Es war etwas so Hartes und Sicheres in seiner Mutter, als hätte sie nie in ihrem Leben empfunden, was Unsicherheit sei.

Dann kam auch Morel herunter, verschlafen und gähnend von seinem Nachmittagsschlaf. Er kratzte sich den ergrauenden Kopf, stapfte in seinen Strümpfen umher, die Weste offen über dem Hemde hängend. Erschien nicht dahinein zu passen.

»Dies ist Frau Dawes, Vater«, sagte Paul.

Da riß Morel sich zusammen. Clara bemerkte Pauls Art, sich zu verbeugen und die Hand zu geben.

»Oh, wirklich!« rief Morel. »Ich freue mich sehr, Sie zusehen – wirklich, ich versichere Sie. Aber lassen Sie sich gar nicht stören. Nein, nein; machen Sie es sich bequem und seien Sie herzlich willkommen.«

Clara war ganz erstaunt über diese überströmende Gastfreundschaft bei dem alten Bergmann. Er war so höflich, so zuvorkommend! Sie fand ihn ganz reizend.

»Und Sie sind wohl recht weit hergekommen?« fragte er. »Bloß von Nottingham«, sagte sie.

»Von Nottingham! Dann haben Sie aber einen wunderschönen Tag zum Reisen gehabt.«

Dann bummelte er in die Spülküche hinüber, um sich die Hände und das Gesicht zu waschen, und aus Macht der Gewohnheit kam er mit dem Handtuch zum Herde, um sich dort abzutrocknen.

Beim Tee bemerkte Clara die Feinheit und Kaltblütigkeit der Hausgenossen. Frau Morel fühlte sich so sicher. Das Teeeinschenken und den Leuten Aufwarten ging ihr ganz unbewußt von der Hand, ohne daß sie die Unterhaltung abgebrochen hätte. Es war viel Platz an dem eirunden Tisch; das dunkelblaue Weidenbaumgeschirr sah sehr hübsch aus auf dem glänzenden Tischtuch. Da stand ein kleines Glas mit kleinen gelben Winterastern. Clara fühlte, sie schloß den

Kreis grade, und das machte ihr Vergnügen. Aber vor der Selbstbeherrschung der Morels hatte sie doch rechte Angst, beim Vater und all den übrigen. Sie paßte sich ihrem Tone an; bald fühlte sie sich wieder im Gleichgewicht. Es war eine kühle, klare Luft, in der jedermann er selbst war und im Einklang mit den andern. Clara hatte ihre Freude dran, aber tief in ihrem Innern hatte sie doch Furcht.

Paul räumte den Tisch ab, während Clara und seine Mutter sich unterhielten. Clara wurde seines raschen, kräftigen Körpers gewahr, als er kam und ging, wie vom Winde getrieben bei seiner Arbeit. Es war fast wie das Hin und Her eines Blattes, das unerwartet herangeweht kommt. Sie war größtenteils bei ihm. Aus der Art, wie sie sich vornüberbeugte, als höre sie ihr zu, konnte Frau Morel sehen, daß sie anderswo in Anspruch genommen war, während sie sprach; und wieder tat sie der Älteren leid.

Sobald er fertig war, bummelte er in den Garten hinaus und ließ die beiden Frauen reden. Es war ein dunstiger, sonniger Nachmittag, milde und weich. Clara sah ihm aus dem Fenster nach, als er zwischen den Chrysanthemen herumschlenderte. Sie fühlte sich beinahe, als habe etwas Greifbares sie an ihn gefesselt; und doch kam er ihr in seinen anmutigen, nachlässigen Bewegungen so leicht vor, so losgelöst, als er ein paar zu schwere Blütenzweige an die Stäbe band, daß sie vor Hilflosigkeit gern aufgeschrien hätte.

Frau Morel stand auf.

»Sie lassen mich Ihnen doch beim Aufwaschen helfen«, sagte Clara.

»I, da ist bloß so wenig, das hält mich nur 'ne Minute auf«, sagte die andere.

Indessen Clara trocknete das Teegeschirr ab und freute sich, mit seiner Mutter auf so gutem Fuße zu stehen; aber es verursachte ihr Folterqualen, ihm nicht durch den Garten folgen zu können. Schließlich gestattete sie sich zu gehen; ihr war, als sei ihr ein Strick vom Fuß abgenommen worden.

Golden lag der Nachmittag über den Hügeln von Derbyshire. Paul stand drüben in dem andern Garten bei einem Busch blasser Herbsttausendschönchen und beobachtete, wie die letzten Bienen in den Stock krabbelten. Als er sie kommen hörte, wandte er sich mit einer leichten Bewegung um und sagte:

»Die kleinen Burschen sind nun auch fertig mit der Welt.«

Clara stand neben ihm. Jenseits der niedrigen roten Mauer lag das Land und die fernen Hügel, alles in Golddunst.

In diesem Augenblick trat Miriam durch die Gartenpforte. Sie sah Clara auf ihn zugehen, sah ihn sich umdrehen, und sah sie zusammen zur Ruhe kommen. Etwas in ihrer vollkommenen, gemeinschaftlichen Vereinsamung ließ sie merken, daß zwischen ihnen alles in Ordnung war, daß sie, wie sie das nannte, verheiratet waren. Sehr langsam ging sie den Schlackenpfad durch den Garten hinab.

Clara hatte sich eine Samenhülse von einer Klatschrose gepflückt und brach sie grade auf, um den Samen herauszuholen. Über ihrem gebeugten Haupte starrten die Blumen, als wollten sie sie verteidigen. Die letzten Bienen taumelten zum Stock hinab.

»Zähl dein Geld«, lachte Paul, als sie die flachen Samenkerne einzeln aus der Geldrolle losbrach. Sie sah ihn an.

»Ich bin reich«, sagte sie lächelnd.

»Wieviel? Pf!« Er schnappte mit den Fingern. »Kann ich die in Gold verwandeln?«

»Ich fürchte, nicht«, lachte sie.

Sie blickten einander lachend in die Augen. In diesem Augenblick wurden sie Miriams gewahr. Ein Blick, und alles war verwandelt.

»Hallo, Miriam!« rief er aus. »Du sagtest ja, du wolltest kommen!«

»Ja. Hattest du das vergessen?«

Sie gab Clara die Hand und sagte:

»Es kommt mir so merkwürdig vor, Sie hier zu sehen.«

»Ja«, antwortete die andere; »mir ists auch ganz merkwürdig, hier zu sein.«

Ein Zaudern trat ein.

»Es ist hübsch hier, nicht?« sagte Miriam.

»Ich finde es sehr hübsch«, erwiderte Clara.

Da wurde es Miriam klar, daß Clara aufgenommen worden war, wie sie selbst niemals.

»Bist du allein gekommen?« fragte Paul.

»Ja; ich ging zu Agathe zum Tee. Wir gehen zur Kirche. Ich bin nur einen Augenblick hereingekommen, um Clara zu sehen.«

»Du hättest zum Tee kommen sollen«, sagte er.

Miriam lachte kurz auf, und Clara wandte sich ungeduldig zur Seite.

»Magst du die Chrysanthemen gern?« fragte er.

»Ja; sie sind sehr schön«, erwiderte Miriam.

»Welche findest du am schönsten?« fragte er.

»Ich weiß nicht. Ich glaube, die bronzefarbenen.«

»Ich glaube, du hast sie noch gar nicht alle gesehen. Komm und sieh sie dir mal an. Sieh mal zu, Clara, welches deine Lieblinge sind.«

Er führte die beiden Frauen wieder in seinen eigenen Garten, wo zerzauste Blumenstauden aller Farben wild durcheinander den ganzen Pfad entlang bis ans Feld hinunter standen. Die Sachlage verursachte ihm, soweit er es merkte, keinerlei Verlegenheit.

»Sieh hier, Miriam; dies sind die weißen, die aus eurem Garten kamen. Hier sind sie nicht so schön, nicht wahr?«

»Nein«, sagte Miriam.

»Aber sie sind kräftiger. Ihr liegt so geschützt; da werden die Dinger groß und zart, und denn gehen sie tot. Diese kleinen gelben mag ich gern. Willst du ein paar haben?«

Während sie noch draußen waren, begannen die Glocken in der Kirche zu läuten und tönten laut über Stadt und Feld. Miriam sah zu dem stolz die sich aneinander drängenden Dächer überragenden Turm empor und dachte an die Skizzen, die er ihr gebracht hatte. Damals war es so anders gewesen, aber verlassen hatte er sie doch noch nicht. Sie bat ihn um ein Buch zum Lesen. Er lief hinein.

»Was! ist das Miriam?« fragte seine Mutter ihn kalt.

»Ja; sie sagte mir, sie wolle hereinkommen und Clara sehen.«

»Dann hast du's ihr gesagt?« kam die spöttische Antwort.

»Ja; warum nicht?«

»Gewiß, du hast keinen Grund, weshalb du es ihr nicht sagen solltest«, sagte Frau Morel und wandte sich wieder ihrem Buche zu. Er krümmte sich unter seiner Mutter Hohn; gereizt runzelte er die Stirn, während er dachte: ›Warum kann ichs nicht machen, wie es mir Spaß macht?‹

»Sie hatten Frau Morel früher noch nicht gesehen?« sagte Miriam zu Clara.

»Nein; aber sie ist so nett.«

»Ja«, sagte Miriam und ließ den Kopf sinken; »in mancher Hinsicht ist sie sehr schön.«

»Das könnte ich mir denken.«

»Hat Paul Ihnen viel von ihr erzählt?«

»Er hat ein gut Teil über sie gesprochen.«

»Ha!«

Dann trat Schweigen ein, bis er mit dem Buch wieder da war.

»Wann willst du's wiederhaben?« fragte Miriam.

»Wanns dir paßt«, antwortete er.

Clara wandte sich wieder nach drinnen, während er Miriam zur Gartenpforte begleitete.

»Wann kommen Sie mal zum Willeyhofe hinauf?« fragte die letztere.

»Das kann ich nicht sagen«, erwiderte Clara.

»Mutter bat mich, Ihnen zu sagen, sie würde sich jederzeit so freuen, wenn es Ihnen Spaß machen sollte zu kommen.«

»Danke Ihnen; ich möchte sehr gerne, aber wann, das kann ich nicht sagen.«

»Oh, gut!« rief Miriam ziemlich bitter und wandte sich weg.

Mit dem Munde an den Blumen, die er ihr gegeben hatte, ging sie den Pfad hinunter.

»Möchtest du wirklich nicht hereinkommen?« sagte er.

»Nein, danke.«

»Wir gehen zur Kirche.«

»Ah, dann sehe ich euch ja!« Miriam war sehr bitter.

»Ja.«

Sie nahm Abschied. Er fühlte sich schuldig ihr gegenüber. Sie war sehr bitter und verachtete ihn. Er gehörte ihr noch an, glaubte sie; und dennoch konnte er Clara besitzen, sie in sein Heim bringen, mit ihr neben seiner Mutter in der Kirche sitzen, ihr dasselbe Gesangbuch geben, das er ihr vor Jahren gegeben hatte. Sie hörte, wie er rasch hineinlief.

Aber er ging nicht gleich hinein. Auf dem kleinen Rasen stand er stille und hörte seiner Mutter Stimme und dann Claras Antwort:

»Was ich an Miriam hasse, ist ihre Bluthundart.«

»Ja«, sagte die Mutter rasch, »ja; muß man sie nicht deswegen hassen!«

Sein Herz wurde heiß, und er war ärgerlich mit ihnen, daß sie über das Mädchen sprachen. Welches Recht hatten sie, so etwas zu sagen? Etwas in dem Gespräch selbst fachte ihn zu flammendem Hasse gegen Miriam an. Dann aber erhob sein Herz sich wütend gegen Clara, daß sie sich die Freiheit nahm, so über Miriam zu sprechen. Schließlich war das Mädchen doch die bessere von beiden, fand er, wenn es auf Güte ankam. Er ging hinein. Seine Mutter sah aufgeregt aus. Ihre Hand klopfte scharf abgemessen auf die Sofalehne, wie Frauen das so machen, deren Kräfte zu Ende sind. Er konnte es nicht ertragen, sie diese Bewegung ausführen zu sehen. Es herrschte Schweigen; dann fing er an zu reden. In der Kirche sah Miriam, wie er Clara die Stelle im Gesangbuch zeigte, in genau derselben Weise, wie er es für sie zu tun pflegte. Und während der Predigt konnte er das Mädchen quer durch die Kirche hindurch sehen, während ihr Hut ihr einen dunklen Schatten übers Gesicht warf. Woran dachte sie, nun sie Clara neben ihm sah? Er hielt sich nicht bei dieser Betrachtung auf. Er fühlte seine Grausamkeit gegen Miriam.

Nach der Kirche ging er mit Clara über Pentrich. Es war ein dunkler Herbstabend. Sie hatten Miriam Lebewohl gesagt, und es hatte ihm einen Stich durchs Herz gegeben, als er das Mädchen verließ. ›Aber ihr geschieht ganz recht‹, sagte er bei sich, und beinahe machte es ihm Spaß, vor ihren Augen mit diesem anderen hübschen Frauenzimmer loszugehen.

Durch die Dunkelheit drang der Geruch feuchter Blätter. Claras Hand lag warm und schlaff in der seinen, als sie so dahinschritten. Er war mit sich im Zwiespalt. Der Kampf in seinem Innern machte ihn ganz verzweifelt.

Den Pentrichhügel hinan lehnte Clara sich beim Gehen gegen ihn an. Er schlang seinen Arm um ihre Hüfte. Wie er die starke Bewegung unter seinem Arme fühlte, als sie neben ihm herschritt, ließ die Spannung in seiner Brust um Miriam nach, und das heiße Blut badete ihn. Er hielt sie fester und fester.

Da sagte sie ruhig: »Du hältst es ja immer noch mit Miriam.«

»Nur im Sprechen. Es war nie viel mehr als Reden zwischen uns«, sagte er bitter.

»Deine Mutter macht sich nichts aus ihr«, sagte Clara.

»Nein, sonst hätte ich sie geheiratet. Aber jetzt ist alles aus, tatsächlich!«

Plötzlich wurde seine Stimme leidenschaftlich vor Haß.

»Wenn ich jetzt bei ihr wäre, würden wir über ›Christliche Geheimnisse‹ brabbeln oder sonst so'n Unsinn. Gott sei Dank bin ichs nicht!«

Eine Zeitlang gingen sie in Schweigen weiter.

»Aber du kannst sie doch nicht wirklich aufgeben«, sagte Clara.

»Aufgeben tue ich sie nicht, weil da nichts aufzugeben ist«, sagte er.

»Für sie aber doch.«

»Ich sehe nicht ein, warum sie und ich nicht gute Freunde bleiben könnten, unser Leben lang«, sagte er. »Aber eben nur Freunde.«

Clara entzog sich ihm, bog sich von der Berührung mit ihm zurück.

»Warum ziehst du dich so zurück?« fragte er.

Sie antwortete nicht, sondern zog sich nur noch weiter zurück.

»Warum willst du allein gehen?« fragte er.

Immer noch keine Antwort. Verdrossen ging sie weiter, mit vornüberhängendem Kopf.

»Weil ich sagte, ich möchte mit Miriam gut Freund bleiben!« rief er aus.

Sie wollte ihm durchaus nicht antworten.

»Ich sag dir, es sind bloß Worte, die zwischen uns gewechselt werden«, beharrte er und versuchte sie wieder zu fassen.

Sie widerstand ihm. Plötzlich stellte er sich grade vor sie hin und versperrte ihr den Weg.

»Verdammt noch mal!« sagte er. »Was willst du denn eigentlich?«

»Lauf man lieber hinter Miriam her«, höhnte Clara.

Sein Blut flammte empor. Er ließ die Zähne sehen, wie er so dastand. Sie ließ verdrossen den Kopf hängen. Der Weg war dunkel, ganz einsam. Plötzlich packte er sie in seine vorgestreckten Arme und drückte ihr seinen Mund in einem wütenden Kusse aufs Gesicht. Krampfhaft wand sie sich, um ihm zu entgehen. Er hielt sie fest. Hart und erbarmungslos kam sein Mund wieder. Ihre Brüste schmerzten unter dem Druck seines harten Brustkastens. Hilflos wurde sie allmählich schwach in seinen Armen, und er küßte sie und küßte sie.

Er hörte Leute den Hügel herunterkommen.

»Steh fest! Steh fest!« sagte er dick und packte ihren Arm, bis er ihr wehtat. Hätte er ihn fahren lassen, wäre sie zu Boden gesunken.

Sie seufzte und ging schwindelnd neben ihm her. Schweigend schritten sie weiter.

»Wir wollen über die Felder gehen«, sagte er; und da wurde sie wieder wach.

Aber sie ließ sich doch über den Übergang helfen und schritt in Schweigen neben ihm her über das erste dunkle Feld. Es war der Weg nach Nottingham und dem Bahnhof, das wußte sie. Er schien sich umzusehen. Sie gerieten auf eine kahle Hügelkuppe, auf der die dunkle Form einer zerstörten Windmühle stand. Dort blieb er stehen. Hoch oben standen sie beide in der Dunkelheit und blickten auf die vor ihnen durch die Nacht zerstreuten Lichter, Hände voller glitzernder Pünktchen, Dörfer hoch und tief gelegen in der Dunkelheit, hier und dort.

»Als ginge man durch die Sterne«, sagte er mit einem zitternden Lachen.

Dann nahm er sie in die Arme und hielt sie fest. Sie drückte ihren Mund zur Seite, um ihn verbissen und leise zu fragen:

»Wie spät ist es?«

»Was liegt daran«, flehte er schwerfällig.

»Viel liegt dran – jawohl! Ich muß fort!«

»Es ist noch früh«, sagte er.

»Wie spät ist es?« drängte sie wieder.

Ringsum die schwarze, mit zerstreuten Lichtern geschmückte Nacht.

»Ich weiß nicht.«

Sie legte ihm die Hand auf die Brust, um nach seiner Uhr zu tasten. Er fühlte, wie seine Gelenke in Feuer vergingen. Sie suchte in seiner Westentasche umher, während er ächzend dastand. In der Dunkelheit konnte sie das runde, blasse Zifferblatt der Uhr wohl erkennen, aber nicht die Ziffern. Sie beugte sich über sie. Er ächzte, bis er sie wieder in seine Arme schließen konnte.

»Ich kanns nicht sehen«, sagte sie.

»Dann quäl dich doch nicht drum.«

»Doch; ich muß weg!« sagte sie und wandte sich um.

»Warte! Ich will nachsehen!« Aber er konnte nichts sehen.

»Ich will ein Streichholz nehmen.«

Heimlich hoffte er, es werde zu spät sein, um den Zug zu erreichen. Sie sah die glühende Laterne seiner Hände, als er die Flamme schützte; dann wurde sein Gesicht erhellt, seine Augen auf die Uhr geheftet. Sofort war alles wieder dunkel. Alles war schwarz vor ihren Augen; nur ein glühendes Streichholz lag rot zu ihren Füßen. Wo war er?

»Wieviel ist es?« fragte sie ängstlich.

»Du kannst es nicht machen«, antwortete seine Stimme aus der Dunkelheit.

Eine Pause trat ein. Sie fühlte sich in seiner Macht. Sie hatte das Klingen in seiner Stimme gehört. Das machte sie bange.

»Wieviel Uhr ist es?« fragte sie, ruhig, entschieden, hoffnungslos.

»Zwei Minuten vor neun«, erwiderte er, widerwillig die Wahrheit sagend.

»Und kann ich von hier in vierzehn Minuten zum Bahnhof kommen?«

»Nein. Jedenfalls ...«

Sie konnte seine dunkle Gestalt ungefähr einen Schritt vor sich erkennen. Sie wollte ihm entfliehen.

»Aber kann ichs denn nicht?« sagte sie flehend.

»Wenn du dich beeilst«, sagte er schroff. »Aber du könntest es leicht zu Fuße machen, Clara. Es ist bloß sieben Meilen bis zur Elektrischen. Ich will mit dir gehen.«

»Nein; ich will den Zug haben.«

»Aber warum denn?«

»Ich wills – ich will den Zug erreichen.«

Plötzlich änderte sich seine Stimme.

»Na, schön«, sagte er, trocken und hart. »Dann komm.«

Und er stürzte voraus in die Dunkelheit. Sie lief hinter ihm her und hätte am liebsten geweint. Nun war er hart und grausam gegen sie. Sie lief über die rauhen, dunklen Felder hinter ihm her, atemlos, bereit hinzusinken. Aber die Doppelreihe der Lichter am Bahnhof kam näher. Plötzlich rief er, zu laufen anfangend:

»Da ist er!«

Ein schwaches, rasselndes Geräusch. Weit weg zur Rechten wand sich der Zug wie eine leuchtende Raupe durch die Nacht. Das Rasseln hörte auf.

»Er ist auf der Überführung. Du kriegst ihn grade noch.«

Clara lief, ganz außer Atem, und fiel schließlich in den Zug. Ein Pfiff ertönte. Weg war er. Weg! – und sie saß in einem Wagen voller Leute. Sie fühlte die Grausamkeit des Ganzen.

Er wandte sich um und stürzte nach Hause. Bevor er noch wußte, wo er war, stand er bereits in der Küche zu Hause. Er war sehr blaß. Seine Augen waren dunkel und hatten einen gefahrdrohenden Blick, als wäre er betrunken. Seine Mutter sah ihn an.

»Na, das muß ich aber sagen, deine Stiefel sind ja in einem netten Zustand!« sagte sie.

Er sah auf seine Füße. Dann zog er sich den Überzieher aus. Seine Mutter wunderte sich, ob er wohl betrunken sei.

»Dann hat sie den Zug noch gekriegt?« sagte sie.

»Ja.«

»Ich hoffe, ihre Füße waren nicht auch so schmierig. Wo auf Erden du sie hingeschleppt hast, ahne ich nicht!«

Er blieb eine Zeitlang stumm und regungslos.

»Mochtest du sie leiden?« fragte er endlich mürrisch.

»Ja, ich mochte sie wohl. Aber du wirst sie müde werden, mein Sohn; du weißt das selbst.«

Er antwortete nicht. Sie bemerkte, wie schwer ihm das Atmen wurde.

»Bist du so gelaufen?« fragte sie.

»Wir mußten laufen, um den Zug zu kriegen.«

»Du machst dich noch ganz kaputt. Trink lieber etwas heiße Milch.«

Das wäre das beste Reizmittel gewesen, das er hätte haben können; aber er schlug es aus und ging zu Bett. Da lag er mit dem Gesicht in der Bettdecke und vergoß Tränen der Wut und Pein. Ein körperlicher Schmerz ließ ihn sich auf die Lippen beißen, bis sie bluteten, und der Wirrwarr in seinem Innern machte ihn unfähig zu denken, beinahe zu fühlen.

»So also vergilt sie es mir?« sagte er sich im Herzen immer und immer wieder und preßte das Gesicht in die Bettdecke. Wieder ging er den ganzen Vorgang durch, und wieder haßte er sie.

Am nächsten Tage lag ein ganz neuer Hochmut über ihm. Clara war sehr sanft, beinahe liebevoll. Aber er behandelte sie wie eine Fremde, mit einer Spur von Verachtung. Sie seufzte und blieb weiter ganz sanft. Er kam wieder zu ihr zurück.

An einem Abend dieser Woche war Sarah Bernhardt am Königlichen Theater in Nottingham und gab ›Die Kameliendame‹. Paul wünschte die alte, berühmte Schauspielerin zu sehen und bat Clara, mit ihm zu kommen. Er sagte seiner Mutter, sie möchte den Schlüssel für ihn im Fenster liegenlassen. »Soll ich Plätze besorgen?« fragte er Clara.

»Ja. Und zieh Gesellschaftsanzug an, willst du? Ich habe dich noch nie drin gesehen.«

»Aber lieber Gott, Clara! Denk dir mich doch mal im Gesellschaftsanzug im Theater!« wandte er ein.

»Möchtest du's lieber nicht?« fragte sie.

»Ich tu's, wenn du es willst; aber ich komme mir vor wie ein Narr.«

Sie lachte ihn aus.

»Denn komm dir mal vor wie ein Narr, mir zuliebe, einmal, willst du?«

Diese Bitte machte sein Blut emporwallen.

»Ich vermute, ich muß wohl.«

»Wozu nimmst du denn die Handtasche mit?« fragte seine Mutter.

Er errötete wütend.

»Clara bat mich drum«, sagte er.

»Und auf was für Plätze geht ihr?«

»Rang – dreieinhalb Schilling der Platz.«

»Na, wahrhaftig!« rief seine Mutter spöttisch.

»Es ist ja nur dies eine Mal im blausten aller blauen Monde«, sagte er.

Er zog sich bei Jordan um, zog seinen Überzieher an, nahm seine Mütze und traf Clara in einem Kaffeehause. Sie kam mit einer ihrer Frauenrechtler-Freundinnen. Sie trug einen alten langen Mantel, der ihr gar nicht stand, und über den Kopf ein kleines Tuch, das er haßte. Zu dritt gingen sie zusammen zum Theater.

Auf der Treppe nahm Clara ihren Mantel ab, und er entdeckte sie nun in einer Art halbem Gesellschaftskleide, das ihr Arme und Hals und teilweise die Brust frei ließ. Ihr Haar war ganz modern gemacht. Das Kleid, ein einfaches Dings aus grünem Krepp, stand ihr. Sie sah ganz großartig aus, fand er. Er konnte ihre Gestalt durch den Rock erkennen, als wäre er eng um sie zusammengezogen. Die Festigkeit und Weichheit ihres aufrechten Körpers machten sich beinahe fühlbar, als er sie ansah. Er ballte die Fäuste.

Und den ganzen Abend sollte er neben ihrem nackten Arm sitzen, sollte er ihre Kehle sich über der starken Brust erheben sehen, die Brüste unter dem grünen Stoff beobachten, die Rundung ihrer Glieder in dem enganliegenden Kleide. Abermals haßte etwas in ihm sie dafür, daß sie ihm so der Folter ihrer Nähe unterwarf. Und er liebte sie, wie sie den Kopf wiegte und starr vor sich hinsah, schmollend, nachdenklich, unbeweglich, als wiche sie ihrem Schicksal nur, weil es zu stark für sie wäre. Sie konnte nicht anders; sie lag in den Klauen einer stärkeren Macht, als sie selbst. Etwas Ewiges in ihrem Aussehen, als wäre sie eine gedankenvolle Sphinx, versetzte ihn in die Notwendigkeit, sie zu küssen. Er ließ seinen Zettel fallen und bückte sich zur Erde nieder, um ihn wieder aufzuheben, so daß er ihr die Hand und das Handgelenk küssen konnte. Ihre Schönheit wurde ihm zur Qual. Sie saß unbeweglich. Nur als die Lichter erloschen, sank sie ein wenig gegen ihn an, und er liebkoste ihr Arm und Hand mit seinen Fingern.

Er konnte ihren schwachen Duft riechen. Die ganze Zeit über wallte sein Blut in mächtigen, weißglühenden Wogen empor, die jedes Bewußtsein des Augenblicks ertöteten.

Das Drama nahm seinen Fortgang. Er sah alles wie aus weiter Ferne, als ginge es irgendwo anders vor sich; wo, wußte er nicht, aber es schien ihm, tief in seinem Innern. Es war Claras schwerer, weißer Arm, ihre Kehle, ihr wogender Busen. Die erschienen ihm als er selbst. Dann irgendwo da drüben ging das Spiel vor sich, und mit dem war er auch wesenseins. Ein eigenes Ich besaß er nicht mehr. Claras grau und schwarze Augen, ihr zu ihm niederstrebender Busen, ihr Arm, den er zwischen seinen Händen gepackt hielt, waren alles, was noch da war. Dann kam er sich klein und hilflos vor, wie sie in ihrer Kraft ihn so turmhoch überragte.

Nur die Pausen, wenn das Licht wieder anging, taten ihm unaussprechlich weh. Er wollte irgendwo hinrennen, wenn es dort nur dunkel wäre. Ganz betäubt ging er hinaus, um etwas zu trinken. Dann waren die Lichter wieder aus, und die seltsam wahnsinnige Wirklichkeit Claras und des Dramas nahmen ihn in Besitz.

Das Spiel ging weiter. Aber er war besessen von dem Wunsche, die kleine blaue Ader in der Beugung ihres Armes zu küssen. Er konnte sie fühlen. Sein ganzes Leben hing in der Schwebe, bis er seine Lippen auf sie gedrückt hatte. Es mußte geschehen. Und die andern! Schließlich beugte er sich rasch vorüber und berührte sie mit den Lippen. Sein Schnurrbart berührte das empfindliche Fleisch. Clara schauerte zusammen, zog ihren Arm fort.

Als alles vorbei war, die Lichter wieder brannten, die Leute klatschten, da kam er wieder zu sich und sah nach der Uhr. Sein Zug war fort.

»Ich muß zu Fuß nach Hause gehen!« sagte er.

Clara sah ihn an.

»Ist es zu spät?« fragte sie.

Er nickte. Dann half er ihr in den Mantel.

»Ich liebe dich. Wunderschön siehst du in diesem Kleide aus«, flüsterte er ihr in dem Gedränge hastender Menschen über die Schulter zu.

Sie blieb ganz ruhig. Zusammen verließen sie das Theater. Er sah die wartenden Wagen, die vorübergehenden Leute. Es kam ihm vor, als träfe er ein Paar brauner Augen, die ihn haßten. Aber er begriff nichts. Er und Clara wandten sich ab und schlugen gedankenlos die Richtung zum Bahnhof ein.

Der Zug war fort. Er würde die zehn Meilen nach Hause zu Fuß machen müssen.

»Es macht nichts«, sagte er. »Es wird mir Spaß machen.«

»Willst du nicht mit mir die Nacht nach Hause kommen?« sagte sie unter Erröten. »Ich kann bei Muttern schlafen.«

Er sah sie an. Ihre Augen trafen sich.

»Was wird deine Mutter sagen?« fragte er.

»Sie macht sich nichts draus.«

»Bist du sicher?«

»Völlig!«

»Soll ich mitkommen?«

»Wenn du magst.«

»Schön.«

Und sie drehten wieder um. An der ersten Haltestelle nahmen sie die Elektrische. Der Wind blies ihnen frisch ins Gesicht. Die Stadt war dunkel, der Wagen schwankte vor Eile. Er saß mit ihrer Hand fest in der seinen.

»Ist deine Mutter schon zu Bett?« fragte er.

»Vielleicht. Ich hoffe nicht.«

Sie eilten die schweigende, dunkle kleine Straße hinunter die einzigen Menschen draußen. Rasch trat Clara ins Haus. Er zögerte.

»Komm herein«, sagte sie.

Er sprang die Stufe empor und stand im Zimmer. Ihre Mutter erschien in dem innern Durchgang, groß und feindselig.

»Wen hast du denn da?« fragte sie.

»Herr Morel ists; er hat seinen Zug verpaßt. Ich dachte, wir könnten ihn am Ende für die Nacht unterbringen und ihm zehn Meilen Spaziergang ersparen.«

»Hm!« rief Frau Radford. »Das ist deine Ansicht! Wenn du ihn eingeladen hast, ist er sehr willkommen, soweit ich in Frage komme. Du führst ja die Wirtschaft!«

»Wenn Sie mich lieber nicht hierhaben, gehe ich wieder«, sagte er.

»Ne, ne, das brauchen Sie nich! Kommen Sie man herein. Ich weiß nich, was Sie von dem Abendbrot halten werden, das ich für Sie dahabe.«

Es war eine kleine Schüssel gebratene Kartoffeln und ein Stück Schinken. Der Tisch war unordentlich für einen gedeckt.

»Mehr Schinken können Sie kriegen«, fuhr Frau Radford fort. »Mehr Kartoffeln gibts nicht.«

»Es ist 'ne Schande wert, Sie so zu belästigen«, sagte er.

»Och, nu entschuldigen Sie sich man nich! Das zieht bei mir nich! Sie haben sie ja zum Theater eingeladen, nich?« Es lag etwas Hohn in dieser letzten Frage.

»Ja, und?« lachte Paul unbehaglich.

»Na ja, un was is dagegen 'ne Scheibe Schinken! Ziehen Sie Ihren Mantel aus.«

Das große, aufrechte Frauenzimmer versuchte die Sachlage richtig einzuschätzen. Sie machte sich am Geschirrschrank zu tun. Clara nahm seinen Überzieher. Der Raum war warm und behaglich im Lampenlicht.

»Herrschaften!« rief Frau Radford. »Aber ihr beiden seid ein paar Hübsche, das muß ich sagen! Wozu denn all dies Getue?«

»Ich glaube, das wissen wir selbst nicht«, sagte er, sich als Opfer darbietend.

»Für zwei so 'ne Stutzer ist ja gar kein Raum hier im Hause, wenn ihr eure Drachen so hoch steigen laßt!« spottete sie. Das war ein häßlicher Stich.

Er in seiner Abendjacke und sie in ihrem grünen Gesellschaftskleid mit den bloßen Schultern waren beide verwirrt. Sie fühlten, sie müßten sich gegenseitig hier in der kleinen Küche decken.

»Und kuck doch bloß einer die Blume an!« fuhr Frau Radford fort, auf Clara weisend. »Was hat die denn bloß im Kopfe gehabt, als sie das tat?«

Paul sah Clara an. Sie war ganz rosig; ihr Hals war warm vor Erröten. Einen Augenblick herrschte Schweigen.

»Sie sehen so was doch ganz gern, nicht wahr?« fragte er.

Die Mutter hatte sie in ihrer Gewalt. Die ganze Zeit über schlug ihm das Herz wild, und er saß in größter Angst. Aber kämpfen würde er doch für sie.

»Ob ich so was gern sehen mag!« rief die alte Frau. »Warum sollte ichs wohl gern sehen mögen, wenn sie sich zur Närrin macht?«

»Ich habe schon dollere Närrinnen gesehen«, sagte er. Clara stand jetzt unter seinem Schutz.

»O ja, und wann?« kam die spöttische Antwort.

»Wenn sie Vogelscheuchen aus sich machten«, antwortete er.

Frau Radford stand groß und drohend über ihnen auf der Herdmatte, ihre Gabel in der Hand.

»Närrinnen sind sie beide Wege«, antwortete sie endlich und wandte sich ihrem kleinen Aufsatzbratofen zu.

»Nein«, sagte er, standhaft fechtend. »Die Leute sollten immer so gut aussehen, wie sie nur können.«

»Und das nennen Sie nett aussehend!« rief die Mutter, verächtlich mit der Gabel auf Clara zeigend. »Das – das sieht aus, als wäre sie nicht ordentlich angezogen!«

»Ich glaube, Sie sind bloß eifersüchtig, daß Sie nicht auch so loslegen können«, sagte er lachend.

»Ich, ich hätte Gesellschaftskleider anziehen können mit jedermann, wenn ich nur gewollt hätte!« kam die verächtliche Antwort.

»Und warum wollten Sie's denn nicht?« fragte er geschickt. »Oder haben Sie sie doch getragen?«

Nun kam eine lange Pause. Frau Radford brachte den Schinken in ihrem Bratofen wieder zurecht. Sein Herz schlug rasch, aus Furcht, sie beleidigt zu haben.

»Ich!« rief sie endlich aus. »Nein, ich habe keine getragen. Und solange ich in Stellung war, wußte ich sofort, wenn eins der Mädchen mit bloßen Schultern kam, was für 'ne Sorte sie war, so zu ihrem Fünfpennyhopser zu gehen.«

»Hielten Sie sich zu gut, zum Fünfpennyhopser zu gehen?« sagte er.

Clara saß mit gesenktem Kopfe. Seine Augen waren dunkel und glitzernd. Frau Radford nahm ihren kleinen Bratofen vom Feuer, blieb neben ihm stehen und legte ihm Stückchen Schinken auf den Teller.

»Das ist ein nettes großes Stück!« sagte sie.

»Geben Sie mir nicht das beste!« sagte er.

»Sie hat ja, was sie haben wollte«, war die Antwort.

Es lag eine Art verächtlicher Nachsicht im Tone der Frau, der Paul zum Bewußtsein brachte, sie sei besänftigt.

»Aber nehmen Sie doch etwas!« sagte er zu Clara.

Sie sah mit ihren grauen Augen zu ihm auf, erniedrigt und einsam.

»Nein, danke!« sagte sie.

»Warum denn nicht?« antwortete er liebkosend.

Das Blut wallte in seinen Adern empor wie Feuer. Frau Radford setzte sich wieder hin, groß und eindrucksvoll, und hielt sich ihnen fern. Er ließ Clara ganz allein ihrer Mutter aufwarten.

»Es heißt, Sarah Bernhardt ist funfzig«, sagte er.

»Funfzig! Über sechzig ist sie!« kam verachtungsvoll die Antwort.

»Na«, sagte er, »das sollte man nicht denken! Sie hat mich eben jetzt noch fast zum Heulen gebracht.«

»Ich möchte mich mal heulen sehen um so 'n altes übles Pack!« sagte Frau Radford. »Es ist Zeit, daß sie dran denkt, daß sie Großmutter ist, und nicht ein kreischender Katamaran ...«

Er lachte.

»Ein Katamaran ist doch ein Boot, wie die Malaien es brauchen«, sagte er.

»Und es ist ein Wort, das ich brauche«, wandte sie sich dagegen.

»Meine Mutter tut das auch zuweilen, und es hat gar keinen Zweck, ihr dann was zu sagen«, sagte er.

»Ich sollte denken, sie haute Ihnen ein paar um die Ohren«, sagte Frau Radford gutgelaunt.

»Das möchte sie auch, und sie sagt, sie wills, und dann gebe ich ihr 'ne kleine Fußbank, um sich drauf zu stellen.«

»Das ist das schlimmste bei meiner Mutter«, sagte Clara, »die hat nie 'ne Fußbank für irgendwas nötig.«

»Aber bei der Dame da kann sie manchmal auch mit 'ner Bohnenstange nicht ankommen«, wendete sich Frau Radford zu Paul.

»Ich glaube, ihr liegt gar nichts an 'ner Bohnenstange«, lachte er. »Mir jedenfalls nicht.«

»Euch zwei beiden täte es jedenfalls gut, wenn ihr ein paar damit über den Schädel kriegtet«, sagte die Mutter plötzlich lachend.

»Warum sind Sie so rachsüchtig gegen mich?« sagte er. »Ich habe Ihnen doch nichts gestohlen.«

»Ne, da werde ich wohl aufpassen«, sagte die ältere Frau.

Das Abendessen war bald beendet. Frau Radford saß in ihrem Stuhl auf Posten. Paul zündete sich eine Zigarette an. Clara ging nach oben und kam mit einem Schlafanzug wieder, den sie auf dem Kaminvorsetzer zum Lüften ausbreitete.

»Was! Den hatte ich ja ganz vergessen!« sagte Frau Radford. »Wo kommt der denn wieder her?«

»Aus meinem Auszug.«

»Hm! Den hattest du für Baxter gekauft, und der wollte ihn nicht tragen, nicht?« meinte sie lachend. »Sagte, er dächte doch, er könnte im Bett auch wohl ohne Hosen fertig werden.« Sie wandte sich zutraulich an Paul und sagte: »Er konnte sie nicht ausstehen, diese Schlafanzüge.«

Der junge Mann saß und blies Rauchringel.

»Tja, jeder nach seinem Geschmack«, lachte er.

Dann folgte eine kleine Auseinandersetzung über die Vorzüge von Schlafanzügen.

»Meine Mutter mag mich gern in ihnen«, sagte er. »Sie sagt, ich bin ein Pajaz.«

»Kann mir wohl denken, sie stehen Ihnen«, sagte Frau Radford.

Nach einer Weile sah er seitwärts nach der kleinen Uhr, die auf dem Kamin tickte. Es war halbeins.

»Es ist spaßig«, sagte er, »aber es dauert immer Stunden, ehe man nach dem Theater zum Schlafen kommt.«

»Es ist wohl fast Zeit, Sie kämen dazu«, sagte Frau Radford, den Tisch abräumend.

»Sind Sie müde?« fragte er Clara.

»Kein bißchen«, antwortete sie, seine Augen vermeidend.

»Sollen wir noch etwas Cribbage spielen?« sagte er.

»Ich habe es ganz vergessen.«

»Na, denn bring ich es Ihnen wieder bei. Dürfen wir Crib spielen, Frau Radford?« fragte er.

»Tun Sie, was Sie Lust haben«, sagte sie; »aber es ist recht hübsch spät.«

»Ein Spielchen oder so wird uns fein müde machen«, antwortete er.

Clara brachte die Karten und ließ ihren Trauring tanzen, während er mischte. Frau Radford wusch auf in der Spülküche. Je später es wurde, desto gespannter fand Paul die Sachlage.

»Funfzehn zwei, funfzehn vier, funfzehn sechs, und zwei sind acht ...!«

Die Uhr schlug eins. Das Spiel ging weiter. Frau Radford hatte alle die kleinen Vorkehrungen zum Zubettgehen beendet, hatte die Tür abgeschlossen und den Kessel gefüllt. Trotzdem fuhr Paul fort zu geben und zu zählen. Er war von Claras Armen und Hals ganz besessen. Er glaubte genau den Absatz erkennen zu können, wo die Brüste anfingen.

Er konnte sie nicht verlassen. Sie beobachtete seine Hände und fühlte, wie ihre Gelenke hinschmolzen unter ihren raschen Bewegungen. Sie war ihm so nahe; es war fast, als berühre er sie, und doch nicht ganz so. Sein Fleisch war in Wallung. Er haßte Frau Radford. Sie blieb in ihrem Stuhl sitzen, beinahe in Schlaf, aber entschlossen und hartnäckig. Paul sah von der Seite auf sie, dann auf Clara. Sie traf seine Augen, die ärgerlich, höhnisch und hart wie Stahl waren. Ihre eigenen antworteten ihm voller Scham. Er wußte, sie wenigstens war seiner Ansicht. Er spielte weiter.

Zuletzt stand Frau Radford steif auf und sagte:

»Ists nicht allmählich Zeit, Ihr zwei dächtet ans Bett?«

Paul spielte weiter, ohne zu antworten. Er war so wütend auf sie, daß er sie hätte umbringen können.

»'ne halbe Minute noch!« sagte er.

Die ältere Frau stand auf und segelte bockig in die Spülküche hinüber, kam mit seiner Kerze wieder und stellte sie auf den Kamin. Dann setzte sie sich wieder hin. Der Haß flammte ihm derart in den Adern empor, daß er die Karten hinlegte.

»Denn wollen wir aufhören«, sagte er; seine Stimme war immer noch eine Herausforderung.

Clara sah, sein Mund war hart verschlossen. Wieder blickte er auf sie. Es schien ihm wie ein Einverständnis. Sie beugte sich über ihre Karten, hustend, wie um sich die Kehle zu klären.

»Na, ich bin froh, daß Sie aufgehört haben«, sagte Frau Radford. »Hier nehmen Sie Ihre Sachen ...« – sie warf ihm den warmen Anzug in die Hände – »und da ist Ihre Kerze. Ihr Zimmer ist grade hier drüber; es sind bloß zwei, so können Sie sich wohl nicht gut irren. Na, denn gute Nacht. Ich hoffe, Sie werden gut schlafen.«

»Sicher werde ich das; das tue ich immer«, sagte er.

»Ja; das müssen Sie auch in Ihrem Alter«, erwiderte sie.

Er sagte Clara gute Nacht und ging. Die Wendeltreppe aus weißgescheuertem Holz krachte und quietschte bei jedem Tritt. Verbissen ging er nach oben. Die beiden Türen lagen sich gegenüber. Er ging in sein Zimmer, zog die Tür zu, verriegelte sie aber nicht.

Es war ein kleines Zimmer mit einem großen Bett. Ein paar von Claras Haarnadeln lagen auf dem Spiegeltisch – ihre Haarbürste. Ihre Kleider und ein paar Röcke hingen unter einem Vorhang in der Ecke. Tatsächlich lagen auf einem Stuhl ein Paar Strümpfe. Er durchforschte das Zimmer. Zwei seiner eigenen Bücher standen auf dem Bort. Er zog sich aus, faltete seinen Anzug zusammen und setzte sich lauschend aufs Bett. Dann pustete er die Kerze aus, legte sich hin und war in zwei Minuten beinahe eingeschlafen. Da Klick! – war er völlig wach und wand sich in Qualen. Es war, als hätte ihn etwas, wie er schon beinahe eingeschlafen war, plötzlich gebissen und verrückt gemacht. Er setzte sich aufrecht und blickte in der Dunkelheit durch das Zimmer, die Beine untergeschlagen, völlig regungslos, lauschend. Irgendwo draußen hörte er eine Katze miauen; dann den schweren, gewichtigen Tritt der Mutter; dann Claras klare Stimme:

»Willst du mir das Kleid aufhaken?«

Einen Augenblick herrschte Schweigen. Endlich sagte die Mutter:

»Na! Kommst du endlich mit rauf?«

»Nein, noch nicht«, antwortete die Tochter ruhig.

»Na, denn schön! Wenns dir noch nich spät genug ist, bleib noch ein bißchen. Bloß brauchst du mich nich aufwecken, wenn ich erst mal eingeschlafen bin.«

»Ich bleibe nicht mehr lange.«

Gleich darauf hörte Paul die Mutter langsam die Treppe heraufkommen. Der Kerzenschein blitzte durch die Ritzen in der Tür. Ihr Kleid streifte die Tür, und sein Herz schlug empor. Dann war es wieder dunkel, und er hörte das Klappen ihrer Türklinke. Sie nahm es mit ihren Vorbereitungen zum Schlafengehen in der Tat sehr gemächlich. Nach langer Zeit wurde es endlich ganz still. Er saß voller Spannung auf dem Bett, leicht zusammenschauernd. Seine Tür stand eine halbe Handbreit offen. Wenn Clara nach oben kommen würde, wollte er sie abfangen. Er wartete. Alles war totenstill. Die Uhr schlug zwei. Dann hörte er unten ein leises Kratzen am Kaminvorsetzer. Nun konnte er sich nicht mehr helfen. Sein Schaudern wurde unbezwinglich. Er fühlte, er müsse hinunter oder sterben.

Er stieg aus dem Bett und blieb einen Augenblick zitternd stehen. Dann ging er stracks auf die Tür zu. Er versuchte leise aufzutreten. Die erste Treppenstufe krachte wie ein Schuß. Er lauschte. Die alte Frau bewegte sich im Bette. Auf der Treppe war es dunkel. Unter der Tür am Fuße der Treppe lag ein Lichtstreif, sie öffnete sich in die Küche. Er blieb einen Augenblick stehen. Dann ging er gedankenlos weiter. Jede Stufe krachte, und ihm lief eine Gänsehaut über den Rücken, ob die Tür der Alten oben hinter ihm sich nicht öffnen würde.

Er fummelte unten an der Tür herum. Die Klinke öffnete sich mit einem lauten Klapp. Er trat in die Küche und machte die Tür geräuschvoll hinter sich zu. Nun würde die Alte nicht zu kommen wagen.

Dann blieb er wie gefesselt stehen. Clara lag inmitten eines Haufens weißen Unterzeuges auf der Herdmatte in den Knien, den Rücken ihm zugekehrt, und wärmte sich. Sie sah sich nicht um, sondern saß auf den Hacken niederkauernd da, und ihr gerundeter, wunderschöner Rücken blieb ihm zugekehrt, ihr Gesicht abgewandt. Sie wärmte ihren Leib vor dem Feuer, um Trost zu finden. Die Glut lag rosig auf ihrer einen Seite, der Schatten auf der andern war dunkel und warm. Ihre Arme hingen lose hernieder.

Er zitterte heftig und schloß Zähne und Fäuste hart zusammen, um sich in der Gewalt zu behalten. Dann trat er auf sie zu. Er legte ihr die eine Hand auf die Schulter, die Finger der andern unters Kinn, um ihr Gesicht emporzuheben. Ein krampfhafter Schauder durchlief sie, einmal, zweimal, bei seiner Berührung. Sie hielt den Kopf gesenkt.

»Tut mir so leid!« murmelte er, als er bemerkte, daß seine Hände sehr kalt waren.

Dann blickte sie furchtsam zu ihm auf, wie ein Wesen, das sich vor dem Tode fürchtet.

»Meine Hände sind so kalt«, murmelte er.

»Das mag ich gern«, flüsterte sie, die Augen schließend.

Der Atem ihrer Worte lag auf seinem Munde. Ihre Arme umschlangen seine Knie. Die Schnur seines Schlafanzuges baumelte gegen sie an und ließ sie erschauern. Nun die Wärme in ihn überging, nahm sein Zittern ab.

Endlich, als er nicht länger fähig war, so stehenzubleiben, hob er sie auf, und sie begrub ihr Gesicht an seiner Schulter. Langsam wanderten seine Hände über sie hin in unendlich zarter Liebkosung. Sie hing sich fest an ihn in dem Versuch, sich vor ihm zu verbergen. Er umschlang sie sehr fest. Dann endlich sah sie zu ihm auf, stumm, flehend, um zu sehen, ob sie sich zu schämen habe.

Seine Augen waren dunkel, tief und sehr ruhig. Es war, als schmerze ihn ihre Schönheit, und daß er sie genommen hätte, verursachte ihm Kummer. In leichtem Schmerz sah er sie an und begann sich zu fürchten. Er war so demütig vor ihr. Sie küßte ihn heiß auf die Augen, erst das eine, dann das andere, und klammerte sich an ihn.

Nun gab sie sich ihm. Er hielt sie fest. Es war ein Augenblick, fast so gespannt wie Todesqual.

Sie blieb stehen und ließ ihn sie anbeten und vor Freude an ihr erzittern. Das heilte ihren verletzten Stolz. Es heilte sie; es machte sie froh. Es ließ sie sich wieder aufrecht und stolz fühlen. Ihr innerster Stolz war verwundet worden. Sie war herabgesetzt worden. Nun strahlte sie wieder vor Freude und Stolz. Es war ihre Wiederherstellung und Wiederanerkennung.

Dann sah er sie mit strahlendem Gesicht an. Sie lachten einander zu, und er preßte sie an seine Brust. Die Sekunden tickten weiter, die Minuten liefen hin, und immer noch standen die beiden eng umschlungen, Mund an Mund, wie eine Doppelbildsäule aus einem Block.

Aber wieder liefen seine Finger suchend über sie hin, rastlos, wandernd, unbefriedigt. Woge auf Woge schlug sein Blut heiß empor. Sie legte den Kopf auf seine Schulter.

»Komm in mein Zimmer«, murmelte er.

Sie sah ihn an und schüttelte den Kopf, den Mund trostlos vorgeschoben, die Augen schwer vor Leidenschaft. Er beobachtete sie fest.

»Ja!« sagte er.

Wieder schüttelte sie den Kopf.

»Warum nicht?« fragte er.

Sie sah ihn abermals schwer, kummervoll an und schüttelte von neuem den Kopf. Seine Augen wurden hart, und er ließ sie los.

Als er später wieder im Bette lag, wunderte er sich, weshalb sie sich geweigert habe, ganz offen zu ihm zu kommen, so daß ihre Mutter es erfahren hätte. Jedenfalls wären dann die Dinge zur Entscheidung gekommen. Und sie hätte die ganze Nacht bei ihm bleiben können, ohne so, wie sie war, in ihrer Mutter Bett gehen zu müssen. Es war seltsam, und er konnte es nicht begreifen. Und dann fiel er fast sofort in Schlaf.

Am Morgen erwachte er dadurch, daß jemand ihn anredete. Als er die Augen öffnete, sah er Frau Radford groß und stattlich auf ihn niederschauen. Sie hielt eine Tasse Tee in der Hand.

»Meinen Sie, Sie wollten bis an den Jüngsten Tag weiter schlafen?« sagte sie.

Sofort mußte er lachen.

»Es müßte eigentlich erst fünf Uhr sein«, sagte er.

»Jawoll«, antwortete sie, »halb acht ists, ob Sie's glauben oder nich. Hier, ich habe Ihnen eine Tasse Tee gebracht.«

Er rieb sich die Augen, strich sich das verwirrte Haar aus der Stirn und setzte sich aufrecht.

»Warum ists denn auch so spät!« brummte er.

Er war böse, daß sie ihn geweckt hatte. Das machte ihr Spaß. Sie sah seinen Hals in der Flanell-Schlafjacke, so weiß und rund wie ein Mädchenhals. Ärgerlich rubbelte er sich das Haar.

»Das nutzt nichts, daß Sie sich den Kopf kratzen«, sagte sie; »das macht es nicht früher. Hier, und wie lange denken Sie eigentlich, soll ich hier mit Ihrer Tasse Tee stehenbleiben?«

»Och, verflucht nochmal die Tasse!« sagte er.

»Hätten früher zu Bett gehen sollen«, sagte die Frau.

Mit unverschämtem Lachen sah er zu ihr auf.

»Ich bin eher zu Bett gegangen als Sie«, sagte er.

»Jawoll, Sie kleiner Teufel, das sind Sie!« rief sie.

»So 'n Gedanke«, sagte er, sich den Tee umrührend, »daß einem der Tee ins Bett gebracht wird! Meine Mutter wird denken, ich bin ein für allemal zugrunde gerichtet.«

»Tut sie das nie?« fragte Frau Radford.

»Ebensogern würde sie fliegen.«

»Ach, ich habe meine Bande immer verhätschelt! Darum sind sie auch alle so schlecht eingeschlagen«, sagte die Alte.

»Sie haben ja bloß Clara«, sagte er. »Und Herr Radford ist doch im Himmel. Mir scheint also, bloß Sie bleiben über als schlecht eingeschlagen.«

»Ich bin nicht schlecht; ich bin bloß schlapp«, sagte sie, als sie die Kammer verließ. »Ich bin bloß eine Närrin, jawohl!«

Clara war beim Frühstück sehr ruhig; aber sie trug eine Art Eigentumsrecht über ihn zur Schau, die ihm unendlich gefiel. Frau Radford hatte ihn augenscheinlich gern. Er begann von seiner Malerei zu sprechen.

»Was soll denn nun all dies Schnippeln und Murxen und Schrappen und Getue«, rief die Mutter, »bei Ihrem Gemale? Was haben Sie denn davon, möchte ich wissen? Sie sollten sich doch man lieber mal ein Vergnügen gönnen.«

»Oh«, rief Paul, »ich habe aber voriges Jahr über dreißig Guineen verdient.«

»So! Na, das ist doch wenigstens was, aber es ist doch nichts im Verhältnis zu der Zeit, die Sie dranwenden.«

»Und ein Pfund habe ich noch ausstehen. Ein Mann sagte, er wollte mir fünf Pfund geben, wenn ich ihn und seine Frau und den Hund und das Haus malte. Und ich ging hin und setzte die Hühner an Stelle des Hundes; und da wurde er wütig, und deshalb mußte ich ein Pfund abknaxen. Mir war ganz übel dabei, und ich mochte den Hund nicht leiden. Ich machte eben ein Bild draus. Was soll ich nun machen, wenn er mir dies eine Pfund nicht bezahlt?«

»Na, Sie wissen doch wohl selbst am besten, was Sie mir Ihrem Gelde anzufangen haben«, sagte Frau Radford.

»Ich will diese vier Pfund aber um die Ohren schlagen. Wollen wir ein oder zwei Tage an die See gehen?«

»Wer?«

»Sie und Clara und ich.«

»Was, für Ihr Geld!« rief sie halb böse.

»Warum denn nicht?«

»Sie würden beim Hürdenrennen auch schön bald den Hals brechen!« sagte sie.

»Ach, wenn ich nur Spaß für mein Geld habe! Wollen Sie?«

»Ne, das müssen Sie unter sich ausmachen.«

»Und haben Sie denn Lust dazu?« fragte er, erstaunt und froh.

»Tun Sie, was Sie lustig sind«, sagte Frau Radford, »obs mir Spaß macht oder nicht.«

13. Baxter Dawes

Bald nachdem Paul mit Clara im Theater gewesen war, saß er mit ein paar Freunden in der ›Punschbowle‹ beim Abendtrunk, als Dawes hereinkam. Claras Gatte wurde fett; die Lider über seinen braunen Augen wurden lose; sein Fleisch verlor seine gesunde Festigkeit. Augenscheinlich war er auf dem absteigenden Ast. Nach einem Zerwürfnis mit seiner Schwester war er in eine billigere Wohnung gezogen. Seine Geliebte hatte ihn um einen Mann verlassen, der sie heiraten wollte. Eine Nacht hatte er im Gefängnis gesessen, weil er sich in der Betrunkenheit geprügelt hatte, und es gab auch noch eine dunkle Wettgeschichte, an der er beteiligt war.

Paul und er waren erklärte Feinde, und doch bestand zwischen ihnen jenes sonderbare Gefühl von Vertrautheit, als ständen sie sich insgeheim sehr nahe, das zuweilen zwischen zwei Leuten vorkommt, wenn sie auch nie miteinander gesprochen haben. Paul dachte oft an Baxter Dawes, wünschte oft, ihm näher zu kommen und gut Freund mit ihm zu werden. Er wußte, Dawes dächte ebenfalls oft an ihn, und daß der Mann durch ein oder das andere Band zu ihm hingezogen werde. Und doch sahen sie sich nie anders als in Feindschaft an.

Als höherem Angestellten bei Jordan kam es Paul zu, Dawes etwas zu trinken anzubieten.

»Was möchten Sie?« fragte er ihn.

»Nischt von so 'nem Bleichgesicht wie Sie!« erwiderte der Mann.

Paul wandte sich mit einem leichten, verächtlichen Achselzucken von ihm weg, das äußerst aufreizend war.

»Die Aristokratie«, fuhr er fort, »ist in Wirklichkeit eine militärische Einrichtung. Nehmen Sie mal Deutschland. Das hat Tausende von Aristokraten, deren einzige Daseinsmöglichkeit das Heer ist. Sie sind blutarm, und das Leben geht todlangsam. Deshalb hoffen sie auf Krieg. Sie betrachten den Krieg nur als Möglichkeit zum Weiterkommen. Bis es Krieg gibt, sind sie müßige Nichtsnutze. Gibt es Krieg, sind sie die Führer und Befehlshaber. Da haben Sie's also – die sehnen sich nach Krieg!«

Er war als Sprecher im Wirtshaus nicht beliebt, weil er zu rasch und überheblich war. Er reizte die Älteren durch sein selbstbewußtes Auftreten und seine unbedingte Sicherheit. Sie hörten ihm schweigend zu und waren nicht betrübt, wenn er fertig war.

Dawes unterbrach des jungen Mannes Redeflut durch eine laute, höhnische Frage:

»Haben Sie das alles neulich abends im Theater gelernt?«

Paul sah ihn an: ihre Augen trafen sich. Nun wußte er, Dawes hatte ihn mit Clara aus dem Theater kommen sehen.

»Wieso, was ist das mit dem Theater?« fragte einer von Pauls Gefährten, froh darüber, dem jungen Burschen einen Rippenstoß versetzen zu können und was Schmackhaftes witternd.

»Oh, der da in 'nem Schwalbenschwanz, richtig wie'n Stutzer!« höhnte Dawes, mit einem verächtlichen Kopfnicken zu Paul hinüber.

»Das wird ja immer hübscher«, sagte ihr gemeinsamer Freund. »Torte und so?«

»Torte, bei Gott!« sagte Dawes.

»Weiter; laß mal hören!« rief der gemeinsame Freund. »Du hasts ja schon«, sagte Dawes, »un ich glaube, Morellchen hat se auch gehabt und so.«

»Na, ich will mich doch bumfiedeln lassen«, sagte der gemeinsame Freund. »Un 'ne richtige Torte wars?«

»Torte, Gottsverdimmi – jawoll!«

»Woher weißt du denn das?«

»Oh«, sagte Dawes, »ich denke doch, er ist die Nacht über ...«

Nun gabs ein gründliches Gelächter auf Pauls Kosten.

»Aber wer war sie denn? Kennst du sie denn?« fragte der gemeinschaftliche Freund.

»Sollt ich doch meinen«, sagte Dawes.

Das verursachte einen neuen Lachausbruch.

»Denn spucks aus«, sagte der gemeinsame Freund.

Dawes schüttelte den Kopf und nahm einen Schluck Bier.

»Ist 'n Wunder, daß ers nicht schon selbst ausgequatscht hat«, sagte er. »Er wird wohl bald anfangen, damit zu prahlen.«

»Na los, Paul«, sagte der andere; »das nützt dir nichts. Gesteh es man lieber.«

»Gestehen, was denn? Daß ich zufällig eine befreundete Dame mit ins Theater genommen habe?«

»Oh, schön, wenns ganz in der Ordnung war, dann sag uns doch, wie sie hieß, Bengel«, sagte der gemeinschaftliche Freund.

»Sie war mal ganz in der Ordnung«, sagte Dawes.

Paul war wütend. Dawes strich sich höhnisch seinen goldigen Schnurrbart mit den Fingern.

»Schlag mich ...! Eine von der Sorte?« sagte der andere. »Paul, mein Junge, ich bin ganz baff über dich. Und du kennst sie, Baxter?«

»Na ja, so 'n bißchen!«

Er zwinkerte den andern zu.

»Na ja«, sagte Paul, »denn will ich mal gehen!«

Der gemeinsame Freund legte ihm eine zurückhaltende Hand auf die Schulter.

»Ne«, sagte er, »so leicht kommst du nicht davon, mein Junge. Wir verlangen einen vollständigen Bericht über diese Geschichte.«

»Dann laßt ihn euch doch von Dawes geben!« sagte er.

»Du solltest doch keine Angst vor deinen eigenen Geschichten haben, Mann«, sagte der Freund.

Da machte Dawes eine Bemerkung, die Paul veranlaßte, ihm ein halbes Glas Bier ins Gesicht zu gießen.

»Oh, Herr Morel!« rief das Schankmädchen und klingelte nach dem ›Rausschmeißer‹.

Dawes spuckte und stürzte auf den jungen Mann zu. In dem Augenblick aber trat ein stämmiger Bursche mit aufgerollten Hemdärmeln und eng über den Hüften sitzenden Hosen dazwischen.

»Na, nu man los«, sagte er und schob Dawes seinen Brustkasten entgegen.

»Komm raus!« rief Dawes.

Paul lehnte blaß und zitternd gegen die Messingschranken des Schanktisches. Er haßte Dawes und wünschte, es möge irgendwas ihn im selben Augenblick vernichten; und gleichzeitig dachte er wieder bei einem Blick auf die nasse Stirn des Mannes, er sehe doch recht leiderfüllt aus. Er rührte sich nicht.

»Komm raus, du ...« sagte Dawes.

»Nun ists genug, Dawes«, rief das Schankmädchen nachdrücklich.

»Nu kommen Se«, sagte der ›Rausschmeißer‹ mit eindringlicher Güte, »nu machen Se man lieber weg.«

Und indem er Dawes ganz allmählich von seiner Nachbarschaft absonderte, drängte er ihn auf die Tür zu.

»Das ist der kleine Saufaus, der angefangen hat!« rief Dawes halb eingeschüchtert und wies auf Paul Morel.

»Wieso, was für Geschichten, Herr Dawes!« sagte das Schankmädchen. »Sie wissen ganz gut, Sie sinds die ganze Zeit über gewesen.«

Immer wieder schob ihm der ›Rausschmeißer‹ seinen Brustkasten entgegen, schob immer wieder nach, bis er ihn im Eingang hatte und Dawes draußen auf den Stufen stand; dann drehte er sich um.

»Na schön«, sagte er und nickte seinem Nebenbuhler zu. Paul hatte eine merkwürdige Empfindung von Mitleid, fast von Zuneigung für den Mann, gemischt mit heftigem Haß. Die farbige Tür klappte zu; im Schankraum herrschte Schweigen.

»Geschieht ihm ganz recht!« sagte das Schankmädchen.

»Ist aber auch eklig, so 'n Glas Bier in die Augen zu kriegen«, meinte der Freund.

»Ich sag Ihnen, ich freu mich, daß ers gekriegt hat«, sagte das Schankmädchen. »Wollen Sie noch eins, Herr Morel?«

Fragend hielt sie Pauls Glas in die Höhe. Er nickte.

»Das is 'n Kerl, der macht sich aus nischt was, der Baxter Dawes«, sagte einer.

»Puh! Der?« sagte das Schankmädchen. »Ein Großmaul ist er, der, und die taugen nie viel. Ich mag lieber einen, der 'n bißchen nett plaudert, so 'n richtigen Teufelskerl!«

»Na, Paul, mein Junge«, meinte der gemeinsame Freund, »nun mußt du dich wohl 'ne Zeitlang etwas in acht nehmen.«

»Sie brauchen ihm ja bloß keine Gelegenheit zu geben, das ist alles«, sagte das Schankmädchen.

»Kannst du boxen?« fragte einer der Freunde.

»Keine Spur«, antwortete er, immer noch sehr weiß.

»Ich könnte dir so einen oder zwei Kniffe zeigen«, sagte der Freund.

»Danke, ich hab keine Zeit.«

Und damit nahm er Abschied.

»Gehen Sie mit ihm, Herr Jenkinson«, flüsterte das Schankmädchen Herrn Jenkinson zu und gab ihm einen Wink.

Der Mann nickte, nahm seinen Hut, sagte »Gute Nacht zusammen!« sehr herzlich und folgte Paul, indem er ihm zurief:

»'nen Augenblick, Alter. Du und ich gehen ja wohl denselben Weg, glaube ich.«

»Herr Morel mag so was nicht«, sagte das Schankmädchen; »Sie sollen mal sehen, den kriegen wir nicht mehr oft hierher. Tut mir leid; er ist so 'n netter Gesellschafter. Und Baxter Dawes sollten sie man einsperren, das würde ihm guttun.«

Paul wäre lieber gestorben, als daß seine Mutter etwas von dieser Geschichte erfahren hätte. Er litt Folterqualen vor Erniedrigung und Selbstanklagen. Es gab ein gut Teil in seinem Leben, wovon er seiner Mutter notwendigerweise nie sprechen konnte. Er besaß ein Leben, das ihr ganz fern stand – sein geschlechtliches. Den Rest besaß sie immer noch. Aber er fühlte, er müsse ihr einen Teil verheimlichen, und das schmerzte ihn. Es stand ein gewisses Schweigen zwischen ihnen, und er fühlte, durch dies Schweigen müsse er sich gegen sie verteidigen; er fühlte sich von ihr verurteilt. Dann wieder haßte er sie und zerrte an seinen Fesseln. Sein Leben wollte sich von ihr freimachen. Es war wie ein Kreis, in dem das Leben immer wieder in sich selbst zurücklief und nicht weiterkam. Sie hatte ihn geboren, hatte ihn geliebt, gestützt, und seine Liebe wandte sich wieder zu ihr zurück, so daß er nicht die Freiheit gewinnen konnte, sein eigenes Leben weiter zu entwickeln, wirklich eine andere Frau zu lieben. Unwissentlich leistete er um diese Zeit seiner Mutter Einfluß Widerstand. Er erzählte ihr nichts mehr; es lag etwas Entfremdendes zwischen ihnen.

Clara war froh, beinahe seiner gewiß. Sie fühlte, sie hatte ihn endlich für sich gewonnen; und dann kam wieder die Ungewißheit. Er erzählte ihr scherzend von der Geschichte mit ihrem Manne. Ihre Farbe hob sich, ihre grauen Augen blitzten.

»So ist er aufs Haar«, rief sie, »richtig wie so 'n Seebär. Der paßt gar nicht unter anständige Leute.

»Und doch hast du ihn geheiratet«, sagte er.

Es brachte sie in Wut, daß er sie hieran erinnerte.

»Ja, das hab ich!« rief sie. »Aber wie konnte ich das wissen!«

»Ich meine, er hätte ganz nett werden können«, sagte er.

»Du meinst, ich hätte ihn zu dem gemacht, was er ist!« rief sie aus.

»O nein! Das hat er selbst getan. Aber er hat etwas an sich ...«

Clara sah ihren Liebhaber genau an. Es lag etwas in ihm, was sie haßte, eine Art unzusammenhängender Prüfungssucht ihr gegenüber, eine Kälte, die ihre Weibesseele gegen ihn verhärtete.

»Und was wirst du nun tun?«

»Wieso?«

»Na, mit Baxter.«

»Da kann ich doch gar nichts tun, nicht wahr?« erwiderte er.

»Du kannst dich doch mit ihm schlagen, Wenns drauf ankommt, sollte ich denken?« sagte sie.

»Nein; ich habe keine Ahnung, was die ›Faust‹ bedeutet. Das ist spaßhaft. Die meisten Männer haben es im Gefühl, die Faust zu ballen und zuzuschlagen. Bei mir ist das nicht so. Ich brauche ein Messer oder eine Pistole oder so was zum Kämpfen.«

»Dann solltest du lieber etwas bei dir tragen«, sagte sie.

»Ne«, lachte er; »ich bin nicht dolchioso.«

»Er wird dir aber was tun. Du kennst ihn nicht.«

»Na schön«, sagte er, »wollen mal sehen.«

»Und du läßt ihn einfach?«

»Vielleicht, wenn ich nicht anders kann.«

»Und wenn er dich totschlägt?« sagte sie.

»Das würde mir leid tun, um ihn und um mich.«

Einen Augenblick war Clara still.

»Du machst mich wirklich ärgerlich!« rief sie aus.

»Das ist nichts Neues«, lachte er.
»Aber warum bist du so albern? Du kennst ihn noch nicht.«
»Will ich auch gar nicht.«
»Ja, aber du läßt andere Leute doch nicht einfach mit dir machen, was sie wollen?«
»Was soll ich denn tun?« erwiderte er lachend.
»Ich würde einen Revolver bei mir tragen«, sagte sie. »Ich bin sicher, er ist gefährlich.«
»Da könnt ich mir die Finger mit wegputzen«, sagte er.
»Nein; aber willst du's nicht lieber doch?« bat sie.
»Nein.«
»Gar nichts?«
»Nein.«
»Und er soll dich ...«
»Ja.«
»Ein Narr bist du!«
»Tatsache!«
Sie biß sich auf die Zähne vor Ärger.
»Schütteln könnte ich dich!« rief sie, zitternd vor Leidenschaft.
»Warum denn?«
»So 'n Kerl wie den mit dir machen zu lassen, was er will.«
»Dann kannst du ja wieder zu ihm gehen, wenn er Sieger bleibt«, sagte er.
»Soll ich dich hassen?« fragte sie.
»Na, ich meine ja nur«, sagte er.
»Und du behauptest, du liebtest mich!« rief sie leise und verbittert.
»Soll ich ihn denn dir zu Gefallen totschlagen?« sagte er. »Aber wenn ichs nun täte, sieh doch nur mal, wie er mich dann in der Gewalt hätte.«
»Hältst du mich für verrückt!« rief sie.
»Durchaus nicht. Aber du verstehst mich nicht, meine Liebste.«
Es entstand eine Pause zwischen ihnen.
»Aber du solltest dich nicht der Gefahr aussetzen«, bat sie.
Er zuckte die Achseln.

»›Wessen Leben rein, sonder Fehl noch Makel,
Der braucht weder Speer noch Bogen des Mauren,
Auch den Köcher nicht, der voll von vergifteten Pfeilen‹,«

führte er an.

Sie sah ihn prüfend an.

»Ich wollte, ich könnte dich verstehen«, sagte sie.

»Da ist bloß nichts zu verstehen«, lachte er.

Sie senkte nachdenklich den Kopf.

Er sah Dawes ein paar Tage lang nicht; dann prallte er eines Morgens, als er aus der Strickerei nach oben rannte, beinahe mit dem untersetzten Metallarbeiter zusammen.

»Was zum ...« rief der Schmied.

»Tut mir leid!« sagte Paul und ging weiter.

»Tut mir leid!« höhnte Dawes.

Paul pfiff leichthin ›Steck mir mang de Mächens‹.

»Ich werd dir dein Pfeifen schon beibringen, du Hansdampf«, sagte er.

Der andere beachtete ihn gar nicht.

»Jetzt sollen Sie mir Rede stehen für die Geschichte neulich abends.«

Paul ging zu seinem Tisch in der Ecke und blätterte in seiner Eingangsliste herum.

»Geh mal hin und sag Fanny, ich möchte den Auftrag Nummer 097, rasch!« sagte er zu seinem Jungen.

Dawes stand groß und drohend in der Tür und sah dem jungen Manne von oben auf den Kopf.

»Sechs und fünf ist elf und sieben sind achtzehn«, zählte Paul laut zusammen.

»Und hören Sie wohl, Sie da!« sagte Dawes.

»Fünf und neun Pence!« er schrieb eine Zahl hin. »Was ist?« sagte er.

»Ich werd Ihnen schon zeigen, was ist«, sagte der Schmied.

Der andere fuhr mit dem lauten Zusammenzählen seiner Zahlen fort.

»Du kriechendes kleines ..., du wagst ja gar nicht, mir ins Gesicht zu sehen.«

Paul griff rasch nach seinem schweren Lineal. Dawes fuhr zurück. Der junge Mann zog ein paar Linien in seiner Liste. Der Ältere war wütend.

»Warte man, bis ich dir mal auf den Kopf komme, wo, is ganz schnuppe, denn mach ich aber Hackepeter aus dir, du kleines Schwein!«

»Schön«, sagte Paul.

Hier fuhr der Schmied wuchtig aus der Tür hervor. Grade in demselben Augenblick piepte eine schrille Pfeife. Paul trat ans Sprachrohr.

»Ja!« sagte er und horchte dann hinein. »Ah – ja!« Er horchte, dann lachte er. »Ich komme gleich. Ich habe grade einen Besucher hier.«

Dawes entnahm aus seinem Tone, daß er zu Clara gesprochen hatte. Er trat auf ihn zu.

»Du kleiner Teufel!« sagte er. »Ich werd dich besuchen, in zwei Minuten! Meinst du, ich ließe dich Knirps hier noch weiter so herumspuken?«

Die Gehilfen im Laden sahen auf. Pauls Laufjunge erschien mit irgend etwas Weißem.

»Fanny sagt, Sie hättens auch schon gestern abend haben können, wenn Sie es sie nur hätten wissen lassen«, sagte er.

»Schön«, sagte Paul und sah sich den Strumpf an. »Mach ihn in Ordnung.«

Dawes stand gänzlich übersehen da, hilflos in seiner Wut. Morel drehte sich um.

»Verzeihen Sie einen Augenblick«, sagte er zu Dawes und war im Begriff, die Treppe hinunterzulaufen.

»Bei Gott, ich werd deinen Galopp schon stoppen!« brüllte der Schmied und packte ihn beim Arm. Rasch drehte er sich um.

»He! He!« rief der Laufbursche vor Angst.

Thomas Jordan kam aus seinem kleinen Glasverschlag hervor und durch den Laden gerannt.

»Was ist los? Was ist los?« sagte er mit seiner scharfen Altenmannsstimme.

»Ich wollte grade mal abrechnen mit diesem kleinen …, das ist alles«, sagte Dawes ganz außer sich.

»Was meinen Sie damit?« schnappte Thomas Jordan.

»Was ich sage«, sagte Dawes, aber etwas unentschlossen.

Morel lehnte sich beschämt gegen den Ladentisch, halb grinsend.

»Was soll das alles?« schnappte Thomas Jordan.

»Könnte 's nicht sagen«, sagte Paul, den Kopf schüttelnd und die Achseln zuckend.

»Könntste nich, könntste nich!« schrie Dawes, sein wütendes hübsches Gesicht vorstoßend und die Faust ballend.

»Sind Sie nun fertig?« fragte der alte Mann, dazwischentretend. »Machen Sie sich an Ihre Arbeit und kommen Sie nicht schon am Morgen bezecht her.«

Dawes wandte seine gewaltige Masse langsam ihm zu.

»Bezecht!« sagte er. »Wer ist bezecht? Ich bin nicht bezechter als Sie!«

»Den Vers haben wir schon öfter gehört«, schnappte der alte Mann. »Nun scheren Sie sich weg, und fix. Hier mit Ihren Ruppigkeiten herzukommen.«

Der Schmied sah verachtungsvoll auf seinen Brotherrn nieder. Seine großen, schmierigen und doch für seine Arbeit so gut passenden Hände zuckten unaufhörlich. Paul erinnerte sich, sie wären die Hände von Claras Gatten, und ein Blitz des Hasses durchfuhr ihn.

»Machen Sie, daß Sie wegkommen, ehe Sie rausgeschmissen werden!« schnappte Thomas Jordan.

»Wieso, wer will mich hier rausschmeißen?« sagte Dawes und begann zu grinsen.

Herr Jordan fuhr auf, trat auf den Schmied zu, ihn zurückscheuchend, und schob seine kleine, dicke Gestalt dem Manne mit den Worten entgegen:

»Raus aus meinem Hause – raus!«

Er packte Dawes mit festem Griff.

»Laß los!« sagte der Schmied, und ein Ruck seines Ellbogens ließ den kleinen Geschäftsmann rückwärts stolpern.

Ehe ihm jemand zu Hilfe kommen konnte, war Thomas Jordan auf die leicht sich öffnende selbstschließende Tür zugeflogen. Sie gab nach und ließ ihn das halbe Dutzend Stufen in Fannys Arbeitsraum hinunterkrachen. Eine Sekunde lang war alles betäubt; dann liefen Männer und Weiber hinunter. Dawes blieb einen Augenblick mit einem bitteren Blick auf den Vorgang stehen, dann ging er.

Thomas Jordan war sehr erschreckt und zerschrammt, aber sonst nicht verletzt. Er war jedoch außer sich vor Wut. Er entließ Dawes aus seiner Stellung und verklagte ihn wegen Körperverletzung.

In der Verhandlung hatte Paul sein Zeugnis abzugeben. Auf die Frage nach dem Beginn des Auftritts sagte er:

»Dawes nahm Veranlassung, Frau Dawes und mich zu beleidigen, weil ich sie eines Abends ins Theater begleitet hatte; dafür habe ich ihn mit Bier begossen, und er wollte sich nun rächen.«

»*Cherchez la femme!*« lächelte der Richter.

Die Sache wurde abgewiesen, nachdem der Untersuchungsrichter Dawes noch gesagt hatte, er halte ihn für ein Stinktier.

»Sie haben die ganze Sache verdorben«, schnappte Herr Jordan nach Paul.

»Ich glaube doch nicht«, sagte er. »Außerdem, Sie wollten ihn doch gar nicht wirklich verurteilt haben, nicht?«

»Weshalb hätte ich denn wohl die Sache angefangen?«

»Ja«, sagte Paul, »es sollte mir leidtun, wenn ich was Verkehrtes gesagt hätte.«

Clara war ebenfalls sehr böse.

»Weshalb brauchte denn mein Name auch noch mit dahineingezerrt werden?« sagte sie.

»Besser es offen auszusprechen als darüber flüstern zu lassen.«

»Es war doch ganz und gar unnötig«, erklärte sie.

»Deshalb gehts uns doch nicht schlechter«, sagte er gleichgültig.

»Dir vielleicht nicht«, sagte sie.

»Und dir?« fragte er.

»Ich hätte gar nicht erwähnt zu werden brauchen.«

»Tut mir leid«, sagte er; es klang aber nicht so.

Er sagte leichtherzig zu sich: ›Sie wird schon wieder herumkommen.‹ Und sie tats.

Er erzählte seiner Mutter von Herrn Jordans Fall und der Untersuchung gegen Dawes. Frau Morel beobachtete ihn sorgfältig.

»Und was hältst du von alledem?« fragte sie ihn.

»Ich halte ihn für einen Narren«, sagte er.

Aber nichtsdestoweniger war ihm doch recht unbehaglich.

»Hast du jemals bedacht, wo dies ein Ende nehmen soll?« sagte seine Mutter.

»Nein«, antwortete er; »die Dinge regeln sich schon von selbst.«

»Das tun sie, aber für gewöhnlich auf eine Art und Weise, die einem nicht lieb ist«, sagte seine Mutter.

»Und denn muß man sich eben damit abfinden«, sagte er.

»Du wirst sehen, das Sich-damit-Abfinden wird dir nicht so leicht werden, wie du denkst«, sagte sie. Er fuhr fort, rasch an seiner Zeichnung weiter zu arbeiten.

»Hast du sie jemals um ihre Meinung gefragt?« sagte sie endlich.

»Worüber?«

»Über dich und über die ganze Sache.«

»Ich kümmere mich nicht drum, was sie über mich denkt. Sie ist fürchterlich in mich verliebt, aber es geht nicht sehr tief.«

»Aber genau so tief wie dein Gefühl für sie.«

Neugierig sah er zu seiner Mutter auf.

»Ja«, sagte er. »Weißt du, Mutter, ich glaube, es muß da irgendwas mit mir los sein, daß ich gar nicht richtig lieben kann. Wenn sie da ist, habe ich sie lieb, in der Regel. Zuweilen, wenn ich sie einfach grade als die Frau ansehe, dann habe ich sie lieb, Mutter; aber wenn sie dann redet und ihr Urteil abgibt, dann höre ich oft gar nicht hin.«

»Und doch hat sie ebensoviel Verstand wie Miriam.«

»Vielleicht; und ich habe sie auch lieber als Miriam. Aber warum können sie mich nicht halten?«

Die letzte Frage war fast einer Klage gleich. Seine Mutter wandte das Gesicht ab, sie saß und blickte durchs Zimmer, sehr ruhig, ernst, mit so etwas wie Entsagung.

»Aber heiraten möchtest du Clara nicht?« sagte sie.

»Nein; zuerst hätte ich es vielleicht getan. Aber warum – warum mag ich weder sie noch eine andere heiraten? Mir ist manchmal, als täte ich meinen Weibern Unrecht, Mutter.«

»Tätest ihnen Unrecht, wieso, mein Junge?«

»Ich weiß nicht.«

In wahrer Verzweiflung fuhr er mit seiner Malerei fort; sie hatte grade den wunden Punkt seines Kummers getroffen.

»Und mit dem Nicht-heiraten-mögen, dazu hast du noch viel Zeit«, sagte seine Mutter.

»Aber nein, Mutter. Ich liebe Clara ja, und ich liebte auch Miriam; aber mich ihnen in der Ehe hingeben könnte ich nicht. Ich könnte ihnen nicht angehören. Es scheint, sie möchten mich gern haben, und ich kann mich ihnen nie geben.«

»Du hast die Richtige noch nicht gefunden.«

»Und solange du lebst, werde ich auch nie die Richtige finden«, sagte er.

Sie war sehr ruhig. Sie begann sich jetzt müde zu fühlen, als wäre es mit ihr aus.

»Wollen mal sehen, mein Junge«, sagte sie.

Das Gefühl, die Dinge liefen im Kreise, machte ihn verrückt.

Clara war in der Tat leidenschaftlich in ihn verliebt, und er in sie, soweit es sich um Leidenschaft handelte. Tagsüber vergaß er sie recht oft. Sie arbeitete im gleichen Gebäude mit ihm, aber er wurde sie nicht gewahr. Er war tätig, und ihr Dasein war ihm gleichgültig. Aber sie hatte die ganze Zeit über, die sie in der Strickerei verbrachte, beständig das Gefühl, er sei dort oben, ein körperliches Gefühl seiner Person im gleichen Gebäude. Jeden Augenblick erwartete sie, ihn durch die Tür kommen zu sehen, und kam er, so war es ihr ein Schreck. Aber er war oft kurz und abgerissen mit ihr. Er gab ihr seine Aufträge in dienstlicher Art und Weise und hielt sie sich vom Leibe. Was ihr noch an Sinnen geblieben war, lauschte auf ihn. Sie wagte nicht, ihn mißzuverstehen oder etwas zu vergessen, aber es war Grausamkeit für sie. Sie wünschte seine Brust zu berühren. Sie wußte genau, wie seine Brust unter der Weste gestaltet war, und sie wünschte sie zu berühren. Es machte sie wahnsinnig, seine Stimme gedankenlos Befehle betreffs der Arbeit geben zu hören. Sie wünschte die Hülle zu durchbrechen, die gleichgültige Hülle von Geschäftlichkeit zu zerschmettern, die ihn mit ihrer Härte verdeckte, wieder zu dem Manne zu gelangen; aber sie war bange, und ehe sie noch zur leisesten Berührung mit seiner Wärme gelangte, war er wieder fort, und sie härmte sich um ihn.

Er wußte, jeden Abend, an dem sie ihn nicht sähe, wäre sie traurig, und so schenkte er ihr einen guten Teil seiner Zeit. Oft waren die Tage ihr ein Jammer, aber die Abende und Nächte waren gewöhnlich für sie beide Glückseligkeit. Dann waren sie stumm. Stundenlang saßen sie zusammen oder gingen miteinander durch die Dunkelheit und sagten nur ein paar bedeutungslose Worte. Aber er hielt ihre Hand in der seinen, und ihr Busen ließ seine Wärme in seiner Brust und ließ ihn sich gesund fühlen.

Eines Abends gingen sie am Wasserweg entlang, und irgend etwas beunruhigte ihn. Sie wußte, sie hatte ihn nicht in Besitz. Die ganze Zeit über pfiff er leise und unaufhörlich vor sich hin. Sie hörte zu im Gefühl, mehr aus seinem Pfeifen als aus seinen Worten entnehmen zu können. Es war eine traurige, freudlose Weise – eine Weise, die sie empfinden ließ, er beabsichtige nicht bei ihr zu bleiben. Sie gingen in Schweigen weiter. Als sie an die Drehbrücke kamen, setzte er sich auf den großen Drehbaum und sah nach den Sternen im Wasser. Er war weit weg von ihr. Sie hatte nachgedacht.

»Willst du immer bei Jordan bleiben?« fragte sie.

»Nein«, antwortete er, ohne zu überlegen. »Nein; ich will aus Nottingham weg und ins Ausland – bald.«

»Ins Ausland! Warum denn das?«

»Weiß nich! Ich habe keine Ruhe.«

»Aber was willst du denn anfangen?«

»Zuerst muß ich ständige Zeichenarbeit finden, und so was wie eine Art Ausverkauf für meine Bilder«, sagte er. »Ich komme allmählich vorwärts. Das weiß ich.«

»Und wann meinst du, wirst du gehen?«

»Ich weiß nicht. Es wird auch wohl nicht auf lange sein, solange meine Mutter da ist.«

»Die könntest du nicht verlassen?«

»Nicht auf lange.«

Sie sah nach den Sternen in dem schwarzen Wasser. Sie lagen sehr weiß und starrend da. Es war ihr eine Todesqual zu wissen, er werde sie verlassen, aber es war fast auch Todesqual, ihn hier bei sich zu haben.

»Und wenn du einen hübschen Posten Geld gemacht hast, was würdest du dann tun?« fragte sie.

»In irgendein nettes Häuschen in der Nähe von London ziehen mit meiner Mutter.«

»Ich sehe.«

Nun trat eine lange Pause ein.

»Ich könnte ja immer noch kommen und dich besuchen«, sagte er. »Ich weiß nicht. Frag mich nicht, was ich anfangen würde; ich weiß nicht.«

Wieder Schweigen. Die Sterne zitterten und brachen sich im Wasser. Ein Windhauch kam. Plötzlich trat er zu ihr und legte ihr die Hand auf die Schulter.

»Frag mich nicht wegen der Zukunft«, sagte er kläglich. »Ich weiß nichts. Bleib bei mir jetzt, willst du, einerlei wie es wird?«

Und sie schloß ihn in ihre Arme. Schließlich war sie doch eine verheiratete Frau und besaß kein Anrecht selbst auf das, was er ihr gab. Er hatte sie bitter nötig. Sie hielt ihn in ihren Armen, und er war elend. Sie hüllte ihn ein mit ihrer Wärme, tröstete ihn, liebte ihn. Nur an den Augenblick wollte sie denken.

Nach einer Weile hob er den Kopf, als wollte er etwas sagen.

»Clara«, sagte er angestrengt.

Leidenschaftlich preßte sie ihn an sich, bog seinen Kopf mit ihren Händen an ihre Brust. Sie konnte das Leid in seiner Stimme nicht ertragen. Sie war in ihrer Seele bange. Alles hätte er von ihr haben können – alles; aber sie wollte es nicht wissen. Sie fühlte, das könne sie nicht ertragen. Sie wünschte, daß er Linderung bei ihr finde – Linderung. Sie blieb stehen, hielt ihn umschlungen und liebkoste ihn, und er war ihr ein unbekanntes Etwas – beinahe etwas Unheimliches. Sie wünschte ihm Linderung zu bringen bis zur Vergessenheit.

Und bald brach der Kampf in seiner Seele nieder, und er vergaß. Aber nun war Clara nicht mehr für ihn da, nur ein Weib, warm, etwas, das er liebte und fast verehrte, hier in der Dunkelheit. Aber das war nicht Clara, und sie unterwarf sich dem. Der nackte Hunger, die Unvermeidlichkeit seiner Liebe zu ihr, etwas Starkes und Blindes und Unbarmherziges in seiner Ursprünglichkeit machten ihr die Stunde fast zu einer furchtbaren. Sie wußte, wie unbeugsam und einsam er war, und sie fühlte, es war groß, daß er zu ihr kam; und sie nahm ihn einfach hin, weil seine Not größer war als sie oder er, und ihre Seele wurde still in ihrem Innern. Sie tat dies für ihn in seiner Not, und sollte er sie auch verlassen, denn sie liebte ihn.

Die ganze Zeit über kreischten die Kiebitze im Felde. Als er wieder zu sich kam, wunderte er sich, was da so nahe vor seinen Augen liege, gewölbt und stark vor Leben in der Dunkelheit, und welche Stimme da zu ihm spräche. Dann wurde es ihm klar, es sei das Gras, und der Kiebitz rufe. Die Wärme war Claras wogender Atem. Er hob den Kopf und sah ihr in die Augen. Sie waren dunkel und glänzend und seltsam, ein wildes, ursprüngliches Leben in seines starrend, ein fremdes, und doch ihn angehend; und vor Furcht beugte er sein Gesicht nieder auf ihren Hals. Was war sie? Ein starkes, fremdes, wildes Leben, das mit dem seinen in der Dunkelheit diese Stunde durchatmete. Alles um sie her war so viel größer als sie beide, daß es ihn verstummen ließ. Sie hatten sich gefunden und hatten in ihr Sichfinden die Stiche der mannigfaltigen Grashalme, den Schrei der Kiebitze, den Gang der Sterne eingeschlossen.

Als sie aufstanden, sahen sie andere Liebespaare drüben an der gegenüberliegenden Hecke sich entlangstehlen. Es kam ihnen ganz selbstverständlich vor, daß sie da waren; sie waren ein Bestandteil der Nacht.

Und nach einem solchen Abend waren sie immer sehr still, wenn sie erkannten, wie unermeßlich die Leidenschaft sei. Sie kamen sich sehr klein vor, ängstlich, kindlich, und verwundert, wie Adam und Eva, als sie ihre Unschuld verloren hatten und sich über die Gewaltigkeit der Kraft klar wurden, die sie aus dem Paradiese verjagte und durch die große Nacht und den großen Tag der Menschheit von dannen trieb. Für sie beide war es eine Weihe und eine Befriedigung. Ihr eigenes Nichts zu erkennen, die gewaltige Flut des Lebens zu begreifen, die sie mit sich führte, verlieh ihnen innere Ruhe. Wenn eine so große, gewaltige Macht sie überwältigen, sie ganz wesenseins mit sich machen konnte, so daß sie begriffen, sie waren nur winzige Bestandteile der riesenhaften Hubkraft, die jeden Grashalm zu seiner kleinen Höhe brachte, und jeden Baum, jedes Lebewesen, warum sich dann über sich selbst härmen? Sie konnten sich vom Leben dahintragen lassen, und sie empfanden eine Art Ruhe und Frieden, der eine im andern. Es war eine Bestätigung, die sie zusammen erlebt hatten. Die konnte nichts aus der Welt schaffen, nichts ihnen nehmen; es war fast ihr Glaube an das Leben.

Aber Clara fühlte sich nicht befriedigt. Etwas Großes war da, das wußte sie; etwas Großes umhüllte sie. Aber das hielt sie nicht. Am Morgen war es nicht mehr dasselbe. Sie hatten etwas erkannt, aber den Augenblick konnte sie nicht festhalten. Den wünschte sie sich wieder; sie wollte etwas Beständiges. Sie war nicht völlig klar geworden. Sie hatte geglaubt, er sei es gewesen, nach dem sie sich sehnte. Er war ihr nicht sicher. Das, was da zwischen ihnen bestanden hatte, möchte nie wiederkommen; er könnte sie verlassen. Sie hatte ihn nicht gefesselt; sie war nicht befriedigt. Dagewesen war sie, aber sie hatte den – das Etwas – sie wußte nicht was – wonach sie sich so wahnsinnig sehnte, nicht zu fassen gekriegt.

Am Morgen genoß er ungewohnten Frieden und war innerlich glücklich. Fast schien es, als habe er die Feuertaufe der Leidenschaft erhalten, und sie habe ihm Ruhe verschafft. Aber Clara war das nicht. Es war etwas, das sich mit ihrer Hilfe ereignete, aber sie war es nicht. Sie waren sich kaum näher gekommen. Es war, als hätten sie nur als blinde Werkzeuge einer großen Kraft gehandelt.

Als sie ihn an jenem Tage in der Werkstätte sah, schmolz ihr Herz wie ein feuriger Tropfen. Es war sein Leib, seine Brauen. Der feurige Tropfen wurde immer heißer in ihrer Brust; sie mußte ihn fassen. Er aber, sehr ruhig, sehr kleinlaut heute morgen, fuhr fort, seine Anordnungen zu treffen. Sie folgte ihm in den dunklen, häßlichen Keller und hob die Arme zu ihm empor. Er küßte sie, und das Feuer der Leidenschaft begann wieder in ihm aufzulodern. Es war jemand an der Tür. Er lief nach oben; sie ging wieder in ihren Arbeitsraum, sich wie im Halbschlaf vorwärtsbewegend.

Hierauf brannte das Feuer langsam nieder. Er fühlte mehr und mehr, seine Erfahrung sei eine unpersönliche gewesen und habe Clara nicht betroffen. Er liebte sie. Es lag eine große Zärtlichkeit über ihnen, wie nach einer starken Gemütsaufwallung, die sie gemeinsam durchgemacht hatten; aber sie war es nicht, die seine Seele aufrechterhalten konnte. Er hatte etwas von ihr verlangt, was sie nicht zu leisten vermochte.

Und sie war verrückt vor Sehnsucht nach ihm. Sie konnte ihn nicht ansehen, ohne ihn berühren zu wollen. Wenn er in der Werkstatt zu ihr über einen gewebten Strumpf sprach, ließ sie verstohlen ihre Hand über seine Seite fahren. Sie folgte ihm in den Keller um einen raschen Kuß; ihre Augen, immer stumm und sehnend, voll ungezügelter Leidenschaft, hielt sie stets auf ihn geheftet. Er wurde bange vor ihr, sie möchte sich zu offensichtlich vor den anderen Mädchen verraten. Unweigerlich wartete sie zur Essenszeit auf ihn, um sich von ihm küssen zu lassen, bevor sie wegging. Ihm kam es vor, als sei sie hilflos, beinahe eine Last für ihn, und das reizte ihn.

»Aber was mußt du dich denn eigentlich immer küssen und umarmen lassen?« sagte er. »Jedes Ding hat doch seine Zeit.«

Sie sah ihn an, und Haß trat in ihre Augen.

»Ich will dich also immer küssen?« sagte sie.

»Immer, selbst wenn ich komme, um dich nach deiner Arbeit zu fragen. Ich mag nichts mit Liebe zu tun haben, solange ich bei der Arbeit bin. Arbeit ist Arbeit, ...«

»Und was ist Liebe?« fragte sie. »Hat die ihre besonderen Stunden?«

»Ja; die arbeitsfreien.«

»Und du willst sie nach Herrn Jordans Feierabendzeit regeln?«

»Ja; und je nachdem ich frei bin von irgendwelcher Arbeit.«

»Dann soll sie also nur in der Freizeit bestehen?«

»Das ist es, und selbst dann noch nicht immer – nicht die schnäbelnde Art von Liebe.«

»Und das ist alles, was du von ihr hältst?«

»Das ist doch ganz genug.«

»Ich freue mich, daß du so denkst.«

Und sie blieb eine Zeitlang kalt gegen ihn – sie haßte ihn; und solange sie kalt und verachtungsvoll war, war er unruhig, bis sie ihm wieder vergeben hatte. Aber als sie dann aufs neue anfingen, kamen sie sich doch nicht näher. Er hielt sie fest, weil er sie nie befriedigen konnte.

Im Frühling gingen sie zusammen an die See. Sie hatten Zimmer in einem kleinen Hause dicht bei Theddlethorpe und lebten dort als Mann und Frau. Frau Radford ging zuweilen mit ihnen.

In Nottingham war es ganz bekannt, daß Paul Morel und Frau Dawes zusammen gingen; aber da nichts sehr Auffälliges vorfiel und Clara immer ein einsames Menschenkind gewesen war und er einen so schlichten und unschuldigen Eindruck machte, so kam nicht viel dabei heraus.

Er liebte die Lincolnshireküste, und sie liebte die See. Am frühen Morgen gingen sie oft zusammen zum Baden. Das Grau der Dämmerung, die weiten, einsamen Strecken Moorland, die noch in Winters Banden lagen, die Seewiesen mit ihrem üppigen Kräuterwuchs besaßen Kraft genug, seine Seele freudig zu machen. Wenn sie von ihrer Bohlenbrücke auf die Landstraße traten und ringsum über die eintönige Endlosigkeit der Ebene blickten, über das Land, das etwas dunkler als der Himmel war, über die See, die nur leise über die Sanddünen herübertönte, dann füllte sich sein Herz mit Kraft durch den erbarmungslosen Schwung des Lebens. Dann liebte sie ihn. Er war einsam und stark, und seine Augen hatten ein wundervolles Licht.

Sie schauerten zusammen vor Kälte; dann lief er mit ihr um die Wette die Landstraße hinab bis zu der grünen Rasenbrücke. Sie konnte gut laufen. Bald bekam sie dann Farbe, ihr Hals war bloß, ihre Augen glänzten. Er liebte sie in ihrer üppigen Schwere, und doch so rasch. Er selbst war leicht; sie lief los mit einem prächtigen Ansturm. Sie wurden warm und gingen Hand in Hand.

Eine leise Röte stieg am Himmel empor, der blasse Mond, schon halb hinunter zum Westen, versank in Bedeutungslosigkeit. Auf dem beschatteten Lande traten die Dinge ins Leben, Pflanzen mit großen Blättern wurden unterscheidbar. Sie kamen durch eine Scharte in den hohen, kalten Dünen an die Bucht. Stöhnend lag die lange Weite des Vorstrandes unter der Dämmerung und der See; das Meer war ein niedriger dunkler Streifen mit weißer Kante. Über der düsteren See wurde der Himmel rot. Rasch verbreitete sich das Feuer über die Wolken und zerstreute sie. Purpur entbrannte zu Rotgelb, Rotgelb zu stumpfem Gold, und in goldenem Glanze stieg die Sonne herauf und spielte feurig in kleinen Tropfen über die Wogen hin, als wäre dort eine entlanggegangen, und das Licht wäre aus ihrem Eimer übergespritzt, während sie dahinschritt.

Mit langen, heiseren Schlägen liefen die Brecher den Strand entlang. Winzige Möwen segelten wie Schaumflocken über dem Brandungsstrich. Ihr Schrei schien größer als sie selbst. Weit streckte sich die Küste hin und verschmolz mit dem Morgen, die büschelübersäten Dünen schienen mit der Bucht in die gleiche Ebene zu versinken. Winzig klein lag Mablethorpe zu ihrer Rechten. Ganz allein für sich hatten sie den ganzen weiten Küstenraum, die See, die aufsteigende Sonne, das schwache Geräusch des Wassers, den scharfen Möwenschrei.

Sie hatten eine warme Höhlung in den Dünen, wo der Wind nicht ankommen konnte. Er stand und sah über die See.

»Es ist sehr schön«, sagte er.

»Nun werde bloß nicht erst gefühlvoll«, sagte sie.

Es reizte sie, ihn so dastehen zu sehen und nach der See herüberzuschauen, wie ein einsames, dichtendes Wesen. Er lachte. Sie zog sich rasch aus.

»Feine Wellen sind heute morgen«, sagte sie siegesfroh.

Sie schwamm besser als er; er stand untätig da und sah ihr zu.

»Kommst du nicht?« sagte sie.

»Im Augenblick«, antwortete er.

Sie hatte eine Haut wie weißer Samt und schwere Schultern. Ein leichter, von der See herüberkommender Wind fuhr ihr über den Leib und zauste ihr Haar.

Der Morgen war von einer entzückenden, durchsichtigen Goldfarbe. Schattenschleier schienen nach Nord und Süd davonzutreiben. Clara stand da, leicht unter der Berührung des Windes zusammenschauernd, und wand sich das Haar auf. Der Strandhafer hob sich hinter der nackten Weiße der Frau empor. Sie blickte nach der See hinüber und dann auf ihn. Er beobachtete sie mit dunklen Augen, die sie liebte und doch nicht verstand. Sie preßte ihre Brüste mit den Armen zusammen, sich krümmend und lachend.

»Uh, muß das heut kalt sein!« sagte sie.

Er beugte sich vor und küßte sie, hielt sie plötzlich eng umschlungen fest und küßte sie wieder. Sie stand und wartete. Er sah ihr in die Augen, dann weit weg über den bleichen Sand.

»Nun geh!« sagte er ruhig.

Sie schlang ihm die Arme um den Hals, zog ihn an sich, küßte ihn leidenschaftlich und ging mit den Worten:

»Aber du kommst auch?«

»Im Augenblick.«

Mühsam knetete sie durch den Sand, der weich war wie Samt. Er sah von den Dünen aus die große, blasse Weite sie umhüllen. Sie wurde immer kleiner, verlor jedes Verhältnis, schien nur noch wie ein großer, weißer, vorwärtsstrebender Vogel.

»Nicht viel mehr als ein weißer Kiesel am Strande, nicht viel mehr als eine über den Sand getriebene Schaumflocke«, sagte er bei sich.

Sehr langsam schien sie sich über den lauttönenden Vorstrand hinzubewegen. Noch indem er sie beobachtete, verlor er sie aus den Augen. Sie war vom Sonnenglanz verschluckt. Wieder sah er sie, einen winzigen weißen Flecken sich gegen den weißen, flüsternden Saum der See hin bewegend.

»Sieh, wie klein sie wird!« sagte er zu sich. »Sie ist weg wie ein Sandkorn am Strande – ein grade noch bestimmbarer Fleck, eine winzige weiße Schaumblase, fast ein Nichts in diesem Morgen. Warum verzehrt sie mich so ganz?«

Der Morgen war durch nichts mehr unterbrochen: sie war ins Wasser gegangen. Weit und breit nur der Strand, die Dünen mit ihrem blauen Strandhafer, das glänzende Wasser zu gewaltiger, ununterbrochener Einsamkeit verschmolzen.

»Was ist sie denn schließlich?« sagte er bei sich. »Hier ist der Morgen über der See, groß und ewig und schön; dort ist sie, sich grämend, immer unbefriedigt, und von der Dauer einer Schaumblase. Was bedeutet sie denn schließlich für mich? Sie steht für irgend etwas, wie eine Schaumblase für die See steht. Aber was ist sie? Aus ihr mache ich mir doch nichts.«

Dann, aufgeweckt durch seine unbewußten Gedanken, die so deutlich zu sprechen schienen, daß der ganze Morgen es hören konnte, zog er sich aus und rannte rasch den Strand hinab. Sie hatte ihn beobachtet. Ihr Arm blitzte ihm entgegen, sie hob sich mit einer Welle, ließ sich wieder sinken, ihre Schultern in einem Wirbel flüssigen Silbers. Er sprang durch die Brandung, und im Augenblick lag ihre Hand auf seiner Schulter.

Er war ein armseliger Schwimmer und konnte nicht lange im Wasser bleiben. Sie spielte voller Siegeslust um ihn herum und brüstete sich ihrer Überlegenheit, die er ihr mißgönnte. Tief und schön stand der Sonnenschein auf dem Wasser. Ein oder zwei Minuten lachten sie noch in die See hinaus, dann rannten sie wieder um die Wette nach den Dünen zurück.

Während sie sich unter schwerem Atmen abtrockneten, beobachtete er ihr lachendes, atemloses Gesicht, ihre glänzenden Schultern, ihre sich wiegenden Brüste, die ihn beängstigten, als sie sie abrieb, und dachte wiederum:

»Aber prachtvoll ist sie doch, und größer als selbst der Morgen und die See. Ist sie ...? Ist sie ...?

Als sie seine dunklen Augen auf sich geheftet sah, unterbrach sie ihr Abtrocknen mit einem Lachen.

»Was hast du denn zu sehen?« sagte sie.

»Dich«, antwortete er lachend.

Ihre Augen trafen die seinen, und im Augenblick küßte er ihre ›Gänsehaut‹schulter und dachte:

»Was ist sie? Was ist sie?«

Sie liebte ihn am Morgen. Es war etwas Losgelöstes, Hartes, Urwesenhaftes dann in seinen Küssen, als wäre er nur seines eigenen Willens sich bewußt, nicht im geringsten ihrer und ihrer Sehnsucht nach ihm.

Später am Tage ging er aus, um zu skizzieren.

»Geh du nur mit deiner Mutter nach Sutton«, sagte er zu ihr. »Ich bin so langweilig.«

Sie stand und sah ihn an. Er wußte, sie wünschte mit ihm zu kommen, aber er wollte lieber allein sein. Sie ließ ihn sich gefangen fühlen, wenn sie dabei war, als könne er nicht frei und tief Atem holen, als läge etwas auf ihm. Sie fühlte seinen Wunsch, frei von ihr zu sein.

Abends kam er dann wieder zu ihr. Sie gingen im Dunklen den Strand hinab und saßen dann ein Weilchen im Schutze der Dünen.

»Es kommt mir so vor«, sagte sie, während sie über die dunkle See hinausstarrten, auf der kein Licht zu erblicken war, »es kommt mir so vor, als liebtest du mich nur nachts als hättest du mich tagsüber gar nicht lieb.«

Er ließ den kalten Sand durch die Finger laufen und fühlte sich schuldig unter dieser Anklage.

»Die Nacht ist frei für dich«, erwiderte er. »Am Tage will ich für mich sein.«

»Aber warum?« sagte sie. »Warum, selbst jetzt, wo wir nur diese kurze Zeit hier sind?«

»Ich weiß nicht. Liebesspiele am Tage ersticken mich.«

»Aber es brauchen ja nicht immer gleich Liebesspiele zu sein.«

»Es ist aber immer so«, antwortete er, »wenn du und ich zusammen sind.«

Sie saß da und fühlte sich sehr bitter.

»Möchtest du mich jemals heiraten?« fragte er neugierig.

»Du mich denn?« erwiderte sie.

»Ja, ja; ich möchte zu gern, wir hätten Kinder«, antwortete er langsam.

Sie saß da mit vornübergebeugtem Kopfe und spielte mit dem Sand.

»Aber du möchtest dich nicht wirklich von Baxter scheiden lassen, nicht?« sagte er.

Es dauerte ein paar Minuten, bevor sie antwortete.

»Nein«, sagte sie, voller Überlegung; »ich glaube nicht.«

»Warum nicht?«

»Ich weiß nicht.«

»Kommts dir noch so vor, als gehörtest du zu ihm?«

»Nein; ich glaube nicht.«

»Was denn aber?«

»Ich glaube, er gehört zu mir«, erwiderte sie.

Er blieb ein paar Minuten lang stumm und lauschte auf den über die heisere, dunkle See dahinblasenden Wind.

»Und du hattest nie wirklich die Absicht, mir anzugehören?« sagte er.

»Doch, ich gehöre dir an«, antwortete sie.

»Nein«, sagte er; »du willst dich doch nicht scheiden lassen.«

Das war ein Knoten, den sie nicht lösen konnten, und so ließen sie ihn, nahmen mit, was sie konnten, und was sie nicht erreichen konnten, das übersahen sie.

»Ich glaube, du hast Baxter ruppig behandelt«, sagte er ein andermal.

Halb erwartete er, Clara würde ihm wie seine Mutter antworten: »Kümmere du dich um deine eigenen Angelegenheiten, und nicht so viel um die anderer Leute.« Aber sie nahm ihn ernst, fast zu seiner Überraschung.

»Wieso?« sagte sie.

»Ich vermute, du hieltest ihn für ein Maiglöckchen und pflanztest ihn daher in einen geeigneten Topf und behandeltest ihn entsprechend. Du hattest dir einmal in den Kopf gesetzt, er wäre ein Maiglöckchen, und nun nützte es ihm nicht, daß er bloß Hundspetersilie war. Das gabst du nicht zu.«

»Ich habe ihn mir wirklich nie als Maiglöckchen vorgestellt.«

»Du bildetest dir aber ein, er wäre etwas, was er nicht war. Das ist so Frauenart. Sie meinen, sie wüßten, was einem Manne gut tut, und dann sehen sie zu, daß er das bekommt; und ganz einerlei, ob er verhungert, laß ihn man sitzen und pfeifen nach dem, was ihm nottut, solange sie ihn nur haben und ihm geben, was ihrer Meinung nach für ihn gut ist.«

»Und wie machst du's?« fragte sie.

»Ich denke drüber nach, was ich wohl pfeifen soll«, lachte er. Und anstatt ihm eins an die Ohren zu geben, betrachtete sie ihn ernsthaft.

»Du meinst, ich wollte dir geben, was für dich gut ist?« fragte sie.

»Ich hoffe doch; aber die Liebe sollte einem eine Empfindung von Freiheit geben, nicht von Gefangenschaft. Miriam brachte mich zu dem Gefühl, als sei ich ein Esel, den sie an einen Pfahl gebunden hatte. Ich sollte auf ihrer Wiese weiden, und nirgendwo anders. Das ist ja zum Elendwerden!«

»Und würdest du denn eine Frau tun lassen, was sie will?«

»Ja; ich würde zusehen, daß es ihr Spaß macht, mich zu lieben. Tut sie's nicht – schön, ich halte sie nicht.«

»Wärst du so wundervoll, wie du sagst ...«, erwiderte Clara.

»Dann wäre ich das Wundertier, das ich bin«, lachte er.

In dem Schweigen, das nun eintrat, lag gegenseitiger Haß, wenn sie auch beide lachten.

»Liebe ist mißgünstig«, sagte er.

»Und wer von uns beiden ist der Mißgünstigere?« fragte sie.

»Na, du doch selbstverständlich.«

So lief der Kampf zwischen ihnen weiter. Sie wußte, sie hätte ihn nie völlig besessen. Über einen Teil seines Wesens, einen sehr großen und bedeutenden, hatte sie beinahe Macht; aber sie versuchte diese auch gar nicht zu erlangen, oder auch nur sich darüber klar zu werden, worin sie bestünde. Und er wußte, daß sie in gewisser Hinsicht sich immer noch als Frau Dawes ansah. Sie liebte Dawes nicht, hatte ihn nie geliebt; aber sie glaubte, er liebe sie, er sei wenigstens von ihr abhängig. Sie empfand mit Hinsicht auf ihn eine gewisse Sicherheit, die sie bei Paul Morel nie empfunden hatte. Ihre Leidenschaft für den jungen Mann hatte ihre Seele ausgefüllt, ihr eine gewisse Befriedigung verursacht, sie von dem Mißtrauen gegen sich selbst befreit, dem Zweifel. Mochte sie sonst sein, was sie wollte, sie war innerlich sicher. Es war fast, als habe sie sich selbst gewonnen und stände nun klar und vollkommen da. Sie hatte ihre Bestätigung erhalten; aber nie glaubte sie, ihr Leben gehöre Paul Morel, oder das seine ihr. Sie würden sich am Ende trennen, und der Rest ihres Lebens würde ein Sehnen nach ihm sein. Aber jedenfalls wußte sie jetzt, daß sie ihrer selbst sicher war. Und das gleiche konnte auch von ihm gesagt werden. Zusammen hatten sie die Taufe des Lebens empfangen, jeder durch den andern; aber nun liefen ihre Sendungen verschiedene Wege. Wohin er zu gehen wünschte, dorthin konnte sie ihm nicht folgen. Früher oder später müßten sie auseinandergehen. Selbst wenn sie sich heirateten und einander treu blieben, würde er sie doch verlassen, allein weiterziehen müssen, und sie würde ihn nur zu pflegen haben, wenn er wieder heimkäme. Aber das war nicht möglich. Jeder von ihnen wünschte sich einen Gefährten, um mit ihm Seite an Seite dahinzuwandeln.

Clara war jetzt mit ihrer Mutter nach Mapperley Plains gezogen. Eines Abends, als sie und Paul die Woodborough Road entlanggingen, trafen sie Dawes. Morel erkannte etwas in der Haltung des ihnen entgegenkommenden Mannes wieder, aber er war im Augenblick so von seinen Gedanken in Anspruch genommen, daß nur sein Künstlerauge die Gestalt des Fremden beobachtete. Dann wandte er sich plötzlich mit einem Lachen zu Clara und sagte, indem er ihr die Hand auf die Schulter legte:

»Da gehen wir Seite an Seite, und doch unterhalte ich mich innerlich in London mit einem gewissen Orpen; und wo warst du?«

In demselben Augenblick ging Dawes an ihnen vorbei, so daß er Morel fast streifte. Der junge Mann sah hinüber, sah den Brand in den dunkelbraunen Augen, so voller Haß und doch so müde.

»Wer war das?« fragte er Clara.

»Das war Baxter«, erwiderte sie.

Paul nahm die Hand von ihrer Schulter und sah sich um; dann sah er wieder deutlich die Gestalt des sich ihm nähernden Mannes. Dawes ging noch ganz aufrecht, seine schönen Schultern zurückgebogen und das Gesicht erhoben; aber es lag ein verstohlener Blick in seinen Augen, der einem den Eindruck verursachte, als suche er unerkannt an allen ihm Begegnenden vorüberzukommen, und als sähe er sie argwöhnisch daraufhin an, was sie wohl von ihm dächten. Seine Hände schienen sich vergeblich verstecken zu wollen. Er trug altes Zeug, die Hosen waren an den Knien zerrissen, und das um den Hals geschlungene Taschentuch war schmutzig; aber die Mütze trug er immer noch herausfordernd auf einem Ohr. Clara fühlte sich schuldbewußt, als sie ihn sah. Es lag eine Müdigkeit und eine Verzweiflung auf seinem Gesicht, die sie ihn hassen ließ, weil sie ihr so weh taten.

»Er sieht düster aus«, sagte Paul.

Aber der Klang des Mitleids in seiner Stimme war ihr wie ein Vorwurf und ließ sie hart werden.

»Jetzt kommt seine wahre Gemeinheit durch«, antwortete sie.

»Hassest du ihn?« fragte er sie.

»Du redest«, sagte sie, »über die Grausamkeit der Frau; ich wünschte, du kenntest die Grausamkeit des Mannes in seiner rohen Kraft. Er weiß einfach gar nichts vom Dasein der Frau.«

»Ich auch nicht?« sagte er.

»Nein«, antwortete sie.

»Weiß ich nichts von deinem Dasein?«

»Von mir weißt du gar nichts«, sagte sie bitter – »von mir!«

»Nicht mehr, als Baxter wußte?« fragte er.

»Vielleicht noch nicht mal so viel.«

Er fühlte sich vor einem Rätsel, und hilflos und verärgert. Da ging sie unbekannt neben ihm her, obgleich sie miteinander solche Erfahrungen durchgemacht hatten.

»Aber du kennst mich recht gut«, sagte er.

Sie antwortete nicht.

»Hast du Baxter so gut wie mich gekannt?« fragte er.

»Das ließ er nicht zu«, sagte sie.

»Und habe ich mich von dir erkennen lassen?«

»Das wollt ihr Männer einen ja grade nicht. Ihr wollt uns euch nicht näherkommen lassen«, sagte sie.

»Und ich habe dich mir auch nicht näherkommen lassen?«

»Doch«, sagte sie langsam; »aber du bist mir nie nähergekommen. Du kannst nicht aus deiner Haut heraus, unmöglich. Baxter konnte das viel besser als du.«

Nachdenklich ging er weiter. Er war ärgerlich auf sie, weil sie Baxter ihm vorzog.

»Nun du Baxter nicht mehr hast, beginnst du ihn zu schätzen«, sagte er.

»Nein; ich kann jetzt nur erkennen, inwiefern er anders war als du.«

Aber er fühlte, sie habe etwas gegen ihn auf dem Herzen. Eines Abends, als sie über die Felder heimgingen, überraschte sie ihn mit der plötzlichen Frage:

»Meinst du, es ist das wert – das – das Geschlechtliche?«

»Die Betätigung der Liebe an sich?«

»Ja; ist dir die besonders wertvoll?«

»Aber wie kannst du davon absehen?« sagte er. »Es ist doch der Höhepunkt des Ganzen. Unsere ganze Vertraulichkeit gipfelt doch hierin.«

»Für mich nicht«, sagte sie.

Er war stumm. Ein Blitz des Hasses gegen sie flammte auf. Schließlich war sie selbst hier mit ihm unzufrieden, wo er glaubte, sie wären eins vom andern gänzlich erfüllt. Aber er glaubte ihr zu vollständig.

»Mir ist«, fuhr sie langsam fort, »als besäße ich dich gar nicht, als wärest du gar nicht da, oder als wäre ich es gar nicht, die du hinnimmst ...«

»Wer denn?«

»Etwas dir Zukommendes. Es war so schön, daß ich gar nicht dran zu denken wage. Aber sehntest du dich wirklich nach mir, oder nach dem Etwas?«

Wieder fühlte er sich schuldig. Ließ er Clara ganz außer Ansatz und nahm in ihr einfach die Frau? Aber er hielt das doch nur für Haarspaltereien.

»Wenn ich Baxter hatte, gelegentlich einmal, dann war mir, als hätte ich ihn wirklich«, sagte sie.

»War das denn besser?« fragte er.

»Ja, ja; es war mehr das Ganze. Ich will aber nicht sagen, daß du mir nicht mehr gegeben hast, als er mir je gab.«

»Oder geben konnte.«

»Ja, vielleicht; aber dich selbst hast du mir nie gegeben.«

Ärgerlich runzelte er die Brauen.

»Ich brauche nur anzufangen, dir meine Liebe zu beweisen«, sagte er, »dann gehts mit mir los wie ein Blatt vor dem Wind.«

»Und mich läßt du dabei ganz außer acht«, sagte sie.

»Und dann ist es dir nichts?« fragte er, fast starr vor Kummer.

»Es ist schon etwas; und manchmal hast du mich auch mitgerissen – völlig – das weiß ich – und – deshalb verehre ich dich auch – aber ...«

»›Aber‹ mich doch nicht immer«, sagte er, sie rasch küssend, da ein Feuerstrom ihn überflutete.

Sie unterwarf sich und war stumm.

Es war wirklich, wie er es gesagt hatte. In der Regel war seine Empfindung, sobald er erst einmal anfing, ihr seine Liebe zu beweisen, stark genug, um alles mit sich zu reißen – Verstand, Seele, Blut – in einem gewaltigen Schwunge, wie der Trent als Ganzes seine Wirbel und Verschlingungen dahinführt, geräuschlos. Allmählich ging die kleinliche Prüfsucht, gingen alle kleineren Empfindungen verloren, auch sein Denken schwand hin, alles wurde von der großen Flut mitgerissen. Er war gar nicht mehr ein mit Verstand begabter Mensch, er war nur noch ein großes Gefühl. Seine Hände waren wie lebende Wesen; seine Gliedmaßen, sein Leib, alles war Leben und Bewußtsein, gar nicht mehr seinem Willen Untertan, sondern selbständige Geschöpfe. Gleich ihm erschienen auch die kräftigen winterlichen Sterne stark vor Leben. Er und sie erbebten von demselben feurigen Pulse, und dieselbe Freude an der Kraft, die die Farnwedel vor seinen Augen steif werden ließ, hielt auch seinen Körper fest. Es war, als würden er und die Sterne und das dunkle Kraut und Clara alle miteinander in einer riesigen Flammenzunge emporgeleckt, die vorwärts und aufwärts strebte. Alles neben ihm fuhr voller Leben dahin; alles war still, vollkommen in sich, um ihn her. Diese wundervolle Stille in allen Dingen, die selbst von einem Überschwang an Leben mitgerissen wurde, schien ihm der Gipfelpunkt der Seligkeit.

Und in dem Bewußtsein, dies halte ihn bei ihr fest, vertraute Clara vollständig der Leidenschaft. Die jedoch begann häufig auszusetzen. Nicht oft erreichten sie jene Höhen wieder, von damals, als die Kiebitze gerufen hatten. Allmählich verdarb ihnen irgendwelche ganz gedankenlose Anstrengung ihren Liebesgenuß, oder selbst wenn sie prachtvolle

Augenblicke durchlebten, so genossen sie sie getrennt, und nicht so befriedigend. So häufig schien er lediglich für sich davonzurennen; oft wurde es ihnen klar, es sei ein Mißgriff gewesen, nicht das, was sie ersehnt hatten. Er ging von ihr in der Erkenntnis, der heutige Abend habe nur einen kleinen Riß zwischen ihnen zustande gebracht. Ihre Liebe wurde gedankenloser, verlor ihren wundervollen Glanz. Allmählich begannen sie neue Hilfsmittel zu erfinden, um nur zu dem alten Gefühl von Befriedigung zu gelangen. Sie konnten sehr nahe dem Flusse weilen, in fast gefahrdrohender Nähe, so daß das schwarze Wasser nicht weit von seinem Gesicht dahinrann, und das verursachte ihnen einen kleinen Schauer; oder zuweilen liebten sie sich auch einmal in einer kleinen Höhlung unterhalb des Zaunes neben dem Pfade, auf dem hin und wieder Leute vorübergingen, am Rande der Stadt, und sie hörten Fußtritte herankommen, fühlten fast die Erschütterung durch die Schritte und hörten, was die Vorübergehenden sagten – merkwürdige kleine Äußerungen, die niemand hören sollte. Und nachher schämten sie sich beide recht, und diese Vorkommnisse verursachten eine Entfremdung zwischen ihnen. Er begann sie ein wenig zu verachten, als hätte sie das verdient!

Eines Abends verließ er sie, um über die Felder nach der Daybrook-Haltestelle zu gehen. Es war sehr dunkel und neigte zu Schnee, obgleich der Frühling schon weit vorgeschritten war. Morel hatte nicht viel Zeit; er sauste vorwärts. Die Stadt hört beinahe wie abgerissen am Rande einer steilen Senkung auf; hier stehen die Häuser mit ihren gelben Lichtern unmittelbar gegen die Dunkelheit. Er kletterte über den Übergang und fiel rasch wieder in die Niederung der Felder. Auf dem Schweinskopfhofe glimmte ein Fenster warm durch den Obstgarten. Paul sah sich um. Hinter ihm standen die Häuser am Rande der Senkung schwarz gegen den Himmel und starrten merkwürdig wie wilde Tiere mit ihren gelben Augen in die Dunkelheit hernieder. Die Stadt war es, die dunkel und grob erschien, wie sie so die Wolken ihm im Rücken anstierte. Unter den Weiden am Hofteiche rührte sich irgendein Geschöpf. Es war zu dunkel, um irgend etwas erkennen zu können.

Er war dicht an den nächsten Übergang gelangt, bevor er eine dunkle Gestalt sich dagegen lehnen sah. Der Mann bewegte sich zur Seite.

»Guten Abend!« sagte er.

»Guten Abend!« antwortete Morel ohne Acht.

»Paul Morel?« sagte der Mann.

Da wußte er, es war Dawes. Der Mann vertrat ihm den Weg.

»Nun hab ich dich, nicht?« sagte er plump.

»Ich verpasse meinen Zug«, sagte Paul.

Von Dawes' Gesicht konnte er nichts erkennen. Dem Manne schienen die Zähne zu schnattern, während er sprach.

»Jetzt sollst du's von mir kriegen«, sagte Dawes.

Morel versuchte vorwärts zu gelangen; der andere trat vor ihn hin.

»Willst du deinen Mantel ausziehen, oder willst du dich in ihm hinlegen?« sagte er.

Paul war bange, der Mann wäre verrückt.

»Ich kann aber nicht boxen«, sagte er.

»Na, denn schön«, sagte Dawes, und ehe der Jüngere auch nur eine Ahnung hatte, was vorging, stolperte er bereits durch einen heftigen Schlag ins Gesicht zurück.

Die ganze Nacht wurde nun schwarz. Er riß sich Überzieher und Rock ab und schleuderte, indem er einem Schlage auswich, diese Kleidungsstücke Dawes über. Dieser fluchte fürchterlich. Morel war jetzt beweglich in seinen Hemdärmeln und voller Wut. Er fühlte, wie sich sein ganzer Körper wie eine Kralle aus ihrer Scheide befreite. Boxen konnte er nicht, also wollte er seinen Verstand gebrauchen. Der andere wurde ihm nun besser erkennbar; besonders konnte er seine Hemdbrust erkennen. Dawes stolperte über Pauls Mantel und kam dann wieder vorgestürzt. Dem jungen Manne blutete der Mund. Er starb vor Begierde, dem andern an den Mund zu kommen, und der Wunsch wurde qualvoll durch seine Stärke. Rasch trat er wieder über den Übergang, und als Dawes hinter ihm herkam, brachte er blitzgleich einen Schlag auf des andern Mund an. Er zitterte vor Vergnügen. Dawes kam langsam vorwärts, unter Ausspucken. Paul wurde ängstlich; er wandte sich nach dem Durchgang zurück. Plötzlich fuhr aus dem Nichts ein ungeheurer Schlag gegen sein Ohr, der ihn hilflos zurückfallen ließ. Er hörte Dawes schwer ächzen, wie ein wildes Tier; dann traf ein Fußtritt sein Knie, der ihm solche Schmerzen verursachte, daß er wieder hochkam und ganz blindlings seinen Gegner glatt unterlief. Er fühlte Schläge und Tritte, aber sie schmerzten nicht. Er hing an dem Größeren wie eine Wildkatze, bis Dawes schließlich mit einem Krach hinfiel, da er seine Geistesgegenwart verloren hatte. Paul fiel mit ihm. Rein gefühlsmäßig brachte er die Hände an seines Gegners Hals, und ehe Dawes sich in seiner Wut und Todesqual von ihm befreien konnte, hatte er seine Hände in dessen Halstuch verschlungen und grub seine Knöchel dem andern in die Kehle. Es war reines Gefühl, ohne Verstand oder Nachdenken. Sein Körper, hart und wundervoll, klammerte sich an den ringenden Körper des andern; keine Muskel in ihm gab nach. Er war gänzlich bewußtlos, nur sein Körper hatte es auf sich genommen, diesen andern zu töten. Für sich besaß er weder Verstand noch Gefühl. Hart an den Gegner gepreßt lag er da, sein Körper preßte sich dem einen Zwecke an, den andern zu erwürgen, genau im rechten Augenblick seinen Bemühungen Widerstand zu leisten, mit dem genau richtigen Aufwand von Kraft, schweigend, gespannt, unabänderlich, allmählich seine Knöchel immer tiefer einpressend, je wilder und wütender er die Bemühungen des andern werden fühlte. Strammer und strammer dehnte sich sein Körper, wie eine Schraube allmählich ihren Druck vermehrt, bis irgend etwas bricht.

Dann mit einem Male ließ er nach, voller Verwunderung und böser Ahnung. Dawes hatte nachgegeben. Morel fühlte seinen Körper brennen vor Schmerz, als ihm klar wurde, was er beginne; er war ganz verstört. Plötzlich erneuerten sich Dawes Bemühungen in einem wütenden Angriff. Pauls Hände wurden losgerissen, aus dem Halstuch gezerrt, in dem sie sich verschlungen hatten, und er selbst hilflos beiseite geschleudert. Er hörte das grauenhafte Geräusch des Ächzens des andern, aber er lag ganz betäubt; dann, noch in dieser Betäubung fühlte er des andern Fußtritte und verlor die Besinnung.

Wie ein Tier vor Schmerzen grunzend stieß Dawes den ausgestreckten Körper seines Gegners mit den Füßen. Plötzlich kreischte zwei Felderbreiten entfernt die Pfeife eines Zuges. Er drehte sich um und stierte argwöhnisch hinüber. Was kam da? Er sah die Lichter des Zuges sich durch sein Gesichtsfeld hinziehen. Es kam ihm vor, als näherten sich Leute. Er machte sich über die Felder davon nach Nottingham hinein, und während er so dahinschritt, fühlte er undeutlich an seinem einen Fuß die Stelle, wo dieser Fuß gegen die Knochen des Burschen gestoßen war. Der Stoß schien einen Widerhall in ihm zu finden; er ging schneller, um dem zu entrinnen.

Morel kam allmählich wieder zu sich. Er wußte, wo er war und was sich zugetragen hatte, aber er mochte sich nicht rühren. Er lag ganz still, und kleine Schneeflöckchen kitzelten ihm das Gesicht. Es war schön, so ganz still zu liegen. Die Zeit ging hin. Schneeflocken waren es, die ihn immer wieder aufweckten, wenn er gar nicht aufgeweckt werden wollte. Zuletzt trat sein Wille wieder in Tätigkeit.

»Ich darf hier nicht liegenbleiben«, sagte er, »das ist albern.«

Aber er rührte sich noch nicht.

»Ich sagte doch, ich wollte aufstehen«, wiederholte er sich; »warum tue ichs denn nicht?«

Und es dauerte immer noch eine Weile, ehe er sich so weit zusammengerafft hatte, um sich zu rühren; dann kam er allmählich hoch. Die Schmerzen machten ihn elend und schwindlig, aber sein Gehirn war ganz klar. Taumelnd suchte er nach seinem Mantel und Rock und zog sie wieder an, wobei er sich den Mantel bis an die Ohren zuknöpfte. Es dauerte eine ganze Zeit, bis er seine Mütze fand. Er wußte nicht, ob sein Gesicht noch blutete. Blind vor sich hingehend, bei jedem Schritt ganz elend vor Schmerz, ging er bis zum Teiche zurück und wusch sich Gesicht und Hände. Das eisige Wasser tat ihm weh, aber es half mit, ihn ins Bewußtsein zurückzubringen. Er krabbelte den Hügel wieder hinan zu seiner Elektrischen. Er wünschte zu seiner Mutter zu kommen – er mußte zu seiner Mutter – das war sein blinder Vorsatz. Er verbarg sein Gesicht so gut ers konnte und kämpfte sich qualvoll weiter. Fortwährend schien der Boden unter seinen Schritten wegzufallen, und ihm war, als falle er jedesmal mit einem Gefühl von Ekel durch den Raum; so kämpfte er sich durch diesen albdruckgleichen Nachhauseweg.

Alle waren schon im Bette. Er sah sich an. Sein Gesicht war verfärbt und blutbeschmiert, fast wie ein Totengesicht. Er wusch es und ging zu Bett. Die Nacht ging unter Fieberträumen hin. Am Morgen fand er seine Mutter, ihn anschauend. Ihre blauen Augen – die waren alles, was er zu sehen wünschte. Sie war da; er war in ihren Händen.

»Es ist nichts, Mutter«, sagte er. »Baxter Dawes war es.«

»Sag mir, wo es dir wehtut«, sagte sie ruhig.

»Ich weiß nicht, meine Schulter. Sag, es wäre ein Radunfall gewesen, Mutter.«

Er konnte den Arm nicht bewegen. Da kam auch schon Minnie, das kleine Dienstmädchen, mit frischem Tee nach oben.

»Ihre Mutter hat mich fast zu Tode erschreckt – ist ohnmächtig«, sagte sie.

Er fühlte, das könne er nicht ertragen. Seine Mutter pflegte ihn; er erzählte ihr alles.

»Und nun würde ich mit ihnen allen Schluß machen;« sagte sie ruhig.

»Das will ich auch, Mutter.«

Sie deckte ihn zu.

»Und nun denk nicht mehr dran«, sagte sie; »versuche jetzt zu schlafen. Der Doktor ist vor elf nicht hier.«

Die eine Schulter war ausgerenkt, und am zweiten Tage setzte eine hitzige Luftröhrenentzündung ein. Seine Mutter war jetzt blaß wie der Tod und sehr dünn. Sie pflegte dazusitzen und ihn anzusehen, dann wieder weg in den leeren Raum. Es lag etwas zwischen ihnen, das keiner zu erwähnen wagte. Clara kam, um ihn zu besuchen. Nachher sagte er zu seiner Mutter:

»Sie macht mich müde, Mutter.«

»Ja; ich wollte, sie käme nicht wieder«, erwiderte Frau Morel.

An einem andern Tage kam Miriam; aber sie erschien ihm fast wie eine Fremde.

»Weißt du, Mutter, ich mache mir nichts mehr aus ihnen«, sagte er.

»Ich fürchte, nein, mein Junge«, erwiderte sie traurig.

Es wurde überall als ein Radunfall ausgegeben. Bald war er wieder imstande zu arbeiten; aber nun nagte ein ständiges Elend ihm am Herzen. Er ging zu Clara, aber es schien ihm niemand da zu sein. Er konnte nicht arbeiten. Er und seine Mutter schienen einander aus dem Wege zu gehen. Es lag ein Geheimnis zwischen ihnen, das sie nicht ertragen konnten. Er wurde das nicht so gewahr. Er wußte nur, sein Leben wäre anscheinend nicht mehr so ausgeglichen, als müsse es in Stücke zerschellen.

Clara wußte nicht, was mit ihm los war. Sie bemerkte wohl, daß er sie gar nicht gewahr zu werden schien. Selbst wenn er zu ihr kam, schien er sie gar nicht gewahr zu werden; er war immer irgendwo anders. Sie fühlte, wie sie nach ihm griff, und er war anderswo. Das quälte sie, und so quälte sie ihn. Einen Monat lang hielt sie ihn sich zuweilen vom Leibe. Er haßte sie beinahe und wurde doch gegen seinen Willen zu ihr getrieben. Er bewegte sich meistens in Gesellschaft von Männern, war stets im ›George‹ oder dem ›Weißen Pferd‹ zu finden. Seine Mutter war krank, abwesend, ruhig, wie ein Schatten. Er hatte

Angst vor irgend etwas; er wagte sie nicht anzusehen. Ihre Augen schienen dunkler zu werden, ihr Gesicht wächserner; sie schleppte sich aber doch noch an ihre Arbeit.

Pfingsten, sagte er, er wolle mit seinem Freunde Newton auf vier Tage nach Blackpool gehen. Dieser war ein großer, lustiger Bursche, der gelegentlich auch wohl mal über die Stränge schlagen konnte. Paul meinte, seine Mutter sollte nach Sheffield gehen und eine Woche bei Annie bleiben, die dort lebte. Vielleicht würde die Abwechselung ihr gut tun. Frau Morel besuchte einen Frauenarzt in Nottingham. Der sagte, ihr Herz und ihre Verdauung seien nicht in Ordnung. Sie stimmte zu, nach Sheffield gehen zu wollen, obgleich sie es nicht gern tat; aber jetzt wollte sie alles tun, was ihr Sohn von ihr verlangte. Paul sagte, er würde sie am fünften Tage besuchen und mit ihr in Sheffield bleiben, bis sein Urlaub zu Ende wäre. So wurde es abgemacht.

Fröhlich zogen die beiden jungen Leute nach Blackpool los. Frau Morel war ganz lebhaft, als Paul sie küßte und von ihr ging. Erst einmal am Bahnhof, vergaß er alles. Vier Tage waren nun blank – keine Ängste, kein Gedanke. Die beiden jungen Leute wollten sich lediglich einen vergnügten Tag machen. Paul war wie jeder andere. Nichts blieb von ihm übrig – keine Clara, keine Miriam, keine Mutter, um die er sich grämte. Er schrieb ihnen allen, seiner Mutter lange Briefe; aber die Briefe waren fröhlich und brachten sie zum Lachen. Er genoß schöne Tage, wie junge Leute das an einem Ort wie Blackpool immer tun. Und unter dem Ganzen lag für sie ein Schatten.

Paul war sehr vergnügt, ja aufgeregt bei dem Gedanken, mit seiner Mutter zusammen noch in Sheffield zu bleiben. Newton sollte den Tag mit ihnen verbringen. Ihr Zug hatte Verspätung. Scherzend, lachend, die Pfeifen zwischen den Zähnen schwenkten die jungen Leute ihre Handtasche auf die Elektrische. Paul hatte seiner Mutter einen echten Spitzenkragen gekauft, den er sie gern tragen sehen wollte, damit er sie mit ihm necken könne.

Annie lebte in einem hübschen Häuschen und hatte ein kleines Dienstmädchen. Lustig rannte Paul die Stufen empor. Er erwartete, seine Mutter lachend auf dem Vorplatz zu sehen; aber Annie öffnete ihm. Sie schien ihm wie geistesabwesend. Eine Sekunde blieb er in Bestürzung stehen. Anne reichte ihm ihre Backe zum Kuß.

»Ist Mutter krank?« sagte er.

»Ja; es geht ihr nicht sehr gut. Reg sie nicht auf.«

»Liegt sie zu Bett?«

»Ja.«

Und dann kam jenes sonderbare Gefühl über ihn, als sei aller Sonnenschein aus seinem Leben fort, und alles liege im Schatten. Er ließ seine Tasche fallen und flog nach oben. Zögernd öffnete er die Tür. Seine Mutter saß aufrecht im Bett in einem Morgenrock von der Farbe alter Rosen. Sie sah ihn an, fast als schäme sie sich, flehend, demütig. Er bemerkte ihr aschenfarbiges Aussehen.

»Mutter!« sagte er.

»Ich dachte, du kämest schon gar nicht mehr«, antwortete sie lustig.

Aber er konnte nur neben ihrem Bett in die Knie fallen, und das Gesicht in ihrer Decke vergrabend, schluchzte er in Todesqualen die Worte hervor:

»Mutter – Mutter – Mutter!«

Langsam strich sie ihm mit ihrer dünnen Hand übers Haar. »Weine nicht«, sagte sie. »Weine nicht, es ist nichts ...«

Langsam strich sie ihm über das Haar. Im tiefsten Innern aufgerüttelt, weinte er, und die Tränen schmerzten ihn in jeder Fiber seines Körpers. Plötzlich hielt er inne, wagte aber nicht, das Gesicht aus der Bettdecke emporzuheben.

»Du kommst so spät. Wo bist du gewesen?« fragte seine Mutter.

»Der Zug hatte Verspätung«, erwiderte er, erstickt durch das Laken.

»Ja; die elende Zentralbahn! Ist Newton mitgekommen?«

»Ja.«

»Ihr seid sicher hungrig, und sie haben euch was zu essen aufgehoben.«

Mit einem Ruck sah er zu ihr auf.

»Was ist es, Mutter?« fragte er rauh.

Sie wandte die Augen weg, als sie ihm antwortete:

»Nur 'ne kleine Schwellung, mein Junge. Du brauchst dich nicht zu beunruhigen. Es ist schon … der Klumpen war schon … eine ganze lange Zeit da.«

Wieder stiegen ihm die Tränen hoch. Sein Verstand war kalt und hart, aber sein Leib weinte.

»Wo?« sagte er.

Sie legte die Hand auf die Seite.

»Hier. Aber du weißt doch, sie können solche Geschwülste jetzt ausbrennen.«

Völlig betäubt und hilflos stand er da, wie ein Kind. Er glaubte, vielleicht wäre es so, wie sie sagte. Ja, er versicherte sich, es sei so. Aber die ganze Zeit über wußten sein Blut und sein Leib doch genau, was es war. Er setzte sich aufs Bett und faßte ihre Hand. Sie hatte nie mehr als den einen Ring getragen – ihren Trauring.

»Wann wurde es denn so jämmerlich mit dir?« fragte er.

»Gestern fing es an«, antwortete sie unterwürfig.

»Schmerzen!«

»Ja; aber nicht mehr, als ich zu Hause auch oft gehabt habe. Ich glaube, Doktor Ansell ist ein Bangemacher.«

»Du hättest nicht alleine reisen dürfen«, sagte er, mehr zu sich selber als zu ihr.

Sie schwiegen ein Weilchen.

»Nun geh hin und iß«, sagte sie. »Du mußt ja hungrig sein.«

»Hast du schon gegessen?«

»Ja; eine wundervolle Seezunge hatte ich. Annie ist so gut gegen mich.«

Sie unterhielten sich noch eine kleine Weile, dann ging er hinunter. Er war sehr blaß und angegriffen. Newton saß in kläglichem Mitleid da.

Nach dem Essen ging er in die Spülküche, um Annie beim Aufwaschen zu helfen. Das kleine Dienstmädchen war auf einem Besorgungsgang.

»Ist es wirklich eine Geschwulst?« fragte er.

Annie begann aufs neue zu weinen.

»Die Schmerzen, die sie gestern hatte – nie habe ich jemand so leiden sehen!« rief sie. »Wie ein Wahnsinniger rannte Leonhart zu Doktor Ansell, und als sie im Bette war, sagte sie zu mir: ›Annie, sieh mal diesen Klumpen hier in meiner Seite. Soll mich mal wundern, was das ist?‹ Und da sah ich hin und dachte, ich sollte hinschlagen. Paul, so wahr ich hier stehe, es ist ein Klumpen so dick wie meine beiden Fäuste. Ich sagte: ›Guter Gott, Mutter, wann hast du das gekriegt?‹ – ›Wieso, Kind, das ist schon lange da‹, sagte sie. Ich dachte, ich sollte sterben, Paul, wirklich. Sie hat diese Schmerzen zu Hause schon monatelang gehabt, und niemand hat nach ihr gesehen.«

Wieder stiegen ihm die Tränen in die Augen, aber plötzlich versiegten sie.

»Sie hat aber doch immer den Doktor in Nottingham besucht, und mir hat sie nie was gesagt«, sagte er.

»Wenn ich zu Hause gewesen wäre, ich hätte es auch von selbst gesehen«, sagte Annie.

Er kam sich vor wie jemand, der durch Unwirklichkeiten dahinschreitet. Am Nachmittag ging er, um den Arzt aufzusuchen. Dieser war ein scharfsinniger, liebenswürdiger Mann.

»Aber was ist es?« fragte er.

Der Arzt sah den jungen Mann an und verschränkte dann die Finger.

»Mag sein, nur eine große Geschwulst, die sich im Zellgewebe gebildet hat«, sagte er langsam, »und die wir vielleicht zum Verschwinden bringen können.«

»Können Sie nicht operieren?« fragte Paul.

»Da nicht«, erwiderte der Arzt.

»Sind Sie sicher?«

»Vollkommen!«

Paul dachte einen Augenblick nach.

»Sind Sie sicher, es ist eine Geschwulst?« fragte er. »Warum hat Doktor Jameson in Nottingham nie etwas davon bemerkt? Sie ist wochenlang zu ihm gegangen, und er hat sie auf Herz und Magen behandelt.«

»Frau Morel hat Doktor Jameson nie etwas von dieser Geschwulst gesagt«, meinte der Arzt.

»Und wissen Sie, daß es eine Geschwulst ist?«

»Nein, sicher bin ich mir nicht.«

»Was könnte es denn sonst sein? Sie haben meine Schwester gefragt, ob Krebs in uns steckte. Könnte es Krebs sein?«

»Das weiß ich nicht.«

»Und was werden Sie unternehmen?«

»Ich möchte sie zusammen mit Doktor Jameson untersuchen.«

»Dann tun Sie das.«

»Das müssen Sie ins Werk setzen. Seine Rechnung, von Nottingham hierher zu kommen, wird nicht unter zehn Guineen sein.«

»Wann möchten Sie, daß er kommt?«

»Ich komme heute abend vor, und dann wollen wir das besprechen.«

Paul ging weg, sich auf die Lippen beißend.

Zum Tee könnte seine Mutter hinunterkommen, hatte der Arzt gesagt. Der Sohn ging hinauf, um ihr zu helfen. Sie trug den altrosenfarbenen Morgenrock, den Leonhart Annie geschenkt hatte, und war, mit etwas Farbe im Gesicht, wieder ganz jung.

»Ganz reizend siehst du dadrin aus«, sagte er.

»Ja; sie machen mich so fein, ich kenne mich selbst kaum wieder«, sagte sie.

Sowie sie aufstand, um hinunter zu gehen, schwand ihre Farbe. Paul half ihr, indem er sie halb trug. Oben an der Treppe war sie schon in Ohnmacht gefallen. Er hob sie auf und trug sie rasch hinunter; hier legte er sie auf ein Ruhebett. Sie war leicht und gebrechlich. Ihr Gesicht sah aus, als wäre sie schon tot, die blauen Lippen fest geschlossen. Ihre Augen öffneten sich – ihre blauen, nie trügenden Augen –, und sie sah ihn flehend an, fast als bäte sie ihn um Verzeihung. Er hielt ihr etwas Branntwein an die Lippen. Aber der Mund wollte sich nicht öffnen. Die ganze Zeit über beobachtete sie ihn liebevoll. Er tat ihr nur zu leid. Unaufhörlich rannen ihm die Tränen übers Gesicht, aber kein Muskel bewegte sich. Er war sehr bemüht, ihr ein wenig Branntwein zwischen die Lippen zu bringen. Bald war sie imstande, einen Teelöffel voll zu schlucken. Sie lehnte sich zurück, so müde. Fortwährend rannen ihm die Tränen übers Gesicht.

»Aber«, ächzte sie, »es wird schon vorübergehen. Weine nicht!«

»Tu ich ja gar nicht«, sagte er.

Nach einer Weile ging es ihr wieder besser. Er kniete neben ihrem Ruhebette nieder. Sie sahen sich einander in die Augen.

»Ich wollte, du nähmst es dir nicht so zu Herzen«, sagte sie.

»Nein, Mutter. Nun mußt du ganz stille sein, und dann wirst du bald ganz wieder besser.«

Aber er war weiß bis an die Lippen, und ihre Augen verstanden sich, als sie sich einander ansahen. Ihre Augen waren so blau – so ein wundervolles Vergißmeinnichtblau! Ihm war, hätten sie nur eine andere Farbe gehabt, er hätte es besser aushalten können. Sein Herz schien sich ihm langsam aus der Brust zu reißen. Da kniete er nieder und hielt ihre Hand, und keins sagte ein Wort. Dann kam Annie herein.

»Gehts dir nun gut?« murmelte sie ihrer Mutter ängstlich zu.

»Gewiß«, sagte Frau Morel.

Paul setzte sich und erzählte ihr von Blackpool. Sie war neugierig.

Ein oder zwei Tage später ging er in Nottingham zu Doktor Jameson, um mit ihm eine Untersuchung zu verabreden. Paul besaß tatsächlich keinen Pfennig auf der ganzen Welt. Aber er konnte sich was borgen.

Seine Mutter war für gewöhnlich Sonnabendmorgens zur öffentlichen Sprechstunde gegangen, wo sie den Arzt für eine nur sehr geringe Summe sehen konnte. Ihr Sohn ging am gleichen Tage. Der Warteraum war voller armer Frauen, die geduldig auf den Bänken an der Wand entlang dasaßen. Paul dachte an seine Mutter, wie sie in ihrem kleinen schwarzen Kleide ebenso dagesessen hätte. Der Arzt kam spät. Die Frauen sahen recht verängstigt aus. Paul fragte die diensttuende Schwester, ob er den Arzt gleich nach seinem Eintreffen sprechen könne. Das wurde abgemacht. Die an den Wänden rund um das Zimmer sitzenden geduldig wartenden Frauen sahen den jungen Mann neugierig an.

Endlich kam der Arzt. Er war etwa vierzig, sah gut aus, mit gebräunter Haut. Seine Frau war ihm gestorben, und er, der sie sehr geliebt hatte, hatte sich besonders auf Frauenleiden geworfen. Paul nannte ihm seinen und seiner Mutter Namen. Der Arzt erinnerte sich nicht.

»Nummer sechsundvierzig M.«, sagte die Schwester; und der Arzt schlug den Fall in seinem Buche nach.

»Sie hat da einen dicken Klumpen, der wohl eine Geschwulst sein könnte«, sagte Paul. »Aber Doktor Ansell wollte Ihnen schreiben.«

»Ah ja!« rief der Arzt und zog einen Brief aus der Tasche. Er war sehr freundlich, sehr gefällig, geschäftig, gütig. Er wollte am nächsten Tag nach Sheffield kommen.

»Was ist Ihr Vater?« fragte er.

»Kohlenbergmann«, erwiderte Paul.

»Da gehts nicht besonders, nehme ich an?«

»Das – das ist meine Sorge«, sagte Paul.

»Und Sie?« lächelte der Arzt.

»Ich bin Gehilfe in Jordans Gerätewerkstatt.«

»Ah – nach Sheffield zu fahren!« sagte er, die Fingerspitzen zusammenlegend und lächelnden Auges. »Acht Guineen?«

»Danke Ihnen!« sagte Paul, errötend und aufstehend. »Und Sie kommen morgen?«

»Morgen – Sonntag? Ja. Können Sie mir sagen, wann ungefähr nachmittags ein Zug geht?«

»Auf der Zentrallinie geht einer um vier Uhr fünfzehn.«

»Und kann ich irgendwie da zum Hause hinaufkommen? Muß ich zu Fuße gehen?« Der Arzt lächelte.

»Da ist eine Elektrische«, sagte Paul, »die West-Park-Bahn.«

Der Arzt schrieb sich das auf.

»Danke Ihnen«, sagte er und gab ihm die Hand.

Paul ging wieder nach Hause, um seinen Vater zu sehen, der unter Minnies Obhut zu Hause gelassen war. Morel wurde jetzt sehr grau. Paul fand ihn beim Umgraben im Garten. Er hatte ihm einen Brief geschrieben. Er gab dem Vater die Hand.

»Hallo, Sohn! Da biste also an Land?« sagte der Vater.

»Ja«, erwiderte der Sohn. »Aber ich fahre heute nacht wieder zurück.«

»Willste, wahrhaftig«, rief der Bergmann. »Un haste wat jejessen?«

»Nein.«

»So siehste aus«, sagte Morel. »Immer deinen eigenen Weg.«

Dem Vater war bange davor, seine Frau zu erwähnen. Die beiden gingen hinein. Paul aß in Schweigen; sein Vater, mit erdigen Händen und aufgerollten Hemdsärmeln, saß ihm gegenüber in seinem Lehnstuhl und sah ihn an.

»Na, un wie is se?« fragte der Bergmann schließlich mit leiser Stimme.

»Sie kann aufsitzen; zum Tee darf sie heruntergebracht werden«, sagte Paul.

»Was 'n Segen!« rief Morel. »Denn hoff ick doch, werrn wir se bald wieder zu Hause haben. Und wat sagte der Nottingham-Dokter?«

»Er kommt morgen, um sie zu untersuchen.«

»Wahrhaftig! Det kost 'n scheenet Jeld, sollt ick meinen!«

»Acht Guineen.«

»Acht Guineen!« Der Bergmann sagte das atemlos. »Na, irgendwo missen wir det schon herkriejen.«

»Ich kann das bezahlen«, sagte Paul.

Für eine Zeitlang herrschte Schweigen zwischen ihnen.

»Sie sagt, sie hoffe, du würdest gut mit Minnie fertig«, sagte Paul.

»Ja, ick bin schonst in Ordnung, ick wollte bloß, sie wär't ooch«, antwortete Morel. »Minnie is 'n jutes kleenes Mächen, mit ihr gutes Herze!« Er saß trübe da.

»Um halb vier muß ich weg«, sagte Paul.

»Dat is 'ne Rennerei for dir, Junge! Acht Guineen! Un wenn meinste, kann se wieder so weit fahren?«

»Wir müssen sehen, was der Arzt morgen sagt«, sagte Paul.

Morel seufzte tief. Das Haus schien merkwürdig leer, und Paul dachte, sein Vater sähe verlassen, verloren und alt aus.

»Nächste Woche mußt du mal hin und sie besuchen, Vater«, sagte er.

»Ick hoffe doch, denn wird se woll zu Hause sein.«

»Wenn nicht«, sagte Paul, »dann mußt du hin.«

»Ick wees nich, wo ick det Jeld herkriejen soll«, sagte Morel.

»Und ich werde dir schreiben, was der Arzt sagt«, sagte Paul.

»Aber du schreibst so, det ick et nich ausmachen kann«, sagte Morel.

»Schön, ich will ganz einfach schreiben.«

Morel zu bitten ihm zu antworten hatte keinen Zweck, denn er konnte kaum soviel wie seinen Namen schreiben.

Der Arzt kam. Leonhart hatte es für seine Pflicht gehalten, ihn mit einem Wagen abzuholen. Die Untersuchung dauerte nicht lange, Annie, Arthur, Paul und Leonhart warteten angsterfüllt im Wohnzimmer. Die Ärzte kamen herunter, Paul sah sie rasch an. Er hatte nie Hoffnung gehabt, außer wenn er sich selbst täuschen wollte.

»Es kann eine Geschwulst sein«, sagte Doktor Jameson. »Wir müssen abwarten.«

»Und wenn es das ist«, sagte Annie, »können Sie sie dann zum Abschwellen bringen?«

»Wahrscheinlich«, sagte der Arzt.

Paul legte achteinhalb Pfund auf den Tisch. Der Arzt zählte sie nach, nahm ein Zweischillingstück aus seiner Börse und legte es hin.

»Danke!« sagte er. »Es tut mir leid, daß Frau Morel so krank ist. Aber wir müssen sehen, was wir machen können.«

»Eine Operation kann nicht stattfinden?« sagte Paul.

Der Arzt schüttelte den Kopf.

»Nein«, sagte er; »und selbst wenn das der Fall wäre, würde ihr Herz sie nicht aushalten.«

»Ist ihr Herz bedenklich?« fragte Paul.

»Ja; Sie müssen sehr vorsichtig mit ihr sein.«

»Sehr bedenklich?«

»Nein – äh – nein, nein! Nur seien Sie vorsichtig.«

Und der Arzt war weg.

Dann trug Paul seine Mutter hinunter. Sie lag schlaff da, wie ein Kind. Aber als er auf der Treppe war, schlang sie ihre Arme fest um seinen Hals.

»Ich bin so bange vor diesen biestigen Treppen«, sagte sie.

Und er hatte auch Angst. Das nächste Mal wollte er Leonhart es tun lassen. Er fühlte, er könne sie nicht tragen.

»Er meint, es ist bloß 'ne Geschwulst«, rief Annie ihrer Mutter entgegen. »Und er glaubt, er kann sie wegbringen.«

»Das wußte ich ja«, erwiderte Frau Morel voller Geringschätzung.

Sie tat, als merkte sie gar nicht, daß Paul das Zimmer verlassen hatte. Er saß in der Küche und rauchte. Dann bemühte er sich, etwas graue Asche von seinem Rock abzuklopfen. Er sah wieder hin. Es war eins von seiner Mutter grauen Haaren. Es war so lang. Er hielt es in die Höhe, und es schwebte in den Rauchfang. Er ließ es fliegen. Das lange Haar schwebte in die Finsternis des Rauchfangs hinauf und war fort.

Am nächsten Tag küßte er sie, bevor er wieder an die Arbeit ging. Es war sehr früh am Morgen, und sie waren allein.

»Du grämst dich doch nicht, mein Junge!« sagte sie.

»Nein, Mutter.«

»Nein; das wäre auch albern. Und nimm dich selber in acht.«

»Ja«, antwortete er. Dann sagte er nach einer Weile: »Und soll ich nächsten Sonnabend wiederkommen und Vater mitbringen?«

»Ich vermute, er möchte gerne kommen«, erwiderte sie. »Jedenfalls, wenn ers möchte, dann mußt du ihn dabei lassen.«

Er küßte sie wieder und strich ihr das Haar aus den Schläfen, sanft, zärtlich, als wäre er ihr Liebhaber.

»Kommst du nicht zu spät?« murmelte sie.

»Ich gehe schon«, sagte er ganz leise.

Trotzdem saß er noch ein paar Minuten und strich ihr ihr graues und braunes Haar aus den Schläfen.

»Und du wirst dich doch nicht verschlechtern, Mutter?«

»Nein, mein Sohn.«

»Versprichst du's mir?«

»Ja; es soll mir nicht schlechter gehen.«

Er küßte sie, hielt sie einen Augenblick in den Armen und war weg. Durch den sonnigen frühen Morgen rannte er zum Bahnhof, den ganzen Weg hinunter weinend; weswegen wußte er nicht. Und ihre blauen Augen waren weit aufgerissen, während sie an ihn dachte.

Am Nachmittag unternahm er einen Gang mit Clara. Sie saßen in einem kleinen Gehölz, wo Glockenblumen standen. Er nahm ihre Hand.

»Du sollst mal sehen«, sagte er zu Clara, »sie wird nie wieder besser.«

»Ach, das weißt du doch nicht!« erwiderte diese.

»Doch«, sagte er.

Wie einer Eingebung folgend schloß sie ihn an ihre Brust.

»Versuche es zu vergessen, Liebster«, sagte sie; »versuche es zu vergessen.«

»Ich wills versuchen«, antwortete er.

Da war ihre warme Brust für ihn; ihre Hände lagen in seinem Haar. Das war tröstlich, und er hielt seine Arme um sie. Aber vergessen tat er nicht. Er sprach nur mit Clara von etwas anderem. Und so war es immer. Sobald sie die Qual kommen fühlte, dann rief sie ihm zu:

»Denk nicht dran, Paul! Denk nicht dran, mein Liebling!«

Und sie schloß ihn an ihre Brust, wiegte ihn und tröstete ihn wie ein Kind. So legte er seine Sorgen um ihretwillen beiseite, um sie gleich wieder hervorzuholen, sowie er allein war.

Die ganze Zeit über weinte er im Umhergehen gedankenlos vor sich hin. Sein Geist, seine Hände waren geschäftig. Er weinte und wußte nicht warum. Es war sein Blut, das weinte. Er war grade so gut allein, ob er nun mit Clara zusammen war oder mit seinen Freunden im ›Weißen Roß‹. Nur er und dieser Druck in seinem Innern, das war das einzige, das Bestand hatte. Zuweilen las er. Er mußte seinen Geist in Tätigkeit halten. Und Clara war eine Möglichkeit, seinen Geist zu beschäftigen.

Am Sonnabend fuhr Walter Morel nach Sheffield. Er gab eine unglückliche Gestalt ab und sah aus, als gehörte er niemand an. Paul lief nach oben.

»Vater ist da«, sagte er, als er seine Mutter küßte.

»Ja?« antwortete sie müde.

Ziemlich furchtsam trat der alte Bergmann ins Schlafzimmer. »Wie finde ick dir denn, mein Mächen?« sagte er, auf sie zugehend und sie in hastiger, furchtsamer Weise küssend.

»Na, es geht so so«, erwiderte sie.

»Ick sehe schon«, sagte er. Er stand da und blickte auf sie nieder. Dann wischte er sich die Augen mit dem Taschentuch.

Hilflos, als gehöre er zu niemand, sah er aus.

»Bist du ganz gut zurechtgekommen?« fragte seine Frau ihn ziemlich müde, als strenge es sie an, zu ihm zu sprechen.

»Ja«, antwortete er. »Se is mal 'n bißken zurick, hin un wieder, wie mans ja erwarten muß.«

»Hat sie dein Essen immer fertig?« fragte Frau Morel.

»Na, een – oder zweemal Hab ick se'n bißken anbrillen missen«, sagte er.

»Du mußt auch nach ihr rufen, wenn sie nicht fertig ist. Sie muß immer alles bis zur letzten Minute aufschieben.«

Sie gab ihm noch ein paar Aufträge. Er saß da und sah sie an, fast als wäre sie eine Fremde, vor der er ungeschickt und demütig war, als habe er seine Geistesgegenwart verloren und möchte weglaufen. Dies Gefühl, daß er weglaufen möchte, daß er wie auf Nadeln sitze, sich aus dieser so ungemütlichen Lage zu drücken, daß er aber des besseren Aussehens halber dableiben müsse, machte seine Gegenwart so unbehaglich. Vor Jammergefühl zog er die Augenbrauen in die Höhe und ballte die Fäuste auf den Knien, so unbeholfen fühlte er sich in Gegenwart eines großen Unglücks.

Frau Morel änderte sich nicht mehr. Sie blieb zwei Monate lang in Sheffield. Wenn überhaupt, so ging es ihr zum Schlusse schlechter. Aber sie sehnte sich nach Hause. Annie hatte ihre Kinder. Frau Morel wollte nach Hause. So holten sie einen Motorwagen von Nottingham – denn sie war zu krank, um mit dem Zuge zu fahren –, und dann fuhr sie durch den Sonnenschein. Es war grade im August; alles war strahlendhell und warm. Unter dem blauen Himmel konnten sie alle sehen, sie sei eine Sterbende. Und doch war sie fröhlicher, als sie seit Wochen gewesen war. Alle lachten und redeten sie.

»Annie!« rief sie. »Da sah ich eben eine Eidechse über den Stein laufen!«

Ihre Augen waren so rasch; sie war noch so voller Leben.

Morel wußte, daß sie käme. Er hatte die Vordertür offen. Jedermann ging auf den Zehenspitzen. Die halbe Straße war draußen. Sie hörten das Geräusch des großen Motorwagens. Lächelnd fuhr Frau Morel durch die Straße zu ihrem Hause hinab.

»Und sieh doch bloß, wie sie alle herauskommen, um mich zu sehen!« sagte sie. »Aber ich glaube, ich hätte es auch so gemacht. Wie gehts, Frau Matthews? Wie gehts, Frau Harrison?«

Keine von ihnen konnte es hören, aber sie sahen sie lächelnd ihnen zunicken. Und alle sahen sie den Tod auf ihrem Gesicht, sagten sie. Es war ein großes Ereignis für die Straße.

Morel wollte sie hineintragen, aber er war zu alt. Arthur nahm sie hoch, als wäre sie ein Kind. Sie setzten sie beim Herde in einen großen tiefen Stuhl, wo ihr Schaukelstuhl zu stehen pflegte. Als sie ausgepackt und hingesetzt war und ein wenig Branntwein getrunken hatte, sah sie durchs Zimmer.

»Glaub nicht, ich möchte dein Haus nicht leiden, Annie«, sagte sie; »aber es ist zu nett, wieder im eigenen Hause zu sein.«

Und Morel antwortete gedämpft:

»Det is et, mein Mächen, det is et.«

Und Minnie, das putzige kleine Dienstmädchen, sagte:

»Un wir sind so froh, Ihnen wieder zu haben.«

Ein entzückender Busch gelber Sonnenblumen stand im Garten. Sie sah aus dem Fenster.

»Da sind meine Sonnenblumen!« sagte sie.

14. Die Erlösung

Übrigens«, sagte Doktor Ansell eines Abends, als Morel noch in Sheffield war, »wir haben da einen Mann im Fieberkrankenhaus, der aus Nottingham kommt – Dawes. Er besitzt anscheinend keine große Habe in dieser Welt.«

»Baxter Dawes!« rief Paul.

»Das ist er – ist mal ein feiner Kerl gewesen, körperlich, sollte ich meinen. Ist kürzlich etwas in die Klemme geraten. Kennen Sie ihn?«

»Er arbeitete für gewöhnlich in der Werkstatt, wo ich bin.«

»So? Wissen Sie etwas über ihn? Er ist so brummig, sonst würde es ihm schon weit besser geben als jetzt.«

»Über sein häusliches Leben weiß ich nichts, ausgenommen, daß er von seiner Frau getrennt lebte und ein bißchen heruntergekommen ist, glaube ich. Aber erzählen Sie ihm doch mal von mir, ja? Sagen Sie ihm doch, ich wollte kommen und ihn besuchen.«

Beim nächsten Mal, als Morel den Arzt sah, sagte er:
»Und was macht Dawes?«
»Ich sagte ihm«, antwortete der andere: »›Kennen Sie einen Mann namens Morel aus Nottingham?‹, und er sah mich an, als wollte er mir an die Kehle fahren. Daher sagte ich: ›Ich sehe, Sie kennen ihn; es ist Paul Morel.‹ Dann erzählte ich ihm, daß Sie gesagt hätten, Sie wollten kommen und ihn besuchen. ›Was will er denn?‹ sagte er, als wären Sie ein Schutzmann.«
»Und er hat gesagt, er wollte mich sehen?« fragte Paul.
»Nichts wollte er sagen – weder Gutes, Schlechtes, noch Gleichgültiges«, erwiderte der Arzt.
»Warum nicht?«
»Das möchte ich grade wissen. Er liegt da und brummt, tagein, tagaus. Kein Wort ist aus ihm herauszubringen.«
»Meinen Sie, ich könnte zu ihm gehen?« fragte Paul.
»Ja.«
Es bestand ein Gefühl der Zusammengehörigkeit zwischen den beiden Nebenbuhlern, seitdem sie sich geschlagen hatten, mehr denn je. Morel fühlte sich in gewisser Weise schuldig vor dem andern und mehr oder weniger verantwortlich. Und in seinem Seelenzustand fühlte er sich Dawes peinlich näher gerückt, der auch litt und verzweifelte. Außerdem waren sie in höchstem Hasse aneinander geraten, und auch das war ein Band. Jedenfalls war der Urmensch in ihnen beiden mit dem andern zusammengetroffen.
Er ging mit Doktor Ansells Karte zu dem Einzelhause hinunter. Die Schwester, eine gesunde, junge Irländerin, führte ihn den Hof hinunter.
»Besuch für Sie, Jacob Rabe«, sagte sie.
Mit aufgeregtem Grunzen fuhr Dawes plötzlich herum.
»Eh?«
»Krah!« spottete sie. »Er kann bloß ›Krah!‹ sagen. Ich habe einen Herrn mitgebracht, der Sie besuchen will. Nun sagen Sie ›Danke‹ und zeigen Sie, daß Sie sich benehmen können.«
Dawes blickte mit seinen dunklen, verstörten Augen rasch an der Schwester vorbei auf Paul. Sein Blick war voller Furcht, Mißtrauen, Haß und Elend. Morel traf die dunkeln, raschen Augen und zögerte. Die beiden Männer hatten Angst vor ihrem nackten Ich, das sie gewesen waren.

»Doktor Ansell erzählte mir, Sie wären hier«, sagte Morel, ihm die Hand hinhaltend.

Dawes schüttelte sie gedankenlos.

»Deshalb dachte ich, ich wollte mal hereinkommen«, fuhr Paul fort.

Keine Antwort. Dawes lag und starrte die gegenüberliegende Wand an.

»Sagen Sie ›Krah!‹« spottete die Schwester. »Sagen Sie doch ›Krah!‹ Jacob Rabe.«

»Kommt er gut weiter?« fragte Paul sie.

»O ja! Er liegt da und bildet sich ein, er stürbe«, sagte die Schwester, »und das schreckt ihm jedes Wort vom Munde.«

»Und Sie müssen doch jemand haben, um mit ihm zu reden«, lachte Morel.

»Richtig!« lachte die Schwester. »Bloß zwei alte Männer und einen Jungen, der immer schreit. Das ist hart. Hier sitze ich und möchte sterben, um mal Jacob Rabes Stimme zu hören, und er will nichts als zuweilen mal ›Krah!‹ sagen.«

»Das ist hart für Sie!« sagte Morel.

»Nicht wahr?« sagte die Schwester.

»Ich glaube wahrhaftig, ich bin 'ne Schickung«, lachte er.

»Oh, glatt vom Himmel 'runtergefallen!« lachte die Schwester.

Nun ließ sie die beiden Männer allein. Dawes war dünner und wieder hübscher, aber seine Lebenskraft schien niedrig zu stehen. Wie der Arzt sagte, lag er und brummte und wollte sich nicht um seine Genesung bemühen. Er schien seinem Herzen jeden Schlag zu mißgönnen.

»Was machen Sie hier in Sheffield?« fragte er.

»Meine Mutter ist bei meiner Schwester in Thurston Street plötzlich krank geworden. Was machen Sie denn hier?«

Keine Antwort.

»Wie lange sind Sie schon hier?« fragte Morel.

»Weiß nicht genau«, antwortete Dawes unfreundlich.

Er lag da und starrte auf die Wand gegenüber, als versuche er zu glauben, Morel wäre gar nicht da. Paul fühlte sein Herz hart und ärgerlich schlagen.

»Doktor Ansell erzählte mir, Sie wären hier«, sagte er kalt.

Der andere antwortete nicht.

»Nervenfieber ist recht eklig, das weiß ich«, beharrte Morel.

Plötzlich sagte Dawes:

»Weswegen sind Sie gekommen?«

»Weil Doktor Ansell sagte, Sie kennen hier niemand. Kennen Sie denn jemand?«

»Ich kenne nirgends eine Menschenseele«, sagte Dawes.

»Ja«, sagte Paul, »denn ists aber nur, weil Sie nicht wollen.«

Neues Schweigen.

»Wir wollen meine Mutter so bald wie möglich nach Hause bringen«, sagte Paul.

»Was fehlt ihr denn?« fragte Dawes, mit der Teilnahme Kranker für jede Art von Krankheit.

»Sie hat Krebs.«

Abermals Schweigen.

»Aber wir möchten sie gern nach Hause bringen«, sagte Paul; »wir müssen einen Motorwagen nehmen.«

Dawes lag und dachte nach.

»Warum bitten Sie nicht Thomas Jordan, daß der Ihnen seinen leiht?« sagte er.

»Der ist nicht groß genug«, antwortete Morel.

Dawes plierte mit seinen dunklen Augen, als er so dalag und nachdachte.

»Denn bitten Sie doch Jack Pilkington; der leiht 'n Ihnen sicher. Sie kennen ihn ja.«

»Ich denke, ich miete einen«, sagte Paul.

»Wenn Sie das tun, sind Sie ein Narr«, sagte Dawes.

Der Kranke war hagerer geworden und wieder hübsch. Er tat Paul leid wegen des müden Blicks in seinen Augen.

»Ich war bloß einen oder zwei Tage hier, ehe mir schlecht wurde«, erwiderte Dawes.

»Sie müßten in ein Erholungsheim«, sagte Paul.

Das Gesicht des andern bewölkte sich wieder.

»In ein Erholungsheim gehe ich nicht«, sagte er.

»Mein Vater ist in einem gewesen in Seathorpe, und es gefiel ihm doch. Doktor Ansell würde Ihnen eine Empfehlung besorgen.«

Dawes lag und überlegte. Augenscheinlich wagte er der Welt nicht wieder ins Gesicht zu sehen.

»Jetzt würde es an der See grade richtig sein«, sagte Morel; »Sonne auf den Dünen, und die Wellen nicht zu weit draußen.«

Der andere antwortete nicht.

»Herrgott!« schloß Paul, zu elend, um sich lange zu quälen, »es ist schon gut, wenn man nur weiß, man kommt wieder auf die Beine und kann wieder schwimmen!«

Dawes sah ihn rasch an. Die dunklen Augen des Mannes fürchteten sich vor dem Zusammentreffen mit jedem andern Augenpaar in der Welt. Aber das wirkliche Elend und die Hilflosigkeit in Pauls Ton gaben ihm ein Gefühl von Erleichterung.

»Ist sie schon weit?« fragte er.

»Sie wird immer wächserner«, antwortete Paul; »aber vergnügt – lebendig!«

Er biß sich auf die Lippen. Nach einer Minute stand er auf.

»Ja, ich muß weg«, sagte er. »Da laß ich Ihnen eine halbe Krone.«

»Die will ich nich«, murmelte Dawes.

Morel antwortete nicht, sondern ließ das Geld auf dem Tische liegen.

»Na«, sagte er, »ich will mal sehen, ob ich nicht wieder hereinlaufen kann, wenn ich wieder in Sheffield bin. Vielleicht möchten Sie mal meinen Schwager sehen? Er arbeitet bei Pyecroft.«

»Kenne ihn nicht«, sagte Dawes.

»Ist ein ordentlicher Kerl. Soll ich ihm sagen, daß er mal kommt? Er könnte Ihnen ein paar Zeitungen mitbringen.«

Der andere antwortete nicht. Paul ging. Die durch Dawes verursachte, bisher unterdrückte starke Erregung ließ ihn zusammenschaudern.

Seiner Mutter erzählte er nichts davon, aber am nächsten Tage sprach er zu Clara von dieser Unterredung. Es war um die Essenszeit. Die beiden gingen jetzt nicht oft zusammen aus, aber heute bat er sie, mit ihm in den Schloßgarten zu gehen. Dort setzten sie sich hin, während die scharlachnen Geranien und die gelben Kalzeolarien im Sonnenschein glänzten. Sie war jetzt immer recht zurückhaltend, recht empfindlich gegen ihn.

»Wußtest du, Baxter läge mit Nervenfieber im Sheffielder Krankenhause?« fragte er.

Mit verstörten grauen Augen sah sie ihn an, und ihr Gesicht wurde blaß.

»Nein«, sagte sie verängstigt.

»Es geht ihm schon besser. Ich habe ihn gestern besucht – der Arzt sagte es mir.«

Clara schien ganz betroffen von dieser Neuigkeit.

»Gehts ihm sehr schlecht?« fragte sie schuldbewußt.

»Es ging ihm. Jetzt gehts ihm besser.«

»Was hat er dir gesagt?«

»Oh, nichts! Es scheint, er brummt immer.«

Nun lag eine Entfernung zwischen ihnen. Er erstattete ihr weiteren Bericht.

Sie ging jetzt verschlossen und schweigend einher. Das nächste Mal, als sie einen Gang unternahmen, machte sie sich von seinem Arm los und ging in einiger Entfernung neben ihm her. Er sehnte sich bitterlich nach ihrem Trost.

»Willst du nicht etwas nett gegen mich sein?« bat er sie.

Sie antwortete nicht.

»Was ist denn los?« fragte er und legte ihr den Arm um die Schulter.

»Nicht!« sagte sie und machte sich wieder los.

Er ließ ab von ihr und gab sich wieder seinen Gedanken hin.

»Wirft Baxter dich so um?« fragte er endlich.

»Gemein bin ich gegen ihn gewesen!« sagte sie.

»Ich habe manchmal gesagt, du hättest ihn nicht recht behandelt«, erwiderte er.

Nun lag etwas Feindseliges zwischen ihnen. Jeder verfolgte seinen eigenen Gedankengang.

»Ich habe ihn behandelt – nein, ich habe ihn schlecht behandelt«, sagte sie. »Und nun behandelst du mich schlecht. Geschieht mir ganz recht.«

»Wieso behandle ich dich schlecht?« sagte er.

»Es geschieht mir ganz recht«, wiederholte sie. »Ich habe nie geglaubt, er wäre wert, daß man ihn hielte, und nun hältst du mich auch nicht dafür. Aber das geschieht mir ganz recht. Er hat mich tausendmal lieber gehabt, als du mich je geliebt hast.«

»Nein, das hat er nicht!« erhob Paul Einspruch.

»Jawohl! Jedenfalls achtete er mich – und das hast du nie getan.«

»Sieht auch grade so aus, als hätte er große Achtung vor dir gehabt!« sagte er.

»Das hat er auch! Und ich habe ihn so schlecht gemacht – ich weiß, ich habs getan! Du hast mir das gezeigt. Und er hat mich tausendmal lieber gehabt, als du mich jemals geliebt hast.«

»Na schön«, sagte Paul.

Er wollte jetzt nur in Ruhe gelassen werden. Er hatte seine eigenen Sorgen, die ihm fast zu schwer zu tragen wurden. Clara quälte ihn nur und machte ihn müde. Es tat ihm nicht leid, als er sie verließ.

Bei der ersten Gelegenheit fuhr sie nach Sheffield, um ihren Mann zu besuchen. Das Zusammentreffen war kein Erfolg. Aber sie ließ ihm Rosen und Obst und Geld da. Sie wollte wieder gut machen. Nicht weil sie ihn liebte. Als sie ihn dort liegen sah, erwärmte sich ihr Herz nicht vor Liebe. Sie wünschte sich nur vor ihm zu demütigen, vor ihm niederzuknien. Selbst aufopfern wollte sie sich nun. Schließlich war es ihr doch nicht gelungen, Morel dahin zu bringen, sie wirklich zu lieben. Sie fürchtete für ihre Sittlichkeit. Sie wollte Buße tun. Daher kniete sie vor Dawes nieder, und das verursachte ihm ein feines Vergnügen. Aber der Abstand zwischen ihnen war immer noch sehr groß – zu groß. Er erschreckte den Mann. Der Frau gefiel er fast. Sie war froh über dies Gefühl, sie diene ihm über einen unüberwindlichen Raum hinweg. Nun war sie stolz.

Morel besuchte Dawes ein- oder zweimal. Es bestand eine Art Freundschaft zwischen den beiden Männern, die die ganze Zeit über tödliche Nebenbuhler waren. Aber nie erwähnten sie die Frau, die zwischen ihnen stand.

Frau Morel ging es allmählich immer schlechter. Zuerst brachten sie sie in der Regel nach unten, manchmal selbst in den Garten. Durch Kissen gestützt saß sie in ihrem Stuhle, lächelnd, und so hübsch. Der goldene Trauring glänzte an ihrer weißen Hand; ihr Haar war sorgfältig gebürstet. Und sie beobachtete, wie das Gewirr der Sonnenblumen hinstarb, die Chrysanthemen hervorkamen und die Dahlien.

Paul und sie waren voreinander bange. Er wußte, und sie ebenfalls, sie stürbe. Aber sie taten immer so, als wären sie ganz fröhlich. Jeden Morgen, wenn er aufstand, ging er in seinem Schlafanzug in ihre Kammer.

»Hast du geschlafen, mein Liebstes?« fragte er.

»Ja«, antwortete sie.

»Nicht sehr gut?«

»O ja!«

Dann wußte er, sie hatte wachgelegen. Er sah ihre Hand unter der Bettdecke die Stelle in ihrer Seite pressen, wo die Schmerzen saßen.

»War es schlimm?« fragte er.

»Nein. Es tat etwas weh, aber es ist nicht der Rede wert.«

Und sie rümpfte die Nase auf ihre alte, geringschätzige Art und Weise. So im Liegen sah sie aus wie ein Mädchen. Und die ganze Zeit über beobachteten ihn ihre blauen Augen. Aber es lagen die dunklen Schmerzensringe unter ihnen, die ihm so weh taten.

»Es ist ein sonniger Tag«, sagte er.

»Ein wunderschöner Tag.«

»Meinst du, du möchtest hinuntergebracht werden?«

»Ich will mal sehen.«

Dann ging er, um ihr Frühstück zu besorgen. Den ganzen Tag wurde er nichts gewahr als sie. Es war ein langes Sehnen, das ihn ganz fieberig machte. Wenn er dann früh am Abend heimkam, blickte er durchs Küchenfenster. Sie war nicht da; sie war nicht aufgewesen.

Er lief sofort nach oben und küßte sie. Er fürchtete sich fast sie zu fragen:

»Bist du nicht aufgewesen, mein Täubchen?«

»Nein«, sagte sie. »Das ist das Morphium, das macht mich so müde.«

»Ich glaube, er gibt dir zu viel«, sagte er.

»Ich glaube auch«, antwortete sie.

Voller Jammer setzte er sich an ihr Bett. Sie hatte eine Art sich zusammenzukauern und auf der Seite zu liegen, wie ein Kind. Ihr graues und braunes Haar lag ihr lose über dem Ohr.

»Kitzelt dich das nicht?« fragte er und strich es sanft zurück.

»Ja«, erwiderte sie.

Sein Gesicht war dem ihren ganz nahe. Ihre blauen Augen lächelten genau in seine hinüber – wie die eines Mädchens – warm, lachend, voll zärtlicher Liebe. Das machte ihn ächzen vor Angst, Qual und Liebe.

»Du mußt dein Haar geflochten haben«, sagte er. »Lieg mal stille.«

Und hinter sie tretend, machte er ihr vorsichtig das Haar auf und bürstete es aus. Es war wie feine, lange, braune und graue Seide. Ihr Kopf lag zwischen die Schultern gezogen. Während er ihr das Haar leicht bürstete und flocht, biß er sich auf die Lippen und fühlte sich wie betäubt. Es kam ihm so unwirklich vor, er konnte es nicht verstehen.

Abends arbeitete er oft in ihrem Zimmer und sah dann von Zeit zu Zeit auf. Und dabei fand er oft ihre blauen Augen auf sich geheftet. Und wenn ihre Augen sich trafen, lächelte sie. Er arbeitete gedankenlos drauflos und brachte gute Leistungen zustande, ohne zu wissen, was er tat.

Zuweilen trat er sehr still und blaß herein, mit wachsamen, hastigen Augen, wie jemand, der sich fast zu Tode getrunken hat. Beide hatten sie Angst vor den Schleiern, die jetzt zwischen ihnen zerrissen.

Dann tat sie, als ginge es ihr besser, schwatzte lustig drauflos und machte viel Wesens über ein paar Neuigkeiten. Denn sie waren jetzt beide so weit gekommen, daß sie sich auch aus Kleinigkeiten viel machten, damit sie sich nicht von dem Großen hinreißen ließen und ihre menschliche Unabhängigkeit in Stücke ginge. Sie hatten Angst, und deshalb scherzten sie über die Dinge und waren lustig.

Zuweilen, wenn sie so dalag, wußte er, sie dächte an die Vergangenheit. Ihr Mund zog sich allmählich zu einem harten Strich zusammen. Sie hielt sich steif, um zu sterben, ohne den großen Schrei von sich zu geben, der sich ihr aus dem Innern losreißen wollte. Nie vergaß er dies harte, so äußerst einsame und hartnäckige Zukneifen ihres Mundes, das wochenlang anhielt. Zuweilen, wenn es leichter wurde, sprach sie über ihren Mann. Sie haßte ihn jetzt. Sie vergab ihm nicht. Sie konnte es nicht ertragen, wenn er im Zimmer war. Und ein paar Dinge, die Dinge, die ihr am bittersten gewesen waren, kamen jetzt so stark in die Höhe, daß sie aus ihr hervorbrachen und sie sie ihrem Sohne erzählte.

Ihm war, als würde ihm sein Leben Stück um Stück im seinem Inneren vernichtet. Oft kamen ihm plötzlich die Tränen. Er lief zum Bahnhof, und die Tropfen fielen aufs Pflaster. Oft konnte er mit seiner Arbeit nicht fortfahren. Die Feder hielt im Schreiben inne. Er saß da und stierte, ganz bewußtlos. Und kam er wieder zu sich, so fühlte er sich elend und zitterte an allen Gliedern. Er fragte sich nie, was es wäre. Sein Geist versuchte gar nicht zu begreifen oder zu zergliedern. Er unterwarf sich einfach und hielt die Augen geschlossen, ließ alles über sich ergehen.

Seine Mutter machte es ebenso. Sie dachte an ihre Schmerzen, an das Morphium, an den nächsten Tag; kaum je an den Tod. Der kam, das wußte sie. Ihm hatte sie sich zu unterwerfen. Aber nie würde sie ihn um Gnade anflehen oder sich mit ihm befreunden wollen. Blind, das Antlitz hart verschlossen und blind wurde sie auf die Türe zu gestoßen. Die Tage gingen hin, die Wochen, die Monde.

Zuweilen, an sonnigen Nachmittagen schien sie fast glücklich.

»Ich versuche immer an die schönen Zeiten zu denken – als wir nach Mablethorpe gingen und Robin Hoods Bucht und Shanklin«, sagte sie. »Schließlich ist doch noch lange nicht jeder an diesen schönen Orten gewesen. Und war es nicht wunderschön! Daran suche ich zu denken, nicht an die andern Sachen.«

Dann sprach sie wieder einen ganzen Abend kein Wort; und er auch nicht. Sie waren zusammen, starr, verbissen, stumm. Endlich ging er dann in sein Zimmer, um sich schlafen zu legen, und lehnte sich gegen den Türpfosten wie gelähmt, wie unfähig, weiter zu gehen. Das Bewußtsein schwand ihm. Ein wütender Sturm, er wußte nicht was, schien in seinem Innern zu rasen. Angelehnt blieb er stehen, unterwürfig, nie fragend.

Am Morgen waren sie beide wieder wie gewöhnlich, obgleich ihr Gesicht grau vom Morphium war und ihr Leib sich wie Asche anfühlte. Aber trotzdem waren sie wieder fröhlich. Oft, besonders wenn Arthur und Annie da waren, vernachlässigte er sie. Von Clara sah er nicht viel. Gewöhnlich war er mit Männern zusammen. Er war rasch und tätig und lebhaft; wenn seine Freunde ihn plötzlich weiß bis an die Kiemen werden sahen, sein Auge dunkel und glitzernd, dann begannen sie ein gewisses Mißtrauen gegen ihn zu fühlen. Zuweilen ging er zu Clara, aber sie war beinahe kalt gegen ihn.

»Nimm mich!« sagte er einfach.

Gelegentlich tat sie es dann. Aber sie hatte Angst. Wenn er sie dann hatte, lag etwas in ihm, das sie vor ihm zurückfahren ließ – etwas Unnatürliches. Sie begann ihn zu fürchten. Er war so ruhig und doch so seltsam. Sie hatte Angst vor dem Manne, der gar nicht bei ihr war, den sie hinter diesem vorgetäuschten Liebhaber bemerkte; jemand Finsteres, der sie mit Entsetzen erfüllte. Sie begann sich vor ihm zu entsetzen. Fast als wäre er ein Verbrecher. Er wollte sie – er hatte sie – und es ließ sie empfinden, als habe der Tod selbst sie in den Krallen. In Schrecken lag sie da. Das war kein Mensch, der sie liebte. Sie haßte ihn beinahe. Dann kamen kleine Regungen von Zärtlichkeit. Aber ihn zu bemitleiden wagte sie nicht.

Dawes war in das Heim Oberst Seelys bei Nottingham gegangen. Hier besuchte Paul ihn zuweilen, Clara sehr gelegentlich. Zwischen den beiden Männern hatte sich die Freundschaft auf eine sonderbare Weise entwickelt. Dawes, der sehr langsam genas und sehr schwach schien, überließ sich anscheinend ganz Morels Händen.

Anfang November erinnerte Clara Paul daran, daß ihr Geburtstag sei.

»Ich hatte es beinahe vergessen«, sagte er.

»Ich dachte, ganz«, erwiderte sie.

»Nein. Wollen wir über Wochenschluß an die See gehen?«

Sie gingen. Es war kalt und recht trübselig. Sie hatte erwartet, er würde zärtlich und warm gegen sie sein, anstatt dessen wurde er sie kaum gewahr. Er saß im Eisenbahnwagen, sah aus dem Fenster und fuhr zusammen, wenn sie zu ihm sprach. Er dachte an nichts Besonderes. Die Dinge schienen ihm so, als wären sie gar nicht da. Sie setzte sich zu ihm hinüber.

»Was ist dir, Lieb?« fragte sie.

»Nichts!« sagte er. »Sehen die Windmühlenflügel nicht mal eintönig aus!«

Er saß und hielt ihre Hand. Er konnte weder sprechen noch denken. Immerhin war es schon ein Trost, dazusitzen und ihre Hand zu halten. Sie war unbefriedigt und jämmerlich. Er war nicht bei ihr; sie war nichts.

Und Abends saßen sie in den Dünen und sahen über die schwarze, schwere See hinaus.

»Sie gibt nicht nach«, sagte er ruhig.

Claras Herz sank.

»Nein«, sagte sie.

»Man kann ja auf verschiedene Weise sterben. Meines Vaters Angehörige sind bange und müssen aus dem Leben in den Tod gezerrt werden, wie das Vieh ins Schlachthaus, am Halse; aber meiner Mutter Leute werden von hinten her getrieben, Schritt für Schritt. Sie sind hartnäckig und wollen nicht sterben.«

»Ja«, sagte Clara.

»Und sie will auch nicht. Sie kann nicht. Herr Renshaw, der Pfarrer, war neulich da. ›Denken Sie doch bloß‹, sagte er zu ihr, ›Sie werden Ihren Vater und Mutter und Ihre Schwestern wiederhaben und Ihren Sohn, in jenem andern Lande.‹ Und sie sagte: ›Ich bin lange Zeit ohne sie fertig geworden und kann jetzt ohne sie fertig werden. Nach den Lebenden sehne ich mich, nicht nach den Toten.‹ Sie will selbst jetzt noch leben.«

»O wie schrecklich!« sagte Clara, zu erschrocken, um zu sprechen.

»Und sie sieht mich an und möchte bei mir bleiben«, fuhr er eintönig fort. »Sie hat einen solchen Willen, daß es aussieht, als würde sie nie gehen – niemals!«

»Denk doch nicht dran!« rief Clara.

»Und sie war fromm – sie ist auch jetzt noch fromm – aber das nützt nichts. Sie will einfach nicht nachgeben. Und weißt du, Donnerstag sagte ich zu ihr: ›Mutter, wenn ich sterben müßte, dann würde ich sterben. Ich würde sterben wollen.‹ Und sie sagte ganz scharf zu mir: ›Meinst du, das täte ich nicht? Glaubst du, man könnte sterben, wann es einem paßt?‹«

Die Stimme versagte ihm. Er weinte nicht, er sprach nur ganz eintönig weiter. Clara wäre am liebsten weggelaufen. Sie sah sich um. Da lag der schwarze, widerhallende Strand, der dunkle Himmel über ihr. Erschrocken stand sie auf. Sie sehnte sich nach Licht, dahin, wo andere Menschen waren. Sie wollte weg von ihm. Er saß mit vornüberhängendem Kopf, ohne eine Muskel zu bewegen.

»Und ich möchte gar nicht, daß sie noch ißt«, sagte er, »und das weiß sie. Wenn ich sie frage: ›Möchtest du irgendwas haben?‹ dann fürchtet sie sich fast zu sagen: ›Ja. – Eine Tasse Bengers‹, sagte sie. ›Das hält nur deine Kräfte hoch‹, habe ich zu ihr gesagt. ›Ja‹, – und sie weinte beinahe – ›aber es nagt da so, wenn ich nichts esse, ich kanns nicht aushalten.‹ Da bin ich hingegangen und habe es ihr zurechtgemacht. Das ist der Krebs, der so an ihr nagt. Ich wollte, sie stürbe!«

»Komm!« sagte Clara rauh. »Jetzt gehe ich.«

Er folgte ihr über den dunklen Sand. Er kam nicht zu ihr. Er schien sich kaum ihres Daseins bewußt. Und sie war bange vor ihm und verabscheute ihn.

In der gleichen, schweren Betäubung fuhren sie nach Nottingham zurück. Er war immer geschäftig, hatte immer etwas vor, ging stets von einem seiner Freunde zum andern.

Am Montag ging er, um Baxter zu besuchen. Gleichgültig und blaß stand der Mann auf, um den andern zu begrüßen, und hielt sich an seinem Stuhle fest, während er ihm die Hand hinstreckte.

»Sie sollten nicht aufstehen«, sagte Paul.

Dawes setzte sich schwerfällig wieder hin und beäugte Morel mit einer Art Argwohn.

»Vergeuden Sie doch Ihre Zeit nicht bei mir«, sagte er, »wenn Sie was Besseres zu tun haben.«

»Ich wollte aber kommen«, sagte Paul. »Hier! Ich habe Ihnen was Süßes mitgebracht.«

Der Kranke legte es beiseite.

»Es war nicht viel los mit dem Wochenschluß«, sagte Morel.

»Wie gehts Ihrer Mutter?« fragte der andere.

»Kaum verändert.«

»Ich dachte, es ginge ihr vielleicht schlimmer, weil Sie am Sonntag nicht kamen.«

»Ich war in Skegneß«, sagte Paul. »Ich hatte etwas Abwechselung nötig.«

Der andere sah ihn mit dunklen Augen an. Er schien zu warten, wagte aber doch keine Frage in der Überzeugung, er werde es zu hören bekommen.

»Ich war mit Clara«, sagte Paul.

»Das wußte ich wohl«, sagte Dawes ruhig.

»Es war ein altes Versprechen«, sagte Paul.

»Machen Sie doch, was Sie Lust haben«, sagte Dawes.

Dies war das erstemal, daß Clara ausdrücklich zwischen ihnen erwähnt wurde.

»Na«, sagte Morel langsam, »sie hat mich satt.«

Wieder sah Dawes ihn an.

»Seit August hat sie mich über gekriegt«, wiederholte Morel.

Die beiden Männer saßen sehr ruhig zusammen. Paul schlug ein Spiel Dame vor. Sie spielten schweigend.

»Ich gehe ins Ausland, wenn meine Mutter tot ist«, sagte Paul.

»Ins Ausland!« wiederholte Dawes.

»Ja; mir ists einerlei, was ich anfange.«

Sie fuhren mit ihrem Spiele fort. Dawes mußte gewinnen.

»Ich muß auf irgend 'ne Weise wieder von vorn anfangen«, sagte Paul; »und Sie auch, sollte ich denken.«

Er nahm einen von Dawes' Steinen.

»Ich weiß nur nicht wo«, sagte der andere.

»Die Dinge kommen schon zurecht«, sagte Morel. »Es nützt nichts, daß man was anfängt – wenigstens – nein, ich weiß nicht. Geben Sie mir mal ein Stück.«

Die beiden Männer aßen die Süßigkeiten und fingen ein neues Spiel Dame an.

»Wo kommt die Narbe da an Ihrem Munde her«, fragte Dawes.

Paul legte hastig die Hand auf die Lippen und sah über den Garten hin.

»Ich habe einen Unfall beim Radeln gehabt«, sagte er.

Dawes' Hand zitterte, als er seinen Stein bewegte.

»Sie hätten mich nicht auslachen sollen«, sagte er sehr leise.

»Wann?«

»Den Abend da, auf der Woodborough Road, als Sie mit ihr an mir vorbeigingen – Sie mit der Hand auf ihrer Schulter.«

»Da habe ich Sie nicht ausgelacht«, sagte Paul.

Dawes hielt seinen Finger auf dem Damenstein.

»Ich hatte keine Ahnung, wer Sie wären, bis zu dem Augenblick, als Sie vorbeigingen«, sagte Morel.

»Das hat mich dazu gebracht«, sagte er sehr leise.

Paul nahm wieder eins von den süßen Stücken.

»Ich habe nicht anders gelacht«, sagte er, »als ichs immer tue.«

Sie brachten das Spiel zu Ende.

Diesen Abend ging Morel zu Fuße nach Hause, um etwas zu tun zu haben. Die Hochöfen flammten in roter Glut über Bulwell; die schwarzen Wolken waren wie eine niedrige rote Zimmerdecke. Als er die zehn Meilen Landstraße dahinschritt, fühlte er sich, als schritte er zwischen den schwarzen Ebenen des Himmels und der Erde aus dem Leben. Aber am Ende lag nur ein Krankenzimmer. Und wanderte er immer und ewig, er konnte nur zu diesem einen Orte gelangen.

Er war nicht müde, als er dicht bei Hause war, oder wenigstens wußte er es nicht. Über das Feld weg konnte er den roten Feuerschein aus ihrem Kammerfenster funkeln sehen.

»Wenn sie tot ist«, sagte er sich, »geht das Feuer aus.«

Ruhig zog er sich die Stiefel aus und ging nach oben. Seiner Mutter Tür stand weit offen, weil sie immer noch allein schlief. Der rote Feuerschein sprühte seine Glut über den Treppenabsatz. Leise wie ein Schatten spähte er durch die Tür.

»Paul!« murmelte sie.

Wieder schien ihm das Herz zu brechen. Er ging hinein und setzte sich an ihr Bett.

»Wie spät du kommst!« murmelte sie.

»Nicht so sehr«, sagte er.

»Wieso, wieviel Uhr ists denn?« Ihr Murmeln kam klagend und hilflos.

»Es ist grade eben elf durch.«

Das war nicht wahr; es war beinahe eins.

»Oh!« sagte sie. »Ich dachte, es wäre später.«

Und er begriff das unaussprechliche Elend ihrer Nächte, die nicht von der Stelle wollten.

»Kannst du nicht schlafen, mein Täubchen?« sagte er.

»Nein, ich kann nicht«, jammerte sie.

»Laß man, mein Kleines!« sagte er halb singend. »Laß man, mein Lieb. Ich bleibe ein halb Stündchen bei dir, mein Täubchen, vielleicht wirds dann besser.«

Und er saß neben ihrem Bett, langsam, regelmäßig ihre Brauen mit den Fingerspitzen streichelnd, ihre geschlossenen Augen, so sie beruhigend und ihre Finger in der freien Hand haltend. Sie konnten die Schläfer in den anderen Räumen atmen hören.

»Nun geh zu Bett«, murmelte sie, während sie ganz still dalag unter seinen Fingern und seiner Liebe.

»Wirst du jetzt schlafen?« fragte er.

»Ja, ich denke.«

»Nun fühlst du dich besser, mein Kleines, nicht?«

»Ja«, sagte sie, wie ein bekümmertes, halb getröstetes Kind.

Und immer weiter zogen die Tage und Wochen sich hin. Er ging jetzt kaum je noch zu Clara. Aber rastlos wanderte er von einem Menschen zum andern, um Hilfe, und die gab es nirgends. Miriam hatte ihm zartfühlend geschrieben. Er ging und besuchte sie. Ihr wurde das Herz wund, als sie ihn ansah, so weiß, so hager, mit dunklen, erschreckten Augen. Ihr Mitleid wurde rege und schmerzte sie, bis sie es nicht länger aushalten konnte.

»Wie gehts ihr?« fragte sie.

»Dasselbe – dasselbe!« sagte er. »Der Arzt sagt, sie kann nicht mehr, aber ich weiß, sie kanns. Sie ist Weihnachten noch hier.«

Miriam schauderte. Sie zog ihn an sich; sie drückte ihn an ihren Busen, sie küßte und küßte ihn. Er unterwarf sich, aber es war ihm eine Folter. Sie konnte ihm die Todesqual nicht fortküssen. Die blieb und blieb. Sie küßte ihm das Gesicht und erregte sein Blut, während seine Seele abseits stand und sich in Todesqualen wand. Und sie küßte ihn und befühlte seinen Körper, bis er glaubte wahnsinnig zu werden und sich von ihr losriß. Das wars nicht, was er grade jetzt wollte – das nicht. Und sie dachte, sie hätte ihn getröstet und ihm wohlgetan.

Dezember kam und etwas Schnee. Er blieb jetzt die ganze Zeit über zu Hause. Eine Pflegerin konnten sie sich nicht leisten. Annie kam, um nach ihrer Mutter zu sehen; die Gemeindeschwester, die sie liebten, kam morgens und abends. Paul teilte sich mit Annie in die Pflege. Oft des Abends, wenn sie Freunde bei sich in der Küche hatten, lachten sie alle zusammen, daß sie wackelten. Das war die Gegenwirkung. Paul war so spaßhaft, Annie so sonderbar. Die ganze Gesellschaft lachte, bis ihnen die Tränen kamen, und bemühte sich, das Geräusch zu unterdrücken. Und Frau Morel, die allein im Dunklen lag, hörte sie, und ihrer Bitterkeit mischte sich ein gewisses Gefühl der Erleichterung bei.

Dann pflegte Paul vorsichtig nach oben zu gehen, schuldbewußt, um zu sehen, ob sie sie gehört habe.

»Soll ich dir etwas Milch geben?« fragte er.

»Ein wenig«, sagte sie kläglich.

Und er tat etwas Wasser dazu, damit es sie nicht nähre. Und doch liebte er sie mehr als sein eigenes Leben.

Jede Nacht bekam sie Morphium, und ihr Herz bekam Anfälle. Annie schlief neben ihr. Paul pflegte am frühen Morgen hereinzukommen, wenn seine Schwester aufstand. Seine Mutter war morgens zermürbt und aschig durch das Morphium. Dunkler und dunkler wurden ihre Augen, ganz Sehloch, vor Qual. Morgens waren die Müdigkeit und der Schmerz zu stark, um sie ertragen zu können. Und doch konnte sie nicht – wollte sie nicht – weinen oder auch viel klagen.

»Heute morgen hast du etwas länger geschlafen, Kleines«, sagte er dann wohl.

»Ja?« antwortete sie mit müdem Gram.

»Ja; es ist fast acht Uhr.«

Er stand und sah aus dem Fenster. Das ganze Land lag bleich und blaß unter dem Schnee. Dann fühlte er ihr den Puls. Es war ein starker Schlag und ein schwacher, wie ein Klang und ein Widerhall. Das galt als ein Anzeichen des herannahenden Endes. Sie ließ ihn ihr Handgelenk fühlen, da sie wußte, was er wollte.

Zuweilen sahen sie einander in die Augen. Dann schienen sie zu einem Einverständnis zu gelangen. Es war fast, als willige er ein, auch zu sterben. Aber sie willigte nicht ein zu sterben, sie wollte nicht. Ihr Körper war auf ein Aschenstäubchen heruntergebracht. Ihre Augen waren dunkel und voller Qual.

»Können Sie ihr nichts geben, um es zu Ende zu bringen?« fragte er endlich den Arzt.

Aber der Arzt schüttelte den Kopf.

»Sie kann nicht mehr viele Tage vorhalten, Herr Morel«, sagte er.

Paul ging hinein.

»Ich kann es nicht mehr lange aushalten; wir werden noch alle verrückt«, sagte Annie.

Die zwei setzten sich zum Frühstück.

»Geh zu ihr und bleib bei ihr sitzen, während wir frühstücken, Minnie«, sagte Annie. Aber das Mädchen hatte Angst.

Paul ging über Land, durch die Wälder, durch den Schnee. Er sah die Spuren von Kaninchen und Vögeln in dem weißen Schnee. Meilen und aber Meilen wanderte er. Ein dunstiger roter Sonnenuntergang kam langsam herauf, schmerzerfüllt, zaudernd. Er glaubte, sie würde an diesem Tage sterben. Da war ein Esel, der über den Schnee auf ihn zukam, am Waldesrand; der drückte seinen Kopf gegen ihn an und ging neben ihm her. Er schlang die Arme um den Hals des Esels und rieb seine Backen an seinen Ohren.

Seine Mutter, stumm, war noch am Leben, den harten Mund grimmig verschlossen, nur die dunklen, qualerfüllten Augen waren noch lebend.

Es näherte sich Weihnachten; es war mehr Schnee da. Annie und er fühlten, sie könnten nicht mehr. Immer noch lebten ihre dunklen Augen. Morel, stumm und verschüchtert, brachte sich ganz in Vergessenheit. Zuweilen ging er einmal ins Krankenzimmer und sah sie an. Dann drückte er sich voller Verwirrung.

Sie hielt immer noch am Leben fest. Die Bergleute hatten gestreikt und fingen vierzehn Tage oder so vor Weihnachten wieder an. Minnie ging mit der Schnabeltasse nach oben. Es war zwei Tage, nachdem die Männer zu Hause geblieben waren.

»Die Männer meinen wohl, ihnen wären die Hände wund, Minnie?« fragte sie, mit ihrer seltsamen, klagenden Stimme, die nicht nachgeben wollte. Minnie stand überrascht da.

»Nich soviel ich weiß, Frau Morel«, antwortete sie.

»Ich wette aber, sie sinds«, sagte die Sterbende, den Kopf mit einem müden Seufzer bewegend. »Aber jedenfalls wird doch etwas zum Einkaufen da sein diese Woche.«

Nicht die geringste Kleinigkeit ließ sie sich entgehen.

»Deines Vaters Grubensachen müssen gut gelüftet werden, Annie«, sagte sie, als die Männer wieder zur Arbeit gingen.

»Darum kümmere du dich nicht, meine Liebe«, sagte Annie.

Eines Abends waren Paul und Annie allein. Die Schwester war oben.

»Sie lebt noch über Weihnachten«, sagte Annie. Sie waren beide voller Entsetzen.

»Nein«, sagte er grimmig. »Ich gebe ihr Morphium.«

»Welches?« fragte Annie.

»Alles, was aus Sheffield gekommen ist«, sagte Paul.

»Ja – tu's!« sagte Annie.

Am nächsten Tage malte er im Schlafzimmer. Sie schien zu schlafen. Leise trat er bei seinem Malen vor und zurück. Plötzlich klagte ihre leise Stimme:

»Lauf nicht herum, Paul!«

Er sah sich um. Ihre Augen, wie dunkle Blasen auf ihrem Gesicht, sahen auf ihn.

»Nein, mein Lieb«, sagte er sanft. Wieder schien eine Fiber seines Herzens zu zerreißen.

An dem Abend nahm er alle Morphiumpillen, die da waren, mit hinunter. Sorgfältig zerstieß er sie zu Pulver.

»Was machst du?« fragte Annie.

»Ich tue sie ihr heute abend in die Milch.«

Dann lachten sie, wie zwei sich verschwörende Kinder. Über all ihrem Entsetzen flickerte noch dies bißchen gesunder Verstand.

Die Schwester kam den Abend nicht, um Frau Morel umzubetten. Paul ging mit der heißen Milch in der Schnabeltasse nach oben. Es war neun Uhr.

Sie wurde im Bett aufgerichtet, und er setzte ihr die Schnabeltasse an die Lippen, für die er gern gestorben wäre, hätte er ihnen den leisesten Schmerz ersparen können. Sie nahm ein Schlückchen, dann drehte sie den Schnabel zur Seite und sah ihn mit dunklen, verwunderten Augen an. Er sah sie an.

»Oh, ist das bitter, Paul!« sagte sie mit einer kleinen Fratze.

»Das ist ein neues Schlafmittel, das der Arzt mir für dich gegeben hat«, sagte er. »Er meinte, es würde dich morgens nicht in so 'nem Zustand lassen.«

»Ich hoffe, es wirds nicht«, sagte sie wie ein Kind.

Und sie trank mehr von der Milch.

»Aber es ist gräßlich!« sagte sie.

Er blickte auf ihre gebrechlichen Finger über der Tasse und ihre Lippen, die eine leichte Bewegung machten.

»Ich weiß – ich hab es gekostet«, sagte er. »Aber ich gebe dir etwas reine Milch nach.«

»Ich denke auch«, sagte sie und fuhr fort mit ihrem Trank. Sie gehorchte ihm wie ein Kind. Er wunderte sich, ob sie es wisse. Er sah ihre arme, vertrocknete Kehle sich bewegen, als sie mit Mühe trank. Dann lief er nach unten um mehr Milch. Kein Körnchen war auf dem Boden der Tasse.

»Hat sie's gekriegt?« flüsterte Annie.

»Ja – und sie sagte, es wäre so bitter.«

»Oh!« lachte Annie und nahm ihre Unterlippe zwischen die Zähne.

»Und ich habe ihr gesagt, es wäre ein neues Schlafmittel. Wo ist die Milch?«

Sie gingen beide nach oben.

»Es wundert mich, warum die Schwester nicht gekommen ist, um mich umzubetten?« klagte die Mutter wie ein Kind, nachdenklich.

»Sie sagte, sie ginge in ein Konzert, meine Liebe«, sagte Annie.

»So?«

Sie waren eine Minute stumm. Frau Morel schluckte etwas reine Milch.

»Annie, das neue Mittel war gräßlich!« sagte sie klagend.

»Ja, meine Liebe? Na, mach dir man nichts draus.«

Wieder seufzte die Mutter vor Müdigkeit. Ihr Puls war unregelmäßig.

»Laß uns dich umbetten«, sagte Annie. »Die Schwester kommt vielleicht erst so spät.«

»Ja«, sagte die Mutter, – »versuchs nur.«

Sie schlugen die Bettdecke zurück. Paul sah seine Mutter wie ein Mädchen zusammengekauert in ihrem Flanell-Nachthemd. Rasch machten sie die eine Hälfte des Bettes, schoben sie hinüber, machten die andere, deckten ihr den Nachtrock über die kleinen Füße und deckten sie wieder zu.

»So!« sagte Paul und streichelte sie leise. »So! – nun wirst du schlafen.«

»Ja«, sagte sie. »Ich glaubte nicht, Ihr könntet das Bett so nett machen«, fügte sie hinzu, fast fröhlich. Dann kauerte sie sich zusammen, die Wange auf der Hand, den Kopf zwischen die Schultern gezogen. Paul legte ihr den langen grauen Haarzopf über die Schulter und küßte sie.

»Jetzt schläfst du, mein Liebstes«, sagte er.

»Ja«, antwortete sie vertrauensvoll. »Gute Nacht.«

Sie machten das Licht aus, und es wurde still.

Morel war schon im Bett. Die Schwester kam nicht. Annie und Paul kamen etwa um elf, um nach ihr zu sehen. Sie schien wie gewöhnlich nach ihrem Schlaftrunk zu schlafen. Der Mund stand ihr ein wenig offen.

»Wollen wir aufbleiben?« fragte Paul.

»Ich lege mich zu ihr, wie immer«, sagte Annie. »Sie könnte aufwachen.«

»Schön. Und ruf mich, wenn du irgendwas Besonderes bemerkst.«

»Ja.«

Sie blieben zögernd vor dem Feuer im Schlafzimmer stehen und fühlten draußen die Nacht groß und schwarz und schneeig, sich beide ganz allein in der Welt. Schließlich ging er ins Nebenzimmer und zu Bett.

Er schlief fast sofort ein, wachte aber fortwährend wieder auf. Dann fiel er wieder in festen Schlaf. Er wurde plötzlich wach, als Annie flüsterte: »Paul! Paul!« Er sah seine Schwester in ihrem weißen Nachthemd, die langen Haarflechten den Rücken hinunterhängend, in der Dunkelheit dastehen.

»Ja?« flüsterte er und setzte sich aufrecht.

»Komm und sieh sie dir an.«

Er schlüpfte aus dem Bett. Eine Gasflamme brannte klein im Schlafzimmer. Seine Mutter lag mit der Wange in der Hand zusammengekauert da, als wäre sie eingeschlafen. Aber der Mund war ihr auseinandergefallen, und sie atmete mit langen heiseren Atemzügen, wie Schnarchen, und langen Zwischenräumen dazwischen.

»Sie stirbt!« flüsterte er.

»Ja«, sagte Annie.

»Wie lange ist sie schon so?«

»Ich bin grade eben aufgewacht.«

Annie schlüpfte in ihren Morgenrock, Paul wickelte sich in eine braune Decke. Es war drei Uhr. Er schürte das Feuer. Dann saßen die beiden da und warteten. Der große schnarchende Atem hielt an – wurde zurückgehalten – dann wurde er wieder ausgestoßen. Dann eine Pause, eine lange Pause. Dann fuhren sie zusammen. Der große schnarchende Atem wurde wieder angehalten. Er beugte sich dicht zu ihr nieder und sah sie an.

»Ist es nicht furchtbar!« flüsterte Annie.

Er nickte. Hilflos setzten sie sich wieder hin. Wieder kam der große schnarchende Atem. Wieder hingen sie in der Schwebe. Wieder wurde er ausgestoßen, lang und rauh. Der Klang, so unregelmäßig, in so weiten Zwischenräumen, schallte durchs ganze Haus. Morel schlief in seiner Kammer weiter. Paul und Annie saßen zusammengekauert regungslos da. Der große schnarchende Ton begann wieder – eine qualvolle Pause trat ein, während der der Atem angehalten wurde – rasselnd kam der Atem wieder. Minute auf Minute verrann. Paul sah wieder nach ihr, sich ganz dicht über sie beugend.

»Das kann so noch lange dauern«, sagte er.

Sie waren beide stumm. Er sah aus dem Fenster und konnte undeutlich den Schnee im Garten erkennen.

»Geh du in mein Bett«, sagte er zu Annie. »Ich bleibe hier sitzen.«

»Nein«, sagte sie, »ich bleibe bei dir.«

»Ich wollte lieber, du tätest es nicht«, sagte er.

Schließlich kroch Annie aus dem Zimmer, und er war allein. Er wickelte sich in seine braune Decke und kauerte sich voller Erwartung vor seiner Mutter nieder. Sie sah schrecklich aus mit dem heruntergefallenen Unterkiefer. Er beobachtete sie. Zuweilen dachte er, der große Atemzug würde nie wieder von neuem beginnen. Er konnte es nicht ertragen – dies Warten. Dann plötzlich kam, so daß er zusammenfuhr, der große harsche Klang. Wieder schürte er das Feuer, geräuschlos. Sie durfte nicht gestört werden. Die Minuten gingen hin. Die Nacht schwand dahin, Atemzug auf Atemzug. Jedesmal, wenn der Ton kam, merkte er, wie es ihm sein Inneres zusammenschnürte, bis er es endlich nicht mehr so sehr spürte.

Sein Vater stand auf. Paul hörte den Bergmann gähnend sich die Strümpfe anziehen. Dann kam Morel in Strümpfen und Hemd herein.

»Hsch!« sagte Paul.

Morel blieb beobachtend stehen. Dann sah er auf seinen Sohn, hilflos, ganz erschreckt.

»Bleib ick nich besser zu Hause?« flüsterte er.

»Nein. Geh nur zur Arbeit. Sie hälts noch aus bis morgen.«

»Det jloobe ick nich.«

»Doch. Geh nur zur Arbeit.«

Der Bergmann sah sie wieder an, voller Furcht, und ging dann gehorsam aus dem Zimmer. Paul sah die Riemen seiner Hosenträger ihm gegen die Beine baumeln.

Nach einer halben Stunde ging Paul hinunter und trank eine Tasse Tee, dann kam er wieder. Morel, für die Grube angezogen, kam noch einmal wieder nach oben.

»Soll ick jehen?« sagte er.

»Ja.«

Und nach ein paar Minuten hörte Paul den schweren Schritt seines Vaters über den dämpfenden Schnee fortstapfen. Bergleute riefen sich unten auf der Straße an, während sie gruppenweise zur Arbeit trabten. Der schreckliche, langgezogene Atem fuhr immer noch fort – hoch – hoch – hoch; dann eine lange Pause – dann ah – ah – h – h – h – h! kam er wieder. Weit über den Schnee hin tönten die Dampfpfeifen der Eisenwerke. Eine nach der andern krähten sie und brüllten, einige klein und weit weg, andere nahebei, die Tuten der Gruben und der andern Werke. Dann war wieder Stille. Er schürte das Feuer. Die großen Atemzüge unterbrachen die Stille – sie sah genau wie vorher aus. Er schlug den Vorhang zurück und spähte hinaus. Es war noch dunkel. Vielleicht kam da eine hellere Färbung durch. Vielleicht wurde der Schnee etwas blauer. Er zog den Vorhang auf und zog sich an. Schaudernd trank er dann etwas Branntwein aus der Flasche auf dem Waschtisch. Nun wurde der Schnee blauer. Er hörte einen Wagen die Straße hinunterklappern. Ja, es war sieben Uhr, und es wurde ein wenig heller. Er hörte ein paar Leute rufen. Die Welt erwachte. Eine graue, tödliche Dämmerung kroch über den Schnee. Ja, er konnte die Häuser erkennen. Er machte das Gas aus. Es schien sehr dunkel. Der Atem kam noch, aber er war nun fast daran gewöhnt. Er konnte sie erkennen. Sie sah noch genau so aus. Er wunderte sich, wenn er schweres Zeug auf sie draufhäufte, ob das es nicht erschweren werde und ob dann der schreckliche Atem nicht aufhören würde. Er sah sie an. Das war sie gar nicht – kein bißchen. Wenn er die Decke und seine schweren Röcke auf sie ...

Plötzlich öffnete sich die Tür, und Annie trat herein. Sie sah ihn fragend an.

»Genau so«, sagte er ruhig.

Sie flüsterten zusammen eine Minute, dann ging er hinunter, um etwas zu frühstücken. Es war zwanzig Minuten vor acht. Annie kam bald herunter.

»Ist es nicht furchtbar? Sieht sie nicht fürchterlich aus?« flüsterte sie, ganz betäubt vor Schrecken.

Er nickte.

»Wenn sie so aussieht!« sagte Annie.

»Trink etwas Tee«, sagte er.

Sie gingen wieder nach oben. Bald kamen die Nachbarn mit ihrer erschreckten Frage:

»Wie gehts ihr?«

Es ging immer so weiter. Sie lag da mit der Wange in der Hand, den Mund offen, und die großen entsetzlichen Atemzüge kamen und gingen.

Um zehn Uhr kam die Schwester. Sie sah sonderbar und angstvoll aus.

»Schwester!« rief Paul, »kann es so noch tagelang bleiben?«

»Nein, Herr Morel«, sagte die Schwester. »Nein.«

Es trat Schweigen ein.

»Ist es nicht schrecklich?« jammerte die Schwester. »Wer hätte gedacht, daß sie das aushalten könnte? Gehen Sie nun hinunter, Herr Morel, gehen Sie hinunter.«

Schließlich gegen elf Uhr ging er hinunter und setzte sich zu ihrem Nachbar ins Haus. Annie war auch unten. Die Schwester und Arthur waren oben. Paul saß da, den Kopf in den Händen. Plötzlich kam Annie über den Hof geflogen und schrie, wie halbverrückt:

»Paul – Paul – sie ist tot!«

In einer Minute war er wieder in seinem eigenen Hause und oben. Sie lag zusammengekauert und still, das Gesicht in der Hand, und die Schwester wischte ihr den Mund. Sie traten alle zurück. Er kniete nieder und legte sein Gesicht neben ihres und seine Arme um sie:

»Mein Liebstes – mein Liebstes – oh, mein Liebstes!« flüsterte er wieder und wieder. »Mein Liebstes – oh, mein Liebstes!«

Dann hörte er, wie die Schwester hinter ihm weinend sagte: »Ihr ist wohler, Herr Morel, ihr ist wohler.«

Sobald er den Kopf von seiner noch warmen, toten Mutter aufhob, ging er sofort nach unten und begann sich die Stiefel zu putzen.

Es war eine Menge zu tun, Briefe zu schreiben und so weiter. Der Arzt kam, sah sie flüchtig an und seufzte.

»Ja – armes Ding!« sagte er und wandte sich ab. »Na, kommen Sie so gegen sechs zu mir ins Haus wegen des Totenscheins.«

Der Vater kam etwa gegen vier Uhr von der Arbeit. Stumm schleppte er sich ins Haus und setzte sich nieder. Minnie war bemüht, ihm sein Essen zu geben. Müde legte er die schwarzen Arme auf den Tisch. Es waren Steckrüben für ihn da zum Essen, die er gern hatte. Paul wunderte sich, ob er es schon wüßte. Es dauerte einige Zeit, und noch hatte keiner gesprochen. Zuletzt sagte der Sohn:

»Hast du gesehen, die Vorhänge sind herunter?«

Morel sah auf.

»Nein«, sagte er. »Wieso – is sie tot?«

»Ja.«

»Wenn war't?«

»Ungefähr um zwölf heute morgen.«

»Hm!«

Der Bergmann saß einen Augenblick ganz still und fing dann an zu essen. Es war, als sei nichts geschehen. Er aß seine Rüben in Schweigen. Nachher wusch er sich und ging nach oben, um sich anzuziehen. Die Tür ihres Zimmers war geschlossen.

»Hast du sie gesehen?« fragte Annie ihn, als er wieder herunterkam.

»Nein«, sagte er.

Nach einer kleinen Weile ging er aus. Annie ging fort, und Paul suchte den Leichenbestatter auf, den Prediger, den Arzt, den Standesbeamten. Es war eine lange Arbeit. Ungefähr um acht kam er wieder. Der Leichenbestatter sollte bald kommen, um Maß für den Sarg zu nehmen. Das Haus war leer bis auf sie. Er nahm eine Kerze und ging nach oben.

Das Zimmer war kalt, das solange warm gewesen war. Blumen, Flaschen, Teller, der ganze Krankenzimmerzubehör war fortgeschafft; alles war harsch und ernst. Sie lag erhöht auf dem Bette, der Abfall ihrer Bettdecke von den hochliegenden Füßen war wie ein reiner Schneehang, so stumm. Sie lag da wie ein schlafendes Mädchen. Mit der Kerze in der Hand beugte er sich über sie. Wie ein Mädchen, das schläft und von seiner Liebe träumt, lag sie da. Ihr Mund stand ein wenig offen, als wundere er sich über ihre Leiden; aber ihr Gesicht war wieder jung, ihre Stirn klar und weiß, als hätte das Leben sie nie berührt. Er blickte wieder auf die Brauen, auf ihre kleine, so anziehende Nase, die ein bißchen nach der einen Seite herüberstand. Sie war wieder jung. Nur das Haar, das sich so wunderschön im Bogen von den Schläfen absetzte, war mit Silber durchzogen, und die zwei schlichten Flechten, die ihr auf den Schultern lagen, waren ein Netzwerk aus Silber und Braun. Sie würde wieder aufwachen. Sie müßte die Lider erheben. Sie war immer noch bei ihm. Er beugte sich nieder und küßte sie leidenschaftlich. Aber nun drang ihm die Kälte an den Mund. Er biß sich auf die Lippen vor Entsetzen. Wie er sie ansah, fühlte er, er könne sie nie, niemals fortlassen. Nein! Er strich ihr das Haar aus den Schläfen. Das auch war kalt. Er blickte auf den Mund, so stumm und verwundert über ihre Schmerzen. Dann kauerte er sich auf den Boden hin und flüsterte ihr zu:

»Mutter, Mutter!«

Er war noch bei ihr, als die Leichenbestatter kamen, junge Leute, die noch mit ihm auf der Schule gewesen waren. Sie berührten sie ehrfurchtsvoll und in einer ruhigen, geschäftsmäßigen Weise. Sie sahen sie gar nicht an. Er paßte eifersüchtig auf. Er und Annie bewachten sie wild. Sie wollten keinen Menschen sie sehen lassen, und die Nachbarn waren beleidigt.

Nach einiger Zeit ging Paul aus, um bei einem Freunde etwas Karten zu spielen. Es war Mitternacht, als er nach Hause kam. Sein Vater stand bei seinem Eintreten vom Sofa auf und sagte mit kläglicher Stimme:

»Ick dachte schon, du kämst nie wieder nach Hause, Junge.«

»Ich glaubte nicht, daß du aufbleiben würdest«, sagte Paul.

Sein Vater sah so verlassen aus. Morel war ein Mann ohne jede Furcht gewesen – einfach gar nichts konnte ihn erschrecken. Paul wurde es mit einem Blitz klar, daß er Angst gehabt habe, zu Bette zu gehen, allein im Hause mit der Toten. Er tat ihm leid.

»Ich vergaß, daß du allein sein würdest, Vater«, sagte er.

»Möchtst de nichts zu essen haben?« fragte Morel.

»Nein.«

»Sieh da – ick habe dich en Droppen Milch warm jemacht. Man runter damit; 't is kalt jenug.«

Paul trank.

»Ich muß morgen nach Nottingham«, sagte er.

Nach einer Weile ging Morel zu Bett. Er lief rasch an der verschlossenen Tür vorbei und ließ seine eigene offenstehen. Bald kam der Sohn auch herauf. Er ging hinein, um ihr einen Gutenachtkuß zu geben, wie gewöhnlich. Es war kalt und finster. Er wünschte, sie hätten ihr Feuer brennen lassen. Sie träumte immer noch den Traum ihrer Jugend. Aber sie würde kalt sein.

»Mein Liebstes!« flüsterte er. »Mein Liebstes!«

Und er küßte sie nicht, aus Furcht, sie möchte ihm kalt und seltsam vorkommen. Es erleichterte ihn, daß sie so wunderschön schlief. Leise schloß er ihre Tür, um sie nicht aufzuwecken, und ging zu Bett.

Am Morgen raffte Morel seinen ganzen Mut zusammen, als er Annie unten hörte und Paul im Zimmer jenseits der Treppe hustete. Er öffnete ihre Tür und ging in das verdunkelte Zimmer. Er bemerkte die weiße, erhöhte Gestalt im Zwielicht, aber wagte nicht, sie anzusehen. Verwirrt, zu verängstigt, um irgendwelchen Gebrauch von seinen Fähigkeiten machen zu können, ging er aus dem Zimmer und verließ sie. Er sah nie wieder nach ihr. Er hatte sie seit Monaten nicht gesehen, weil er sie nicht anzusehen wagte. Und nun sah sie wieder aus wie seine junge Frau.

»Hast du sie gesehen?« fragte Annie ihn nach dem Frühstück scharf.

»Ja«, sagte er.

»Und findest du nicht, sie sieht reizend aus?«

»Ja.«

Bald nachher ging er aus. Und die ganze Zeit über schien er beiseite zu kriechen, um diesem aus dem Wege zu gehen.

Paul ging von einer Stelle zur andern, um die Obliegenheiten des Todesfalles zu ordnen. Er traf Clara in Nottingham, und sie tranken in einem Kaffeehause zusammen Tee, wobei sie wieder ganz fröhlich waren. Sie war unendlich erlöst, als sie fand, er nehme die Sache nicht zu traurig.

Späterhin, als die Verwandten zum Begräbnis kamen, wurde es zu einer öffentlichen Angelegenheit, und die Kinder wurden Gesellschaftswesen. Sie drückten sich beiseite. Sie begruben sie unter wütendem Sturmwind und Regen. Der nasse Ton glänzte, alle die weißen Blumen waren durchtränkt. Annie packte ihn am Arm und beugte sich vornüber. Tief unten sah sie eine dunkle Ecke von Williams Sarg. Der Eichensarg sank gleichmäßig hinab. Sie war fort. Der Regen strömte in ihr Grab. Die schwarze Menge mit den glänzenden Regenschirmen wandte sich heimwärts. Der Friedhof lag verlassen unter dem durchdringenden kalten Regen.

Paul ging heim und machte sich damit zu tun, den Gästen Getränke vorzusetzen. Sein Vater saß in der Küche mit Frau Morels Verwandten, ›besseren‹ Leuten, und weinte, und sagte, was für'n gutes Mächen sie gewesen sei, und wie er gesucht habe, stets alles für sie zu tun, was er nur konnte – alles. Sein ganzes Leben lang war er bemüht gewesen, für sie zu tun, was er nur konnte, und er brauchte sich keine Vorwürfe zu machen. Sie war fort, und er hatte sein Bestes an ihr getan. Er wischte sich die Augen mit seinem weißen Taschentuch. Er brauchte sich keine Vorwürfe zu machen, wiederholte er. Sein ganzes Leben lang hatte er sein Bestes für sie getan.

Und so versuchte er sie loszuwerden. Er dachte nie an sie persönlich. Alles, was ihm tiefging, leugnete er ab. Paul haßte seinen Vater wegen dieses Dasitzens und Jammerns über sie. Er wußte, im Wirtshause würde er es ebenso machen. Denn das wirkliche Trauerspiel ging in Morels Innern vor sich, gegen seinen Willen. Später kam er zuweilen von seinem Nachmittagsschlaf ganz weiß und furchtsam herunter.

»Ick hab von deine Mutter jeträumt«, sagte er dann mit leiser Stimme.

»So, Vater? Wenn ich von ihr träume, ist es immer wie damals, als es ihr noch ganz gut ging. Ich träume oft von ihr, aber es kommt mir immer ganz nett und natürlich vor, als wäre nichts anders geworden.«

Morel aber kauerte sich vor dem Feuer in Angst zusammen.

Nur in halber Wirklichkeit gingen die Wochen hin, nicht viel Schmerzen, eigentlich nichts Besonderes, vielleicht ein wenig Erlösung, meist eine ›nuit blanche‹. Paul ging ruhelos von Ort zu Ort. Ein paar Monate lang, seit es seiner Mutter schlechter gegangen war, hatte er seine Liebe nicht mehr zu Clara getragen. Sie war jetzt stumm gegen ihn, mehr fernstehend. Dawes sah sie sehr gelegentlich einmal, aber die beiden konnten keine Handbreit über die große Entfernung hinüber, die sie trennte. Die drei trieben vorwärts.

Dawes erholte sich langsam. Um Weihnachten war er in einem Erholungsheim in Skegneß, fast ganz wiederhergestellt. Paul ging für ein paar Tage an die See. Sein Vater war bei Annie in Sheffield. Dawes kam auf Pauls Zimmer. Seine Zeit im Heim war um. Die beiden Männer, zwischen denen so viel Zurückhaltung lag, schienen einander zu trauen. Dawes verließ sich jetzt ganz auf Morel. Er wußte, Paul und Clara wären tatsächlich auseinander.

Zwei Tage nach Weihnachten mußte Paul nach Nottingham zurück. Den Abend vorher saß er rauchend mit Dawes vorm Feuer.

»Sie wissen, Clara kommt morgen auf einen Tag herüber?« sagte er.

Der andere sah ihn an.

»Ja, Sie haben es mir erzählt.«

Paul trank den Rest seines Glases Whisky.

»Ich habe der Wirtin gesagt, Ihre Frau käme«, sagte er.

»Ja?« sagte Dawes zurückschreckend, aber sich fast gänzlich in der Hand des andern lassend. Ziemlich steif stand er auf und griff nach Morels Glas.

»Lassen Sie mich einschenken«, sagte er.

Paul sprang auf.

»Sie sitzen still«, sagte er.

Aber Dawes fuhr fort, mit recht zitteriger Hand ihm den Trank zu mischen.

»Sagen Sie halt«, sagte er.

»Danke!« erwiderte der andere. »Aber Sie dürfen nicht aufstehen.«

»Ach, das tut mir gut. Junge«, erwiderte Dawes. »Ich fange dann an zu glauben, es geht mir wieder ganz gut.«

»Da haben Sie ziemlich recht, wissen Sie.«

»Habe ich auch, sicher, habe ich auch«, sagte Dawes ihm zunickend.

»Und Len sagt, er hat was für Sie in Sheffield.«

Dawes sah ihn wieder rasch an, mit dunklen Augen, die allem zustimmten, was der andere sagte, vielleicht ein wenig beherrscht von ihm.

»Es ist putzig«, sagte Paul, »dies wieder Von-vorn-Anfangen. Mir kommts vor, ich sitze viel tiefer im Dreck als Sie.«

»Inwiefern, Junge?«

»Ich weiß nicht. Ich weiß nicht. Mir ist, als steckte ich in einem ganz vertrackten Loch, sehr dunkel und trübselig, und nirgends ein Ausweg.«

»Ich weiß, – ich verstehe«, sagte Dawes kopfnickend. »Aber Sie werden sehen, Sie kommen doch noch zurecht.«

Er sprach beinahe zärtlich.

»Ich denke auch«, sagte Paul.

Dawes klopfte sich ganz hoffnungslos die Pfeife aus.

»Sie haben sich da nicht selber hineingebracht, wie ich«, sagte er.

Morel sah auf des andern Handgelenk und Hand, die den Pfeifenstiel umklammerte und die Asche ausklopfte, als hätte er alles aufgegeben.

»Wie alt sind Sie?« fragte Paul.

»Neununddreißig«, antwortete Dawes mit einem Seitenblick auf ihn.

Diese braunen Augen, die sich ihres Fehlgriffes so wohl bewußt waren, die beinahe um Bestätigung flehten, um Wiedereinsetzung in sein Recht als Mann, ihn zu wärmen, ihn wieder fest zu machen, die beunruhigten Paul.

»Dann kommen Sie ja grade in Ihr bestes Alter«, sagte Morel. »Sie sehen gar nicht so aus, als wären Sie viel Leben losgeworden.«

Die braunen Augen des andern blitzten plötzlich auf.

»Das ists auch nicht«, sagte er. »Der Trieb ist schon noch da.«

Paul blickte auf und lachte.

»Wir haben beide noch genug Leben in uns, die Dinge fliegen zu lassen«, sagte er.

Die Augen beider Männer trafen sich. Sie wechselten einen Blick. Nun sie beide die Macht der Leidenschaft im andern erkannt hatten, tranken sie beide ihren Whisky.

»Ja, bei Gott!« sagte Dawes atemlos.

Eine Pause trat ein.

»Und ich sehe nicht ein«, sagte Paul, »warum Sie nicht wieder anfangen sollten, wo Sie aufgehört haben.«

»Was ...« sagte Dawes halb ihm einflüsternd.

»Ja – Ihr altes Heim wieder aufbauen.«

Dawes verbarg sein Gesicht und schüttelte den Kopf.

»Geht nicht«, sagte er und sah mit spöttischem Lächeln auf.

»Wieso? Weil Sie nicht wollen?«

»Vielleicht.«

Sie rauchten schweigend. Dawes zeigte die Zähne, während er auf den Pfeifenstiel biß.

»Sie meinen, Sie wollen sie gar nicht?« fragte Paul.

Dawes starrte zu dem Bilde empor mit einem beißendem Ausdruck im Gesicht.

»Ich weiß kaum recht«, sagte er.

Leise schwebte der Rauch in die Höhe.

»Ich glaube, sie sehnt sich nach Ihnen«, sagte Paul.

»So?« erwiderte der andere, leise, spöttisch, als wäre das eine wissenschaftliche Frage.

»Ja. Sie fand sich niemals wirklich zu mir – Sie standen immer im Hintergrunde. Deshalb wollte sie sich auch nicht scheiden lassen.«

Dawes fuhr fort, in spöttischer Weise zu dem Bilde über der Feuerstelle emporzustarren.

»So sind die Weiber nun mal mit mir«, sagte Paul. »Sie sehnen sich nach mir wie verrückt, aber sie wollen mir nicht angehören. Und sie gehörte Ihnen die ganze Zeit über. Das wußte ich.«

Der Mann als Sieger kam in Dawes empor. Er ließ deutlich die Zähne sehen.

»Vielleicht war ich ein Narr«, sagte er.

»Ein großer Narr waren Sie«, sagte Morel.

»Aber dann waren Sie am Ende ein noch größerer«, sagte Dawes.

Es lag ein Anflug von Siegesfreude und Bosheit darin.

»Meinen Sie?« sagte Paul.

Sie schwiegen eine Zeitlang.

»Jedenfalls reiße ich morgen aus«, sagte Morel.

»Ach so«, antwortete Dawes.

Dann sprachen sie nicht weiter. Das Gefühl, einander am liebsten zu morden, war wieder aufgetaucht. Sie mieden sich fast.

Sie schliefen im selben Zimmer. Als sie sich zurückzogen, schien Dawes ganz geistesabwesend, als dächte er über etwas nach.

Er saß im Hemd auf der Bettkante und sah seine Beine an.

»Werden Sie nicht kalt?« fragte Morel.

»Ich sah die Beine da mal an«, erwiderte der andere.

»Was ist denn damit los? Die sehen doch ganz ordentlich aus«, erwiderte Paul aus seinem Bette hervor.

»Sie sehen ganz ordentlich aus. Aber es steckt noch Wasser drin.«

»Ja, und das?«

»Kommen Sie, sehen Sie mal.«

Widerwillig kletterte Paul aus dem Bett und ging hinüber, um sich die gutgeformten Beine des andern anzusehen, die mit glänzenden, dunkelgoldenen Haaren bedeckt waren.

»Sehen Sie«, sagte Dawes und zeigte auf sein Schienbein; »sehen Sie das Wasser da unten?«

»Wo?« sagte Paul.

Der Mann drückte seine Fingerspitzen hinein. Sie hinterließen kleine Vertiefungen, die sich langsam wieder ausfüllten.

»Das ist nichts«, sagte Paul.

»Fühlen Sie mal«, sagte Dawes.

Paul versuchte es mit seinen eigenen Fingern. Es gab kleine Vertiefungen.

»Hm!« sagte er.

»Übel, nicht?« sagte Dawes.

»Wieso? das ist doch nicht schlimm.«

»Man ist kein rechter Mann mit Wasser in den Beinen.«

»Ich kann nicht einsehen, was das für'nen Unterschied machen sollte«, sagte Morel. »Ich bin schwach auf der Brust.«

Er ging wieder in sein Bett.

»Ich vermute, im übrigen bin ich ganz in Ordnung«, sagte Dawes und machte das Licht aus.

Am Morgen regnete es. Morel packte seine Tasche. Die See war grau und rauh und trübe. Er schien sich mehr und mehr vom Leben abzuscheiden. Das machte ihm ein boshaftes Vergnügen.

Die beiden Männer trafen sich am Bahnhof. Clara trat aus dem Zuge und kam den Bahnsteig entlang, sehr aufrecht und kalt gefaßt. Sie trug einen langen Mantel und einen gesteppten Hut. Die Männer haßten sie beide wegen ihrer Fassung. Paul gab ihr an der Schranke die Hand. Dawes lehnte an ein Büchergestell und beobachtete sie. Sein Überzieher war bis zum Kinn zugeknöpft wegen des Regens. Er war blaß, und in seiner Ruhe lag etwas beinahe Edles. Er kam leicht hinkend auf sie zu.

»Du solltest eigentlich schon besser aussehen«, sagte sie.

»Oh, mir gehts jetzt ganz gut.«

Verlegen standen sie zu dritt da. Sie hielt die beiden Männer zögernd neben sich fest.

»Sollen wir gleich zu unsrer Behausung gehen«, sagte Paul, »oder erst woanders hin?«

»Wir geben ebensogut nach Hause«, sagte Dawes.

Paul ging auf der Außenseite des Bürgersteiges, dann Dawes, dann Clara. Ihre Unterhaltung war höflich. Das Wohnzimmer ging auf die See hinaus, deren graue, rauhe Flut nicht weit entfernt zischte.

Morel rollte den großen Lehnstuhl heran.

»Setz dich, Jack«, sagte er.

»Ich will den Stuhl nicht«, sagte Dawes.

»Hinsetzen!« wiederholte Morel.

Clara nahm ihre Sachen ab und legte sie aufs Ruhebett. Sie sah ein wenig so aus, als wäre sie böse. Sich das Haar mit den Fingern lockernd setzte sie sich hin, recht abweisend und gefaßt. Paul lief hinunter, um mit der Wirtin zu sprechen.

»Ich sollte meinen, du frierst«, sagte Dawes zu seiner Frau; »komm näher ans Feuer.«

»Danke, mir ist ganz warm«, antwortete sie.

Sie sah durchs Fenster auf den Regen und die See.

»Wann gehst du wieder zurück?« fragte sie.

»Ja, die Zimmer sind bis morgen genommen, deshalb will er, ich soll noch bleiben. Er fährt heute abend.«

»Und denn meinst du, du willst nach Sheffield?«

»Ja.«

»Bist du denn so weit, daß du wieder anfangen kannst zu arbeiten?«

»Ich fange wieder an.«

»Hast du wirklich eine Stelle?«

»Ja – am Montag antreten.«

»Du siehst noch nicht danach aus.«

»Wieso nicht?«

Sie blickte wieder aus dem Fenster, anstatt ihm zu antworten.

»Und hast du Unterkunft in Sheffield?«

»Ja.«

Wieder sah sie weg durchs Fenster. Die Scheiben waren durch den strömenden Regen undurchsichtig geworden.

»Und kannst du ganz gut fertig werden?« fragte sie. »Ich denke doch. Ich muß wohl!«

Sie schwiegen, als Morel wiederkam.

»Ich fahre mit dem vier Uhr zwanzig«, sagte er beim Eintreten.

Niemand antwortete.

»Ich wollte, Sie zögen sich die Stiefel aus«, sagte er zu Clara. »Da steht ein Paar Hausschuhe von mir.«

»Danke«, sagte sie. »Sie sind nicht naß.«

Er stellte ihr die Hausschuhe neben die Füße. Sie fühlte sie dort.

Morel setzte sich. Beide Männer schienen hilflos, und beide sahen sie wie gehetzt aus. Aber Dawes benahm sich jetzt ganz ruhig, schien sich gegeben zu haben, während Paul sich zu verschließen schien. Clara fand, sie hätte ihn nie so klein und gemein aussehend gefunden. Er suchte sich auf das nach Möglichkeit geringste Maß einzuschränken. Und während er umherging, um Anordnungen zu treffen, und dann wieder saß und redete, da schien ihm etwas Falsches, nicht mit ihm im Einklang Stehendes anzuhaften. Indem sie ihn beobachtete, ohne daß er es merkte, sagte sie zu sich, es sei keine Beständigkeit in ihm. Er war fein auf seine Art, leidenschaftlich, und fähig, ihr einen Trank reinsten Lebens darzubieten, wenn er in Stimmung war. Und nun sah er heruntergekommen und unbedeutend aus. Es war nichts Stetiges in ihm. Ihr Gatte besaß mehr männliche Würde. Jedenfalls drehte er sich nicht so nach dem Winde. Es war etwas Vorübergehendes in Morel, dachte sie, etwas Veränderliches und Falsches. Nie würde er einer Frau festen Grund bieten, um darauf zu fußen. Sie verachtete ihn recht wegen seines Sichzurückziehens, Sichkleinermachens. Ihr Gatte war wenigstens männlich und gab es zu, wenn er geschlagen war. Aber dieser andere wollte niemals zugeben, daß er geschlagen sei. Er würde sich drehen und wenden, immer kleiner werden. Sie verachtete ihn. Und doch beobachtete sie ihn viel mehr als Dawes, und es schien ihr, als lägen ihre drei Schicksale in seiner Hand. Sie haßte ihn deswegen.

Sie verstand die Männer jetzt anscheinend besser, was sie tun könnten oder würden. Sie war jetzt weniger ängstlich vor ihnen, mehr ihrer selbst sicher. Daß sie nicht die kleinen Selbstsüchtlinge wären, als die sie sich sie vorgestellt hatte, verursachte ihr mehr Behagen. Sie hatte ein gut Teil gelernt – fast so viel wie sie lernen wollte. Ihr Becher war voll gewesen. Er war immer noch so voll, wie sie ihn tragen konnte. Im ganzen würde sie nicht traurig sein, wenn er fort wäre.

Sie aßen zu Mittag und saßen dann noch vorm Feuer, aßen Nüsse und tranken.

Kein ernsthaftes Wort wurde gesprochen. Und doch wurde es Clara offenbar, Morel zöge sich aus dem Kreise zurück und ließe ihr die

Wahl frei, ob sie bei ihrem Gatten bleiben wolle. Das ärgerte sie. Er war schließlich doch nur ein gemeiner Bursche, so hinzunehmen, was er gewollt hatte, und sie dann wieder wegzugeben. Sie erinnerte sich nicht mehr daran, daß sie selbst auch gehabt hatte, was sie wollte, und wünschte sich wirklich auf dem Grunde ihres Herzens zurückgegeben zu sehen.

Paul kam sich zusammengeschrumpft vor und einsam. Seine Mutter war die eine wirkliche Stütze seines Lebens gewesen. Er hatte sie geliebt; sie beide hatten tatsächlich zusammen der Welt ins Auge gesehen. Nun war sie fort, und hinter ihm gähnte auf ewig in seinem Leben diese Lücke, der Riß im Schleier, durch den sein Leben langsam dahinzutreiben schien, als würde es in den Tod gezogen. Er wünschte, jemand hätte ihm aus freiem Antrieb geholfen. Die kleineren Dinge ließ er von sich gehen, aus Furcht vor diesem Großen, dem Sturz in den Tod im Gefolge seines Liebsten. Clara vermochte sich nicht vor ihn zu stellen, so daß er an ihr Halt gefunden hätte. Sie sehnte sich nach ihm, aber nicht um ihn zu verstehen. Er begriff, sie wollte zu alleroberst den Mann, nicht sein wirkliches Ich, das in Sorgen war. Das hätte ihr viel zu viel Mühe gemacht; das wagte er ihr nicht zu geben. Sie konnte nicht mit ihm wetteifern. Das beschämte ihn. So, heimlich beschämt darüber, so tief im Dreck zu sitzen, daß sein Halt am Leben so unsicher geworden war, daß niemand mehr ihn hielt, sich ganz unwesenhaft fühlend, schattenhaft, als zähle er gar nicht mehr mit in dieser greifbaren Welt, so zog er sich kleiner und kleiner zusammen. Er wünschte sich nicht, zu sterben; er würde nicht nachgeben. Aber er war auch vor dem Tode nicht bange. Wenn keiner ihm helfen würde, wollte er allein weiterziehen.

Dawes war vom Leben zum äußersten gebracht, bis er bange wurde. Er konnte an den Rand des Todes treten, konnte dort liegen und hineinsehen. Dann mußte er verängstigt, erschreckt wieder zurückkriechen und wie ein Bettler annehmen, was ihm dargeboten wurde. Darin lag ein gewisser Adel. Wie Clara gemerkt hatte, bekannte er sich geschlagen und wünschte so oder so wieder aufgenommen zu werden. Das vermochte sie für ihn.

Es war drei Uhr.

»Ich fahre mit dem vier Uhr zwanzig«, sagte Paul wieder zu Clara. »Kommst du dann auch oder später?«

»Ich weiß nicht«, sagte sie.

»Ich treffe meinen Vater in Nottingham um sieben Uhr fünfzehn«, sagte er.

»Dann«, sagte sie, »komme ich später.«

Dawes fuhr plötzlich zusammen, wie in äußerster Spannung.

Er blickte über die See hinaus, sah aber gar nichts.

»Da in der Ecke stehen ein oder zwei Bücher«, sagte Morel; »ich habe sie durch.«

Um etwa vier Uhr ging er.

»Ich sehe Sie beide dann wohl später«, sagte er, als sie sich die Hände schüttelten.

»Ich denke«, sagte Dawes. »Und vielleicht – später mal werde ich auch imstande sein, Ihnen das Geld zurück zu zahlen ...«

»Ich komme schon deswegen«, lachte Paul. »Ich werde schon auf dem Trocknen sitzen, ehe ich noch viel älter bin.«

»Na schön ...« sagte Dawes.

»Lebe wohl«, sagte er zu Clara.

»Lebe wohl«, sagte sie, ihm die Hand gebend. Dann sah sie ihn zum letzten Mal flüchtig an, stumm und demütig.

Er war fort. Dawes und seine Frau setzten sich wieder hin.

»Ein häßlicher Tag zum Reisen«, sagte der Mann.

»Ja«, antwortete sie.

Sie sprachen ganz oberflächliches Zeug, bis zum Dunkelwerden. Die Wirtin brachte den Tee herein. Dawes zog seinen Stuhl an den Tisch, ohne sich auffordern zu lassen, wie als Gatte. Dann saß er ergeben da und wartete auf seine Tasse. Sie bediente ihn, wie es ihr paßte, als Gattin, ohne nach seinen Wünschen zu fragen.

Nach dem Tee, als es auf sechs Uhr ging, trat er ans Fenster.

Alles war dunkel draußen. Die See brüllte.

»Es regnet noch«, sagte er.

»So?« antwortete sie.

»Du fährst doch heute abend nicht, nicht wahr?« fragte er zögernd.

Sie antwortete nicht. Er wartete.

»Ich würde in diesem Regen nicht fahren«, sagte er.

»Möchtest du, daß ich bliebe?« fragte sie.

Seine Hand, die den dunklen Vorhang hielt, zitterte.

»Ja«, sagte er.

Er hatte ihr dauernd den Rücken zugekehrt. Sie stand auf und ging langsam zu ihm. Er ließ den Vorhang fahren, wandte sich zögernd nach ihr um. Sie stand mit den Händen auf dem Rücken und sah ihn in ihrer schweren, unerforschlichen Weise an.

»Möchtest du mich, Baxter?« fragte sie.

Seine Stimme war heiser, als er antwortete:

»Möchtest du wieder zu mir kommen?«

Sie gab einen seufzenden Ton von sich, hob die Arme und legte sie ihm um den Hals, ihn an sich ziehend. Er barg sein Gesicht an ihrer Schulter, während er sie umschlungen hielt.

»Nimm mich wieder!« flüsterte sie verzückt. »Nimm mich wieder, nimm mich wieder!« Und sie fuhr ihm mit den Fingern durch sein feines, dünnes dunkles Haar, als wäre sie nur halb bei Bewußtsein. Er umschloß sie noch enger.

»Möchtest du mich wieder?« murmelte er gebrochen.

15. Verlassen

Clara ging mit ihrem Manne nach Sheffield, und Paul sah sie kaum je wieder. Walter Morel hatte anscheinend alle Unruhe über sich ergehen lassen, und da war er nun und kroch immer noch als ganz der gleiche durch den Dreck. Es bestand kaum irgendwelches Band zwischen Vater und Sohn, außer daß jeder von ihnen empfand, er dürfe den andern nicht tatsächlich darben lassen. Da nun aber niemand da war, der ihnen den Haushalt hätte führen können und keiner von ihnen die Leere des Hauses ertragen konnte, so suchte Paul sich eine Wohnung in Nottingham, und Morel ging zu Freunden in Bestwood und lebte mit ihnen.

Alles schien für den jungen Mann zerschmettert zu sein. Malen konnte er nicht mehr. Das Bild, das er an seiner Mutter Todestag beendet hatte – eins, das ihn wirklich befriedigte – war das letzte, das er machte. Bei der Arbeit gabs nun keine Clara mehr. Als er wieder nach Hause kam, konnte er seine Pinsel nicht wieder aufnehmen. Es war ihm nichts geblieben.

So war er in der Stadt immer an einem oder dem anderen Orte, trinkend, sich mit seinen Freunden herumtreibend. Es ermüdete ihn wirklich. Er sprach mit Schankmädchen, mit fast jedem weiblichen Wesen, aber es lag immer jener dunkle, angestrengte Blick in seinen Augen, als pirsche er auf etwas.

Alles kam ihm so anders vor, so unwirklich. Anscheinend bestand doch gar kein Grund, weshalb die Leute die Straße hinuntergehen und die Häuser sich im Sonnenschein emporrecken sollten. Anscheinend gab es keinen Grund, aus dem diese Dinge den Raum ausfüllen sollten, anstatt ihn leer zu lassen. Seine Freunde sprachen mit ihm: er hörte den Klang und antwortete. Aber warum da dies Sprechgeräusch sein sollte, das konnte er nicht begreifen.

Am meisten glich er seinem früheren Ich, wenn er allein war, oder wenn er hart und gedankenlos in der Werkstatt arbeitete. In diesem letzten Falle lag völliges Vergessen, in dem ihm das Bewußtsein entschwand. Aber auch das mußte ein Ende nehmen. Es tat ihm so weh, daß die Dinge ihre Wirklichkeit verloren hatten. Die ersten Schneeglöckchen kamen Er bemerkte die winzigen Perlentröpfchen in dem Grau. Es gab eine Zeit, in der sie ihm die lebhaftesten Empfindungen wachgerufen haben würden. Nun waren sie da, aber sie bedeuteten anscheinend nichts mehr für ihn. In ein paar Augenblicken würden sie aufhören diesen Raum auszufüllen, und nur Leere würde noch sein, wo sie gestanden hatten. Hohe, leuchtende Elektrische fuhren nachts durch die Straßen. Es schien ihm fast ein Wunder, daß sie sich die Mühe nahmen, so hin und wider zu rasseln. »Warum sich die Mühe machen, da nach der Trentbrücke hinabzupendeln?« fragte er die großen Wagen. Es kam ihm vor, sie könnten genau so gut nicht da sein, als fahren.

Das wirklichste war ihm immer noch die Dunkelheit des Nachts. Die erschien ihm vollkommen und faßlich und ruhevoll. Der konnte er sich überlassen. Plötzlich wehte ein Stück Papier vor seinen Füßen in die Höhe und flog über das Pflaster. Starr stand er still, mit geballten Fäusten, eine Flamme der Todesqual überflutete ihn. Und er sah wieder das Krankenzimmer, seine Mutter, ihre Augen. Unbewußt war er bei ihr gewesen, in ihrer Gesellschaft. Das rasche Emporhüpfen des Papiers hatte ihn darauf aufmerksam gemacht, daß sie fort war. Aber er war bei ihr gewesen. Er wünschte, alles möchte stillestehen, so daß er wieder bei ihr sein könne.

Die Tage gingen hin, die Wochen. Aber alles schien ihm sich verschmolzen zu haben, zu einer dicht zusammengeballten Masse geworden zu sein. Er konnte nicht einen Tag vom andern unterscheiden, nicht die eine Woche von der andern, kaum einen Ort vom andern.

Nichts war ihm klar oder deutlich erkennbar. Oft verlor er sich eine ganze Stunde lang und konnte sich nicht entsinnen, was er getan habe.

Eines Abends kam er spät in seine Wohnung. Das Feuer brannte niedrig; alles war schon im Bett. Er warf etwas mehr Kohlen auf, blickte nach dem Tische und beschloß, nichts zu essen. Dann setzte er sich in den Lehnstuhl. Es war vollkommen still. Er erkannte nichts, aber er sah doch den dünnen Rauch in den Rauchfang hinaufwallen. Da kamen mit einem Mal zwei Mäuse hervor, vorsichtig, und nibbelten an ein paar heruntergefallenen Krumen herum. Er beobachtete sie wie aus großer Ferne. Die Kirchenuhr schlug zwei. Weit weg konnte er das scharfe Klicken der Güterwagen auf der Eisenbahn hören. Nein, sie waren gar nicht weit weg. Sie waren an der richtigen Stelle. Aber wo war er selbst? Die Zeit ging hin. Die beiden Mäuse, die jetzt wild umhersausten, jagten ihm lustig über seine Hausschuhe. Er bewegte keinen Muskel. Er wollte sich nicht bewegen. Er dachte an gar nichts. Es war leichter so. Dann brauchte man sich nicht mit dem Verstehen abzuquälen. Dann blitzte von Zeit zu Zeit irgendein gedankenlos arbeitendes Bewußtsein in scharfer Erscheinung auf.

»Was mache ich denn?«

Und aus dem halbtrunkenen Traumschlaf kam die Antwort:

»Ich vernichte mich.«

Dann sagte ihm ein dumpfes, lebhaftes Gefühl, das im Augenblick wieder vorüber war, das sei falsch. Nach einiger Zeit kam plötzlich die Frage:

»Wieso falsch?«

Wieder kam keine Antwort, aber ein Stich heißer Hartnäckigkeit in seiner Brust widerstand der Selbstvernichtung.

Das Geräusch eines schweren, die Straße hinunterfahrenden Wagens ertönte. Plötzlich ging das elektrische Licht aus; aus dem Lichtmesser wurde ein wählendes Geräusch hörbar. Er rührte sich nicht, sondern blieb vor sich hinstarrend sitzen. Nur die Mäuse waren weggelaufen, und das Fenster glühte düsterrot durch das dunkle Zimmer.

Dann fing, ganz gedankenlos, aber deutlicher, die Unterhaltung in seinem Innern wieder an.

»Sie ist tot. Worauf ging das alles hinaus – ihr Kampf?«

Das war seine Verzweiflung, die ihn hinter ihr hersenden wollte.

»Du lebst doch.«

»Sie aber nicht.«

»Sie auch – in dir.«

Plötzlich fühlte er sich durch diese Last ermüdet.

»Um ihretwillen mußt du dich am Leben halten«, sagte sein innerer Wille.

Irgend etwas in ihm fühlte sich vergrämt, als wolle es nicht hochkommen.

»Du mußt ihr Leben weiterführen, und mit dem, was sie getan hat, weiter fortfahren.«

Aber das wollte er nicht. Er wollte es aufgeben.

»Aber du kannst doch mit deiner Malerei fortfahren«, sagte der Wille in ihm. »Oder sonst kannst du ja auch Kinder zeugen. Das beides führt ihre Bestrebungen fort.«

»Malen ist nicht leben.«

»Dann lebe.«

»Heiraten? wen denn?« kam die vergrämte Frage.

»So gut du's kannst.«

»Miriam?«

Aber dem traute er nicht.

Plötzlich stand er auf und ging stracks zu Bett. Als er in sein Schlafzimmer trat und die Tür zumachte, stand er mit geballten Fäusten da.

»Mater, mein Liebstes ...« begann er, mit der ganzen Kraft seiner Seele. Dann hielt er inne. Er wollte es nicht sagen. Er wollte nicht zugeben, er möchte sterben, ein Ende machen. Er wollte sich nicht vom Leben geschlagen bekennen, oder vom Tode.

Stracks zu Bett gehend, schlief er sofort ein und überließ sich dem Schlaf.

So gingen die Wochen hin. Immer allein, schwankte seine Seele hin und her, zuerst nach der Seite des Todes hinüber, dann wieder nach der Seite des Lebens, störrisch. Die wirkliche Qual war, daß er nirgends hingehen konnte, nichts beginnen konnte, daß er nichts zu sagen hatte und selbst nichts war. Zuweilen lief er die Straßen hinab wie ein Verrückter; zuweilen war er verrückt; die Dinge waren nicht da, sie waren da. Das machte ihn ächzen. Manchmal stand er am Schanktisch eines Wirtshauses, wo er sich etwas zu trinken geben ließ. Plötzlich trat alles von ihm zurück. Er sah das Gesicht des Schankmädchens, die babbelnden Trinker, sein eigenes Glas auf dem nassen Mahagonitisch wie aus weiter Ferne. Es lag etwas zwischen ihm und denen. Er konnte nicht in Berührung mit ihnen gelangen. Er sehnte sich nicht nach ihnen; er setzte sich nicht nach seinem Trunk. Er wandte sich plötzlich ab und ging fort. Auf der Schwelle blieb er stehen und sah die erleuchtete Straße hinab. Aber er gehörte nicht zu ihr und war nicht in ihr. Etwas trennte ihn von ihr. Alles ging dort unter jenen Lampen weiter, von ihm ausgeschlossen. Er konnte nicht dorthin. Er fühlte, er könne die Laternenpfähle nicht anfassen, auch nicht, wenn er die Hand ausstreckte. Wo konnte er hin? Nirgends, weder zurück ins Wirtshaus, noch irgendwohin voraus. Er fühlte sich ersticken. Für ihn gabs kein anderswo. Die Spannung in seinem Innern wuchs; er fühlte, er ginge zu Bruch.

»Ich darf nicht«, sagte er; und blindlings sich umdrehend ging er hinein und trank. Zuweilen tat das Trinken ihm gut; zuweilen wurde er nur schlimmer. Er lief die Straße hinab. Immer ruhelos lief er hierin, dorthin, überallhin. Er entschloß sich zu arbeiten. Aber sobald er sechs Striche gemacht hatte, verabscheute er den Bleistift aufs heftigste, er stand auf und ging fort, er lief in seine Vereinigung, wo er Karten oder Billard spielen konnte, irgendwohin, wo er mit einem Schankmädchen liebäugeln konnte, die ihm nicht mehr war als der Messinghahn, den sie drehte.

Er wurde sehr dünn und bekam ein Gesicht wie ein Kirchenfenster. Er wagte nicht, seinen eigenen Blick im Spiegel zu treffen; nie sah er sich selbst an. Er wünschte sich selbst zu entfliehen, konnte aber nirgends Halt gewinnen. Voller Verzweiflung dachte er an Miriam. Vielleicht … vielleicht …?

Da, als er zufällig einmal Sonntagabends in die Unitarische Kirche ging, sah er sie vor sich, als die Gemeinde aufstand, um den zweiten Gesang zu singen. Das Licht erglänzte auf ihrer Unterlippe, während sie sang. Sie sah aus, als besitze sie etwas, auf alle Fälle: eine gewisse Hoffnung auf den Himmel, wenn nicht auf Erden. Ihr Trost und ihr Leben schienen im Jenseits zu beruhen. Ein warmes, starkes Gefühl für sie wurde in ihm wach. Sie empfand anscheinend, während sie sang, Sehnsucht nach etwas Geheimnisvollem, Trostvollem. Er setzte seine Hoffnung auf sie. Er wünschte, die Predigt wäre vorüber, damit er zu ihr sprechen könne.

Die Menge führte sie grade vor ihm nach draußen. Beinahe hätte er sie anrühren können. Sie wußte nicht, daß er da war. Er sah ihren braunen, demütigen Nacken unter den schwarzen Locken. Ihr wollte er sich überlassen. Sie war besser und größer als er. Auf sie wollte er sich verlassen.

Sie wanderte in ihrer blinden Weise durch die kleinen Gruppen von Leuten, die vor der Kirche standen. Sie sah unter andern Leuten immer so verloren und unangebracht aus. Er trat auf sie zu und legte ihr die Hand auf den Arm. Sie fuhr heftig zusammen. Ihre großen braunen Augen weiteten sich vor Furcht und nahmen dann einen fragenden Ausdruck an, als sie ihn erkannten. Er schreckte leicht vor ihr zurück.

»Ich wußte nicht ...« stammelte sie.

»Ich auch nicht«, sagte er.

Er sah weg. Seine plötzlich hoch aufflammende Hoffnung sank wieder in sich zusammen.

»Was machst du in der Stadt?« fragte er.

»Ich bin bei meiner Base Anna.«

»Hm! Auf lange?«

»Nein; nur bis morgen.«

»Mußt du gleich nach Hause?«

Sie sah ihn an und barg dann ihr Gesicht unter dem Hutrand.

»Nein«, sagte sie; »nein … nötig ist das nicht.«

Er wandte sich ab, und sie ging mit ihm. Sie schlängelten sich durch die Menge der Kirchenbesucher. In der Marienkirche tönte noch die Orgel fort. Dunkle Gestalten traten aus den erleuchteten Türen; Leute kamen die Stufen hinunter. Die mächtigen bunten Fenster glühten in die Nacht empor. Die Kirche war wie eine mächtige aufgehängte Laterne. Sie gingen den Hohlenstein hinunter, und dann nahm er den Wagen nach den Brücken.

»Du ißt mit mir zu Abend«, sagte er; »dann bringe ich dich wieder hin.«

»Schön«, sagte sie, leise und gedämpft.

Solange sie im Wagen saßen, sprachen sie kaum. Der Trent lief dunkel und bordvoll unter der Brücke hin. Nach Colwich hinüber war alles schwarze Nacht. Er lebte unten in der Holme Road an den nackten Ausläufern der Stadt, gegenüber den nach Sneinton Hermitage zu liegenden Wasserwiesen und der steilen Abdachung des Colwich-Waldes. Der Fluß war ausgeufert. Stumm breiteten sich das Wasser und die Dunkelheit zu ihrer Linken aus. Beinahe verängstigt eilten sie an den Häusern entlang.

Der Tisch war gedeckt. Er zog den Vorhang vors Fenster. Ein Glas mit Freesien und scharlachnen Anemonen stand auf dem Tische. Sie beugte sich zu ihnen nieder. Während sie sie noch mit den Fingerspitzen berührte, sah sie zu ihm auf und sagte:

»Sind sie nicht wunderschön?«

»Ja«, sagte er. »Was möchtest du trinken – Kaffee?«

»Gern«, sagte sie.

»Dann entschuldige mich einen Augenblick.«

Er ging hinaus in die Küche.

Miriam legte ihre Sachen ab und sah sich im Zimmer um. Es war ein kahler, ernster Raum. Ihr Lichtbild, Claras, Annies hingen an der Wand. Sie warf einen Blick auf sein Zeichenbrett, um zu sehen, was er vorhabe. Nur ein paar bedeutungslose Striche waren drauf. Sie sah nach, was für Bücher er läse. Augenscheinlich eine ganz gewöhnliche Erzählung. Die Briefe im Ständer waren von Annie, Arthur und von einem oder dem andern Manne, den sie nicht kannte. Alles was er berührt hatte, alles was auch nur die geringste persönliche Beziehung zu ihm besaß, untersuchte sie in zögernder Hingerissenheit. Er war so lange von ihr fortgewesen, daß sie ihn wieder zu entdecken wünschte, seine Stellung, sein jetziges Wesen. Aber hier im Zimmer war nicht viel, was ihr dabei helfen konnte. Es verursachte ihr eigentlich nur ein Gefühl von Traurigkeit, so hart und unbehaglich war es.

Neugierig prüfte sie ein Skizzenbuch, als er mit dem Kaffee zurückkam.

»Da ist nichts Neues drin«, sagte er, »und nichts, was dich besonders anziehen würde.«

Er stellte das Teebrett hin und trat hinzu, um ihr über die Schulter zu sehen. Sie wandte die Blätter langsam um, in dem Wunsche, alles zu untersuchen.

»Hm!« sagte er, als sie bei einer Skizze haltmachte. »Die hatte ich ganz vergessen. Ist nicht schlecht, nicht?«

»Nein«, sagte sie. »Ich verstehe es nur nicht ganz.«

Er nahm ihr das Buch weg und blätterte es durch. Wieder gab er einen sonderbaren Ton von Vergnügen und Überraschung von sich.

»Da ist einzelnes gar nicht schlecht hier drin«, sagte er.

»Durchaus nicht«, antwortete sie ernst.

Wieder fühlte er, wie sie durch seine Arbeiten gefesselt wurde. Oder war es mehr durch ihn selbst? Warum wurde sie immer am meisten durch die Art gefesselt, wie er in seinen Arbeiten erschien?

Sie setzten sich zum Abendbrot nieder.

»Bei der Gelegenheit«, sagte er, »habe ich nicht so etwas gehört, du verdientest dir jetzt deinen Lebensunterhalt selbst?«

»Ja«, erwiderte sie, ihren dunklen Kopf über die Tasse neigend.

»Und was ist da dran?«

»Ich gehe bloß auf drei Monate in die landwirtschaftliche Schule zu Broughton und werde wahrscheinlich als Lehrerin dableiben.«

»Sag mal – das klingt aber doch sehr schön für dich! Du wolltest ja immer gern unabhängig sein.«

»Ja.«

»Warum hast du mir nichts davon erzählt?«

»Ich erfuhr es erst vorige Woche.«

»Aber ich hörte es doch schon vor einem Monat«, sagte er.

»Ja; aber da war noch nichts abgeschlossen.«

»Ich sollte meinen«, sagte er, »du würdest mir auch erzählen, daß du es versuchtest.«

Sie aß in der überlegten, gezwungenen Art, fast als schrecke sie davor zurück, etwas so vor der Öffentlichkeit zu tun, die er so gut an ihr kannte.

»Du freust dich vermutlich«, sagte er.

»Sehr.«

»Ja – das ist auch was.«

Er fühlte sich recht enttäuscht.

»Ich hoffe, es wird recht viel werden«, sagte sie fast hochmütig, als nehme sie ihm das übel.

Er lachte kurz auf.

»Warum meinst du, es würde das nicht?« fragte sie.

»Oh, ich meine nicht, daß es nicht recht viel für dich werden würde. Nur wirst du finden, den eigenen Lebensunterhalt verdienen ist noch nicht alles.«

»Nein«, sagte sie, mühsam hinunterschluckend; »ich vermute nicht.«

»Ich glaube, für den Mann kann seine Arbeit alles bedeuten«, sagte er, »obwohl sie das für mich nicht tut. Die Frau arbeitet aber nur mit einem Teil ihrer selbst. Der wirkliche und lebendige Teil bleibt verdeckt.«

»Der Mann aber kann sich seiner Arbeit ganz hingeben?« fragte sie.
»Ja, genau genommen.«
»Und die Frau nur den unwichtigeren Teil ihrer selbst?«
»Richtig.«
Sie sah zu ihm auf, und ihre Augen weiteten sich vor Ärger.
»Dann ist das«, sagte sie, »wenn es wahr ist, eine Schande.«
»Ists auch. Aber ich bin ja nicht allwissend«, antwortete er.
Nach dem Abendbrot setzten sie sich näher ans Feuer. Er schwenkte ihr einen Stuhl hin, dem seinen gegenüber, und sie setzten sich. Sie trug ein Kleid von dunkler Rotweinfarbe, das zu ihrer dunklen Hautfarbe und ihren großen Zügen gut stand. Immer noch waren ihre Locken ganz frei und fein, aber ihr Gesicht war viel älter geworden, ihr brauner Hals viel dünner. Sie kam ihm alt vor, älter als Clara. Ihre Jugendblüte war rasch dahingeschwunden. Eine Art Steifheit, fast etwas Hölzernes war über sie gekommen. Sie dachte ein Weilchen nach und sah ihn dann an.
»Und wie geht es mit dir?« fragte sie.
»Ziemlich gut«, antwortete er.
Sie sah ihn an und wartete.
»Nein«, sagte sie sehr leise.
Ihre braunen, feinfühligen Hände lagen über dem Knie gefaltet. Es fehlte ihnen immer noch an Selbstvertrauen oder Ruhe, sie sahen fast überreizt aus. Er krümmte sich innerlich, als er sie ansah. Dann lachte er klanglos. Sie nahm die Finger zwischen die Lippen. Sein schlanker, schwarzer, gequälter Leib lag ganz still in seinem Stuhl. Plötzlich nahm sie die Finger wieder aus dem Munde und sah ihn an.
»Und mit Clara hast du gebrochen?«
»Ja.«
Wie etwas Weggeworfenes lag sein Leib da, wie in den Stuhl gefallen.
»Weißt du«, sagte sie, »ich finde, wir sollten uns heiraten.«
Zum erstenmal seit vielen Monaten öffnete er die Augen und schenkte ihr volle Beachtung.
»Wieso?« sagte er.
»Sieh«, sagte sie, »wie du dich vergeudest. Du könntest krank werden, du könntest sterben, und ich erführe es nicht … könnte dir am Ende nicht mehr sein, als hätte ich dich nie gekannt.«
»Und wenn wir heirateten?« fragte er.

»Jedenfalls könnte ich dann verhindern, daß du dich so wegwirfst und andern Frauen zur Beute fällst wie … wie Clara.«

»Zur Beute?« wiederholte er lächelnd.

Sie senkte schweigend den Kopf. Er fühlte seine Verzweiflung wieder aufsteigen.

»Ich bin mir nicht sicher«, sagte er, »daß die Ehe uns viel helfen würde.«

»Ich denke nur an dich«, erwiderte sie.

»Das weiß ich. Aber – du liebst mich so sehr, daß du mich in die Tasche stecken möchtest. Und da würde ich ersticken.«

Sie senkte den Kopf, den Finger zwischen den Lippen, während die Bitterkeit in ihrem Herzen emporquoll.

»Und was willst du sonst anfangen?« fragte sie.

»Ich weiß nicht, – so weitermachen, vermutlich. Vielleicht gehe ich bald ins Ausland.«

Die verzweifelte Verbissenheit in seinem Tone ließ sie auf der Herdmatte ganz dicht neben ihm in die Knie sinken. Da kauerte sie sich zusammen, wie von etwas zermalmt, als könne sie den Kopf nicht wiederheben. Seine Hände lagen ganz untätig auf den Lehnen seines Stuhles. Sie wurde sie gewahr. Sie fühlte, nun sei er ganz in ihrer Gewalt. Könnte sie nur aufstehen, ihn hinnehmen, die Arme um ihn schlingen und sagen ›Du bist mein‹, dann würde er sich ganz ihr überlassen. Aber durfte sie das? Leicht konnte sie sich selbst opfern. Aber durfte sie derartige Ansprüche erheben? Sie wurde seinen schlanken, dunkelgekleideten Körper gewahr, der eine einzige Lebensäußerung war, in den Stuhl neben ihr hingegossen. Aber nein; sie wagte nicht, die Arme um ihn zu schlingen, ihn aufzunehmen, zu sagen: ›Mein ist er, dieser Leib. Laß ihn mir.‹ Und sie sehnte sich so danach. Er sprach so zu ihrer ganzen Weiblichkeit. Aber sie kauerte sich nieder und wagte es nicht. Sie befürchtete, er werde es ihr nicht gestatten. Sie war bange, es würde zu viel sein. Da lag er, dieser Körper, verlassen. Sie wußte, sie müßte ihn aufheben und für sich beanspruchen, jedes Recht über ihn für sich in Anspruch nehmen. Aber – konnte sie das? Ihre Ohnmacht in seiner Gegenwart, angesichts des starken Heischens eines unbekannten Wesens in ihm, wurde ihr zur höchsten Notlage. Ihre Hände zitterten; halb hob sie den Kopf. Ihre Augen, schaudernd, flehend, fast verzweifelt, sahen plötzlich bittend zu ihm auf. Sein Herz wurde von Mitleid ergriffen. Er faßte ihre Hände, zog sie an sich und tröstete sie.

»Willst du mich haben und mich heiraten?« sagte er sehr leise.

Oh, warum nahm er sie nicht? Ihre Seele gehörte ihm ja ganz. Warum nahm er nicht, was sein eigen war? Sie hatte die Grausamkeit, ihm anzuhören und doch nicht von ihm gefordert zu werden, so lange getragen. Nun spannte er sie wieder auf die Folter. Das war zu viel. Sie zog den Kopf zurück, hielt sein Gesicht zwischen ihren Händen und sah ihm in die Augen. Nein; er war hart. Er wollte etwas anderes. Mit ihrer ganzen Liebe flehte sie ihn an, nicht ihr die Wahl zuzuschieben. Sie konnte nicht mit dem da in Wettbewerb treten, mit ihm, sie wußte nicht mit was. Aber es riß an ihr, bis sie fühlte, sie müsse zerreißen.

»Möchtest du es?« fragte sie, sehr ernst.

»Nicht sehr«, erwiderte er, voller Schmerz.

Sie wandte das Gesicht ab; dann, sich voller Würde erhebend, legte sie seinen Kopf an ihre Brust und wiegte ihn leise. Sie sollte ihn also nicht bekommen! Dann durfte sie ihn nun trösten. Sie fuhr ihm mit den Fingern durchs Haar. Für sie, die angstvolle Süße der Selbstaufopferung. Für ihn, den Haß und das Elend eines neuen Mißgriffes. Er konnte es nicht ertragen – diese Brust, die so warm war, die ihn wiegte, ohne seine Bürde von ihm zu nehmen. Er sehnte sich so nach Ruhe bei ihr, daß diese vorgespiegelte Ruhe ihn nur quälte. Er zog sich zurück.

»Und ohne Ehe können wir uns nichts sein?«

Sein Mund hob sich vor Schmerz von den Zähnen ab. Sie steckte den kleinen Finger zwischen die Lippen.

»Nein«, klang es, leise, wie eine Sterbeglocke. »Nein, ich glaube nicht.«

Dann war es also zu Ende mit ihnen. Sie konnte ihn nicht hinnehmen und ihn von der eigenen Verantwortlichkeit befreien. Sie konnte sich ihm nur opfern – sich ihm alle Tage opfern, freudig. Und das wollte er nicht. Er sehnte sich danach, daß sie ihn halte und voller Freude und Machtgefühl über ihn zu ihm sagte: »Nun laß alle diese Rastlosigkeit und dies Ankämpfen gegen den Tod. Du gehörst zu mir, als mein Gefährte.« Die Kraft hatte sie nicht. Sehnte sie sich nach einem Gefährten? oder sehnte sie sich nach ihm wie nach einem Christus?

Indem er sie verließ, fühlte er, er betrüge sie um ihr Leben. Aber er wußte auch, wenn er bliebe und den inneren verzweifelten Menschen in sich erstickte, verleugne er sein eigenes Leben. Und er besaß nicht die Hoffnung, durch Verleugnung seines eigenes Lebens ihr zum Leben verhelfen zu können.

Sie saß sehr ruhig da. Er zündete sich eine Zigarette an. Schwankend stieg ihr Rauch in die Höhe. Er dachte an seine Mutter und hatte Miriam vergessen. Plötzlich sah sie ihn an. Die Bitterkeit quoll in ihr empor. Ihr Opfer war also nutzlos. Da lag er, fern, ihrer unachtsam. Mit einem Mal bemerkte sie wieder seinen Mangel an Frömmigkeit, seine ruhelose Unbeständigkeit. Wie ein eigensinniges Kind würde er sich vernichten. Schön, dann mußte er das tun.

»Ich denke, ich muß gehen«, sagte sie sanft.

Aus ihrem Tone begriff er, sie verachte ihn. Er stand ruhig auf.

»Ich komme mit dir«, antwortete er.

Sie stand vor dem Spiegel und steckte ihren Hut fest. Wie bitter, wie unsagbar bitter machte sie die Zurückweisung ihres Opfers! Das Leben vor ihr sah aus wie erstorben, als sei alle Glut aus ihm entschwunden. Sie neigte das Gesicht über die Blumen – die Freesien, so frühlingsgleich und süß, die scharlachnen Anemonen, die über dem Tische schwebten. Das sah ihm ähnlich, solche Blumen um sich zu haben.

Er bewegte sich mit einer gewissen Sicherheit im Zimmer umher, rasch und erbarmungslos und ruhig. Sie konnte den Wettbewerb mit ihm nicht aufnehmen. Wie ein Wiesel würde er ihren Händen entschlüpfen. Und doch, ohne ihn mußte sich das Leben für sie leblos dahinschleppen. In tiefem Brüten berührte sie die Blumen.

»Nimm sie!« sagte er; und er nahm sie aus dem Glase, triefend, wie sie waren, und ging rasch damit in die Küche. Sie wartete auf ihn, nahm die Blumen, und zusammen gingen sie fort, er redend, sie sich wie gestorben fühlend.

Nun ging sie von ihm. In ihrem Elend lehnte sie sich an ihn, während sie im Wagen saßen. Er ging nicht darauf ein. Wo würde er hingehen? Wie würde sein Ende sein? Sie konnte es nicht ertragen, dies unbestimmte Gefühl über seine Zukunft. Er war ja so närrisch, so verschwenderisch, nie in Frieden mit sich selbst. Und nun, wo würde er hingehen? Und was machte er sich daraus, daß er sie vergeudete? Frömmigkeit besaß er nicht; er kümmerte sich nur um augenblicklich Anziehendes, um sonst nichts, nichts Tieferes. Schön, sie wollte warten und sehen, wie die Sache mit ihm ausgehen würde. Sobald er genug hätte, würde er nachgeben und zu ihr kommen.

Er gab ihr die Hand und verließ sie an der Haustür ihrer Base. Sowie er sich umwandte, merkte er, nun habe er den letzten Halt verloren. Wie er da so auf der Elektrischen saß, streckte sich die Stadt über die Bucht der Eisenbahn hin, eine Ebene aus leuchtendem Rauch. Jenseits der Stadt das Land, kleine rauchende Flecken an Stelle weiterer Städte – die See – die Nacht – weiter und weiter! Und für ihn kein Platz drin! Wo er auch stand, da stand er allein. Aus seiner Brust, aus seinem Munde sprang der endlose Raum, und überall hinter ihm war er da. Die die Straße hinabeilenden Leute boten der Leere, in der er sich befand, kein Hindernis. Sie waren kleine Schatten, deren Fußtritte und Stimmen man hören konnte, aber in jedem von ihnen dieselbe Nacht, das gleiche Schweigen. Er verließ den Wagen. Auf dem Lande war alles totenstill. Hoch oben schienen kleine Sterne; kleine Sterne breiteten sich weit hinweg über das Flutwasser, ein Himmel ihm zu Füßen. Überall die Weite und der Schrecken der ungeheuren Nacht, die auf eine kurze Spanne durch den Tag unterbrochen und aufgeführt wird, die aber wiederkommt, und zuletzt ewig bleibt, und alles mit ihrem Schweigen und ihrem lebensvollen Düster umfangen hält. Es gab keine Zeit, nur Raum. Wer könnte sagen, seine Mutter habe gelebt und lebe nicht mehr? Sie hatte sich an einem Orte befunden und weilte jetzt an einem andern; das war alles. Und seine Seele konnte sie nicht verlassen, wo sie auch war. Nun war sie hinausgegangen in die Nacht, und er war immer noch bei ihr. Sie waren zusammen. Aber doch war hier sein Körper, seine Brust, die sich gegen den Durchgang anlehnte, seine Hände auf der hölzernen Schranke. Sie schienen doch etwas. Wo war er? – ein kleines aufrechtstehendes Stückchen Fleisch, weniger als eine auf dem Felde liegengebliebene Weizenähre. Das konnte er nicht ertragen. Von jeder Seite schien das gewaltige dunkle Schweigen auf ihn einzudringen und ihn, den winzigen Funken auslöschen zu wollen, und doch war er, fast ein Nichts, unauslöschbar. Die Nacht, in der sich alles verlor, griff um sich her, über Sonne und Sterne hinaus. Sterne und Sonnen, ein paar leuchtende Körnchen, sausten vor Angst in die Runde und hielten sich einander umschlungen hier in der Dunkelheit, die über sie alle hinausreichte und sie klein und erschrocken hinter sich ließ. So gewaltig, und er, das unendlich Kleine, im Grunde eine Null, und doch kein Nichts.

»Mutter!« klagte er, – »Mutter!«

Sie war das einzige, das ihn inmitten alles dieses aufrechterhalten hatte. Und sie war fort, hatte sich mit dem Unendlichen vermischt. Er sehnte sich nach ihrer Berührung, danach, sie neben sich zu haben.

Aber nein, nachgeben wollte er nicht. Scharf sich umwendend, schritt er auf den goldenen Glimmer der Stadt zu. Die Fäuste geballt, den Mund fest geschlossen. Die Richtung wollte er nicht einschlagen, dort in die Dunkelheit hinaus, hinter ihr her. Rasch schritt er auf die schwach summende, glühende Stadt zu.

Karl-Maria Guth (Hg.)

Erzählungen der Frühromantik

HOFENBERG

Erzählungen der Frühromantik

1799 schreibt Novalis seinen Heinrich von Ofterdingen und schafft mit der blauen Blume, nach der der Jüngling sich sehnt, das Symbol einer der wirkungsmächtigsten Epochen unseres Kulturkreises. Ricarda Huch wird dazu viel später bemerken: »Die blaue Blume ist aber das, was jeder sucht, ohne es selbst zu wissen, nenne man es nun Gott, Ewigkeit oder Liebe.«

Tieck Peter Lebrecht **Günderrode** Geschichte eines Braminen **Novalis** Heinrich von Ofterdingen **Schlegel** Lucinde **Jean Paul** Des Luftschiffers Giannozzo Seebuch **Novalis** Die Lehrlinge zu Sais
ISBN 978-3-8430-1878-4, 416 Seiten, 29,80 €

Karl-Maria Guth (Hg.)

Erzählungen der Hochromantik

HOFENBERG

Erzählungen der Hochromantik

Zwischen 1804 und 1815 ist Heidelberg das intellektuelle Zentrum einer Bewegung, die sich von dort aus in der Welt verbreitet. Individuelles Erleben von Idylle und Harmonie, die Innerlichkeit der Seele sind die zentralen Themen der Hochromantik als Gegenbewegung zur von der Antike inspirierten Klassik und der vernunftgetriebenen Aufklärung.

Chamisso Adelberts Fabel **Jean Paul** Des Feldpredigers Schmelzle Reise nach Flätz **Brentano** Aus der Chronika eines fahrenden Schülers **Motte Fouqué** Undine **Arnim** Isabella von Ägypten **Chamisso** Peter Schlemihls wundersame Geschichte **Hoffmann** Der Sandmann **Hoffmann** Der goldne Topf
ISBN 978-3-8430-1879-1, 408 Seiten, 29,80 €

Karl-Maria Guth (Hg.)

Erzählungen der Spätromantik

HOFENBERG

Erzählungen der Spätromantik

Im nach dem Wiener Kongress neugeordneten Europa entsteht seit 1815 große Literatur der Sehnsucht und der Melancholie. Die Schattenseiten der menschlichen Seele, Leidenschaft und die Hinwendung zum Religiösen sind die Themen der Spätromantik.

Brentano Die drei Nüsse **Brentano** Geschichte vom braven Kasperl und dem schönen Annerl **Hoffmann** Das steinerne Herz **Eichendorff** Das Marmorbild **Arnim** Die Majoratsherren **Hoffmann** Das Fräulein von Scuderi **Tieck** Die Gemälde **Hauff** Phantasien im Bremer Ratskeller **Hauff** Jud Süss **Eichendorff** Viel Lärmen um Nichts **Eichendorff** Die Glücksritter
ISBN 978-3-8430-1880-7, 440 Seiten, 29,80 €

Karl-Maria Guth (Hg.)
Erzählungen aus dem Biedermeier

HOFENBERG

Erzählungen aus dem Biedermeier

Biedermeier - das klingt in heutigen Ohren nach langweiligem Spießertum, nach geschmacklosen rosa Teetässchen in Wohnzimmern, die aussehen wie Puppenstuben und in denen es irgendwie nach »Omma« riecht.

Zu Recht. Aber nicht nur.

Biedermeier ist auch die Zeit einer zarten Literatur der Flucht ins Idyll, des Rückzuges ins private Glück und der Tugenden. Die Menschen im Europa nach Napoleon hatten die Nase voll von großen neuen Ideen, das aufstrebende Bürgertum forderte und entwickelte eine eigene Kunst und Kultur für sich, die unabhängig von feudaler Großmannssucht bestehen sollte.

Georg Büchner Lenz **Karl Gutzkow** Wally, die Zweiflerin **Annette von Droste-Hülshoff** Die Judenbuche **Friedrich Hebbel** Matteo **Jeremias Gotthelf** Elsi, die seltsame Magd **Georg Weerth** Fragment eines Romans **Franz Grillparzer** Der arme Spielmann **Eduard Mörike** Mozart auf der Reise nach Prag **Berthold Auerbach** Der Viereckig oder die amerikanische Kiste

ISBN 978-3-8430-1884-5, 444 Seiten, 29,80 €

Karl-Maria Guth (Hg.)
Erzählungen aus dem Biedermeier II

HOFENBERG

Erzählungen aus dem Biedermeier II

Annette von Droste-Hülshoff Ledwina **Franz Grillparzer** Das Kloster bei Sendomir **Friedrich Hebbel** Schnock **Eduard Mörike** Der Schatz **Georg Weerth** Leben und Taten des berühmten Ritters Schnapphahnski **Jeremias Gotthelf** Das Erdbeerimareili **Berthold Auerbach** Lucifer

ISBN 978-3-8430-1885-2, 440 Seiten, 29,80 €

Karl-Maria Guth (Hg.)
Erzählungen aus dem Biedermeier III

HOFENBERG

Erzählungen aus dem Biedermeier III

Eduard Mörike Lucie Gelmeroth **Annette von Droste-Hülshoff** Westfälische Schilderungen **Annette von Droste-Hülshoff** Bei uns zulande auf dem Lande **Berthold Auerbach** Brosi und Moni **Jeremias Gotthelf** Die schwarze Spinne **Friedrich Hebbel** Anna **Friedrich Hebbel** Die Kuh **Jeremias Gotthelf** Barthli der Korber **Berthold Auerbach** Barfüßele

ISBN 978-3-8430-1886-9, 452 Seiten, 29,80 €

Printed in the USA
CPSIA information can be obtained
at www.ICGtesting.com
LVHW080853130224
771715LV00019B/6